Federigo Tozzi

Giovani
e altre novelle

a cura di ROMANO LUPERINI

Biblioteca Universale Rizzoli

Proprietà letteraria riservata
© 1994 R.C.S. Libri & Grandi Opere S.p.A., Milano

ISBN 88-17-16956-0

prima edizione: marzo 1994

IL «SOLCO APERTO» DI TOZZI.
STRATEGIE DI SCRITTURA
E DI LETTURA NELLE NOVELLE

1. TOZZI E LA NOVELLISTICA DELL'ETÀ GIOLITTIANA

Fra Ottocento e Novecento, per circa un secolo, fra l'unità d'Italia e il *boom* economico, il genere letterario della novella ha conosciuto un notevole rigoglio. Dopo l'epoca della sua affermazione (il Trecento) e quella della sua diffusione (il Cinquecento), questo periodo è stato il più ricco di esperienze e di risultati di valore. Il racconto si abbrevia, diventa svelto e vario. Le raccolte, ormai dimesse le rigide impalcature e le esigenze della "cornice" dei primi secoli, si fanno agili e aperte. Non è certo un caso che, anche quando si tentino strutture complessamente articolate e un disegno minutamente calcolato – come in *Novelle per un anno* di Pirandello –, l'ordine così tenacemente perseguito risulti sostanzialmente enigmatico e stringa il vuoto.

Influisce, sulla fortuna e sulla struttura stessa della novella, lo sviluppo del giornale. L'impostazione della terza pagina, che richiede un breve articolo di critica o di costume oppure un racconto, determina anzitutto la misura della novella; ma la destinazione a un largo pubblico finisce, nell'età del grande sviluppo industriale, col condizionarne anche temi e procedure. Citando Valéry, Benjamin poteva osservare:

«È finito il tempo in cui il tempo non contava. L'uomo odierno non coltiva più ciò che non si può semplificare e abbreviare.» È riuscito ad abbreviare anche il racconto. Abbiamo assistito allo sviluppo della *short story*, che si è sottratta alla tradizione orale e non consente più quella lenta sovrapposizione di strati sottili e trasparenti che ancora poteva dare l'idea di come il racconto sorgeva dalla stratificazione di più narrazioni successive.[1]

Nasce così, anche in Italia, con un notevole ritardo rispetto ad altre nazioni europee, la moderna novellistica. Renato Serra, nelle *Lettere*, ricorda (siamo nel 1914) che proprio grazie alla terza pagina, all'articolo di critica o al racconto «i tre quarti della nostra letteratura trovano il loro impiego».[2] E aggiungeva che la novella, a causa di queste esigenze editoriali, era diventata uniforme, conformandosi a un «tipo» unico in confezioni diverse: quella «per la quinta colonna del quotidiano», quella «per il *magazine* – rapidità e novità –», quella «per la rivista seria». Osservava anzi che il processo di appiattimento riguardava soprattutto questo genere letterario:

La stilizzazione è molto più profonda nella novella; per il motivo semplicissimo che la novella si presta di più al consumo quotidiano, è un articolo di smercio pronto e sicuro: tutti i giornali lo domandano. [...] Gente che aveva una certa personalità – magari fatta di difetti – in altre cose, la perde nelle novelle; in cui Moretti somiglia alla Guglielminetti, e Pastonchi a Térésah; gente che l'aveva avuta, la perde a poco a poco: perfino il colore regionale [...] si va sciogliendo e uguagliando a vista d'occhio nello stampo comune. Tutto si logora, si accomoda all'uso anonimo e corrente. [...] Si sa press'a poco che una narrazione deve avere quei tali requisiti: il canone si è costituito attraverso gli anni, e adesso è quello che è; e non resta altro che accettarlo.[3]

[1] W. Benjamin, *Schriften*, Suhrkamp Verlag, Frankfurt a. M. 1955, trad. it. *Angelus novus. Saggi e frammenti*, Einaudi, Torino 1982, p. 257.
[2] R. Serra, *Scritti letterari, morali e politici*, a cura di M. Isnenghi, Einaudi, Torino 1974, p. 368.
[3] R. Serra, *op. cit.*, pp. 423-428.

Nell'avversione di Serra alla corrente produzione novellistica gioca, ovviamente, la poetica vociana che vedeva nel racconto e nel romanzo una concessione al gusto borghese (e per questo egli non si accorge neppure, per esempio, della diversa qualità delle novelle pirandelliane). Ma il quadro da lui tracciato non era comunque molto lontano dal vero.

Più recentemente Gino Tellini[4] ha mostrato che proprio nell'Italia giolittiana si diffondono con grande rapidità e intensità iniziative editoriali (case editrici, riviste, collane) che si specializzano in questo genere letterario: per limitarsi solo a qualche nome, basta ricordare Vitagliano e il suo «Il Raccontanovelle» a cui collaborò anche Tozzi (e che poi pubblicherà postuma la sua raccolta *L'amore*), o il quindicinale «La Novella», nato nel 1904, o il mensile «Novella», fondato nel 1919, in cui pure egli pubblicò alcuni suoi racconti.

Insomma, i più grandi novellieri del periodo qui considerato – e cioè Verga, Pirandello e Tozzi – devono fare i conti con una precisa richiesta del pubblico e degli editori, che molto probabilmente ha avuto la sua influenza nello sviluppo del genere, favorendone la diffusione e il successo ma anche incoraggiando una specifica ricerca letteraria in questo settore. Di qui la vasta e composita fioritura della novellistica dagli anni della scapigliatura e del verismo (Faldella, Dossi, Camillo Boito, Capuana, Fucini, De Roberto, Deledda, D'Annunzio, per limitarsi a qualche autore esemplare) a quelli di «Solaria» e di «Letteratura» sino al neorealismo (e qui dovremo almeno ricordare Bontempelli, Comisso, Bonsanti, Loria, Vittorini, Gadda, Bilenchi, Landolfi, Pavese, Moravia, sino a Fenoglio e a Calvino), passando attraverso la stagione giolittiana, in cui a una produzione vastissima corrisponde tut-

---

[4] G. Tellini, *La tela di fumo. Saggio su Tozzi novelliere*, Nistri-Lischi, Pisa 1972, pp. 15-43.

tavia – anche a causa del rifiuto vociano – un numero più ristretto di autori validi (oltre a Tozzi e a Pirandello, possiamo annoverare fra i risultati di valore solo Svevo, e, in parte, Panzini e Moretti): il che serve a confermare l'esattezza, nelle sue linee generali, del quadro fornito da Serra e a dare l'idea delle difficoltà cui andava incontro un autore – e qui penso proprio all'esperienza di Tozzi – che voleva sì praticare questo genere, ma senza sottoporsi a canoni precostituiti e a schemi consueti e ormai logori. Il fatto è che, mentre altrove la ricerca d'avanguardia non aveva disertato la misura narrativa, e Joyce poteva pubblicare i *Dubliners* e Kafka le sue novelle, da noi il genere si era trasformato in senso consumistico, riducendo a stereotipi gli stessi modelli stranieri (fra i quali spiccava soprattutto quello francese di Maupassant). In Italia infatti gli scrittori della «Voce» coinvolgono nel rifiuto del romanzo (considerato un genere di intrattenimento organicamente legato alla concezione ottocentesca del mondo) anche la novella, optando per il frammentismo e per la prosa lirica e autobiografica.

A differenza di Boine, Slataper e Jahier, Tozzi conferma invece la sua propensione alla narrazione, dedicandosi con eguale passione al romanzo e alla novella. Egli è consapevole – come ben mostra l'autorecensione a *Bestie* del 1918 – che la novella ha «avversari» ben qualificati in «tutti, o quasi tutti, quei giovani che non scrivono, almeno per ora, in nessuno dei generi letterarii consacrati dalle tradizioni», ma osserva che essi non sanno contrapporre al racconto breve un «altro tipo di *forma*»:[5] pensano infatti, a torto, che l'unico «interesse» della novella sia nella «trama». Invece, per lui, l'accettazione del genere non deve comportare alcun cedimento alla convenzione. Sul piano teorico, la scommessa di Tozzi è molto chiara:

[5] F. Tozzi, *Cose e persone. Inediti e altre prose*, a cura di G. Tozzi, Vallecchi, Firenze 1981, p. 331.

consiste nel portare lo sperimentalismo espressionista della generazione vociana nella forma della novella e, più in generale, all'interno della narrazione stessa. Così facendo, egli prende di fatto le distanze, con una mossa sola, sia dai frammentisti, sia dalla narrativa tradizionale e di consumo prediletta dai direttori dei giornali e delle riviste ai quali inviava le proprie novelle. La sua strada è quella del «rinnovamento» del genere (un rinnovamento che deve essere «da vero profondo», egli scrive); e alla fine – egli aggiunge – anche i giovani, i quali rifiutano la novella ed esperimentano «tentativi letterarii» che magari «domani saranno i nuovi *generi*», involontariamente «aiuteranno perfino la novella tradizionale, se essa non deve estinguersi, ad escire dalla sua mancanza di profondità».[6]

Tozzi non ignora affatto la situazione della novellistica a lui contemporanea e anzi il suo giudizio su di essa è largamente convergente con quello di Serra. Sempre nell'autorecensione a *Bestie*, egli dichiara che, nella novella, non bisognava «contentarsi dei soliti schemi troppo scialbi e insignificanti», dell'«esercizio del mestiere» e della conseguente «facile abilità». Solo liberando la novella dal convenzionalismo letterario e puntando a farne uno strumento di alta elaborazione artistica e quindi sforzandosi di fornire al lettore «una materia di valore assoluto», si eviterà il «rapido disfacimento» di questo genere (giacché – è la sua perentoria previsione – «di qualche centinaio di volumi usciti in questi ultimi anni, non resterà in piedi una novella sola») e la novellistica potrà durare e «resistere».[7]

Si tratta, per Tozzi, di un obbiettivo raggiunto e di una scommessa largamente vinta. Egli ha rivitalizzato e rinnovato profondamente il genere della novella, contribuendo insieme con Pirandello – in modo convergente, ma non

[6] F. Tozzi, *op. cit.*, p. 332.
[7] F. Tozzi, *ibidem*.

meno originale e decisivo – a problematizzarlo, introducendovi la imprevedibilità della logica simmetrica dell'inconscio e la violenza allucinata ed esasperata della rappresentazione espressionistica. Senza Tozzi novelliere non sarebbero stati possibili alcuni fra gli esiti più alti della novellistica fra gli anni Trenta e Cinquanta, fra surrealismo ed espressionismo freddo (Landolfi, Loria, Bilenchi...).

Credo che non sia esagerato collocare Tozzi accanto a Verga e a Pirandello fra i più grandi novellieri italiani dell'età moderna. Il fatto che, dagli inizi degli anni sessanta a oggi, il genere della novella sia entrato in crisi e quasi in disuso (le eccezioni di valore sono scarse: Calvino con *Cosmicomiche vecchie e nuove* e con *Palomar*, Malerba con *Dopo il pescecane*, Tabucchi, Celati) va probabilmente posto in correlazione con la scomparsa della terza pagina e col venir meno di una richiesta specifica da parte del pubblico e del mondo editoriale (il quale punta piuttosto sul romanzo, che sembra meglio corrispondere alla logica consumistica del *best seller*); ma non può autorizzare alcun disinteresse retrospettivo per il genere. Tanto più, poi, nel caso di Tozzi: nella cui produzione letteraria i racconti non sono certo qualitativamente inferiori ai romanzi. Eppure, da trent'anni a questa parte, la critica (a partire dalla più autorevole, quella di Debenedetti) ha nettamente privilegiato i romanzi lasciando in secondo piano la novellistica, lodata spesso, ma considerata e analizzata solo assai sporadicamente. In uno dei pochi saggi recenti sulle novelle di Tozzi, Baldacci ha giustamente osservato che esse costituiscono «l'aspetto culminante di tutto il [suo] lavoro», «la punta di diamante della sua opera».[8] Bisogna dunque collocare *Giovani* allo stesso livello di *Con gli occhi chiusi* e *Il podere*, fra i capolavori della letteratura

[8] L. Baldacci, *Movimenti determinati da cause ignote*, introd. a F. Tozzi, *Le Novelle*, ristampa a cura di G. Tozzi, Vallecchi, Firenze 1988. Questo saggio, con gli altri tozziani dello stesso autore, è ora raccolto in L. Baldacci, *Tozzi moderno*, Einaudi, Torino 1993.

italiana dall'unità a oggi. Come *Novelle per un anno* segna per Pirandello uno dei momenti più elevati (anche rispetto ai romanzi, tutto sommato, in questo caso, sopravvalutati rispetto ai racconti) della sua ricerca artistica, così *Giovani* e le altre novelle rappresentano un passaggio obbligato ed esemplare del lavoro tozziano. D'altronde, Tozzi si è dedicato alla novella ininterrottamente dal 1908 al 1920, con una passione e una cura pari a quelle mostrate per i romanzi e non inferiori rispetto all'impegno novellistico pirandelliano. La sua produzione in questo campo è vastissima: circa 120 racconti, la metà di quelli di Pirandello, che però scrisse novelle per un cinquantennio, mentre lo scrittore senese, raggiunto precocemente dalla morte, poté farlo solo per dodici anni.

2. IL PROBLEMA FILOLOGICO E QUELLO CRITICO

Tozzi curò un unico volume di novelle, *Giovani*. Si tratta di 21 racconti riuniti in una raccolta «voluta e preordinata dall'Autore»,[9] pubblicata postuma da Treves nel 1920, a poca distanza da *Tre croci*. In un primo tempo, l'autore voleva includervi altre tre novelle (*Due famiglie, La cognata, Gli orologi*), che però non inviò mai all'editore. È difficile stabilire con sicurezza, allo stato attuale delle conoscenze, se si sia trattato di una sua successiva decisione o di una impossibilità di spedirle dovuta al sopraggiungere improvviso della morte. La prima ipotesi appare tuttavia molto più probabile: fra il momento in cui Tozzi spedì la lista delle novelle di *Giovani* contenente anche i tre racconti mancanti ma non i testi di questi ultimi (e la cosa è tanto più significativa – sembra rivelare già qualche dubbio – perché contemporaneamente accludeva invece i 21

[9] G. Tozzi, *Notizie sulle novelle di Federigo Tozzi*, in F. Tozzi, *Le Novelle*, vol. II, Vallecchi, Firenze 1963, p. 1012.

poi compresi nella raccolta) e il momento della morte intercorsero infatti circa quattro mesi, nei quali, se egli avesse davvero voluto, avrebbe potuto agevolmente effettuarne l'invio (fra l'altro, erano stati tutt'e tre composti e pubblicati da tempo).

Può darsi comunque per accertato che «la scelta precisa delle novelle di *Giovani* (e non dunque la sola idea della raccolta) appartiene personalmente all'Autore».[10] Insomma, *Giovani* ha dignità di *opus*, è un libro progettato e disegnato dall'autore, non una casuale raccolta. Lo conferma il fatto che egli ha scelto novelle capaci di riflettere la sua ricerca più recente e matura, quella da cui erano nati i romanzi *Il podere* e *Tre croci*. Infatti ha escluso dal libro i racconti scritti prima del 1914 (anno che rappresenta una svolta nella vita dell'autore, col trasferimento da Siena a Roma) e ha concentrato la selezione, con poche e forse significative eccezioni, fra quelli degli anni 1917-19. Inoltre, come vedremo, il titolo non è affatto generico, ma vuole determinare con esattezza il tema dominante dell'opera. Per questo ha evitato di attribuirle il titolo di un racconto (come invece farà Pirandello al momento di progettare, nel 1922, le varie sezioni di *Novelle per un anno*) e poi, per mantenere *Giovani*, ha modificato quello del racconto *Tre giovani* in *Pittori*, «allo scopo di evitare ogni assonanza fra il titolo del volume e quello della novella, oltre che per evitare una quasi omonimia con altri racconti della stessa raccolta»[11] (ed è significativo che abbia scelto di cambiare il titolo al racconto e non al libro).

Diverso il discorso per *L'amore*, una raccolta di novelle tozziane uscite presso l'editore Vitagliano, sempre nel 1920. Qui il titolo (preso da una novella), la selezione dei racconti, la loro organizzazione nel volume sono interamente dovuti alla vedova Emma e a Giuseppe Antonio Borgese, che recuperano cinque racconti già pubblicati da

[10] G. Tozzi, *op. cit.*, p. 1013.
[11] G. Tozzi, *op. cit.*, p. 1014.

Tozzi nel «Raccontanovelle» dello stesso editore, aggiungendovene poi altri nove di argomento affine (quello indicato dal titolo). La scelta dell'editore – che mirava esclusivamente al successo di pubblico e per questo privilegiava, come testimonia in quegli anni anche Prezzolini, «la novella brillante a sfondo amoroso»[12] – e il criterio tematico adottato per la selezione dei racconti (dunque del tutto estrinseco rispetto ai motivi profondi della ricerca tozziana) rivelano l'intenzione dei curatori di far conoscere Tozzi a un vasto pubblico, senza andare troppo per il sottile: «L'apposizione di un titolo insinuante come *L'amore*, la copertina tardo liberty, fra l'altro colorata, sono il segno di una volontà, non necessariamente perversa, di sfruttamento commerciale, giustificabile anche per la recente morte dell'autore».[13]

Indubbiamente anche in *Amore* non mancano racconti di capitale importanza (due titoli su tutti: *La mia amicizia* e *La capanna*). E inoltre, fuori da questa raccolta come fuori da *Giovani*, è possibile incontrare novelle di grande intensità e talora di eccezionale rilievo artistico (come *Un'allucinazione*, *Gli orologi*, *Una gobba*) o che costituiscono, particolarmente alcune fra le prime da un punto di vista cronologico, come dei preziosi incunaboli, veri e propri crogiuoli incandescenti da cui si svolgerà e maturerà la ricerca dell'autore (penso a *La madre* o *Il padre*, che aprono l'orizzonte su dinamiche psicologiche e procedimenti di scrittura – questi e quelle, come sempre in Tozzi, in stretta correlazione reciproca – che caratterizzeranno l'intera sua produzione, anche romanzesca e teatrale). E tuttavia, mentre resta fermo che l'unica raccolta autorizzata dall'autore è *Giovani*, mi pare difficile negare che quest'opera raccolga il nucleo più vitale della novellistica tozziana.

[12] G. Prezzolini, *La coltura italiana*, La Voce, Firenze 1923, p. 176.
[13] M. Colella, *Formazione della raccolta «L'amore»*, in AA.VV., *Per Tozzi*, a cura di C. Fini, Editori Riuniti, Roma 1985, p. 197.

Ne nasce un primo problema critico: non si può continuare a considerare il *corpus* novellistico di Tozzi soltanto nel suo insieme come se si trattasse di una serie di racconti sparsi. Occorrerà invece anzitutto valutare *Giovani* nella sua autonomia e poi analizzare i legami, l'intreccio di temi e di procedure, che legano l'opera al resto della produzione novellistica. Una lettura di *Giovani* come *opus*, che ne valorizzi i caratteri distintivi e la peculiarità, può collocarlo accanto a *Il podere* e a *Tre croci*, al centro della produzione tozziana e non – come è stato fatto sinora – in posizione laterale e secondaria. Che manchi oggi sul mercato librario un'edizione autonoma di *Giovani*, non mi pare casuale (l'opera appare solo nel volume antologico delle *Opere* nei *Meridiani* mondadoriani); né che l'intero *corpus* novellistico sia disponibile soltanto in un'edizione ormai vecchia di trent'anni (e in cui, per di più, le novelle sono collocate in un loro presunto ordine cronologico, senza rispettare l'unità di *opus* che invece va riconosciuta a *Giovani*). Fra queste due circostanze, anzi, va colta una dipendenza, una precisa correlazione.

Se è giunto il momento di un'adeguata considerazione di *Giovani*, non si può sfuggire a un secondo problema: quello della valutazione complessiva della cosiddetta seconda fase (1914-1920) dell'attività letteraria di Tozzi, quella romana, drasticamente ridimensionata in quanto «ideologica» da uno dei maggiori critici di Tozzi, Baldacci,[14] a tutto vantaggio della prima (1908-1914), quella del sessennio senese e di *Con gli occhi chiusi*. Si dà il caso infatti che non solo *Giovani* è stato concepito alla fine del periodo romano, ma tutti i suoi racconti, singolarmente considerati, sono stati scritti in esso.

A sua volta, poi, questa questione ne comporta un'al-

[14] L. Baldacci, *Itinerario del romanzo tozziano*, in AA.VV., *Per Tozzi*, a cura di C. Fini, Editori Riuniti, Roma 1985; cfr. anche L. Baldacci, *Introduzione* a F. Tozzi, *Il podere*, Garzanti, Milano 1986 (entrambi ora in L. Baldacci, *Tozzi moderno*, cit.).

tra: quella della valutazione del rapporto fra stile, ideologia e «illuminazioni» (il termine è di Baldacci) dell'inconscio. E poiché il segreto dell'arte tozziana sta appunto in questo intreccio, non mi sembra criticamente produttiva la demonizzazione dell'ideologia (come pure oggi è di moda fare, per qualsiasi autore): gioverà di più studiare la relazione che essa viene a stabilire con la scrittura, il modo con cui si cala sulla pagina e diventa stile.

È impossibile sottrarsi all'impressione, infatti, che in Tozzi romanziere e novelliere tale transustanziazione si realizzi proprio attraverso il passaggio obbligato della psicologia e della registrazione dei movimenti stessi dell'inconscio, in una sovrapposizione di logica asimmetrica della ragione e di logica simmetrica dell'«anima». Il che indurrebbe a porre in termini diversi – ed è questo il quarto e ultimo problema critico che sarà affrontato nelle pagine seguenti – la *querelle* che oppone coloro che vedono nella scrittura tozziana la immediatezza di una trascrizione dell'«arcaico»[15] o invece la mediazione di un progetto consapevole e di una «cultura psicologica».[16]

3. IL TITOLO, IL TEMA, LA STRATEGIA DELL'AUTORE

Come si sa,[17] un titolo ha la funzione, oltre che di identificare un'opera, di definirne il contenuto e di valorizzarla. *Giovani* è chiaramente un titolo «tematico»: esibisce il motivo conduttore del libro. Nello stesso tempo svolge anche una funzione seduttiva nei confronti del pubblico. Il termine era stato assunto come bandiera o *mot d'ordre* da parte delle avanguardie primonovecentesche, già a partire

[15] E. Gioanola, *Gli occhi chiusi di Federigo Tozzi*, in *Psicanalisi, ermeneutica e letteratura*, Mursia, Milano 1991.

[16] M. Marchi, *La cultura psicologica di Tozzi*, in AA.VV., *Tozzi in America*, a cura di L. Fontanella, Bulzoni, Roma 1986 (ora in M. Marchi, *Federigo Tozzi. Ipotesi e documenti*, Marietti, Genova 1993).

[17] G. Genette, *Seuils*, Editions du Seuil, Paris 1987; trad. it. *Soglie. I dintorni del testo*, Einaudi, Torino 1989.

dal «Leonardo» (il cui *Programma sintetico*, sul primo numero, esordiva appunto con una dichiarazione di giovinezza destinata a funzionare come un'autoidentificazione polemica: «Un gruppo di *giovini*...», e la parola significativamente è in corsivo), e dunque poteva associarsi nella mente del lettore più colto all'idea di qualche innovazione o audacia sperimentale. E indubbiamente questo aspetto non manca affatto nell'opera, né si può sottovalutare la possibilità che esso implichi un giudizio dell'autore (che, come vedremo, considera la giovinezza una malattia caratterizzata da instabilità, velleitarismo, "sovversivismo") su un'intera generazione di intellettuali. Nello stesso tempo, una interpretazione tematica, e non culturale, del titolo poteva attrarre un'altra fascia di pubblico, più tradizionale. Cosicché, sul piano della seduzione, il titolo poteva giocare le sue carte in direzioni diverse, in coerenza con un'operazione letteraria che da un lato faceva proprio lo schema consueto della novella, già accettato dal grande pubblico, e dall'altro puntava a un suo radicale rinnovamento.

Nondimeno in Tozzi la funzione individualizzante e tematica sembra nel complesso prevalente rispetto a quella della valorizzazione o seduzione. Anche per lui, il titolo vuole essere anzitutto «già una chiave interpretativa».[18] Nella sua sobrietà, esso mira a definire un tema e insieme una condizione, nella loro assolutezza. L'assenza di articoli e di qualsiasi altra specificazione sembra voler potenziare, facendogli intorno il vuoto, il carattere emblematico del sostantivo "giovani". A questo proposito, non si può non ricordare che, in polemica con la produzione novellistica corrente, Tozzi dichiara, come si è visto, di mirare a una «materia di valore assoluto». Il titolo non definisce una situazione precisa o un dato di fatto (come *Il podere* o *Ricordi di un impiegato*) e nemmeno, a veder bene, una

---

[18] U. Eco, *Postille a «Il nome della rosa»*, in *Il nome della rosa*, Bompiani, Milano 1988, p. 507.

stagione della vita umana, bensì un modo di essere, o uno stato, dell'«anima» che, per quanto tipico di una certa età dell'uomo (giovanile o adolescenziale: i due termini si equivalgono in Tozzi sino all'interscambiabilità, come mostra la prima pagina di *Un giovane*), può prescinderne e perdurare anche nell'età adulta. La giovinezza è perciò una condizione esistenziale dell'uomo, o anche, si precisa in un racconto, una specie di «malattia» dell'«anima».

Anche i titoli di singoli racconti evocano il tema della giovinezza: se è vero che *Tre giovani* è diventato *Pittori*, per le ragioni a suo tempo illustrate, rimangono comunque *Un giovane* e *L'ombra della giovinezza*. Inoltre *Il crocifisso* ha per protagonista «una giovine», e giovani o adolescenti sono i personaggi principali di molti altri racconti, come *Una figliola*, *Un amico*, *Vita*, *Un'osteria*, *Creature vili*, *Mia madre*. Infine, *Un giovane*, *L'ombra della giovinezza*, *Pittori*, e anche *Il crocifisso*, *Una figliola*, *Un amico*, *Vita* problematizzano esplicitamente questo tema fondamentale, cosicché, collegando fra loro i passi che vi si riferiscono, non è difficile ricostruire una vera e propria teoria tozziana della giovinezza.

Essa probabilmente trova le sue radici assai indietro nel tempo, se è vero che se ne trovano tracce consistenti negli appunti sulla problematica psicologica adolescenziale scritti su alcuni foglietti ritrovati (e pubblicati) da Marchi[19] all'interno del libro di James *Principii di psicologia*, acquistato da Tozzi nel 1907. Tozzi aveva letto presso la Biblioteca degli Intronati di Siena, e postillato, vari saggi di argomento psicologico usciti sulla «Revue philosophique de la France et de l'étranger», diretta da Th. Ribot. Fra questi, uno riguarda proprio il nostro tema: è il lungo articolo di Gabriel Compayré *La psycologie de l'adolescence*, pubblicato su questa rivista nell'aprile 1906 (n. 4). Questo saggio sembra anzi aver avuto una singolare in-

[19] M. Marchi, *art. cit.*, pp. 38-39.

fluenza sull'autore di *Giovani*, suggerendogli non solo il contenuto ma il metodo della sua rappresentazione. Il contenuto, perché offre una fenomenologia ampia della psicologia adolescenziale e giovanile (i due termini – spiega l'autore – possono anche identificarsi); il metodo, perché invita a lasciare da parte l'introspezione interiore e lo scandaglio analitico e ad attenersi invece all'osservazione dei fenomeni fisici e della loro stretta correlazione con quelli psichici (l'unità anima-corpo permetterebbe infatti di ricostruire le dinamiche della prima attraverso l'analisi delle reazioni del secondo). In Tozzi la dimensione corporale è infatti sempre presente: le reazioni psicologiche sono "tradotte" in comportamenti pratici, in gesti, in movimenti: i personaggi svengono, impallidiscono, hanno la nausea, perdono la luce degli occhi, restano privi di parole e quasi costretti all'afasia, distolgono gli occhi dal viso dell'interlocutore, gettano pietre ai passanti senza ragione, frustano un animale egualmente senza alcun apparente motivo ecc. Insomma, la cultura psicologica di Tozzi non è di tipo analitico, come quella del freudiano Svevo, e rivela l'influenza della "psicologia biologica" di origine positivistica.

Per quanto attiene al contenuto, molte novelle sembrano riprendere quasi alla lettera – trasponendole in rappresentazioni – gli spunti descrittivi del monumentale lavoro di Stanley Hall (*Adolescence, its psycology and his relations to physiology, antropology, sociology, sex, crime, religion and education*, uscito a New York in due volumi) così come sono ripresi e commentati da Compayré. La tavola delle corrispondenze è quanto mai ricca: Hall e Compayré insistono in molti punti sulla instabilità e sulla mobilità contraddittoria dei sentimenti e delle sensazioni dei giovani (sempre «mobiles dans leurs désirs»), sulla loro mancanza di equilibrio, sull'alternanza nel loro animo di movimenti «opposés, antithétiques» , di pulsioni che paiono generarsi l'una dall'altra incessantemente e succedersi rapidamente e quasi vorticosamente (giacché «L'âme n'a pas encore pris une assette fixe: elle flatte, elle ondoie») facendo oscillare l'adolescente fra eccitazione e inerzia, piacere e sofferenza (e Tozzi in parte traduce, in parte postilla, scrivendo nei suoi appunti: «Il tratto caratteristico essenziale della vita dei sentimenti... è l'istabilità [*sic*]. – Alternative tra l'eccitazione e l'inerzia. – Oscillazioni tra il piacere e la pena. [...] Alle risa pazze alle gioie intense succedono le tristezze senza causa»).[20] Hall e Compayré indicano una serie di sentimenti opposti che caratterizza la condizione adolescenziale e che ritroviamo nelle novelle di Tozzi. Non solo – si legge nel saggio di Compayré – l'amore nei giovani si accompagna sempre a gelosia, rivalità, collera, ma la bontà stessa (e "bontà" è termine tematico in Tozzi, come il suo antinomico "cattiveria") è inseparabile dall'odio e dall'aggressività. I sentimenti insomma non sono soltanto contraddittori, ma sempre anche esagerati, incomposti, eccessivi. Il brano sulla bontà colpisce particolarmente la fantasia di Tozzi che, nei suoi appunti, ne traduce una parte fra virgolette («S'incontrano giovini e giovinette che sembrano "troppo buoni per questa terra"»), quasi per sottolineare un possibile spunto narrativo. Oltre alle coppie antinomiche già ricordate (eccitazione-inerzia, piacere-sofferenza, odio-amore), Compayré sottolinea soprattutto quella che oppone la fiducia in sé, con la conseguente smodata intraprendenza, alla sfiducia in sé che provoca eccessiva timidezza e incapacità pratica. Il risultato è comunque sempre il solito: il velleitarismo, l'inettitudine. Il tema della giovinezza sembra dunque scelto perché capace di catalizzare una serie di interessi psicologici risalenti già al periodo della elaborazione di *Adele* e concernenti – come ha mostrato Rossi[21] – gli stati di «abulia o incapacità di volere o

[20] M. Marchi, *art. cit.*, p. 38
[21] A. Rossi, *Modelli e scrittura di un romanzo tozziano*, Il Podere, Liviana, Padova 1972, p. 42.

di agire» descritti da James, le «nevrosi» studiate da Janet, la «psicologia dei sentimenti» considerata da Ribot. Se la inettitudine era per Pirandello un male del secolo, il frutto di una crisi storica dei «vecchi» e dei «giovani» (si veda il suo *Arte e coscienza d'oggi*, 1893), per Tozzi è il carattere stesso di una stagione della vita e di una condizione esistenziale che può durare anche oltre di essa. L'inettitudine, per lui, è la «malattia» stessa della giovinezza.

E infatti in *Pittori* la giovinezza è sentita come «una specie di malattia»: «Non senti che la nostra giovinezza è una specie di malattia, che non ci lascia il tempo di guarire?», chiede un personaggio a un amico: una malattia caratterizzata dallo sperpero del tempo, dalla dispersione delle sensazioni, dall'impossibilità di conservare le esperienze e di tesaurizzarle in vista di una crescita e di uno sviluppo. Nel mondo di Tozzi il tempo esiste solo come deriva e scialo, mai come progressione lineare, conquista, evoluzione. Il «tempo di guarire» non si dà mai. L'accumulo dell'esperienza non è consentito. Nella frase precedente a quella ora citata si legge: «Io vorrei che ogni giorno vissuto restasse a mia disposizione e mi fosse possibile essere sempre giovane conservando tutto ciò che ho fatto». La vanità del desiderio di immobilizzare il tempo è simmetrica all'altra di indirizzarlo verso un futuro. Il tempo è sentito e vissuto come una frana immobile, uno smottamento che inchioda allo stesso posto, alla stessa condizione: quella della giovinezza come malattia, come eterno presente da cui non è possibile uscire. La frana del tempo porta con sé il presagio della morte, che sembra connaturato alla condizione giovanile stessa:

Poi, quando esciva per i campi, gli pareva di lasciare dietro di sé una striscia della sua vita e della sua anima, che si cambiavano nelle cose della natura. Qualche volta, quando aveva fatto tutta la scesa del poggetto, la piccia delle campane suonava; e le due voci diseguali gli ricordavano ch'egli era giovine.[da *Pittori*]

Il brano corrisponde a uno analogo del *Podere* in cui, come vedremo più avanti, di fronte a una serie di simboli di morte, Remigio pensa: «Sono giovane!». D'altronde, in *Un giovane* si legge che il protagonista «era in uno di quei momenti quando la giovinezza è attraversata da qualche melanconia che spaventa; quasi dall'odore della morte».

Dunque, conformemente agli intenti programmatici dell'autorecensione a *Bestie*, nessuna convenzionalità, anzi il suo rovesciamento: la giovinezza, invece di essere il periodo della vita umana caratterizzata dalla forza vitale e dalla speranza nel futuro, è sentita come una malattia senza guarigione, malinconia spaventosa, presagio di morte.

Il termine «malattia» è indubbiamente una spia culturale: rivela un residuo di un atteggiamento clinico di origine naturalistica o positivistica. Ma perché senza guarigione? Una risposta, oltre che nelle parole di *Pittori* sopra citate, può essere trovata nel saggio di Compayré, là dove si legge che l'adolescenza è l'età più critica della vita, paragonabile a un'«ascension périlleuse», perché, se non se ne esce salendo più in alto – e cioè divenendo maturi –, non restano, come alternative, che «recul» o «chute»: la regressione o la morte. Ebbene, come si visto, Tozzi appare convinto che crescere, salire più in alto, divenire adulti e maturi è impossibile, o almeno interdetto ai personaggi che più gli stanno a cuore, e perciò si limita a rappresentarne gli stati di regressione, di *impasse*, di impotenza di vivere. L'adolescenza è una malattia caratterizzata da una serie di sintomi incurabili: la maturità, si legge per esempio in *Un giovane*, consisterebbe nell'avere «più sicurezza» e «meno effusione», una forte identità, un atteggiamento deciso e virile come quello del padre; e invece i protagonisti di Tozzi sono affetti da una cronica sfiducia in sé che li tiene in una condizione di atonia, interrotta, di tanto in tanto, da qualche momento di esaltazione esagerata, con la conseguenza di un'alternanza di stati d'animo opposti che finisce per avere anch'essa un risultato paralizzante. Inoltre a ricacciarli ben dentro il recinto chiuso della giovinezza come malattia è la dipendenza psicologica da figure genitoriali (il padre o il fratello maggiore, perlopiù) che, con un atteggiamento di esibita virilità, impediscono loro l'accesso alla genitalità adulta e al matrimonio (si veda la conclusione di *L'ombra della giovinezza*; ma il tema è presente anche in *Una figliola*).

Nel racconto *Il crocifisso* la teoria della giovinezza come atonia, sonnolenza, incompiutezza, dispersività trova la sua manifestazione più intensamente simbolica. Non casualmente la «giovine» protagonista resta senza nome: sin dall'inizio è presentata coi segni di un'identità incompiuta o mancata. Il paesaggio che apre il racconto non è che un'immaginazione nata nella mente dell'io narrante alla vista della ragazza e dunque si pone come un doppio o un equivalente di questa. La fantasia visionaria costruisce una situazione in cui «La materia non è morta e non è viva», un universo popolato da creature restate a metà, «sbozzature di bestie informi», dove anche l'uomo è solo «un abbozzo di Adamo; ma senz'anima»: un mondo a stento animato da una «mezza vita». Tozzi ha avuto l'ardire di rappresentare una condizione psicologica come un paesaggio, di descrivere allegoricamente la «mezza vita» della giovinezza attraverso una natura primitiva, informe, apocalittica. Questa ragazza che cerca la compiacenza dei suoi aguzzini (come, d'altronde, il protagonista di *La casa venduta*) ed evita di piangere perché essi possano divertirsi (e anzi «cerca di divertirsi anche lei»); che sembra avere un momento di vita e di «gaudio» solo se pensa che almeno per un minuto è piaciuta a qualcuno; che «non guarda in viso nessuno»; che diventa facilmente «rossa di vergogna», divisa fra bisogno d'amore e paura di essere respinta; affetta da inspiegabile apatia e sonnolenza («non si levava mai il sonno»); presenta molti dei sintomi della «malattia» della giovinezza condivisi da molti altri protagonisti di novelle tozziane. E tuttavia è l'unica, in tutta la raccolta, a cui sembra schiudersi la speranza della guarigione e di un futuro, la possibilità di uscire dalla propria condizione, e di destarsi: il crocifisso schioda le gambe e le braccia forse proprio per lei ponendosi come simbolo di salvezza. Qui l'ideologia religiosa dell'autore appare evidente, e il suo intervento decisivo. Ma proprio il suo carattere misterioso e, si direbbe, ingiustificato non le conferisce l'aspetto di una di ordinata e razionale *Weltanschauung*: semmai essa ha qualcosa di inquietante e di perturbante (e ciò può servire già da primo avviso del modo con cui l'ideologia si fa scrittura in Tozzi).

Se la giovinezza è una condizione soprattutto esistenziale e psicologica e da essa i personaggi tozziani non riescono a uscire, non c'è da stupirsi che possano essere affetti dai suoi sintomi anche personaggi non più giovani di età. All'inizio e alla fine della raccolta sono collocati due racconti, i cui protagonisti sono persone anziane o comunque che hanno superato da molto tempo la stagione dell'adolescenza, e che tuttavia continuano a comportarsi da «giovani». Le due novelle sono poste in tale posizione eminente, nonostante la lora data di composizione sia abbastanza arretrata (*Una sbornia* è addirittura del 1915, cosicché cronologicamente, fra gli altri racconti di *Giovani*, è preceduta solo da *Un'osteria*), per una scelta che si direbbe strategica; e d'altronde, in un'opera d'arte, i significanti (fra i quali bisogna considerare ovviamente anche l'organizzazione e l'ordine strutturale di una raccolta di novelle) assumono sempre un valore di significato. Da entrambe esce confermata la legge del mondo tozziano: la crescita dell'età non comporta accumulo di esperienze né l'uscita dall'*impasse* della giovinezza. Le due anziane «pigionali» si conoscono «fin da ragazze», abitano quasi da sempre sullo stesso pianerottolo, in fondo vorrebbero parlare e comunicare fra loro, ma non possono farlo, bloccate da aggressività, gelosia, rivalità, in un'oscillazione incessante di sentimenti contrapposti che resterà immutabile sino alla morte. *Una sbornia*, poi, sembra quasi la continuazione del racconto che immediatamente lo precede, *L'ombra della giovinezza*. In questo caso, la strategia dell'autore ha giocato anche sulla contiguità: Orazio, il ventenne protagonista di quest'ultimo racconto, è diventato l'io narrante quarantenne di *Una sbornia*: entrambi non si sono sposati quand'era il tempo, impediti da una situazione familiare e da una costrizione psicologica che li ha paralizzati. Il protagonista di *Una sbornia* avverte anche lui l'«ombra» della propria giovinezza, il rammarico per l'errore compiuto e si reca a Poggibonsi dalla signora Costanza per ripararvi e proporle il matrimonio, ma qui giunto viene a sapere che nel frattempo la donna è morta; e tuttavia, dato che si vergogna di confessare agli amici di Poggibonsi la vera ragione della sua visita in questa cittadina, e finge invece di essere andato a trovarli, viene indotto, paradossalmente, a festeggiare l'incontro e a ubriacarsi. Dalle perplessità, dai pudori, dal velleitarismo dell'adolescenza, ma anche dal divieto di divenire maturi attraverso il matrimonio e l'accesso alla genitalità adulta, non ci si libera dunque neppure a quarant'anni.

4. «GIOVANI» E LA QUESTIONE DELL'IDEOLOGIA NEL PERIODO ROMANO

La tesi di due fasi e addirittura di due poetiche distinte – quella di Castagneto e quella del periodo romano – e di una rottura fra un primo e un secondo Tozzi, sostenuta da Baldacci, si fonda sulla convinzione di una invadenza dell'ideologia nei romanzi della fase romana e quindi di una loro diversa costruzione e strutturazione. Poiché riguarda esclusivamente la produzione romanzesca, non è possibile discuterla compiutamente in questa sede (bisognerebbe infatti passare ad analizzare *Il podere, Tre croci, Gli egoisti*). Essa implica tuttavia due presupposti che non possono non interessare anche il lettore di *Giovani*: 1) la rottura fra un Tozzi delle «illuminazioni» e un Tozzi più costruito e ideologo non toccherebbe né *Ricordi di un impiegato* (composto in età giovanile ma completamente rielaborato dall'autore prima della morte), né le novelle (pure scritte tanto nell'una quanto nell'altra fase), nelle quali, a differenza dei romanzi, non sarebbe presente l'istanza ideologica: esse infatti non documenterebbero «mai [*sic*!] il versante cristiano del mondo» di Tozzi,[22] dato che vorrebbero unicamente mostrare come «nel comportamento umano non hanno luogo sentimenti, ma solo pulsioni provenienti dagli strati profondi»;[23] 2) la poetica del periodo romano risentirebbe dell'esigenza tattica di «giustificare» *Con gli occhi chiusi*, uscito nel 1919 con fortissimo ritardo rispetto al momento della sua elaborazione: si tratterebbe dunque di «dichiarazioni di poetica (come quella famosa nell'articolo del 1919, *Come leggo io*) che erano ormai superate dalla realtà di *Il podere* e di *Tre croci*».[24]

Confesso che entrambi questi presupposti suscitano non poche perplessità. Perché mai i racconti e *Ricordi di un impiegato* dovrebbero restare misteriosamente estranei alla nuova poetica romana e immuni dall'impegno ideologico che l'affliggerebbe? E come è possibile che Tozzi nel 1919, quando già aveva composto *Il podere* e *Tre croci* e pensava di pubblicarli, mettesse in circolazione dichiarazioni di poetica contrastanti con la nuova produzione e tutte volte unicamente a sostenere e a giustificare la vecchia? Così facendo non correva il rischio – in contraddizione proprio con quella abilità e destrezza nell'amministrare una propria «politica letteraria» rivendicate da Baldacci – di lasciare teoricamente ingiustificata la nuova

[22] L. Baldacci, *Movimenti determinati da cause ignote*, in *Tozzi moderno*, cit., p. 106.

[23] L. Baldacci, *Introduzione* a F. Tozzi, *Il podere, cit.*, XXVII (e in *Tozzi moderno*, cit., p. 62).

[24] Cfr. L. Baldacci, *Tozzi moderno*, cit. p. 62.

produzione romanzesca? E come si spiegherebbe poi l'esistenza di una seconda poetica realizzata nelle opere ma mai esplicitata sul piano teorico (di una poetica tutta implicita, di una poetica che non diventa mai, insomma, una vera poetica) da parte di un autore che non è certo avaro di dichiarazioni d'intenti e in cui la critica letteraria stessa tende a divenire quasi sempre, irresistibilmente, una presa di posizione o un'indicazione programmatica?

Ma torniamo alle novelle. Indubbiamente qui non si dà rottura fra quelle del periodo senese e le altre del periodo romano, ma continuità lungo una linea evolutiva. La continuità riguarda la poetica e la struttura delle novelle, mentre l'evoluzione interessa sia la compagine linguistica, sia la più consistente (anche se mai invadente) presenza dell'elemento ideologico-religioso nei racconti "romani". Fra le prime novelle e le ultime le differenze di impasto linguistico sono notevoli: si passa da un uso ancora arcaico e letterario della lingua, fortemente influenzato da d'Annunzio (ma in parte anche da Carducci), cui si giustappone, senza possibilità di sintesi o di unità, l'elemento popolaresco e vernacolare, a una scrittura più controllata ed equilibrata, senza più grosse fratture al suo interno, in cui prevalgono ormai la lezione pirandelliana e soprattutto quella verghiana (tenuta presente, quest'ultima, particolarmente nel tentativo di unire "colore locale" sul piano linguistico e uso di un italiano in genere abbastanza rispettoso delle norme e delle tradizioni, anche se aperto, in Tozzi, a soluzioni arcaiche e a senesismi).

Sul piano tematico e strutturale la continuità è fortissima. Per esempio, *Il ciuchino* (1908) è già una storia di ordinaria e quotidiana crudeltà, come molte degli anni successivi, con vittime e aguzzini, e un protagonista (il padrone) che sotto una maschera di virilità e di sicurezza nasconde la irresolutezza e l'inettitudine tipica dei personaggi tozziani, che si manifestano in ordini contraddittori e assurdi e in gesti inutilmente sadici (come l'applicazione del torcinaso alla ciuca). E novelle come *Il padre* e *La madre*, scritte prima del 1911, rappresentano scene e situazioni, ma anche soluzioni stilistiche (come la "zumata", la tecnica espressionista che isola il particolare tagliandolo via dal contesto e così ingigantendolo e rendendolo mostruoso) che torneranno più tardi in *Giovani* (basti pensare a *Un giovane* o a *Vita*).

Quanto all'aspetto ideologico, non direi che esso è assente in *Giovani* e che le novelle di questa raccolta si limitino a rappresentare la spinta delle pulsioni. In *Il crocifisso* la tematica ideologico-religiosa ha un ruolo di primo piano; ed essa compare anche in *Creature vili* e, seppure con minor rilievo, in *La matta*. Un discorso a parte meriterebbe poi il racconto *I butteri di Maccarese*, che si presta ad alcune considerazioni, più che sull'ideologia politica dichiarata di Tozzi (significativamente mai direttamente manifestata nei racconti), su quella implicita o, se si preferisce, sulla sua psicologia sociale di intellettuale primonovecentesco. Ritorneremo più avanti su questo racconto, che, anche sul piano tematico, ha un posto a sé nella raccólta. Intanto sarà bene cominciare a osservare che nelle novelle esiste anche un intento morale, ora esplicito (per esempio, in *Il crocifisso* e in *Creature vili*), ora implicito nell'obbiettivo di coniugare autenticità primitiva o arcaica e scoperta psicologica del profondo, dello sconosciuto, del misterioso. In questo secondo caso la moralità consisterà nello scoprire quegli abissi dell'«anima» in cui religione e psicologia possono – secondo la lezione di James assimilata da Tozzi – incontrarsi sino a sovrapporsi: anima "cristiana", ideologicamente considerata come soggetto di vita religiosa, e anima in quanto "psiche", e cioè come oggetto di studio psicologico, tendono per lui a coincidere. L'ideologia esplicita intende mostrare la vicinanza a Dio delle creature più vili e abbiette (la «giovine» del *Crocifisso*, le prostitute di *Creature vili*, la «matta» del racconto omonimo), la loro possibile redenzione. Per le ragazze di

Creature vili si cita in esergo il *De imitatione Christi* e si affronta il tema di una loro «purificazione»; la matta, mentre viene offesa e perseguitata, alza la testa in aria: «forse pensava a Dio»; la «giovine», dopo una pioggia purificatrice, si sveglia allo schiodarsi delle gambe e delle braccia del crocifisso.

In quest'ultimo esempio, siamo di fronte indubbiamente, come ha osservato Baldacci per *Il podere* e *Tre croci*, a una simbologia culturale, invece assente nel primo Tozzi, in cui i simboli sono solo quelli dell'inconscio individuale. Ma non direi che essa li sostituisca, come afferma il critico: piuttosto vi si sovrappone, senza cancellarli. Non ne derivano insomma le conseguenze negative denunciate da Baldacci: *Il crocifisso* presenta sì notevoli affinità con i due romanzi, e tuttavia sarebbe impossibile sostenere che in questa novella prevalga la «razionalizzazione» dell'ideologia o che vi manchino le «illuminazioni» dell'inconscio. Si potrebbe addirittura avanzare l'ipotesi che molte considerazioni valide per *Il crocifisso* valgano, con buona approssimazione, anche per *Il podere* e *Tre croci*.

Il linguaggio biblico dell'*incipit*, con le sue immagini desunte dalla *Genesi* (dunque, culturali), designa un paesaggio visionario e apocalittico, a forte impronta onirica, che spalanca baratri nell'immaginazione giocando sui simboli più inquietanti dell'inconscio collettivo (il fango, l'argilla, la prevalenza di colori come il rosso e il nero), mentre la scena finale del crocifisso che si schianta muove sì da una simbologia culturale ma per tradurla in forza perturbante di immagini: e cioè in logica simmetrica di rappresentazione, non in logica asimmetrica di discorso razionale. Questo crocifisso che si schioda non ha nulla della convenzionalità ideologica, ma sembra nascere piuttosto dall'accensione di una fantasia mistica primitiva; mentre la giovane, che dorme in posizione fetale «acciambellata dentro la sua veste», a questo evento «si desta, come da dentro il mucchio della spazzatura»: ove l'elemento perturbante sta in questa rapidissima giustapposizione di un simbolo divino e di un'immagine di bassezza e di scarto (la spazzatura). Il messaggio ideologico si afferma in modo violento e imprevedibile, attraverso la via della suggestione e dello *choc*, non certo attraverso quella della argomentazione ideologica: non rinnega le acquisizioni della prima poetica tozziana, ma coerentemente le sviluppa in modo più complesso, ricco e maturo.

Se questo discorso è valido, come io ritengo, non solo per *Ricordi di un impiegato* (ove l'aspetto ideologico non è certo assente) ma anche per romanzi come *Il podere* e *Tre croci*, verrebbe a cadere la teoria di una rottura fra un Tozzi «bambino» e un Tozzi «adulto», e si tratterebbe piuttosto di studiare gli elementi di una evoluzione che indubbiamente c'è stata, ma che si è realizzata all'interno di una ininterrotta continuità.

Sia nel *Crocifisso* che nel *Podere* o in *Tre croci* il discorso ideologico si risolve in visione e in allucinazione. Affermare, come fa Baldacci, che la simbologia culturale del periodo romano cancellerebbe definitivamente quella dell'inconscio e che in «nessuna pagina» del *Podere* sarebbe «dato riscontrare un segno di quelle illuminazioni che caratterizzavano i romanzi della prima pratica» o che Tozzi «non ci offre mai, in tutto il libro [*Il podere*], un'apertura sul profondo», come quelle che in *Con gli occhi chiusi* «erano lo strumento di scandaglio di una realtà occulta, percepibile appunto con gli occhi chiusi»,[25] può essere solo un'esagerazione polemica. A smentirla potrebbe bastare questo passo del *Podere*, cui abbiamo già fatto riferimento per la sua forte analogia con un brano di *Pittori* (e d'altronde la novella, scritta nelle stesse settimane del romanzo, appare difficilmente separabile da questo a ennesima conferma della difficoltà cui va incontro chi netta-

---

[25] L. Baldacci, *op. cit.*, p. 49.

mente distingue e anzi contrappone novelle e romanzi del periodo romano):

Egli, allora, per non doverle parlare ancora, escì; quasi piangendo. Ma, fuori, c'era un bel sole; e si sentì subito meglio. Nel cielo, che pareva più alto del solito, le nuvole passavano silenziose. Un uccello nero svolazzava sopra la casa; senza avvicinarvisi mai. Un calabrone, con le ali di un nero luccicante e turchino, cadde nell'acqua; facendo lo stesso rumore d'una pietruzza; una delle anatre accorse nuotando e lo inghiottì; poi, scosse il becco goccioloso. / Egli pensò, come se sognasse: "Sono giovane!".[26]

Qui la tecnica è la stessa delle novelle. Il personaggio è anche lui un «giovane» e passa improvvisamente, senza mediazione alcuna, da uno stato d'animo a un altro per ritornare poi, come in sogno, al primo (all'inizio piange; poi l'avversativa che apre il secondo periodo e l'affermazione «si sentì subito meglio» fanno pensare a una sua consolazione a causa del bel sole; infine il pensiero della propria giovinezza si accompagna a un presagio angoscioso di morte). Il lettore è chiamato di continuo, come nelle novelle, a riempire i vuoti della scrittura, a confrontarsi col non-detto. I simboli negativi (l'uccello nero, il calabrone dello stesso colore, l'anatra che lo inghiotte) non sono certo quei simboli culturali che sostituirebbero quelli dell'inconscio di cui parla Baldacci. E la battuta finale – una vera e propria «illuminazione» –, che costringe a rileggere retrospettivamente tutto il brano che da essa trae il suo senso più profondo, non è forse pronunciata come in sogno, a occhi chiusi, e non serve proprio come scandaglio dell'anima, come rivelazione della sua «realtà occulta»?

Né il discorso cambierebbe se considerassimo la conclusione del *Podere*. Qui l'ideologia del sacrificio di Remigio

[26] F. Tozzi, *I romanzi*, a cura di G. Tozzi, Vallecchi, Firenze 1961, p. 381.

è presentata di nuovo come sperpero ingiustificato di una vita, esito estremo della «malattia» della giovinezza. Come non c'è alcuna differenza sostanziale fra la scrittura di *Pittori* o di *Un giovane* e quella del *Podere*, così non c'è neppure fra il modo di calare l'ideologia sulla pagina di *Il crocifisso* e quello del *Podere* e *Tre croci*.

In ogni caso, infatti, il messaggio ideologico diventa stile e scrittura passando attraverso il crogiuolo convulso e incandescente delle reazioni psicologiche. In *Giovani* ne abbiamo conferma anche attraverso l'analisi dell'altra novella ideologica della raccolta, *Creature vili*. Qui il senso di colpa per aver infranto una legge morale e religiosa si trasforma a poco a poco in un rimorso carico di memorie infantili, provocato dalla sensazione o dalla coscienza di aver violato la norma familiare rappresentata dal padre: cosicché all'aspetto etico dipendente da una morale collettiva si sovrappone quello individuale che lo assorbe in sé sin quasi ad annullarlo. Alla fine, la comparsa di un signore anziano – un vero e proprio ritorno del rimosso – materializza simbolicamente la figura paterna, provocando un immediato senso di disagio e di rivalità nel giovane protagonista. La distanza che separa da questa conclusione la citazione iniziale, in esergo, del *De imitatione Christi*, e la giustapposizione, nella parabola del racconto, dell'una e dell'altra, ben mostrano il meccanismo attraverso il quale, nel Tozzi del periodo romano, il "culturale" si accosta all'elemento inconscio individuale sino a trapassare in esso. Di nuovo, la conclusione è la stessa: non siamo davanti a un cambiamento di poetica e di pratica di scrittura, ma a un modo più stratificato e complesso di articolarle sulla pagina.

Passiamo ora all'ideologia politica (nel senso sopra chiarito) e a *I butteri di Maccarese*. Il racconto è la storia di una ribellione contadina negli anni del biennio rosso. Ma all'autore le ragioni della rivolta non interessano affatto: piuttosto che sui contadini, la sua attenzione è puntata, sin dal titolo, sui butteri. Nel loro comportamento

– libero, selvaggio, individualistico, spregiudicato, autonomo dalle parti in lotta e tendenzialmente al di fuori o al di sopra dello scontro sociale in atto, in un atteggiamento di neutralità che solo l'orgoglio di categoria induce poi a superare (e allora, come è persino fatale, essi si schiereranno coi padroni) – egli proietta il sogno frustrato di protagonismo e di autonomia sociale che era proprio della piccola borghesia sovversiva dell'età giolittiana. Delle masse egli è disposto a cogliere le reazioni di violenza inconsulta, le paure improvvise, le esibizioni inutili di forza e di aggressività (le serpi morte fatte a pezzi con le falci), non le motivazioni della lotta. Se all'epoca di *Nelle miniere di Boccheggiàno* (1903) l'adesione alle idee socialiste lo aveva indotto a una considerazione della fatica dei lavoratori e all'esclamazione finale «Vorrei che [i minatori] venissero a minare le nostre città»[27] – che, a veder bene, è anch'essa manifestazione di un sovversivismo generazionale più che di un progetto rivoluzionario –, ora la prospettiva dell'autore tende a essere prevalentemente psicologica. E infatti in *I butteri di Maccarese* l'attenzione si concentra soprattutto sui singoli personaggi dei butteri, sulla mutevolezza e sull'ambiguità dei loro stati di animo individuali (laddove come gruppo essi mostrano sempre forza e decisione): si pensi al buttero che fronteggia da solo la folla dei contadini e che passa improvvisamente dal coraggio al panico e poi ancora a un comportamento impavido o all'ambivalenza psicologica e al gusto gratuito della violenza del capo dei butteri – un «giovane» anche lui – che sadicamente gode a picchiare le bufale e insiste nel percuoterle finché i loro occhi non diventano dolci. Anche in questo caso contano di più le dinamiche dell'inconscio (collettivo e individuale) che le prospettive ideologiche e sociali: nel senso che di nuovo queste sono sì presenti e hanno un loro preciso ruolo nella costruzione

[27] F. Tozzi, *Cose e persone. Inediti e altre frasi*, cit., p. 345.

della narrazione, ma sono subordinate a quelle o comunque filtrate attraverso di esse.

Si potrebbe fare un altro esempio: il racconto *L'ombra della giovinezza*, che presenta anch'esso singolari affinità col *Podere*. Per Orazio l'impossibilità del matrimonio deriva anche da ragioni sociali ed economiche strettamente connesse alla logica della proprietà (il rischio di una divisione col fratello del patrimonio paterno, la miseria della famiglia di Marsilia che appartiene a una condizione sociale inferiore). Esse hanno un preciso spazio nell'impianto narrativo, e tuttavia sono inseparabili – come accade appunto nel *Podere* – dalla «misteriosa» inettitudine del protagonista, dalla sua incapacità di uniformare a quella logica, in modo sicuro e convinto, il proprio comportamento.

D'altronde anche l'incombere, in diverse novelle, della figura del padre, coi traumi che essa determina nella soggettività turbata dei giovani protagonisti, è inscindibile dalla sua oggettiva realtà sociale di padre-padrone, proprietario indiscusso del territorio (il podere) su cui esercita il comando e unico depositario di tutto il potere (non senza l'ombra di una rivalità nei confronti del figlio). Ebbene, questo intreccio fra psicologia e ideologia, fra illuminazioni dell'inconscio e studio dell'oggettività sociale, fra registro soggettivo e registro oggettivo di scrittura, fra «rinnovamento» del racconto e del romanzo e accettazione della loro «forma», non è affatto casuale, ma risponde a una precisa poetica che si chiarisce e meglio si determina proprio negli anni romani.

5. LA POETICA DEGLI ANNI ROMANI

Secondo Baldacci, come si è visto, varrebbe per i romanzi del periodo romano una poetica diversa rispetto a quella di *Con gli occhi chiusi*. Egli è costretto per questo a relegare *Come leggo io*, che contiene una delle principali dichiarazioni di poetica dell'autore, a una sorta di soffietto pubblicitario di questo romanzo. Benché l'articolo sia scritto nel 1919, il proposito di dedicare attenzione a «un qualsiasi *misterioso* atto nostro»,[28] invece che alle esigenze della trama e a una narrativa di fatti (come sarebbero, per esempio, spiega Tozzi, un omicidio o un suicidio), non sarebbe coerente col *Podere* e con *Tre croci*, ma solo con la poetica del romanzo giovanile, appunto uscito in quell'anno.

Si dà il caso, però, che *Come leggo io* non dica niente di diverso da altre dichiarazioni di poetica sia di quegli anni romani, sia del periodo precedente. Le stesse tesi vengono sostenute nell'autorecensione a *Bestie* (1918), in *Rerum fide* (1919), in *Saggi di pedagogia* (1918), in *San Bernardino da Siena* (1918), in *Luigi Pirandello* (1918), in *«La guerra delle idee»* di G.A. *Borgese* (1916) e anche, per esempio, in *Quel che manca all'intelligenza* (1913): tutti scritti per «giustificare» *Con gli occhi chiusi*?

Se analizziamo questi documenti, quasi tutti contemporanei ai racconti di *Giovani*, ma anche al *Podere* e a *Tre croci*, ne risulta una poetica sufficientemente coerente e organica e del tutto omogenea alla pratica sia delle novelle che dei romanzi.

Il rifiuto del «mestiere», dell'importanza della trama e di una narrativa di fatti, prima ancora che in *Come leggo io*, si trova, come si è visto all'inizio di questo saggio, nell'autorecensione a *Bestie*. Nella quale, mentre si esprime una presa di posizione a favore, nel contempo, della narrazione in generale e della novella in particolare (esplicita è la polemica contro «i nemici della novella») e della necessità di un profondo «rinnovamento» del racconto da ottenersi riducendo drasticamente il ruolo della trama e

---

[28] F. Tozzi, *Realtà di ieri e di oggi*, edizione anastatica con introduzione di R. Luperini, Vecchiarelli, Roma 1992, p. 5.

abolendo gli schemi consueti, si ribadiscono nondimeno (ed è dettaglio quanto mai significativo dato che l'articolo doveva servire – questo sì – a «giustificare» un'opera frammentaria, senza personaggi e senza studio ambientale, come *Bestie*) «l'importanza inventiva dei personaggi» e la necessità di «produrre documenti psicologici della realtà umana e sociale» nonché «studi fatti con profondità di osservazioni». È il vecchio lettore della «Revue philosophique» che qui parla: il linguaggio è quello di una psicologia ancora positivistica. Ma il programma esposto («produrre documenti psicologici della realtà umana e sociale») è proprio quello da cui nasceranno *Il podere* e *I butteri di Maccarese*, *Tre croci* e *L'ombra della giovinezza*, tutti romanzi o racconti in cui la questione psicologica della giovinezza è vista all'interno di una precisa situazione sociale ed economica (il problema della proprietà contadina, la condizione dei mezzadri e dei braccianti, le norme economiche e sociali dell'eredità di un podere o del commercio). Tozzi, insomma, mira a un rinnovamento profondo sia della novella che del romanzo, accettandone tuttavia la struttura, e cioè l'invenzione dei personaggi e la capacità di osservazione e di studio da cui soltanto potranno nascere le analisi psicologiche «della realtà umana e sociale». La più evidente consistenza dell'aspetto morale e ideologico e la più esibita volontà di costruzione del *Podere* rispetto a *Con gli occhi chiusi* nascono appunto da tale intento, ma non escludono affatto – anzi, esigono – la «profondità» psicologica e il ridimensionamento della trama subordinata alle «illuminazioni» dell'inconscio.

Per portare avanti tale rinnovamento, Tozzi ha un suo progetto. In *Saggi di pedagogia* scrive: «Bisogna ripigliare da capo, tornare ad essere un poco o del tutto *primitivi*, perché la nostra esistenza abbia significati più vasti e più maturi».[29] Trovare nuovi valori e nuovi significati morali

---

[29] F. Tozzi, *op. cit.*, p. 89.

implica per Tozzi questo ritorno al primitivo, da lui concepito sia in senso psicologico (con riferimento all'inconscio o all'arcaico, alla dimensione profonda dell'«anima»), sia in senso letterario (con la predilezione non solo per il linguaggio diretto e anticonvenzionale ma anche per il genere di scrittura, coi suoi salti "ingenui" e i suoi vuoti improvvisi, dei mistici medievali). Per questo programma «ci vogliono spiriti profondi e violenti»: la profondità si può attingere solo con la violenza di chi sa scavalcare ogni mediazione e «fare a meno delle mezze misure» e sembra coincidere con una verginità assoluta e originaria, con la capacità di arrivare a un profondo che è insieme oggettivo e soggettivo, che si dà nella cosa (l'anima) e nella parola che l'esprime. Proprio questa forza di penetrazione può rivelare i nuovi valori e i nuovi significati (anche morali e ideologici). La tesi è ribadita in *Rerum fide*. La «utilità morale» – vi si legge – consiste nel credere a ciò che «i nostri occhi [...] vedono» e nel trovare «soltanto in noi stessi le spiegazioni morali che ora si confezionano con le metafore e con la rettorica».[30] L'anticonvenzionalismo e l'antirettorica di Tozzi sono un modo di attingere, insieme, il profondo e il morale. L'idea tradizionale di moralità come insieme di norme astratte viene rovesciata. Essa coincide, come era per il Saba di *Quello che resta da fare ai poeti*, con il ritorno a un primitivo nascosto dalle convenzioni e dalle regole sociali e inattingibile dalla rettorica della letteratura corrente: «il punto più sensibile forse si nasconde nel rovescio della nostra coscienza convenzionale». Rinnovamento letterario, «illuminazioni» dell'inconscio e contenuto morale sono perciò la stessa cosa. Moralità e stile vengono a sovrapporsi non nell'accezione che in quei mesi «La Ronda» si apprestava a diffondere (lo stile come difesa di una civiltà e di un costume e come sublimazione insieme estetica ed etica), ma in direzione diametralmente

---

[30] F. Tozzi, *op. cit.*, p. 103.

opposta, nello sforzo, cioè, di perforare le stratificazioni e le convenzioni (anche letterarie) della civiltà e di giungere a una radicale aderenza dello stile alla psicologia o all'«anima», alle loro dinamiche profonde e immediate, a una «sincerità impulsiva»: si tratta di inventare «un vocabolario [...] elaborato dalla nostra anima, che abbia trovato finalmente una sincerità impulsiva».[31] La originalità di Pirandello – scrive per esempio Tozzi – sta nel fatto che egli non usa le parole «come le trova nel vocabolario», ma mettendole «un poco di traverso», in modo che, grazie a «questa positura», arrivino a un significato profondo. Esse non sono mai impiegate di per sé, per una ragione esclusivamente estetica, ma solo per il significato che danno alla prosa di cui fanno parte e per l'adesione completa che esse esprimono a tutti gli «scatti» dell'anima:

Non ci sono parole che ci fanno attendere, o che esigono un rispetto per se stesse. Esistono solo perché non se ne può fare a meno. E lo stile è continuamente in balia di tutti gli scatti, di tutte le giocondità e le tristezze, di questa inquietudine che si convince di essere indispensabile. Non è una prosa che prende vita dalle parole, ma sono le parole che prendono vita da quel che è dentro.[32]

Tozzi si guarda bene dal trovare il contenuto morale dell'arte pirandelliana in una proposta ideologica o in qualche indicazione positiva. Anzi, lo scrittore siciliano viene elogiato (e siamo nel 1918, l'anno del *Podere* e di *Tre croci*) perché non fornisce mai al lettore «la soluzione assoluta di un problema morale»: anzi, in lui, l'«elemento negativo» alla fine prevale sempre. Qui Tozzi parla di Pirandello e insieme di sé: «Credo nessun altro scrittore come il Pirandello senta il male e la cattiveria come una condizione naturale che non può essere abolita» (ove l'ag-

[31] F. Tozzi, *op. cit.*, p. 101
[32] F. Tozzi, *op. cit.*, p. 253.

gettivo «naturale» vale anche nel senso di "primitiva" o "originaria"): il suo «È un mondo umano concepito in una specie di gastigo».[33] Né per Pirandello né per Tozzi l'arte deve essere subordinata a una volontà di messaggio ideologico esplicito e positivo o comunque consolante. Anche se Tozzi insiste sul nesso in Pirandello fra «spunto realistico» e aspetto regionalistico da un lato e «vita interiore» dall'altro (e ciò conferma il suo programma di conciliare il rinnovamento della «vita interiore» con la struttura realistica del romanzo e del racconto), il primo elemento appare sempre subordinato a un intento di sincerità e di autenticità che, come si è visto, può essere dato solo dall'adesione alla logica del secondo.

Esprimere valori e significati morali ed essere sinceri e primitivi: questo progetto è esplicitamente dichiarato in una pagina di *S. Bernardino da Siena*, che vale la pena riportare per intero, tanto appare decisiva:

La sua prosa dovrebbe essere studiata proprio da noi moderni, che cerchiamo nell'espressione e nello stile la liberazione delle nostre sensazioni e dei nostri stati d'animo. Egli è in grado di insegnarci come si possa scrivere senza velature e aggiunte di falsificazioni letterarie; abituandoci a dare vita anche alle cose che sembrano meno suscettibili d'essere scritte. Vi è in noi, sempre, un mondo che sembra destinato al silenzio; ed è, forse, il migliore e il più significativo. Le scuole letterarie hanno proibito di adoperare certi spunti emozionali, perché quando stiamo con la penna in mano sembrano che essi si disfacciano come i sogni, tanto appartengono, con profondità indicibile e con significato enorme, agli elementi meno equivoci che si rivelano alla nostra coscienza. Noi abbiamo dato alla nostra psicologia intima un senso convenzionale, che si muta dinanzi alla realtà. [...] Scrivere come S. Bernardino vuol dire mettere la nostra anima in tale sconfinatezza emozionale, che la nostra vita intima ci si rivela subito quale è e non quale ce la immaginiamo noi.[34]

[33] F. Tozzi, *op. cit.*, p. 261.
[34] F. Tozzi, *op. cit.*, pp. 175-176.

Si tratta dunque di riportare alla letteratura un mondo di «sconfinatezza emozionale» e di «profondità indicibile» altrimenti destinato al silenzio, perché «proibito» dalle convenzioni letterarie: il mondo della «nostra psicologia intima». Sottrarsi alle «velature» e alle «aggiunte» delle «falsificazioni letterarie» sarà possibile solo restando fedeli alla realtà dei suoi «spunti emozionali». Far coincidere «profondità» e «significato», registrazione dei movimenti dell'«anima» e valore morale e persino religioso è la scommessa di una poetica evidentemente influenzata dalla lettura di James e tutt'altro che incline ad astratte razionalizzazioni o all'abbandono delle illuminazioni del profondo: in essa l'ideologia, lungi dall'assumere l'aspetto di una qualche *Weltanschauung* totalizzante, è ormai inseparabile da una reattività immediata dove domina l'inconscio.

Ciò spiega perché l'esigenza di costruire il racconto in modo più serrato e coerente avvertibile nei romanzi del periodo romano non vada affatto a scapito della tensione espressionistica e del rinnovamento formale e perché in essi e nelle novelle di *Giovani* la più evidente presenza dell'elemento morale e ideologico-religioso non divenga mai chiusura in schemi prevedibili e razionali e si accompagni invece alla percezione continua dell'apertura imprevedibile della vita e della incessante mobilità contraddittoria dei sentimenti. È del 1916 questa dichiarazione, mirabilmente sintetica: «È bene che le pagine restino come solchi aperti e che non sia finito di seminare».[35] Ed è significativo che nel saggio su Verga questo autore sia visto sì come un esempio di costruzione, di compattezza, di moralità, ma solo perché primitivo, perché «grande e schietto come le cose più schiette della

[35] F. Tozzi, *La guerra delle idee* di G.A. Borgese in «Cronache d'attualità», 30 agosto 1916 (ora in F. Tozzi, *Pagine Critiche*, a cura di G. Bertoncini, Edizioni ETS, Pisa 1993, p. 153).

natura».[36] La «impalcatura» dovrà assumere insomma la forza e l'immediatezza della natura (Verga viene anche paragonato a una montagna), non le mediazioni della razionalizzazione ideologica.

Nel 1913, in pieno periodo senese, dunque, e anzi nell'anno decisivo dell'elaborazione di *Con gli occhi chiusi*, Tozzi aveva espresso posizioni non diverse nell'articolo *Quello che manca all'intelligenza*. Sotto l'influenza di James egli vi sosteneva la corrispondenza fra psicologia e religione, fra «anima» e «sentimento religioso», sino a questa affermazione perentoria: «la religione è la nostra anima stessa». Qui il fenomeno religioso è definito «primitivo», e si afferma che i poeti non dovrebbero allontanarsene mai: «è necessario che nessun poeta disfaccia in sé stesso la preparazione istintiva precosciente della propria religiosità».[37] Di nuovo morale, religione, valori sono fatti coincidere con le rivelazioni dell'«istintivo» e del «precosciente».

Salvare le esigenze di durata e di flusso della narrazione e tuttavia costringerla a rendere l'immediatezza della vita interiore, e per tale via rinnovare i generi narrativi, è – a livello sia di poetica che di pratica narrativa – il contributo più notevole che Tozzi abbia portato alla storia della narrativa moderna. Dopo la rottura della narratività stessa e il rifiuto, da parte dei vociani, della novella e del romanzo, questi generi potevano riprendere, grazie a lui, la loro strada: ma non era un ritorno all'indietro, né un'operazione di restaurazione, bensì l'invenzione, anche in Italia, di un nuovo modulo, quello della grande narrativa novecentesca.

[36] F. Tozzi, *op. cit.*, p. 227.
[37] F. Tozzi, *op. cit.*, p. 112.

Come si è visto, la raccolta *Giovani* è organizzata intorno al tema – e alla teoria – della giovinezza: presuppone dunque un ordine, una strategia. Inoltre non vi
manca una dimensione ideologica di tipo esplicitamente
religioso che, per quanto non strutturante organicamente l'opera, non può essere ignorata. Infine, all'interno dei singoli racconti, è sempre individuabile un registro oggettivo di scrittura, fondato su una serie di con-
catenazioni causali e temporali. Questi elementi garanti-
scono – ai racconti non meno che ai romanzi del periodo romano – un flusso narrativo apparentemente
coerente, l'«impalcatura» di cui Tozzi parla a proposito
di Verga; e rappresentano indubbiamente, almeno nel
campo del romanzo, un'acquisizione nuova rispetto a
opere come *Con gli occhi chiusi* o *Bestie*, nelle quali la
disgregazione del tessuto narrativo si presenta assai più
accentuata (soprattutto, ovviamente, nella seconda,
dove è implicita nella struttura stessa).

Nondimeno, tale acquisizione non si separa affatto né
dall'evidenziazione espressionistica del dettaglio e dal suo
isolamento rispetto al tutto (particolarmente marcati nella
ritrattistica e nel paesaggio, ma presenti anche nella punteggiatura e nella organizzazione del periodo, in cui viene
di fatto a cadere la distinzione fra proposizione principale
e proposizioni secondarie o subordinate), né da una sintassi del racconto sempre sincopata, ellittica, fortemente
paratattica (mai, nonostante tante temporali e causali,
ipotattica), che sembra seguire l'andirivieni sussultorio e
contraddittorio di una coscienza disturbata piuttosto che i
parametri di una narrazione oggettiva.

Come già ha avuto modo di osservare Tellini, nelle macrostrutture dei racconti si sovrappongono e si scontrano
due registri narrativi: quello della narrazione consequen-

ziale e un altro fondato invece su associazioni o disgiunzioni improvvise, immotivate, "illogiche" che lo scompagina. Questa specie di «contro-sintassi»[38] agisce anche nelle microstrutture e nell'organizzazione del periodo, disarticolandolo e abolendo le sue tradizionali gerarchie, grazie soprattutto a un uso abnorme della punteggiatura (in particolare del punto e virgola e dei due punti). Il risultato combinato di questa doppia operazione è una continua frustrazione e scompaginazione delle attese del lettore.

Qualche esempio da *Un giovane*, limitato all'uso delle avversative, delle temporali e delle causali:

camminava più lesto per lasciare questo ragazzo, che era stato una parte di lui stesso, dietro di sé. Lo voleva mandare via a tutti i costi; e credeva che quella passeggiata gli facesse trovare definitivamente il senso della sua adolescenza; di cui non era abbastanza sicuro. *Ma* [corsivo mio] sperava che gli capitasse per strada qualche cosa per provare a sé stesso che ormai poteva fidarsi del proprio animo.

L'avversativa «Ma» potrebbe benissimo essere sostituita da una congiunzione di significato opposto, per esempio "perciò". In questo caso infatti si interpreterebbe così: il ragazzo pensava di trovare il senso della sua adolescenza durante quella passeggiata, perciò sperava che gli capitasse per strada qualcosa ecc. Il fatto è che nel testo tozziano la congiunzione «Ma» si pone in opposizione non alla frase principale, ma alla relativa che immediatamente la segue. Così quest'ultima, d'altronde isolata ed evidenziata dal punto e virgola, viene ad avere inaspettatamente un'importanza maggiore della principale.

Continuiamo nella citazione:

---

[38] G. Tellini, *La tela di fumo*, cit., p. 72.

Già, passando rasente a qualche fonte del borro, s'accertava *sempre di più* che non provava *ormai* quella curiosità di fermarsi a guardarla *come una volta*: *ora* gli pareva di conoscere tutte le cose che vedeva, e a pena le degnava di uno sguardo, badando soltanto dinanzi a sé. *Ogni tanto*, però, aveva paura perché l'erba frusciava sotto i suoi piedi.

Qui l'avversativa «però» nell'ultimo periodo appare pienamente legittima: il ragazzo si sente ormai sicuro di sé e maturo, tuttavia («però») ogni tanto prova paura a sentire il rumore dei propri passi. Ma se il senso grammaticale e logico del discorso è perfettamente a posto, lo è meno il senso retorico che si crea nella pragmatica della lettura, vale a dire all'interno del sistema di attese e di corrispondenze che si realizza fra strategie di scrittura e strategie di lettura e che determina, nel corso di una lettura lineare, il meccanismo stesso dell'interpretazione letterale. Questo senso retorico è fortemente influenzato nel nostro caso dalle locuzioni avverbiali di tempo, invero numerosissime, «Già», «sempre di più», «ormai», «come una volta», «ora», collocate tutte all'interno di un solo periodo, quello precedente l'avversativa «però». Esse sono inoltre rafforzate, sempre in questo stesso periodo, da altri due avverbi, «a pena» e «soltanto», che insistono nella stessa direzione semantica. Le une e gli altri creano un sistema di attese che sembra dare per scontati il superamento dell'incertezza adolescenziale e la realizzazione della speranza del protagonista di trovare nel paesaggio, durante la passeggiata, la conferma della propria raggiunta maturità. Il futuro viene impegnato con locuzioni temporali che non lasciano dubbi («Già», «sempre di più», «ormai») e che escludono la situazione del passato («non provava *ormai* quella curiosità di fermarsi a guardarla *come una volta*»), opponendola a un presente già diverso («ora»). E invece, improvvisamente, l'avversativa «però» stabilisce una contraddizione fra senso grammaticale e senso retorico disorientando le aspettative del lettore, ricacciandolo nell'incertezza e costringendolo ad aggiustare nuovamente la propria prospettiva. Se la lettura è sempre uno sforzo di adeguamento guidato, quella che i racconti di Tozzi esigono deve mettere in conto un processo continuo di spaesamento e di esitazione, quasi di costante e leggera vertigine. Il lettore è posto di fronte a una scrittura policentrica e puntiforme, perennemente centrifuga, che pone in tensione asse paradigmatico e asse sintagmatico, obbligandolo a una serie ininterrotta di scarti lungo il primo e di riequilibrature lungo il secondo: ne deriva una lettura mai scontata e rassicurata e invece costretta a sbilanciamenti, perdite di equilibrio, improvvisi riaggiustamenti.

Consideriamo ora le congiunzioni, due causali e una conclusiva, e più in generale le proposizioni subordinate che chiudono il racconto:

Soffriva, *perché* i pioppi c'erano ancora e gli uccelli volettavano. Egli si fermava a guardare, *sentendo*, attorno attorno, una gran cattiveria ostile. *Perciò* si rivolse subito, con la testa sconvolta. / E, ad ogni persona che incontrava, sperava di non essere veduto; *perché* soffriva troppo.

In questi quattro periodi abbiamo tre causali (nel primo, nel secondo, nel quarto, introdotte rispettivamente da un «perché», da un gerundio con valore causale, e da un altro «perché»), mentre il penultimo periodo è introdotto da «Perciò», cioè da una coordinata conclusiva che in genere ha la funzione logica e grammaticale di riferire la conseguenza necessaria e ultima derivante da quanto precede. La prima causale non è affatto chiara, almeno a una prima lettura. Dai periodi precedenti sappiamo che il ragazzo sta tornando nel luogo dove la mattina del giorno innanzi aveva sperato di trovare i segni della propria raggiunta maturità e che è passato improvvisamente, senza alcuna apparente ragione, da uno stato di allegria a uno di paura e di sofferenza. Ma la ragione di tale cambiamento, se riferita ai pioppi, risulta incomprensibile dato che, all'inizio del racconto, il lettore è stato informato che fra queste piante il protagonista si sente a proprio agio. D'altronde non si capisce neppure perché possa provocare sofferenza la vista del volo degli uccelli. Il lettore è costretto allora a pensare che la ragione della pena stia solo nell'avverbio temporale «ancora» e a immaginare che la ripetizione della scena della trasgressione (il ragazzo, invece di obbedire al padre e di lavorare con lui, scappa di nuovo in mezzo ai pioppi) abbia a che fare con una coazione a ripetere l'atto della ribellione senza però più la speranza, fortissima invece il giorno prima, che essa segni l'avvio dell'uscita dalla adolescenza. Comunque sia, il lettore deve passare dall'asse paradigmatico a quello sintagmatico per cercare una spiegazione che nel testo manca e dunque per riempire i vuoti lasciati dalla scrittura. La seconda causale, introdotta dal gerundio (un procedimento spesso impiegato da Tozzi), lascia anch'essa nel lettore un senso di perplessità: alla puntualità, alla concretezza materiale dell'atto del fermarsi a guardare, non corrisponde un oggetto altrettanto preciso, ma un'astrazione indeterminata («una gran cattiveria ostile») e tuttavia percepita come se fosse tangibilmente presente («attorno attorno»). All'inizio del terzo periodo, il «Perciò» dovrebbe introdurre una conseguenza derivante dall'azione descritta nel periodo precedente, e così avviene, ma in un modo assai complessamente articolato e comunque non immediatamente percepibile. Da un lato l'atto di «rivolgersi» («Perciò si rivolse subito») si riferisce, da un punto di vista logico, alla gerundiva subordinata che precede (alla sensazione di una cattiveria ostile circostante, che costringe il soggetto a distogliere da essa la sua attenzione), dall'altro, da un punto di vista meramente grammaticale, all'azione della principale («si fermava a guardare»), facendo intuire che il protagonista volge la testa, che evidentemente aveva girato di lato per guardarsi attorno, e riprende il cammino. In questo caso, il lettore non solo è tacitamente invitato a ricordarsi che la mattina precedente, sicuro di sé, il protagonista credeva di non avere più la curiosità di fermarsi a guardare, ma deve di nuovo trovare un proprio orientamento di lettura muovendosi su piani diversi del discorso e colmando i vuoti della scrittura: ad esempio, deve immaginare che il ragazzo si era voltato, e non solo fermato, per guardare, per cui l'atto di distogliere lo sguardo dal mondo circostante coincide con quello di «rivolgersi» o volgersi di nuovo nella posizione che precede il momento del fermarsi e del voltarsi.

L'ultima causale è apparentemente del tutto evidente e persino ovvia: poiché soffre, il protagonista spera di non essere veduto da parte di coloro che incontra nel suo cammino. E tuttavia, anche qui, le cose sono un po' più complicate. Il lettore è portato a oscillare fra due interpretazioni diverse senza poterne scegliere con chiarezza una (si trova insomma in quella situazione di indecidibilità tanto cara a De Man e ai decostruzionisti americani). La causale si riferisce al fatto che il soggetto non vuole essere visto perché teme, per ragioni contingenti (è turbato in volto, sta piangendo, è visibilmente alterato), che i passanti si accorgano della sua agitazione? Oppure l'eccesso di sofferenza lo induce a un desiderio – niente affatto ovvio, né legato a circostanze contingenti – di invisibilità e quasi di inesistenza, di totale inappartenenza alla società e, si potrebbe pensare, di regressione a un isolamento arcaico? Il dubbio deriva anzitutto dalla punteggiatura, che divide l'effetto dalla causa potenziando la loro reciproca autonomia e dando un valore assoluto alla speranza di non essere veduto e all'eccesso di sofferenza, e poi, ma conseguentemente, dal carattere in sé generico, astratto e dunque più intensamente polisenso dei sintagmi «sperava di non essere veduto» e «soffriva troppo» (non si dice "sperava di non essere riconosciuto" o "sperava che nessuno si accorgesse di lui", e neppure, per esempio, "soffriva sino alle lacrime": non si indicano cioè particolari di un turbamento visibile all'esterno; anzi, l'avverbio «troppo» contiene una intensità semantica tanto caricata quanto indeterminata e dunque aperta a ogni possibile interpretazione). Inoltre l'azione della proposizione principale è sottratta a un preciso rapporto di conseguenza temporale che l'avrebbe situata con precisione in circostanze determinate: non si dice, per esempio, «quando incontrava qualche persona, sperava di non essere veduto», ma «ad ogni persona che incontrava», ponendo l'accento così sul numero degli incontri e sulla ripetizione della situazione e non sulla specifica occasione temporale in cui questa si verifica. Insomma il lettore è lasciato libero di collegare la congiunzione causale e l'effetto di causalità al solo verbo "vedere" e al suo ambito contingente e immediato di significati (essere guardato in viso, essere scoperto nel proprio turbamento ecc.) oppure alla "speranza" di una scomparsa dal mondo o di una invisibilità per gli altri che ha ragioni profonde e assolute. Nel primo caso la sofferenza comporta un momentaneo turbamento che mette in ansia perché è visibile, e costringe perciò a un movimento consapevole (conscio) di autodifesa, legato a una situazione concreta; nel secondo è una condizione dell'anima tipica della giovinezza che determina un desiderio inconscio e rivela una tendenza arcaica regressiva.

Comunque sia, a una scrittura di continuo destabilizzante non può che corrispondere una lettura destabilizzata, mobile, aperta, costretta a riaggiustamenti continui e a salti improvvisi, una lettura che deve riempire le lacune della scrittura e che contiene dunque, nella sua stessa compagine, una spinta specifica e una organica sollecitazione al momento ermeneutico, all'atto di libertà dell'interpretazione. Bisognerebbe tornare a ripetere la frase già citata di Tozzi: «È bene che le pagine restino come solchi aperti e che non sia finito di seminare».

D'altronde, il ritratto del proprio lettore modello è fornito dall'autore nel notissimo *Come leggo io*. Il lettore presupposto dalla scrittura tozziana non deve leggere il libro «di seguito», né lasciarsi andare alla lettura lineare (o «lasciarsi dominare dalla lettura», come scrive Tozzi), né farsi prendere dalla trama; deve invece «pigliare alla rovescia» i personaggi, «quando meno se lo aspettano», e soffermarsi sui brani in cui lo scrittore riesce a indicare «una qualunque parvenza della nostra fuggitiva realtà» o a farci intuire qualche «*misterioso* atto nostro» – il che implica, ed è dettaglio tutt'altro che trascurabile, una lettura attenta alla dimensione psicologica e all'interpretazione in questa chiave. Insomma, un lettore-antilettore, un «pessimo» lettore, scrive polemicamente Tozzi,[39] che ha ben presenti le dinamiche del lettore comune e soprattutto l'idea di lettura implicita nella scrittura della maggior parte delle novelle e dei romanzi dell'età sua (e della nostra, si potrebbe aggiungere).

7. LE FORME DEL CONTENUTO E I MODI DELLA RAPPRESENTAZIONE

Sinora si sono considerati i modi dell'espressione. Se da questi passiamo alle forme del contenuto e ai modi della rappresentazione, ci accorgiamo che anche qui all'interno dell'ordine narrativo fermenta il disordine, nella compagine della narrazione o della descrizione si insinuano crepe, digressioni, piani di rottura.

L'ordine è rappresentato dalla struttura binaria e oppositiva delle novelle: da un lato il protagonista, dall'altro – in antitesi o in contraddizione – un altro personaggio o

---

[39] F. Tozzi, *Realtà di ieri e di oggi, cit.*, pp. 3-10.

un insieme di altri personaggi o un gruppo indistinto (una comunità, spesso). A volte il gioco oppositivo è molteplice e a più livelli, come in *Pittori*, dove ciascuno dei protagonisti è amico e nemico, nel contempo, degli altri due. Ma più spesso lo schema è molto semplice: oppone una persona a un'altra all'interno di un rapporto di parentela o di amicizia: il padre (più raramente anche la madre) al figlio o alla figlia (in *Un giovane*, *Una figliola*, *Vita*, *Il padre*, *La madre*, *La capanna*) o il fratello maggiore al minore (in *L'ombra della giovinezza*, ove quello esercita nei confronti di questo un ruolo paterno) o la nipote allo zio e alla zia (in *Una gobba*), il marito alla moglie o all'amante (in *Miseria*, *Marito e moglie*, *Un'amante*, *Un'allucinazione*), o un amico a un amico rivale e potenziale e talora effettivo nemico (in *Un amico*, *I nemici*, *La mia amicizia*, *Pittori*, *Pigionali*), oppure una vittima a un gruppo di offensori o addirittura di aguzzini (in *Un'osteria*, *Il crocifisso*, *La casa venduta*, *Una recita cinematografica*, *La matta*, *Mia madre*, mentre in *Il ciuchino* le vittime sono animali), per limitarsi agli esempi offerti dai racconti compresi in questa antologia. Nell'ultimo caso, l'opposizione assume l'aspetto di una persecuzione e la violenza caratteri "sociali": il capro espiatorio è una persona debole, indifesa, o un "diverso" condannato all'estraneità (rispettivamente: una maestrina lontana da casa costretta a vivere in un paese estraneo e ostile; una giovine prostituta dileggiata dai suoi clienti; un giovane un tempo ricco e ora decaduto, obbligato a vendere la casa per pagare un'ipoteca; un ciabattino che fa il portinaio in una casa di signori che lo ignorano; una venditrice di frutta sottoposta ai dispetti dei monelli e al disprezzo dei concittadini; il figlio di un ladro contro cui si accanisce un gruppo di compagni di scuola; un ciuchino appena nato forzato a bere il latte e una ciuca forzata a darglielo; e si potrebbe aggiungere che anche in *Una gobba*, in cui l'opposizione si svolge principalmente nell'ambito familiare, non manca il motivo di una persecuzione sociale a causa della deformità della protagonista).

In ogni caso l'opposizione si nutre di un sadismo che non esclude affatto il masochismo, che anzi gli è complementare: frequentemente, la vittima è un giovane complice degli aguzzini, segretamente legato alla loro violenza, anche perché si identifica con la loro "cattiveria", la quale rappresenta ai suoi occhi l'uscita dalla giovinezza e l'ingresso nella società adulta (si vedano, per esempio, *Mia madre*, *La casa venduta*, ma anche *La capanna* e *Vita*). Quando la violenza è ristretta all'ambito familiare o riguarda il rapporto a due dell'amicizia o dell'amore, la dinamica amore-odio tende alla continua reversibilità e quasi interscambiabilità dei due termini (i quali assumono anche la dimensione di una dialettica fra "bontà" e "cattiveria"), della regressione al ruolo di bambino buono, affettuoso e obbediente o di proiezione, viceversa, nel ruolo paterno (che implica aggressività, virilità, "cattiveria"), con i conseguenti esiti di trasgressione, ribellione, disobbedienza.

Molto spesso, comunque, la mobilità dei ruoli e il loro scambio – impliciti anche nella logica del "doppio" che unisce non solo fratelli o amici rivali (in *Un amico*, *Mia madre*, *I nemici*, *La mia amicizia*, *L'ombra della giovinezza*) ma anche padre e figlio (in *Vita* o *La capanna*) –, la reversibilità dei sentimenti e delle dinamiche sadomasochiste e di "bontà" e "cattiveria" tendono a minare l'ordine binario che pure struttura il racconto, introducendo in esso un'ambiguità in realtà inseparabile dall'ambivalenza affettiva dei personaggi tozziani. Persino dove c'è una persecuzione di gruppo la vittima può talora apparire minacciosa e sul punto di invertire i ruoli: la indifesa maestrina di *Un'osteria* può sembrare «grossolana e furba», la fragile gobbina di *Una gobba* mostrare «occhi di una dolcezza maligna e ambigua», mentre il fanciullo perseguitato dai compagni in *Mia madre* è cattivo esattamente come loro e aspira ad assumere il loro stesso ruolo di aguzzini, intanto esercitandolo, seppure indirettamente, nei confronti della madre.

Il fatto è che la struttura binaria costruita sull'asse della narrazione oggettiva (e perciò sull'opposizione "buono" *vs* "cattivo", vittima *vs* aguzzino ecc.) entra in crisi a causa della frequentissima focalizzazione soggettiva della narrazione, nella quale l'assunzione del punto di vista dei personaggi rovescia le convinzioni suscitate dal registro oggettivo. Inoltre la loro ambivalenza diventa ambivalenza prospettica della narrazione. Ne deriva, anche in questo caso, un contrasto di forze, uno sbilanciamento nella struttura portante dei racconti, che costringe la lettura a uscire dai consueti schemi di adattamento al ritmo lineare della scrittura, a mettersi in questione, a interrogarsi.

Questo fenomeno si avverte anche se consideriamo porzioni minori della narrazione, per esempio le rappresentazioni dei personaggi o del paesaggio. Qui molto spesso il particolare si accampa in primo piano, emancipandosi dall'insieme, dimenticando l'universale. Come Pirandello, anche Tozzi tende, nella ritrattistica soprattutto, a rifiutare la raffigurazione a tutto tondo, a isolare un singolo dettaglio o una serie di dettagli, ponendoli in risalto con effetti espressionistici e con esiti di alterazione grottesca.

Poiché vari esempi di ritrattistica sono commentati nelle note al testo (alle quali il lettore viene qui rimandato), ci si può limitare in questa sede a considerare il paesaggio. Esso si presenta perlopiù non come conciliazione ma come segno inquietante di una disarticolazione o di un turbamento, che postulano una spiegazione senza offrirla e dunque richiedono l'attiva collaborazione interpretativa del lettore. Già è stata notata[40] la tendenza dei paesaggi a porsi come dispersione del racconto, come in-

---

[40] S. Maxia, *Uomini e bestie nella narrativa di Federigo Tozzi*, Liviana, Padova 1971, p. 43.

vadenza autonoma e digressiva. L'ordine delle cose appare sempre in Tozzi in tutta la sua casualità rispetto all'ordine delle idee e della soggettività. I rari momenti di adesione alla natura e di conciliazione in essa sono vissuti dal soggetto non come risultato di un'armonia "data" fra uomo e ambiente, bensì come esito momentaneo e del tutto proiettivo della "bontà" del soggetto, e cioè, come è stato osservato sopra, della sua possibilità di regredire a un ordine infantile o addirittura arcaico, simbiotico, di perfetta coincidenza (cosicché la regressione sarà a una natura-madre o all'innanzi-nascita). Ma, in genere, rispetto alla sintonia, prevale la distonia: un atteggiamento distaccato e depresso insieme, che cataloga gli oggetti talora con un atteggiamento di atonia e di apatia, talaltra subendo invece il loro fascino misterioso, inspiegabile proprio a causa della radicale alterità in cui essi si pongono. In ogni modo, i particolari si susseguono non per una logica oggettiva di narrazione, ma quasi fossero dotati di una loro indipendenza, di un'autonomia che sfugge a ogni «impalcatura» e impone la propria presenza, in un processo di digressione a catena. Eccone un esempio, in *Pittori*:

andarono fino a Santa Regina, in cima a un poggetto; con il campanile per una piccia di campane verdi e piccole come balocchi. Il campanile era molto più basso di quattro cipressi, che stavano vicino agli scaloni di pietra della chiesa; alla quale era attaccata la casa del prete, che subito non si vedeva perché dietro una pianta di fico con i rami che si curvavano fino a terra per rivoltarsi all'insù, quando sembrava troppo tardi, con le loro gemme puntute. Sotto al fico c'era un fragolaio, tutto zappato e dritto; con le piante che stavano per avere i fiori. Poi cominciavano i vigneti, che coprivano i poggetti di tutta la campagna attorno.

La logica digressiva, paratattica e centrifuga della contiguità potrebbe durare all'infinito. Il paesaggio non ha un centro, segue l'andamento divagante di uno sguardo che si sofferma su ogni particolare, capovolgendo le usuali gerarchie (il campanile sembra esistere solo per «la piccia di campane»). Si passa dal poggetto al campanile, dal campanile ai cipressi della chiesa, dalla chiesa alla casa del prete; e poi dalla casa del prete alla pianta di fico che impedisce di vederla; dalla pianta ai suoi rami; dai rami al fragolaio che essi sovrastano; dal fragolaio alle singole piante di fragola e da queste ai vigneti che tornano ad allargare la prospettiva alla campagna attorno. Proprio perché il particolare è sottratto alla subordinazione a un disegno generale non c'è da meravigliarsi se può animarsi e quasi pretendere di vivere di una vita propria indipendentemente da quella degli altri dettagli: qui accade per i rami del fico «che si curvavano fino a terra per rivoltarsi all'insù, *quando sembrava troppo tardi*, con le loro gemme puntute» (dove l'espressione sottolineata col corsivo soggettivizza e drammatizza il "comportamento" – così verrebbe voglia di chiamarlo – dei rami).

Questa animazione del paesaggio può aprirsi alla visione onirica di una natura apocalittica all'inizio di *Il crocifisso*, o misteriosa sino al limite del fantastico nell'*incipit* e nell'*explicit* di *Un amico*, o giungere sino al rovesciamento espressionistico dei piani visuali e dei modi consueti della rappresentazione (per gli esempi, si vedano i passi commentati alle note n. 8 di *Marito e moglie* e n. 12 di *I butteri di Maccarese*). Ma spesso si risolve in una esigenza di affermazione del singolo dettaglio, che sembra pervaso da una forza vitale repressa e come schiacciata e nondimeno tesa a imporsi quasi con violenza. Ciò è evidente soprattutto nei paesaggi cittadini dedicati a Siena, nei quali si avverte anche l'influenza della pittura coeva, cubista soprattutto, per la poliedricità simultanea delle prospettive e per la tendenza all'astrattismo geometrico (d'altronde Tozzi, che aveva studiato da ragazzo in un Istituto di Belle Arti, rivela in vari racconti – *Pittori*, *La scuola di anatomia* – una dimestichezza con la terminologia delle arti e la tendenza a utilizzarne alcune tecniche trasponendole nella scrittura – si vedano per esempio i paesaggi iniziali di *I butteri di Maccarese* – e non manca di scrivere saggi di critica artistica, occupandosi, fra l'altro, della pittura di Viani). Ecco due esempi, uno da *Pittori*:

Dinanzi a loro, la strada era stretta e chiusa tra i palazzi rossicci e grigi; con le persiane verdi. Pareva che si accartocciasse. C'erano poche botteghe e poca gente. Per tutta la sua lunghezza, era metà illuminata di sole metà nell'ombra; un'ombra, tutta a pezzi, che veniva giù dalle grondaie come i lati più lunghi di tanti triangoli rotti e sbocconcellati,

l'altro da *Gli orologi*:

Di lassù guardava la città, e riconosceva bene le due finestre della sua camera: erano quelle dove i tetti, dalla parte di San Domenico, pare che debbano cadere a precipizio, e le case non smettono più di fare le loro file; e ciascuna vuole essere quella della parte di fuori, in modo che se ne veda almeno un pezzo.

Nel primo esempio l'animazione (la strada «pareva che si accartocciasse», e all'inizio di *Un giovane* si legge: «Siena si rannicchiava») si unisce allo studio minuto, ostentatamente pittorico, del gioco delle luci e delle ombre e alla geometrizzazione soprattutto di queste ultime (l'ombra è «tutta a pezzi» e assume la figura di una successione di triangoli). Nel secondo essa giunge ad attribuire una volontà alle case («non smettono più [...] ciascuna vuole essere [...]»), quasi anch'esse siano coinvolte in una convulsa lotta per l'affermazione di un proprio spazio e per il diritto stesso di esistere. Il lettore, che stava seguendo il ritmo calmo e abitudinario della passeggiata mattutina del protagonista ma già era stato posto sull'avviso da un particolare apparentemente insignificante in contrasto con tutta quella tranquillità (egli accelerava il passo «quando incontrava due innamorati che *come lui* [corsivo mio] non volevano farsi vedere»), ha una ragione di più per esitare fra sensazioni e interpretazioni contrastanti.

Insomma, quanto è stato detto per i modi dell'espressione sembra valere anche per le forme del contenuto. Una strategia oggettiva di narrazione guida indubbiamente il lettore, ma essa poi è contraddetta e messa in causa da un'altra strategia, che agisce nel tessuto molecolare del racconto, costringendo il lettore a variare di continuo la prospettiva di lettura in una successione di messe a fuoco diverse e contraddittorie. Tutti gli elementi strutturali che sono stati individuati (dal registro oggettivo e consequenziale della narrazione al regime binario e oppositivo della strutturazione della *fabula*) vengono infatti destrutturati.

8. DINAMICHE DELL'INCONSCIO E OPERAZIONE DI "COMPROMESSO"

Nella compagine narrativa dei racconti, l'elemento disturbante è quasi sempre costituito, come già si è visto, dalla violenta intrusione della prospettiva soggettiva in quella oggettiva della narrazione. Può succedere per esempio che la voce narrante esprima un esplicito punto di vista critico nei confronti degli aguzzini e mostri il carattere dolce e indifeso della vittima, e poi di colpo, senza alcun preavviso, la narrazione prosegua assumendo la prospettiva dei persecutori e capovolgendo il giudizio sul personaggio sottoposto alle loro angherie (così, in *Una gobba*, dopo aver denunciato la «vigliaccheria» della zia, se ne adotta l'ottica e si presenta la povera gobbina come «maligna e ambigua»).

Questo tipo di soluzione narrativa ribalta nella struttura oggettiva del racconto le imprevedibili e «misteriose» reazioni della soggettività, senza darne alcuna spiegazione. Sta al lettore interpretare il non-detto, cercarne le ragioni; e già abbiamo visto che il lettore-modello previsto da

Tozzi deve essere attento non alla trama ma alla psicologia, alla «vita intima» dei personaggi. Si può dire per Tozzi quello che ormai è scontato per Saba: la scrittura esige il ricorso alla psicoanalisi o almeno (tanto più che Tozzi, a differenza di Saba, resta sempre al di qua di Freud) alla psicologia. Non se ne può fare a meno (e lo documentano, in questa antologia, le numerose note di commento dedicate a questo genere di ermeneutica) perché esso è per così dire inscritto nella struttura e nella qualità stessa dello stile di Tozzi e nel tipo di collaborazione interpretativa che esse postulano.

D'altra parte la questione psicologica è presente anche a livello tematico, e non solo nella teoria della giovinezza che informa *Giovani*, ma anche nel motivo della allucinazione o della follia che compare in diverse novelle fuori di questa raccolta.

La mia amicizia è un resoconto – di nuovo condotto con un ricorso assai scarso all'analisi interiore e con la consueta sottolineatura, invece, degli aspetti fisiologici oggettivi (sino a «mi misi a letto con una febbre nervosa; con certi brividi che mi facevano saltare») – di come nasce e si sviluppa una follia. Il protagonista decide di cambiare casa e di andare ad abitare in quella dell'amico, e vuole convincerlo ad acconsentire a questo suo desiderio. L'amico, il quale non ha neppure una stanza per gli ospiti (cosa di cui il protagonista, fra l'altro, è a perfetta conoscenza), non può ovviamente acconsentire. Durante tutto il dialogo fra i due, l'io narrante e protagonista alterna momenti di amore intenso e appassionato per l'interlocutore ad altri di odio altrettanto profondo. Alla fine resta sdegnato e offeso per il rifiuto e, dopo aver tentato invano in un secondo colloquio di convincere l'amico e averlo colpito con un pugno, viene riconosciuto pazzo e ricoverato per cinque anni in un manicomio. Uscitone, si chiude in una dolce idiozia vivendo isolato dagli uomini e riuscendo a credere alla sua stessa esistenza solo quando sogna. A mettere in moto il meccanismo della follia, è stata una causa esterna: una volta egli ha sentito suonare il campanello della propria casa, è andato ad aprire e in realtà non aveva suonato nessuno. Da quel momento la casa gli sembra estranea e inospitale e decide di abbandonarla. Ma in realtà, più che una causa, questo sembra già un sintomo di un malessere psichico: il suono del campanello non era che una allucinazione. Così il lettore non può credere al motivo indicato dalla narrazione ed è costretto a cercare altre cause. Si soffermerà perciò su questo passo, in cui il protagonista parla del suo rapporto con l'amico e della ragione per cui si è rivolto proprio a lui:

il mio sentimento d'amicizia non ammetteva nessuna differenza tra me e lui. Tanto più che, senza quella amicizia, io non mi credevo più nulla.

Ritroverà qui la tematica del "doppio": l'altro è così parte dell'io, la consistenza e i confini di quest'ultimo sono così labili e così forte invece la sua tendenza a una fusione simbiotica con l'oggetto d'amore, che il rifiuto da parte dell'amico, il suo stesso porsi in una posizione distinta e oggettuale, non può essere vissuto che come uno scacco decisivo. La richiesta all'amico non è che una verifica del sentimento che il protagonista avverte dentro di sé e perciò assume l'aspetto di una prova d'amore dello stesso tipo di quelle a cui il fanciullo sottopone la mamma nel racconto *La madre*. Fallita questa, la percezione dell'alterità dell'amico e del mondo in generale si tramuta in diffidenza e in ostilità («Cominciavo ad accorgermi che non bisogna mai confidare troppo in nessuno»), sino al crollo e al ricovero in manicomio. Alla fine, uscitone, egli vivrà in una sorta di impassibilità, di totale indifferenza, atonia ed estraneità, di assoluta separazione dal mondo, dai suoi significati, dalle sue tentazioni, che ricorda il finale «silenzio di cosa» di Serafino Gubbio in *Si gira...* di Pirandello o il sonnambulismo di Sbarbaro che egualmente nasce da una siffatta recisione di ogni legame vitale con la società e con la natura:

È come se io fossi stato di legno e ora fossi bruciato; e restasse di me soltanto la possibilità di concepirmi. La gente che conoscevo non ha più nulla a fare con me.

Questa totale chiusura all'esperienza e alla comunicazione è indubbiamente, come ha mostrato Gioanola,[41] una regressione all'arcaico, sino all'innanzi-nascita, a una quieta e dolce idiozia: «Non penso né meno, e comincio a gustare sempre di più la mia idiozia. Perché l'idiozia è una cosa dolce». La possibilità stessa del soggetto di «concepirsi» resta pertanto affidata solo all'immaginazione e al sogno:«credo alla mia esistenza soltanto quando sogno». Il mondo onirico delle allucinazioni, che all'inizio del racconto appariva al lettore come primo sintomo della follia, si configura ora come un rifugio. Il tentativo di saggiare l'esterno e di confrontarsi con l'altro non sarà più ripetuto. D'altronde, esso era viziato sin dall'origine: il protagonista in realtà voleva vivere simbioticamente con l'amico e perciò nella sua stessa casa: voleva condividere con lui l'anima, l'interiorità, la sicurezza della protezione materna.[42] Al solito, insomma, l'amico è il "doppio", una parte dell'io proiettata all'esterno, interna-esterna, amata ma anche temuta per la sua possibile autonomia, e dunque oggetto di intensa affettività come di odio. Il soggetto può passare dalle dichiarazioni più appassionate di dedizione («Sentivo di volergli così bene che, se avessi saputo di fargli piacere, mi sarei inginocchiato») alle minacce di vendetta (e infatti grida all'amico: «io sono capace di vendicarmi, e di trattarti come tu tratti me»).

[41] E. Gioanola, *op. cit.*, pp. 114-147.
[42] G. Bachelard, *La poétique de l'espace*, Presses Universitaires de France, Paris 1957; trad. it., Dedalo, Bari 1975, seconda ed. 1984.

Ecco, questa oscillazione di stati d'animo violenti e opposti è riportata direttamente nella scrittura, con le sue cesure, i suoi sobbalzi, la sua magmaticità «misteriosa». Si direbbe assente la mediazione di un "ego" adulto e consapevole. Cosicché la scrittura sembra registrazione, quasi in presa diretta, di una logica arcaica e primitiva, e la logica dell'inconscio diventa logica narrativa.

Ciò significa forse che Tozzi è scrittore *naif*, che si limita a far riemergere il rimosso e a rendere sulla pagina i movimenti stessi della psiche, anzi della propria psiche, come interpreta Gioanola? Indubbiamente ha delle buone ragioni Marchi quando oppone a siffatta interpretazione la constatazione che Tozzi aveva una sua cultura psicologica e l'applicava come strumento di analisi e di conoscenza. Si è visto, per esempio, come in *Giovani* l'autore, per descrivere i sintomi della malattia della giovinezza, abbia utilizzato gli insegnamenti di Compayré e degli altri scrittori della «Revue philosophique». Le novelle non obbediscono soltanto alla logica dell'inconscio (anche se questa vi ha indubbiamente uno spazio notevole). In esse è evidente una precisa strategia, che va dall'inquadramento in una «impalcatura» teorica (quella che va rubricata sotto il tema della giovinezza) e in un registro oggettivo e consequenziale di scrittura alla sottolineatura dell'elemento ideologico esplicito. L'aspetto autobiografico presenta una sua indubbia consistenza (e infatti i racconti tornano ossessivamente su figure, temi e situazioni dell'infanzia dell'autore: il padre, la madre, la matrigna, la serva-amante, la disobbedienza ai genitori, la "bontà", la "cattiveria", le esperienze scolastiche, le amicizie dell'adolescenza...); ma uno scrittore è tale solo se riesce a trasferire la propria esperienza psicologica – anche la più violenta e immediata, come in questo caso – in rappresentazione e personaggi: il rimosso può sì riemergere e affermarsi ma solo se sottoposto al principio di realtà della scrittura, in una operazione di "compromesso" (fra inconscio e conscio, principio di piacere e principio di realtà, arcaico e culturale, pulsionale e ideologico) che può oscillare fra i due termini estremi, e avvicinarsi di più ora all'uno ora all'altro, mai ignorare uno dei due. Far coincidere scrittura e inconscio può portare solo al misticismo di certa neoermeneutica nel contempo lacaniana e derridiana o al determinismo "clinico" di una interpretazione positivistica del freudismo (e Gioanola non è certo immune dai rischi di quest'ultimo atteggiamento).

D'altronde Tozzi ha descritto anche il processo opposto rispetto a quello rappresentato in *La mia amicizia*: non come si diventa folli e si ritorna all'arcaico, bensì come si può *non* diventarlo e adattarsi alla realtà, rifiutando il mondo delle allucinazioni e trovando una possibilità di sopravvivenza non nella regressione al primitivo, ma attraverso l'accettazione del principio di realtà, con la repressione e la nevrosi, con il dolore e il pianto, che esso comporta. Si tratta del racconto *Un'allucinazione*. Alla moglie-madre (figura del divieto e del dover-essere, in questa come in altre novelle) il protagonista contrappone la visione di una «giovine» che gli appare in un'allucinazione: un'immagine junghiana dell'«anima», del mondo dei sentimenti, della passione, della fantasia, della giovinezza, della istintualità, tutte tendenze frustrate dall'altra immagine femminile (la quale si pone infatti in minacciosa alternativa: tanto è vero che, per sopportare il senso di colpa che l'allucinazione della «giovine» comporta col suo porsi, evidentemente, in una posizione di rivalità rispetto alla moglie, il soggetto è costretto a destituirla dal possibile ruolo di amante e a immaginarla solo come sorella e complice). Alla fine l'allucinazione scompare: la «giovine» cessa di apparire al protagonista, non vive più dentro di lui. In realtà, come in ogni cristallizzazione nevrotica caratterizzata dal trionfo del principio di realtà, è l'«anima» che è morta. Verrebbe quasi da pensare a una traduzione *ante litteram*, in immagini e in visione, del *Di-*

sagio della civiltà di Freud (in effetti scritto più di dieci anni dopo). La giovane è morta «e forse sotterrata sotto quei mattoni, con tutta la casa addosso piena di gente viva». Il casamento cittadino, coi suoi appartamenti pieni dei rumori e delle voci dei numerosi inquilini che vi abitano, rappresenta l'ordine sociale e morale che è simboleggiato anche dalla moglie: la scomparsa dell'allucinazione è il segno della vittoria, a un tempo, dell'ordine costituito, con le sue leggi, e del divieto della moglie-madre. La civiltà sconfigge l'arcaico. L'accettazione del dolore, della nevrosi e del pianto chiude il racconto: «Egli si mise a piangere: prima non aveva pianto».

Le novelle di Tozzi non sono solo lo specchio di un'anima turbata che vi riflette i propri movimenti, ma anche la cornice che li contiene e che ne regola alcune fondamentali prospettive; non sono solo registrazione sismografica di un arcaico chiuso nell'orizzonte regressivo di una psicosi, ma elaborazione di un "compromesso" che coinvolge in qualche misura anche il mondo adulto della nevrosi.

9. TOZZI, KAFKA, PIRANDELLO, E UN ELOGIO DELLA "PESANTEZZA" DEI MODERNI

Il segreto dell'arte tozziana (tanto nelle novelle quanto nei romanzi, ripeto) sta dunque in un singolare compromesso: nell'operazione attraverso cui la logica dell'inconscio diventa sintassi del racconto calandosi all'interno della tradizione narrativa della novella e del romanzo e così scompaginandola senza tuttavia mai abbandonarla del tutto. Si tratta di un'operazione di compromesso che non è soltanto psicologica (o astorica); è anche calcolata sulla realtà di una precisa situazione storica e di una determinata situazione dei generi letterari. Il rimosso è inscritto organicamente nella scrittura tozziana ma anche da essa elaborato, sia in vista di un effetto di rottura e di rinnovamento del genere, sia nella prospettiva di un discorso culturale (quello sui «giovani», per esempio, che implica una teoria dell'adolescenza ma forse anche un giudizio su una intera generazione di intellettuali proclamatisi tali e affetti da tutti i sintomi della malattia della giovinezza) e persino ideologico (con una sottolineatura, come si è visto, della tematica cristiana della moralità e del sacrificio).

Qualcosa di simile aveva fatto Joyce con *Dubliners* (siamo negli stessi anni: 1915), che pure inserisce in un flusso ancora tradizionalmente oggettivo di narrazione lo spazio nuovo delle epifanie, e stava facendo Kafka fra *Die Verwandlung* [*La metamorfosi*] (1916) e *In der Strafkolonie* [*La colonia penale*] (1919). Un racconto come *Una gobba* sembra rappresentare addirittura la stessa situazione di *La metamorfosi*: in entrambe le novelle il senso di colpa rende inaccettabile all'io la sua stessa immagine. In Tozzi l'ancoraggio al reale è più forte e dunque inferiore la carica onirica e surreale: la protagonista ha ancora aspetti umani e la sua deformazione assume caratteri oggettivi e consueti. E tuttavia la sua "diversità" è non meno mostruosa (e d'altronde i racconti e i romanzi di Tozzi sono popolati da storpi, gobbi, gozzuti, da persone con escrescenze carnose o con chiazze sul viso ecc.) e sembra essere anche il risultato "soggettivo" di una proiezione dell'io (nella fantasia infantile dei personaggi tozziani chi non è amato, e la protagonista del racconto non è amata da nessuno, deve essere brutto e cattivo), esattamente come è per Gregor Sansa trasformato in un enorme e orribile insetto. In entrambi i casi, la persecuzione si svolge in un ambito familiare, e l'arma più efficace in mano ai parenti-aguzzini è la loro capacità di trasformare qualsiasi moto di affetto della vittima nei loro confronti in altrettanti capi di accusa. L'introiezione del senso di colpa – per cui la vittima approva i propri persecutori e ritiene giusto il loro ingiusto comportamento nei suoi confronti –

fa parte di un meccanismo di distorsione e di capovolgimento non solo individuale ma sociale: attraverso di esso, una qualsiasi comunità (si pensi anche a *La matta*) rovescia due volte la propria crudeltà sulla vittima, perseguitandola e nello stesso tempo facendola sentire dalla parte del torto, indegna di vivere perché mostruosa e cattiva. In Kafka la rottura del genere è più radicale, perché non si avverte più la differenza fra resoconto oggettivo e prospettiva soggettiva e anzi i due piani (ancora distinti da Tozzi) sono unificati. E nondimeno nei due autori si respira la stessa atmosfera di cupa angoscia, di raggelata torsione espressionistica; e la direzione del rinnovamento della novellistica è la medesima.

Affinità evidenti, poi, come è naturale, la ricerca di Tozzi mostra con un altro grande novelliere di statura europea, Pirandello. Il quale analogamente accetta il piano della realtà e della narrazione oggettiva per disgregarlo dall'interno. Ma in questo caso, data anche la comunanza di lavoro e la solidarietà artistica degli anni romani fra i due scrittori, il confronto dovrà essere più ravvicinato e complesso.

Anzitutto Pirandello e Tozzi hanno in comune la pratica di uno specifico sottogenere della novellistica, il racconto fantastico. C'è in entrambi qualcosa di oscuro, di demoniaco, di ghignante che ha a che fare, storicamente, con la crisi delle certezze del positivismo e, sul piano letterario, con l'influenza della scapigliatura e, per quanto riguarda Tozzi, di Poe, di Dostoevskij e forse del Papini dei giovanili racconti «metafisici» e di *Parole e sangue* (1912). Per restare alla scelta effettuata in questa antologia, basterà indicare come esempi di tale sottogenere *Un amico* (soprattutto per l'*incipit* e per l'*explicit*), *La scuola di anatomia* e *Parole di un morto*.

In secondo luogo, entrambi puntano su un rinnovamento del genere anche attraverso un'apertura a tecniche nuove e a temi, rispetto a quelli della narrativa corrente, più sottili e complessi, desunti, perlopiù, dalla psicologia: l'attenzione alla pluralità dell'io e al tema del "doppio" è anche in Pirandello lettore di Binet. L'isolamento della parte rispetto al tutto, la tecnica espressionistica della "zumata", l'animazione e l'autonomia dei singoli particolari, la violenza deformante e grottesca della ritrattistica, il mondo concepito «in una specie di gastigo», l'assenza di ideologie totalizzanti e l'impossibilità di circoscrivere la frantumazione del reale in un significato unitario, con il conseguente atteggiamento "allegorico" della sospensione del senso, sono comuni ai due scrittori. L'io cessa d'essere misura del vero e del bello. Il mondo della tradizione ottocentesca – ancora tenuto in vita, in modi molto diversi, da Verga, Fogazzaro, Carducci, D'Annunzio – si sbriciola definitivamente. Sia per Pirandello che per Tozzi l'anima cessa di essere il luogo dell'unità e dell'autenticità e appare attraversata da pulsioni e contraddizioni che dividono l'io; né la natura rappresenta più una possibilità di conciliazione e di armonia, e neppure di *correspondances* simboliche. L'interiorità come valore si dissolve, così come il mito della natura. L'io, ridotto al conflitto delle pulsioni e dei divieti, si decompone e si disgrega, esattamente come il paesaggio. Pirandello e Tozzi rifiutano in ogni caso l'unità: sia quella che nelle poetiche ottocentesche, romantiche e simboliste, univa particolare e universale, sia quella che nella tradizione classica postulava l'identità dell'io e la riduzione del mondo a sua misura.

Entrambi vivono la crisi della cultura positivistica, di cui conservano nondimeno qualche traccia, senza giungere a una nuova interpretazione complessiva del mondo. Dissolvendosi tanto l'unità oggettiva del reale quanto quella soggettiva dell'io e venendo dunque meno i criteri tradizionali di conoscenza, sono indotti a soluzioni narrative in cui il confine fra naturale e soprannaturale tende a ridursi sin quasi talora a scomparire (e abbiamo allora, in entrambi, come si è visto, il racconto fantastico) o in cui tento, dato che aveva desiderato di disfarsi della casa e, dapprima, quella mattina, aveva goduto all'idea di venderla e poi, masochisticamente, aveva prestato il massimo di condiscendenza alle pretese arroganti e crudeli degli acquirenti; e invece avverte una grande tristezza. Fa buio e piove «dirottamente» ma non può più entrare nella casa già venduta: «Io, allora, andai a ripararmi sotto le grondaie della mia casa venduta» (e si noti la contraddizione "umoristica" fra l'aggettivo possessivo e il participio passato). Una situazione non meno paradossale si ha in *I nemici*: l'amico-nemico (al solito, una figura del "doppio") ha giocato un brutto tiro al protagonista, l'impiegato Caperozzi, sostituendosi a lui nell'ufficio e costringendolo con un inganno al trasferimento in un altro posto, meno vantaggioso. A questo punto Caperozzi va a trovare il rivale per vendicarsi e magari per picchiarlo con una chiave che tiene in fondo alla tasca dei pantaloni. Quando finalmente lo trova, lo aiuta con sollecitudine a mettersi la giubba (è questo il momento più inatteso e paradossale della scena), gli fa le sue confidenze e va a mangiare con lui al ristorante. Infine, in *Una sbornia*, il protagonista trova morta la donna che voleva sposare e vede così sfumare il progetto di uscire dalla giovinezza con il matrimonio. E tuttavia, giacché si vergogna di confessare agli amici di Poggibonsi la vera ragione della sua visita in questa cittadina, partecipa ai festeggiamenti in suo onore sino a prendere «una sbornia immensa».

In tutti questi casi è evidente, tuttavia, anche la differenza da Pirandello: la paradossalità di Tozzi è sempre cupa, priva di riscatto nell'ironia. Manca in lui la pietà da cui nascono il «sentimento del contrario» e l'umorismo pirandelliani. Tozzi è incapace di superiorità nei confronti dei propri personaggi: il loro orizzonte coincide sempre col suo: e senza superiorità non si danno né ironia né leggerezza. Manca in lui il gusto, anche amaro (come è in Pirandello), del gioco. Il suo approccio alla situazione narrata è sempre frontale, come in presa diretta: egli si pone dentro o accanto ai suoi eroi, mai sopra. Il punto di vista della sua scrittura è sempre orizzontale, mai verticale. La sua angoscia ossessiva non lascia spazi, costringe il lettore a una lettura assillata, a un corpo a corpo con la scrittura che soffoca, toglie l'aria d'intorno, tappa tutto l'orizzonte. Non si intravvedono vie d'uscita verso l'alto, né verso il futuro o il passato. Circola, nei racconti di Tozzi, l'eterno presente dell'angoscia. C'è in essi una cadenza da incubo, che conosce solo la fissità e martella su un unico piano.

No, non è uno scrittore ludico Tozzi. Se non è dialettico, umoristico, analitico come Pirandello, tanto meno può essere vario, ironico, giocoso. Tempi duri dunque l'attendono: anche da parte della critica, che lo riconosce sì, ormai, come un "classico" del Novecento, ma lo tiene in disparte, quasi schifata, si direbbe, della sua "pesantezza", della sua mancanza di superiorità, della sua incapacità di gioco. Anche il sospetto, oggi persino ingiurioso, di un'ombra di ideologia nel periodo romano può allontanare la sensibilità postmodernista da una vasta zona della sua produzione. *Après* Calvino (ma anche Kundera e Nietzsche) è di moda infatti esaltare la leggerezza e vedere addirittura in essa il tratto caratteristico della grande letteratura.

La leggerezza – si sa – è arte signorile: solo i signori, sgombri dai pesi della vita, possono praticarla. E indubbiamente, da questo punto di vista, la letteratura è arte signorile. Epperò: chi potrebbe dire che Kafka è leggero o che la leggerezza sia, per esempio, la caratteristica dei racconti o dei romanzi di Dostoevskij? La letteratura è un'arte signorile che tuttavia – è questa la sua salutare contraddizione – può conoscere anche la gravezza e la gravità della vita quotidiana, e mostrare di che lacrime grondi e di che sangue. Che la cultura postmodernista – una cultura di uomini occidentali che si credono i signori del mondo e come tali comunque si comportano – vada sotto il segno della leggerezza e unicamente la leggerezza ritrovi nell'arte, interpretandola in questa chiave esclusiva e unilaterale, non è una buona ragione per misconoscere la "pesantezza" della grande letteratura moderna, da Dostoevskij a Kafka, da Verga a Tozzi. Stare ben attaccati alla terra e al suo presente può essere anche un modo di mettere in causa l'impronta signorile che unifica utopia e letteratura, cielo e terra, in un sogno di distinzione, di gioco e di eleganza: e di tornare ad accostare l'extraletterario, e la sua poco incantevole "pesantezza", al letterario e magari di far coincidere, come voleva Tozzi, moralità e letteratura.

ROMANO LUPERINI

Copenaghen - Siena, ottobre-dicembre 1992

Delle novelle di *Giovani* (di cui si riproduce integralmente la raccolta così come l'ha voluta l'autore nell'edizione del 1920, Treves, Milano) e delle altre novelle (antologicamente selezionate in modo da fornire un'idea della evoluzione dell'autore, e disposte in un ordine cronologico) si segue il testo dato da Glauco Tozzi in F. Tozzi, *Le Novelle*, 2 voll., Vallecchi, Firenze 1963.

CRONOLOGIA DELLA VITA E DELLE OPERE

1883-1892

Federigo Tozzi nasce a Siena il 19 gennaio 1883 in una casa di Banchi di Sopra annessa alla Trattoria del Sasso di cui era proprietario il padre, anche lui di nome Federigo ma conosciuto come Ghigo del Sasso. A ventidue anni questi sposa la senese Annunziata Antoni, una «figlia di Spedale», ossia di nessuno. Degli otto figli Federigo è l'unico a sopravvivere dopo la nascita. Il bambino cresce nell'ambiente della trattoria, fra l'incomprensione del padre autoritario e violento e l'affetto della madre vittima e succube del marito e dei suoi volgari tradimenti. La donna, di salute cagionevole, è solita trascorrere i mesi estivi con il figlio in uno dei poderi – il Castagneto – acquistati dal marito con i guadagni della trattoria.

1892-1897

Fra le primissime letture di Federigo vanno ricordate una *Beatrice Cenci* illustrata (forse del Guerrazzi) e *Nel paese delle pellicce* di Verne. Di salute malferma, dopo che nel 1892 aveva rischiato di morire di tifo, Tozzi frequenta come esterno le elementari – ma poi anche il ginnasio – presso il Seminario vescovile di Piazza San Francesco da cui verrà espulso nel 1895 per il suo comportamento indisciplinato. La madre lo invia allora a lezione, accompagnandolo ogni volta personalmente, da un sacerdote per fargli conseguire la licenza da privatista. Ma la donna muore il 25 ottobre del 1895. Allora Ghigo del Sasso decide di iscrivere il figlio all'Istituto delle Belle Arti. Indisciplinato, Federigo verrà però sospeso anche da questa scuola nel luglio 1897.

1898-1899

Tozzi prende a frequentare l'Istituto Tecnico. All'inizio del secondo anno Federigo è però sottoposto a un provvedimento disciplinare in seguito al quale scapperà di casa con altri amici e verrà fermato a Certaldo.

A partire dal 1898 Tozzi comincia a frequentare la Biblioteca Comunale rivolgendo il proprio interesse a De Amicis, Foscolo, Petrarca, Carducci, D'Annunzio, Socrate, Ovidio. Dedica inoltre la propria attenzione alla *Divina Commedia* e alla *Letteratura italiana* del De Sanctis. Si interessa infine al teatro, alle commedie del Giacosa, al dramma in versi, al teatro di Goethe.

1900-1901

Durante il 1900 Tozzi rivolge ancora la propria attenzione, presso la Biblioteca Comunale, al teatro. Nello stesso anno ritorna su Carducci, su D'Annunzio e si occupa di Leopardi e di Fucini. Nel frattempo consegue, a diciassette anni, la licenza presso l'Istituto Tecnico.

Nei primi giorni del 1900, Tozzi ha intanto conosciuto Giuliotti. Insieme a lui e agli amici Fracassi, Joni, Mazzoni, Federigo si iscrive al Partito Socialista dei Lavoratori Italiani, che a Siena aveva i maggiori sostenitori fra i ferrovieri.

L'anno seguente sarà quello dell'amore di Tozzi per Isola, la seconda donna amata, secondo Mazzoni, dopo Olga Luzzi, la studentessa senese che lasciò Federigo dopo essere stata schiaffeggiata. Isola (Ghisola di *Con gli occhi chiusi*), una giovane originaria di Radda in Chianti conosciuta molti anni prima a Castagneto, era venuta a lavorare nella Trattoria del Sasso, prima di passare a servizio a Bagno a Ripoli, presso Firenze.

Intanto si fanno più tesi i rapporti fra Federigo e il padre, il quale, risposatosi nel 1900 con la trentacinquenne senese Carlotta Granai (da cui non avrà figli), non rinunciava per questo ad avere un'amante e a insidiare Isola.

1902-1903

Nel 1902 Tozzi decide di abbandonare definitivamente gli studi.

Nel novembre dello stesso anno prende il via lo scambio epistolare con Annalena (Emma Palagi, la futura moglie di Tozzi), una signorina sconosciuta di Siena che pubblica un annuncio sulla quarta pagina del giornale «La Tribuna» per una richiesta di corrispondenza.

Fra il dicembre 1902 e il gennaio 1903, in seguito a un litigio con il padre che non condivide le sue idee politiche, Federigo va a vivere in una pensione di Siena. Confida ad Annalena le sue inclinazioni politiche e religiose, i suoi interessi culturali e anche le sue delusioni amorose in seguito al fallimento del rapporto con Mimì (Isola) che racconta di aver ritrovato a Firenze nel marzo 1903 incinta di un altro uomo. Federigo informa inoltre Annalena delle letture fatte: Max Nordau, Rostand, William James, Shakespeare, De Musset, Poe, Eschilo, Zola, Rousseau, Manzoni, Enrico Ferri, Marx, Engels, Tolstoj. Dai registri della Biblioteca degli Intronati risulta inoltre il suo interesse per le *Rime* e il *Decamerone* di Boccaccio, per Cino da Pistoia, Cavalcanti, Machiavelli, Matteo Frescobaldi, Metastasio, Tasso, Guarini e ancora per il teatro, compreso quello dei classici. Legge inoltre Mario Pratesi e lo interessano opere come *L'origine della specie* di Darwin, *Forza e materia* di Ludwig Bücher, gli *Studi sul positivismo* di Roberto Ardigò, *Il contratto sociale* di Rousseau, le *Confessioni di un rivoluzionario* e *Advertissement aux propriétaires* di Proudhon.

Nel settembre del 1903, suggestionato dalla lettura di *Germinal* di Zola, visita le miniere di rame di Boccheggiano dove si era svolto uno sciopero.

1904-1905

Federigo viene colpito da una malattia venerea che gli procura gravi conseguenze agli occhi riducendolo per molto tempo all'oscurità e all'isolamento. Di qui il rifiuto delle vecchie amicizie e l'abbandono degli slanci politico-rivoluzionari, la scelta di vivere nell'isolamento completo, anche dai parenti. Per un anno intero, dal 28 gennaio 1904 al 24 gennaio 1905, egli non frequenta più neppure la Biblioteca Comunale, se non per due mesi circa, da giugno ad agosto.

Durante questo periodo, la malattia lo spinge a recuperare il rapporto, precedentemente interrotto, con Emma, la quale gli appare come l'unica possibilità di sostegno e di consolazione. La relazione con la donna si interromperà tuttavia di nuovo nel momento in cui Federigo sta per uscire dalla malattia. La reazione di Tozzi è di distruggere tutte le lettere scambiate con Emma.

1905-1906

Inizia nel 1905, con la fine della malattia, un profondo cambiamento di vita. Comincia un periodo di intenso e serio studio presso la Biblioteca degli Intronati. Tozzi ritorna a occuparsi di Dante e della *Divina Commedia*, di Carducci, di Leopardi e di Foscolo. Si interessa poi di letteratura latina e di storia dell'arte.

Per tutto il 1905 e parte del 1906 egli si dedica solo ai libri, rifiutando ogni incontro e maturando una grande insofferenza nei confronti del padre, dei raggiri di Rosina (l'amante del padre), della passività della matrigna. Esce solo per andare in Biblioteca o a Castagneto, nelle sere d'inverno, cercando di non essere notato. Questa condotta gli procura la fama di pazzo. Il tormento e la disperazione di questo periodo lo spingono a chiedere soccorso a Emma e a riprendere, verso la fine dell'estate 1906, la relazione con lei.

1907

Nel gennaio 1907 Emma si trova a Roma come «signorina infermiera» presso il nuovo Policlinico. Tozzi la raggiunge nell'ultima decade di gennaio con la speranza di trovare un impiego presso un giornale e rimane a Roma fino ai primi giorni di giugno, mantenuto da lei poiché il padre, saputo della presenza di Emma nella città, si era rifiutato di mandare i soldi al figlio. Si manifesta in questo periodo la gelosia di Tozzi per Emma e per la sua professione di infermiera: egli disapprova vivamente l'articolo scritto da lei nel fascicolo di aprile del 1907 di «Vita femminile italiana». Tornato a Siena nei primi giorni di giugno dopo le promesse del padre di mandare via Rosina da casa, i rapporti con lui, che continua la sua relazione con l'amante, si fanno di nuovo aspri e violenti: Federigo ricorre addirittura al Procuratore del re. Più intenso si fa invece l'amore per Emma e meno frequenti le visite del giovane alla Biblioteca Comunale. Egli si prepara per partecipare ai concorsi presso il Comune, la Posta e le Ferrovie. Emma decide di tornare a Siena per sposare Federigo ma l'intervento del padre di lei (che voleva un'assicurazione da parte di Ghigo circa la destinazione al figlio del patrimonio) è occasione per un nuovo litigio fra padre e figlio.

In questo periodo Tozzi acquista i *Principii di psicologia* di William James; consulta inoltre la «Revue philosophique» e il saggio *Qu'est-ce qu'une passion?* di Théodule Ribot; legge la rassegna di Gabriel Compayré dedicata all'opera di Stanley Hall sull'adolescenza e gli studi di de Fursac sulle sensazioni interne.

1908

Il 1° marzo Tozzi viene assunto dalle Ferrovie dello Stato a Pontedera dove prenderà servizio il 5 marzo (di questa esperienza resta traccia in *Ricordi di un impiegato*). Ha già composto alcune novelle – *La madre*, *Luisa* (poi *Storia semplice*), *Il musicomane*, datata 25 febbraio 1908 – che Emma si preoccupa di trascrivere. Del 1908 sono anche le novelle *Il primo amore*, *Il ciuchino*, *Bozzetti drammatici*, *L'Assunta* (forse la novella più antica di Tozzi).

Intanto Federigo chiede e ottiene, il 1° maggio, il trasferimento alla Stazione Centrale di Firenze. Il 15 maggio il padre muore per una infezione alle gambe senza lasciare testamento. Tozzi svende subito la trattoria, lascia l'impiego alle Ferrovie e si stabilisce a Castagneto con la matrigna e con Emma che sposa il 30 maggio. Cominciano le richieste di pagamento di debiti contratti dal padre, le controversie e le cause per l'eredità (questi motivi autobiografici appaiono nell'atto unico *L'eredità* e nel romanzo *Il podere*) che costringono Tozzi a ricorrere a un mutuo ipotecario. Nell'estate compone il poema in prosa *Paolo*.

la vita si presenta come assurdità, nei suoi aspetti più paradossali, grotteschi, contraddittori. In questi casi, la tangenza della ricerca tozziana con l'esperienza narrativa di Pirandello è massima. Al di là di riscontri particolari, essa può essere spiegata anche nei termini di una battaglia letteraria comune, contro il naturalismo e il bozzettismo positivista da un lato e contro l'estetismo e il simbolismo decadenti dall'altro; ma non va tralasciato neppure un altro fronte: quello che li opponeva ai frammentisti vociani, in nome della difesa della narratività. D'altronde, lo scambio incrociato di recensioni e di articoli critici fra il 1918 e il 1919 (Tozzi scrive *Luigi Pirandello*, Pirandello una nota su *Con gli occhi chiusi*) funziona anche come banco di prova di una comune poetica: entrambi battono sulla «casualità» della trama, sul carattere imprevedibile della vita, sulla impossibilità di chiuderla in spiegazioni totalizzanti e sulla necessità che tutto ciò si rifletta nella compagine narrativa, sul carattere aperto di una narrazione che non deve essere subordinata a conclusioni prefabbricate.

La componente paradossale della novellistica tozziana meriterebbe di essere presa maggiormente in considerazione da parte della critica. Si prenda, in *Giovani*, *Una recita cinematografica*. La situazione è pirandelliana. Un ciabattino decide di suicidarsi gettandosi nel Tevere (è evidente l'eco di *Il fu Mattia Pascal*), ma non può farlo perché quando arriva nel luogo previsto lo trova occupato da una *troupe* cinematografica che sta girando la scena di un suicidio nel fiume (e qui forse c'è un ricordo di *Si gira...*). La finzione rende paradossale la realtà, frustrando le intenzioni del protagonista e facendole diventare "umoristiche". Oppure si considerino le conclusioni (infatti è nell'*explicit* che la soluzione paradossale si presenta con maggior frequenza) di *La casa venduta*, *I nemici*, *Una sbornia*. Nel primo di questi racconti, Torquato, dopo essere stato dal notaio ed essere rimasto senza casa, non ha più né da mangiare né da dormire. Vorrebbe sentirsi con-

1909-1910

Nasce il figlio Glauco e subito dopo lo scrittore riallaccia i rapporti con Giuliotti. È in contatto con Marinetti. Fra il 1908 e il 1910 scrive opere di teatro, fra cui *L'eredità*, e le novelle *In campagna*, *Lettera*, *Gli amori vani*, *Storia semplice*, *Ozio*, nonché le settanta liriche della *Zampogna verde*. Nel 1909 scrive *Adele*, un romanzo rimasto incompiuto. Nel 1910, in una lettera a Ojetti, Tozzi informa inoltre che sta lavorando a un romanzo che sembra essere *Primo amore* (da non confondere con la novella omonima), la prima stesura di *Con gli occhi chiusi*, e che un altro romanzo – si presume *Ricordi di un impiegato* – è già pronto. Solo nel 1910 Tozzi vede comunque pubblicate alcune sue opere sulla rivista socialista «Pagine libere» diretta dal senese Paolo Orano: si tratta della lirica *A Roma* e del più interessante racconto *In campagna*.

1911-1912

Al 1911 risale l'interesse di Tozzi per gli studi sull'isteria di Pierre Janet. La biblioteca di Castagneto conserva inoltre *Les névroses* (1909). Questo è l'anno infine che vede la pubblicazione del primo libro di Tozzi: si tratta di *La zampogna verde*.

Collabora, insieme a Domenico Giuliotti e a Ferdinando Polieri, a «L'eroica».

Nell'estate del 1912 conosce Piero Misciatelli, autore dei *Mistici senesi*; attraverso di lui entrerà nell'ambito della cultura del cattolicesimo.

Alla fine del 1912 inizia la collaborazione alla rivista bolognese «San Giorgio».

1913

Sulla rivista «San Giorgio» pubblica sul numero di maggio-giugno la prosa autobiografica *La mia conversione*. Nello stesso anno escono *La città della Vergine* e *Antologia d'antichi scrittori senesi*. Dell'estate è l'incontro con Giuseppe Antonio Borgese. Il

6 novembre esce il primo numero della rivista «La Torre», fondata da Giuliotti e Tozzi in polemica con crepuscolari, lacerbiani e futuristi. Sempre a novembre si verifica uno scontro fra Tozzi e Papini; Prezzolini pubblica invece sulla «Voce» una dura nota contro «La Torre».

In dicembre su «La Torre» Tozzi pubblica l'articolo *Quel che manca all'intelligenza* e affronta le problematiche psicologiche introdotte da Th. Ribot con l'opera *La psicologia dei sentimenti*.

1914

«La Torre» interrompe a febbraio (a maggio usciranno gli ultimi due numeri) le sue pubblicazioni per mancanza di fondi, ma anche per alcuni disaccordi di Tozzi con Giuliotti. Di questo anno è la lettura di Dostoevskij. Si comincia ad avvertire inoltre l'influenza del critico Borgese: Tozzi abbandona lo studio dei senesi antichi, completa il romanzo *Con gli occhi chiusi* e nel marzo progetta il trasferimento a Roma, spinto dalla necessità di farsi conoscere. Nella capitale rimane fino alla fine di luglio e in questo periodo scrive alcune novelle fra cui *La scuola d'anatomia*. Trascorre invece a Cattolica il mese di agosto con Emma e Glauco. Intanto aveva venduto a maggio il podere di Pecorile e nell'autunno decide di affittare il Castagneto per trasferire tutta la famiglia a Roma, esclusa Carlotta, la matrigna, che rimane nella vecchia casa. Nella città comincia a cercare un'occupazione presso qualche giornale, ma senza esito e con un grande senso di frustrazione che si aggrava nell'inverno. Nell'autunno scrive comunque numerose novelle fra cui *Un'osteria*. A novembre escono inoltre su «La Grande Illustrazione» alcuni brani di *Bestie*.

1915-1916

La vita a Roma si fa sempre più difficile per Tozzi e per la famiglia a causa delle ristrettezze economiche a cui sono costretti. Conosce molte personalità del mondo della cultura, fra cui Grazia Deledda, Sibilla Aleramo, Goffredo Bellonci, Mario Moretti e altri. Intanto a febbraio fallisce il tentativo di far stampare il romanzo *Con gli occhi chiusi* presso una piccola casa editrice di Milano a causa dell'arruolamento in guerra degli editori Piccini e Facchi. Continueranno tuttavia ad apparire su rivista le novelle: è il caso di *Una sbornia*, pubblicata su «Grande Illustrazione».

Il 31 agosto Tozzi si arruola come volontario nella Croce Rossa e gli vengono assegnati il grado di caporale e un impiego d'ufficio che lo renderà più tranquillo economicamente. Tra i colleghi avrà, in questo ambiente, anche Marino Moretti.

Federigo vivrà di lì a poco una grande passione amorosa per una ragazza conosciuta a Siena e incontrata di nuovo a Roma che metterà in crisi anche il suo rapporto matrimoniale. All'inizio della primavera del 1916 infatti Emma abbandona il marito e ritorna con il figlio a Castagneto mantenendo comunque con lui un rapporto epistolare. Solo dopo sei mesi, nell'autunno, Emma ritornerà a vivere con il marito, ma il loro rapporto sarà ormai mutato per sempre.

Tozzi continua intanto a scrivere e a pubblicare articoli e novelle su varie riviste. In agosto scriverà fra l'altro la novella *Parole di un morto*.

1917

A ottobre esce finalmente *Bestie* presso l'editore Treves grazie all'interessamento di Borgese. L'opera viene recensita da critici importanti come Baldini, Puccini, Pancrazi.

All'inizio dell'estate Tozzi inizia la composizione del romanzo *Gli egoisti* mentre continua ancora a scrivere novelle: su «L'illustrazione Italiana» pubblica *Pigionali* e su «Il tempo» uscirà *La matta*.

Questo è anche l'anno dell'inizio dell'amicizia con Alfredo Panzini e con Luigi Pirandello e proprio quest'ultimo, insieme a Borgese, favorisce la pubblicazione presso Treves di *Con gli occhi chiusi*.

La pubblicazione di *Con gli occhi chiusi* subisce tuttavia un notevole ritardo a causa del risentimento dell'editore Treves per un articolo-stroncatura di Tozzi del 30 aprile 1918 su *La beffa di Buccari* di d'Annunzio, uscito presso lo stesso Treves. Solo nella primavera del 1919 il romanzo potrà così vedere la luce.

Per interessamento di Pirandello Tozzi entra nella redazione del «Messaggero della Domenica».

Ai primi di luglio Tozzi riprende in mano un romanzo cominciato nel 1915 e mai concluso: si tratta di *Il podere*. Vi lavora con grande fervore e alla fine del mese esso sarà quasi terminato. Fra ottobre e novembre Tozzi scrive inoltre *Tre croci*, prendendo spunto dalla morte dell'ultimo dei Torrini, gestori della libreria antiquaria di Via Cavour a Siena. Nel frattempo erano apparse altre novelle, fra cui su «Il tempo» *Un giovane*; sul «Messaggero della Domenica» *La casa venduta* e *Creature vili*; su «Nuova Antologia» *Tre giovani* (poi avrà il titolo di *Pittori*); su «Penombra» *Una recita cinematografica*. Inoltre, sempre sul «Messaggero della Domenica» a novembre pubblica un importante articolo su Verga. Nel 1918 fra l'altro comincia a lavorare al dramma in tre atti dal titolo *L'incalco*.

1919

A gennaio, a poca distanza l'uno dall'altro, escono un saggio di Tozzi su Pirandello e la novella *Il crocifisso*, rispettivamente su «Rassegna italiana» e il «Messaggero della Domenica». A febbraio deve abbandonare il posto presso la Croce Rossa. A marzo esce finalmente *Con gli occhi chiusi*; fra le recensioni ricordiamo quelle di Ada Negri, di Pietro Pancrazi, di Giuseppe Prezzolini, di Pirandello. Collabora in questo periodo a numerose riviste e quotidiani. Pubblica sulla nuova rivista «Novella» di Mario Mariani i racconti *Morto in forno* e *Gli orologi*; sul «Mondo» pubblica *La capanna*; su «Nuova Antologia» esce la novella *L'ombra della giovinezza*.

In luglio, in occasione di un lungo sciopero dei tipografi, il «Messaggero della Domenica» interrompe le sue pubblicazioni.

Si occupa fra le altre cose di teatro e soprattutto del dramma *L'incalco*, già iniziato l'anno precedente. Su «Ardita» pubblica inoltre, il 15 novembre, la novella *La cognata*, mentre su «Raccontanovelle» pubblica la prima parte di una narrazione autobiografica dal titolo *Campagna romana*.

A dicembre firma con Treves il contratto per un nuovo romanzo, *Tre croci*, e per la raccolta delle novelle che avrà il titolo di *Giovani*.

1920

All'inizio dell'anno si trasferisce a Castagneto per lavorare alla revisione del romanzo *Gli egoisti*, iniziato nell'estate del 1917. A febbraio esce il romanzo *Tre croci*, con una dedica a Pirandello. Borgese lo definirà un capolavoro. Subito dopo Tozzi lavora alla revisione del romanzo *Ricordi di un impiegato*. A marzo esce sull'«Idea Nazionale» la seconda parte di *Campagna romana*.

Il 7 marzo Tozzi viene colpito da una polmonite che lo condurrà alla morte il 21 marzo, a trentasette anni. Tozzi prima di morire affida a Borgese il compito di pubblicare le sue opere: *Il podere* esce così il 1° aprile 1920 su «Noi e il mondo»; a cura di Borgese stesso esce *Ricordi di un impiegato* su «La Rivista letteraria»; presso gli editori Vitagliano e Treves saranno pubblicate le raccolte di novelle *L'amore* e *Giovani* (quest'ultima però, a differenza dell'altra, curata dall'autore prima di morire).

1921

Esce in volume *Il podere* presso Treves.

1923

Viene pubblicato il romanzo *Gli egoisti*, con prefazione di G.A. Borgese presso Mondadori (il volume comprende anche *L'incalco*).

1925

A cura della moglie esce *Novale* sempre presso Mondadori.

1927

Col titolo *Ricordi di un impiegato* viene pubblicato sempre da Mondadori, con avvertenza di G.A. Borgese, un volume che comprende, oltre a questo breve romanzo, dieci novelle.

1928

Con una prefazione di G. Fanciulli esce un'antologia di scritti saggistici con il titolo *Realtà di ieri e di oggi*, Alpes, Milano.

LA CRITICA E TOZZI

Negli anni Trenta l'eredità di Tozzi è stata contesa dagli europeisti di «Solaria», che trovavano nei romanzi e soprattutto nei racconti di Tozzi un'apertura al nuovo e insieme una misura tradizionale, e dagli «strapaesani» e dai fascisti di sinistra (Pratolini soprattutto, ma anche Bilenchi), che vedevano in lui una genuinità terragna e paesana. Sino all'inizio degli anni Sessanta però Tozzi non era stato ancora riconosciuto in tutto il suo valore. La scoperta della sua importanza è dovuta soprattutto a Debenedetti (un ex-solariano, dunque) che dedica un saggio a *Con gli occhi chiusi* (1963), oltre che molte lezioni dei suoi corsi universitari su *Il romanzo del Novecento* a questa e alle altre opere tozziane. Debenedetti collega strettamente analisi psicoanalitica e analisi stilistica, giungendo a conclusioni definitive circa la collocazione storica di Tozzi sino allora frequentemente confuso fra gli epigoni del verismo o comunque in posizione appartata e provinciale e ora invece illuminato nella dimensione pienamente novecentesca (e in specie espressionista) della sua arte. Contemporaneamente usciva la prima importante monografia su Tozzi, dovuta a Ulivi, e cominciavano a essere pubblicate presso Vallecchi, a cura del figlio dello scrittore, Glauco, le *Opere complete*. Gli studi successivi di Maxia, Baldacci, Rossi, Luti, Voza, Tellini consolidano le acquisizioni di Debenedetti (e soprattutto Maxia e Baldacci hanno avuto un ruolo di primo piano in questa operazione). Negli anni Ottanta il convegno senese per il centenario della nascita e poi, due anni dopo, la pubblicazione degli Atti (col titolo *Per Tozzi*), i dibattiti e le tavole rotonde organizzate a Firenze dal «Vieusseux», le nuove monografie di Cavalli Pasini, Getrevi, Petroni, gli studi biografici di Cesarini e di Marchi (che ha avuto il merito di documentare la cultura psicologica dello scrittore senese), infine l'inserimento di Tozzi nella collana, destinata ai classici, dei *Meridiani* di Mondadori consacrano Tozzi fra i maggiori scrittori italiani del nostro secolo.

L'«INSTABILE RAPPRESENTAZIONE MOMENTANEA» DI TOZZI

Soltanto quando si sia arrivati alla fine, e meglio ancora si siano lasciati passare parecchi giorni dopo la lettura, si comprende con una chiarezza che dà l'impressione di cose vedute e vissute realmente, che non a uno a uno i particolari inesauribili, quasi momentanei, con tutte le variabilità accidentali o illogiche, determinate o da moti istintivi o da cangiamenti istintivi di immagini, di pensieri, di sentimenti, di umori, di desiderii, per segreti richiami e incoercibili analogie, non solo nel riposto animo dei personaggi, ma tra l'animo di questi personaggi e i casi estranei e gli aspetti naturali; si comprende, dicevo, che non i particolari a uno a uno si sono forzati, come pareva leggendo, a metter su l'insieme di questo romanzo di Federigo Tozzi *Con gli occhi chiusi*; ma, cosa veramente mirabile, la comprensione radicale, il totale dominio, il possesso pieno e assoluto di questi personaggi e del loro animo, dei loro casi, di tutto ciò che è in loro e attorno a loro, per immediato irradiamento delle loro più minute sensazioni e impressioni, in una parola, l'insieme ha realmente creato per suscitazione spontanea di una continua, attenta, vigile momentaneità creativa tutta quella copia inesauribile di particolari vivi, che in prima ci era parso conducessero come a caso e senza determinate vicende la sua rappresentazione.

Quando s'è finito di leggere, e, meglio, parecchi giorni dopo la lettura, Domenico Rosi, l'oste del *Pesce azzurro* di Siena, col suo podere di Poggio a' Meli, Anna sua moglie e il figlio Pietro, Ghisola Giacco e Masa, gli assalariati del podere, gli avventori della trattoria di Siena, e quel podere e quella trattoria, uomini e cose, vicende e paesaggi, tutto insomma, acquista davanti a noi una tal consistenza di realtà, che veramente ci stupisce, perché non riusciamo più a renderci conto, come davanti alla vita stessa, quali di quei tanti particolari che parean momentanei e casuali, quali di quelle tante notazioni minute, che parevano incidentali od accidentali, e anche talvolta svagate, abbiano potuto darcela, e come, e quando, così perfetta e solida, così intera e finita, tutta quella consistenza di realtà.

Si penserebbe al procedimento di certi pittori che con un turbinio di punteggiature, in cui, a guardar davvicino sembra che ogni tratto, ogni linea si perda, riescono poi a dare a distanza con inaspettati rilievi d'ombra e giuochi di luce una inattesa costruzione di forme, se il paragone non fosse reso fastidioso e inaccettabile dall'assenza, qua, d'ogni evidente e minuzioso sforzo di tecnica, dalla fluidità continua, lieve e senza ambagi, d'una piena e felice natività espressiva, da una vena di lingua viva che scorre da per tutto e rinfresca e s'addentra permanendo a toccar con la parola, senza che si veda come, perché lì, ogni volta, la parola è la cosa stessa, non più detta, ma viva.

Non è questo. È ciò che in principio ho notato come una cosa veramente mirabile; la comprensione radicale, il possesso pieno ed assoluto che il Tozzi ha di quel suo mondo da esprimere, che gli ha permesso d'esprimerlo quasi col procedimento stesso della vita, in cui tutto, quando si stia dentro, non si guardi da fuori e da lontano, par che vada a caso e che si svolga per eventi accidentali giorno per giorno, oggi così e domani chi sa come...

Si direbbe naturalismo: ma non è neanche questo; perché qui tutto, invece, è atto e movimento lirico. Quel che pare naturalismo è invece scrupolosa lealtà da parte dello scrittore, il suo bisogno ansioso e urgente d'una controllata aderenza dell'espressione al sentimento suscitato in lui dalle cose vedute o immaginate in questo o in quel luogo, in questa e in quell'ora, nella tale stagione, e così o così; tutto per esser poi mosso con intera padronanza, come l'animo dei personaggi, e anzi, nell'animo stesso dei personaggi, allo stesso modo, con la più naturale variabilità di luci e di colori, cosicché nulla posi descritto, ma viva e respiri e svarii con tutte le sue mutevoli precisioni anche il paesaggio.

E come non posa mai descritto il paesaggio, così non si sofferma mai raccontata la passione di Pietro Rosi per Ghisola, né mai si fissano delineati i caratteri e le figure di questi e degli altri personaggi, che nell'instabile rappresentazione momentanea ci si muovono davanti, coi loro pensieri subitanei, i loro capricci, le loro smanie, e sofferenze e aspirazioni e illusioni e scontentezze e disinganni, ciascuno con tutte le sue possibilità d'essere, così nel bene come nel male, soggetti, non a un preconcetto disegno del loro autore, ma quasi a ogni possibile evenienza della loro sorte; e noi li seguiamo con ansia, non sapendo mai, non potendo mai prevedere che cosa debba o possa essere di loro tra poco, perché se i casi che a volta a volta capitano ad essi non fossero questi, ma altri, essi avrebbero pure in sé, ben note a noi, tutte le possibilità d'una diversa vita e d'un diverso destino.

Quella Ghisola, così viva tutta, che si perde, e quel suo Pietro che non vede, sempre vagante in cerca di sé stesso...

«Ma perché così?» ci domandiamo, pur sapendo e sentendo che così è giusto, e che è soltanto una nostra pena per loro che li vorrebbe altrimenti.

È così. E non perché questo sia un romanzo della loro

vita; ma perché la loro vita è in questo romanzo, così. E il romanzo di Federigo Tozzi, per questo loro modo d'essere, che è poi il vero modo d'essere, appar tutto nuovo e una cosa veramente viva.

[da L. Pirandello, *Con gli occhi chiusi*, in «Messaggero della Domenica», 13 aprile 1919; poi in *Saggi, poesie e scritti vari*, Mondadori, Milano, 1960]

TOZZI NARRA IN QUANTO NON PUÒ SPIEGARE

[...] Per Kafka l'animale è la metamorfosi conclusiva, avviata verso un finale tragico e liberatore. Per Tozzi era l'immagine di partenza, che egli doveva ritrasformare in uomo, pur serbando a costui le stigmate allarmanti della sua antecedente metamorfosi bestiale. Ma, se vogliamo varcare i confini dell'Italia artistica di allora, troveremo analogie e concomitanze ancora più sorprendenti. Nei primi anni del secolo, il pittore tedesco Franz Marc, amico di Klee, esponente tra i più attendibili dell'espressionismo e dell'arte astratta, scrive un saggio sulle *Idee costruttive della pittura moderna*. Vi sviluppa una tra le meglio ragionate demolizioni del naturalismo pittorico, dal declino del Rinascimento fino all'arte degli impressionisti inclusa. Seme di questa polemica è il bisogno di risalire «per altra via alle immagini della vita interiore, che non conosce le leggi del mondo concepito scientificamente». Tra parentesi, anche Tozzi parlerà di «nuove percezioni intime e spirituali». Per Marc si tratta di sprigionare le forze latenti dietro la materia, logoro oggetto di copia e di fotografia; di strappare la maschera, secondo quanto commenta un suo critico, alla «immagine superficiale della natura per rivelare le leggi potenti che regnano dietro la bella apparenza». Ma i presupposti teorici ci importano meno del rimedio con cui Marc cerca di contrapporsi alla naturalizzazione. Egli ricorre a ciò che chiama *l'animalizzazione*.

Così i più avvertiti contemporanei di Tozzi giungono a formulare nella consapevolezza, nel partito preso di una poetica, quella che in lui è visione spontanea, iniziale e obbligatoria. A lui gli altri, l'altro da sé appaiono subito animalizzati, come si è già visto in quella pagina allucinante e annunziatrice, che ci dispensa dal portare i numerosi altri esempi, reperibili non solo nel più metaforico libro *Bestie*, ma nel romanzo *Con gli occhi chiusi*, dove sono animalizzati anche gli aspetti fisici della natura inanimata. Di fronte a questa «animazione insidiosa», la parola è sua, come si regolerà Tozzi?

La narrativa gli si presenta come l'unico modo di assimilare, raffigurandole quelle entità, quegli aspetti vivi e sigillati, così caparbiamente restii a comunicargli le loro ragioni. La sua sorte di escluso potrà apparirgli come la premessa di una ispirazione narrativa, il giorno in cui arriverà a dirsi che, più interessante di ogni fatto romanzesco, è «qualsiasi *misterioso* (e sottolinea la parola) atto nostro», magari di apparenze insignificanti: quello di un uomo, per esempio, «che a un certo punto della sua strada si sofferma per raccogliere un sasso che vede e poi prosegue la sua passeggiata». La citazione è tolta da uno di quegli articoli riuniti nel volume *Realtà di ieri e di oggi*. Vi si potrebbe vedere un'altra stupefacente vicinanza: stavolta con la poetica delle epifanie, elaborata da Joyce. Ma più proficuo è leggervi il riconoscimento che narrare, per Tozzi, è catturare quei misteriosi atti, il misterioso inarticolabile di quegli atti. Non si tratterà più dunque di una narrazione di cause e di effetti, ma di comportamenti, di modi insindacabili di apparire e di esistere. Di qui l'innato antinaturalismo di Tozzi. Il naturalismo narra in quanto spiega, Tozzi narra in quanto non può spiegare.

La visione animalizzante, coi superstiziosi malesseri e terrori che ne derivano, illumina dall'interno il perché di questa narrativa di comportamenti. Lo schema della soluzione impostasi a Tozzi ha ascendenti quanto meno di alta antichità, risale addirittura all'arte dei cavernicoli. In stato di dipendente dagli animali, di cui avevano paura e bisogno, quei nostri antenati preistorici ne sollecitavano la fecondità, l'uccisione, la cattura, dipingendo quegli atti sulle pareti delle proprie grotte, con intenti di magia imitativa. Gli speleologi hanno anche trovato i piccoli bozzetti di alcune delle pitture parietali: l'artigiano o artista studiava accuratamente il suo modello perché la rappresentazione risultasse più autentica, e quindi efficace come strumento di possesso magico, di riscatto dalla soggezione. Anche Tozzi, si perdoni l'ingenuità di questo inciso, si tormenta per una resa scrupolosa; questo è di ogni artista, ma in lui c'è un più di artigianato anche perché, si direbbe, deve portare alla migliore evidenza di misteriosi atti che raffigura. A parte i risultati pratici che i primitivi si ripromettevano, ci era già il compenso, la rivincita immediata di trasferire quegli atti alieni in potere dell'uomo che li riproduceva, che riusciva con le proprie mani a farli accadere in effige. Redimeva la propria condizione di succube, diventando in qualche modo il padrone dell'altro di cui era schiavo, instaurava un *modus vivendi* tra sé e le proprie soggezioni.

Si domanderà che cosa abbia da fare quel processo arcaico e pagano con l'arte di un Tozzi che, sotto il suo trafelato autodidattismo, custodiva atavicamente il patrimonio della natura, adulta civiltà toscana e cristiana. Ma gli incubi, le paure, le dipendenze, il senso di persecuzione di cui egli era preda, abitano e sommuovono gli strati profondi ed elementari della psiche, i quali sono appunto strati arcaici e agiscono come tali. Per una combinazione, che controlla una volta di più la tempestività, la puntualità anche cronologica di Tozzi, proprio in quel medesimo giro di anni le più accreditate metropoli dell'arte si buttavano a recuperare i prodotti estetici della mentalità primitiva: era il tempo, all'incirca, del fervore per l'arte negra, che dilagò soprattutto da Parigi e dall'*atelier* di Pablo Picasso. Quell'arte, si badi, e perciò solo ne parliamo, permetteva di reintegrare nell'io coltivato dell'uomo di Occidente una quantità di contenuti rimossi, censurati, diciamo «selvaggi», che già davano molti segni di non poterne più del colonialismo psicologico da cui erano tenuti in mora. Ma Picasso e gli altri facevano dell'arte sulla scorta dei documenti etnologici, adottavano o stilizzavano i segni, il linguaggio originari di quei documenti. Tozzi invece ripete ingenuamente i processi che erano alla base di quanto veniva descritto, importato in Europa da un'etnologia a lui abbastanza sconosciuta. Ancora una volta, per una meravigliosa coincidenza di destino e di vocazione, che in lui diventa un drammatico *daimon*, egli intuisce e percorre le vie dell'arte moderna, obbedendo unicamente alle ingiunzioni dei suoi contenuti personali e soprattutto proponendosi di far suoi, in un'avventura che spesso teme insufficiente e sfortunata, i segni e il linguaggio di un'arte nostrana, illustre e casereccia. È la sofferente, appartata, ignara, ma quanto dimostrativa, cavia di una crisi molto più generale di quanto egli supponga, scontata contemporaneamente dagli artisti più colti di lui, i quali sono riusciti a maneggiare con sufficiente consapevolezza e, in una certa misura, a battezzare i fenomeni che lui confusamente, ansiosamente adombra, davvero «con gli occhi chiusi».

Capire come e perché tutto questo gli sia accaduto, ricostruire il modello umano da cui scaturisce, con una ineluttabilità più forte della stessa volontà creativa, la poesia di Tozzi costringe naturalmente a fare della psicologia che, a detta di molti magistrati del rigore critico e letterale, è il più corrotto, peccaminoso, sconsigliato degli strumenti. Ma insomma, piaccia o no, la psicologia quando ci vuole ci vuole; e qui d'altronde troveremo subito le prove di non averla invocata invano, né senza proficui risultati di lettura. Si è già visto che qualche cosa, non sappiamo ancora quale, perseguita Tozzi e lo ossessiona con forza coattiva, gli produce immagini, risentimenti, reazioni coatte. In questi casi, la psicologia suppone uno scatenarsi di contenuti inconsci. Ma è stato anche notato che proprio per la coazione che esercitano, i contenuti inconsci sono accompagnati da timore, un sintomo che Tozzi non ci ha mai nascosto. Dato che il quadro è così completo, sarà lecito aspettarsi che tutto si sia svolto nel modo classico: che si sia dunque verificato un trauma iniziale da cui è stata bloccata, in maniera cronica, la libertà che l'uomo ha di scegliere i propri contenuti o, quando li subisce, di decidere la propria risposta. Ma questi discorsi potrebbero rimanere una congettura psicologica, una pericolosa impalcatura critica. Posto che non troviamo quel trauma, tutto l'edificio crolla. Non voglio drammatizzare, ma confesso di aver cercato l'incognita, la conferma, con una certa trepidazione.

Ricerca superflua, si dirà, dal momento che il complesso di padre appare conclamato nella biografia e nelle opere maggiori di Tozzi, tutte riconducibili a romanzi del figlio inibito. Bene, ma tutto questo è ancora troppo generico, condiviso da milioni di altri uomini e forse da qualche decina di altri artisti, a parte che regalare un Tozzi alla casistica così folta e monotona dei manualetti di psicoanalisi sarebbe davvero sprecarlo. No, doveva esserci qualcosa di speciale, di più appartenente a Tozzi, e capace di spiegare perché il suo personaggio emissario sia condannato a vivere «con gli occhi chiusi», mutilato del potere di aprirli sulla realtà quotidiana, che perciò gli appare, attraverso una apprensione e davvero apprensività tattile, un vivaio di mostri. Questo degli occhi chiusi, della cecità di fronte alla vita è propriamente il mito centrale di Tozzi, il palese o segreto motivo conduttore della sua narrativa più rilevante.

Ed ecco che, proprio nel romanzo *Con gli occhi chiusi*, il trauma che postulavamo è rivelato da una scena che sembra riprodurre, in una condensazione terribilmente realistica, testuale e insieme simbolica, l'azione da cui tutto ha avuto origine. Nel romanzo la scena non è necessaria, agli esteti potrà sembrare pittoresca e decorativa, memore del D'Annunzio rurale e cruento, che Tozzi da giovane aveva letto con frenetico entusiasmo. Essa irrompe nel tessuto del libro come un corpo estraneo scagliatovi da una improvvisa necessità che non vuol legge. Ha tutti i caratteri di una confessione involontaria. In poche parole, il giovane protagonista Pietro assiste allibito alla castrazione generale, quasi indiscriminata, di tutti gli animali del podere, presente il padre che ha impartito l'ordine. Fa appena bisogno di aggiungere, come didascalia, che l'idea coatta di dover subire, per volontà del padre, una mutilazione del genere è uno dei temi basilari del complesso di Edipo. Il personaggio di Tozzi ha addirittura constatato *de visu* che suo padre è capace di quella iniziativa. Ma che rapporto può avere un tale episodio col potere della vista, di guardare in faccia alle cose, insomma con la particolare lesione, così diversamente localizzata, che Tozzi accusa? Ci siamo rivolti questa domanda troppo elementare, per soggiungere che Edipo, l'eponimo del complesso che porta il suo nome, quando vuole espiare l'uccisione del padre, quell'inconscia vendetta e riconquista di un proprio destino personale, si acceca. Perpetra su di sé, con le proprie mani, la mutilazione che il padre, avido di conservarsi la vita, la sposa e il regno, aveva tentato di infliggergli, anzi gli aveva già inflitta, costringendolo a vivere propriamente con gli occhi chiusi, esposto in fasce e coi piedi nei ceppi, destinato a crescere sconosciuto tra i pastori, ignaro di se stesso e dei propri diritti dinastici. Ecco segnati, fin dall'archetipo, i rapporti tra la temuta operazione e la perdita della vista. [...]

[da G. Debenedetti, *Con gli occhi chiusi*, in «Aut Aut», novembre 1963; poi in *Il personaggio-uomo*, Il Saggiatore, Milano, 1970]

Perché Tozzi vedeva gli uomini come bestie? A questa domanda risponderemo tra poco; preme affermare però fin da ora che proprio l'animalizzazione *a priori* dei suoi personaggi consente a Tozzi di procedere senza privilegiare nessun momento della strutturazione narrativa. Così non sappiamo chi abbia messa incinta Ghisola, non sappiamo chi l'abbia introdotta in quella «casa privata» di Firenze, non sappiamo perché, nonostante i calcoli, abbia così poco insistito per incastrare Pietro.

La bestia dunque, secondo quanto diceva Debenedetti, può diventare uomo; ma è questa una catarsi, una metamorfosi positiva verso l'angelica farfalla? No. In realtà l'uomo, quando si umanizza, altro non fa che tradire la bestia. Pietro da ragazzo è cattivo: amputa le gambe ai grilli e li infila su uno stecco, affonda nella melma la bambola di stracci di Ghisola. Quando è cresciuto si apre alle idee socialiste umanitarie. Ma è un progresso? Non c'è dubbio che per Tozzi la verità di Pietro è nella sua cattiveria, mentre la sua bontà è posticcia, inutile, ridicola. Tozzi non ci descrive storie naturalistiche di degradazione dell'uomo al livello della bestia; ci presenta bensì storie cristiane dell'impotenza dell'uomo a riemergere dal peccato originale. L'uomo fu: nell'intervallo tra la creazione del mondo e il peccato d'Eva. Ora il mondo è privo dell'elemento umano. Questo sentimento dell'assenza è l'espressionismo di Tozzi. Dove la ragione è spenta e l'anima è morta, ogni verità è affidata al senso. I personaggi di Tozzi *non sono*; sentono di essere; e a volte gli sembra. Ma come non c'è chiara coscienza di percezione umana, il mondo della natura si scatena, si scuote dal giogo e diventa minaccioso. La realtà è il diavolo. E il tentatore si manifesta attraverso la deformazione diabolica della visione: «Fissò una stella più grande delle altre; e le parve che girasse a cerchio e poi saltellasse in qua e là; sentendosi, a seconda di quel moto, strappare le tempie» (e il primo nome che mi viene in mente qui, per analogia, è quello di Dino Campana). Oppure: «Le lucciole, innumerevoli tra le chiome pallide degli olivi, sembravano aumentare continuamente: le lucciole che, talvolta, s'appiccicavano alle mani come se fossero state gommose»; oppure ancora: «ascoltava con le braccia penzoloni e i pollici ripiegati tra le dita, le cui vene sollevavano la pelle, come lombrichi lunghi e fermi sotto la moticcia»: che è una tecnica quasi all'Arcimboldi. Sembrerebbe il massimo del soggettivismo. In realtà è un soggettivismo da drogati: provocato sì dalla nostra fantasia, ma senza più coscienza di quella creatività.

Ma anche in situazioni più normali, i verbi portanti nella psicologia dei personaggi tozziani sono questi: *sentire*, *sentirsi*, *sembrare*, *parere*, *credere*: «...si sentirono per un istante amici e senza ostilità. E sentirono anche il bisogno di dirsi più di quello che s'erano detto fino ad allora. Ghisola sembrava più lieta, si mandava in dietro i capelli; toccava il laccio del grembiule, come per invitare a farselo sciogliere. Ma Pietro credeva che se ne volesse andare, perché non riusciva a dirle niente...»; e ancora: «...gli parve che ella odorasse molto, di un odore strano; che lo eccitò. Gli parve anche che facesse l'atto di aprirgli le braccia... fu quasi sicuro di non essere solo... credette d'essere amato». In tutta questa fluttuazione «con gli occhi chiusi», assume spicco l'obiettività della digressione sul ciliegio, innestata sui comportamenti dei personaggi con pari diritto di ammissione. E si noti la tecnica aggregazionale di Tozzi, il suo procedere per montaggio di spezzoni, senza modulazioni di passaggio: «...Pietro credeva che se ne volesse andare, perché non riesciva a dirle niente. Il ciliegio aveva il pedàno nero e rossiccio, aperto da profonde screpolature come spacchi, ripieni di resina dura e lucente; una fila di formiche saliva, ed un'altra, accanto, scendeva, brulicanti; pareva di sentirsele camminare addosso». Ecco che il verbo *parere* riemerge quando si tratta di riportare l'osservazione alla psicologia dei personaggi; ed ecco soprattutto che nel segno delle bestie (qualche rigo più sotto appaiono i rospi) si salda il rapporto tra l'incoscienza degli esseri umani e l'obiettività della natura. Insomma sia che si considerino le macrostrutture narrative, sia le microstrutture della pagina, i conti tornano sempre: giusta la chiave dell'animalizzazione, ogni momento ha gli stessi privilegi; cioè nessun momento è privilegiato.

[...] Quella degli *Egoisti* è un'autobiografia della nevrosi e della visionarietà; non importano ormai più le cose, ma il come. Per esempio: Dario Gavinai protesta al Giachi la sincerità del suo amore per Albertina. E avverte la propria sincerità come uno stimolo fisico: quasi fosse quello della fame. Ed ecco che il groviglio di impulsi si traduce in un'agitazione psicomotoria. Comincia a camminare per la stanza, ma subito, per non essere preso per pazzo, assegna al suo movimento un falso obbiettivo: «finse di essersi alzato per levare una piega dalla giubba». Ma il Giachi fa la stessa cosa: «si mise a spolverarsi la giubba», e allora il Gavinai è colto di sorpresa da quella manifestazione parallela e speculare della realtà; e «involontariamente, anzi senza riuscire a impedirsi, pensò: "Vorrei sapere in che consiste la realtà!"». Ed ecco infine il senso di nausea di fronte al reale: «Provava un imbarazzo forte come un malessere: gli pareva che avrebbe incontrato chi sa quale difficoltà ad uscire dalla porta; e gli veniva il ticchio di farne la prova. Gli pareva che l'aria fosse quasi irrespirabile, e pensò se avesse potuto mangiare il tavolino». Mangiare il tavolino? Sì, perché la sincerità è come la fame, e quella sincerità ha come obiettivo pratico la dichiarazione dell'amore per Albertina. Senonché sincerità e fame si spuntano contro i propri obiettivi, contro l'altro da sé. Se oggetto dell'amore è Albertina, oggetto della fame può essere il tavolo.

Questa è la chiave narrativa degli *Egoisti*. Vertici di chiaroveggenza; non aperture, ma possessi stabili e inalienabili nel dominio del romanzo moderno, italiano e no. E accanto a questo che io vorrei chiamare realismo del profondo, il registro del visionario, che fa pensare alla Roma di Scipione. «Le statue sopra la Basilica di San Giovanni si distruggevano, a poco a poco; consumate dall'aria luminosa. Anche la Basilica si sbriciolava; e non ne restò che una breve striscia in terra. Gli acquedotti sparivano, i monti non erano altro che nebbia. Egli stesso moriva, e non aveva né meno la certezza che la sua anima fosse qualche cosa che potesse restare. L'anima non esisteva; ed egli si sentiva vuoto, senza difesa, contro la morte; ch'era perfino nella luce immensa». Di contro a questa morte dell'anima, la bestia – quasi segno apocalittico – assume maggior peso; ed è a questo punto che vorremmo parlare di stile *primitivo*, secondo la cifra di un realismo irrelato e nello spirito dei grandi trecentisti che lo scrittore aveva amato e studiato. L'uccello diventa quadrupede carnoso e villoso: «Un branco di cornacchie, fitte come le pecore, e dello stesso peso, rasentò un tetto, tremolando tutto»; gli insetti stessi diventano mostruose pecore: «Sul prato, le zanzare, grandi, con le zampe nere e le ali che non si vedono, saltavano; ricadendo subito...». È l'animalizzazione dell'animale. È l'omaggio estremo reso alle bestie, unica realtà, unico segno religioso nel mondo creato: ma con ben altra forza di sintesi di quanto non fosse avvenuto nel volume che *Bestie* si era intitolato e che finiva per restare nell'ambito di una (sia pure intensa) esperienza riecheggiata del romanticismo vociano.

Un grande libro, *Gli egoisti*, purtroppo poco capito, e grande nella misura stessa in cui esso si salda con le origini prime della vocazione tozziana: il battesimo dannunziano: «Roma lo attraeva come una voragine immensa», oppure: «Ed il pensiero della bellezza somigliava a quello della morte». È forse pensabile che Tozzi, il quale ormai, criticamente, respingeva da sé D'Annunzio, non si avvedesse di questo suo dannunzianesimo? Se ne avvedeva benissimo: ma quello era appunto il segno di una confessione totale, di una sincerità, verso il se stesso d'oggi e d'ieri, tale da non ammettere imposizioni né restrizioni di gusto. Una sincerità come la fame.

Ma *Gli egoisti* stanno a provare anche un'altra cosa: che *Tre croci* non era affatto, come pensava Borgese, un punto di approdo o uno svelamento dall'autobiografismo. Tozzi avrebbe continuato sia nel segno di *Tre croci* che in quello degli *Egoisti*, indifferentemente; e avrebbe continuato ad essere autobiografico sempre, non perché – e questo è il punto sul quale la critica nuova dovrà misurarsi – egli raccontasse o ricercasse la propria vita, ma perché raccontava e ricercava i «misteriosi atti nostri» e, tutto al contrario dagli scrittori di memoria, non si serviva di ricordi organizzati nel tempo, ma accoglieva solo quei «ricordi che non fossero innocui».

E dato che il nostro discorso s'intitolava *Caratteri e sviluppi della narrativa di Tozzi*, io vorrei concludere che quegli sviluppi sono tutti impliciti in quei caratteri. Sono gli sviluppi che un'anima visionaria e sempre portata a trapassare la scorza, il muto delle cose, registra non tanto nei confronti della realtà, ma nei confronti di se stessa, che è la realtà unica. Certo che Tozzi ebbe anche un apprendistato, e se noi avessimo seguito la sua narrativa attraverso i suoi molti racconti, la gradualità delle conquiste ci sarebbe apparsa palese. Ma, in poche parole, Tozzi è uno scrittore con e senza sviluppi: perché egli realizzò se stesso dal momento in cui scoprì i suoi modi di vedere e di sentire di più, e, d'altra parte, egli era nato come uno che sente e che vede di più.

Non saprei dire se il Novecento italiano abbia avuto o no narratori maggiori di Tozzi. Ma credo si possa affermare che il fronte di esperienze sul quale Tozzi ha lavorato, non sia stato portato più oltre in seguito.

[da L. Baldacci, *Le illuminazioni di Tozzi*, in «Il bimestre», luglio-ottobre 1970; poi in Tozzi, *I romanzi*, Vallecchi, Firenze, 1973], infine in L. Baldacci, *Tozzi moderno*, Einaudi, Torino 1993.

UN ININTERROTTO DISCORSO SULLA VIOLENZA

[...] Il mondo che Tozzi rappresenta è un mondo privo di mediazioni nel quale tra lo scatenarsi senza freni della *libido* e l'inibizione e l'astinenza totale *tertium non datur*. L'eventualità che le pulsioni vitali siano controllate razionalmente per un fine «umano» non è neppure presa in considerazione: abbiamo già osservato come in genere nelle vicende che Tozzi racconta prassi umana ed esercizio della violenza fisica tendano praticamente a coincidere. L'intera opera dello scrittore può pertanto legittimamente essere definita un ininterrotto *discorso sulla violenza*.

Il tema della violenza è al centro anche della notevole produzione novellistica di Tozzi, che accompagnò tutto l'arco dell'attività letteraria dello scrittore, infittendosi negli anni 1917-20. Non è nostro interesse analizzare ora, partitamente, tale produzione, del resto di livello assai diseguale. Se ne parliamo qui, in via conclusiva, è perché nelle novelle, proprio per la maggiore concentrazione imposta dal genere, diviene più manifesta la concezione che Tozzi ha della violenza come di un evento puramente gratuito e immotivato. Gli uomini – sono parole dello stesso Tozzi – si incontrano «per intaccarsi a vicenda e per farsi quasi sempre del male»; essi «si riversano l'uno contro l'altro», per il solo bisogno «di vivere e di manifestarsi». Questa è per Tozzi la realtà più evidente della vita, contro la quale non vale nessuna delle mediazioni, sociali e fami-

liari, che dovrebbero garantire la convivenza tra gli uomini; al contrario, esse sono per lo scrittore fonti privile-
giate di conflittualità.

Naturalmente, in una simile concezione la violenza
tende a confondersi spesso con la crudeltà pura e semplice, cioè con quello che gli psicopatologi chiamano sadismo. È il tema dominante in *Bestie*, la raccolta di frammenti lirici in prosa con la quale Tozzi cominciò a divenire noto agli ambienti letterari ufficiali. Ricordiamo, per
un solo esempio, la sanguinosa strage di rospi che vi è descritta, singolare scena di sadismo campagnolo.

[...] Nelle novelle le scene di sadismo abbondano; non
avremmo che la difficoltà della scelta, tanto il tema è ricorrente. Ma in *Ozio*, un racconto che secondo la cronolo-
gia proposta da Glauco Tozzi risale al 1910 circa, Tozzi
ne fa già qualcosa di più tipicamente suo, collegato all'e-
betudine che sopraggiunge dopo un pasto abbondante,
quando i commensali avvinazzati e sudati si danno alla
caccia di un uccello e, catturatolo, uno di essi lo uccide
schiacciandogli la testa «tra il pollice e l'indice». In *Mia
madre* abbiamo un'efficace rappresentazione del sadismo
degli adolescenti, mentre in novelle come *La matta* e *Una
gobba* lo scrittore affronta il tema da un'altra angolazione:
la persecuzione contro i deboli, la logica inesorabile che li
emargina dalla società.

Questo dell'esclusione è certo l'aspetto del tema della
violenza che Tozzi ha sentito di più, proprio perché collegato con la sua concezione della vittima come «capro
espiatorio». Capri espiatori privilegiati sono per lui le bestie, gli adolescenti e gli idioti, esseri non ancora usciti dal
caos primigenio della «bontà», la violenza essendo pur
sempre un principio differenziatore, una necessaria prova
di attitudine alla vita così com'è. Di qui la profonda ambiguità del tema della «bontà» in Tozzi, che oscilla tra l'ac-
cidiosa rassegnazione al male e l'impeto omicida. Stabilito
una volta per tutte che «esclusi» si può diventare per qual-

siasi motivo e anche senza motivo alcuno, l'atteggiamento delle vittime di Tozzi oscilla poi tra i due poli estremi che abbiamo detto; ma in nessun caso la sentenza di esclusione che le ha colpite sarà revocata. Il protagonista de *La paura degli altri*, fallito e ormai senza prospettive, sta per uccidersi quando improvvisamente, preso da *raptus* omicida, tenta di accoltellare un passante e viene rinchiuso in manicomio. Guglielmo Susini, protagonista de *Le parole*, ossessionato per tutta la vita da alcune parole casuali del suo professore che lo hanno messo ai margini della scolaresca, dopo molti anni ammazza «chi le aveva dette». All'estremo opposto, Torquato, protagonista de *La casa venduta*, una nuova incarnazione del Remigio Selmi del *Podere*, gode a farsi maltrattare dal rozzo e arrogante compratore della sua casa.

[...] Con *La casa venduta*, il tema della violenza sconfina in quello del masochismo, motivo diffuso in tutta l'opera dello scrittore senese, dalle giovanili novelle centrate sul tema del rapporto padre-figlio (*La madre*, *Il padre*, *Un ragazzo*, *La capanna*), ai *Ricordi di un impiegato*, il cui protagonista Leopoldo è stato giustamente avvicinato al «fanciullo» di Corazzini, che piange il suo desiderio di «essere venduto / di essere battuto / di essere costretto a digiunare ...». In *Un pezzo di lettera*, del 1919, troviamo una dichiarazione assai esplicita a questo proposito: «... Qualche volta, non posso fare a meno delle cose ripugnanti. Mi sento arrossire e ne provo una sensazione di rimorso; ma resisto per essere disgustato quanto è possibile, fino in fondo; finché nella mia anima non pare quasi un sogno». In questa novella la «cosa ripugnante» è il sesso, sempre sentito come male in Tozzi: il protagonista, dopo aver atteso invano l'amante, sfoga la sua libidine sulla lercia affittacamere («Di quando in quando, il puzzo della stanza vince la mia pazienza, e io mi vergogno di star qui; e mi vien voglia di trattar male Marianna. Ma è inutile: il desiderio di Angelina è troppo. Quando richiamo Marianna, bisogna che nasconda il tremito della voce. Ed io guardo questa donna di quarant'anni, sporca e puzzolente, quasi provando piacere. Ella se n'accorge e mi sta intorno, cozzandomi qualche volta. Non vedo i suoi capelli e il suo collo, ma soltanto le calze sdrucite con la pelle scoperta, e allora mi viene la tentazione di alzarle le sottane. Non so come mi reggo. Ella se n'accorge sempre di più, ride, fa la lasciva; mi picchia sopra una mano. Sento che dopo soffrirei, con una umiliazione terribile: devo fare uno sforzo per nasconderle la nausea che mi fa la sua faccia. Ella ride e aspetta. Mi tremano le mani e non potrei parlarle: o l'uccido o cedo...»).

Ma, nell'ultima, e più matura, parte della sua produzione novellistica, Tozzi rinunzia a questi facili effetti. Sono gli anni in cui egli sta lavorando a perfezionare il tipo umano che più lo interessava, Remigio del *Podere*, Giulio di *Tre croci*, Dario Gavinai degli *Egoisti*. Nelle novelle questo tipo umano ritorna spesso, divenuto una specie di «uomo del sottosuolo» che potrebbe fare proprio il motto del ben più celebre personaggio dostoevskiano: «io sono solo, ed essi sono tutti». La struttura stessa del racconto muta, assumendo spesso la forma di un soliloquio tenuto *sulla soglia* o della pazzia o del totale isolamento, una sorta di estremo saluto al mondo, pronunziato da un uomo che, come Giulio di *Tre croci*, non è nemmeno «sicuro di esistere». Ricordiamo, per un solo esempio, il soliloquio nel quale il protagonista della novella *La mia amicizia*, uno dei vertici dell'arte narrativa di Tozzi, rievoca le vicende che hanno preceduto il suo ricovero in manicomio e annunzia la decisione di segregarsi a vivere della sua sola attività onirica [...]

Non a caso alle ampie aperture paesistiche di *Con gli occhi chiusi* e delle prime novelle si sostituiscono qui gli interni allucinanti dalle pareti a scialbo, tutti uguali, nudi e crudi – ha fatto osservare Corrado Alvaro – come celle di monasteri. E pare che la sensibilità, così acuta nel primo Tozzi, si sia come ottusa, e tutti i colori ridotti ad una sorta di grigio uniforme, e tutta la gamma dei suoni ad un unico rumore, monotono e insistito fino alla follia: «Tutta la notte la fontana del cortile; come lo scalpiccio di uno che è sempre per venire; e non si vede mai...». Tanto che, richiesti di dare uno sfondo ambientale all'«allucinato» di Tozzi, non avremmo esitazioni nello scegliere questo onirico paesaggio che apre la novella *Il crocifisso*: «Ho pensato che esista un mondo che Dio non ha finito di creare. La materia non è morta e non è viva. Vi sono vegetazioni quasi tutte eguali tra sé; e sbozzature di bestie informi, che non possono muoversi dal loro fango perché non hanno né gambe né occhi. Le piante di questo mondo non sarebbero riconoscibili al colore; perché non ne hanno. Soltanto quando c'è un tentativo di primavera, si potrebbe sentire il loro odore che ha però qualche cosa del fango. Vi è anche un abbozzo di Adamo; ma senz'anima. Non può parlare né vedere, ma sente che attorno a lui il fango si muove; e ne ha paura. Non c'è sole né luna; ed è un mondo che resta nella parte più solitaria dell'infinito; dove le stelle non vanno mai; dove soltanto qualche cometa va a spegnersi... Siccome c'è continuamente una specie di crepuscolo, il fango quasi rosso, in quella luce, splende come l'oro. Mentre l'argilla, vicino alle stese delle acque, è di quel colore che anche tra noi ricorda quello del mare...».

[da S. Maxia, *Uomini e bestie nella narrativa di Federigo Tozzi*, Liviana Editrice, Padova, 1971]

LA PAROLA: TERMINE ESSENZIALE DI ANALISI E DI RICERCA IN TOZZI

[...] Già dalle pagine della «Torre» nel 1913, al tempo delle prime irruenti compromissioni, Tozzi, a nome anche degli altri collaboratori, espone il proprio programma di autenticità e di concretezza. Presa di mira per il momento l'immagine della «femmina fatale», creatura-simbolo più appariscente di quel divismo letterario confezionato dalla diffusa letteratura commerciale: una donna che ha della vita un concetto impalpabile, come un'aspirazione oscura verso non si sa quale dolce spasimo di nervi.

[...] Nel 1916, quando i termini della polemica si sono definiti e stabilizzati, Tozzi scriveva dalle colonne delle «Cronache d'attualità»:

Oggi sono in voga i bozzetti! Una novella non solo non si sa scrivere secondo la consueta ricetta; ma, tanto meno, non si sa rinnovare; né con elementi spirituali né con elementi tecnici.

Bozzetto è qui sinonimo di disimpegno e di decorazione, è il rifiuto di un'attiva partecipazione a indagare e comprendere il segreto dell'operazione artistica, ad approfondire il tirocinio della professione letteraria. Più tardi, nel 1918 scriverà:

I lettori si contentano di cose che non lasciano traccia, e di pessimo gusto. E così, di questo passo, dovremo forse assistere al rapido disfacimento di parecchi volumi fatti a base di novelle e di romanzi, solo perché i loro autori hanno avuto il torto di scrivere senza troppe preoccupazioni di dare una materia di valore assoluto. Molti si contentano della loro facile abilità, che si acquista anche con l'esercizio del mestiere; e i loro personaggi sono soltanto apparenze sommarie senza nessuna consistenza... E lo sanno anche i lettori, che non osano protestare; benché anche quelli che si contentano e si dilettano di quello che fa la piazza, sentano in fondo un vuoto che è maggiore della stanchezza.

Il lettore è citato contemporaneamente in giudizio in un'accezione duplice, come complice e come testimone.

La denuncia non è senza appello, e sembra tradire anzi una sorta di aspettativa fiduciosa verso l'intelligenza di chi legge. Ma nei momenti di amarezza questo moto di intima insoddisfazione verso gli aspetti più deteriori di una letteratura commercializzata, detterà a Tozzi accenti risentiti anche verso la sua stessa attività di scrittore [...]

[...] Ogni autore fa i propri lettori: e questo gli riesce tanto meglio quanto più egli fa loro vedere un ordine nuovo di percezione e di esperienza. Tozzi cercherà nei lettori una giusta disposizone a ricevere dalla pagina più delle domande che delle risposte, a sottoscrivere l'ambiguità di una ricerca che non può essere conclusa: «È bene che le pagine restino come solchi aperti e che non sia finito di seminare».

La letteratura corrente, nel suo abuso d'insincerità, ha introdotto una frattura tra il mondo dell'essere e il mondo dell'espressione, tra la realtà e la scrittura, le *cose* e le nostre *parole* secondo l'espressione tozziana:

fino ad ora le cose passavano quasi lisce; ma non si può continuare a vivere così troppo alla buona; quando si sa che tra le «cose» e le «parole» non c'è più quella vergine fede d'una volta... Perciò ci sentiamo poco sicuri e poco tranquilli di quel che facciamo e di quel che diciamo. È necessario che questi innesti arbitrari e forse fallaci, lascino il posto a una nostra realtà più spontanea e più sicura.

«...le cose passavano quasi lisce»: era il tempo dell'osservazione empirica e del referto scientifico propri dello scrittore naturalista, procedimenti che per la loro sopravvivenza postulavano legittimamente una osmosi diretta, quasi un rapporto d'identità, fra vita reale e indagine letteraria.

Ora esiste un distacco netto tra l'arte e il vissuto, tra la vita e l'immaginazione. L'esistenza ha un tono grigio di prosa quotidiana, spogliata di tutti i miti, di tutte le illusioni possibili e l'arte è solo un mosaico scaltro e illusorio che nulla ha da spartire con la prosaica realtà del presente. L'avventura dannunziana ha prospettato della crisi in atto solo la soluzione più allettante ma anche più artificiosa: D'Annunzio, con il suo sogno di «vita» come «opera d'arte», coniugando pateticamente la realtà e la fantasia al di fuori di un recupero su basi criticamente avvertite, ha ad un tempo falsificato la vita e l'arte. La letteratura nuova non dovrà porsi come «schermo» o «velo» edificante di fronte alla realtà, la quale non dovrà essere magnificamente immaginata o ritratta con puntiglio, bensì dovremo «farlo noi stessi, con la violenza della nostra volontà».

Non più dunque un atteggiamento di divertita falsificazione o di registrazione scrupolosa, ma un'indagine rivolta a cogliere il senso e il valore delle cose, al di là della loro evidenza tangibile, «Tutto consiste nel come è vista l'umanità e la natura»: occorre una scrittura che si ponga in posizione critica rispetto alle cose, che le scomponga lucidamente e le indaghi, che sia un approfondimento della vita con uno specchio deformante che la renda più attraente. E dovrà allora essere un'arte scabra e disamena, non allettante per sua natura, non «curiosa», anzi squallida e quotidiana [...]

[...] Ne deriva, da parte di Tozzi, un distacco critico verso il prodotto letterario, una diffidenza ostile di lettore che a sue spese s'è fatto scaltro: la pagina dovrà essere soppesata per quello che vale, con attitudine di sospetto, con una degustazione guardinga attenta al particolare, «come fanno i mercanti quando vogliono rendersi conto bene di quel che stanno per comprare» [...]

[...] La letteratura dovrà essere spogliata della «bravura del mestiere» degli «effetti sicuri», degli «effetti cinematografici», di tutto ciò che lusinga il lettore e lo inganna: «Gli effetti sicuri sono l'opposto della forza lirica. Gli svolazzi, gli scorci, le svoltate, le disinvolture, i pavoneggiamenti, le alzate della trama non contano niente». È un pensoso rifiuto del rivoluzionarismo verbale, degli adescamenti esteriori, della spregiudicatezza che cela soltanto conformismo, inconsistenza morale e inguaribile provincialismo. Meglio una pagina aspra, franta, che magari impegni, solleciti e affatichi con una lettura e un'attenzione costanti, purché in essa «sul serio lo scrittore sia riuscito ad indicarmi una qualche parvenza della nostra fuggitiva realtà». Solo allora lo scrittore non dovrà scegliere le parole a caso, «con una psicologia approssimativa», ma saranno esse ad offrirsi, a farsi usare, e saranno necessariamente «belle e buone». La realtà minuta della parola è valutata come un termine essenziale di analisi e di ricerca, oggetto sentito nella sua concretezza di verifica diretta, creatura tangibile per rapporto immediato.

Un atteggiamento di piena indipendenza dalla moda comune, una esplicita chiarezza di enunciati, un onesto impegno giocato come azzardo di forme e di linguaggio, costituiscono i motivi di polemica autentica con cui Tozzi ha intrapreso e condotto la propria attività di novelliere.

[da G. Tellini, *La tela di fumo. Saggio su Tozzi Novelliere*, Nistri-Lischi, Pisa, 1972]

TOZZI: SCRITTORE FISIOLOGICO

[...] In che cosa consiste il dolore di Tozzi? Diremmo che è sopratutto angoscia di fronte ad una società immobile che, tuttavia, pur nell'immobilità, rivela insanabili contraddizioni. Di una società, cioè, in cui coesistono immobilità e nostalgia del movimento.

In Tozzi c'è un'acuta sensibilità per il dato esistenziale.

Ma questo dato, Tozzi, appunto perché fa parte di una società che non può fornirgli alcuna visione del mondo, non è capace di svilupparlo, razionalizzarlo, concettualizzarlo, come per esempio un Dostoiewski o un Tolstoi. Il dolore di Tozzi resta allo stato germinale, al di qua di qualsiasi ideologizzazione, in una zona oscura e tutta fisica che si potrebbe anche chiamare fisiologica. Tozzi, di conseguenza, potrebbe essere definito un esistenzialista avanti la lettera; a patto, però, di non chiedergli, come del resto a tutti i precursori, una consapevolezza di specie culturale.

Abbiamo detto che Tozzi è uno scrittore fisiologico. Ma bisogna subito avvertire che il sesso, in una fisiologia così repressa come quella di Tozzi, non ha alcun ruolo. Tozzi è fisiologico perché sente la vita come dolore del corpo prim'ancora che dell'anima. I personaggi di Tozzi fanno continuamente delle cose col corpo: rabbrividiscono, svengono, vomitano, tremano, piangono, sudano, appetiscono, rigettano e così via. Il corpo per Tozzi, in mancanza di un'ideologia che ispiri e guidi l'azione, è la molla più frequente delle oscure e imprevedibili reazioni dei suoi personaggi. Eppure, alla fine, quando tutto è stato detto, bisogna sottolineare con enfasi che Tozzi pur così corporale e imprevedibile, è uno dei più esatti e acuti descrittori della società italiana in quegli anni.

Stabilito questo e tenendoci alla scala di valori che se ne può far discendere, metteremmo in prima fila, tra i romanzi di Tozzi, *Il podere*, poi *Tre croci* e, infine, *Con gli occhi chiusi*. Riprendendo il discorso del dolore, domandiamoci adesso qual è la forma specifica che assume questo sentimento in Tozzi. Diremmo: il dolore come cattiveria e come consapevolezza impotente della cattiveria. A sua volta la cattivera nasce in Tozzi da un'acuta sensibilità per il male. Di questo male, Tozzi ignora o vuole ignorare le origini reali; forse appunto per questo lo rappresenta con tanta violenza, incarnandolo in personaggi che il male stesso possiede e stravolge senza alcuna speranza di liberazione e di chiarezza.

Per esempio ne *Il podere*, Tozzi ci fornisce una rappresentazione insieme esatta e, appunto, cattiva dei rapporti di classe in una precisa regione d'Italia, la Toscana, e più particolarmente di una zona di questa regione, il senese. Ma questi rapporti di classe, Tozzi non li sente come tali; li sente, invece, come qualche cosa di oscuro e di malefico che alla fine determinerà in maniera fatale il modo di agire di tutti, più o meno, i personaggi. E questo perché, si direbbe, nella sua mancanza di una scala di valori, di un punto di riferimento, di una visione del mondo, Tozzi non può non ancorarsi al dato esistenziale così nel bene come nel male. La proprietà è il male; ma Tozzi non ne è consapevole; si limita a sentirlo. Questo sentimento oscuro gli permette, in compenso, di identificarsi con il protagonista Remigio quasi senza alcuna distanza di giudizio, con immediatezza autobiografica.

Cosa racconta Tozzi ne *Il podere*? Come indica il titolo, la storia di una piccola proprietà terriera, di un podere, appunto ereditato da un uomo debole, velleitario, imbelle e tuttavia pieno di patetica buona volontà il quale si trova improvvisamente alle prese coi contadini che, sentendolo privo di autorità, dapprima lo osteggiano e alla fine l'uccidono. Remigio, da una parte non riesce a liberarsi del podere paterno, vendendolo; dall'altra si dimostra incapace di metterlo a frutto, di amministrarlo, di viverne; e finisce così per far figura di avaro, di inetto e di meschino; mentre in realtà non è che inesperto.

Remigio è dunque chiuso in qualche cosa di non suo, anche se si tratta di qualche cosa che è sua proprietà; ossia, secondo un termine oggi in voga, Remigio è alienato a causa del podere che non ha messo in valore con la propria fatica né acquistato con il proprio denaro. A sua volta, però, con tipica trasmutazione del dato economico in dato fisiologico, il podere, nella vita di Remigio, non è un piccolo appezzamento di terra coltivato dai mezzadri, che dà un determinato reddito; ma una specie di morbosa affezione di tipo psicosomatico che alla fine si manifesta come male totale. E infatti, a guisa di male inguaribile e inesorabile, esso determina il rapporto tra Remigio e i contadini anche loro alienati, anche loro succubi della stessa trasmutazione di tipo esistenziale dell'economia in fisiologia.

In *Tre croci*, romanzo forse più perfetto di *Il podere* ma in qualche modo meno ricco e meno profondo, in un trittico di tre fratelli curiosamente reminiscente di analoghi magri e stilizzati trittici della pittura primitiva senese, abbiamo di nuovo il male esistenziale con la sua compagna inseparabile, la cattiveria. Questa volta il male è il fallimento di una modesta libreria di Siena, gestita da tre fratelli. Giulio, Niccolò e Enrico Gambi. Ho detto modesta di proposito per sottolineare che in una situazione culturale come quella in cui si dibattono i personaggi di Tozzi e, come è da credersi, Tozzi stesso, basta ben poco, alcuni ettari di terra o pochi scaffali di libri per determinare drammi non meno terribili di quelli di Shakespeare. Ma, occorre ripeterlo, è proprio il contrasto tra l'esiguità degli interessi e la grandezza del dramma, a fornire la chiave per comprendere il mondo di Tozzi.

Al solito, il dramma economico è trasferito dal piano ideologico a quello fisiologico. Con invenzione geniale, Tozzi fa dei fratelli Gambi, tre squallidi e disperati ghiottoni, i quali, letteralmente, si mangiano il negozio di libri a forza di primizie, di leccornie e di manicaretti. I tre fratelli si indebitano, quindi per pagare i debiti falsificano degli assegni. Alla fine terminano la loro amara e rabbiosa esistenza, Niccolò, di un colpo, Enrico, di stenti all'asilo dei poveri e Giulio suicida. Le pagine in cui Tozzi descrive la ghiottoneria dei Gambi e quindi l'effetto di questa ghiottoneria cioè la falsificazione degli assegni, sono tra le più potenti della sua opera; di una potenza maligna come di chi descrive qualche cosa che conosce troppo bene e odia. La morte dei Gambi è trasferita anch'essa dal piano economico a quello fisiologico. Si direbbe che i tre fratelli non muoiono perché il negozio è fallito; ma perché i loro corpi intossicati dall'acido urico e dal colesterolo non ce la fanno più a filtrare i veleni che li indeboliscono e li minano. In questa fisiologia, come la fiammella di un gas che si sprigioni da una materia in putrefazione, guizza una luce di disperata consapevolezza; la quale, tuttavia, troppo fioca e incerta, invece di diradarle rende più spesse le tenebre in cui i tre fratelli si dibattono. A Giulio si direbbe che Tozzi abbia affidato il messaggio di una pietà cristiana di tipo dostoieschiano. Ma a guardare meglio, ci si rende conto che anche Giulio si trova al di qua della pietà, in piena fisiologia. L'amore fraterno di Giulio si configura infatti nelle pagine di *Tre croci* nello stesso modo dell'attaccamento alla proprietà di Remigio in quelle di *Il podere*; cioè come qualche cosa di esistenziale, di fisiologico. Giulio ama i fratelli non come si ama il prossimo e neppure come si ama il parente o come si ama il complice; ma come non si può fare a meno di amare chi è stato concepito nello stesso ventre materno. Il legame di Giulio con i fratelli acquista così un carattere non soltanto presociale e premorale ma addirittura prenatale.

Infine, *Con gli occhi chiusi*. La protagonista Ghisola è probabilmente il solo personaggio femminile e poeticamente concepito ed espresso in tutta l'opera di Tozzi. Ma appunto perché personaggio poetico, esente dalla solita cattiveria tozziana, Ghisola in qualche modo è meno tipica degli altri personaggi del romanziere senese. *Con gli occhi chiusi* è una specie di educazione sentimentale di chiara origine autobiografica; ma Tozzi, proprio perché ci parla di se stesso, non riesce a superare i limiti di classe. Ghisola, a ben guardare, esiste solo in funzione di Pietro; e Pietro, lui, crea subito tra se stesso e la donna che pure ama, un rapporto come di padrone e serva, di colto e analfabeta, di borghese e popolana. Di Ghisola non sappiamo nulla che non sia filtrato attraverso il giudizio di Pietro. Il suo passato è sbrigato in quattro righe: «Borio ci si era perso e l'avrebbe sposata. Ma anche il suo fattore la possedette; e ambedue, per gelosia, ne sparlavano con tutti, allora molti di quei giovanotti da lei respinti non la lasciarono più in pace». Dove bisogna sopratutto notare che il dolore che Tozzi non può fare a meno di provare nel suo rapporto con la società italiana, qui si cambia, molto naturalmente, in crudele pregiudizio. Tozzi, sulla Ghisola, pensa le stesse cose che penserebbe qualsiasi piccolo borghese di Siena; e questo perché qui non si scontra con la società italiana priva di una visione del mondo, ma con la natura e la poesia. Le parti insomma si invertono. Tozzi diventa l'uomo privo di visione del mondo, «con gli occhi chiusi» dai pregiudizi della sua classe sulle donne e sull'amore (cioè non ama la Ghisola com'è realmente, che sarebbe vero amore, ma ama l'immagine della Ghisola come dovrebbe essere secondo il pregiudizio piccolo borghese). Il momento che scopre che Ghisola non è come il pregiudizio vorrebbe che fosse, «apre gli occhi» cioè cessa di essere l'uomo che ama, torna ad essere il piccolo borghese che sa di essere cattivo e non riesce a non esserlo. Così, ciò che forma l'originalità di Tozzi, la sua acre sensibilità per il fatto sociale, limita la sua capacità espressiva quando si tratta di affrontare non già la società ma l'amore, cioè qualche cosa che, pur essendo anche sociale, è sopratutto naturale. Che questo sia così, lo dimostra se non altro l'intervento nel rapporto amoroso della menzionata cattiveria di specie fisiologica che è propria del temperamento tozziano. Pietro, in realtà, non vuole far l'amore con Ghisola perché avverte nella sensualità della donna qualche cosa di inferiore e di servile. Tozzi scrive, ad un certo punto, che Pietro: «si accorse ad un tratto che muoveva troppo i fianchi e si tirò indietro». È evidente che qui l'amore, come abbiamo detto, cede il luogo alla fisiologia e dunque, alla lontana, poiché la fisiologia di

Tozzi ha sempre un'origine sociale, al disprezzo padronale.

Tozzi ha alcuni caratteri in comune con Verga. Come Verga, ci ha dato il ritratto autentico di una provincia italiana; la Toscana di Tozzi, come la Sicilia di Verga, è in qualche modo «magmatica», grazie ad un analogo approccio linguistico alla realtà. Né Tozzi né Verga sono dialettali; essi vanno più a fondo del dialetto; attingono alla voce viva di un parlato che oltre che dialettale è anche psicologico al livello dell'inconscio. Ma i punti in comune tra Tozzi e Verga si fermano qui. Le differenze, in compenso, sono illuminanti. Tra Verga e i suoi «vinti» ci sono una distanza, un distacco che non sono soltanto dovuti all'oggettività propria del naturalismo ma anche alla differenza sociale tra Verga e i propri personaggi. Una distanza di classe, un distacco signorile, anche nella pietà. Invece Tozzi sta in mezzo ai suoi personaggi, anch'essi «vinti», come un simile tra i suoi simili. Non è una questione di autobiografia, benché Tozzi nei suoi libri parli spesso di se stesso, e Verga nei suoi, mai. È una questione, secondo noi, di identificazione attraverso, una volta di più, la cattiveria. Tozzi si identifica coi suoi personaggi, condividendone l'acredine e gli odi perché, si direbbe, si sente incapace di oggettivarli attraverso la pietà. Egli ha bisogno di stare addosso alle sue creature con quell'aderenza ingiusta e aggressiva che è propria soltanto dell'antipatia. Anche per quest'aspetto, Tozzi è un moderno; mentre Verga non lo è. Infatti l'approccio esistenzialista non sa che farsene della simpatia, vuole soltanto l'identificazione. La cattiveria di Tozzi viene dal fatto che egli si identifica con personaggi cattivi.

[da A. Moravia, Introduzione a F. Tozzi, *Novelle*, Vallecchi, Firenze, 1976]

[...] Insomma: a nostro parere la *conditio sine qua non* per dichiarare uno scrittore adeguato al compito di rappresentare la «crisi» non può consistere nel suo essere a-ideologico: non è rilevante l'assenza di un'ideologia proclamata (che può essere anzi un segno di scarsa attrezzatura culturale e intellettuale, e quindi di debolezza sul piano della comprensione-rappresentazione) o il rifiuto dell'ideologia (impossibile, perché è ovvio che il rifiuto programmatico dell'ideologia è anch'esso ideologia), ma, semmai, la capacità di comprendere il ruolo giocato dall'ideologia nel contesto culturale, e la sua relazione con l'attività narrativa. Ora, sotto questo punto di vista, Tozzi non ci sembra affatto sprovveduto, ma, al contrario, uno degli scrittori italiani più consapevoli della centralità del problema. Ne è prova proprio la sua «ossessione della verità», la sua esigenza di «una nuova corrispondenza tra le cose e le parole»; cioè di una nuova corrispondenza tra le «parole» in quanto espressioni ideologiche cristallizzate e la realtà psichica dinamica che sta dietro di esse. La sua adesione all'ideologia cattolica va vista in questa prospettiva: Tozzi sentiva l'esigenza di procurare alla sua accesa, diciamo pure patologica sensibilità, l'incontro con una *forma storica* dello sviluppo culturale, che la legittimasse. Non si tratta quindi di semplice misticismo, nato da un fondo nevrotico. L'incontro con Tommaso d'Aquino e con Caterina da Siena serve a Tozzi per sciogliere il groviglio della sua «anima», per dare alla sua scrittura il carattere di un'operazione di disvelamento della realtà. Anche la *figura* del sacrificio di Cristo, atto salvifico indispensabile per l'umanità secondo la fede cristiana, viene assunta da lui come modello interpretativo per illuminare la dinamica psichica che, attraverso la soppressione dell'aggressività attuata con il sacrificio di sé, apre il primo spazio per l'aggregazione sociale e, in tale contesto, per l'attribuzione di un «senso» alle scelte dell'individuo. L'accettazione dell'ideologia cattolica non viene quindi effettuata da Tozzi in funzione conservatrice, cioè per tutelare le vecchie forme culturali ed esorcizzare le nuove, ma, al contrario, per aprire un nuovo ambito di ricerca psicologica e di sperimentazione delle forme narrative. Non metteremmo, come fa Getrevi, l'accento sul carattere «autarchico» di questa scelta, e non la inseriremmo in una prospettiva di «restaurazione» che anticipi il «ritorno all'ordine» degli anni Venti. I garanti di questa operazione «conoscitiva» tozziana – Sant'Agostino, Santa Caterina, il James psicologo e religioso, Dostoevskij – sono tutti estranei al contesto culturale dell'Italia provinciale dei primi del Novecento. A nostro parere, bisogna prendere atto della irrimediabile dicotomia tra i rozzi programmi politico-culturali della «Torre», da un lato, e la sofisticata capacità di analisi della sensazione e di introspezione dimostrata da Tozzi nelle sue opere narrative, dall'altro. Il fatto che Tozzi successivamente alla sua morte sia stato «adottato» da «Selvaggi» e «Strapaesani» non può costituire un elemento di diagnosi per individuare e valutare le matrici della sua cultura e della sua arte: semmai può indurre a riflettere sugli equivoci e sulle contraddizioni che si verificano nella nostra storia culturale. Comunque, è da sottolineare il fatto che lo scrittore più autentico e complesso uscito dall'ambiente del «Selvaggio», cioè Romano Bilenchi, è debitore, nelle sue opere migliori, non certo del Tozzi tutto esplicito ed estroverso dei proclami sulla «Torre» (troppo esplicito ed estroverso, ci sembra di poter dire, per essere preso alla lettera), ma piuttosto del Tozzi implicito ed introverso delle *Novelle* e dei *Romanzi*.

[...] Il temperamento di Tozzi non è quello del moralista, ma del mistico. Il mistico non pone argini alla realtà, non vuole costringerla nelle dimensioni anguste a cui la costringe chi ha bisogno di certezze, di puntelli, di «ordine». La realtà non ha bisogno di giustificazioni: si giustifica da sola. Non ha bisogno nemmeno di spiegazioni: perché essa *è*, e in questa constatazione si risolve ogni spiegazione possibile. Essa è fondamentalmente unitaria, e nella sua unità possono coesistere le opposizioni, senza che vi sia bisogno di una loro risoluzione «dialettica». Le «ragioni» di Ghisola sono opposte a quelle di Pietro; quelle di Berto sono opposte a quelle di Remigio: non c'è nessun criterio storico di verità. Per cui non c'è bisogno di predisporre uno schema di racconto che garantisca l'«oggettività»: concetti come «oggettività» e «soggettività» non hanno senso, nell'universo tozziano. Il *narratore* può entrare nel gioco, e, come i vari personaggi, subire il proprio punto di vista (procedimento, questo, quanto mai antinaturalistico): i punti di vista si equivalgono, dal momento che essi non sono misurabili con un criterio quantitativo, di verità maggiore o minore, ma sono semplicemente modi di sentire, o meglio di soffrire, ed hanno quindi tutti la stessa dignità. Nel mondo tozziano non c'è nemmeno distinzione tra «interno» ed «esterno», tra realtà della psiche e realtà dei rapporti sociali: la tematica trattata non è quella del contrasto tra le strutture sociali fondate sulla repressione e l'esigenza di libertà e di autoaffermazione dell'individuo; o, più generalmente, tra il principio di realtà e il principio di piacere (tanto meno in Tozzi esiste una vera problematica politica). Colpisce anche, nella narrativa tozziana, l'assenza dei temi del successo e dello scacco, della conquista e della sconfitta, che caratterizzano tanta letteratura dell'Ottocento e del Novecento. Il tema tozziano è quello della sopravvivenza. I personaggi si fronteggiano perché ognuno deve garantire il proprio diritto ad esistere che è continuamente messo in dubbio dall'esistenza degli *altri*. Pietro ha bisogno, per esistere, del rapporto con Ghisola; Ghisola ha bisogno, per esistere, di fuggirlo; Berto deve, per dare un senso alla propria vita, uccidere Remigio; Remigio, per la stessa ragione, deve accettare da lui la morte. Il significato della vita non si misura, quantitativamente, in relazione al successo, ma, qualitativamente, in relazione a questi eventi, che hanno un carattere di assolutezza. Nel mondo di Tozzi non esistono la gradualità, la sfumatura, il compromesso: le situazioni hanno contorni netti, definitivi; esse sono, sempre, irrimediabili. Sono, cioè, situazioni *tragiche*. All'interno di esse, il tempo scorre con un ritmo diverso da quello della cronaca, o della storia. Ogni attimo ha il valore dell'eternità; la carica di sofferenza che vi può essere racchiusa è infinita. Per questo i vari segmenti dell'esistenza sono scollegati tra loro, e derivano il loro senso non da una prospettiva d'insieme, che non c'è, ma dal loro stesso interno. Per questo, d'altra parte, ogni attimo è ricco di potenzialità infinite; e in esso può rovesciarsi, secondo una logica segreta, una serie imprevedibile di immagini, di sensazioni, di angosce.

L'unica ideologia che potesse coesistere con la sensibilità di Tozzi era quella cristiana; precisamente, quella di un Cristianesimo primitivo, antecedente alla sistemazione dogmatica. Il Cristianesimo poteva garantire il carattere sacrale di ogni attimo dell'esistenza; poteva difenderne il «mistero», l'infinita potenzialità di significazione. Poteva, inoltre, dare dignità di tragedia al cedimento degli antieroi tozziani; poteva trasformare la loro rinuncia alla vita da manifestazione di inettitudine in accettazione consapevole del sacrificio. Poteva far diventare l'atto patologico, folle, atto «paradossale» di obbedienza a una necessità inderogabile.

I personaggi di Tozzi vivono però anche in una dimensione storica, nonostante la loro attenzione sia costantemente distolta da essa, tutta orientata com'è verso la dimensione interiore. Tozzi non si discosta mai dalla rappresentazione realistica della società, proprio perché non glielo concede l'urgenza ossessiva delle immagini che egli deve esorcizzare mediante la scrittura; immagini che nascono tutte dai suoi rapporti traumatizzanti con gli *altri*.

Queste presenze, per essere neutralizzate, devono essere colte nella loro *reale* dimensione, dato che l'inganno della *letteratura* nei loro confronti non funziona. Tozzi quindi è sempre coerentemente e violentemente realistico. Anche la realtà socio-economica, pertanto, non può non irrompere nei suoi scritti. E difatti vi irrompe, tanto che dai suoi romanzi e dalle sue novelle noi possiamo ricavare un'immagine precisa e coerente della società piccolo-borghese e contadina di una zona della provincia italiana; immagine vista da un'angolazione insolita, da una prospettiva ideologica alla quale non siamo abituati. L'ideologia del piccolo proprietario terriero conservatore e pauroso di tutte le novità, inerme e frustrato di fronte all'avanzare della grossa proprietà imprenditoriale e finanziaria, ideologia che, nonostante l'anarchismo giovanile, guidò Tozzi nei suoi giudizi politici, non serve a spiegare gli aspetti dominanti del mondo da lui rappresentato. I racconti e i romanzi tozziani rivelano infatti che la vita associata, nel microcosmo costituito da Siena e dai suoi immediati dintorni, è imperniata solo sulla violenza, che si scarica sistematicamente sul più debole, e attraverso la quale il gruppo sociale si compatta e si dà un'identità. Violenza allo stato puro, non mediata, come ad esempio in Verga, dalla logica del profitto, la quale impone che il più astuto e spregiudicato si affermi a spese del debole e dell'onesto. Della società Tozzi rappresenta gli aspetti più arcaici; aspetti che possono essere colti non in una prospettiva storica, ma antropologica (anche questa è una novità assoluta nella nostra letteratura). La provincia tozziana, per gli umori profondi che rivela, si direbbe che viva una fase di sviluppo culturale antecedente a quella del capitalismo; che, addirittura, si sia arrestata alle soglie della preistoria. I contadini come Giacco e Picciolo sono del tutto incapaci di prendere coscienza della loro condizione storica; al contrario di un personaggio come il verghiano padron 'Ntoni, che è in grado di «intellettualizzare» la sua condizione di vittima del capitalismo nascente, e di accettarla come inevitabile, contrapponendo però orgogliosamente e «romanticamente» il mito di una società ancora integra alla marea montante del «progresso» che disumanizza. Anche personaggi come zio Crocifisso o Piedipapera (per non parlare di mastro-don Gesualdo) hanno la piena conoscenza della logica economica che governa, a tutti i livelli, la vita sociale; a differenza dei personaggi di Tozzi, i quali confondono la logica economica con quella della pura e semplice violenza. Rosso Malpelo enuncia una sua teoria dei rapporti sociali, mentre Berto, il più «intellettuale» dei reietti tozziani, è appena in grado di esprimere, sia pure coi toni epici di un eroe del negativo, la propria sofferenza. Mena e Lia sono capaci di prendere coscienza dei ruoli che la società impone loro (pur subendoli); la stessa cosa non si può dire per Ghisola, che è trascinata in basso da una necessità senza nome e senza spiegazione. Infine, gli «eroi» (o «antieroi») tozziani Giulio e Remigio, gli unici, tra questi personaggi, che compiono una scelta (la sola scelta possibile nel mondo tozziano: quella del sacrificio di sé), la compiono avvertendone intimamente la necessità, ma senza poterne dare una giustificazione.

L'arte di Tozzi non si misura sulla capacità dello scrittore di dare un'immagine convincente della società in cui egli visse. A lui non interessava fare questo; non gli interessava, cioè, rappresentare una parte della realtà, quella «esterna», ma gli interessava, viceversa, rappresentare la realtà nel suo aspetto globale e assoluto, che si manifesta non nel tempo continuo della storicità, ma nel tempo frantumato dell'attimo. Tuttavia, seguendo con totale coerenza la sua vocazione, egli ha finito anche col renderci l'immagine di una realtà storicamente connotata. Questa immagine è parziale e sconvolgente. Certo, la società italiana dei primi venti anni del Novecento non è soltanto quella rappresentata da Tozzi, ma è *anche* quella. E non diremmo che l'aspetto colto da Tozzi sia marginale.

Il bisogno irrazionale di violenza, la tentazione di regredire a livelli primitivi di cultura e di aggregazione sociale, la necessità del capro espiatorio su cui scaricare il senso di colpa collettivo sono realtà massicciamente presenti nel nostro mondo, anche oggi, e che hanno profondamente inciso nella storia d'Italia e d'Europa. L'economia politica non riesce a spiegarle interamente. Tozzi ci fornisce qualche elemento per comprenderle.

Nei due volumi delle *Novelle*, tema predominante è quello della violenza, che permane latente o precipita all'improvviso e si risolve nell'atto sacrificale. Gli esempi della presenza di questa tematica nella narrativa tozziana sono talmente abbondanti da lasciare solo l'imbarazzo della scelta. Si può citare una novella come *Mia madre*, emblematica perché gli unici rapporti umani in essa rappresentati sono quelli sado-masochistici, e perché in essa la violenza richiama immediatamente un'altra violenza, fino alla morte inevitabile del più debole: la vittima sacrificale (in questo caso, la madre del protagonista, resa più debole, oltre che dalla deformità fisica e dall'emarginazione sociale, proprio dall'amore che nutre per il figlio). Oppure *Ozio*: l'aggressività latente in un gruppo di tranquilli borghesi si scarica sull'animale, un uccello, che senza nessuna ragione apparente viene messo a morte. Ma anche in novelle come *Una gobba*, *La matta*, in cui si narrano vicende di emarginati, noi vediamo che tale emarginazione è il prodotto della violenza, connaturata al gruppo sociale emarginante e ad esso necessaria per la propria sopravvivenza in quanto gruppo, che solo attraverso la violenza sul capro espiatorio si connota e acquista un'identità. Nel mondo tozziano non esiste possibilità di rapporti sociali paritari: il rapporto è sempre tra forte e debole, tra carnefice e vittima. Per cui senza violenza non c'è socialità. Il bisogno della violenza è tale che essa viene desiderata e invocata dalla vittima, la cui unica possibilità di vita è quella che deriva dal rapporto coi suoi carnefici. Il protagonista di *La casa venduta* dedica ogni sua energia a compiacere gli strozzini che lo privano di ogni avere, e si domanda trepidante se essi saranno contenti di lui. La cosa che più teme, infatti, (e che si verificherà), è la fine di ogni rapporto con loro, conseguente alla sua definitiva spoliazione, perché senza questo rapporto, che per lui è l'unico possibile, la sua vita perderà ogni senso.

La casa venduta preannuncia *Il podere*. Il *tema* infatti è lo stesso: sia il protagonista del racconto che quello del romanzo dissipano la propria sostanza, la cedono al più basso prezzo possibile, privandosi delle basi materiali della vita (anche se il Torquato de *La casa venduta*, a differenza del Remigio de *Il podere*, non conduce l'operazione alle estreme conseguenze, offrendosi alla scure di un assassino). È ovvio che, sottolineando questa identità tematica con la novella, diamo già un'interpretazione del romanzo: al contrario di Torquato, infatti, Remigio resiste, in apparenza, all'espropriazione, mettendo in atto una serie di misure che dovrebbero impedirla. Tanto che uno dei primi critici di Tozzi, Luigi Russo, muovendo dal presupposto che Remigio lotti, sia pure malamente, per impedire la propria rovina, cioè accostandosi a *Il podere* con la stessa ottica con cui si accosta ai romanzi di Verga, individua nella «inettitudine» del protagonista la ragione delle sventure di questi, e, conseguentemente dal suo punto di vista, pronuncia un giudizio negativo sul romanzo dello scrittore senese: a suo parere, infatti, dove c'è inettitudine non può esservi azione, e dove non c'è azione non c'è romanzo: l'inettitudine del protagonista pregiudica quindi, a suo dire, la possibilità stessa di strutturazione della materia narrativa. Al contrario Debenedetti, rivendicando l'esistenza di una narrativa dell'«inettitudine», ricollega a questa (che è poi la maggiore narrativa europea del Novecento) i romanzi tozziani, e dà, dell'«inettitudine» di Pietro, di Remigio, dei fratelli Gambi, un'interpretazione genetica: sarebbe, essa, la manifestazione della volontà inconscia dei figli di uccidere il padre, simbolicamente, dilapidandone il patrimonio. Debenedetti, quindi, riconosce che Remigio non cerca affatto di salvare il potere e la vita, ma al contrario, con grande efficacia, si adopera per perdere e l'uno e l'altra.

Abituati alla grande narrativa del realismo borghese, nella quale il *tema* predominante è quello dell'arrampicatore sociale che persegue il successo sia sul piano economico che su quello erotico-sentimentale, restiamo sorpresi di fronte a uno scrittore come Tozzi, i protagonisti dei cui romanzi perseguono esplicitamente il non-successo. È, questo, un rovesciamento di prospettiva che ci apparirebbe incomprensibile, se non riflettessimo che maestri di vita e di scrittura sono stati, per Tozzi, più che gli scrittori borghesi, i mistici del Trecento.

Anche Debenedetti, che pure per primo intuì che i personaggi tozziani perseguono non il successo ma lo scacco, attribuisce quest'ultimo non alla loro volontà cosciente, ma a quella inconscia. Tuttavia, a nostro parere, se è vero che alla radice del comportamento di Remigio e di Giulio c'è un'inconscia tendenza masochistica, è vero anche che questa tendenza, pervenuta al livello della coscienza, diviene occasione per una scelta consapevole di cultura e di modo di vita; e in ciò sta precisamente il suo significato e il suo valore. I protagonisti dei romanzi tozziani, e in special modo Remigio e Giulio, sono alieni da qualsiasi velleità competitiva. Essi hanno compreso che l'incontro con gli altri, la realizzazione di un progetto sociale, potrà attuarsi non mediante l'imposizione della propria volontà, ma, al contrario, in conseguenza del proprio più totale cedimento. Di questa ideologia dell'annullamento di sé Giulio è il teorico, ma anche Remigio ne è l'interprete consapevole e coerente fino alle conseguenze ultime. È il caso di ricordare che Tozzi interruppe la revisione de *Il podere* per scrivere, di getto, *Tre croci*: si può formulare l'ipotesi che egli sentisse il bisogno di riprendere e di rendere esplicito, anche mediante le parole del personaggio protagonista, un tema che avvertiva come urgente e per lui fondamentale.

[da F. Petroni, *Ideologia del mistero e logica dell'inconscio nei romanzi di Federigo Tozzi*, Manzuoli, Firenze, 1984]

LA CULTURA PSICOLOGICA DI TOZZI

[...] *La cultura psicologica di Tozzi*, il titolo potrà persino far sorridere se si crede, come è stato creduto e scritto, che Tozzi «attinge direttamente le sue risorse al fantasmatico puro e alle immediate urgenze del *pathos*, nell'assenza più o meno totale di un conveniente aggiornamento culturale e di apprezzabili risorse di mestiere». È così, seguendo Debenedetti solo nel riconoscere che «la psicologia quando ci vuole ci vuole» e mettendo in Tozzi la psicologia tutta dalla parte del lettore, che si può pervenire alle ipotesi di un «universo schizofrenico», di «posizione schizo-paranoide», imprudentemente riducendo ad un *unicum* le risultanze letterarie di uno scrittore e la sua eventuale malattia biografia da sottoporre a diagnosi. Il rischio – lo ha sottolineato con chiarezza Baldacci – è di «scambiare come tessuto vivo della patologia tozziana quelli che invece sono elementi di derivazione culturale legati a un preciso momento storico». Ammettiamo pure, restando nel settore della cultura psicologica, l'assenza del conveniente aggiornamento presupposto necessario, ammettiamo, pure sulla base delle antiche chiose a *Novale* di Emma, che Tozzi avesse conosciuto solo Lombroso. Anche questa attardata ovvietà informativa apparirà francamente esagerata per chi, superando i livelli di nevrosi ossessiva cui si sono attenuti Debenedetti e Baldacci nelle loro interpretazioni di opere di Federigo Tozzi, finirà con l'autorizzare *tout court* l'immagine di uno psicotico, che se vede il diavolo non è per nulla convinto dell'assurdità della sua allucinazione, non ha da opporre nessuna resistenza cosciente. Confondendo il malato e lo scrittore, si arriverà a suggerire il carattere simbolico di pur apprezzabili esaltazioni intellettuali, per le quali la *naïveté* costituirà il congruo *plafond*, se non la *conditio sine qua non*, dei processi di metaforizzazione cui la scrittura si affida: una sofferenza con pochi compromessi, con pochi arginamenti, con troppo pochi tentativi di intralcio. In questo senso il lettore di *Adele*, opera in sé notevole e fondamentale per comprendere l'arte di Tozzi, dovrebbe soltanto provare a interrogarsi sul femminile di quell'autobiografismo *en travesti*; e sarebbe già, su questo piano, un problema abbastanza spinoso. Ma anche in *Adele* Tozzi è Adele non meno di Fabio, e non è Adele, naturalmente, come non è Fabio, perché sia Adele che Fabio sono personaggi letterari, forgiati appunto all'insegna della consapevolezza e della distanza, del superamento in termini di cultura.

Non ho difficoltà a credere che i percorsi psicologici battuti da Tozzi si siano delineati, in parallelo con quelli della sua applicazione creativa, all'insegna di insorgenze pratiche diciamo pure autoanalitiche ed autoterapeutiche, per fuoriuscire, mettiamo, dalle commiserazioni speranzose di un futuro assieme di cui la fidanzata di Tozzi si fa portavoce nella lettera ad Amalia Balconi Berrini del 22 maggio 1907: «mi basterebbe che fosse occupato» etc. Non ho difficoltà neppure ad ammettere che l'incombente «pazzia» citata da Emma ormai vedova come più che una minaccia per il Tozzi giovanile, del post-Boccheggiano e lontano da lei, non sia stata accentuata dalle restituzioni letterarie immediatamente successive di cui nelle lettere ad Emma lo scrittore già si era dimostrato molto capace. Tuttavia, è letterariamente impazzendo di più che Tozzi combatte la pazzia. Non passeggia in giardino, completamente occupato dal gioco delle ombre e della luce, non è lì a mortificarsi per rami sbucciati, come Adele, o a cogliere rose rosso sangue di cui poi non sa bene che fare. Tozzi cerca di capire se stesso interrogando altrettanto non edonistici volumi, accumulando disordinatamente come al solito letture su letture, prendendo da ognuna di esse quel poco che gli interessa e scartando il resto: pagine, non petali, da sfogliare, e se «con gli occhi socchiusi», non come in *Adele*, ma in *Come leggo io*, «per una specie d'istinto guardingo, come fanno i mercanti quando vogliono rendersi conto bene di quel che stanno per comprare». Ancora: «Le persiane di Adele erano chiuse. Egli ebbe paura di tutto ciò; e questa impressione gli perdurò anche cominciando a leggere una tragedia di Sofocle». Tozzi combacia fino ad un certo punto con Fabio nella debole risposta di uno psicastenico tipo: legge i tragici greci, magari l'*Edipo re* di Sofocle, ma vi abbina, alla Biblioteca Comunale di Siena, *La paura* del fisiologo Angelo Mosso, o più comodamente a casa, un capitolo jamesiano. Nella sua biblioteca domestica, accanto a Poe e ai classici (e Sofocle tra di loro), entrano testi di Ardigò e di Mantovani; il costoso, agognato trattato di psicologia che Tozzi acquista a rate e dedica alla fidanzata in mancanza del libro di preghiere che vorrebbe scrivere per lei, è un'opera di William James, l'autore dei magnificati *Ideali della vita* del primo tempo di *Novale*: i *Principi di psicologia*. Quando Tozzi scriverà *Adele*, didatticamente, con un a capo un po' goffo, ci terrà a caratterizzare la infrangibile soggezione di Fabio alla volontà del padre e la sua protratta dipendenza sentenziando con un linguaggio tecnico da manuale che «Tale indolenza dolorosa è un fenomeno di psicastenia», così come Adele, prima, ha percepito da povera malata coincidenze di situazione «per il fenomeno della paramnesia». In ambedue i casi il Tozzi scrittore è a ruota: «una corrente di acqua», «la vita sdoppiata a modo di un raggio e della sua rifrazione» danno sostanza alla propria narrativa, anche se in queste immagini i paragoni della divulgazione scientifica potrebbero benissimo costituire una fonte letteraria, un sapore linguistico derivato.

Rabdomanzia e cultura: i termini del binomio non sono incompatibili, e non è detto che il potenziamento dell'uno debba offuscare o elidere il potenziamento dell'altro, magari in nome di un generico, post-crociano stile di Tozzi. Lombroso, Ardigò, Mantovani, Mosso ed altri testi accertati per la cultura psicologica di Tozzi da biografi e documentaristi sarebbero poco (qualcosa di più, oggettivamente, William James, e la critica se ne è accorta, con qualche intempestività, se si pensa che anche Debenedetti poteva disporre delle indicazioni dirette ed indirette di *Novale*), ma anche troppo come mappa del pre-freudismo di un autore la cui confidenza con il linguaggio dei simboli, mai rinnegata seppure con sottoscrizioni varianti, si dovrebbe presupporre del tutto spontanea, in contatto assoluto cioè con la rabdomanzia di ogni vero artista, ma nel caso specifico, particolarmente insidioso come si diceva, con la visceralità di una confessione marcatamente patologica. Ben vengano dunque i modesti biografi e documentaristi; ben vengano soprattutto i documenti, le reliquie della vita di cui prendere atto e da interpretare contro gli arbitrî delle interpretazioni che fanno a meno di loro.

Ecco due carte rintracciate all'interno dell'esemplare tozziano dei *Principii di psicologia* conservato negli scaffali di Castagneto: l'intestazione è «Biblioteca Comunale di Siena», contengono appunti autografi di Federigo Tozzi e indicazioni bibliografiche con segnatura: «*Psychopa[t]hie sexuelle* 1896.II.106; *Puberté* 1904.II.199; *Psychologie de l'ins[t]inct sexuel* 1900.II.625; *Grandeur et misère de la femme* 1905.II.325; *Psychologie de l'adolescente* tomo LXI; *Qu'est-ce qu'une passion?* LXI». Seguono gli appunti, con qualche disinvoltura grafica e intraduttoria del vorace Federigo Tozzi, che, presupponendo il francese come testo base, sorreggono l'ipotesi che le annotazioni derivino dagli scritti bibliograficamente ma incompletamente segnalati ad apertura. L'ultima indicazione bibliografica è corredata da un «par Ribot», fra parentesi, che mette sulla strada giusta: dato che le segnature fanno pensare a una rivista (anno, volume, pagina) il primo tentativo di identificazione che vien fatto di compiere consiste nel coniugare quelle cifre sibilline e quei titoli a una rivista che abbia qualcosa a che fare con il filosofo e psicologo sperimentale Théodule Ribot, e cioè la «Revue Philosophique» da lui diretta, ampiamente dotata, con regolarità nel corso delle sue pubblicazioni, di sezioni psicologiche. Quattro recensioni ad opere variamente importanti di Krafft-Ebing, Viasemski, Roux, Nayrac, la rassegna-studio di Compayré occasionata dall'uscita dell'opera di Stanley Hall sull'adolescenza, un saggio di Ribot. In particolare Tozzi traduce e riassume soprattutto dallo scritto del Compayré dell'aprile 1906; traduce e prende annotazioni dalla recensione alla *Psychologie de l'instinct sexuel* di Johanni Roux inserita da de Fursac in un suo ragguaglio comparativo e di aggiornamento datato dicembre 1900 circa gli studi sulle sensazioni interne. Le conclusive definizioni di *Vertigine, Scrupolo, Testardaggine*, ipotizzano di nuovo una derivazione da testi in lingua francese.

È un calderone in cui uno studio clinico-legale famoso, introdotto in Italia con gli apprezzamenti prefatorî di Lombroso, convive con le risultanze monistiche di uno psicologo genetico-evoluzionista come Stanley Hall, veicolatore del metodo sperimentale in America, elogiatore di Freud ed elogiato da Freud in una nota dei *Tre saggi sulla sessualità*, ma qui apprezzato e criticato dal Compayré che passa al vaglio i due sostanziosi volumi sull'adolescenza, con sconfinamenti frequenti nella vita infantile ed intrauterina all'insegna di una psicologia che non è certo soltanto lo studio dei fenomeni coscienti: «Les enfants et les adolescents – afferma dalla sua ottica genetica Stanley

Hall – sont la lumière et l'espoir du monde, pour nous surtout qui voulons étudier l'âme dans ses origines, et pénétrer jusqu'à ses plus profondes assises». Un po' di tutto; pure, indirettamente, Aristotele e Pascal, che attraggono Tozzi. Ma anche nell'ampio saggio firmato dal direttore della rivista, presente nel tomo LXI della «Revue Philosophique» assieme allo scritto di Compayré, si toccano problemi di grande momento legati ai termini di *inconscient, idée fixe, obsession*. A proposito dell'idea fissa e dell'idea ossessiva Ribot sostiene preliminarmente l'impossibilità di distinguere dal punto di vista propriamente psicologico «une différence positive entre le cas normal et le cas morbide»; circa la loro natura, gli schieramenti impostatisi vedono ormai opporsi con successo agli intellettualisti, per i quali l'idea è sempre indipendente dall'influenza affettiva, gli emozionalisti, e tra essi Freud: «La théorie émotionelle répond: L'idée fixe ou obsédante est le resultat logique d'une disposition affective, normale our morbide qui est toujours le fait primitif, la cause dont l'idée fixe est l'effet. L'origine est dans la vie des sentiments e dans les trobules physiques qui l'accompagnent, tel que l'angoisse. Cette thès paraît actuellement celle du plus grand nombre (Pitres et Régis, Féré, Séglas, Freud, P. Janet, etc.)».

Ancora Ribot, con certezza presente nella cultura psicologica di Tozzi prima del 1913, è l'autore della *Psicologia dei sentimenti*, e per Tozzi, espressamente, sulla base della traduzione italiana dell'opera da lui posseduta e in un articolo apparso sulla «Torre», l'ingegnoso architetto di sistemazioni organiche poco convincenti. Qui le nozioni di degenerazione e di ereditarietà tirate in ballo ad ogni occasione come argomenti onnipotenti per la spiegazione delle manifestazioni patologiche più disparate subiscono ulteriori contraccolpi. Diffidenze nei confronti dell'abuso esplicativo che si fa dell'incosciente sono analogamente, in qualche caso, formulate. Tuttavia per Ribot alcune fobie si spiegano tramite la memoria affettiva, che opera per assicurazione, di avvenimenti della vita passata, e persino con un fatto dell'infanzia «*di cui non si è serbato il ricordo*». L'associazione per identità o somiglianza affettiva è riscontrata frequentissima nei sogni. L'incosciente individuale si connota anche, per Ribot, come residuo di stati affettivi legati a percezioni precedenti o a fatti della nostra vita: «Benché latente questo residuo emotivo agisce ugualmente e può essere ritrovato con l'analisi», secondo gli studi del Lehmann e l'accettata denominazione del Sully di *transfert*. Per l'istinto sessuale, citando Dallemagne nel superare i confini della pubertà, «certe osservazioni pare mostrino che in un'età molto anteriore (cinque o sei anni) sorgono delle spinte genitali incoscienti, che provocano associazioni di idee, le quali nell'avvenire servono da *substratum* ai nostri sentimenti e alle nostre volizioni. La maggior parte di queste associazioni sono instabili e restano nell'incosciente. Nei degenerati prendono il carattere impulsivo e ossessionante, che ne caratterizza la psicologia; l'intensità esprime il grado di coscienza che le accompagna, il ricordo che resta loro legato, l'importanza stessa che assumono nel resto della vita. L'esistenza di una sub-personalità incosciente, direttrice della personalità cosciente, si manifesta qui più che altrove con una evidenza maggiore». [...]

[da M. Marchi, *La cultura psicologica di Tozzi*, in AA.VV., *Tozzi in America*, a cura di L. Fontanella, Bulzoni, Roma, 1986, ora in M. Marchi, *Federigo Tozzi. Ipotesi e documenti*, Marietti, Genova 1993]

BIBLIOGRAFIA

OPERE DI FEDERIGO TOZZI

OPERE COMPLETE:

I romanzi (*Con gli occhi chiusi, Tre croci, Gli egoisti, Ricordi di un impiegato*), Vallecchi, Firenze 1961.
Le Novelle, 2 voll., Vallecchi, Firenze 1963.
Il Teatro, Vallecchi, Firenze 1970.
Cose e persone. Inediti e altre prose (*Adele, Barche capovolte, Bestie, Cose, Persone, Altre «Cose» e «Persone», Le Fonti, Prose varie, Note autobiografiche, Diari e taccuini, Paolo*), Vallecchi, Firenze 1981.
Le poesie (*La zampogna verde, Specchi d'acqua, La città della Vergine, Fascicoli, Liriche sparse, Frammenti*), Vallecchi, Firenze 1981.
Novale, Vallecchi, Firenze 1984.

Risultano ancora inedite le lettere. Una edizione anastatica della raccolta di saggi *Realtà di ieri e di oggi* è uscita con introd. di R. Luperini, Vecchiarelli, Roma 1992. Una edizione di tutti gli scritti critici è *Pagine critiche*, a cura di G. Bertoncini, ETS, Pisa, 1993.
Si veda inoltre:

Opere, a cura di M. Marchi, con introd. di G. Luti, Mondadori, Milano 1986.

La zampogna verde, Puccini, Ancona 1911.

La città della Vergine, Formiggini, Genova 1913.

Antologia d'antichi scrittori senesi, Giuntini-Bentivoglio, Siena 1913.

Mascherate e strambotti della Congrega dei Rozzi di Siena, Giuntini-Bentivoglio, Siena 1915.

Bestie, Treves, Milano 1917.

Le cose più belle di Santa Caterina da Siena, Carabba, Lanciano 1918.

Con gli occhi chiusi, Treves, Milano 1919.

Tre croci, Treves, Milano 1920.

L'amore, Vitagliano, Milano 1920.

Giovani, Treves, Milano 1920.

Il podere, in «Noi e il mondo», aprile-maggio 1920; Treves, Milano 1921.

Ricordi di un impiegato, in «Rivista letteraria», Roma, maggio 1920; Mondadori, Milano 1927.

Gli egoisti e *L'incalco*, Mondadori, Roma-Milano 1923.

Novale, Mondadori, Milano-Roma 1925.

Realtà di ieri e di oggi, Alpes, Milano 1928.

L'immagine e altri racconti, Vallecchi, Firenze 1946.

Nuovi racconti, Vallecchi, Firenze 1960.

Novelle, Vallecchi, Firenze 1976.

Adele, Vallecchi, Firenze 1979.

BIBLIOGRAFIA DELLA CRITICA

Per una rassegna dei repertori bibliografici e per una bibliografia delle opere e della critica si veda R. Dedola, *Tozzi. Storia della critica*, Bagatto Libri, Roma 1990, che integra gli apparati, comunque indispensabili, a cura di M. Marchi, compresi in *Opere*, con introd. di G. Luti, cit. Il libro di Dedola fornisce anche una storia della critica, come anche P. Voza, *Federigo Tozzi tra provincia ed Europa. Storia e antologia della critica*, Adriatica editrice, Bari 1983.

Per la biografia, cfr. P. Cesarini, *Tutti gli anni di Tozzi*, Edizioni del Grifo, Montepulciano 1982, da integrare con le informazioni date da Glauco Tozzi in appendice alle *Opere complete*, cit. e soprattutto con *Federigo Tozzi. Mostra di documenti*, a cura di M. Marchi, Tip. Mori, Firenze 1984 (catalogo della Mostra tenutasi a Palazzo Strozzi a Firenze nell'aprile-maggio 1984).

MONOGRAFIE E STUDI PIÙ IMPORTANTI SU TOZZI:

L. Pirandello, *Con gli occhi chiusi*, in «Il Messaggero della Domenica», 13 aprile 1919, ora in *Saggi, poesie, scritti varii*, a cura di M. Lo Vecchio Musti, Mondadori, Milano 1960.

G. A. Borgese, *Tempo di edificare*, Treves, Milano 1923.

AA.VV., *Omaggio a Federigo Tozzi*, in «Solaria», maggio-giugno 1930.

U. Olobardi, *Saggi su Tozzi e Pea*, Vallerini, Pisa-Roma 1940.

F. Ulivi, *Federigo Tozzi*, Mursia, Milano 1962.

G. Debenedetti, *Con gli occhi chiusi*, in «Aut aut», 78, 1963, poi in *Il personaggio-uomo*, Il Saggiatore, Milano 1970.

G. Luti, *L'esperienza di Federigo Tozzi*, in *Narrativa italiana dell'Otto e Novecento*, Sansoni, Firenze 1964.

G. Contini, *Federigo Tozzi*, in *Letteratura dell'Italia Unita 1861-1968*, Sansoni, Firenze 1968.

L. Baldacci, *Le illuminazioni di Tozzi*, in «Il bimestre», 9-10, luglio-ottobre 1970, poi in *Libretti d'opera e altri saggi*, Vallecchi, Firenze 1974.

G. Debenedetti, *Il romanzo del Novecento*, Garzanti, Milano 1971.

C. Carabba, *Federigo Tozzi*, La Nuova Italia, Firenze 1972.

S. Maxia, *Uomini e bestie nella narrativa di Federigo Tozzi*, Liviana, Padova 1972.

A. Rossi, *Modelli e scrittura di un romanzo tozziano. Il podere*, Liviana, Padova 1972.

L. Reina, *Invito alla lettura di Tozzi*, Mursia, Milano 1974.

P. Voza, *La narrativa di Federigo Tozzi*, Di Donato, Bari 1974.

A. Moravia, *Invito alla lettura*, in F. Tozzi, *Novelle*, Vallecchi, Firenze 1976.

E. Gioanola, *Gli occhi chiusi di Federigo Tozzi*, in «Otto/Novecento», 1, gennaio-febbraio 1980, poi in *Psicoanalisi, erme-neutica e letteratura*, Mursia, Milano, 1991.

R. Dedola, *Il romanzo e la coscienza. Esperimenti narrativi del primo Novecento italiano*, Liviana, Padova 1981.

L. Baldacci - G. Luti - G. Tozzi, *Tozzi d'oggidì*, in «Antologia Vieusseux», 67, luglio-settembre 1982.

A. Cavalli Pasini, *La scienza del romanzo. Romanzo e cultura scientifica tra Otto e Novecento*, Patron, Bologna 1982.

G. Pampaloni, introd. a F. Tozzi, *Con gli occhi chiusi*, Istituto Geografico De Agostini, Novara 1982.

P. Getrevi, *Nel prisma di Tozzi*, Liguori, Napoli 1983.

A. Cavalli Pasini, *Il «mistero» retorico della scrittura. Saggi su Tozzi narratore*, Patron, Bologna 1984.

G. Luti, *Tozzi e la tradizione narrativa toscana*, in «Antologia Vieusseux», 73-74, gennaio-giugno 1984.

M. Marchi, *Il padre di Tozzi*, ivi.

F. Petroni, *Ideologia del mistero e logica dell'inconscio nei romanzi di Federigo Tozzi*, Manzuoli, Firenze 1984.

AA.VV., *Federigo Tozzi*, in «Quaderni della Antologia Vieus-seux», 1, 1985 (interventi di M. Marchi, G. Luti, G. Tellini, S. Maxia, L. Baldacci, G. Pampaloni, P. Voza, R. Luperini, G. Tozzi).

AA.VV., *Per Tozzi*, Editori Riuniti, Roma 1985 (Atti del conve-gno senese del 1983, con interventi di C. Fini, L. Baldacci, O. Cecchi, M. Jeuland-Meynaud, G. Luti, G. Manacorda, G. Bertoncini, A. Bertoni, M. Catania, A. Cavalli Pasini, S. Cavina, R. Dedola, M. Colella, M. Ciccuto, E. Esposito, P. Getrevi, L. Giannelli, R. Bilenchi e altri).

AA.VV. *Tozzi*, in «Cahiers du CERCIS», 1985 (con interventi di A. Del Pizzo, M. David, G. Luti, M. Marchi, P. Barucco, M. G. Martin).

M. Marchi, *La cultura psicologica di Tozzi*, in «Paragone», 422-424, aprile-giugno 1985.

AA.VV., *Tozzi in America*, a cura di L. Fontanella, Bulzoni, Roma 1986 (con interventi, fra gli altri, di M. Marchi, G. Ma-nacorda, S. Martelli, G. Luti, G. P. Biasin, L. Reina, G. Manacorda).

L. Baldacci, Introd. a F. Tozzi, *Il podere*, Garzanti, Milano 1986.

130

M. Jeulan-Meynaud, *Lettura antropologica della narrativa di Federigo Tozzi*, Bulzoni, Roma 1991.

M. Marchi, Introd. a F. Tozzi, *Con gli occhi chiusi*, Vallecchi, Firenze 1991.

L. Baldacci, *Tozzi moderno*, Einaudi, Torino 1993.

M. Marchi, *Federigo Tozzi, Ipotesi e documenti*, Marietti, Genova 1993.

L. Melosi, *Anima e scrittura. Prospettive culturali per Federigo Tozzi*, Le Lettere, Firenze 1991.

BIBLIOGRAFIA SPECIFICA PER LE NOVELLE:

Riferimenti alle novelle si incontrano anche, ovviamente, in quasi tutte le monografie e nei saggi principali sopra citati. Si vedano inoltre:

A. Benvenuto, *Le novelle di Federigo Tozzi*, in «Rassegna di cultura e vita scolastica», 11-12, novembre-dicembre 1969 e 1, gennaio 1970.

G. Tellini, *La tela di fumo. Saggio su Tozzi novelliere*, Nistri-Lischi, Pisa 1972.

G. Tellini, *Tozzi e la composizione della novella*, in *L'avventura di Malombra e altri saggi*, Bulzoni, Roma 1973.

G. Bertoncini, *Per un esame delle forme narrative e dell'ideologia di Tozzi attraverso le novelle*, in «Critica letteraria», 3, 1974.

E. Casadei, *Contributi per una teoria del titolo. Le novelle di Federigo Tozzi*, in «Lingua e stile», 1, marzo 1980.

O. Cecchi, *I racconti*, in AA.VV., *Per Tozzi*, cit.

M. Colella, *Formazione della raccolta «L'amore»*, ivi.

L. Reina, *Tozzi tra novella e racconto*, in AA.VV., *Tozzi in America*, cit.

L. Baldacci, *Movimenti determinati da cause ignote*, introd. a F. Tozzi, *Le Novelle*, ristampa a cura di G. Tozzi, Vallecchi, Firenze 1988, ora in L. Baldacci, *Tozzi moderno*, cit.

A. Paghi, *Il Crocifisso di Federigo Tozzi: strutture narrative e ideologia*, in «Annali della Facoltà di Lettere e Filosofia di Siena», n. IX, anno 1988.

«GIOVANI» E ALTRE NOVELLE

GIOVANI

PIGIONALI[1]

Marta e Gertrude avevano la porta allo stesso pianerottolo buio; e la gente sbagliava sempre.[2]

Marta era vedova da dieci anni, e Gertrude zitella[3] con i capelli grigi. Stavano lì fin quasi da ragazze; ma si facevano visita soltanto le feste solenni, e poi nessuna di loro entrava più nella casa dell'altra. Anche queste visite erano brevi quanto bastava a parlare del tempo e della salute, e avvenivano la mattina dopo la messa e prima che cominciassero a preparare il pranzo.

Marta diceva:

«Mi son comprate queste stringhe per le scarpe».

«Io avevo bisogno di una sottana meno sporca.»

«Speriamo che l'anno novo[4] passi meglio!»

«Speriamo!»

«A rivederla: io non le do più fastidio.»

«Poso il libro delle preghiere e vengo a trovare lei.»

«Vedrà: la mia casa è ancora in disordine.»

E si lasciavano.

Dopo un quarto d'ora, Gertrude suonava il campanello alla porta di Marta; la quale, aspettandola come un fastidio, correva subito ad aprire:

«Entri».

«No, no; è meglio che non perdiamo tempo. Tutte e due abbiamo da fare.»

«Ha ragione. Come sta di salute?»

«I soliti dolori alle ginocchia, specialmente la sera. E lei?»

«Io non vedo l'ora di morire. Non posso dir altro.»

«Speriamo che Dio ci assista, come ha fatto sempre.»

«Speriamo.»

«A rivederla, signora Marta. Mi sono trattenuta anche più di quel che lei da me.»

«Non importa! Non importa! Anzi, mi ha fatto piacere.»

E né meno[5] questa volta si davano la mano; sorridendosi, allegre.

E siccome le loro camere avevano un muro a comune, quando l'una capiva quel che faceva l'altra, allora procurava[6] di muoversi più piano perché l'altra non sentisse lo stesso. Qualche volta capitava che, per scansare una sedia o il letto, cozzavano nello stesso tempo, e quasi nello stesso punto, la parete. E allora si fermavano ambedue, aspettando un poco.

Solo una notte, in tanto tempo, dopo essere state destate da una scossa di terremoto, si chiamarono;[7] senza alzarsi, però:

«Signora Marta!».

«Signora Gertrude!»

«Ha avuto paura?»

«Piuttosto!»

«Anch'io.»

E non vollero dirsi altro. La mattina evitarono d'incontrarsi per le scale.

E pure tanto Gertrude che Marta non facevano che pensare sempre l'una all'altra: se fino a mezzogiorno non si erano sentite, andavano ad ascoltare alla parete.[8]

Gertrude aveva una bella gatta tutta bianca e con gli occhi celesti, che le ricordavano il colore della sua coroncina di vetro.[9] Marta, quando la vedeva sul pianerottolo ad aspettare che la sua padrona aprisse, entrava in casa senza rumore e faceva entrare anche lei, portandole un pezzetto di pane o di cacio; perché ci aveva i topi. Ma voleva che Gertrude non se n'avvedesse; per non fare il viso rosso. La gatta, però, non voleva saperne di cercare i suoi topi; e miagolava perché la lasciasse andare. E Marta doveva riaprire la porta.

Marta aveva in vece[10] il campanello che suonava meno bene di quello di Gertrude; e così la sua porta bisognava spingerla due volte con forza per mettere il paletto dalla parte di dentro.[11] Aveva anche il pavimento che tremava a camminarci sopra; mentre quello di Gertrude no. Ognuna di loro, però, credeva di avere lo stesso numero di stanze. E, con tutta la curiosità che sentivano di saperlo, non se l'erano mai domandato.

Anzi questa curiosità cominciava a doventare[12] un sentimento ostile. Ma facevano di tutto per contenersi; per educazione. Marta era piccoletta, con gli occhi azzurri e taglienti; vestiva sempre di scuro con una gran rosa chiara sul cappello. Gertrude, in vece, aveva una faccia liscia, e un'aria tra l'idiota e il sinistro; alta, con gli occhi che bisognava dirli verdi; e i capelli gialli. Ma non era cattiva né meno lei. Del loro tempo passato non esisteva che qualche segno nei ricordi; anche la tomba del marito di Marta era doventata sempre più invisibile, con una pietra dove non leggeva più nessuno, sotto i folti ciuffi d'erba grassa e lustra.[13] E, quand'era piovuto, l'acqua ci lasciava sopra le foglie dei cipressi.

Il loro tempo passato s'era staccato tutto da loro; ed elle s'erano avvizzite come se non avessero più potuto riceverne le linfe.[14] In vano avrebbero tentato di riavvicinarcisi.

Ma ora, gli anni erano sempre eguali; e tanto l'una che l'altra vivevano soltanto di quel che avveniva durante una giornata. Erano contente che le stesse cose tornassero e di fare sempre gli stessi discorsi; come se li avessero dovuti imparare a mente. Se avessero dovuto esprimere un'idea di più, non sarebbero state capaci. Ecco anche perché perfino le loro porte si rassomigliavano.

Ma, alla fine, Gertrude si ammalò: sentì ch'era per morire: ella voleva morire. Non si sarebbe rialzata da letto che a malincuore. La malattia le dava il senso piacevole dell'ozio, da cui non ci si può più liberare. Diceva a tutti, come se si fosse trattato di fare un viaggio qualunque:

«Finalmente morirò!».

E sorrideva, più lunga del letto, cercando di convincere gli altri a sorridere. Ma la morte tardava. Allora ella si figurava di poter farla venire soltanto con il desiderio che ne aveva. Quando si ricordava di Marta, pensava:

"Lei vivrà ancora. Sono contenta che resti a vivere".

Era questa una specie di vendetta che si poteva prendere; come uno, arricchendo, dicesse: non sono io, ma l'altro che è povero. Sentiva, del resto, una grande dolcezza e una grande simpatia per le cose che vedeva e per le persone che l'andavano a visitare. L'aveva anche presa la smania di fare regali a tutti. Lo diceva sempre:

«A te darò il mio anello. Perché me lo dovrei far mettere quando sarò morta? A te, le mie posate d'argento. Basta che tu mi prometta di non venderle mai. Ma a Marta, anche se verrà a trovarmi, non le darò la gatta, perché me l'ha sempre invidiata!».

Ma era stanca di vedere le pareti della camera, e sempre di più la sua impazienza cresceva, come la febbre. Alla fine, la morte venne da vero; quando Gertrude non se ne accorse né meno.

E Marta che non s'era mai arrischiata ad entrare in casa sua! Qualche volta aspettava, alle scale, la gente che esciva; per domandare le notizie della malata. Ma si raccomandava che non lo ridicessero a lei.

Non dormiva più: sapeva che, dall'altra parte del muro, in una camera come la sua, il lume ad olio restava acceso tutta la notte.

Aveva anche una gran voglia di parlarne e di compassionarla; pensando di dirle un monte di cose belle e dolci e pregando per lei: voleva che andasse in paradiso.

Ora chiamava la gatta non perché chiappasse i topi, ma

perché gliela voleva governare.[15] Le pareva così di levargliela; doventandone padrona lei.

Ma una notte sognò che Gertrude era guarita; e la vedeva passare lesta lesta, senza muovere le gambe. Dove andava? Tentò di fare anche lei lo stesso, ma non ci riescì.[16]

Questo sogno le lasciò una grande invidia. Non ebbe oramai né meno un sentimento buono; e non dette ancora da mangiare alla gatta; per paura che Gertrude non morisse più. O se invece gliel'avesse regalata?

Come le dispiaceva di starci di casa insieme da tanto tempo! Perché l'aveva conosciuta? Poi, se la prese perché sentiva suonare il suo campanello almeno sei o sette volte al giorno.

La sua finestra di cucina la distraeva un poco, ma non gliela faceva dimenticare. Battevano le ore dalla Torre del Mangia in quel silenzio di tutta Siena; e un'eco, proprio come un altro orologio, le ripeteva fino alla campagna, con una chiarezza placida. Gli alberi dietro l'Ospedale coprivano i finestroni dei malati; e le fonti tonde degli orti sotto le mura luccicavano come specchi sbiaditi. Le colline avevano una dolcezza immobile nell'aria limpida; e la cattedrale era così candida[17] che quando c'era troppo sole faceva male agli occhi.

Stormi di rondini empivano il cielo di strida, continuamente; giravano dietro la casa di Marta; e, poi, più vicine, quasi rasenti, in modo che si sentiva il loro volo; altri stormi venivano dalla Torre del Mangia, piegavano da una parte, tornavano a dietro, una rondine sola, da un'altra torre, passava rapidamente, a scatti; uno stormo, più piccolo e più rado, restava per ore ed ore sempre nello stesso punto. Qualche campana suonava; ed ella riconosceva la chiesa.

Vedeva tanti tetti che, di là su, da sopra, parevano sospesi per aria. Le rondini andavano anche sotto le sue grondaie a fare i nidi; salendo dagli orti verdi, con qualche

141

pesco fiorito e i cipressi sempre uguali. L'aria della primavera non le ricordava niente, ma si sentiva meglio; e ne provava tanto piàcere, sapendo che Gertrude era malata e non vedeva quel che vedeva lei. Ora capiva, però, senza saperne la ragione, perché bisognava vivere: apriva la finestra e zuppava il pane nel latte bollente, tenendo la tazza senza il manico sopra il davanzale; per avere dinanzi agli occhi tutta quella serenità. Masticava piano piano, per non fare troppo presto; pensando con gioia che anche il marito era morto. E questa era una cosa inspiegabile, perché gli aveva voluto sempre bene.[18]

Ma sentirsi a quel modo era una felicità. Pensava: "Posso mangiare con comodo, perché non devono venire a prendermi con la bara".

Tuttavia aveva anche lei una tristezza insolita, che le ricordava altri tempi; e rivedeva le cose lontane con una chiarezza che le parevano pitture: in certi momenti, anche i fiori finti si credono veri.

Marta sentiva una vecchia anima, che parlava invece di lei; e non glielo poteva impedire. Perché i suoi ricordi avevano una vita artificiale indipendente.

Ma ella si metteva a guardare la parete, di là dalla quale c'era Gertrude, con un'aria di sfida un poco paurosa; forse, non era grossa abbastanza; e, forse, la potevano vedere lo stesso. Ci tendeva i pugni contro, con rabbia;[19] minacciandola. Non era possibile vivere senza che pensasse a Gertrude? E quando la portarono via, escì di casa e andò a sedersi in un sedile del passeggio pubblico della Lizza; ma piangeva, però, e le pareva[20] che la bara le passasse dinanzi.

Allora, attaccò discorso con una bambinaia, provandone una grande riconoscenza, perché le parlava di tutt'altre cose.

E benché si vergognasse d'essere escita fuori, non tornò a casa prima di sera.

Per le scale, al buio, ebbe paura: mentre girava la chiave

nella serratura, la gatta le si strofinò alle gambe senza miagolare. Ella gettò un grido.

Prima di addormentarsi, ma non chiuse mai le persiane perché entrasse nella camera il chiaro di luna, guardò lungo tempo la parete aspettandosi che la morta picchiasse qualche colpo con le nocche delle dita.

Due giorni dopo, salendo un'altra volta le scale, la gatta le andò incontro miagolando. Ella si chiuse, sbattendo la porta fino a rintronare tutte le stanze.

Ma le ci voleva poco a capire che ormai quella casa non era più per lei: come quando c'è entrato un ladro. Infatti le pareva che ci mancasse tutto: anche l'aria. E, allora, cominciò a stare quasi ogni giorno fuori; sedendosi nella prima panchina vuota che le capitava, sotto i rami delle piante nel giardino pubblico. Stava lì, ore intere, a guardare la gente che passava; ascoltando anche il ronzìo di una mosca. Smise perfino di porre i fiori alla tomba del marito, per non essere costretta a inginocchiarsi a quella di Gertrude. Era necessario che se ne dimenticasse, come se non l'avesse conosciuta mai! Ma la morta, in vece, era più viva di prima; e tra loro avvenivano conversazioni di una lunghezza snervante;[21] che, alla fine, la facevano sbadigliare.

E, la sera, doveva sempre incontrare la sua gatta più magra e stenta, e così sporca che forse andava a razzolare in mezzo ai mucchi della spazzatura. Aveva fatto il corpo affilato e mencio;[22] con il naso non più roseo e dolce, ma giallo e patito. Negli orecchi perdeva il pelo. Voleva entrare a tutti i costi dietro a lei; e miagolava anche quando la porta era stata chiusa; senza chetarsi mai in tutta la notte. La gatta che era sempre di Gertrude![23]

Allora, andò da un farmacista, pregandolo, sotto voce perché si vergognava, di venderle qualche veleno. Marta, che non avrebbe dato due centesimi a nessuno, per qualunque ragione, spese mezza lira. Ma era contenta. Povera bestia! Non sarebbe morta di fame![24]

Tagliò dalla carne per il lesso la pelle grassa, quella che buttava via sempre, involtandoci dentro la polverina bianca. Poi chiamò la gatta, con il cuore che le tremava tra la paura e il piacere. La gatta, afferrato il cibo e masticatolo rugliando,[25] lo inghiottì quasi intero.

Lo spazzaturaio, trovatala stesa in fondo alle scale, la buttò dentro il suo carretto.

E Marta visse ancora cinque anni.[26]

UN'OSTERIA[1]

Partiti in bicicletta da Firenze, erano ormai dieci giorni che io e il mio amico Giulio Grandi[2] giravamo l'Emilia; e siccome l'indomani egli doveva trovarsi in ufficio, alle Poste, partimmo, benché piovesse a dirotto, da Faenza; per tornare a tempo. Ma s'era già di novembre; e il cielo tutto bigio, con le strade fangose e piene di pozzanghere: gli alberi ormai con poche foglie gialle; e i primi monti dell'Appennino, su per la lunga salita, attaccati alle nebbie.[3]

Non ci parlavamo quasi mai, egli innanzi e io dopo, oppure egli dopo e io innanzi, passando tra le poche e rade case senza che a nessuno dei due venisse voglia di fermarsi. A qualche osteria scendevamo, appoggiando le biciclette al muro di fuori.

«Due cognacche.»[4]

Bevuto senza dir altro, uno di noi chiedeva:

«Quanto?».

Giulio esciva prima che io avessi pagato.

Dopo qualche chilometro, con il fango in bocca e negli occhi che bruciavano:

«Sei stanco?».

«Un poco.»

«Badiamo, però, di non rallentare.»

Incontravamo soltanto qualche barroccio; e il barrocciaio sdraiato sopra il carico, con un grande ombrello verde e il cane che abbaiava, ci guardava senza invece far scansare le bestie.

«Che paese sarà questo?»

«Che m'importa!»

Si vedeva gente ritta dietro i vetri delle botteghe, e la salita non finiva mai; anzi, si faceva sempre più forte.

«Sono tutto indolenzito.»

«Anch'io!»

«Canta!»

«Non ho più voglia.»

«Devi cantare. Bisogna essere allegri, e allora la stanchezza non si sente.»

«Non mi far moccolare.»[5]

Allora, con qualche pedalata più svelta, mi avvicinavo a lui o mi mettevo di fianco.

«Che hai? I nervi?»

«Un poco.»

E mi sentivo scontento anch'io.

Vedevo soltanto la sua maglia sbiadita e i suoi capelli impillaccherati[6] sotto il berretto senza ormai più colore. Qualche volta gli ricordavo qualcosa, perché si voltasse. I suoi occhi neri si alzavano un poco e poi si riabbassavano su la ruota d'avanti. Ma faceva una risata. Era robustissimo, con le braccia scure e pelose come i polpacci delle gambe; e gli volevo bene come a un fratello. L'avevo conosciuto quando andavo a scuola; ma non l'avevo e non l'ho mai più dimenticato. Parlava pochissimo, al meno con me; e, perciò, mi piaceva.

Io ero grasso,[7] ma non meno robusto di lui; e potevamo compiere la stessa fatica.

Ci fermammo a mangiare non ricordo più dove; e siccome ci avevano detto di aspettare perché avrebbe spiovuto, la sera non arrivammo più là di Crespino; quasi a mezzo tra Faenza e Firenze. Le nebbie s'erano diradate, ma proprio sereno non fu mai. Intanto si fece freddo e buio prestissimo; e dovemmo prendere le biciclette a mano. Non ci si vedeva né meno a venti passi di distanza; sicché, per non andar sotto a qualche barroccio, bisognava soffermarsi per capir meglio da dove veniva il suo rumore; ma poi senza gridar più d'una volta, non c'era verso[8] di far scansare[9] nessuno. Intorno, era tutto nero; e non si distinguevano più i monti dal cielo. Alle prime case di Crespino, domandammo dove potevamo mangiare. Ci risposero:

«Più in là troverete un'osteria».

Dietro una svolta, a un uscio, c'era attaccato un lampioncino rosso, ma così affumicato che non faceva punto[10] lume. Ai vetri certe tendine che ci parvero nere.

Entrai primo io. La stanzetta era piena di gente, che si moveva in tutti i sensi. Da una parte, un gran camino con bagliore di fuoco. Al soffitto, un lume a petrolio che spandeva più puzzo che luce. Il vocìo era assordante, e alcuni ragazzi, mi parvero tre, strillavano.

«C'è da cena?»

Da prima non mi ascoltarono né meno; e dovetti quasi gridare. Allora uno di quegli uomini, senza smettere di far la polenta, mi rispose quasi distrattamente:

«Qualcosa c'è».

«Carne?»

Mi rispose in vece una donna, di cattivo umore:

«Uova... salame...».

E con la mano m'accennò non so che attaccato.[11]

«E pane» aggiunse un altro, come per dirmi: «Se tu hai fame, mangia quello. E non importunare».

Chiamai Giulio, con un fischio; e portammo dentro le biciclette, appoggiandole ad una sfilata di sacchi pieni di farina. I ragazzi si chetarono e si misero subito a guardarle e a toccarle, come se non ne avessero mai viste né meno una. Gli uomini, senza dir niente a noi, fecero lo stesso, abbassandosi, per vedere meglio, dopo essersi seduti sopra una panca larga un palmo.

Giulio mi disse sottovoce, dandomi una gomitata:

«Domanda se c'è da dormire».

Ma quella stessa donna, avendo udito da sé, rispose:

«Sì».

Non s'era né meno mossa; fissando sempre dritta la parete davanti a lei; con una pezzuola[12] di colore avvolta intorno alla testa. I suoi occhi luccicavano. Io pensai: "È una pazza, forse?". E non potevo fare a meno di non voltarmi a lei. Ma, lavateci le mani, ci mettemmo a sedere. Su la tavola c'erano già i piatti, piccoli e smaltati male; forse, lerci.[13] Alcuni di quegli uomini si sederono ai loro soliti posti; ma gli altri uscirono, salutandosi. Quelli rimasti eran facchini della stazione, e gli altri carbonai e barrocciai.

Accanto a noi due c'era un posto vuoto. E io chiesi, tanto per attaccare discorso:

«Qui chi ci mangia? Se non deve venire nessuno, possiamo star meno a stretto».

Uno, dopo aver bevuto senza staccare gli occhi da me finché teneva il bicchiere alla bocca, rispose:

«È per la maestrina».

Tutti fecero una risata; ma poi si misero a parlare tra sé, di cose loro.

Giulio esclamò:

«La maestrina? Speriamo che sia bella!».

«Speriamo» io risposi sorridendo, un po' seccato. «La minestra quando è pronta?»

Nessuno rispose. Ma, dopo dieci minuti, ce la vuotarono nel piatto. E quella donna sempre ferma![14]

«Non glie lo tireresti un bicchiere, per farla smovere?»

«Manca il pane!» allora gridò Giulio, guardandola attento. L'oste s'era messo a mangiare su un panchetto del focolare piano; insieme con i ragazzi, che ridacchiavano.

«Ce lo portate?»

Non s'era ancora alzato dal panchetto, quando la maestrina entrò. Prima di scorgerci, si soffermò salutando. Ma nessuno rispose; né meno la guardarono. La sua voce ci fece l'effetto di uno che parli dal fondo di una grotta. Dovendoci venire accanto, arrossì e impallidì fino a soffrire; tremando e voltandosi subito dalla parte opposta.[15]

Noi la salutammo nel modo più adatto che ci fu possibile e che le facesse piacere. Ella dette un'occhiata a quelli della tavola; e rispose con la testa sul piatto:

«Buona sera!». E finì di accomodarsi, perché la sottana si sgualciva.

Aveva posato accanto alla forchetta il «Corriere delle Maestre» ancor dentro la fascia: e siccome sopra c'era l'indirizzo stampato in una strisciolina rossa, lo voltò dall'altra parte.

Non era brutta: aveva i capelli sottilissimi e morbidi, quasi senza nessuna pettinatura; e il collo lunghetto e bianco; piuttosto magra; e nel dorso delle mani si vedevano muoversi i tendini sotto la pelle ancor fresca e chiara. Aveva gli occhi azzurri e così tristi che parevano oscuri; con le palpebre grandi e delicate. Portava un grembiulino come hanno le alunne a scuola; e cominciò a sbriciolare la midolla del pane, appallottolandola con le dita sopra la tovaglia.

Giulio mi sussurrò:

«Non la infastidire».

«Oh, no! Ma, appunto, bisogna parlarle. Vedi che gente ci ha qui[16] intorno?»

«Aspetta un altro poco.»

La minestra, quantunque non buona, ci aveva fatto bene; e non soltanto allo stomaco: il malessere alla testa se ne andava. Allora io non potei aspettare più, e le dissi:

«Lei insegna in questo paese?».

Prima di rispondere, parve che chiedesse il permesso agli altri; e, quasi con pena, preoccupata di loro,[17] rispose:

«Da tre mesi».

Aveva finito la minestra e finse d'aspettare, pensandoci, il piatto di carne.

«Ci sta male, non è vero?»

Se avesse pianto, la sua voce non sarebbe stata meno tenera, per mentire senza alcuna esitazione:

«Abbastanza bene!».

149

«Ci sono impiegati?»

«Meno sette od otto, vanno tutti per i monti a far carbone.»

Rispondeva così come se ci fosse stata costretta, quasi fossimo importuni; e non comprendendo la nostra curiosità. Perché le parlavamo? Mi venne voglia di smettere, per non affliggerla e offenderla anche. Ma, smettendo, non sarebbe di più umiliata? Non si fidava del tutto a parlare con noi, ma le faceva piacere; e, forse per la prima volta, ebbe come un sussulto a guardar quella gente così silenziosa e maliziosamente ostile con lei. "Eppure" pensai "devono essere i genitori de' suoi alunni!"

Giulio, e anch'egli non era più beffardo, le chiese:

«È di lontano?».

«Di Faenza.»

«Ha i genitori là?»

«La mamma sola.»

Era vero? Ci fece l'effetto che non volesse dire niente, con quella malizia antipatica e debole che imparano le donne. Io me l'imaginai quando andava a scuola: graziosa e diligente, ma un poco grossolana e furba.[18]

Incominciò a mangiare, intimorita tutte le volte che le pareva parlassero di lei o la guardassero ironicamente.

Allora, tacemmo.

Un treno passò sul ponte, quasi sopra la nostra testa; e tutta la stanza tremò. Poi, silenzio un'altra volta.

«Piove ancora?» io chiesi al padrone. Egli aprì la porticina e disse, ma rivolgendosi ai facchini invece che a me.[19]

«Ora viene la neve.»

«La neve?»

«Nevicherà fino a domattina.»

Io, scherzando, detti un pugno su le spalle di Giulio; e dissi:

«Domattina sarà gelo!».

La maestrina cavò dalla fascia il fascicolo, e si mise a leggere. Allora, potei conoscere il suo nome d'abbonata.

E lo dissi al mio amico:

«Si chiama Assunta».

Egli rise. Poi, io chiesi a lei:

«È una rassegna didattica?».[20]

Ella la guardò, rigirandola tra le mani, come la vedesse per la prima volta; e rispose:

«Sissignore».

«E libri ne legge?»

Ella sorrise:

«Qualcuno. Me li portai da Faenza».

«Romanzi?»

«Sissignore.»

La sua voce parve un fruscìo; ed ella si rimise a leggere, quantunque le avessero portato un piattino con una fetta di parmigiano. Poi, cominciò a mangiare. Mi accorsi che i suoi denti insanguinavano il pane. Dissi a Giulio:

«Non vuole dirmi quel che legge».

«Che te n'importa?»

Ero per arrabbiarmi contro di lui, ma gli chiesi:

«Di che le vuoi parlare allora?».

«Lasciala in pace.»

Ella si disponeva ad andarsene, ma pareva vergognarsi di far così presto, e chiese alla donna che non s'era mai mossa:

«È caldo il letto?».

«Dev'esser presto.»

Io le chiesi sottovoce:

«Chi è?».

«La padrona: è cieca. Ora la fanno mangiare.»

Infatti il suo marito le mise su le ginocchia una pentola dov'era la minestra e le dette un cucchiaio d'ottone, ch'ella stringeva con la bocca; quasi succhiandolo tutte le volte che lo ricavava.[21]

Uno dei facchini ci chiese, per derisione, e per farci sapere quello che avevano pensato fin da quando ci avevano visti:

«Sono stanchi?».

Ma io, quantunque mi fossi accorto della loro intenzione, risposi:

«Abbiamo anche sonno».

«Lo credo io!»

E, rivolto ai suoi compagni, proseguì, con un riso da furbo:

«Bisogna esser matti ad andare con un tempo simile!».

E risero, per la seconda volta, tutti insieme: con un'insolenza così brutale, ch'era perfino ingenua.

Ma Giulio gridò:

«Che ve n'importa?».

Non rispose nessuno; ci guardarono fissamente e basta: qualcuno, per seguitare a ridere, chinò la testa.

«Portateci le sigarette!»

«Di quali?» chiese l'oste con più gentilezza di prima, come facendoci una concessione; quasi per tenere a posto gli altri.

Ma Giulio, quando s'era stizzito, non gli passava facilmente; anzi, doventava nervoso anche con me e con qualunque altro che gli capitava. E rispose:

«Quelle da signori».

La maestrina gli volse la faccia, con un mezzo sorriso; ma senza guardarlo.

L'oste si fece più svelto e le portò.

In quella bottega vendevano tutto ciò che può bisognare ad un paesello, e non ce n'erano altre. La maestrina si scosse; come con un brivido. Noi cominciammo a fumare; e ne offrimmo anche a lei. Questa volta, prima di rispondere, osò guardarci negli occhi, con lo sguardo timido ma così risoluto che sarebbe stato impossibile mentirle o burlare: però, uno di quegli sguardi limpidi che non dicono niente. Poi rispose:

«Non fumo».

Ci dispiacque da vero. La sua voce aveva un suono tale che si capiva bene l'allusione a quegli uomini; ma non si capiva se con ira oppure se rassegnata. Dal suo modo di tenere il viso, ora, pareva che il fumo le piacesse, confondendole un poco la testa. Ma ella si sforzava di star calma e di non dare nessun indizio.

Quando rivolse gli occhi a noi un'altra volta, non so perché, forse perché Giulio aveva fatto traballare il piatto con un pugno, i suoi occhi erano più sereni e più intenti, presi in un sogno. Nella sua bocca c'era come un sorriso che moriva prima di apparire; con un poco di peluria nel labbro di sopra; una peluria, che, contro luce, pareva quasi bianca. Ed io cominciavo a provare quel senso di benessere e di calma, quasi di fiducia, quando si sta accanto ad una donna ch'è almeno un poco bella, e non ci sono sottintesi e si sognano i nostri sentimenti.

Quando ella fece il nodo al suo tovagliolo, infilandolo in un anello di metallo dove erano incise le sue iniziali intrecciate, vidi che le unghie, lucentissime, parevano pesare troppo rispetto alle dita. E non sapendo con quale pretesto trattenersi ancora, si alzò salutandoci a pena, come se volesse distruggere la conversazione fatta con noi.

La cieca, sospirando, smaniava.[22]

Dopo una mezz'ora, fumato tutto il pacchetto delle sigarette e usciti i facchini, andammo a dormire anche noi. Disse Giulio:

«Per far la maestra in questi posti, dovrebbero prendere una nata proprio qui. Non mandarcele di lontano, dalle città. E così per tutti gli altri paesi! Come vuoi che ci possa vivere? E perché sacrificare una persona che è così differente a quelle che ci trova e che ci vivono sempre? Una donna nata qui ci vuole! Non c'è una donna? Sanno soltanto far figlioli qui?».

«Bisognerebbe che fosse così; ma queste cose le pensiamo noi... stasera. Domani, a Firenze, non ce ne ricorderemo né meno!»

La camera era bassa e soltanto scialbata,[23] con alcune rosette a stampino nel mezzo del soffitto.

Spento il lume, ci accorgemmo, da un filo di luce, che accanto a noi dormiva qualcuno.

Ci alzammo lesti; e piano piano, trattenendo il respiro, ci avvicinammo.

Era la camera della maestrina!

Dalle spaccature della porta, la vedemmo piangere sfogliando un libro, ma senza leggere. Poi cominciò a spogliarsi, sbottonandosi dietro il collo.[24]

PITTORI[1]

A diciannove anni Benedetto Bichi fece stupire tutto il paese copiando a lapis alcuni alberi del suo orto. Allora, guardandolo meglio, si accorsero che aveva un'aria come quella di certi pittori, la cui vita era scritta nel libro di lettura per i ragazzi. E i conoscenti della famiglia vollero che da Chiusdino[2] fosse mandato a Siena, perché studiasse pittura. Tutti gli volevano bene e pensavano che dopo cinque o sei anni si sarebbe parlato di lui come di Giotto e di Raffaello. Cinque o sei anni passano lesti! Il Bichi, che non si rendeva abbastanza conto di quel che volessero da lui, promise al padre e alla madre che avrebbe fatto il suo dovere e si sarebbe spicciato[3] a diventare un genio.

Il padre era stato, da giovine, fattore di una grande tenuta e ora viveva tranquillamente in un suo podere; mentre la madre era una buona donna molto religiosa; una donna grossa e sempre con un velo nero sopra i capelli, appuntato con uno spillo che forse aveva più anni di lei.

Benedetto aveva finito tutte le elementari; e, non avendo bisogno di lavorare, passava le giornate addirittura senza far niente; alzandosi molto tardi, quando la madre gli aveva portato a letto il caffè; chiacchierando con il medico e l'arciprete, con i quali andava anche a caccia. Se no, si sdraiava sul murello[4] della strada che è per entrare in Chiusdino; appoggiando la schiena, perciò, alla prima casa del paese da dove cominciava il murello sempre più alto di mano in mano che la strada sale fino a una ventina di metri. E sdraiato a quel modo, egli vedeva le vetture e le persone che venivano arrampicandosi per l'erta. Mentre, sotto il murello, vedeva i castagneti, qualche podere, e le case abbarbicate su la pietraia a picco.

Egli era vantato[5] per il più elegante del paese: quello che non avrebbe tenuto una giornata intera le scarpe polverose, quello che aveva, non si sa come, le mani sempre pulite e le unghie corte. Le signorine, quando gli passavano accanto, arrossivano e si vergognavano; ma egli, da ragazzo di buona famiglia, non le guardava né meno se non erano accompagnate.

Leggeva il Petrarca e faceva qualche sonetto: altri libri, del resto, non gli erano né meno mai capitati. Ma era nato con certe qualità d'animo non comuni tra gli abitanti di Chiusdino. Aveva avuto sempre paura che suo padre fosse troppo severo con i contadini. Perciò quando sapeva di qualche ordine da dare, trovava il modo per non esserci presente.[6] Aveva sempre bisogno di pensare cose per le quali si potesse sentire buono e apprezzato. E non c'era bontà ch'egli non conoscesse prima degli altri;[7] secondo l'opinione che si faceva di sé medesimo.

Quando, la sera d'estate, esciva a spasso con il dottore o con l'arciprete, se un usignolo cantava, egli aveva l'aria di dire: «Voi ascoltate ora la sua voce, ma io lo sapevo che vi sarebbe piaciuta».

Una volta, a Siena, camminando insieme con il suo amico Rocco Materozzi, credette che all'improvviso potesse perdere qualunque legame di quell'amicizia.

«Hai mai pensato tu» gli disse «che noi due, per una ragione qualunque, non ci vedessimo più?»

L'altro, che non era preparato a questa domanda, si mise a ridere. Ma il Bichi, con una serietà che lo impacciava, riprese:

«Io non voglio che tu rida. Vorrei che tu pensassi la stessa cosa come me; in modo che io ti potessi considerare una specie di me stesso, che vive separata da me, ma soltanto perché esisto anch'io. Se non pensi come me, mi è lecito anche di ammazzarti. Perché a me soltanto io do il diritto d'esistere».[8]

«Anche io potrei dirti altrettanto.»

Egli allora ebbe paura di morire; e si raccomandò anche alla sua più breve vena.[9] Sentiva l'evidenza della propria realtà e teneva da più quella sua vena che tutta la gente della strada. Ma non poteva darsi, come altre volte, che questo sentimento gli durasse poco? Qualche volta, pensava anche che l'amico fosse più intelligente; e ammetteva che non era stato mai possibile che si fossero capiti fino in fondo, senza nessun sottinteso personale.

Dinanzi a loro, la strada era stretta e chiusa tra i palazzi rossicci e grigi; con le persiane verdi. Pareva che si accartocciasse.[10] C'erano poche botteghe e poca gente. Per tutta la sua lunghezza, era metà illuminata di sole e metà nell'ombra; un'ombra, tutta a pezzi, che veniva giù dalle grondaie come i lati più lunghi di tanti triangoli rotti e sbocconcellati.[11] La strada saliva poi fino all'Arco di Pantaneto,[12] con i suoi dipinti polverosi. E, dietro, c'era una fonte larga, di pietra nera, dove i barrocciai abbeveravano le loro bestie. L'altra strada che cominciava dall'Arco era più chiara e tutta nel sole, con le case a scialbo;[13] a sinistra e a destra altre strade, aprendosi l'una dall'altra, scendevano in direzioni opposte. Quella di faccia, ch'essi presero, voltava quasi subito e anch'essa si faceva sempre più ripida; fino alla Porta Romana, alta e rossa dinanzi alla campagna che brillava un poco come se fosse sparsa di specchi opachi.

Sul Monte Amiata c'era ancora la neve. Il manicomio,[14] roseo e bianco, con le finestre inferriate a quadrati, si alzava dietro gli alberi del suo giardino.

Il Materozzi, dopo aver fatto un pezzo di strada zitti, gli disse, sorridendo:

«Perché, dianzi, mi hai detto a quel modo?».

«Non me lo domandare: né meno io lo so. Io vorrei che

ogni giorno vissuto restasse a mia disposizione; e mi fosse possibile essere sempre giovine conservando tutto ciò che ho fatto. Non senti che la nostra giovinezza è una specie di malattia che non ci lascia il tempo di guarire?»[15]

Rocco Materozzi, figliolo d'una guardia daziaria, aveva sedici anni. Era tisico, e tossiva di continuo; ma egli dava la colpa alle sigarette. Siccome la mattina era molto fredda, le sue labbra doventavano pavonazze e il viso livido e giallo. Aveva gli orecchi rossi e gonfi di geloni,[16] che facevano sangue quando si rompevano le croste. Portava un anello d'oro, d'una sorella morta. Aveva un vestito molto consumato e le scarpe cattive.

Il Bichi era alto, con gli occhi di madreperla azzurra; e anche la pelle attorno agli occhi era chiara e quasi lucente. Di quando in quando, aveva l'abitudine di sdrusciarsi[17] con un dito la punta del naso. Il Materozzi, per parlargli, doveva voltarsi sempre in su; e allora gli andava quasi addosso e lo faceva inciampare. Il Bichi lo respingeva con il gomito. Ma se non ci stava attento, a forza di badare che il Materozzi non gli pestasse le scarpe, andava contro il muro delle case. E, allora, doveva tornare nel mezzo della strada. Ma il Materozzi gli camminava accanto e gli si rimetteva al fianco.

Quella mattina, invece di andare alle Belle Arti, s'erano trovati d'accordo di far visita a Don Vincenzo Ciurini, un loro compagno, anch'esso malato di petto.[18]

Era un giovine prete, venuto da Asciano,[19] magro e ossuto, con gli occhi celesti e così limpidi come se fosse sempre contento. Stava a retta[20] da un altro prete, ch'era curato alla chiesa di Santa Regina, fuor di Porta Romana. Erano già cinque anni che studiava alla scuola di pittura, ma non faceva nessun progresso; benché egli si aspettasse di riuscire a fare qualche gran quadro. Le punte delle sue dita erano più grosse che all'attaccatura, e tonde. Aveva piedi enormi e pesanti; mentre tutta la sua persona pareva che dovesse essere leggera come un pezzetto di sambuco.[21] Camminava a testa alta, e dietro il collo gli si vedevano le pieghe della pelle rasata. Sembrava fatto senza carne: soltanto di pelle e d'ossi.

Egli se la diceva più con il Bichi, che aveva la stessa età. Invece trattava da ragazzo, anche troppo, il Materozzi; che, essendoci abituato, non osava mai rimproverarlo.

I due amici avevano smesso un'altra volta di parlare, e pensavano a questa cosa; ma andarono lo stesso fino a Santa Regina in cima a un poggetto; con il campanile per una piccia[22] di campane verdi e piccole come balocchi. Il campanile era molto più basso dei quattro cipressi, che stavano vicino agli scaloni di pietra della chiesa; alla quale era attaccata la casa del prete, che subito non si vedeva perché dietro una pianta di fico con i rami che si curvavano fino a terra per rivoltarsi all'insù, quando sembrava troppo tardi, con le loro gemme puntute. Sotto al fico c'era un fragolaio, tutto zappato e dritto; con le piante che già stavano per avere i fiori. Poi cominciavano i vigneti, che coprivano i poggetti di tutta la campagna attorno.

L'uscio era aperto; e i due amici entrarono ridendo, per farsi udire da Don Vincenzo.

A pena[23] dentro, c'era la porticina del tinaio; dove era restato dall'anno avanti l'odore dei tini quando bolle l'uva. Poi un cortiletto quadrato. Volarono sul tetto due piccioni; senza allontanarsi però dalle grondaie e guardando giù, per scendere un'altra volta a beccare chi sa che tra le commettiture[24] delle pietre.

Allora il Bichi chiamò Don Vincenzo. Sentirono smettere un armonio,[25] che pareva in mezzo a parecchie stanze chiuse; e Don Vincenzo si affacciò a una finestruccia. Poi, come al solito, si mise a discorrere soltanto con il Bichi e a chiedergli perché fosse andato fin lassù. Il Materozzi non se la prese; ma rispose prima dell'altro. Allora Don Vincenzo gli dette un'occhiata. Poi invitò il Bichi a salire in casa; dicendo al Materozzi, con una certa diffidenza:

«Vieni anche tu, se vuoi».

Dette la mano al Bichi, e toccò su la spalla il Materozzi. La sua camera era piccola e stretta. C'era in vece, più lungo e più largo del letto, un crocifisso i cui occhi pareva che guardassero sul guanciale. E, vicino alla finestra, uno di quei mobili che si possono aprire dinanzi quando si vogliono adoperare come scrivanie; con un tiretto[26] che s'allungava a piacere e con tre piani di cassettini tutti eguali.

«E dove dipingi?» chiese il Bichi, mentre il Materozzi, tossendo, aveva appoggiato i gomiti alla finestra e guardava due vecchie contadine che stendevano i cenci del bucato a un filo di ferro che, legato a un ramo del fico, lo faceva muovere.[27]

«In quest'altra stanza» rispose Don Vincenzo.

Gli piaceva parlare, quando poteva, sottovoce; e, molte volte, a cenni; lesto lesto; per non impiegare troppo tempo e così restare zitto.

Era una stanza, quasi vuota, con due finestre; senza mobili. C'era un'apertura rotonda, a occhio, chiusa con uno sportellino; da dove si poteva sbirciare entro la chiesa.

«Vieni a vedere quel che dipingo.»

E portò il Bichi, prendendolo confidenzialmente per una manica, dinanzi a un cavalletto.

Don Vincenzo aveva finito di dipingere, per un ciborio[28] dorato, un agnello che teneva la bandierina tra le zampe e appoggiata al collo; sopra la quale era scritto a lettere rosse: *Ecce Agnus Dei*.[29] L'agnello era malfatto e aveva gli occhi fuori di posto; e la cima del muso troppo vermiglia.

Don Vincenzo disse, staccando sempre a pezzi le parole:

«Mi son fatto portar qui un agnello, per copiarlo dal vero».

Il Materozzi guardava Don Vincenzo e l'agnello; e aspettava che avesse finito di parlare; perché il prete, di quando in quando, si voltava a lui come se temesse di essere interrotto o qualche altra sgarberia.

«Gli davo le foglie d'insalata. Ma mi aveva assordato da quanto belava; e non voleva stare in piedi. L'ho messo sopra una seggiola imbottita, e allora è caduto. È restato, m'è parso, un poco zoppo.[30] Poi l'ho dovuto riportare giù, perché la madre, sentendo che era qui in casa, veniva a belare sotto la finestra. Ma, in ogni modo, ho fatto in tempo a disegnarlo. Poi i colori li ho messi a mente. Che te ne pare? Guardalo da quest'altro punto, perché la luce viene dalla nostra destra.»

«È espressivo ed in carattere. Quanto te lo pagano?»

«Niente. L'ho fatto io più per devozione che per altro.»

Il Materozzi, che non sarebbe stato capace né meno di dipingerlo a quel modo, ora non scherzava più; e guardava con ammirazione silenziosa Don Vincenzo; che, avvedendosene, cercava di non far trasparire il piacere che ne provava; e l'importanza che avrebbe voluto darsi.

Il Materozzi guardava anche la tavolozza restata su una sedia; dove i colori s'erano seccati. Nella stanza c'era odore di acqua ragia.[31]

Il Bichi, in vece, non stimava niente le pitture di Don Vincenzo; ma non glielo faceva capire perché gli sarebbe parso di essere poco educato. Egli aveva una gentilezza ironica, e il prete la pigliava per sincerità. Non glielo diceva perché egli stesso non sarebbe mai stato capace di far meglio. E già s'era stancato della scuola di pittura. E perciò, per cambiare discorso, chiese:

«Chi suonava dianzi?».

Il Materozzi smise di essere distratto e assorto. Don Vincenzo rispose, ma senza voce:

«Io. Piace anche a te la musica?».

«Tanto.»

Allora il Materozzi disse:

«Perché non suoni mentre ci siamo anche noi?».

Il prete arrossì e scosse la testa, come se gli avessero

161

chiesto una cosa sconcia. Il Materozzi, non comprenden-
dolo, ripeteva:

«Perché?».

Il prete disse:

«Ora ho già chiuso l'armonio».

«Dov'è? Perché non ci porti a vederlo?»

«Anch'esso è come me. Si stanca. Ma ha una bella
voce.»

«Io voglio che tu suoni.»

Il prete, allora, smise di rispondergli. Il Materozzi, sempre sorpreso, si sentì pieno di vergogna, ma senza indi-
spettirsi.

Don Vincenzo, esaltato della propria castità, riteneva il
Materozzi un vizioso; e perciò faceva di tutto perché non
doventasse suo amico. E né meno il Bichi riusciva a convincerlo che non era vero. Ma Don Vincenzo lo amava
anche perché sapeva ch'era malato a quel modo; e per
questo un poco simile a lui stesso; benché non pensasse
mai alla salute.[32] Guardandolo, la sua ostilità spariva.

Il Bichi gli piaceva di più anche perché era di famiglia
migliore, sebbene non molto distinta. Una famiglia che gli
andava a genio. Il padre e la madre non si allontanavano
dal paese che due o tre volte l'anno per vedere il figlio,
oppure per andare alla banca a riscuotere i frutti e portarvi
intanto altri denari.

Il Materozzi cercava tutti i mezzi per entrare in confidenza con Don Vincenzo; e non ci riusciva. Quel giorno,
poi, si sentì tanto scoraggiato da rassegnarsi quasi a non
parlargli più.

Ma Don Vincenzo, vedendo il suo imbarazzo, gli promise che avrebbe suonato un'altra volta.

Il Bichi, dentro di sé, disapprovò il prete e gli dette
torto. Poi, gli fece capire che aveva voglia di lasciare la visita.

Don Vincenzo invece lo trattenne e lo invitò a vedere
la chiesa, senza entrare dalla porta.

Passarono da una scaletta a chiocciola, messa dentro il muro, che aveva uno spessore largo; e si trovarono dietro il piccolo organo.

C'era freddo e molta polvere da per tutto. L'organo era verniciato di bianco, e soltanto dalla parte dinanzi; e si vedeva qualche pennellata ch'era escita di dietro dagli orli e dai buchi dei suoi fregi di legno.

Nella chiesa, con le tendine rosse e i vetri sporchi, c'erano due file di panche; e dall'alto si vedevano l'armatura che reggeva la statua di legno della Madonna, le punte, nere di cera bruciata, dei candelieri vuoti, con i bordi di latta dorata; tra i mazzi dei fiori finti, anch'essi pieni di polvere, come se fossero stati riempiti a posta.

Don Vincenzo disse:

«Il prossimo anno dirò messa anch'io».

Il Materozzi ascoltava malvolentieri, ed ora il suo amor proprio lo faceva stare un poco crucciato.

Il Bichi si divertì a chiedere:

«Perché non dipingi tu le pareti di questa chiesa?».

«È il mio sogno; ma non mi sento la forza bastante.»

«Perché?»

«Vorrei fare una cosà troppo bella. Figurati che volevo inventare le allegorie dei quattro vangeli.»

«Ma codeste non sono per i contadini che vengono qui.»

Il prete stette un poco pensoso, e poi rispose:

«La fede fa capire più dell'intelligenza».

Il Bichi si mise a ridere. Poi sospinse il prete, per escire fuori all'aria aperta.

Passò quell'estate; e, ai primi freddi, anche Don Vincenzo cominciò a tossire; mentre il Materozzi era preso dalla febbre, quasi tutti i giorni.

Il Bichi pensava che la sua amicizia li avrebbe fatti guarire tutti e due; e pensava che se l'uno o l'altro fosse morto avrebbe sentito troppa tristezza; e anch'egli sarebbe morto volentieri, per continuare ad essere il loro amico. Gli pareva impossibile che non gli riuscisse a salvarli. Ma il Materozzi ormai non parlava quasi più, tossiva soltanto; e egli ne provava una gran pietà. Qualche volta lo riaccompagnava a casa, per aver modo di stare più tempo con lui; e desiderava che finalmente il prete e il Materozzi s'intendessero. Ma ambedue peggiorarono tanto che dovettero stare sempre a letto; e non si videro più.

Il Materozzi, una volta, disse al Bichi:

«Ti ricordi, quel giorno di marzo, quando non volle suonare l'armonio perché glielo avevo detto io? Perché non lo volle suonare?».

Gli prese un nodo di tosse, e si chiuse la bocca con le coperte. Poi, seguitò:

«Mi sarebbe piaciuto tanto!».

E si mise come in ascolto. Poi gli vennero le lagrime; e anche il Bichi pianse. Ma, andato a trovare Don Vincenzo, non ebbe il coraggio di raccontargli quel che gli aveva detto il Materozzi.

Il prete s'era fatto così magro che la bocca spariva tra gli ossi delle gote: soltanto gli occhi erano sempre gli stessi.

Il Bichi, quando era al suo capezzale, quasi dimenticava l'altro; e, chi sa perché, ora certi ricordi di lui gli erano un poco antipatici.[33]

Il gran crocifisso, alla parete, pareva che guardasse più intensamente il giovane che doveva morire; tenendo i piedi insieme a quel modo perché glieli baciasse.

Il prete, quando restava solo, non smetteva mai di guardare gli occhi del Cristo e di raccomandarsi. Ma si faceva allegro se gli teneva compagnia il curato di casa: un prete gracile, più anziano; con gli occhiali turchini, con un viso dove si sarebbero potute contare tutte le vene; e pareva ch'egli se le sentisse con le mani, quando si toccava.

Don Vincenzo domandava del Materozzi:

«Ha smesso di bestemmiare?».

Il Bichi gli assicurava che ora non diceva più né meno una parolaccia. Ma il prete rispondeva:

«Mi dici così perché io mi ricreda. Ma sono convinto, purtroppo, che sia tardi. I suoi genitori l'hanno avvezzato male. Non gli hanno dato nessuna educazione. Ed ora muore senza sapere né meno che Dio esiste!».

Il Bichi, allora, non sentiva più nessuna antipatia per il Materozzi; anzi, non ascoltava volentieri quel che diceva Don Vincenzo.[34]

Poi, quando esciva per i campi, gli pareva di lasciare dietro di sé una striscia della sua vita e della sua anima; che si cambiavano nelle cose della natura. Qualche volta, quando aveva fatto tutta la scesa del poggetto, la piccia delle campane suonava; e le due voci diseguali gli ricordavano ch'egli era giovine.[35]

Rientrava in città avendo nell'anima quel suono, come se egli solo ne conoscesse il significato e non lo volesse dire a nessuno. Ma non gli riescia a ricordarsene più, magari il giorno dopo, quand'era per farsi aprire la porta del Materozzi.

Il padre, che s'aspettava da un momento all'altro la disgrazia, era sempre afflitto; e gli dava la mano senza dirgli né meno una parola. Aveva smesso anche di bere, ma gli era rimasto il naso rosso come una tinta che non se ne andasse più. La madre, una donnetta sottile e piccola, s'era fatta addirittura allampanata;[36] e pareva che non fosse più pesa dei suoi capelli corvini. Ella, ormai, si reggeva su con il fiato; e piangeva sempre, non arrischiandosi a farsi vedere dal Bichi.

La finestra del moribondo rispondeva[37] dietro l'abside d'una chiesa. Una volta che nevicava fitto fitto, le campane suonarono. Tutta la stanza tremò; ma le campane, dietro la nevicata[38] non si vedevano più; e la neve pareva che cadendo rimbalzasse per aria, agitata da quel suono.

Il Materozzi girò gli occhi verso la finestra, e la madre seguì il suo sguardo. Pareva che la neve battesse sopra i suoi occhi, e allora li chiuse con una mossa nervosa; e nascose la testa sotto la coperta. Quasi istantaneamente, sognò d'essere al sole, camminando in fretta per non fare tardi. Tutti quelli che incontrava per strada sapevano ch'egli doveva giungere presto. Ma la luce si ammucchiava come la neve, e in pochi minuti giunse tanto alta da annegarlo.[39] A un tratto disse, ridendo:

«Bichi, vorrei pigliare a pallate di neve il nostro professore di disegno. Non mi voleva bene! Alla scuola fanno accendere la stufa?».

E seguitò a ridere, con la testa sotto la coperta.

Nevicò per una settimana intera, di giorno e di notte. Poi si fece sereno. Allora cominciarono a spalare la neve, ammucchiandola nel mezzo delle strade; per portarla via a carretti. Il Materozzi ascoltava,[40] ma si sentiva sempre peggio. Era di un colore spaventevole, e con i capelli lunghi.

Quando il Bichi andò a trovare anche Don Vincenzo, tutta la campagna era bianca e il cielo pareva di ghiaccio. Si vedeva soltanto qualche fronda d'ulivo e qualche rama di cipresso. Le passere, in quel luccichìo abbagliante e silenzioso, parevano nere. Alle grondaie delle case s'erano attaccati i diaccioli,[41] che scintillavano.

Don Vincenzo era in piedi, tutto avvolto in una coperta di lana; e sorrideva senza parlare. Volle scendere, aiutato dal Bichi, giù nel cortiletto; dove non tirava vento e c'era il sole.

I piccioni volavano, con un rumore come se tagliassero l'aria. Egli guardava sempre il cielo. Il Bichi non sapeva che dirgli benché soffrisse a stare zitto. E, tornando a Siena, si volse sempre a guardare i segni dei suoi piedi sopra la neve.

Passarono così anche gennaio e febbraio. Egli seguitava a portare a ognuno di loro le notizie dell'altro; ma s'accorgeva che ambedue ci pensavano sempre di meno; e morirono nello stesso mese come se non si fossero mai conosciuti. Erano giunti perfino[42] a non voler né meno udire i loro nomi.

Ma al cimitero furono sepolti quasi accanto; e chi andava a mettere i fiori a uno, ne sfilava dal suo mazzo un pochi[43] per l'altro.

Benedetto Bichi tornò dai suoi genitori; e, sposata una cugina, si dette all'agricoltura.

LA CASA VENDUTA[1]

Io sapevo che quei tre venivano a trovarmi perché vendevo la mia casa. Ma, nonostante, fui contento di sentire, dalla mia stanza, che domandavano di me. La serva non voleva farli entrare, voleva dire che non c'ero; ma io aprii la porta; e li salutai con un brivido,[2] nella voce e in tutta la persona. Essi mi risposero ridendo, strizzandosi un occhio; divertendosi della mia sciocchezza.[3] Forse, credevano che non me ne accorgessi né meno: in ogni modo, non se ne curavano. Lo capivo bene. Ma io non intendevo di cambiarmi d'animo. Dissi subito, fregandomi le mani:

«Sono venuti per vedere la casa? Hanno fatto bene».

Li condussi, prima, a girare l'appartamento che abitavo io; ch'era il più piccolo. Essi guardavano tutto; si fermavano perfino davanti a un mattone smosso. Uno, il signor Achille, che aveva il bastone, batteva su i muri, per sentire quanto erano grossi. Prendevano in mano gli oggetti che erano sopra i miei mobili, toccavano le tende; un altro, il signor Leandro, s'affacciò a una finestra per sputare.[4] Poi andammo negli altri appartamenti; dove erano i miei pigionali, che m'accoglievano con segni di meraviglia ostile. Ma, poi, perché io ero anche compiacente[5] da fingere di non ascoltare, dicevano male di me con i tre compratori, si mettevano già d'accordo per quando uno di loro sarebbe diventato il padrone. Nessuno mi rispettava;[6] mi lasciavano passare dietro a tutti, stavano a parlare quanto volevano. Ed io guardavo, forse per l'ultima volta, le pareti della mia casa. Poi, non guardavo né meno più: entravo ed escivo come se non sapessi quello che facevo e perché mi trovavo lì.

Quando risalimmo nel mio appartamento, mi disse il terzo che di soprannone si chiamava Piombo:

«Noi abbiamo già perso troppo tempo. Ci dica lei quanto vuole, signor Torquato».

Io volevo spicciarmi, non volevo né meno farmi consigliare da qualcuno. Avrei potuto chiedere diecimila lire, e ne chiesi soltanto ottomila. Ebbi paura che fosse troppo, e che se n'andrebbero senza combinare. Allora il signor Achille mi rimproverò severamente:

«Ma a chi la vuole vendere? Qui siamo in tre».

Io risposi:

«Credevo che la volessero comprare tutti e tre insieme».

Piombo rispose:

«Io, in vece, non gliene darei né meno tremila».

Ero confuso, e m'arrischiai a dire.

«Non basterebbero per l'ipoteca,[7] che è di settemila lire. Ne ho chieste ottomila, perché almeno mille restino a me.» E, sorridendo, arrossii.

«E di che ne vuol fare lei di mille lire?»

«Io... non mi resta altro. Qualche mese mi basteranno.»

«Un mese più o uno meno che conta?»

«È vero» risposi.

«Ma tutti e tre insieme non si può contrattare.»

«È quel che penso anch'io.»

«Allora, lei doveva star zitto.»

Ma il signore Leandro propose:

«Gliene dò settemila, quante ce ne vogliono per l'ipoteca».

«E a me?»

«Non mi riguarda.»

Sentii una gran simpatia verso di lui. Ma gli altri due finsero di essere scontenti: perché avevo già capito che il compratore era uno solo. Gli altri due dovevano soltanto fingere di comprare, offrendo meno di lui. Avevo capito, ma non me ne importava. Anzi, mi offesi che avessero ricorso a quel mezzo come se io da me stesso non fossi stato abbastanza onesto da chiedere quel che bisognava soltanto per l'ipoteca. Perché io non volevo aver niente. Io volevo restare senza niente.[8]

Il vero compratore, il signor Leandro, era un negoziante non so di che; forse di grano. Aveva il viso rosso e i baffi neri. Il signor Achille era un biondino, e Piombo un vecchio con i capelli bianchi. Mentre si discorreva così, dissi alla serva, Tecla, che facesse il caffè per loro e per me. Quelli non ci badarono né meno. E il vero compratore mi disse con impazienza:

«Pochi discorsi: le piace o no? Il caffè lo prendiamo fuori, con i nostri denari».

Io risposi:

«Ma ho detto che lo facesse perché credevo che gradissero una mia gentilezza. Ho voluto accoglierli come meglio posso».

«Non importa, non importa!»

Allora, il vecchio si mise a dirmi:

«In vece del caffè, poteva darmi il tempo di fare l'offerta. Ma io più di seimila lire non gliele davo».

Il biondino scosse la testa, quasi per compatirli ambedue che fossero così lesti a concedermi tutta quella somma. Pareva che io li avessi messi in mezzo,[9] e mi trovavo così imbarazzato e umiliato che avrei voluto regalare la casa; se non ci fosse stata l'ipoteca da togliere. Mi vergognavo dell'ipoteca, perché appunto non potevo essere libero a modo mio.[10] Il signor Leandro riprese:

«Se sta bene come ho ormai detto, benché ne sia più che pentito, venga oggi dal mio notaio; dove si stenderà il contratto».

Come avrei potuto rifiutare? E perciò, credendo che facesse caso alla mia delicatezza, proposi:

«Se crede, posso venire magari prima di mezzogiorno».

Ma egli se ne offese:

«Ho da fare altre cose, molto più serie di queste!».

Allora, perché non mi parlasse più così bruscamente, risposi:

«Mi scusi perché non lo sapevo».

«Facciamo meno chiacchiere: alle due, non più tardi, si faccia trovare dal mio notaio.»

Io ero vergognoso di non sapere il nome del notaio, e osai chiederlo a lui. Mi disse:

«Il notaio Bianchi... Lo sa dove sta?».

«Lo domanderò; per non sbagliare.»

Intanto Tecla aveva portato il caffè. Ma siccome non aveva nessun sapore ed era troppo bollito, io non sapevo più che parole inventare: avevo paura che lo trovassero cattivo.

Il signor Achille, il biondino, disse:

«Ora che ha voluto farci prendere anche il caffè, non dà la senseria[11] a me e a lui?». E accennò, con la punta del bastone, Piombo. Io chiesi, come rientrando in me:

«La senseria?».

«Certo! Crede che siamo venuti per fare una passeggiata?»

«Ma io... non ho un soldo!»

Non sapevo se mi avrebbero perdonato.[12] E infatti il signor Achille alzò il bastone come per darmelo su la testa:

«E allora chi ci pensa a noi?». E mi afferrò per un braccio. Io volevo dire che se la facessero dare dal compratore, ma avevo paura che Piombo mi rispondesse troppo male. Volsi gli occhi attorno; e dissi pallido di commozione:

«Se credono, potrò regalare questa mobilia...».

«C'è soltanto questa?»

Risposi lesto, perché fosse più amabile:

«C'è, di là, il letto. Poi le cazzeruole[13] di rame, in cucina».

«Sono sempre adoprabili?»

«Sono sempre buone.» E chiamai la serva perché ne portasse alcune, a fargliele vedere. Piombo, il vecchio, disse:

«Credevo che avremmo fatto un affare meno magro!».

E mi dette un'occhiata di compatimento.

A me si stringeva il cuore; ma che potevo dare ancora? Cercai, con gli occhi, perfino su al soffitto: non c'era proprio più niente.

Bevvero il caffè e mi finirono lo zucchero, mangiandolo a pezzetti. Io, in vece, non avevo né meno empito la tazza; per far vedere che il caffè l'avevo fatto fare soltanto per loro. Ci tenevo che ne fossero certi! Ma non mi fecero né meno un complimento; e Piombo chiese:

«Le tazze ce le mette nella senseria, signor Torquato?».

Il signor Achille gli assestò un colpo sul collo:

«E a chi le deve dare?».

Allora perché il signor Achille si rassicurasse, dissi:

«Io non le adoprerò più».

Il compratore si puliva il naso con le dita, pensando già ai suoi progetti di come poteva utilizzare la casa; e perciò mi chiese:

«Lei quando me le lascia libere queste stanze?».

Io avevo pensato di trattenermi ancora qualche giorno; ma siccome egli me le chiedeva subito, risposi:

«Oggi stesso... dopo il contratto».

«Va bene, va bene!»

«Mi dispiace di non potergliele lasciare magari prima.»

«Poco male!»

Ma, a questo punto, cominciai a sentire come se mi fosse strappato il cuore. Se ne accorsero subito, e il compratore mi chiese con una voce che minacciava:

«S'è pentito, forse?».

Io feci uno sforzo e risposi:

«No, no! Tutt'altro! Pensavo ad un'altra cosa».

«Non ci mancava che se ne fosse pentito! Siamo

uomini, non mica[14] ragazzi! Le sarebbe messo poco conto,[15] però: perché questi due, all'evenienza, potrebbero anche fare da testimoni di quel che abbiamo combinato.»

Io dissi:

«Le assicuro che... non ci pensavo né meno a questo!».

«Ormai, se Dio vuole, cosa fatta capo ha.» Andò a una parete e disse:

«Domani stesso ci mando il muratore perché ripulisca tutte le stanze e rinforzi gli architravi dove ce ne sarà bisogno. Lo farò salire anche sul tetto perché il pigionale dell'ultimo piano mi ha detto che, da una fessura, quando piove gli sgocciola l'acqua sul pavimento».

«È vero: c'è una tegola rotta. Non l'ho fatta cambiare io... perché non volevo spendere.»

«Poi farò scialbare[16] anche la facciata, verniciare le persiane. Mi ci vorrà la spesa di un altro migliaio di lire. Le pare poco?»

Io ammiravo la sua possibilità di fare tutte quelle cose e dissi:

«Vedrà che bella casa diventa!»

«O che credeva che la lasciassi deperire come ha fatto lei?»

Mi parlava così senza nessun riguardo, con un tono come se io gli avessi fatto qualche cattiva azione. Non mi lasciava né meno pensare, quantunque cercassi tutti i modi di cavargli di bocca una parola con lo stesso sentimento che avevo io. Non so che avrei fatto perché non mi parlasse a quel modo! Ma egli se la pigliava di tutto con me, ed io n'ero molto addolorato; e non mi preoccupavo d'altro. Allora dissi:

«Lascio attaccate anche le fotografie della mia famiglia... perché non so dove portarle...».

«Quelle le può buttar via.»

«Le dànno noia?»

«O non glielo ho detto che dovrò ripulire tutto?»

Allora si fece dare il bastone dal signore Achille e ne buttò giù quasi una fila; quelle che erano senza cornice. Io avrei voluto raccattarle, ma pensai di aspettare che se ne fossero andati. Volevo, nondimeno, far loro sapere che erano proprio quella di mia madre e della mia sorella morte. Forse avrebbero capito il mio sentimento. Ma non mi arrischiavo, giacché il signor Leandro, ormai padrone, le aveva buttate giù a quel modo. Non volevo fare una cosa che non ero sicuro se facesse piacere.[17] Allora, siccome era restata, un poco più alto, una fotografia di mio padre, dissi:

«Butti giù anche quella!».[18]

Ma egli non pensava a queste sciocchezze, e alzò una spalla. Prese in mano in vece un vecchio vaso da fiori, che io avevo sempre tenuto: era un ricordo della mia sorella. Ma, accortosi che la polvere gli aveva insudiciato le dita,[19] disse:

«Ho fatto male a toccarlo».

Io gli chiesi:

«Si vuole lavare?».

Ma il signor Leandro si servì del suo fazzoletto, benché gli dispiacesse di sporcarlo. Ora ero tutto impaurito che per la sua curiosità gli potesse accadere un'altra cosa simile. E perciò dissi:

«Se credono, possiamo scendere».

Ma gli altri due domandarono:

«C'è caso che la sua serva si porti via qualche cosa? Badi che lei è ora responsabile di tutta questa roba, che è già nostra».

Io risposi mettendomi una mano sul petto:

«Giuro che non mancherà né meno una briccica!».[20]

«Del resto, per essere più sicuro, ci può dare subito le chiavi. Così la serva si fa escire e noi chiudiamo.»

«Giacché hanno sospetto di me, si fa come dicono. Tecla! Esciamo insieme.»

La serva, una vecchia vedova, disse:

«E il fagotto dei miei cenci quando me lo dà il tempo di farlo?».

Rispose il compratore:

«Tornerai stasera: t'aprirò io».

«Ma ho da avere anche il salario di questo mese!»

Tutti e tre si misero a ridere, e io mi sentii così imbarazzato che non sapevo quel che dire.

«Ne parleremo fuori.»

Disse il signor Achille:

«Sarebbe curiosa che per la serva lei non potesse vendere la casa!»

Io risposi:

«Non capisce niente, e non ha nessuna educazione. Ma escirà con me: ci penso io a farla obbedire».

Poi escimmo tutti e cinque insieme. Tecla fu l'ultima, e chiuse la porta.

M'era rimasto tanto da andare a pranzo, e alle due fui puntualissimo dal notaio. Anzi arrivai prima degli altri. Firmai il contratto scritto in carta bollata; e feci la firma più bella che potessi; benché mi tremasse la mano. Io cercavo di capire se erano contenti di me e se avessi detto qualche cosa che potesse sembrare contrario a come volevo mostrarmi. Aspettavo che mi dicessero se volevano altro da me. Il notaio disse:

«È fatto tutto!».

E mise il polverino[21] rosso su la carta bollata. Il signor Leandro mi mandò via, dicendo:

«Può andarsene, signor Torquato!».

Io salutai sempre con rispetto, ma nessuno mi rispose. E non ero ancora giunto alla porta, che già parlavano per conto loro.

Scesi le scale del notaio, come se mi fossi tolto un peso d'addosso. Poi non ricordo più quel che feci e dove passai il resto della giornata. Per la sera non avevo né da mangiare né da dormire, e mi sentivo affranto. Ma facevo di tutto per resistere. Quando fu buio, cominciò a piovere dirottamente. Io, allora, andai a ripararmi sotto le grondaie della mia casa venduta. Ero tanto triste; ma avrei voluto essere contento, almeno come la mattina, perché a quell'ora sapevo che i miei pigionali cenavano, e quelli del quartiere di mezzo avevano l'abitudine di suonare il pianoforte: sempre qualche polca[22] nuova.[23]

IL CROCIFISSO[1]

Ho pensato esista un mondo che Dio non ha finito di creare. La materia non è morta e non è viva. Vi sono vegetazioni quasi tutte eguali tra sé; e sbozzature[2] di bestie informi, che non possono muoversi dal loro fango perché non hanno né gambe né occhi.

Le piante di questo mondo non sarebbero riconoscibili al colore; perché non ne hanno. Soltanto quando c'è un tentativo di primavera, si potrebbe sentire il loro odore che ha però qualche cosa del fango. Vi è anche un abbozzo di Adamo; ma senz'anima. Non può parlare né vedere; ma sente che attorno a lui il fango si move; e ne ha paura.

Non c'è sole né luna; ed è un mondo che resta nella parte più solitaria dell'infinito; dove le stelle non vanno mai; dove soltanto qualche cometa va a spegnersi; quasi in gastigo.[3] Questa mezza vita è più antica della nostra.

Nondimeno vi sono paesaggi di una bellezza profonda, che sembrano avere in sé tutta quella bellezza che nel mondo nostro è nella nostra anima e negli esseri più delicati.

Siccome c'è continuamente una specie di crepuscolo, il fango, quasi rosso, in quella luce, splende come l'oro. Mentre l'argilla, vicino alle stese delle acque, è di quel colore che anche tra noi ricorda quello del mare.

Ma l'Adamo restato così a mezzo, cieco com'è, crede che le sue tenebre siano la luce; e quando il vento dei temporali passa sopra la sua pelle egli crede di camminare.

Le foglie delle piante non si potrebbero né meno toccare, perché si disfanno; e la loro molliccia[4] s'appasterebbe alle mani: basta, anzi, una pioggia forte a distruggere intere foreste, che rinascono, poi, quando l'aria riscalda, come i nostri funghi.

Ma sarebbe difficile distinguere i fiumi dal mare; e dove oggi è un lago domani ci si vede una montagna. Allora quelle pianure quasi rosse si spianano fino all'orizzonte sempre torbo; oppure, vicino al mare, si vede un turchino incerto e lutulento[5] che la mattina luccica e la sera doventa nero sopra i macigni e i sassi.

Ma un fiume più nero di tutti attraversa la pianura sconfinata; ed è così nero che anche la notte i nostri occhi lo vedrebbero di lontano. Dove egli passa, fa nascere, in vece che pioppi, un fogliame greve e fitto che sarebbe impossibile attraversarlo. È l'estate tutta nera, fatta di tenebre calde in vece che di sole. Con temporali così avviluppati da nebbie e da nuvole che passano sopra il fiume quasi silenziosi.[6]

E anche nell'ora che il buio è più fitto, il fiume è visibilissimo.

Pensavo queste cose un pomeriggio domenicale, mentr'ero appoggiato all'argine del Tevere, nel punto più sudicio e più deserto. Io guardavo una fila di case quasi tagliate nel mezzo, perché avevano buttato giù due o tre strade.[7] Si vedevano le stanze, luride; con i loro colori sbiaditi e ricolati giù per i muri di fuori. Ciuffi d'erba erano nati nei punti più pieni di calcina: quell'erba senza fiori, lucida,[8] che fa ribrezzo; e che nessun animale mangia.

Ed ecco perché pensavo queste cose. Vicino a me era venuta, senza che me n'accorgessi subito, una ragazza: scalza, con i capelli neri, pochi e tenuti fermi dietro la testa da un forcella sola. Questi capelli erano come certi ragnateli che fanno schifo. Aveva la fronte grassa, ricoperta da ciccelli[9] grinzosi. Una veste sbiadita e vecchia; che non le stava su e doveva tenerla ai fianchi con le mani. Pareva che le fossero caduti addosso chi sa quali trogoli[10] di sporcizie che lasciano le macchie per sempre. Aveva il viso piuttosto tondo e bambinesco, con la bocca grossa, quasi uguale a uno di quei ciccelli della fronte e del collo; attorno al quale teneva un filo, doventato immondo. Anche i suoi occhi erano piuttosto tondeggianti e d'un colore lì per lì indefinibile; ma addirittura privi di ogni carattere umano o bestiale. Sembrava che dentro dovessero avere qualche cosa che non lasciava passare niente.[11]

Il punto del Lungotevere, a quell'ora, era proprio deserto; con i suoi platani brutti e scortecciati. Sembrava che fosse un punto morto di Roma, che da lì, attorno a noi, si stendeva lungo il fiume; ma così lontana come se ne fossimo usciti fuori.

Io non volevo parlare: sentivo che per parlare a quella giovane dovevo assolutamente dimenticare non solo la mia coscienza, ma anche ogni cosa della mia memoria. Altrimenti sarebbe stato impossibile; anch'io mi sentivo abolire ogni vita; e dentro di me doventavo somigliantissimo a quel che avevo dinanzi agli occhi. Ne avevo quasi paura. Non credo che in mezzo a un deserto io avessi subìto una solitudine più arida e più vuota.

Ma pure, durante quel silenzio, il sole mi dava una lucidità quasi inverosimile e rapida. Non importava più che ci fosse la cupola di San Pietro! Anch'essa pareva informe e senza nessuna possibilità ch'io potessi rivederla in altro modo; tetra anch'essa come le fette delle case aperte dinanzi a me.

Quella ragazza è nata da una donna che non aveva marito. Fin da piccola dorme vicino alla latrina; e, a dodici o tredici anni, forse prima, non è più vergine. La madre va a stare altrove, ed ella resta sola: una domenica sera non l'ha più vista tornare briaca[12] dall'osteria. Quasi tutti le

179

dànno da mangiare come a una cagna bastarda. Chi l'ha voluta, l'ha presa: le hanno pagato mezzo litro o un piatto di maccheroni. Ha soltanto la veste e la camicia: solo d'inverno, anche le calze e le ciabatte a colori. Chi la vuole, s'avvicina, le sorride e la porta con sé. Dice come si chiama, ma il suo nome se lo ricorda lei soltanto; e glielo cambiano sempre.

Quando hanno buttato giù quelle casacce, ella prima ha dormito tra le macerie; vicino al cane che l'impresario tiene lì la notte a catena perché non vadano a rubare gli usci, le travi, i rottami di ferro, e ogni sorta di avanzi che si cavano dalle case vecchie. Qualcuno, a buio, la vede; la desta e poi la lascia dove l'ha trovata. Passa le giornate dormendo, perché non si leva mai il sonno.[13]

Si lava alla meglio, anche le gambe e tutta la persona, alle fontanelle; quando è notte. E intanto ora spera, ma non molto, che la prendano a dormire in una di quelle baracche di legno, coperte con ritagli di latta arrugginita, che sono sul greto del Tevere; tra il Ponte del Risorgimento e il Ponte Milvio.

Di là passano, quando è l'ora dell'uscita, parecchi soldati. Qualche volta, quando sono in due o tre, la picchiano; ma ella, perché si divertono, non piange; anzi cerca di divertircisi anche lei,[14] e segue quelli che la picchiano finché non la mandano via dicendo se no le daranno una coltellata. Ella li guarda allontanarsi, con il rimpianto di restare sola. E se delle percosse l'è rimasto il dolore nelle spalle o nelle braccia, si stringe forte la carne con una mano; ma non piange né meno ora. Ella, parecchie volte, a meno che non ce la costringano, non guarda in viso nessuno; e crede, così, di far piacere. Se qualcuno le chiede un bacio, ella non vuol darlo; per paura di fare schifo dopo. Ella è così umile che non vuol guardare. Sentendo che al meno per un minuto piace a qualcuno, dentro di sé è un gaudio;[15] ma non lo manifesta, perché, quando ci s'è provata, l'hanno respinta con uno schiaffo sulla bocca o pigliandola per il collo. Ed ella è doventata, allora, rossa di vergogna.

Desidera, adesso, che l'avvicinino solo per essere sicura che può far piacere; e quando qualche giornata nessuno la chiama, è triste e livida.

Ella, così vicino a me, s'aspetta che io la cozzi in un braccio. Ma io, come se fossi spaventato di quel che penso, me ne vado.

Una domenica, passeggio tra il Colosseo e il Foro Romano. Dietro il muro di una chiesa, c'è un mucchio di cocci e di spazzatura. I fili d'erba, come lunghi aghi verdi e dritti, l'hanno tutta trapassata da dentro in fuora.[16]

Ella dorme là sopra; acciambellata dentro la sua veste; pallida, certo di stanchezza. Le mosche vanno sopra i suoi capelli; e le loro ali hanno le stesse iridescenze dei capelli.

Il sole è forte e fa dolere la testa. L'erba lustra, e in qualche punto è abbagliante. Qualche ora prima era piovuto, e ora la terra vapora.

La veste della ragazza è sempre fradicia, benché le cancellate di legno e di ferro abbiano le punte già asciutte. E su i mattoni dei ruderi il sole mette un lustrìo mobile. I viottoli sono zuppi di acqua. Ma gli alberi sul Palatino sono dolci, e le rose da cui l'acqua riesce sgocciolando odorano come quando si sdrusciano[17] tra le mani. I marmi splendono; e dove sono spezzati la loro grana è fatta di punte come il vetro.

Le lucertole paiono di una pietra verde, che sia viva. Il cielo, sul Colosseo, quasi gemmeo.[18]

Questa volta, se ella si desta, sono deciso a parlare. È vero anche che mi vergogno, perché, certo, chi sa che pensano quelli che mi vedono.

E siccome vi sono momenti che, anche fischiettando un motivo irriconoscibile, si crede di fare una poesia, e i nostri pensieri ci sembrano di una bellezza miracolosa, a me non è più possibile pensare alla ragazza; e i miei occhi si ritraggono subito da lei; come per istinto. Così a poco a poco, pure restando dove sono, me ne dimentico completamente.

La luce soffoca; e la polvere si alza attorno al Colosseo, per quasi tutta la sua altezza; e pare che resti sollevata. Una collina, con un convento in cima, si rinchiude dentro i suoi alberi e i suoi cipressi. Un guardiano del Foro esce dal suo casotto di legno verniciato, fa un passo e si ferma, tenendo l'orologio in mano. Dal tetto della chiesa volano due cornacchie, facedo smovere le tegole. La terra si finisce d'asciugare; tutta lavata, pulita, doventata pura come l'aria.

Io l'amo, allora, la terra,[19] e mi pare che, se io parlassi, la mia voce avrebbe la sua dolcezza. Io sento perché il sole la illumina e perché gli alberi sono così belli con le loro foglie. Io, allora, guardo l'edera, e i fiori vicini e lontani.

Ma, al muro della chiesa, il caldo fa schiantare il legno di un crocifisso; come se volesse schiodargli[20] le gambe e le braccia.[21] E la giovine si desta, come da dentro il mucchio della spazzatura.[22]

MISERIA[1]

Lorenzo Fondi guardò, sul cassettone, il cappello della moglie: era brutto, con i nastri scoloriti; ma gli venne voglia di baciarlo. Mentre, di fuori, pareva che l'aria, con quella sua luminosità, fosse per prendere fuoco; e anche la stanza aveva una chiarezza che quasi faceva chiudere gli occhi. Vicino alla finestra c'era un tavolo polveroso, con i libri non più aperti, i libri comprati, tanti anni innanzi, subito dopo la scuola, macchiati ora dalle mosche; con i guanti rotti e sdruciti, lasciati lì fin dall'inverno. All'attaccapanni gli abiti vecchi.

Ma egli non l'amava più la moglie, e se ne voleva andare: riscosso un paio di bovi, con quei denari,[2] magari fino all'estero. Gli era venuta a noia la vita del piccolo proprietario, sempre a contrasto con le cambiali, con le tasse, con i conti a fin d'anno! I contadini rubavano più che potevano, e gl'interessi andavano male. Non pensava a quale mestiere avrebbe dovuto darsi per vivere più tranquillo; ma, certo, qualcosa c'era da fare! Suo padre in vece era stato un bravo agricoltore, e aveva messo insieme qualche soldo.[3]

Pieno di collera, abbottonò il colletto; e dette un'occhiata all'abito nuovo, quello che avrebbe preso, con una specie di paura.

Ad un tratto si fermò ad ascoltare, guardandosi nello specchio: i contadini cominciavano a battere il granturco con i correggiati.[4] Scappar presto, con il treno della sera stessa: era necessario, indispensabile! Si riguardò, fatto il nodo alla sciarpa. Stava per scegliere le scarpe meno rotte, quando sua moglie, Corrada, entrò. Egli s'impaurì di più.[5]

«Hai riscosso i due barili di vino dalla signora Viola?»

Egli rispose, gridando:

«Ti dico di no!».

«Quando ti deciderai? Bisogna pagare il conto al macellaio: ormai è più d'un mese.»

Egli strinse le labbra con ira, e poi gridò ancora:

«Sarai a tempo!».

«Ma io mi vergogno.»

E alla donna gocciolarono due o tre lacrime giù per le guance.

«Quando passo davanti alla bottega, mi guarda in un modo come per dirmi: quando paga?»

Corrada poteva a pena parlare, con la bocca così presa dal dolore in un modo spaventoso.

«È una illusione tua, cretina! Ci crede anche lui, come gli altri, ricchi da vero.»

E aggiunse, lesto lesto, quasi sottovoce:

«E siccome ci crede ricchi da vero, ci ha fiducia. Stai tranquilla!».

Corrada smise di piangere, prendendosi le mani insieme.

«Dove vai ora, con il vestito buono?»

«A Siena: ho da vedere quello che anche l'altr'anno comprò il fieno.»

La moglie, figlia di un impiegato, era esile e pallida, con gli occhi cerchiati di carne livida, quasi trasparente. Sospirando, gli s'appoggiò ad una spalla; e disse:

«Ti dispiace parlar di denaro; ma come si fa?».

Egli alzò la spalla, facendole togglier le mani. Poi disse, ridendo:

«Non se ne parla».

Allora, Corrada impallidì ancora di più:

«Tu dici sempre così. Sei cattivo».

«Cosa devo rispondere? È impossibile che ti risponda in un altro modo. Dipende da me, forse?»

Ella tacque, torcendosi le mani; egli la guardò quasi con disprezzo, sentendosi però arrossire di vergogna. Gli era insopportabile star così dinanzi a lei, quasi come un colpevole; perché in fondo, senza saper perché, la sua sfortuna l'attribuiva alla propria anima.[6]

Ella andò alla finestra, e poggiò la testa ai vetri, senza né meno più voltarsi; mentre il marito finì di vestirsi. Ma quando riaprì la porta di camera, egli le disse:

«Dove vai?».

«Manderò, domattina, a vendere un paio di polli.»

Lorenzo, tanto per rispondere qualcosa, disse:

«Ah, tu hai da vendere i polli?».

«Sì! Se non fossi io, si creperebbe di fame. Ho anche da rendere i soldi a Vittoria, che ha comprato le acciughe.»

«Parla più piano: ci sentiranno i contadini.»

«Lo so, lo so: non c'è bisogno che tu me lo dica: tu solo vuoi strillare. Gli altri devono stare zitti.»

«Io strillo ma non parlo di soldi.»

E batté i piedi in terra.

Ella, arrossendo un'altra volta, lì lì per piangere, si asciugò gli occhi e corse nell'altra stanza.

«Ah, te ne sei andata!»

Ma, perché in fine, prenderla con lei? Allora, comprese di avere sbagliato e sentì di volerle bene, un bene immenso, quasi irragionevole.[7] Ma perché lei non lo capiva? Non lo sapeva! E perché non sorrideva in vece di piangere?

Ma intanto ora non era più deciso di andarsene per sempre! Si sedé, con un sudore freddo alla fronte, come quando si hanno le nausee del vomito. Soffriva in un modo indicibile, all'idea delle cambiali e dei debiti. Si sentiva rovesciare l'anima. Quante volte, piuttosto che fare una nuova cambiale,[8] avrebbe preferito di cadere in terra morto, forte e sano, appena di ventisette anni!

Corrada in vece si era seduta a ricucire un paio di calze: a poco a poco smise di piangere, quantunque qualche segno delle lacrime si vedesse ancora su la sottana. Non se la prendeva con il marito; anzi le dispiaceva d'essere andata a dirgli a quel modo! E cominciò a distrarsi, pensando ai suoi polli e ai piccioni.

Del resto a lui era addirittura insopportabile saperla scontenta! Per esempio, quando la vedeva lavare i piatti o fare la bucata,[9] se ne andava; quantunque non pensasse mai ad aiutarla![10]

Ella, intanto a poco a poco, si sentì meglio, quasi calmata dall'eccitamento stesso. E un grande amore per tutta la casa le dette una sensazione piacevole.

Perché, dunque, gli interessi non andavano bene? Dovevano andare bene! Ci avrebbe pensato lei. Posò, bruscamente, le calze, dentro la cestina piena di gomitoli. Si alzò, passandosi il fazzoletto sul volto. E, rigida, guardò dalla finestra.

Poi, udendo il marito passeggiare, rientrò in camera.

«Quanto prenderai del fieno?»

«Non lo so.»

«Perché non lo sai?»

«Non conosco i prezzi che ci sono.»

«Prima di contrattare, allora, fatteli dire bene.»

Pur parlando d'interessi, la sua voce aveva una tenerezza quasi dolce. Allora egli la guardò, dissimulando la collera. Dianzi non aveva pensato di prenderla per il collo? Ora in vece le dette ragione. Ma ormai incapace ad andarsene, non le disse né meno una parola. In quel mentre, bussarono all'uscio.

«Chi è?» chiese lei.

Egli risentì la solita inquietudine, quasi un soffocamento.

«Sono io.»

Era una bambinetta, biscugina di lui.

Corrada le fece cenno di venire più avanti; ma Lorenzo le chiese, con violenza:

«Che vuoi?».

«Ci ho una lettera.»

Corrada la prese. La bambinetta aggiunse:

«Aspettano la risposta».

E se n'andò. Corrada si fece bianca come un cencio lavato, aprendo la busta. Egli evitava di guardare le sue dita, che tremavano.

«È il conto del falegname.»

«Quante volte l'ha mandato?»

«È già la quarta volta.»

«Digli che lo pagherò a pena venduto il granturco. Lo battono oggi: fra una settimana lo potremo vendere.»

«E alle altre cose quando ci pensi? Guarda che vestito ho io.»

Egli arrossì, e si morse il labbro di sotto; a lungo. La moglie allora fece l'atto di abbracciarlo. Egli le pose una mano sul petto e la respinse.

«Vai a dirgli quel che t'ho detto.»

Ella ricominciò a piangere.

«Perché non vai tu? Devo farle io tutte le cose che ti dispiacciono.»

Allora, egli gridò:

«A me non dispiace niente».

E, rosso di rabbia, aggiunse:

«Ho da spolverare il cappello ora. Digli che aspetti. Perché piangi? Non devi piangere. Mi arrabbio di più. Ne ho abbastanza».

Ella fuggì, sbattendo la porta. Lorenzo la riaprì, con un balzo; bestemmiò e gridò:

«Non potresti morire?».

Cesira, la matrigna,[11] che in quel mentre esciva dalla camera sua, gli disse:

«Perché sei fatto così?».

«Che gliene importa a lei? Perché non me li paga lei i conti?»

Ella si fece pallida e poi rossa:

«Bisogna prendere tutto con calma».

Era una donna su i quaranta anni; bassotta, e con la pelle del volto sempre rossa: un tipo di contadina.

Egli sgualcì il cappello, e sputò su i libri. Poi, avendo urtato il tavolo, lo attraventò[12] contro il muro. Tutti i libri caddero.

Nell'ira provava come una voluttà. La casa! La casa! Un fulmine avrebbe potuto aprirla in due pezzi, uccidendo la moglie, la matrigna, la cugina. Tutto! Il suo cuore batteva forte come i correggiati dei contadini: più forte, forse. Prese dal cassetto le mille lire dei bovi,[13] tutte una manciata. Ascoltò.[14]

La moglie gridava con la matrigna. La sua voce era aspra, ma più dolorosa delle lacrime. Egli l'ascoltò ancora. Quanto avrebbe durato? Bisognava farla tacere.[15] E la matrigna non era buona a dirle niente?

Udì che non accusavano lui, ma discutevano degli interessi; e parevano d'accordo. Egli pensò, ironicamente: "Sì, mettetevi insieme voi due. Farete qualcosa di meglio".

Diceva la matrigna:

«Bisogna trovare un rimedio. Così si va a rotoli!».

«Sfido io! Come si fa a andare avanti?»

«Pensate al modo che ci vuole.»

«Io voglio proporre a Lorenzo un'ipoteca.»

«Sarà peggio?»

«E allora?»

«Si faccia consigliare da un avvocato.»

«Subito: mi vesto e vado in città.»

La matrigna disse qualche altra cosa, a voce più bassa. Poi l'uscio si aprì; e Corrada mezza nuda, per cambiarsi, disse:

«Vengo insieme con te».

«A far che?»

«Non te ne preoccupare tu.»

«Lo so in vece che cosa hai pensato: quell'altra stupida, come te, t'ha dato ragione.»

«Va bene! Io ho diritto, come te, di pensare alla vita. Vai a dare la risposta per il falegname.»

Egli sbuffò e scese le scale.

Il ragazzo che aveva portato il conto, lo aspettava, appoggiato alla bicicletta.

«Di' al tuo padrone che fra qualche giorno verrò.»

Il ragazzo, facendosi serio, lo salutò e andò via. Nell'aia il granturco brillava al sole. Qualche gallina, delle meno paurose, ci s'avvicinava, ma allungando, quanto poteva, il collo; beccava un chicco e fuggiva, per ingollarlo[16] più sicura a una certa distanza. Poi sbatteva le ali.

Cesira aprì la finestra e chiamò:

«Lorenzo!».

«Che vuole?»

«Vieni su.»

Egli scosse le spalle; ma non aveva più la voglia di andarsene. Pensò in vece, con un certo orgoglio di padrone, che avrebbe potuto pagare puntualmente i bovi.[17]

Gli passò accanto Maria, la figliuola di uno dei contadini, sorridendogli. Siccome non aveva fascetta,[18] i suoi seni grossi gli produssero una sensazione di fascino. Ella entrò in casa, e si rimise a stacciare,[19] tutta infarinata. Egli, cautamente, si avvicinò all'uscio aperto, pallido, con la voglia di caderle nelle braccia; mentre il sorriso lo affascinava anche di più, un sorriso sensuale che lo legava. Le avrebbe, certo, potuto parlare verso buio, in capanna.[20] «Andrò via un altro anno! Gl'interessi potrebbero anche migliorare!»

Salì, accarezzando la gatta, che rasente il muro scendeva le scale.

La matrigna gli disse:

«Perché tratti male così la tua moglie?».

«Che cosa le ho detto? Ero arrabbiato.»

«Vai a trovarla.»

Egli aprì l'uscio, pieno di benessere;[21] e chiese:

«Hai proprio deciso di andare a Siena?».

«Si capisce! Non sono come te che non sei buono a deciderti.»

E, avendo finito di cambiarsi l'abito, si mise il cappello e prese l'ombrellino.

«Vado sola?»

«Sì: io rimango a sorvegliare i contadini.»

Ella assentì, contenta.

UN GIOVANE[1]

Alfonso Donati aveva diciassette anni.

Camminava come se la campagna si allargasse sempre di più, ad ogni suo passo. Siena si rannicchiava,[2] e le sue case doventavano sempre meno. Le colline, differenti l'una dall'altra, scendevano al borro[3] nascosto giù tra la fila doppia dei pioppi; e ognuna aveva i suoi vigneti. Mazzi di cipressi si stringevano insieme, sulla proda[4] di qualche dirupo; e la serenità dell'aria si vedeva sopra tutte le cose come una rugiada. I pioppi erano chiari.

Ma Alfonso era in uno di quei momenti quando la giovinezza è attraversata da qualche melanconia che spaventa; quasi dall'odore della morte.[5] Gli pareva di non avere nessuna ragione per essere triste; e voleva essere forte, anche dentro di sé. Qualche volta si sentiva ancora un ragazzo, e allora camminava più lesto per lasciare questo ragazzo, che era stato una parte di lui stesso, dietro di sé. Lo voleva mandare via a tutti i costi; e credeva che quella passeggiata gli facesse trovare definitivamente il senso della sua adolescenza; di cui non era abbastanza sicuro. Ma sperava che gli capitasse per istrada qualche cosa per provare a sé stesso che ormai poteva fidarsi del proprio animo.[6] Già, passando rasente a qualche fonte del borro, s'accertava sempre di più che non provava ormai quella curiosità di fermarsi a guardarla come una volta: ora gli pareva di conoscere tutte le cose che vedeva, e a pena le degnava di uno sguardo, badando soltanto dinanzi a sé.

Ogni tanto, però, aveva paura perché l'erba frusciava sotto i suoi piedi.

Quando giunse a un piccolo prato quasi rotondo, ombreggiato di lecci e di querci,[7] egli si stese su l'erba. Gli pareva di far male a non camminare ancora, ma forse stando lì sul prato gli sarebbe venuto in mente qualche pensiero di cui sentiva il bisogno per esaltarsi. E intanto si domandava perché qualcuno gli avesse detto che le rose sono belle. Egli, invece, era capace di trattenere il fiato quando gliene avvicinavano una; per non sentirne l'odore! Gli piacevano, invece, i pioppi, e si mise ad accarezzare l'erba. Quasi l'avrebbe baciata; perché era silenziosa e, come lui, non poteva parlare.[8]

Solo tornando a casa, a sera fatta, si ricordò che aveva leticato[9] con il padre, e che da due giorni non si erano né meno salutati. Da prima vi pensò come se non riguardasse proprio lui stesso: gli pareva, piuttosto, un racconto che gli avessero fatto; ma, sentendosi ripigliare da una specie di spavento diaccio,[10] si perse d'animo, perché non sapeva se facesse bene o male a persistere nei suoi sentimenti; e il senso di vivere gli dava la disperazione. Troppe volte, già, avevano leticato, senza che fosse stato mai possibile d'intendersi![11]

Suo padre, Filiberto, faceva il marmista: un berrettino rosso in testa, gli occhiali celesti e fasciati di cencio nero sul naso, un grembiule, e la camicia sempre impolverata. Secco, ma forte e robusto. Lavorava dalla mattina alla sera, e faceva colazione sulla pietra sepolcrale stesa sopra il banco che egli aveva da lavorare. Poi, pulitasi la bocca alle maniche della camicia, ripigliava gli scalpelli e la mazzuola.[12]

In fondo alla bottega, c'era il banco di Alfonso. Gli affari andavano abbastanza bene, sopra tutto perché Filiberto era molto bravo e conosciuto.

Alfonso, salendo le scale di casa, si sentì completamente diverso agli altri giorni. Egli stette fermo dinanzi alla porta, prima di mettere la chiave e di girarla: aveva udito la voce del padre, che andava da una stanza ad un'altra. Allora lo prese un grande abbattimento doloroso, e sentì che gli occhi gli si facevano umidi. Tuttavia, entrò. Il marmista rattenne il passo per guardarlo, senza dirgli una parola; ma, brontolando, non si fece più vedere fino all'ora di cena, finendo di imbullettare[13] una gabbia per tenerci i conigli. Il giovane capì che egli ormai non avrebbe potuto più evitare la cosa cattiva che doveva sorgere tra loro due. E gli sarebbe stato impossibile tentare qualche espediente. Tutti e due si sederono a tavola, l'uno dinanzi all'altro.

Filiberto gli disse:

«Per venire a mangiare, lo trovi il tempo; ma per stare in bottega no!».

Alfonso pensò: "Come potrei non venire qui a mangiare? Egli avrebbe ragione se io avessi potuto mangiare fuori di casa". E perciò non rispose niente.

Erano lui e il padre soltanto.[14] Una vecchia portava i piatti: una vecchia grossa e zoppa, che spariva nell'ombra a pena si allontanava dal cerchio di luce che veniva giù dal lume. Alfonso si volgeva sempre a vederla sparire, per il bisogno che aveva di vedere come tutte le volte ella spariva allo stesso modo. Poi, mangiando, aspettava che tornasse. Quando ella metteva i piatti su la tavola, si vedevano soltanto le sue mani e un pezzo delle sue braccia: il resto era un'ombra incerta, che si muoveva e respirava quasi soffiando.

Alfonso aspettava con desiderio le parole del padre, qualunque fossero, per il bisogno di non sentirsi così lontano ed estraneo a tutto ciò che gli era intorno.[15] Ma, anche per ricordarsi che lì dinanzi a lui c'era suo padre, dovette fare uno sforzo: solo il senso della paura gliene faceva sentire la presenza.

Filiberto, stizzito che egli non lo guardasse né meno, si alzò dalla sedia e gli levò il piatto, mettendolo in fondo alla tavola. Il giovane lo lasciò fare; ma, dopo un poco, senza dir niente, rimise il piatto al posto e ricominciò a mangiare.

Allora il marmista, posati gli occhiali come per una faccenda qualunque, cominciò a gridare:

«Tu fai la marmotta, con me!... Ti voglio aprire la testa, per vedere che c'è dentro!... La pappa!... La pappa, c'è dentro!... Smetti di mangiare!... Tu mangi le mie fatiche!...» ·

Alfonso, per effetto dell'abitudine, intese soltanto le prime tre o quattro parole. Ma il marmista, accortosene, lo picchiò con i pugni chiusi su la testa, finché non sentì che si faceva male alle mani. Allora, mordendosi i polpastrelli arrossati, si riposò.

Il giovane, che era restato quasi fermo, rimise le posate come le aveva messe la vecchia; poi, scontento di dover rispondere, disse:

«Lasciami fare. Non mi picchiare».

Ma la propria voce gli fece venire da piangere; e le lagrime caddero sul pane e dentro il piatto, mentre egli cercava di continuare a mangiare; come se non fosse avvenuto niente. E pensò: "Non gli basta che io pianga? Non vede che piango?".

Poi si alzò, pieno di spavento; per chiudersi in camera. Era sfinito e aveva bisogno di buttarsi magari in terra. Ma s'era a pena voltato, che il vecchio, afferratolo per il collo e per un braccio, lo riportò in dietro. Lo voleva vedere, diceva, dentro gli occhi! Ma Alfonso teneva la testa bassa. Allora il vecchio gli diede un colpo sotto il mento perché l'alzasse. Il giovine pensò: "È proprio lui, che mi picchia anche ora?". Non si reggeva più ritto, e avrebbe avuto bisogno di piangere e di abbracciare suo padre con un affetto che in quei momenti doventava immenso: anzi, solo in quei momenti, provava un vero affetto per il padre.[16]

«Tu non andrai via da questa stanza senza che m'abbia spiegato perché oggi sei sparito di casa. Dove sei stato?»

Alfonso si preparava a rispondere e sentiva una grande dolcezza. Ma non gli era possibile dire più una parola, come se avesse avuto la bocca cucita.

«Non mi rispondi?»

«Te lo dirò quando non mi picchierai.»

«Io ti fo[17] quel che ti meriti. Credi tu che un altro figliolo si comporterebbe come te?»

Allora, Alfonso pensò: "Perché non ha un altro figliolo? Perché non c'è qui un altro figliolo?". E girò gli occhi intorno, come per cercarlo; mentre gli tornava a mente la passeggiata limpida e tepida di sole.

Allora, ad un tratto, anch'egli chiuse i pugni. Ma il padre lo afferrò per il collo e lo spinse al muro. Il giovane ora si difendeva, senza vedere più né la stanza né il padre; mentre pensava al cielo così turchino e pieno di cose soavi. La vecchia andò, sempre silenziosa per non impicciarsi troppo, a dividerli.[18]

Il marmista, che era anche per azzannare il figliolo, smise; ma, per avere ragione, lo rimproverò di essersi rivoltato. Il giovane si sentì così umiliato che fuggì in camera, senza rispondere più niente; trattenendo il respiro, per respirare quando non fosse stato più lì. Ma al vecchio non bastava ancora! E si attaccò con tutte e due le braccia alla porta chiusa a chiave:

«Ti voglio ammazzare! T'ho fatto io, e io ti voglio disfare!».

Il giovine, fuori di sé, prese un coltello da sopra il canterano;[19] e, con il cuore che gli sbatteva, stette pronto per quando la porta cedesse o si rompesse. Certo, se il padre fosse entrato, il figlio lo avrebbe ammazzato! Ma non poteva allontanare da sé la dolcezza della mattinata, che gli pareva sempre più soave; e, con il coltello in mano, pensava a cose che lo estasiavano.[20] Egli sentiva che non lui soltanto ma anche la sua giovinezza reggeva la porta chiusa; che egli pigiava forte con tutta una spalla, perché la serratura non sarebbe stata abbastanza forte.

Egli era pieno di un'ebrezza che lo commuoveva; e pensava a giorni lontani e a dolcezze che né meno lui sapeva che cosa fossero.

Alla fine il vecchio, non sentendosi più forte, lasciò la porta; e, prima di pigliare sonno, fumò due volte la pipa, seduto a tavola, con le mani in tasca; mentre la vecchia finiva di sparecchiare senza mai aprire bocca. Poi egli disse una bestemmia come se avesse fatto un sospiro, e si spogliò.

Ma Alfonso era restato dietro la porta. Il coltello gli cadde di mano; ed egli si addormentò vestito, d'un sonno pesante e chiuso, con la testa lì al muro. La mattina, senza essersi mai destato, si ritrovò steso su la sponda del letto.

Prima di uscire di camera, aspettò che fosse tardi per essere sicuro che il padre era già in bottega. Ed uscì con l'anima leggera; come se andasse a una gran festa dove soltanto lui fosse stato invitato. Era allegro e ilare. Ma, ricordandosi della sera avanti, gli sbattevano i denti e si sentiva spaventare.

Tornò al borro nascosto giù tra la fila doppia dei pioppi. Soffriva perché i pioppi c'erano ancora e gli uccelli volettavano.[21] Egli si fermava a guardare, sentendo attorno attorno, una gran cattiveria ostile. Perciò si rivolse[22] subito, con la testa sconvolta.

E, ad ogni persona che incontrava, sperava di non essere veduto; perché soffriva troppo.[23]

UNA RECITA CINEMATOGRAFICA[1]

Il portiere Calepodio fa anche il ciabattino. Non ci ha né meno uno stambugio,[2] dove ficcarsi; ma si mette a sedere dentro la porta; e, quando esce o entra qualcuno, deve sempre, se è in tempo, tirare in dietro le ginocchia perché l'ingresso è troppo stretto; e non potrebbe passare nessuno. C'è una signora grassa che, quando lo vede lì, si ferma sempre a un passo di distanza perché si scansi più del solito. A lei, naturalmente, dà noia; e lo guarda indignata e crucciata. Il ciabattino se ne accorge e le chiede, senza aversene a male, pronto magari ad alzarsi:

«Non passa, signora Pia?».

Ella non gli risponde né meno; tenta di spianare il viso, ma si volta dall'altra parte e basta; e la collera le dura fin quando è giunta in casa ansando; e, allora, per un niente, fa una sfuriata alla donna di servizio o alla figlia.

Il ciabattino arrossisce e abbassa la testa. Egli, perciò, è amico di tutte le magre della casa; ed è quasi sicuro che lo risalutano. Gli uomini sono, per lo più, quasi tutti gentili; e passano un poco di fianco perché non ci sia bisogno che egli si scansi. Ma anch'essi lo tollerano più per abitudine che per altro. Ce l'hanno sempre trovato, in quell'andito buio e sudicio; distribuisce bene la posta; e hanno il comodo di mandare giù la donna di servizio con una scarpa in mano perché egli la ricucia senza fare attendere. Se mangia, mette la scodella in terra con il cucchiaio dentro; e, sorridendo della fretta, piglia la lesina[3] e gli spaghi in

197

mano. La serva, per ordine del padrone, è lì ritta che non toglie gli occhi da lui e dalla scarpa. Egli tenta di scherzare e le dice, sapendo che non è possibile:

«Si metta a sedere».

La serva, un poco sgarbata, ma contenta di stare giù senza fare nulla, s'aggiusta i capelli, guarda se la sottana non scende troppo da una parte e gli risponde:

«Tiri via, Calepodio! Ho ancora da rimettere a sesto la cucina».

Il ciabattino sorride anche di più e obbedisce. Ha un berrettone con la tesa di cuoio lucido e un bordo bianco; e la sua testa sembra un quadrato birignoccoluto.[4] Egli, dinanzi alle donne, sta volentieri a testa bassa,[5] perché sa che è brutto e ne ha paura. Da ragazzo, è stato il divertimento dei compagni. Magro e pallido, con le guance sparse di ceci rossicci, i baffi biondastri, quasi trasparenti; con gli occhiali così grossi che gli lasciano il segno nella carne; le pupille grigie e sporgenti come quelle dei granchi;[6] un collo che pare deformato a posta. Quel sorriso da idiota, sebbene buono e timido, toglie a tutti l'istinto di parlargli; tutti pensano che si possa fare a meno di parlargli; però, quando qualcuno, chiunque sia, ha dentro di sé una cosa che non confiderebbe agli altri, allora senza volere, se si trova alla porta, cerca il pretesto di dire una parola a Calepodio; che non capisce, ma picchia più forte su le suola delle scarpe. Perfino la signora Pia, quella grassa, quando aveva trovato la donna di servizio a rubare nella dispensa, ebbe questo bisogno; ma si tenne, e la stizza mancò poco che non le facesse venire un colpo. Ella pensò sopra a questa debolezza, che aveva avuta; e siccome le pareva quasi un'onta,[7] odiò Calepodio. Fino ad ora sapeva soltanto che egli dormiva in una stanzucola senza finestra e che perciò era costretto a lavorare in mezzo all'andito. Ella aveva sempre arricciato il naso a vederlo sudicio come le pareti e come l'impiantito; con un grembiule lacero e nero; con quegli occhiali che gli facevano gli occhi più piccoli di due capi di spillo; che parevano, anch'essi, sudici e loschi.

Quando, la mattina dopo, escì di casa, per andare a farsi tingere i capelli, a una *Maison de beauté*;[8] finse di soffermarsi per cercare qualche cosa dentro la borsetta di seta verde. Già Calepodio s'era preparato a farle posto, e aspettava che passasse; con i piedi tirati su, senza guardarla e attento con gli orecchi. Allora ella gli disse:

«Calepodio, vuol domandare alla mia donna di servizio se ho lasciato sopra la *toilette*[9] il mio braccialetto con il topazio?».

Egli, al solito, sorrise; e si alzò da sedere. La signora Pia vide che era come imbarazzato e ne provò piacere. Allora, aggiunse:

«Le scale mi fanno venire l'asma!».

La signora Pia non solo era grassa, ma aveva un aspetto tanto delicato che le sue esigenze parevano giustificatissime. Egli smise di sorridere, alzò gli occhi soltanto fino alle spalle di lei e rispose:

«Vado subito, signora! Ha detto un braccialetto d'oro...».

«Con il topazio. Aspetti: guardo meglio se è qui dentro: così le risparmio di salire.»

«Non importa, signora. Vado volentieri.»

E andò. La signora Pia, allora, richiuse la borsetta; dove c'era il braccialetto. Sentì suonare il campanello e fare la domanda alla donna di servizio; che, dopo cinque minuti, sporgendosi dalle scale, disse da sé:

«Non l'ho trovato. Credo ch'ella l'abbia preso».

Calepodio riscese; e, senza dir niente, aspettava che la sua inquilina se ne andasse. Ma ella gli disse:

«Grazie. Almeno che non l'abbia perso giù per le scale!».

Egli, come se cercasse di sfuggirla, non si muoveva da dove era rimasto, ancora con una mano su la ringhiera delle scale. E la signora non poté dirgli altro.

Ma, quando scese giù la donna di servizio, egli le domandò:

«Che ha di nuovo la vostra padrona? Prima non mi rivolgeva mai la parola, e oggi mi ha parlato».

«Lei parla quando le fa piacere.»

«Ne ho avuto la prova!»

Ma anche la donna, vedendogli quel sorriso, andò subito via.

Egli, intanto, non può più dimenticare che la signora Pia gli ha parlato; e se ne compiace come se gli fosse capitata una fortuna. Ma quando ella passa, egli perde la testa; e, per alzarsi in piedi, inciampa nella sedia o nelle scarpe sparse in terra vicino al muro. Non è simpatia, ma un sentimento che lo sconcerta a fondo.

Una mattina, ella gli dice:

«Vive solo, signor Calepodio? Non ha né meno una parente?».

Egli si arrischia a guardarla, riabbassa subito la testa e si mette a lavorare. Poi risponde:

«Perché me lo domanda?».

«Credevo che avesse moglie.»

«Non ci mancherebbe altro!»

«E perché?»

«Non la prendo moglie, io!»

«Ci sono tante brave donne! Ci vuol poco a trovarla!»

«Ma io non la voglio.»

Allora la signora Pia lo saluta, e sale in casa. C'è restato il suo profumo, ed egli alza gli occhi per vedere se ella è sempre lì. Poi si dice, ridendo da solo: «Ci vuole sfacciataggine a farmi certe domande!». Egli non ricorda niente di quando era ragazzo; non ricorda né meno come è fatto Frascati, dove è nato. È rimasto solo da tanto tempo ed è tanto tempo che fa il portiere e il ciabattino in quella vecchia casa di Via dei Greci; da dove non esce mai altro che per bevere[10] un quarto all'osteria che è lì a due passi. Per colazione, compra le frutta ai carretti; il fornaio è vicino; e all'osteria cucinano bene il baccalà e la cicoria. Degli altri uomini egli conosce soltanto le scarpe, quando sono rotte. È buono e di una timidezza che sembra una malattia. Egli conosce tutti i suoi inquilini, ma gli è addirittura indifferente quel che facciano. Quando ce n'è uno nuovo, i primi giorni per lui è un supplizio; perché deve rispondere a tutte le domande che gli rivolgono. Quando un altro va via, egli è impaziente che lo sgombero sia finito; per evitare che gli diano qualche commissione. E non si potrebbe dire quel che prova di spiacevole quando gli lasciano il nuovo indirizzo, o quando qualche persona gli chiede uno schiarimento. Non può ascoltare a lungo: doventa inquieto, impallidisce come se gli venisse male; e, alla fine, smette di rispondere. Non è orgoglio, ma umiltà. Lo dovrebbero sapere gli altri! Pare, invece, che nessuno lo sappia; ed egli, dentro di sé, ne soffre e fa di tutto per evitare queste occasioni insopportabili, quasi crudeli. Per lui, gli uomini sono le loro scarpe: non gli importa d'altro. Ma se anche non gli portassero le scarpe, gli dispiacerebbe solo perché non avrebbe più modo di mangiare. Preferisce prendere due soldi di meno, piuttosto che seguitare a discorrere. E prende i soldi, senza guardare in faccia; ritornando tranquillo quando lo lasciano stare. E pure, contro il suo desiderio, egli potrebbe raccontare la vita d'ogni famiglia che abita in quella casa. S'arrabbia e si rivolta se una donna di servizio tenta di sapere qualche cosa.

«Non so niente io! Se ne vada!»

E le guarda le scarpe, per vedere se le sue toppe reggono ancora. Per lui le scarpe non sono soltanto cuoio tagliato e cucito insieme: egli, dalla forma che prendono, quando è un pezzo che sono portate, capisce bene come è fatto il piede. E il piede è tutto. Quando, perciò, conosce il piede di una persona, allora si sente suo amico; altrimenti, no. Ecco anche perché egli non può essere amico della signora Pia, che non gli ha mai fatto risolare né meno una ciabatta. Egli ne ha una curiosità, che non può vincere; e non riesce a rassegnarsi. Vuol perfino bene ai suoi clienti; perché ha cominciato a voler bene ai loro piedi. Calepodio vive pensando ai loro piedi; e gli uomini, infatti, senza nessuna eccezione, non si sono curati di fargli conoscere altro di loro stessi. La mano, per esempio, non gliel'ha mai data nessuno. Ed egli non la guarda né meno. E nessuno gli ha mai domandato chi è: vanno da lui soltanto quando ne hanno bisogno per le scarpe. Egli non s'intende d'altro.

E siccome la signora Pia seguita a fingere d'essergli gentile, facendogli però sentire nella voce la voglia che ha di gabbarlo,[11] egli un giorno pensa: "È innamorata di me. Bisogna che io mi nasconda, quando passa. Non voglio che una donna s'innamori di me". E si convince che sia vero.[12]

Allora, comincia per lui una vita nuova; che gli ripugna e lo impaccia. Qualche volta, smette di lavorare e va su la porta; perché non può né meno pensare che la signora Pia stia nella stessa casa come lui. Ma né meno la domenica, per quanto non lavori, va a spasso: sta nella sua camera, a spazzarla e a spolverarla. La Via dei Greci è deserta lo stesso; ma Calepodio vede un pezzetto del Corso, tutto pieno di gente con le carrozze nel mezzo. Però, la domenica, fuma; e legge qualche giornale. Si diverte perfino a sentire il vocio dell'osteria vicina, che gli piace tanto, che ci passa ore intere senza annoiarsi mai. Però, quando si fa sera, il buio lo rattrista come se egli doventasse cieco. Le persiane che si chiudono, i lumi che si accendono gli mettono un'ansia insopportabile; che gli cessa soltanto quando rientra nella sua camera; dove il padrone di casa gli tiene una lampadina, che pare un nodo rosso che non si può più accendere. Fuori, al meno, se alza gli occhi, vede un'altra strada di stelle su nel cielo; dove forse camminerebbe meglio che in Via dei Greci. Una strada che egli vorrebbe conoscere, come se un giorno ci dovesse passare; per non tornare mai più. Che silenzio ci deve essere! Gli pare di starci; e, se non lo distrae qualcuno che passa, urtandolo, egli non ricorda più né meno dove si trova. Se bastasse risolare[13] le scarpe per salire lassù! Ci vogliono gambe e piedi buoni! E perché non gli dovrebbe riescire ad andarci? Forse, non c'è né meno bisogno di mettersi il pane in tasca; ed egli camminerà tanto, senza stancarsi, che alla fine il suo desiderio sarà appagato. Non basta fare tanti passi per quante martellate ha dato su le suola? Peccato che non le abbia contate! Vorrebbe farne la somma. Ma egli ha paura di non poter continuare a vivere in quel modo: sente una insidia indefinibile, nascosta, che non si fa vedere abbastanza da capire di quel che si tratta.

Un giorno, la serva della signora Pia scende giù le scale a salti, scarmigliata, gridando:

«Madonna! La mia signora muore!».

E corre al Corso, dove può trovare una farmacia.

Calepodio si fa bianco e smette di lavorare, ma non sa se debba salire. A buon conto, leva via dall'andito il seggiolino e il deschetto; perché non dia noia a nessuno. Giunge il medico, un signore vestito bene e con la catena d'oro; e, dopo una mezz'ora, Calepodio sa che la signora Pia è morta di una sincope.

Egli doventa triste; non perché gli rincresca, ma perché la morte gli fa questo effetto. È così triste che non ne può più. Gli viene da piangere, e si spaventa quando quella donna di servizio gli dice che salga a prendere la misura ai piedi della signora Pia, per farle un paio di scarpe, con le quali sarà messa dentro la bara. Egli non vedrà mai quei piedi! E risponde, facendosi pigliare per uno sciocco:

«Andate da un altro».

«Ma perché?» gli domanda la serva, a cui trema la voce dall'ira e dall'emozione.

«Il perché non lo dico» egli risponde con aria d'astuzia.

Ma ha un malessere nell'animo come non mai. Anche questo malessere lo spaventa; perché non sa di quel che si tratti. Ed è così triste che anch'egli vuol morire.[14] Andrà a buttarsi nel Tevere. Gli pare che la signora Pia non debba morire sola: egli non l'ama; ma pensa che, quando muore una persona, muoiano tutti gli altri; che dovranno sparire lo stesso. O prima o dopo, non significa niente. La morte non è individuale, ma di tutti. Forse, morendo, egli troverà quella strada delle stelle; perché ci vuole coraggio a passare quel punto! Poi, il resto viene da sé. Egli ha fatto una magnifica trovata! È una trovata, che lo esalta e lo innalza; dove non sa, ma si sente più buono e più dolce; si sente già vivere in un altro modo, e non vuol tornare a dietro. Bisogna obbedire. Già è in Piazza del Popolo, perché andrà ad annegarsi dove il Tevere è più deserto; di là dal Ponte Margherita.

In Piazza del Popolo, c'è un sole che pesa giù dal Pincio. Il selciato arde. Calepodio si sente stordire. Tutta quella luce, che egli non ricordava più, lo atterrisce, e gli sbarra il passo. Ma la volontà della morte non cessa; perché troppo, tutti i giorni, egli l'ha avuta.

Svolta dalla Via Flaminia, e si trova al parapetto del fiume; sotto la fila dei platani. C'è la campagna arsiccia, con Monte Mario boscoso; ci sono le villette, con i loro giardini. A lui non importa niente; ma, contro quella sua volontà, vede, poco lontano, un mucchio di gente vestita come sessant'anni a dietro.

Egli stupisce; e, allora, si mette a guardare.

Sono attori cinematografici; e uno mette un fantoccio sul parapetto del fiume, perché dovrà fingere l'uomo che si annega:[15] gli attori, che prima debbono chiacchierare tra sé, quando esso precipita, fingono di accorgersene; e accorrono gridando e spenzolandosi a guardare giù nel fiume.

Si tratta, per ora, di una prova; e, quando è finita così, essi ridacchiano. Le donne, con quelle acconciature pittoresche, passeggiano; imbellettate e impazienti. Qualcuna sghignazza, nervosa. Un cerchio di curiosi si diverte e

204

tiene gli sguardi alle più belle. Qualche attore, soddisfatto della sua parte, fuma un mezzo sigaro. Ma un signore grida, e si rimettono tutti al posto: il fantoccio è pronto, un'altra volta, sul parapetto; e pare proprio uno che vi si è arrampicato disperatamente.

Un carrettiere, dopo aver bevuto a una fontanella, chiama un suo compagno:

«Vieni a vedere questi scherzi!».

Allora, Calepodio sente una scossa in tutta la persona; gli occhi gli si gonfiano di pianto; e torna a dietro, con l'angoscia di non potersi uccidere mai più.[16]

LA MATTA[1]

Accompagnavo un amico al cimitero, dove andava a portare un mazzo di fiori alla tomba della sua fidanzata morta un anno prima.

Tornando in dietro, tenendolo a braccetto, quando fummo vicini alla grande cancellata dell'uscita, mi venne fatto di leggere su una delle tante pietre il nome di una donna: Anna Franchi. Sentii un leggero brivido di freddo, e non so perché desiderai di sapere chi era stata. Ma c'era soltanto la data di nascita e della morte: nient'altro.

Allora, siccome il becchino ci passava accanto con la pala su la spalla, mi rivolsi a lui. Mi guardò, meravigliato della mia curiosità; e mi rispose, appoggiando a terra la pala:

«Anche quella l'ho seppellita io!».

E si mise a ridere. Allora io dissi, tanto per farlo parlare:

«Credo di averla conosciuta».

«Certo. Ma non pensavo che la conoscesse anche di nome. Non so se lo sa: la chiamavano tutti la Matta...»

Perché egli non s'avvedesse che gli avevo fatto una domanda senza scopo, stavo per muovermi, tanto più che il mio amico mi tirava per il braccio; ma il becchino proseguì:

«E, forse, era matta da vero. Ma disgraziata. Lei l'avrà vista per le strade di Siena con il barroccio a vendere le frutte».

Ora avevo capito da vero, come non mi aspettavo; e lo ringraziai.

A Siena, infatti, la conoscevano tutti, e la rammentai al mio amico, che mi chiese:

«Ma che t'importa di lei?».[2]

Io non seppi quel che rispondergli; e, dopo pochi passi più, mi misi volentieri a parlare d'altro.

La prima volta che vidi la Matta, finivo di salire Via dei Termini, verso la Lizza.[3] Ella invece andava in giù. Per reggere meglio il carretto, appuntellava i piedi e si buttava all'indietro tenendo le stanghe con le braccia tese. Le era caduto dietro il collo il fazzoletto e aveva i capelli, già grigi, arruffati. Si capiva che per lei era un grande sforzo. Ma due ragazzi, finendo di rincorrersi, uno le dette uno spintone e un altro le fece uscir di mano le stanghe.[4]

Il carretto si fermò in fondo alla scesa, di traverso, ad una porta. Le frutte, già cadute, seguitarono a rimbalzare sino alla fine dell'altra scesa di Via delle Belle Arti.

Anche la Matta era caduta; ma si rialzò con un grido che non finiva mai. Pareva che gridasse anche con gli occhi spalancati.[5] Poi si mise a piangere, ma così forte che tutti si affacciarono alle finestre. Da una cànova[6] di vino escirono cinque o sei facchini con i bicchieri in mano.

Io guardavo le persone che s'erano fermate.

Tutti ridevano: un facchino, incitato da quelle risa, le attraventò[7] addosso il vino che gli era rimasto in fondo al bicchiere; e da tutte le parti le gridavano:

«Matta! Matta! Come farai a ritrovare la tua merce? È meglio che tu la lasci mangiare a chi è più svelto di te».

Ognuno diceva qualche cosa, che facesse ridere sempre di più. Allora la donna, come se non ci fosse stato nessuno, si sedé su lo scalone del botteghino del Lotto; seguitando a piangere e tirandosi a manciate[8] i capelli.

Un uomo, che voleva escire, la fece alzare; e un altro le disse, quasi rimproverandola:

«Togliete il barroccio di lì, che dà noia. Perché state a piangere? Non vedete che tutti ridono?».

Qualcuno si mise a fischiarla; alcuni ragazzi raccattarono le frutte che si erano meno ammaccate e insudiciate, e si misero a mangiarle proprio dinanzi a lei. Allora ella fece un altro urlo e si scagliò contro il più vicino. Ma non riescì ad agguantarlo. I ragazzi fuggirono.

La Matta allora cominciò a borbottare; ma non riescivo a capire quel che diceva. Di quando in quando andando dov'era il carretto, si fermava, si metteva le mani al viso e alzava la testa su in aria: forse pensava a Dio.[9]

Durò fatica a riprendere il carretto che con una ruota si era incastrato fra l'uscio e il muro; poi radunò i cestini vuoti e cominciò a raccogliere quel che le era rimasto. Puliva le frutte alla sottana sopra il ginocchio; o vi soffiava sopra, sdrusciandole[10] poi sotto il gomito.

Fece l'altra scesa; e, quand'ebbe, alla meglio, rimesso i cestini al posto, si sedé su lo scalone di una chiesa, sfinita, con la testa su le ginocchia.

La sua faccia era un grovigliolo di vene e di rughe; e degli occhi si vedeva quasi soltanto il bianco.[11] Ma aveva il viso rosso, e non piangeva più. Io stavo distante, e pure la sentivo affannare.

Quando si fu riposata, riprese il carretto e andò per altre strade.

Questa donna era stata, da giovane, quasi ricca: aveva avuto in dote due poderi. Ma, mortole il marito per un calcio preso da un bove, si trovò dopo pochi anni nella più umile miseria. Sarebbe stata quasi bella se non avesse avuto il naso piccolo e a becco di civetta, e un taglio dritto sul labbro di sopra. Aveva il mento che faceva vedere la forma dell'osso, ma la faccia rotondetta; e gli orecchi piccoli. Quando spingeva il carretto, teneva con i denti il labbro di sotto; e, allora, la pelle del mento si stirava ancora di più. Era sciancata[12] e teneva la testa tesa in avanti e rialzata: il collo le era restato piegato a quel modo.

Per vivere, s'era messa a vendere le frutte; e, alla fine, non la riconosceva più nessuno e non le parlavano nemmeno le donne che dalla finestra la chiamavano perché aspettasse che scendessero a comprare la sua roba.

Ella del resto capiva che faceva meglio a non parlare, e si rifiutava di attaccare qualunque discorso.

«Quanto costano i pomodori?»

«Quattro soldi il chilo.»

«Troppo.»

«Tre soldi.»

E già prendeva le stanghe in mano.

«Allora, datemene due soldi.»

Ella rilasciava le stanghe, staccava contenta la stadera[13] da un gangio[14] sotto il carretto; e pesava in silenzio. Se le facevano cambiare la roba dalla stadera, ella cominciava a borbottare. Ma non di rado volevano approfittarsene,[15] e allora la Matta li allontanava con le mani e spingeva il carretto anche se ci si attaccavano per farla stare ferma.

Poi, fatti pochi passi, ricominciava a gridare senza mai alzare la testa:

«Bell'uva! Belle pesche!»

Era capace di girare tutta la città, sempre lesta, mandando il carretto un poco di traverso, facendolo urtare contro le ruote di qualche carrozza.

Era difficile che io non la vedessi molestare[16] o che nessuno non la guardasse ridendo. Se ne accorgeva? Forse, sì. Ma nel suo povero cervello chi sa quali sensazioni passavano. Qualche volta se ne doleva da sola, a voce alta, senza nemmeno fermarsi; anzi, andando più lesta, per fuggire.

«Canaglia! Mascalzoni! Io non vi dò noia! Bell'uva! Belle pesche!»

La voce si strozzava; e, in vece di poter finire la parola, le veniva un nodo di tosse.

Un'ortolana, che era stata sua amica, le portava tutte le mattine la roba da vendere; quella scartata dagli altri e la peggiore.

La Franchi abitava in una delle strade più sporche di

Siena: aveva una stanza sola, più bassa due scalini del lastricato. Là, da una parte, metteva il carretto; e, in un cantuccio, dormiva lei. In un altro cantuccio c'era un vecchio fornello di ferro, messo su quattro mattoni. Ma ella non poteva accenderlo; perché il fumo escendo andava nella strada su per le finestre; e allora le gridavano parolacce da tutti i piani. Ella spegneva subito il fuoco, e si contentava di mangiare il pane.

Poi, cavava[17] il carretto, e qualche ragazzo che per caso si trovava lì, l'aiutava; ma ella non osava ringraziarlo, per paura che poi cominciasse a molestarla. Piuttosto gli regalava, senza dirgli niente, qualche cosa dei suoi cestini. Correva attorno, per chiudere la porta; poi si metteva la chiave in tasca, legandosela con uno spago per non perderla; e, fino alla sera, non tornava. Mangiava soltanto quando non ne poteva più dalla fame e dalla stanchezza, sedendosi su gli scaloni[18] delle chiese; tenendo sempre d'occhio il carretto. Per solito comprava il pane la mattina, che le bastasse tutto il giorno, dal fornaio di faccia alla sua stanza; e lo teneva tra cestino e cestino, perché non si divertissero a portarglielo via. Per companatico mangiava le frutte andate a male, di quelle che non riesciva a vendere. Andava a bevere un bicchiere di vino quando aveva finito di mangiare. Ma nessun vinaio la trattava bene, perché gli avventori dicevano che era troppo sudicia e aveva male in bocca. Allora la servivano con i bicchieri rotti perché non tornasse più, e non la facevano né meno entrare dentro la bottega. Ho visto io respingerla fuori, a gomitate.[19]

Il fornaio, quando vedeva che il carretto era pronto, le faceva trovare il pane già tagliato. Ella metteva un piede su lo scalino e con l'altro restava nella strada. Allungava il braccio, e il fornaio le dava il pane; ma non voleva prendere i soldi in mano. La Matta glieli metteva, tutt'un mucchietto, in proda al marmo del banco; e, quando se ne era andata, egli diceva guardandoli e storcendo la bocca:

«Chi ha il coraggio di toccarli?».

Poi rideva, e li buttava lesto lesto dentro il cassetto aperto con l'altra mano.

La Matta era anche piena di pidocchi: mi ricordo che si grattava sempre.

A sessant'anni, le venne un cancro ne la lingua. Allora la portarono all'ospedale. E la sua agonia durò due settimane. Aveva smesso affatto di parlare,[20] e il medico doveva far conto di curare una povera bestia qualunque. Per due settimane non si mosse più da come la mettevano. Dovevano tenerla supina, e le rimboccavano le coperte fino agli orecchi.

La sua faccia era doventata orribile, e non si capiva dove fossero sparite le sue pupille. Dal suo letto veniva un odore nauseabondo, che molestava gli altri malati.

Ella non si lamentava mai: soltanto respirava eguale se dormisse o fosse desta. Che era morta se ne accorsero il giorno dopo; perché ormai non si sentiva né meno più respirare.

Gli altri malati, quando la portarono via, dissero alla suora:

«Oh, ora s'è avuto un sollievo!».

A venti anni, Anna Franchi era stata sposa.

UNA FIGLIOLA[1]

Quando Fiammetta restava sola in casa, le venivano i nervi. Allora andava in cucina e si faceva, con una macchinetta a spirito,[2] il caffè; ma il più delle volte lo lasciava freddare senza né meno empirsene una tazza. Pigliava più volentieri un boccone di pane; assaggiava, dalla credenza, qualche cosa. Poi voleva cambiarsi, per escire; ma, cavati[3] i panni dall'armadio, li stendeva sul canapè;[4] incrociava le braccia e andava alla finestra. C'erano soltanto i polli, che raspavano attorno al pagliaio. Ed ella guardava le loro creste rosse ad ore intere, chi sa perché. Poi cominciava a girare da una stanza ad un'altra, aprendo e chiudendo gli usci; guardando dentro i cassetti e ripassando dinanzi agli specchi, per vedersi. Ella si preoccupava che, forse, la notte avrebbe sognato male. Allora, sbadigliava dalla noia.

La sua giovinezza trapassava così, da una primavera ad un'altra; senza che ci fosse nella sua vita un desiderio soddisfatto. Ella non credeva né meno che il tempo passasse. Suo padre, il signor Battista Pezzoli, non aveva voluto che sposasse un veterinario, soltanto perché non era stato capace a guarirgli una vacca zoppa; e perciò non lo stimava e gliene era rimasto una specie di risentimento, nel quale entrava anche la sua dignità. Due anni prima, l'aveva schiaffeggiata perché aveva dato retta a[5] un tenente troppo giovane; ed egli non stimava affatto gli ufficiali. A lui faceva comodo tenerla in casa; e sarebbe stato difficile

212

deciderlo a dare il consenso che si maritasse. Ella doveva restare in casa!

Perfino i contadini ridevano di quella ragazza, che a poco a poco si maturava e si stagionava.[6] Essi glielo facevano capire in mille modi, quando le parlavano; e, alla fine, ella doveva stare lontana da loro perché magari giungevano perfino ad offenderla. Quand'ella passava, la chiamavano:

«Padroncina, venga qua!».

Ella, che doveva farsi rispettare, si fermava, con le mani nelle tasche del grembiule; con quei suoi occhi limpidi dove pareva che ci fosse un fioricino di campo, di quelli che pungono. Ma i contadini ridevano lo stesso e qualcuno le chiedeva:

«Lo vuole Anselmo per marito?».

Anselmo era un ragazzo scemo, con la saliva che gli bagnava anche la bazza.[7] Ella, con il pianto negli occhi, con la voce che le mancava, rispondeva:

«Io, no!».

Lo scemo, tartagliando e scuotendosi tutto, sghignazzava:

«O che crede che io non sapessi volerle bene?».

E il primo ripigliava:

«Non gli dia retta!».

Ella arrossiva, si soffiava il naso e chiedeva:

«Ma perché mi fate sempre questi discorsi?».

I contadini seguitavano a ridere,[8] ed ella se ne andava, scontenta di doversene stare chiusa in casa.

Ma una volta le capita un impiegato al dazio. Questa volta non se lo lascerà scappare, e lo sposerà anche se il padre non vuole. Perché no?[9] Ella non pensa che può maritarsi perché è maggiorenne; no, ella non ha questo proposito, non ci pensa né meno; ma sposerà, perché non c'è nessuna ragione che lei debba sentirsi sola a quel modo. Pare che l'impiegato, il signor Ottorino Minuti, licenziato dall'istituto tecnico, le voglia bene, ed ella è disposta a dargli retta. È un magrolino, con le scarpe rotte e il vestito logoro, ma vuole essere elegante e fuma le sigarette. Sembra ancora un ragazzo; e i baffetti biondi bisogna guardarli bene sotto il naso, se no non si vedono. Ella, quando sa che deve passare, va su la strada; con un libro in mano e con una rosa sul petto. Eccolo! Le prime volte Ottorino si vergognava e pareva che scappasse; ma ora è lei che china la testa e si fa rossa come una ciliegia. Doventa così rossa che resta di quel colore più di dieci minuti: pare che il viso non possa più tornare naturale. Alla fine si parlano e s'intendono. Ella parla sottovoce, quantunque non la senta nessuno; ma così le pare più bello. Egli ha in vece la voce dura e cavernosa: non parrebbe a vederlo con quella sua aria di mingherlino che pate![10] Perciò parla poco: anche perché vuol dire soltanto cose profonde, che non ha mai detto. Da prima è molto impacciato, perché si sente un povero accanto a una ricca. Anzi né meno ora riesce a vincere questa difficoltà; ma ci riesce a poco a poco, soltanto perché si sente anche amato. Tuttavia la differenza resta sempre, ed è per lui un'umiliazione che lo stordisce.

Ma il signor Battista se n'accorge. «Non ci mancava che l'impiegato al dazio!» egli grida. Appunto egli odia gli impiegati del dazio, perché, quando entra in città, lo fanno sempre alzare da sedere, sul suo calesse,[11] per vedere se nasconde niente nella cassetta sotto i cuscini. Ora, proprio uno di loro vuol diventargli genero! Egli, appena che una contadina, sua ganza,[12] gli ha fatto la spia, dice alla figliola:

«Se io so che tu gli parli un'altra volta, ti piglio a schiaffi. E pure tu hai già assaggiato le mie mani!».

Fiammetta, che questa volta ama da vero, come non aveva mai fatto le due prime volte, cerca di convincerlo che si tratta di una cosa seria e che ormai non può dirgli di no.

«E io ti dico che tu smetterai!»

«Perché, in vece, non gli dài il permesso di venire in casa quando ci sei tu?»

214

«Io? Se lo vedo quando passo davanti al dazio, gli levo un occhio.»

Ella aveva voglia di piangere, e rideva.

Rideva perché voleva obbedirgli. Il padre allora credette che tutto finisse. Ma la ragazza, con quei suoi capelli biondi su la nuca larga e quadrata, che paiono la fiamma d'una carta che brucia, e la fiamma si vede poco perché c'è la luce del sole, scosse la testa e se n'andò a mettere la fronte ai vetri della finestra.

Il signor Battista, la sera dopo, si nascose in un campo; e quando il giovine apparve nella strada, più pauroso del solito, come se avesse presentito il pericolo, saltò dalla siepe e lo prese per il petto:

«Bada che qui non sei al dazio!».

Ottorino cercava di liberarsi ma con delicatezza, guardando Fiammetta che non s'arrischiava a muoversi.

«Se ti rivedo passare, ti faccio buttare un secchio della broda che dò ai miei porci!»

«Ma scusi, signor Battista... Tra gentiluomini... accetti che io mi spieghi... Mi tenga pure per lo stomaco... io mi lascerò fare quel che vuole... Da lei subisco qualunque cosa!»

«E perché?»

«Perché io e la sua figliola...».

Ed ella disse:

«Babbo, lascialo parlare».

«Ci voleva uno stupido come lui, perché s'innamorasse di te. Ma ve lo metto io giudizio a tutti e due. Me ne avete fatto venire la voglia!»

«Io stupido? Ma guardi che lei mi offende. Mi offenda pure, però; purché non faccia del male a lei. Mi fa quasi piacere che lei adopri con me certe parole, che da altri non sopporterei di certo.»

Egli si vantava di questa sua debolezza. E allora il padre gli rispose:

«Lei vuol bene alla mia figliola, perché crede che io le dia la dote!».

Gli guardò le scarpe rotte e il vestito stirato e accomodato, ma sempre più logoro. Il giovine inghiottì e chinò gli occhi; mentre le sue mani linde quasi accarezzavano quelle di lui, callose e secche, che lo stringevano. Poi il signor Battista gli dette una stratta quasi da farlo cadere, e con un risata lo lasciò. Ottorino smosse il collo, perché sentiva il solino[13] storto e la cravatta salita su. Ma la ragazza, con il fazzoletto in mano per il caso che le fosse venuto da piangere, si raccomandò:

«Babbo, ora basta!».

Il giovane non osò dir nulla, e continuò la sua strada; facendo capire che non aveva nessun risentimento. Poi il padre prese la ragazza per un braccio e la strascicò fino all'uscio di casa. E le disse:

«Ricuci, dove è rotta, la testiera[14] del cavallo; perché tra mezz'ora voglio attaccare il calesse».

Ella obbedì. E il giovine, per non ripassare di lì, tornò a dietro da una scorciatoia. Ma da quel giorno, benché non potessero parlarsi più, tutti e due pensavano a sposarsi. Forse si amavano meno; ma volevano sposarsi per non darla vinta. Ottorino ne parlò con i colleghi, che presero subito le sue parti; e avrebbero volentieri fatto qualche sgarbo al signor Battista se il giovine non li avessi pregati, per il rispetto che aveva a Fiammetta, di non fargli niente. Però quando arrivava al dazio, lo facevano fermare; e, a due o tre insieme, gli guardavano dentro la cassetta del calesse, gli tastavano le tasche della giubba e pareva che volessero frucare[15] anche dentro le ruote. Allora il signor Battista, per togliersi questa seccatura[16] e perché oramai non poteva portare niente senza pagarne il dazio, cominciò a sentirsi disposto a lasciar fare a Fiammetta quel che avesse voluto.

I due innamorati, però, non gli dissero più niente, e continuarono a vedersi; fin quasi al giorno delle nozze, quando avevano già preparato tutti i fogli che ci volevano per la chiesa e per il municipio.

Allora Fiammetta, benché Ottorino non volesse, lo disse al padre, che, istantaneamente, mutò d'animo gridandole:

«E tu hai fatto tutto senza dirmi niente?».

Ella trasecolò e volle rimediare. Ma egli ripeté:

«Io non volevo e non voglio».

Fiammetta non pianse né meno e non si afflisse; ma non ebbe il coraggio di imporsi; e non si fece più vedere dal giovine.

Passò un'altra annata, ed ella continuava a ingrassare. Ma Ottorino, che da prima aveva sperato, si vendicò; e a tutti diceva che egli era stato per sposare Fiammetta e che aveva fatto con lei quel che aveva voluto. Ella non ci pensava né meno più, e aspettava un'altra occasione che ormai sperava buona; ma tutti ne ridevano ripetendo le calunnie di Ottorino, con quelle aggiunte che possono essere inventate in certi pettegolezzi. Ella, è vero, nel suo animo, sentiva una specie di vergogna; ma, per il suo carattere, non ne teneva gran conto. Ella sperava ancora di rifarsi e non poco. Il signor Battista era restato contento, e non gli importava nulla di quel che dicessero di lui e della figliola. A lui bastava che la figliola fosse sempre in casa, sotto di sé, a lavorare per il podere. Egli, invecchiando, aveva sempre di più bisogno di esserne il padrone,[17] e, quand'ella era escita fuori, magari per qualche faccenda, era impaziente che tornasse; pestava i piedi e la maltrattava. Non le chiedeva dov'era stata; ma la fissava con quei suoi occhi, che parevano pezzi di vetro luccicanti; finché ella, da sé, non glielo avesse detto. Ormai era vecchio, con una faccia scheletrica e gialla; con la barba che imbiancava da un mese all'altro. L'inverno portava i guanti di lana, e non se li levava né meno per andare a letto. Ella, invece, ingrassava sempre di più, con un nido di nèi in una guancia: certi nèi cicciolosi[18] e rossi come ciliege mature. E di sposi non gliene capitò più. Quando si accorse che ormai gli anni erano passati, ella conobbe in quale inganno era stata tenuta: fu una rivelazione così brutale, che si ammalò e perse per sempre la salute.

Il padre pestava i piedi, perché ella stava in letto; e andava sempre fino alla soglia della sua camera, perché non poteva lasciarla in pace e non si persuadeva che non poteva dirle di alzarsi e di riprendere le faccende. Quando entrava a trovarla, le parlava per qualche ora su quello che doveva fare quando sarebbe guarita: tutti i giorni riesciva a inventare un progetto nuovo, che gli metteva nella voce un tono febbrile. Gli pareva di vedere tutto quel che diceva, e alla fine l'imaginazione lo stancava.

E si doleva d'avere dovuto pensare, anche per lei, a tutte quelle cose. Ella gli diceva:

«Babbo, esci nel podere. Vai a prendere il sole: mettiti contro il muro della capanna».

Egli la guardava come un pezzo di carne andata a male o come una bestia che non è più buona a lavorare. E rispondeva:

«Il sole! Il sole! Sarebbe meglio che ci andassi tu a scaldarti! Soffrirei meno: tu non sai quanto soffro, perché sei a letto».

«Lasciatemi fare: guarirò. Abbiate pazienza!»

Egli gridava:

«Tu ne hai di pazienza, ma io no!».

E fissava gli occhi sul Cristo di latta colorata: allora la pelle del suo viso si assottigliava anche di più, le buche delle guance si empivano di ombra; e la barba pareva finta.

Fiammetta non sapeva che dire; e, se le veniva sete, pigliava da sé il bicchiere d'acqua panata.[19] Poi gli diceva con quella sua dolcezza grassa, restata sempre eguale (nella sua voce ci si potevano riconoscere certi suoni di quando imparava l'abbaco[20] dal curato):

«Babbo, se tu sei contento, io mi assopisco un poco».

«Ne hai proprio bisogno?»

«Sì: mi duole la testa: ho come un cerchio attorno alle tempie.»

E pensava, come sotto un incubo della malattia, che quando sarebbe morta, il padre, preso forse dall'ira, avrebbe picchiato con il bastone lei e la bara. Ormai la testa non le reggeva più e vagellava.[21] Egli le guardava le tempie; come per capire che cosa c'era dentro; taceva un poco e poi rispondeva, storcendo la bocca e andandosene:

«Bisognerebbe che non ti dolessero. E perché ti dolgono?».

«Io non lo so, babbo!»

Egli batteva i piedi in terra e gridava:

«A me non sono mai dolte».

Ella gli sorrideva, ed ogni giorno peggiorava.

UN AMICO[1]

Dove arrivavo io, la strada doventava solitaria e quasi paurosa. Saliva dritta, per un quarto di chilometro, fino a un suo ripiano, una specie di terrazza; da cui non si vedeva niente però. Si restava lì come delusi.

Il bosco cominciava eguale da tutte e due le parti; e davanti agli occhi, poi, non c'era altro che bosco: anche la strada si assoggettava ad esso. Era la strada che obbediva![2]

Fin dalle prime volte m'era venuto la sensazione di un'ombra,[3] che non riuscivo a vedere. Era una specie di esistenza che si aggiungeva alla mia; e mi ricordai d'un amico finito tisico a diciotto anni, che si chiamava Gino Scali. Con quanto piacere mi ricordai anche della sua camera tappezzata di carta chiara a fioricini verdi! Andavo a trovarlo sempre molto volentieri, anche perché io volevo che fosse più amico a me che a qualunque altro.

Quand'egli m'era dinanzi, riflettevo soltanto a quel che dovevo dirgli; ma, se restavo solo, perché suo padre o la sorella lo chiamavano, io capivo tutto com'egli viveva e quel che aveva fatto durante la giornata. Non so come, dalle cose stesse della stanza, che io guardavo sempre con simpatia, riesco a sapere com'egli viveva. Il cappello posato su una sedia, un libro mosso dal posto, una tendina restata alzata bastavano. Egli, rientrando, mi chiedeva:

«Perché guardi a quel modo?».

«Io so quel che hai fatto.»

«Sentiamo.»

Io lo contentavo; e allora egli chiedeva:

«Chi te l'ha detto?».

Io non sapevo quel che inventare che mi paresse meno da fargli invidia.

Allora egli esclamava, ironicamente:

«Tu riesci a indovinare».

Egli, piuttosto povero, era figliolo di un falegname che faceva il custode ad un teatro. Era molto alto e con i capelli neri, magro ma i piedi enormi e larghi; e aveva una sorella modista,[4] più alta di lui.

Egli si riteneva molto intelligente ed era invidioso degli altri. Qualunque cosa che dicessi o facessi, lo Scali trovava sempre da criticarla; e, perciò, non andavamo quasi mai d'accordo. Non mi dava mai ragione; e, quando mi ascoltava, aveva sempre un sorriso che mi mandava via la voglia di parlargli. E pure facevo di tutto, perché alla fine smettesse di non stimarmi,[5] e, sopra tutto, di mostrarsi così con me quando c'erano anche gli altri. Si piccava di essere un canzonatore;[6] ma non ci riesciva; quantunque, dopo aver parlato con lui, non avessi più dentro di me quella fiducia ingenua che hanno tutti i giovani.

Egli cercava di saper fare tutto meglio di me: se non ne era stato capace, diceva in presenza degli altri, senza più rivolgersi a me:

«Badiamo di non credere che gli succederà così anche un'altra volta!».

E poi non mi diceva più una parola; mettendosi a parlare di altre cose, con una disinvoltura sprezzante, dandomi occhiate di compatimento.[7]

Dopo la scuola, non esciva mai: restava in casa a studiare, oppure aiutava il padre quando il teatro era aperto.

L'ultimo anno che visse, gli erano tornati i geloni alle mani e agli orecchi; come quando era stato ragazzo. S'era fatto più magro, con il viso più lungo; e teneva alzato il bavero del suo pastranuccio[8] sbiadito che gli giungeva sopra i ginocchi. Io allora ero innamorato di una ragazza, e una volta gliene feci vedere la fotografia.

Egli me la strappò di mano, benché io non volessi; e disse con una voce che non gli avevo mai sentita:

«Com'è bella! Le vorrei bene anch'io».

E baciò la fotografia.

Io dissi:

«Hai fatto male!».

Eravamo per leticare;[9] ma egli mi chiese, tirandomi per una manica:

«Che male ho fatto?».

Non so perché, non gli dissi altro. Ma mi ricordo che allora volevo sapere chi era quella a cui voleva bene lui. Non me lo volle mai dire. Un'altra volta, lo trovai a disegnare, nello studio di un ingegnere, sopra un foglio di carta incerata.[10] Io lo aiutai, ed egli ne fu contento; perché avevo cominciato l'istituto tecnico mentre lui aveva smesso dopo la licenza della scuola tecnica; e gli fece piacere che continuassi ad essergli sempre amico lo stesso.

«Tu, almeno, doventerai un ingegnere!»

Io arrossii e gli risposi che forse non avrei continuato a studiare. Allora si mise a ridere, stropicciandosi il naso e poi divertendosi a bucare il tavolino con il compasso. E mi chiese, con il desiderio di conoscere il mio amor proprio:

«Ma perché non vuoi prendere la laurea, giacché tuo padre può tenerti a studiare?».

«Non lo so il perché.»

«Dunque, sei uno scemo!»

E anch'egli si ricordò di quante volte aveva pensato o detto la stessa cosa. Ma era sicuro ch'io non gli dessi uno schiaffo, come due anni prima avevo fatto. E, vedendomi rosso e imbarazzato, disse:

«Fai bene a non desiderare d'essere da più degli altri».

Capii ch'egli voleva dire di *noi compagni di scuola*. In fatti essi, meno che io e un altro, avevano preso la licenza tecnica e basta; cercando subito d'impiegarsi alla meglio. Stemmo un poco in silenzio, ed egli non si baloccava più con il compasso. Poi disse:

«Sposi quella ragazza?».

«Vorrei; e per questo non posso attendere tanti anni per studiare.»

«Ma non sei troppo giovine?»

«Perché? Ormai bisogna che io sposi lei, perché ne sono innamorato. E non voglio lasciarla. E tu?»

«A me, quella che mi piaceva, non ha dato retta.»

«E non ti dispiace?»

«Che m'importa? Anzi, ha fatto bene.»

Forse ella non aveva voluto saperne niente, perché era povero e per antipatia con la sua famiglia?

Si passò una mano sul ciuffo dei capelli, e sorrise. Allora vidi che la sua sottoveste era il doppio per lui e che egli portava sempre la stessa giubba[11] di quando andavamo a scuola. Ma questo mi fece quasi disgusto; ed egli, forse, se n'accorse, perché si mise a guardarmi ironicamente tutto il vestito. Io mi compiacevo della sua ironia, e mi pareva di avere una sciarpa tanto bella che egli non potesse fare a meno di dirmelo. Ma, ad un tratto, abbassò gli occhi; impallidì e divenne triste. Riprese il compasso in mano per rimettersi a lavorare, quasi perché me n'andassi. Aveva un gran naso, ma stretto e rigonfio a metà. I suoi occhi erano quasi sanguinolenti. Portava i mezzi guanti di lana bigia a righe pavonazze, e le sue unghie erano quasi livide. Aveva un pollice fasciato. Allora, io guardai il disegno; ma egli evitava che i nostri occhi s'incontrassero. Io gli chiesi:

«Ti sei avuto a male di qualche cosa?».

«No: anzi, ora mi sei meno antipatico. Si capisce di più come sei fatto.»

I suoi occhi neri scottavano; e il suo viso mi fece pietà. Gli guardai un'altra volta gli occhi, con più curiosità, quasi disfatti in un olio che ardeva: neri e con le sopracciglia che gli davano un'aria di tristezza e di lutto; quasi voluta. Tentai in vano di ricordargli uno dei nostri giorni più allegri: raggrinzò la fronte, quasi con sdegno. Capii che egli non ci pensava più; e smisi, sentendo la mia spensieratezza attraversata da un brivido. Ormai non avevo più voglia di ridere, e allora gli parlai con affetto di alcuni amici nostri; che da tanto tempo non vedevamo più.

«E perché pensi a loro?»

Mi chiese così come se avesse voluto dirmi: «Tu non devi pensare a loro, non voglio che ti amino».

«Hai scritto mai al...?»

E me ne nominò uno; quello al quale egli era più certo d'indovinare che avessi scritto.

«Due volte.»

Si mise a ridere.

«Hai fatto male.»

Io non osai chiedergli perché.

«Ti ha risposto?»

«Sì.»

Egli sembrò meravigliato, e disse:

«Non credevo».

«E perché?»

«Che cosa vuoi sapere come mi piace di giudicarti?».[12]

Né meno allora osai chiedergli spiegazioni.

«Se io andassi via dalla nostra città, non direi a nessuno quel che farei.»

«E perché?»

Ma non mi rispose. Si mise a moltiplicare certe cifre, che gli servivano per le misure del disegno; con una tale attenzione come se io non ci fossi stato né meno. Ma capii che continuava, per conto suo, a pensare quel che mi aveva detto. E pure egli mi piaceva quando faceva a quel modo!

Egli lo capiva e si lasciava ammirare, sorridendone: come di un'abilità che io non avevo.

«Ora, vattene. Devo lavorare sul serio.»

Io lo salutai, ed escii.

Dopo due giorni, incontrandolo in strada, lo volevo fermare; ma egli tirò di lungo.

Per due mesi o più, fece di tutto perché non ci parlassimo. Io stavo per adirarmi da vero e per inimicarmi, quando, una volta, mi raggiunse e si mise, camminandomi al fianco, a parlarmi con un desiderio di riescirmi grato che m'imbarazzò. Parlammo di musica e di pittura, come ci era possibile. Egli mi dette sempre ragione e promise perfino che avrebbe riportato a certi suoi amici, ai quali io non avevo mai parlato, quel che avevo detto. Questa cosa mi colmò di gioia e forse anche d'orgoglio; ma orgoglio non ne avevo, e lo avversavo quando lo scoprivo negli altri. Lasciandomi, per andare a casa, mi chiese:

«Sei amico anche a me come agli altri?».

Io l'avrei abbracciato; ma egli non fu contento che gli avessi risposto a quel modo: forse egli voleva che io avessi meno effusione ma più sicurezza.[13] Ma io non ci ero abituato! Egli, dandomi la mano, mi disse:

«Ci possiamo vedere la sera. Io, ora, esco».

Ma, per quanto lo cercassi, non l'incontrai mai.

Quando, alla fine, seppi ch'era morto, mia sorella, Violetta, mi disse:

«Gli avevo promesso di non dirti niente, perché si vergognava; ma, ora, egli mi ha pregato, prima di morire, ch'io ti debba dire tutto».

Mia sorella aveva sei anni più di me; e io le volevo molto bene. Perciò l'ascoltavo sempre volentieri e mi faceva le veci di madre.

Ella proseguì:

«Lo Scali è stato innamorato di me, e voleva sposarmi».

Io le chiesi, con un rimprovero troppo impensato:

«E perché non gli hai dato retta?».[14]

Ella non rispose, ma io non capii che era per pudore. Mi prese ambedue le mani e me le tenne finché non ebbe finito di dirmi tutto. Allora conobbi quanto lo Scali l'aveva amata. Ella mi fece leggere anche certe sue lettere così piene d'una passione quasi inverosimile, che mi venne da piangere; e feci molto dispiacere a mia sorella. Egli aveva sofferto tanto del suo rifiuto, e non ci s'era rassegnato mai. Fino all'ultimo giorno, aveva avuto una certa speranza; e mia sorella era andata a trovarlo poco prima ch'egli spirasse; perché egli aveva mandato la sorella sua a chiamarla. Esse, perciò, ora erano doventate amiche e si vedevano quasi ogni settimana, senza ch'io lo sapessi. Ma il ricordo dello Scali non mi lasciava; e mi pareva di vederlo dentro la sua bara già fatto irriconoscibile dalla morte.[15]

E una volta ch'io ero sul ripiano di quella strada, tornai a dietro, stringendo i denti dalla paura, perché m'era parso che il vento fosse freddo come d'inverno le sue mani.[16]

IL MORTO IN FORNO[1]

Cecco non solo beveva per sentirsi allegro, ma anche, come diceva lui, per scaldarsi il sangue; specie d'inverno, quando doveva alzarsi tre ore prima di giorno, per governare[2] i due muli e poi per attaccarli al barroccio,[3] con il quale portava i mattoni dalle fornaci a dove muravano qualche casa. Pigliava sbornie che gli duravano due giorni di seguito; e, allora, l'udivano cantare a un chilometro di distanza, di mano in mano che si avvicinava.

I contadini, ch'erano a lavorare nei poderi lungo la strada, lo riconoscevano subito; e, quando passava, lo salutavano ridendo; o, se si era addormentato sul barroccio, gli tiravano zollate di terra. Egli era già vecchio: magro, con i baffi bianchi. Sempre sporco di mattoni e di calcina, con le scarpe senza legare[4] e rotte, con i calzoni rattoppati da tutte le parti. Anche i due muli erano vecchi e non si reggevano ritti, mezzo scorticati dalle stanghe e dalle botte che avevano dato loro altri padroni; con i ginocchi gonfi; e con certi finimenti più di spago e di corda che di cuoio; con le sonaglie: e senza sonagli, con i ferri schiodati. Il barroccio tutto sfasciato, con le ruote disuguali, tenuto insieme a forza di legni legati con il fil di ferro arrugginito; tutto pendente da una parte e con le tavole così deboli e infrollite[5] che il più delle volte si sfondavano a mezza strada. Cecco, allora, si faceva regalare un uscio che non serviva più, lo stendeva al posto delle tavole; e alla meglio rimetteva su il carico. Egli dava poco da mangiare ai muli, e in vece diceva che, se fosse stato ricco, avrebbe fatto pigliare la sbornia anche a loro. Però, quand'era vicino a casa, li mandava a mangiare, tra le pecore, in un prato abbandonato; dove l'erba non faceva mai in tempo a spuntare.

Alla fine, il barroccio si sfasciò; e Cecco vendé i pezzi a una donna che aveva da far fuoco. I due muli si sbandarono per quel prato; e uno morì affogato, perché andò a bere dove la Tressa era più fonda. L'altro lo prese un mugnaio, ma schiantò sotto due sacca di grano; mentre faceva una salita.[6] I primi giorni Cecco, che non aveva più niente da fare, andò a dormire nella stalla; ma un altro barrocciaio, che l'aveva presa a pigione, lo mandò via. Allora, trovò vicino alla Coroncina, dov'era l'osteria, un forno, dietro la casa d'un contadino; e tutte le notti si ficcò lì dentro. Egli vi giungeva cantando, perché non si sa come trovava sempre il modo di pigliare le sbornie. Per mesi interi, piuttosto che parlare, cantava.

Non rispondeva né meno alle donne che lungo la strada dagli usci delle case lo chiamavano: pigliava un pezzo di pane o due centesimi; e ringraziava facendo viso da ridere. Il prete di Pecorile[7] gli dava anche qualche boccone di carne e lo rimproverava. Cecco abbassava la testa tendendo le due mani scarne e pelose; e si metteva a cantare qualche cosa di allegro, benché ormai lo avesse preso un tremito anche nella voce:

«Se anch'io avessi fatto il prete, come lei!».

«Ti avrebbero levato[8] la messa presto.»

Cecco si batteva la testa, e rispondeva:

«È vero! È vero!».

> *E tu gira e fai la rota,*
> *e gira gira gira gira!*

Quando aveva parlato con il prete, alla prima donna che incontrava diceva:

«Io non ci credo né alla chiesa né ai Santi. Non mi riesce a crederci! È colpa mia? Non lo faccio mica a posta! Preferisco un bicchiere di vino; se non è annacquato».

E siccome finiva con il metterle le mani addosso, per fare qualche scherzo, la donna si scansava e fingeva di voler chiamare il marito; per mandarlo via.

Ma Cecco se n'andava contento, voltandosi a dietro e mettendo la lingua tra i denti, per scherno. Le donne ci ridevano. Faceva chilometri e chilometri dalla mattina alla sera; finché non ne poteva più. E i fattori, che l'avevano conosciuto quando faceva il barrocciaio, gli davano sempre qualche soldo o gli regalavano un cencio; ch'egli rivendeva al primo contadino che incontrava. Quand'era solo, in mezzo alla strada, qualche volta si fermava: stringeva un pugno, lo guardava lungamente come se fosse stato un bicchiere, lo accostava alla bocca. Faceva altri passi, e si rifermava; per fare lo stesso.

Quando vedeva le vigne vicine alla vendemmia, con quei filari che su dai poggi venivano fitti alle siepi, come se avessero voluto scendere sulla strada, Cecco pensava alle svinature,[9] sentendosi più vigoroso e ringiovanito; e camminava più dritto. Qualche volta si fermava davanti a una vigna, allargava le braccia, tirava su l'aria dentro il naso; sentendosi pigliare da una dolcezza che gli metteva su la faccia una malizia ilare e felice.

«Quanto vino! Quanto vino!» E gli piaceva che scorresse giù dentro le fogne della strada, quando sentiva il borbottìo dell'acqua.

E, quand'erano passati i carri con le uve, egli raccattava da terra le ciocche cadute dai bigonzi[10] troppo colmi, agli sbalzi delle ruote: ciocche[11] che si schiccolavano[12] su la strada, bagnandola. Egli non le lavava né meno; ma succhiava i fiocini[13] uno alla volta; poi, avendo fame, mangiava anche il raspo,[14] dispiacendogli buttarlo via. Alle svinature, s'arrampicava alle inferriate delle cantine; inebriandosi dell'afrore dei vini. Poi lo chiamavano dentro, e facevano bere anche lui.

Gliene facevano bevere tanto che, perché non gli riescisse dalla bocca, doveva tenersi dritto al muro con la testa alta. Poi s'addormentava su gli scalini di qualche tabernacolo; raggomitolato nei suoi cenci, e mezzo morto.

Egli s'era dimenticato che aveva una sorella, Clelia, la quale faceva con il marito la tabaccaia in un paesucolo nascosto tra certe boscaglie che segnano il confine della maremma e delle crete senesi.[15] Ella non aveva saputo più niente di lui, e credeva che facesse sempre il barocciaio. Ma, una volta, volendogli mandare un sacchetto di castagne secche, le fu detto, da qualcuno, ch'era morto.

La sorella, venendole il dubbio che fosse vero, volle accertarsene. E trovato, dopo due o tre giorni un calesse che andava a Siena, passando dalla Coroncina,[16] tanto pregò che vi si fece portare.

Le faceva piacere a sentire che amava il fratello; ed era, forse, la prima volta. Si ricordava d'aver dormito insieme con lui da piccola, nello stesso letto; ma non c'era mai stata quella tenerezza, di cui ora si sentiva curiosa. Era una donna più giovane di lui: la fronte quadrata, con certe righe dritte nel mezzo; il viso magro e una bocca che, se non fosse stata sciupata da una piega sempre più floscia, avrebbe avuto un sorriso grazioso. Era robustissima e maschia; così dritta che lungo il dorso le ci veniva una buca. Sotto il mento, ci aveva un cecio[17] rosso.

Quando arrivò alla stalla, aprì subito l'uscio da sé, intanto per vedere i due muli: ma vide invece un cavallo bianco e brizzolato. Stette a guardarlo, di dietro. Il cavallo, senza smettere di pigliare boccate di biada, si voltò verso di lei; e poi si rimise a mangiare. Ella, allora, guardò anche i finimenti, e vide ch'erano piuttosto signorili. Sorrideva e scoteva la testa incredula: «È possibile che Cecco sia arricchito? Dio buono!».

Ella non sapeva dov'egli stesse di casa; e allora escì dalla stalla, per domandarlo. Si avvicinò a una donna che dava la pappa al suo bambino in collo.

«Dove sta Cecco?»

La donna, prima di rispondere, la guardò lentamente e con tutto il suo comodo da capo a' piedi:

«Non s'è fatto più vedere in paese!».

«Ma non è sua questa stalla?»

«Sua? Due anni fa.»

«E perché? Dov'è?»

«A me lo domandate? Gira come un cane guasto...»[18]

E, a forza di domandare e di rispondere, Clelia seppe tutta la verità. Allora le prese una paura pazza di essere venuta a trovarlo. Avrebbe voluto escire subito dal paese, per non farsi vedere; e per non farlo sapere. E, invece, quella donna andava a chiamare tutte le sue vicine perché conoscessero la sorella di Cecco. Si sentiva sola; e pentita di essere lontana dal marito. E, prima di sera, intanto, il calesse non ripassava a prenderla! Che avrebbe fatto in tutto il giorno, tra quella gente che la guardava a quel modo? Allora, si mise a piangere. Una donna le dette da sedere. Ella restò lì, vicina al muro, sotto il sole, con il fazzoletto su la testa; rifiutando d'entrare in qualunque casa. Si sentiva stordire, e aveva paura che le venisse male. Teneva gli occhi bassi, e rifiutava anche di guardare le persone. Mentre un branco di ragazzi le stette tutto il giorno attorno, cantando e facendo chiasso in tutti i modi. Si sentiva fame, ma non voleva alzarsi. Per fortuna, aveva un tozzo di pane che le gonfiava la tasca del grembiale. Ella lo mangiò, cavandone un piccolo pezzetto alla volta: e i ragazzi interrompevano il loro chiasso per guardarla masticare; mentre i suoi occhi pareva che vedessero chi sa che.

Verso sera, quand'ella ormai non ne poteva più, ed era per addormentarsi con la testa all'indietro, su la sedia, il calesse giunse.

Il padrone la destò da quell'assopimento, schioccando la frusta; poi l'aiutò a salire: perché da sé non sapeva né meno dove mettere il piede. Per la strada, ella raccontò tutto, dicendo che si sentiva molto afflitta; mentre al marito biasimò il fratello, giudicandolo con una convinzione che non accettava nessuna scusa. Ella fece così anche perché temeva di essere rimproverata; con una certa piacevolezza; non smettendo finché non fu rassicurata su l'impressione che di lei provava il marito.

Un'ora dopo che Clelia se n'era andata sul calesse, capitò Cecco. Egli camminava rasente i muri, scansandosi solo quando c'era qualche uscio aperto o qualche arpione[19] che sporgeva in fuori.

La donna che aveva parlato con Clelia fu la prima a dirgli:

«Cecco, c'è stata tua sorella».

Egli, al ricordarsi della sorella, credette di non essere più lo stesso; e si voltava a destra e a sinistra, per trovarla con gli occhi. Non disse una parola, però. Aveva un poco impallidito[20] e basta.

«Ora non c'è più: è andata via con un calesse.»

Egli, allora, disse:

«Perché non me l'avete detto prima?».

«O dov'eri?»

«Ho dormito da stamani, dietro le prime case del paese.»

«Dite vero? Madonna benedetta! Sicché siete stati a due passi di distanza, e non vi siete visti?»

Ma egli non pensava più a niente; e rispose:

«Non me ne importa!».

«Le avevano detto che tu eri morto; e perciò era venuta.»

Egli non udì o forse non capì. Continuava a guardare in fondo al paese, con quei suoi occhi buoni e lacrimosi di briaco[21] tranquillo. Egli non pensava più alla sorella: sentiva il bisogno di bevere un bicchiere di vino. La disperazione di questo desiderio, quasi folle, gli si spandeva nel viso; e lo faceva soffrire. Non gli importava più di niente. Egli guardava tutti quelli che gli stavano attorno come se avessero nascosto qualche bicchiere di vino. Li guardava con un'aria tetra di rimprovero; con una ghiottoneria melanconica e cupa.

Ma era già briaco, perché ormai a fargli perdere la testa bastava mezzo bicchiere. Allora entrò in un'osteria dove giocavano a briscola e a scopa.[22] Egli si sedé e stette a vedere le partite. Le carte gli facevano girare la testa; ed egli le avrebbe baciate come fossero state madonnine.

Qualcuno gli dette da bere. Egli non capiva più niente, e solo l'istinto gli fece trovare la via per andare al forno dentro il quale dormiva. Per di più, era anche buio che non ci si vedeva a due metri di distanza.

Egli s'arrampicò alla bocca del forno e si distese. Sentì un certo calore troppo vivo e soffocante; ma non ebbe la forza di muoversi né gli venne in mente di gridare. Aveva sempre più sete.

La mattina dopo, lo trovarono morto, quasi cotto; perché la sera avevano fatto il pane e il forno era restato caldo.

VITA[1]

Jacopo scappò di corsa dal podere.[2] Il cuore gli batteva
forte, ed egli non poteva più respirare. Andò a fermarsi al
cancello d'un altro podere dietro un muricciolo dove, se
fosse stato necessario, poteva nascondersi. Ma non ebbe il
coraggio di restare lì; e, dopo essersi riposato, ricominciò a
correre. La strada scendeva, e il ragazzo avrebbe voluto
giungere in un momento fino in fondo; dove era una siepe
di bosso,[3] alta, che egli pensava di saltare.

A una piegata,[4] andò quasi a battere la testa addosso a
un cappuccino che lo conosceva, perché gli aveva insegnato a leggere e a scrivere. Il cappuccino, che si chiamava Padre Ernesto, vedendolo senza cappello e pallido,
gli accarezzò la testa. Ma Jacopo fece un salto a dietro per
passargli di fianco; e, dopo altri pochi metri di strada, rac-
cattato un sasso, glielo tirò,[5] seguitando a fuggire.

Il cappuccino, restato fermo e sorpreso, si pulì la tonaca; e poi, proseguita la sua strada più lentamente, in-
contrò il padre del ragazzo che teneva in mano la frusta
dei bovi. Lo salutò, con affabilità ironica e forzata; arrossendo.

«Signor Minello, che fa qui al sole?»

Il contadino si calcò giù il cappello, incrociò le braccia
e rispose:

«Aspetto che torni il mio figliolo».

Egli non voleva farsi vedere arrabbiato da lui; perché
sentiva un rispetto involontario, che non poteva mai re-

primere. Quella barba come il tabacco rosso, quasi uguale alla tonaca, gli piaceva e gli faceva lo stesso effetto come quando era ragazzo. Ma, poi, gli veniva più forte il risentimento; e, per compensare quella specie di obbedienza, bestemmiava.

Padre Ernesto era per raccontargli che Jacopo gli aveva tirato una sassata; ma, per paura che a Minello, invece di chiedergli scusa, venisse voglia d'insultarlo, pensò che era meglio dirlo alla madre. Salutò un'altra volta e riprese la strada; camminando più lesto, ora.

Jacopo aveva mangiato certe ciocche[6] d'uva. Il padre, accortosene, lo aveva agguantato per il collo trascinandolo sull'aia vicino al carro. Poi era andato a staccare la frusta annodata a una cavicchia.[7] Ma il ragazzo, invece di aspettare come altre volte, era fuggito. Minello, se l'avesse raggiunto, gli avrebbe rotto la schiena o le gambe. Ormai, gli veniva sempre di più quest'idea; ed egli si chiedeva perché lo avesse gastigato sempre meno del necessario.

Non vedendolo tornare, mandò due dei suoi contadini sottoposti a cercarlo; i quali, invece, dopo un poco di strada, tornarono addietro dicendo che non lo trovavano. Ma Minello non si calmava, e si mise la frusta al collo. L'avrebbe picchiato la sera quando doveva tornare a cena; pensando che, se non tornava, avrebbe almeno dovuto stare senza mangiare.

Era un uomo alto e magro, con i baffi quasi del tutto bianchi; con la voce nasale; balbuziente; e ogni sera sempre briaco. Allora gli si gonfiava la faccia, e non era possibile parlargli altro che di vino.

La moglie evitava perfino di avvicinarcisi; e, il più delle volte, andava a letto. Ma, se non era stata in tempo, vedendola egli sospettosa e scontenta, si metteva a burlarla, facendola inciampare. Oppure, prendendola per un braccio, le faceva fare una giravolta. Se, poi, si fosse messa a ridere, egli l'avrebbe rimproverata di divertirsi anche lei con il vino; e se avesse continuato a mostrare che soffriva, egli le attraventava[8] la prima cosa che gli veniva alla mano.

«No, no! Non ti ci voglio qui! Vai, vai a letto, alla tua cuccia!»

E sghignazzava; dando pugni a chiunque gli si fosse avvicinato. E sopra a tutto perdeva la testa quando trovava la moglie a pregare. Allora smaniava, si mordeva le mani; poi tornava subito indietro e la picchiava.

Jacopo aveva quindici anni: era magro e nel viso assomigliava tutto al padre. Quando succedevano queste cose, egli poi stava male almeno per due giorni durante i quali non parlava altro che quando era lontano dal podere. La notte aveva attacchi di nervi, ma non lo diceva; e nessuno se ne accorgeva. Era doventato sempre più timido e credeva di fare sempre del male,[9] anche quando parlava con i contadini o se ne stava lontano da tutti per conto suo. Gli pareva che suo padre potesse comandare qualunque cosa, a chiunque, e sopra suo padre non c'era nessuno.[10] Non osava né meno guardarlo, allora.

Già pentito, correndo, di aver tirato quella sassata al cappuccino, cominciò a piangere.[11] E quando giunse alla siepe di bosso, ci si ficcò dentro. Allora cominciò a pensare perché anche lui non pigliava le sbornie. Sentiva che avrebbe provato chi sa quali contentezze, facendo il proprio comodo. La sua paura si tramutava in uno stato d'animo ilare; ed egli si divertiva di ciò che mezz'ora prima lo aveva spaventato. Si mise a ridacchiare da solo, immaginando suo padre com'era buffo ad aspettarlo con la frusta in mano. Stava così bene dentro la siepe, che vi s'accomodò meglio per rimanerci finché non gli venisse a noia. Tra le radici del bosso c'era il terriccio nero, pieno di bacherozzoli e di larve; ed egli si divertiva a empirsene le mani e poi a buttarlo fuori della siepe. Quando tornò a casa, era addirittura allegro. Trovò il padre già barcollante, che per parlare doveva appoggiare ora un braccio e ora un altro alla casa; rigirandosi sempre per essere sicuro che non c'era nessuno accanto. Ma quando gli vide la frusta al collo, capì d'essere tornato troppo presto. Per levargliela, scherzando, fece un salto; poi si mise a fare altri salti in mezzo all'aia, schioccando la frusta dietro la fila delle anatre; che, non potendo andare troppo leste, traballavano e inciampavano. Allora Jacopo frustava le gambe di quelle cadute.[12] Poi rimise la frusta alla cavicchia; ridendo e guardando suo padre che scuoteva la testa per celia. Ma il ragazzo non si sentiva sicuro. Infatti, entrati in casa tutti e due, Minello si mise la sua testa tra le ginocchia. Il ragazzo ridacchiava ancora, ma gli pareva che il cuore scoppiasse. Minello aveva già fatto gli occhi cattivi: si capiva bene perché gli doventavano più limpidi e più chiari. Il ragazzo smise di ridere e cominciò a divincolarsi. Per tenerlo meglio, Minello lo prese per i capelli e con tutto il suo comodo lo picchiò a pugni su la faccia. La madre, fattasi coraggio, gli avvinghiò le braccia. Egli, allora, lasciò il figliolo e picchiò lei; cacciandola tra i sacchi del grano. Jacopo, tremando, cadde in terra con le convulsioni.[13]

Anche fuori, faceva caldo. E c'erano, nella parte più bassa del cielo, certi nuvoloni che sembravano spuma, sempre più gonfi e più grossi; che doventavano di fuoco. La finestra era aperta, e quel silenzio che veniva di fuori fece tirare una bestemmia a Minello, come se lo avesse provocato. La moglie, Dele, tenendosi con una mano aperta i capelli che le si erano sciolti, andò in fretta in camera, prese un guanciale e lo mise sotto la testa di Jacopo. Minello gli sbottonò il panciotto. E quando il ragazzo si riebbe, lo baciò nella bocca. Dele dovette staccarlo, perché ormai non capiva più niente.

Il giorno dopo, non s'allontanava da lui e da lei; che si guardavano contenti credendo che non volesse più bevere. A tavola egli disse, balbuziente anche più del solito:

«Da oggi in poi, mettete sempre l'acqua nel fiasco del vino!».

Guardò la moglie come se volesse burlarla della sua meraviglia e poi seguitò:

«Non voglio che diciate che io letico perché bevo troppo! È una storiella che deve finire; perché se no vi metto al posto tutti e due. Ormai, vedo che ve l'intendete contro di me. Ma giudizio vi ci vuole!».

Il ragazzo sorrise, ma la donna non alzava la testa dalla scodella. Egli, allora, scuotendola per un braccio, le gridò:

«O scema, dico anche a te! Anzi, più a te che a lui!».

La donna rispose, sottovoce:

«Ti ho inteso».

«Ben per te! E non me lo fare ripetere due volte.»

Ella si alzò e mise l'acqua nel vino. Egli la lasciò fare e quando ella ebbe riposato il fiasco sopra una foglia di fico, perché non si macchiasse la tovaglia, chiese:

«Dov'è il vino pretto?».[14]

«Ce n'è un altro fiasco dentro la madia.»

«Va' e prendimelo.»

Dele cercava di non obbedire, e gli domandò:

«E di che ne vuoi fare?».

«Credevi da vero che io volessi bevere cotesta miscela? Non voglio imporrire come il legno io! Non lo sai che l'acqua fa imporrire?»[15]

Il ragazzo si alzò per andare via da tavola.

«Tu mettiti a sedere; se no, ti piglio a ceffoni. Devo chiedere il permesso a te?»

La donna aprì la madia e recò l'altro fiasco, tappato con una foglia di granturco ripiegato dentro. E, senza preoccuparsi delle conseguenze, gli disse:

«Bevilo! Ti faccia veleno!».

Minello scosse la testa e si grattò un ginocchio. Poi rispose, dopo un pezzo:

«Invece, farà veleno a te che non lo bevi!».

«Io mi contento anche dell'acqua.»

«E allora perché metti bocca in quel che non ti riguarda? È modo di parlare cotesto? Ti dovrei isegnare io, a legnate. Ma, com'è vero Dio, te ne pentirai. Bada se una donna deve parlare così! A me!»

Il ragazzo disse:

«Ha ragione la mamma!».[16]

Egli aveva ancora i nervi sconvolti, e impallidiva ad ogni parola che diceva. Allora, la donna osò parlare; benché capisse che ormai le cose andavano come il solito:

«Bada se gli tornano le convulsioni come ieri sera!».

«Gliele ho chiamate io, perché gli venissero?»

Jacopo le disse:

«Questa volta, anche se mi fa peggio, non mi verranno».

La madre lo guardò negli occhi, con tenerezza; e si sentì forte anche lei. Minello li guardò ambedue e si mise a ridere. Allora risero anch'essi, ma senza potersi calmare. Avevano paura, pur volendo sottrarsi a lui. Non ne volevano più sapere. Ella disse:

«Io non so perché non ci vogliamo bene».

Il ragazzo, sconvolto anche di più da queste parole, smise di mangiare; ficcandosi la punta della forchetta tra i denti, per pulirseli; ma si bucò una gengiva, che gli fece sangue. Allora, andò all'acquaio; per sciacquarsi la bocca. Il padre, senza voltarsi, gli chiese:

«Che ti sei fatto?».

«Niente.»

«Come niente? O allora che ci fai costì?»

Jacopo, tenendosi il fazzoletto alle labbra, rispose:

«Io non voglio che tu bastoni la mamma!».

Dele gli disse:

«Stai zitto! Non ci pensare!».

«No, non voglio! Non ti deve far male!»

Egli era fuori di sé e si buttò, rotolandosi, sui sacchi pieni di grano.

Il padre lo fissò:

«Che mi vorresti fare?».

Il ragazzo girò gli occhi attorno alla stanza, dov'erano gli arnesi da lavoro; e guardò lui.

«Ti ho capito, sai!»

Ma Jacopo si sbatteva in terra, strappandosi di dosso la camicia.

Minello disse alla moglie:

«Fallo alzare. Non vedi che cosa fa? Poi, la camicia gliela devo ricomprare io!».

La donna si mise a piangere; ed il ragazzo non levava gli occhi dal padre; che faceva finta di non vederlo. Allora, la donna disse al figliolo:

«Esci. Vai a passeggiare su l'aia».

Egli le rispose:

«Qui sola non ti ci lascio!».

Il contadino l'alzò di peso, lo mise fuori dell'uscio; e chiuse a chiavistello. Poi si risedette a tavola, con la testa tra le mani. La donna seguitava a piangere. Minello disse come per incolparla:

«Egli crede che io ora ti ammazzi».

«È possibile che tutta la vita[17] io la passi così?»

«E che colpa ci ho io?»

«Fallo entrare quel ragazzo.»

«Tu pensa per te. Perché deve credere che io ti voglia ammazzare?»

La donna rispose con un accento placido:

«Perché è vero».

Egli empì un bicchiere di vino per sé e uno per lei. Poi riprese il fiasco ed empì anche quello di Jacopo. E comandò:

«Chiamalo».

La donna aprì l'uscio. Il ragazzo non voleva entrare, non voleva rappacificarsi. Ma ella lo tirò dentro per la camicia, dicendogli sottovoce che obbedisse. Minello, senza guardarlo, gridò:

«Bevete tutte e due!».

La donna e il ragazzo presero il bicchiere in mano;

aspettando. Egli disse, sghignazzando e strizzando gli occhi:

«Meglio del vino non c'è niente!».

E fece ubriacare anche loro; costringendoli a bevere tutte le volte che egli beveva; perché, se gli volevano bene, diceva, bisognava che facessero a quel modo.[18]

CREATURE VILI[1]

Non est creatura tam parva et vilis, quae
Dei bonitatem non repraesentet.[2]
De imitatione Christi.

C'ero soltanto io e le cinque ragazze tutte insieme in uno
dei sofà.[3] Lina faceva un ricamo a seta verde: pallida e
malaticcia, con un vestito di velluto color ciliegia. La
Francese le era seduta quasi addosso: con la bocca tinta
come se fosse sporca e i capelli biondi, a zazzera.[4] Eva, la
meno brutta, molto scollata, con le calze color nocciola e
una veste a righe bianche e celesti. Fanny con un vestitino
da bambola, color rosa, i capelli sciolti, cinti da un nastro
attorno alla testa: piuttosto magra e incipriata. Sara, un'e-
brea, con molti capelli: con i piedi sopra il sofà e un libro
su le ginocchia.

Già, salendo le scale, stupivo di sentirmi non solo appagato, ma anche pieno di serietà. Mi ero seduto un poco in
disparte; e, fumando una sigaretta, mi guardavo nello
specchio ch'era nella parete dinanzi. Anche perché non
mi veniva niente da dire, e volevo comportarmi da persona pratica.[5]

Tutte le ragazze mi avevano dato una occhiata; poi,
avevano continuato a parlare come se non ci fossi.

La Francese disse, aggiustandosi una calza:

«Come hai gli orecchi piccoli, Lina! Sai che portano fortuna?».

«Me lo dicono parecchi. Anche mia madre li aveva
così.»

«I più grossi sono i miei!» disse Eva, ridendo.

«Io» disse Fanny «non ho niente che somigli né a mio
padre né a mia madre.»

242

Lina spianò sopra un ginocchio la tela del ricamo.

«È tanto tempo che non rivedo più mia madre. Prima le scrivevo; ma, da qualche anno, ho smesso.»

«Io» disse Fanny «a casa mia stavo molto bene. I miei sono benestanti. A Genova, hanno una specie di palazzo con un giardino abbastanza grande. Allora ero onesta; ossia avevo un amante solo, che diceva di volermi sposare.»

«Come fa freddo, stasera!»[6] esclamò Eva, con la sua voce stridula e dolce.

Sara alzò la testa dal libro e la guardò; ma non aprì bocca.

Allora, Lina soggiunse:

«Anche i miei, a Parma, avevano una bella casa. Le mie sorelle, prima che io me ne andassi via, non avevano preso marito».

«Io, a Lione, ci stavo tanto volentieri» disse la Francese.

«Io mi ricordo di Venezia!» disse Eva.

«Ma voi non vi ricordate niente delle vostre famiglie?» chiese Fanny.

«Oh, di tante cose!» rispose Lina.

«Anch'io!»

«Anch'io!» risposero, l'una dopo l'altra, Eva e la Francese.

«Se i miei genitori sapessero la vita che faccio e dove mi trovo» continuò Fanny «morirebbero. Povera gente!»

«E non ti spiace?» chiese la Francese.

«Ormai non c'è più tempo!»

Io cominciavo a vergognarmi,[7] ed evitavo di guardarle. Ma Eva chiese, come per dirle un'insolenza:

«Ti senti pentita?».

Fanny scosse la testa, e disse molto seriamente:

«Tutt'altro!».

«Se io trovassi uno» disse Lina «che mi portasse via di qui!»

«Ma non capita mai!»

«Da vero!»

Io chiesi, rivolgendomi a Lina:

«Gli vorresti bene?».

«E perché no?» mi rispose Eva.

«Noi ci si affeziona più delle altre donne» spiegò Fanny.

«Non ci credi?» mi domandò Eva, per celia. Allora io risi.

Ma Fanny s'ostinava a convincermi che era vero:

«Io ti do la mia parola d'onore, se capissi che tu mi volessi bene... che uno mi volesse bene non dubitare che non gli farei né meno un torto!».

Sara smise di leggere, come se non volesse farsi pigliare a gabbo.[8]

«Non mi conosci, allora! Quando avevo sedici anni andavo in chiesa e mi confessavo. E non avrei mai pensato che sarei finita così. T'assicuro che non è colpa mia.»

Ma Sara, invece di rispondere, si rimise a leggere; accomodandosi meglio sul sofà. La Francese si stirò i fianchi, scosse la zazzera che pareva d'oro; e disse:

«Io ti credo».

«Ecco: tu capisci più di tutte.»

Eva e Lina risero forte. Poi Lina disse:

«Perché vuoi vantarti tu? Noi eravamo tre sorelle, e io sola sono differente a loro. Se volessi io, a casa mi riprenderebbero. Ma non ci andrei né meno se mi ammazzassero. Mio padre, a Parma, è conosciuto e rispettato. È un galantuomo. Aveva un cavallo piccolo e mi portava sempre con sé; perché non voleva che io escissi sola. Le mie sorelle erano doventate gelose di me. Alla fine, non mi potevano più vedere. E se sapessero la vita che faccio sarebbero contente. Io, in vece, cerco di nascondere ogni cosa, per rispetto a mio padre. E se sapeste come gli voglio bene! Nel baule, porto sempre la sua fotografia; e un giorno spero di rivederlo, se non morirà presto».

Poi, Lina bestemmiò; e disse una parola oscena. Allora Eva raccontò:

«Io non ho più nessuno... Mi ricordo soltanto che mia

madre voleva farmi fare la maestra... Ma non avevo voglia di studiare... A tredici anni avevo già avuto una bambina... Poi sono dovuta scappare dalla mia città, perché mia madre mi voleva rinchiudere in un convento... Poi sono stata in una casa di correzione...[9] Ma poco tempo, perché riuscii a scappare; e trovai uno che mi ha tenuto con sé quattro anni... Quando gli venni a noia non sapevo come vivere... Ho anche fatto la canzonettista,[10] ma non mi piaceva... Ho cantato due anni, ma la voce non mi si prestava...».

La Francese, quasi per non essere da meno della altre, disse:

«Io ho girato tutta l'Europa. Ho viva soltanto la madre, a cui mando ogni mese quanto posso; perché mi tiene con sé un figliolo, ch'è già passato a comunione. Io non l'ho più rivisto. Ed egli crede ch'io sia morta. Da principio gli avevano detto che il babbo suo mi aveva portata in America».

Fanny disse:

«Io non ho mai fatto figlioli. Ma se n'avessi uno ringrazierei Dio».

«E perché?» io chiesi.

«Perché tutti si ha il bisogno di voler bene a qualcuno.»

Fanny mi aveva risposto male, quasi con risentimento. Ed ella seguitò come per rimproverarmi:

«Tu mi vedi vestita così, e non pensi che anch'io sono una donna come tutte le altre. Quando mi viene in mente che oggi avrei potuto passeggiare nel mio giardino, dove ora sono in vece quelli della mia famiglia, perdo la pazienza. E soffro! Ho fatto di tutto per dimenticare, e magari ci fossi riuscita! Da prima, piangevo e mi disperavo; perché non riuscivo a rassegnarmi. Ed ora, benché ci abbia fatto un poco l'abitudine, invidio quelli che non stanno come me. Ma nessuno mi verrebbe ad aiutare».

«Perché non torni a casa?»

Fanny prese un tono come di provocazione:

«Credi che mi prenderebbero? Ormai mi si vede anche dal viso il mio mestiere. E basterebbe che uno della mia famiglia me ne facesse allusione, perché io anderei via un'altra volta. So bene come mi accoglierebbero. E loro hanno ragione. Ci dovevo pensare prima».

Eva non rideva più, e disse:

«Se non ti sentivi forte abbastanza, dovevi capirlo!».

Lina rispose con un'ironia offensiva:

«Se non sbaglio, abbiamo avuto tutte la stessa fortuna».

Ma la Francese chiese a Sara:

«Che leggi tu?».

«Un romanzo.»

«È bello?»

«Così e così» rispose Sara per non dire a lei quali emozioni il libro le dava.

«Chi è l'autore?»

«Non lo so.»

«Perché non guardi chi è?»

«Come sei noiosa! Perché non mi lasci stare? È una curiosità buffa da vero!»

«Fammi vedere il titolo.»

Sara le porse il libro, e la Francese lesse il titolo. Poi disse, con sprezzo:

«Lo conosco anch'io» e fece una spallucciata.

Sara si rimise a leggere. Lina piegò la tela: aveva ricamato un quadrifoglio. Eva le chiese, fingendo che gliene importasse:

«Perché non ne fai uno a me?».

«Domani.»

«Anche a me» disse la Francese, sapendo che facevano soltanto per discorrere.

«Anche a te.»

«Io ho già sonno» disse Eva; e appoggiò la testa al muro.

Anch'io, senza volere, ricordavo mio padre e mia madre,[11] e come il tempo della mia vita era passato presto: quanto ora mi ci voleva a respirare. Guardavo il ricamo; e

Lina, accortasene, mi sorrise con simpatia. Avevo affatto dimenticato di che genere era il luogo dove mi trovavo; e mi sentivo pieno di tristezza. Vidi che le dita di Fanny, benché non fossero fatte male, somigliavano, muovendosi, alle zampe dei granchi; mentre non sapevo se i suoi capelli, giù per le spalle, erano finti o veri. Sara si era nascosta il viso con le mani, e la Francese s'era voltata verso Eva.

I miei ricordi avevano un senso doloroso, sempre più acuto. Non capivo perché le cose mi paressero tutte tragiche: come quando è avvenuto un omicidio sotto i nostri occhi e noi si resta con l'animo sorpreso. Mi chiedevo a quale[12] delle cinque ragazze avessi più fiducia; ma non trovavo nessuna differenza. Fanny era la più giovane e forse la più buona, ma anche Lina mi piaceva; e quel suo ricamo mi faceva immaginare la sua casa a Parma. Anche per le altre trovavo qualche motivo da non sentire nessuna repugnanza e nessuna diffidenza. Io ero sempre più disposto a giustificarle. Anzi, addirittura esaltato del mio sentimento. E allora venne anche a me il desiderio di confidarmi, ma non ne ero capace; non avrei potuto parlare di me e della mia famiglia come loro. Avevo anch'io la stessa nostalgia, quasi lo stesso rimorso,[13] della casa lontana; ed ero contento di sentire un'amicizia così improvvisa e spontanea. Non m'ero mai trovato altrettanto disposto con tutto il mio animo; né mai inteso così bene come con quelle cinque ragazze. I loro discorsi mi obbligavano ad essere buono e pieno di rispetto, ed io le avrei difese contro chiunque; anche invogliato di far capire tutte queste cose che provavo. Allora, Fanny, che fu la prima ad avvedersene, mi disse sorridendo con delicatezza:

«A che pensi?».

«Io?... A niente!»

«Ti vedevo così serio!»

«Si deve mettere a cantare?» chiese Lina.

Fanny era quella che aveva più curiosità, ma temeva anche d'infastidirmi. Tuttavia, si sentì così sicura che non si ritenne dal dirmi:

«Io e tu c'intendiamo anche dagli occhi. Bada, sai, non credere ch'io voglia farti pensare soltanto a me! Qui dentro, siamo tutte eguali».

Disse la Francese:

«Io non so che ti passa per la testa!».

L'altra rispose:

«Credi ch'io non indovini le persone?».

Eva, benché fosse la più frivola, mi guardò come per assicurarsi di quel che aveva detto Fanny; e Lina mi fissava gli occhi addosso; meravigliata. Anche Sara mi guardò, ma sul suo viso non scomparve del tutto il segno di quel che pensava leggendo. Ella contrasse un poco le ciglia, e parve che volesse chiudere il libro. Ma sbadigliò; e, non trovando niente da dire, ricominciò da capo a leggere; però con meno attenzione di prima. Ora si vedeva bene che teneva gli orecchi a quel che dicevano, prendendo dentro di sé anche lei parte alla conversazione. Fanny non mi lasciava mai con gli occhi, ed io n'ero così imbarazzato che avrei voluto esser solo. Lina chi sa quel che voleva dire, perché più d'una volta fece l'atto di parlare. E, siccome la Francese le era la più vicina, tutte le volte che vedeva quell'atto delle sue labbra, sghignazzava.

«Ma che hai da ridere?» chiese Eva, perché ella sola voleva ridere. In vece di risponderle, la Francese fece una risata anche a lei; un poco più lunga. Allora Eva si rimise di buon umore, sebbene non riescisse ancora a raccapezzarsi chi fosse quella più disposta a sentirsi come lei. E le tentò tutte, guardandole e storcendo la bocca; poi chinò la testa, quasi dentro al seno, e continuò il suo sorriso silenzioso.

«Stamani ho pianto tanto!» disse Fanny.

«Un giorno per ognuna, tocca a tutte. Ieri piansi io» rispose Lina.

«Ma io almeno un'ora: mentre aspettavo la pettina-trice.»

«Io due ore, prima che andassimo a mangiare.»

«E vi pare parecchio?» domandò la Francese.

«Io non dico questo!» rispose Fanny.

«E, allora, perché lo raccontate? Se voi sapeste quanto ho pianto io!».

Eva si guardò la punta delle unghie; poi le scarpette di raso chiaro, color topo. Sara si scosse tutta, con un bri-vido; poi disse:

«Sarebbe meglio tener nascosti i nostri segreti! Agli altri importano poco!».

«Io dico sempre la verità» dichiarò Fanny. «Farò male, ma non mi riesce a stare zitta.»

Eva la guardava, ridendo con quel suo riso ch'ella po-teva crescere o scemare come la voce.

Io sentivo ormai affetto per tutte e cinque: dentro di me si erano potute purificare;[14] e io, forse, avevo imparato quel che prima non sapevo. Era un nuovo sentimento; e mi proponevo di non perderlo mai. Sentivo che era possi-bile, benché avessi paura che non mi credessero. Forse, se ci fosse stata soltanto Fanny, a lei avrei potuto parlare, perché ella era, a tratti, la mia fidanzata e anche la mia so-rella. Ma com'era possibile che Eva, magari, non se n'of-fendesse? E perché io dovevo preferire Fanny alla Fran-cese e a Lina? Perché non ero stato capace di far lasciare il libro a Sara, che non mi aveva dato tutta l'importanza ch'io volevo meritare per la mia sincerità verso di loro? Perché non m'aveva contraccambiato?[15]

Ma l'uscio si aprì; e un signore anziano, con i baffi lun-ghi e ben tenuto, salutò togliendosi il cappello.

Il mio sogno disparve come una bolla d'acqua sapo-nata: restò soltanto l'indignazione e il risentimento contro costui; e me ne andai subito per non starci insieme.[16]

UN'AMANTE[1]

Mi sveglio al suono d'un organo di Barberia.[2] Deve essere
tardi, ma ho la sensazione indefinibile che sia mattina ancora! Non mi riesce a pensare, ed ascolto il ballabile lungo
e sempre uguale. Allora, mi par di essere nel mio paese;
d'inverno. Sono un poco sorpreso, ma poi mi ricordo di
tutto.

Ero riuscito a trovarmi una amante; proprio una donna
maritata. Non sto a descrivere la mia gioia; benché qualche volta me ne pentissi sinceramente,[3] e, guardando mia
moglie, provavo per lei una dolcezza infinita, che mi faceva star male. Ma la tradivo lo stesso! Mi ricordo come
salivo in fretta le scale dell'amante, mentre il mio cuore
palpitava di paura e di voluttà. Trovavo l'uscio socchiuso,
entravo in punta di piedi; mi soffermavo per udire se era
sola o parlava. Quasi sempre sola! Facevo altri passi, stra-
scicando i piedi perché capisse.

Amelia diceva:

«Chi è?».

Dal tono della voce sentivo che ella aveva capito. Ed
entravo, vergognoso, con un poco di vertigine. Ella impallidiva, e poi arrossiva. Io, impacciato anche di più, sorridevo. Ella si alzava e mi veniva incontro. Io l'abbracciavo
e la baciavo: mi ricordo che volevo essere baciato sempre
su la bocca.

E poi, con una calma ostile al mio desiderio, ella chiedeva:

«Anche oggi?».

Allora, l'abbracciavo stretta stretta. I suoi capelli neri mi sembravano elettrici, come i suoi occhi, lionati[4] e voluttuosi. Non era più giovane, ma ancora bella; con quel suo volto un poco allungato, con quelle sue guance sane sebbene sfiorite.

Stavamo un poco abbracciati così, ebbri, quasi vacillando; e dovevamo sorreggerci. Qualche volta, ella mi lasciava; e andava ad appoggiarsi al muro tenendosi le mani su la fronte. E, allora, io, tra la contentezza e il desiderio, andavo vicino a lei, ma senza abbracciarla; aspettando che mi sorridesse con quel suo sorriso doloroso e indefinibile: il sorriso di una giovinezza trapassata.

«Siamo soli?»

«Il ragazzo è a scuola.»

Al marito non ci pensavamo né meno, perché eravamo sicuri che non sarebbe tornato: c'era un modo di assicurarsene, che sarebbe troppo lungo a ridire. Il ragazzo, Giulio, aveva cinque anni.

Amelia mi s'era data per bisogno: io lo sapevo, ma non me ne importava; e poi, credevo che avesse un certo amore per me, come io un desiderio violento di lei.

Allora, congestionato, con la gola asciutta, le chiedevo di baciarmi ancora.

Prima le avevo già parlato molte volte, familiarmente, con tutta confidenza e comodità, per scherzare soltanto però: era stata la mia padrona di casa.

Ammogliatomi, da quattro o cinque mesi non l'avevo né meno più vista; ma ci pensavo più di quando ero il suo inquilino.

E, sospettando che tradisse il marito, e forse per bisogno, come era vero, mi venne l'idea di approfittarne.

L'incontrai per istrada una volta e chi sa perché le detti un ramoscello di mandorlo che per caso tenevo in mano.

Ma non le dissi niente. Soltanto mi sentivo impacciato, non riuscendo né meno a parlarle come le altre volte.

Alla fine, mi feci tanta forza che andai a trovarla. Perché non poteva pagare sempre la pigione, era costretta a cambiar di frequente.[5]

Bussai alla sua porta tremando. La porta era aperta, ed ella rispose senza muoversi da dove era. Io sporsi la testa nella stanza, senza osare d'entrare, come prima avrei fatto.

Ella, forse, capì qualcosa; perché si fece seria e impallidì. Io temevo che mi rispondesse male, in vece!

Stava dinanzi ad un armadio aperto, mettendo al posto la sua biancheria tutta vecchia e rammendata. Io mi avvicinai sempre di più: ella era sempre pallida, ed evitava di guardarmi; per quanto dentro di me la supplicassi di farmi coraggio. In quel momento l'amai da vero!

Ella, però, continuò quella faccenda.[6] Feci un altro mezzo passo avanti, immaginando che le avrei parlato sottovoce; e dissi:

«Signora Amelia, io so che lei ha bisogno... non se l'abbia a male...».

Levai di tasca il mio portafogli e feci l'atto di prendere il denaro.

Ella abbassò la testa e arrossì: certo provava una forte emozione, che non era tutta di vergogna.

Io aspettavo che mi rispondesse subito qualche cosa; ma dovetti aggiungere:

«Ci ho pensato sempre... però prima d'ora... Vuole che io l'aiuti... per quanto posso?».

E tolsi un biglietto da cinque lire, proprio da cinque lire, coprendolo sotto la mano. Ella fece alcuni passi a dietro, ma prese il denaro allungando il braccio.

Poi, rapidamente, senza che io me lo aspettassi, andò nell'altra stanza; e fece l'atto di sbottonarsi la vestaglia. Di possederla subito a quel modo non avevo preteso; ma mi precipitai ad abbracciarla, baciandola sopra una tempia. La pelle delle sue spalle nude era umida di sudore freddo.

Amelia disse, con una voluttà che mi sconvolse:

«Ora no... un'altra volta».

Io risposi, sinceramente:

«Non m'importa se subito non vuoi: io t'amo da vero!».

Allora si riabbottonò anche più di prima e mi guardò, quasi con orgoglio freddo. Le sue labbra mi parvero più tumide, i suoi occhi scintillarono.

Quel suo silenzio lo sentivo vergognosamente ironico per me. E le dissi, pensando che non dovessi stare zitto:

«Mi piaci!».

Ma ella fece l'atto di mandarmi via dalla stanza, e si allontanò dal cassettone; a cui s'era un poco appoggiata entrando. Come mi parve bella! Perché non avevo sposato una donna a quel modo?

Le afferrai una mano e gliela baciai; ma certo non ci era abituata. Poi feci per baciarle un'altra volta il viso: non sarei stato capace d'altro. Ma ella intese il contrario; e, facendosi allargare il petto dal respiro, mi guardò ancora, con un pallore bellissimo. Disse:

«Perché non me l'ha detto prima?».

Abbassò la testa, e si mosse per la stanza senza nessun motivo. Né meno ella, certo, sapeva più quel che facesse: era in pantofole, e le pantofole erano strappicchiate.[7] Poi, per non farsi vedere così sconvolta, mi disse:

«Ora, vada».

Io le sorrisi, appassionatamente; e chiesi:

«Mi vuoi bene?... Perché non rispondi?».

Il suo viso divenne smorto, quasi floscio; i suoi occhi turbati: certo, a guardarmi, soffriva.

E, allora, l'amai perché era così sporca, spettinata, tutta in disordine.

Poi ella mi sorrise, e fu il più bel sorriso di tutta la nostra amicizia; un sorriso che smise subito, quasi pauroso, ma ebbro: un sorriso che è bastato per sempre; promettendo subito, per sempre, tutto.

Riescii a farmi baciare, e andai via quasi scappando.

Qualche giorno dopo, come era naturale, andai a trovarla. Una volta, passò un mese senza che io la potessi rivedere: i miei affari me lo impedivano; e poi ne ero un poco sazio, forse. Mi veniva voglia di raccontare tutto alla mia moglie; come se si fosse trattato non di me o come se avessi comprato una botte di vino: diveniva quasi un'ossessione pericolosa. Ma poi, ridevo forte.

La moglie mi chiedeva:

«Di che ridi?».

Io dovevo inventare, lì per lì, qualche cosa.

Una mattina, mi decisi a risalire le scale. L'uscio era tutto aperto; ed Amelia mi venne incontro, dicendo con aria di chi vuol rimproverare, ma è anche triste:

«Ti fai rivedere oggi?».

«Prima non ho potuto.»

E subito provai da vero un forte rammarico, e il bisogno di farmi perdonare,[8] forse, per la paura ch'ella mi lasciasse.

Era molto inquieta, e mi parve perfino dimagrata. I suoi occhi avevano una insolita fissità, cerchiati.

Io, senza pensare ad alcuna cosa, la baciai; ma ella si torse dall'altra parte. Poi, quasi di mala voglia, mi disse:

«Di là, tu non lo sai, c'è il mio povero ragazzo... dopo cinque giorni di febbre...».

Io esclamai, facendo uno sforzo per non dire un'altra cosa qualunque:

«È morto Giulio?».

Ella capì che non me ne importava niente, e che questa morte inattesa quasi mi esasperava. Non riesciva a commovermi, e non ci si provava né meno; ma pareva che fosse priva di voluttà per sempre: mi fece, perciò, un poco di disgusto.

Non riescivo a capacitarmi come avessi baciato quella sua bocca: io la guardavo facendo queste considerazioni. Ed ella, vedendo nei miei occhi il desiderio deluso, volle starmi lontana.

Aprì la porta di camera e andò a inginocchiarsi a piè del lettuccio accanto al letto grande.

Giulio, vestito di nero, era lì steso, con due candele accese così vicine alla testa che avrebbero potuto, mi parve, bruciarlo. Il suo viso era di un giallo che non si poteva guardare, la bocca già disfatta, una bocca che avesse conosciuto tutta la vita,[9] e i capelli gli luccicavano in modo orribile, come umidi di umori.

Amelia prese il rosario infilato ai ferri del letto; e senza più volgersi a me, come se non ci fossi stato né meno, pregò. Io mi feci verso l'uscio, impaziente che si alzasse.

Guardavo il suo volto così pallido che la carne pareva doventare un poco come quella del figlio.

Ella si drizzò in piedi, appigliandosi al letto; poi mi disse:

«Povero angelo! Non vedi come è caro? Dio mio, ho una passione che mi sento schiantare! Non starò mai più bene».

Feci un gesto come per consolarla, ma ella non ne tenne nessun conto: c'era la madre che aveva preso il sopravvento su l'amante.

«Che posso fare per te, ora?»

Ma lo dissi a malincuore. Ella, in vece, n'ebbe piacere e mi rispose:

«Bisogna che tu mi dia cinque lire: mi devono portare la cassa per lui. Però, oggi tu non vuoi che ti abbracci; non è vero?».

S'era accorta che, guardandola, io dimenticavo Giulio.

E risposi con dispetto:

«No di certo».

Ella, temendo di perdermi, aggiunse:

«Fra qualche giorno».

E mi guardò con odio,[10] ma appagata di vedermi ben disposto. Io le detti il doppio di quel che m'aveva chiesto; ma non scesi le scale prima che mi avesse sfiorato il volto con una mezza carezza: tutto il resto importava poco.

Scese le scale, sentii che tra me e quella donna c'era solo un vincolo che io pagavo; e mi sorpresi, giacché pagavo, di non averla abbracciata come le altre volte.

E trovai un'altra amante.

Ah, ma l'organetto di Barberia suona già più lontano,[11] e non ho voglia di pensare più! E queste cose, a ricordarle, fanno molto male.

MIA MADRE[1]

Non tutti gli scolari erano finiti di entrare in classe; e, dalla porta tenuta spalancata, seguitavano a giungere trafelati e sudati; qualcuno anche scalmanato e tutto rosso in viso, mettendosi a sedere dove c'era più posto. Solo di rado, l'insegnante indicava a quale banco.

Io a pena osavo di guardarmi attorno; senza che io riescissi a sapere perché, riabbassando rapidamente gli occhi, provassi un'emozione sempre più forte.

Io ero così sciocco da credermi capace di ammazzare qualcuno; provandone, nello stesso tempo, un terrore che m'eccitava. Perciò mi pareva anche naturale che lì al Seminario[2] mi tenessero poco volentieri! Il medico aveva detto a mia madre che io ero troppo nervoso, e non avevo voluto più farmi visitare; scappando subito appena lo vedevo.

L'insegnante della terza ginnasiale era un prete d'aspetto campagnolo, ma non sanguigno e né meno rude. Pareva che ci conoscesse tutti, fino in fondo al nostro animo; meglio di noi stessi. Egli, dopo averci guardato a uno per volta, di mano in mano che gliene veniva il caso, riabbassava un poco la testa e si faceva serio. Non era alto, ma di spalle massicce; e, quando rispondeva ai nostri saluti, socchiudeva gli occhi neri che gli doventavano piccoli piccoli e acutissimi; raggrinzando insieme le labbra, e facendo le boccacce perché ridessimo.

Io non riescivo né meno a stare a sedere; e ora mi accomodavo più a destra e ora più a sinistra; tanto che egli se ne accorse e venne a vedere perché facessi a quel modo. Ma il banco mi pareva troppo duro; e, tutte le volte che volevo muovere le mani per aprire il quaderno o per infilare il pennino nuovo nel cannello,[3] mi facevo sempre male perché le battevo da per tutto.

Su la parete della cattedra, c'era un crocifisso più grande di quello della seconda ginnasiale; e questa differenza mi sembrava che dovesse significare qualche cosa che non capivo, facendomi paura. Ed io che non volevo aver paura, provavo un senso di perversione.[4] Da quando me ne resi conto, non potevo voltarmi da nessuna parte senza aver prima guardato il crocifisso.

Tuttavia cominciò anche a me il desiderio di scherzare; ma ancora non avevo detto né meno una mezza parola a nessuno; perché mi arrischiavo poco e non sapevo se quelli accanto a me sarebbero stati i miei nuovi amici. C'erano alcuni che non mi guardavano affatto; anzi non gradivano né meno la mia vicinanza; e io, benché non ne provassi nessun dispiacere, li odiavo: e mi proponevo di vendicarmi.[5]

Quando l'insegnante ritenne che non ci fosse più nessun altro da entrare, mandò uno dei più vicini all'uscita a chiudere la porta; e tutti lo seguirono con gli occhi, finché non ebbe finito. Ma io mi ricordai che, qualche anno prima, quando la donna di servizio si metteva a cantarmi una specie di cantilena popolare, perché mi ci veniva da piangere, la picchiavo e la facevo smettere. In quel momento, alzando gli occhi verso l'insegnante, che per caso guardava me, mi sentii pieno di vergogna e bruciare la punta degli orecchi; e mi dovetti reggere con tutte e due le mani al banco per non cadere.[6] Allora una voce nota, quella del Mutti, ch'era stato il mio compagno di banco alla classe precedente, mi disse:

«T'hanno rimesso con me?».

Io risposi, quantunque non volessi:

«Non lo so».

Ma erano bastate queste parole perché in un attimo mi sentissi tornato qual ero stato l'anno avanti. Ormai non c'era più modo ch'io avessi potuto vincermi! L'insegnante, che ci aveva visto ridere, capì subito e ci dette un'occhiata severa; che fu notata da tutta la scolaresca. Il Mutti, senza tenerne conto, disse ancora:

«Se ti tengono vicino a me, quest'anno, si fa baldoria. A quel pretaccio gli sputerei volentieri sul grugno!».

Io non mi tenevo più dal ridere; e mi voltai a guardarlo. Benché di diciassette anni, aveva un viso che pareva una zitella insecchita.[7] I suoi occhi, celesti chiari, mi fissarono; e nello stesso tempo egli mi dette un calcio fortissimo. Renderglielo non avrei potuto; o, almeno, sarebbe stato pericoloso, perché all'uscita della scuola mi avrebbe picchiato come altre volte. Non mi avrebbe perdonato per niente; e mi disse:

«Se tu fiati, ho in tasca il temperino arrotato».[8]

Anche la sua voce era come quella di una zitella un poco incattivita; ed egli non smise di minacciarmi finché non mi vide disposto a rispettarlo e ad accettare quel che avesse voluto.

Sapevo, perché se ne vantava sempre, che con quel temperino aveva levato gli occhi a parecchi gatti; e, quando ne vedeva uno, se era con noi, ci dava a tenere i suoi libri e si metteva a camminare in punta di piedi per poterlo chiappare. Ma, ancora, non gli era riescito a farci vedere come faceva. Era il più vizioso; sempre pallido e con le occhiaie gialle.[9]

C'era un altro invece che, quando io mi accostavo per farlo smettere di provocarmi, si gettava in terra gridando e piangendo; e a casa inventava che io l'avevo picchiato.

Era un modo anche quello di costringermi a subire quel che voleva.[10] Egli si metteva a gridarmi anche di lontano; perché avevo la bazza lunga:

«Scucchia! Scucchia!».[11]

Allora, se lo rincorrevo, siccome lo arrivavo sempre, si buttava subito in terra.[12]

Anche lui m'era vicino al banco; e, quando il Mutti disse a quel modo, si mise a ridere perché io lo sentissi. Si chiamava Pallucci, e aveva il viso d'un bamboccio di tre anni; con i capelli biondi e riccioli. Imparava tutte le parole oscene e diceva che gliele insegnavo io. Rubava i confetti alla drogheria di suo padre; ma se li voleva mangiare tutti per sé, negando di averli, se gliene chiedevamo, anche se poco prima ce li aveva fatti vedere.

Allora un altro, un certo Buti che aveva sempre le tasche piene di spaghi, disse:

«Fuori mi voglio divertire, quando vi picchierete!».

Bastò questa specie di proposta, perché non avessi più la pazienza di stare in scuola; e cominciai anch'io a mugolare con la bocca chiusa e a battere i piedi al banco.

L'insegnante diceva che scrivessimo la nota dei libri da comprare; e guardava verso noi come se avesse voglia di dirci qualche cosa e poi la volesse rimettere sempre a dopo.[13]

Il Mutti, che non scriveva né meno e aveva schiacciato il cannello della penna con i denti, mi disse:

«Tuo padre è un ladro!».

Io, perché era vero, stetti zitto; ma con gli occhi lo supplicai di non dire altro. Egli, invece, continuò:

«Quando lo mettono in prigione?».

Mi voltai verso il Pallucci, e vidi che rideva. Anche il Buti mi guardava con una certa aria burlesca che quasi anch'io mi misi a ridere. Ma sentivo il cuore scompigliato,[14] e come se mi c'entrasse una punta fin dentro; come qualche volta sognando, dopo che mio padre l'avevano arrestato, quando, facendogli un'ispezione improvvisa, trovarono che dalla cassa del suo ufficio mancavano più di mille lire. Egli, come altre volte, le aveva prese per prestarle; e il giorno dopo, se l'amico non fosse stato puntuale, ce le rimetteva, magari pigliandole con una cambiale a qualche banca. Il padre del Mutti, ch'era un collega del mio, passava, e credo giustamente, per uno di quelli che avevano fatto fare l'ispezione e che più di tutti aveva avuto piacere di quell'esito. Era un poco pazzo; e, invece di riempire di cifre i registri, scriveva un sonetto tutti i giorni; andando poi negli altri uffici a farlo leggere. Tuttavia, pretendeva che io fossi amico del suo figliolo; ed egli stesso gli diceva che mi picchiasse, se lo avessi sfuggito.

Io non osai più voltarmi verso nessuno; e con il lapis sfregavo su un foglio di carta, mentre mi veniva da piangere.

Il Mutti riprese:

«O non ti volti più?».

«Perché mi devo voltare?»

Il Pallucci disse, ridendo:

«Ha da reggersi la scucchia!».

Io gli detti un pugno in un fianco; ed egli cominciò a torcersi e a fare il viso rosso, come gli accadeva quando era per piangere. Gli avevo fatto troppo male da vero; ma il Mutti si mise a picchiarmi calci nelle reni; e io avevo paura di urlare dallo spasimo.

«E fuori ti darò il rimanente!»

«E a te che ho fatto?»

«Niente! Ma tu devi buscarne da chiunque, e devi stare zitto.»[15]

E il Buti spiegò, divertendosi a stendere gli spaghi sul banco:

«Perché i figli dei ladri hanno sempre torto».[16]

«È vero!» disse il Pallucci smettendo istantaneamente di piangere.

Io mi chetai, cominciando a chiedermi: «Perché mio padre avrà preso quel denaro? Lo poteva prendere? Che cosa farà egli se uscirà di prigione? Mi terrà sempre con sé? Morirà lui o io? Bisognerebbe che uno di noi due morisse. E, allora, forse, mia madre potrebbe sposare un altro». Mi ricordo con una esattezza strana di queste domande a me stesso; e ammettevo che mia madre, per il dispiacere e la malattia che le era venuta in seguito a quella disgrazia, potesse rimaritarsi; magari senza di me. Io non scusavo affatto mio padre; anzi, fanaticamente, ero contro di lui e non gli perdonavo; pur volendogli un bene immenso.[17]

La mattina, mia madre era venuta ad accompagnarmi; ma tutti i ragazzi della scuola, anche quelli che non la conoscevano, s'erano messi a ridere quando passava tenendomi per un braccio come se mi volesse dare un pizzico. Perché era zoppa e con un ciuffetto di peli sotto il mento che pareva una capra. Pallida e magrissima; con certi occhi come se non vedessero niente. Io, invece, a sentirla deridere, mi ero vergognato tanto, benché alla fine mi mettessi a sogghignare anch'io. E, ora, pensando che forse sarebbe venuta a riprendermi e che non sarebbe stata capace di tenere il Mutti perché non mi picchiasse,[18] dissi a lui:

«Quando viene mia madre, perché non ce la voglio, dille quante parolacce tu vuoi! Basta che tu mi lasci fare!».

«Se tua madre ti difendesse, la prenderei per la barba!»

Il Buti si mise a canterellare, rifacendo la mia voce, una canzonettaccia.

Il Pallucci mi disse:

«E io glielo farò sapere a tua madre quello che hai detto!».

Sentii che aveva ragione e gli rivolli subito bene.[19] Ma, ora, egli non voleva più saperne di me; e mi guardava in un modo che io gli stessi sempre lontano e non gli parlassi più. Allora la presi un'altra volta con mia madre; e dissi, sebbene con disagio e arrossendo:

«Che me ne importa?».

Intanto la prima lezione era per terminare, perché l'insegnante non voleva tenerci a scuola senza ancora i libri. Tutti ci alzammo in piedi, e uscimmo spingendoci insieme alla porta; come se avessimo avuto fretta. Io, nel corridoio ch'era lungo, cercai di scappare; ma ad ogni passo mi dovevo fermare perché era troppo pieno e non potevo passare. Quando fui fuori dell'uscio, mi sentii afferrare dietro il collo. Chiusi gli occhi; e, riaprendoli per un secondo, fui soltanto in tempo a capire che era il Mutti; come mi aspettavo.

Egli mi buttò in terra, su la ghiaia, che mi scorticò tutte e due le mani e i ginocchi; e cominciò a picchiarmi. Ma io non pensavo a lui; e mi lasciai picchiare senza né meno muovermi. Me ne dette quante volle; e mia madre, che aveva fatto tardi, vedendomi in terra da lontano corse a rialzarmi. Io, ora, ero solo con lei; e, quando tutta spaventata mi chiese che mi avevano fatto, le risposi:

«Ne ho buscate dal Mutti, perché dianzi rideva di te!».

E la guardai, mi ricordo bene, come se fossi stato capace di ammazzarla; tutto contento di vedere sul suo viso una disperazione indimenticabile. Non indovinavo che, a motivo dei dispiaceri, dopo un altro mese, doveva morire.[20]

I NEMICI[1]

Bisogna non dolersi dei nostri nemici, per quel senso di grandezza che si prova a odiarli. Anch'io avevo un nemico, e l'amavo come un fratello[2] quando dovevo più guardarmi da lui, e quando bastava il suo sguardo a ricordarmi che non potevo ignorare che anch'egli esisteva come me. Si chiamava Rutilio Papagli; e non gli avevo mai fatto del male. Ma egli era tra pazzo e cattivo; e, quando s'avvicinava a me per parlarmi, capivo subito quale era stato il suo scopo. Perché senza uno scopo suo, egli mi evitava e non lo vedevo mai. Stava di casa vicino a me, e come me era impiegato al Ministero dell'Istruzione. Egli, invece, sentiva subito la mia bontà istintiva, e, benché quasi me la invidiasse, era costretto a smettere qualunque proposito che avesse avuto contro di me. Perché egli aveva paura della mia bontà, che non perdona mai a nessuno come a nessuno si nega mai. Mi avrebbe anche voluto bene, se gli fosse stato possibile; ma non gli era possibile, e tentava tutti i modi perché io smettessi, almeno per una mezz'ora, di essere buono.

Una volta lo incontrai per il Corso, e mi disse:

«Perché non andiamo insieme a mangiare, Caperozzi?».

Fui per rispondergli di sì; ma sentii che non potevo. Mi dispiacque a rispondergli troppo seccamente, e gli trovai una scusa. Egli insisté, pigliandomi perfino sotto il braccio. Io lo lasciai fare, e lo pregai che non insistesse. Allora, mi disse:

«Avevo da parlarti di noi».

Allora fui per credergli, così come facevo con tutti gli altri; ma in tempo mi vennero in mente tutte le cose sgradevoli avvenute tra noi; e non volli cedere. Ma egli seguitò a parlarmi, offrendomi una sigaretta. Avrei voluto non accettarla perché la sua finzione mi offendeva; ma fui troppo debole. Anzi, io stesso lo presi sotto il braccio; e cominciai a parlargli volentieri. Egli subito si cambiò: non poteva sopportarmi e smoveva un poco il braccio, perché io lo lasciassi. Non gli era più possibile ascoltarmi; e dalla voce mi faceva sentire com'egli non voleva tenermi in nessun conto. Alla fine, mi lasciò; troncando a mezzo quel che stavo dicendogli. Quando lo vidi lontano da me, tra la gente, mi proposi di non parlargli più facendoglielo capire chiaramente. Ma il giorno dopo, incontrandolo un'altra volta, quasi allo stesso posto, fui proprio io a fermarlo,[3] mentre egli m'aveva fatto capire che preferiva comportarsi come se non m'avesse veduto. Ma io volevo andare in fondo al suo animo, e sapere perché mi era nemico a quel modo. È vero che io ero molto più benvisto e stimato di lui, non senza ragione, dal nostro capo d'ufficio; ma non potevo spiegarmi perché egli desse tanta importanza a ciò. E che torto, in ogni modo, io gli facevo? In parecchie occasioni lo avevo aiutato, e m'ero guardato, anzi, dal fargli del male.[4] Egli doveva saperlo; e non poteva non essermene riconoscente. Molte volte anch'io pretendevo che egli non fingesse di non saperlo; e gli avrei rotto la testa con il mio ombrello. Ma, quando capitava l'occasione, non mi riesciva a volergli male; e aspettavo sempre che egli mi doventasse amico o almeno che non mi odiasse. Ma egli odiava tutti!

Dunque, lo fermai io stesso, e lo salutai sorridendo. Ma il mio sorriso gli fece fare il viso cattivo, quasi scontento. Io gli chiesi:

«Che hai?».

Egli non mi rispose; chinò la testa; e credo che non mi

265

guardasse perché non voleva che io vedessi come erano in quel momento i suoi occhi. Io, allora, gli chiesi:

«T'ha fatto del male qualcuno? O t'è capitato qualche cosa cattiva all'ufficio, contro di te?».

Egli mi rispose con odio:

«Tu vai sempre a pensare alle cose più impossibili».

«Impossibili? Perché? Tu stesso mi hai raccontato, molte volte, che hai avuto dispiaceri da quelli che ti vogliono male; e m'hai anche detto chi sono.»

Egli, allora, rise.

«Ma io li ho messi al posto.»

«Ti sei avuto a male della mia domanda? Te l'ho fatta perché ti voglio bene.»

«Con me non ce la può nessuno.»

Io ebbi come un brivido, e risposi:

«Lo so; ma ci sono persone che tentano lo stesso di riescire a fare del male».

Egli rise un'altra volta, e mi rispose:

«Ti garantisco che non ci penso né meno. Io li faccio tutti tremare».

Il suo viso, ora, era quasi giocondo benché ancora inquieto; e i suoi occhi non potevano guardarmi a lungo. Gli mancavano due denti da una parte, di sopra, e i suoi baffi, radissimi, parevano setole che non potessero stare insieme.

Era sempre pallido e affilato; con una macchia rossa giù per il collo,[5] che si vedeva meglio quando era arrabbiato. Le sue mani, come se fossero troppo lunghe, erano pieghevoli e finivano quasi a punta. Ma le sue labbra non impallidivano mai; anzi parevano come inverniciate, tanto restavano sempre eguali. Egli era già così nervoso che vedevo movere i suoi baffi mentre il labbro pareva sempre fermo. I suoi occhi s'illuminavano; ed egli cominciava a guardare fisso; senza più accorgersi che faceva capire a tutti la sua cattiveria quasi feroce. Cercava di riprendersi, ma non poteva; e pareva che i suoi denti volessero mordere. Allora, a malgrado della ripugnanza che provavo, a sentirmi anch'io contro di lui, in un modo così risoluto, mi faceva piacere,[6] ed ero contento che il suo viso continuasse ad essere a quel modo. Se avesse cambiato, avrei sentito una delusione grande!

Ma egli, allora, cominciando a parlare sottovoce, tanto che dovevo chinare l'orecchio verso di lui e fargli ripetere più d'una parola, mi spiegò perché dalla sua sezione dovesse passare nella mia. Da prima non mi rendevo conto del suo desiderio, perché mi sembrava addirittura sbagliato; ma egli mise tanto sentimento in quel che mi diceva che, se fosse dipeso da me, avrei acconsentito subito. Io lo consigliai come doveva fare; e gli promisi di parlarne io stesso al nostro capo d'ufficio. Egli, allora, non mi nascose più che nella sua sezione lo perseguitavano e che non ci stava volentieri perché il suo stipendio era più piccolo anche del mio. Egli seguitò a parlarmene, come se la colpa fosse stata mia; e quasi, secondo lui, avrei dovuto esigere dal capo d'ufficio che riconoscesse senz'altro il suo desiderio; perché lo dovevo aiutare e perché a me solo egli era sinceramente amico. Quando mi salutò, rimpiansi di avergli lasciato dire tutte quelle cose e convenni ch'era riuscito, come il solito, a ingannarmi e a farmi rispondere com'egli voleva.[7]

Passò una settimana senza che ci parlassimo. Lo vedevo, alcuna volta, entrare dentro qualche stanza dei nostri colleghi, lesto lesto, a capo basso, quasi rasente i muri, con in mano le carte d'ufficio; ma pareva che non volesse guardare in viso nessuno; e io, allora, mi ritenevo[8] dal chiamarlo. Mi venne, però, la curiosità di sapere perché veniva più spesso di prima nel corridoio della mia sezione; e cominciai a fare qualche domanda a quelli dai quali lo avevo visto escire. Ma non seppero dirmi niente. Soltanto riescii ad accertarmi che lavorava molto di più di prima e che s'era fatto uno dei più assidui di tutto il Ministero.

All'improvviso, una mattina, si fece su la soglia della

mia stanza. Benché non ne avessi voglia, lo invitai a sedere. Ma egli, come se non volesse badare a quel che gli dicevo, accese una sigaretta e ridendo mi rispose:

«Tra qualche giorno, ho da darti una buona notizia! Questa volta, mi va bene da vero!».

«Dimmela subito!»

«Ah, no! È troppo bella! Te la lascio indovinare.»

E andò via, ridendo, con quel suo passo un poco a balzi; come se fosse per battere addosso a qualche cosa. Il pomeriggio stesso, il mio capo d'ufficio mi chiamò. Era completamente calvo, e non si capiva dove finisse e dove cominciasse la sua fronte e la sua faccia. Egli stesso ne pareva sempre imbarazzato. Io mi accostai al suo tavolino, sicuro che mi dicesse una delle sue parole gentili, quasi affettuose. Ma egli, arrossendo anche sopra la testa, mi disse:

«L'avverto che da domani ella è trasferito nella sezione dei protocolli, al posto del suo amico Papagli».

«Io?»

«Proprio lei. Così è stato fatto per accontentare tanto lei che lui.»

«Ma io non ne so niente! Non è possibile!»

«Lo dice a me? Io ho creduto che lei non fosse contento di come l'ho sempre trattato.»

«Le ripeto che io non ne so niente. E il mio stipendio?»

«Ella prenderà sempre lo stesso, ma anche il Papagli avrà uno stipendio eguale al suo; e, naturalmente, presto godrà di tutti i vantaggi che spettavano a lei, se avesse voluto restare qui.»

«Ma io non sono stato né meno avvertito!»

«Se la sbrighi lei con il suo amico: io ho avuto quest'ordine; e anch'io me n'ero sorpreso.»

«Le giuro che io...»

«Si calmi! Si calmi! Vada a trovare il Papagli.»

Io lasciai sul tavolino del capo d'ufficio le carte che avrei dovuto portare con me, e andai a trovare il Papagli.

Aprii la sua porta senza né meno chiedere il permesso; ed entrai. Egli non c'era e tutte le carte erano al posto, come se egli non fosse venuto in ufficio. Chiesi a un usciere se lo avesse visto, ma egli mi disse che non se ne ricordava. Andai a chiedere lo stesso dagli impiegati delle stanze accanto a quella del Papagli; e tutti mi risposero che non ne sapevano niente. Se fossi stato meno nervoso, lo avrei aspettato proprio dentro la sua stanza; ma non potevo stare più fermo e uscii subito dal Ministero per vedere se fosse in casa. Ero fuori di me dall'ira e mi proponevo di vendicarmi, magari picchiandolo con la chiave che stringevo dentro un pugno in fondo alla tasca dei pantaloni.[9] Lo trovai che si pettinava, dopo essersi profumato. Senza né meno salutarlo, gli dissi:

«Perché mi hanno mandato nella tua sezione?».

Egli mi guardò con un'aria di adirato, e mi rispose togliendo dal pettine i capelli che v'erano rimasti attaccati:

«Sei venuto a posta per domandarmi questa stupidaggine? Io non credevo che tu ne fossi capace. Stai attento alle parole che ti scappano di bocca!».

«Ma è possibile, dimmi la verità, che tu non ne sapessi niente?»

Egli rise, rispondendomi:

«Come sei ingenuo! Non capisci che se mi hanno messo nel posto tuo, vuol dire che l'hanno fatto per un dispetto a me?».

«A te?»

«Non insistere così, Caperozzi! Ti vogliono tutti bene e tutti sanno che tu sei un impiegato migliore e più intelligente di me. Sei impazzito a credere che l'abbiano fatto per voler male a te? Non capisci che l'hanno fatto in vece per voler male a me?»

«Ma tu... non hai detto niente, quando lo hai saputo?»

«E che dovevo dire? Io, vedrai, mi dimetterò dal Ministero, se non mi rimandano al posto di prima. Vieni a pranzo con me: voglio far vedere a quanti sono che io ti sono amico lo stesso. Ci penso io a trattarli come meritano, anche per il torto che hanno fatto a te!»

E io, come se non conoscessi chi era Rutilio Papagli e che soltanto lui aveva potuto farmi quel tiro, lo aiutai perfino a mettersi la giubba;[10] e andai con lui a mangiare. Pagò egli, e io confidai, anzi, a lui, l'amarezza che sentivo; non mi confidai che con lui. A nessun altro ho detto mai niente.[11]

I BUTTERI DI MACCARESE[1]

Il mare scrosciava di là dai ginepri,[2] molti dei quali erano rossi perché il sole li aveva seccati sopra la rena lucente. La pineta di Maccarese, fosca e squarciata a tratti, andava incontro alle strisciate[3] cupe e buie degli olmi e delle querci.[4] Mentre, dalla parte di Civitavecchia, alla foce dell'Arrone,[5] la spiaggia caliginosa[6] era deserta; ma un poco rosea e fiammeggiante accanto al luccichio dell'acque e alle interminabili spume bianche. Le strisciate degli olmi e delle querci si allargavano e si oscurivano incrociandosi sopra la pianura. Il vento aveva piegato dalla parte della terra parecchi olmi, quelli più alti, senza fronde nelle cime; mentre più giù della metà dei loro tronchi altre fronde più fitte erano spuntate come una macchia bassa.

Il mare era di un turchino tutto eguale; e il fumo di un barcone, escito dal porto di Fiumicino, restava nell'aria, benché il cielo sembrasse pulito; fatto a posta per il sole. In fondo alla pianura, verso il Castello di San Giorgio, dei principi Rospigliosi, c'erano i mietitori, piccoli e corti come le dita della mano, a vederli dal mare. Brulicanti tra le spighe, erano vestiti a colori tutti diseguali; e, attraverso il fiammeggio del calore,[7] che tremolava dalla terra, talvolta pareva, tremolando anch'essi, che sparissero dentro una specie di nebbia tra opalina[8] e azzurrastra, che riempiva verso sera le buche della macchia. In un'altra banda[9] della pianura si vedevano le bufale, un poco più scure della terra rossiccia; mentre le vacche erano già andate da sé, come avevano imparato, ad abbeverarsi alla foce dell'Arrone. Tornate indietro le vacche, toccava alle bufale; e invece i greggi si fermavano più alto[10] della foce.

La mietitura di Maccarese era quasi per terminare. Ma i mietitori erano scontenti di come i «caporali»[11] avevano stabilito le paghe; e, di giorno in giorno, si mostravano sempre di più disposti a far valere le loro ragioni. Una mattina quasi tutti i «caporali», ch'erano minacciati e provocati ogni volta che si facevano vedere, sparirono; e si rifugiarono, in attesa che passasse il pericolo, nella torre di Maccarese, di fianco tra il mare e la pineta.

La torre, benché intonacata di bianco, era tetra come se fosse stata di nero. E una rosa arrampicata su per il muro, insieme con gli scalini della loggia esterna, pareva una ghirlanda mortuaria.[12]

Quando i mietitori se n'accorsero, smisero di lavorare; e decisero di scovare i «caporali». Ma, non sapendo dove fossero e credendoli protetti dagli amministratori di Maccarese, cominciarono a tumultuare; avviandosi, senza nessuno scopo, a Castel San Giorgio; alla villa dei Principi Rospigliosi.[13]

I butteri,[14] una ventina, avevano l'incarico di vigilare la mietitura. Mangiavano e dormivano a quella torre, ma non volevano immischiarsi nella questione; ci dovevano pensare gli amministratori. Erano tutti dai trent'anni ai cinquanta: gli anziani un poco ventruti e grassi, con gli anelli d'oro alle dita e qualcuno anche agli orecchi. Essi avevano le proprie famiglie sparse per le fattorie, e alcuni, la sera tardi, andavano a trovare le mogli, tornando nella tenuta prima dell'alba. Avevano una specie di capo, che portava due galloni d'argento alle maniche della giubba; e si chiamava Corrado. Egli era ancora scapolo e ad ogni mietitura si trovava una ganza[15] tra le ragazze più giovani. Questa volta ne aveva una venuta dal Colle della Vipera. Scortala nel branco delle donne e piaciutagli, le era stato un poco di tempo vicino; ora con un pretesto e ora con un altro, guardandola senza scendere da cavallo. Pompilia, che[16] così aveva nome la ragazza, capì subito; e, arrossendo, alzava gli occhi neri e umidi verso di lui; aspettando ch'egli trovasse il modo di parlarle senza che i fratelli e il padre, nel branco degli uomini, potessero offendersene e andare in collera.

Gli altri butteri, tenendogli di mano, gli fecero pagare parecchi litri di vino; perché era ormai più che sicuro d'avere la ragazza. Egli disse, accendendo il sigaro:

«E se mi riescesse a farla prendere per cameriera in casa dei principi?».

Disse un altro:

«Non mi pare che, poi, tu la potrai vedere tutte le volte che vuoi».

Corrado fece una risata, battendo i piedi stivalati. Ma un biondo, con le ciglia bianche, come se le avesse sempre polverose, si accanì e s'infervorò per lui. Egli parlava mettendo le mani avanti con tutte le dita aperte; e disse:

«Bisogna che fino da domani tu la tolga dalla falce».

Uno dei più vecchi, con le sopracciglia lunghe e rovesciate in giù e gli occhi di ghiro, un poco pazzo, ripeté senza guardare nessuno:

«Fino da domani! Fino da domani!».

Corrado accavallò una gamba sopra l'altra, e disse:

«E, allora, aiutatemi. Non si va a letto, finché non s'è trovata la trappola. Vi pago altri sei litri».

Quello biondo riprese, con uno scatto:

«Dev'essere tua e ti deve voler bene».

«Me lo vuole.»

Un buttero, con la testa rincalcagnata[17] e i capelli neri, gridò:

«Zitti voi, in fondo alla tavola».

Quelli obbedirono; si alzarono l'uno dopo l'altro e fecero cerchio intorno a Corrado; che, ora, teneva la punta del mento con l'indice e il pollice. Aveva gli occhi chiari, quasi celesti; e le guance grossette.

Uno gli disse:

«A che pensi?».

Corrado tolse una gamba da dentro la panca, si alzò quanto era lungo; e rispose:

«Ho trovato!».

Un altro gli disse:

«Indovino quel che hai trovato: tu la farai andare in casa della tua biscugina».

«È vero; ma non sai con quale scusa.»

Lo guardavano sorridendo; perché era intelligente e simpatico a tutti.

«Lei dirà che ha preso la malaria; allora, la facciamo andare al Castello; io attacco il calesse, e la porto con me!»

I butteri si misero a gridare e poi a fischiare un'aria, battendo a tempo i pugni su la tavola.

Il giorno dopo Corrado fece come aveva detto. Ma Pompilia gli piaceva da vero; ed egli sentiva di amarla.

Egli l'amava volentieri; ma non c'era anche qualche altra passione ch'egli avrebbe dovuto conoscere?[18] Egli voleva amare anche tutto ciò ch'egli vedeva: i ginepri, i pini, le acacie con i fiori candidi e pendenti a ciocche tra le querci. Ma non trovava mai quel che doveva amare oltre alla donna giovane come lui; che gli piaceva perché, parlando, ella non diceva mai una cosa che non fosse buona.

Egli, fermatosi parecchi minuti a cavallo, tanto che ebbe tempo a fumare tutto il mezzo sigaro, starnutì. Il cavallo si mosse, ed egli lo lasciò andare. Trovò nel mezzo della strada un branco di bufale; che si alzarono subito da giacere, quasi tutte insieme. Egli avventò[19] il cavallo e cominciò a picchiarle con la pertica di faggio. E le bufale entrarono nel prato; dove sparivano dentro fino al ventre. Mise il cavallo al passo e s'avvicinò a qualcuna, che si scansò correndo. Egli passava, ora, le giornate a quel modo. Quando vedeva un uccello, lo guardava come se i suoi occhi avessero potuto fermarlo e farlo cadere. Ma le bufale gli piacevano di più, perché le picchiava fino a sentirsi mancare la forza; e i loro occhi doventavano dolci.[20]

Egli stava a cavallo con le gambe tutte stese, il corpo tirato in dietro; e con una mano pigliava la criniera, quasi avesse potuto tirarla via[21] come una pianta. Il cavallo, forse, non sentiva male; ma allungava il passo. Ed egli allora, quasi avesse voluto gastigarlo,[22] gli dava una spronata; e correva per chilometri e chilometri, a caso, saltando dove c'era l'acquitrino ripieno di cannucce verdi; e, poi, rasentando, quanto erano lunghe, le staccionate.

Pompilia lo aspettava senza sentire né meno il bisogno di farsi un poco alla finestra. Stava rincantucciata in cucina con la parente di Corrado; sorridendole timidamente e arrossendo tutte le volte che le passava vicino; anche se quella non pensava di badare a lei. Sarebbe stata più tranquilla e più contenta se il padre e i fratelli non avessero dovuto mietere. Il padre, una sera sì e una sera no, perché erano troppo stracchi, mandava il figlio più piccolo, ancora un ragazzo, a sapere come stava. Ed ella, senza alzarsi dalla sedia, come le aveva insegnato Corrado, gli diceva, tastandosi i polsi, che la febbre non voleva passare. Il fratello le chiedeva:

«Allora, non torni ancora?».

Ella gli diceva di no con la testa.

Il fratello sorrideva, guardando tutta la cucina, e se n'andava salutandola:

«Tu fai la signora qui!».

Ma Corrado, dopo una settimana, chiamò il padre di Pompilia; e, facendoselo sedere accanto sopra un rialzo della terra, gli promise che l'avrebbe sposata a fin d'anno.

Il mietitore, allora, si rialzò, lo guardò negli occhi e gli rispose taciturno:

«Tu avrai una moglie più forte e più bella di te. Ma perché, intanto, non la rimandi a mietere con noi?».

E tornò subito con gli altri.

Pochi giorni dopo, il tumulto era già cominciato; e il padre di Pompilia non pensava più né a lei né a Corrado. I mietitori, tra uomini e donne, erano più di trecento. Le donne, mescolate con gli uomini a gruppetti di cinque o sei insieme, avevano la testa fasciata stretta da un fazzoletto bianco e le mani bendate da strisce di lana; per riparare il sole. Gli uomini in maniche di camicia, scalzi; e tutti con la falce. I vecchi stavano nel mezzo e i giovani dalle parti. V'erano anche ragazzi di quindici anni, che in quel furore degli altri sorridevano un poco convulsamente. Non sapevano quel che stessero per fare e i più credevano di andare a morire. La fatica e il caldo avevano dimagrato tutti; le donne, dopo una settimana di mietitura, non si riconoscevano più; parevano invecchiate, con le rughe sopra gli occhi. Ad un tratto qualcuno gridò:

«Bruciamo le mucchie[23] del grano!».

Allora, tutti ebbero questo desiderio; e cento voci risposero:

«Subito! Subito!».

Gli altri non sapevano quel che rispondere, ma gridavano lo stesso come se cantassero alla rinfusa.

Avevano messo a cavalcioni di un cancello della staccionata una dozzina di serpi uccisi tra il grano. E, passando, li fecero a pezzi con le falci.[24] Già erano per entrare nella radura dove sorgevano le mucchie; ma non andavano lesti. Due butteri li seguivano a cavallo, senza dire niente, come per ascoltare. I mietitori evitavano di guardarli, per avere più coraggio; ma, quando se li trovavano accanto, si zittivano,[25] entrando più nel mezzo al branco degli altri. Andavano tutti con la testa voltata in alto e cercavano di vedere, tra la calca confusa, quel che accadeva attorno. Ma i campi erano deserti. Sembrava che i grandi olmi, con le rame grosse e nere, riescissero a fermare il vento; e i falchi volavano bassi, dimenando le ali senza che si vedesse dove avessero la testa. Allora i due butteri avvolsero sopra la sella le guide[26] lunghe che toccavano quasi terra, e andarono a chiamare i compagni.

Non avevano paura, ma non sapevano quel che fare. Essi sentivano la responsabilità di non far bruciare le mucchie; e, senza parlarsi, cavalcavano a pari;[27] guardandosi. Si calcavano meglio i cappelli legati con le corde dietro la testa; e, di quando in quando, si voltavano dalla parte dei mietitori. Non era meglio che avessero cercato di farli tornare a dietro? Specialmente il più giovane avrebbe voluto bastare da solo, ma era troppo impensierito e non s'arrischiava senza che l'altro non avesse fatto lo stesso. Non c'era tempo da perdere! Se quelli laggiù riescivano a dare fuoco alle mucchie, essi poi si sarebbero vergognati a farsi rivedere dentro Maccarese; e perciò si sentivano pronti a ricorrere a qualunque mezzo. I loro occhi si facevano torvi, ma chiari sul viso quasi cattivo.[28] Il più vecchio disse:

«Il tuo cavallo è meglio del mio. Mettilo di corsa e avverti gli altri. Io torno a dietro».

«E se ti pigliano a pietrate?»

Egli si guardò istintivamente i fianchi e i ginocchi.

Poi rispose:

«Le pietre non ce l'hanno lì dove sono ora».

Ma il più giovine ebbe paura per lui:

«Resta qui, piuttosto; a mezza strada».

Allora egli si rizzò su le staffe e gli andò con il cavallo addosso:

«Non ti mettere qui a rispondermi. Vai».

Il più giovane dette subito un'occhiata alla sella e alle briglie; dette due spronate e cominciò a picchiare pugni su la testa del cavallo. Dopo mezzo minuto, egli era già sotto la torre. L'altro restò dov'era, prendendosi la barba grigia. Ora ci mancava poco che non piangesse;[29] e non sapeva se andava anche lui alla torre o se arrivava di corsa tra i mietitori. Egli faceva girare attorno il cavallo, come un molinello; e tendeva gli orecchi. Il gridio non era cessato, anzi rinforzava. Decise di sapere quel che facevano. Rasentò, quasi mettendolo sotto, un pastore che gonfiava, soffiando dentro una canna, una pecora[30] dopo averla spellata. Un cane gli andò dietro, abbaiando, fino a un canale irto di cannucce tra le ginestre con i fiori. Il cavallo non ne poteva più e correva alla stracca,[31] a zampe larghe. Il buttero sentiva battere il petto come se ci avesse avuto una stanga[32] dentro; ma si mise alla testa dei mietitori; che, ormai, erano per passare un ponte, di pochi metri, avallato da una parte, fatto come una gobba puntata,[33] su l'Arrone; che, tremolando, rifletteva come uno specchio gli olmi e gli eucalipti. Egli, con la voce spezzata dal cuore, gridò:

«Dove andate?».

I mietitori si allargarono allungando il passo; per ficcarsi lo stesso sul ponte. Egli, allora, mise il cavallo di traverso:[34]

«Che volete fare?».

I più lontani gridarono:

«Bisogna bruciare le mucchie».

«E perché? Che vi ha fatto di male il grano? La prendete anche con il grano?»

Ma i più vicini, risoluti, erano riusciti a andare sopra il ponte, salendo in piedi sui muriccioli di fianco.[35] Un ragazzo era entrato da sotto al cavallo. Un mucchio di donne andava con le falci agli occhi del cavallo. Il buttero aveva ritrovato tutta la sua voce, e gridò:

«Fermi tutti! Tornate a dietro. Dite a me quel che volete».

«Maccarese[36] non mantiene i patti!»

«Perché?»

«Ci volete dare una lira di meno al giorno.»[37]

«Non è vero.»

«Mascalzone! Ladro! Non vi perdete con lui! Andate avanti! Buttatelo di sotto.»

Le donne strillavano, minacciandolo con le falci; gli uomini pensavano come fare per levarlo lì dal mezzo. Allora, una ventina insieme, si spinsero addosso al cavallo; che, a poco a poco, restando di traverso com'era, andava verso l'altro capo del ponte. Tutti gli altri venivano avanti, urtandosi e calpestandosi; non riconoscendosi più l'uno con l'altro,[38] ma il grido di uno faceva gridare di più quelli che gli si trovavano attorno. Il buttero si scansò e disse:

«Se vi hanno imbrogliato i "caporali" delle squadre,[39] non dovete prenderla con noi e né meno con il grano».

Non l'udì nessuno; e i restati a dietro raggiunsero, prendendo la rincorsa, quelli che già giravano attorno alle mucchie. Il buttero scese da cavallo, pronto magari a farsi ammazzare; ma egli udì un gran frastono[40] che veniva dalla parte della macchia. Si volse: erano da vero tutti gli altri butteri. Allora, risalì a cavallo e li attese.

I butteri erano armati di fucile. Avevano già deliberato; e, senza perdere tempo, si misero dalla parte delle mucchie. Parecchi mietitori volevano avvicinarsi lo stesso alla paglia; anzi, erano anche più furiosi. Ma Corrado si staccò dagli altri e gridò:

«Chiunque fa un mezzo passo avanti, cade morto in terra!».

I butteri imbracciarono i fucili. I vecchi incrociarono i polsi. Le donne fecero un urlo tra di spavento e di dileggio.

«Ripassate il ponte.»

E i mietitori obbedirono.[41] Dietro a loro, cavalcava la fila nera dei butteri; lungo una stesa[42] di olmi e di lecci.

Il padre di Pompilia disse a quelli che gli erano attorno, ammiccando con gli occhi Corrado:[43]

«Se non fosse per doventarmi genero, gli facevo la pelle io!».

MARITO E MOGLIE[1]

È una giornata d'inverno, umida ma calda; come capitano a Roma, quando deve piovere. I vetri sono bagnati e annebbiati; i muri, in casa e fuori, gemono[2] acqua, i manifesti si staccano.

Vittorino Landi non ha da andare in ufficio, oggi, perché è il natalizio della regina Elena.[3] Non è ancora mezzogiorno, ed egli si è già rasato, con l'acqua calda che si vede fumare spandendo l'odore della saponata. Poi, non sa quel che fare. Forse, nel pomeriggio andrà a un teatro o a un cinematografo. Fuor di porta no, benché ne abbia sempre voglia.

La sua moglie, Enrica, è andata a fare la spesa in Via del Lavatore; dov'è il mercato più vicino per lei.

Ad un tratto, senza nessuna ragione, egli si sente impazzire: la testa gli gira, è stordito, ha paura di cadere. Non è un mese che aspetta il ritorno della moglie? Forse le è avvenuta qualche disgrazia: s'è stroncata le gambe, è morta. Non può più tornare a casa. Egli cerca di raccapezzarsi, si sfrega la faccia. Ma la sua apprensione gli scava nell'anima una specie di vuoto che va sempre più in dentro; vertiginosamente. Egli non ha né meno voce per chiamare. Si mette a piangere.

Quando, dopo dieci minuti, Enrica torna ed entra in camera, egli non la riconosce più: è come se la vedesse per la prima volta. La moglie gli parla, gli sorride; poi s'accorge che il marito è sbiancato e che non apre bocca.

«Dio mio! Vittorino! Che ti senti? Sei per svenire?»

No: egli si ricompone e il malessere passa; come se non avesse avuto niente. Però non gli è più possibile di amare la moglie come credeva di amarla mezz'ora prima, quando è escita.[4]

La moglie piange, perché vede tutto nei suoi occhi. Il cappello le si piega da una parte, ed ella non pensa né meno a toglierselo. La veletta è tutta molle e rincinci-gnata:[5] né meno lei ha più fiato per dire una parola. Com'egli all'improvviso si è attaccato a lei, così ora s'è staccato, e pare che soltanto pochi minuti siano bastati a cambiare i loro anni di matrimonio; perché essi non sanno che tutto quello che è passato nel loro animo, giorno per giorno, di buono e di cattivo, doveva avere una volta i suoi effetti. Nessuno dei due ne ha colpa; e siccome essi sono buoni e leali cercheranno di sopportarsi a vicenda, aspettando che torni il tempo forse di volersi bene come prima. Tutte queste cose, nell'animo di ambedue, passano rapidamente come quando si sogna.

Ma Enrica, la più debole e la meno preparata, singhiozza con il fazzoletto alla bocca. Fa di tutto per non piangere più; e quando ci riesce, chiede:

«Vuoi mangiare a trattoria oggi? Io mangio in casa. Torna quando vuoi».

Il Landi si meraviglia che ella debba dirgli così; e risponde, benché non avesse affatto pensato a stare fuori di casa:

«Sì: oggi, mangerò a trattoria».

Prende i guanti, l'ombrello; ed esce, senza salutarla.

Enrica si butta stesa sul canapè, bocconi, e piange per due ore; finché la cameriera non le parla. Ella soffre molto e i suoi occhi restano cerchiati di un rosso che pare battitura. Soltanto a guardarle la bocca, si vede che ha pianto tanto. Tutto il suo corpo è scosso dai singhiozzi, che sono più strazianti delle sue grida e delle sue lagrime.

Il Landi non sa né meno che strada prendere. Fa qualche passo e poi si ferma. La moticcia[6] gli attacca le scarpe. Dove vuol andare? Non lo sa. Perché tra lui e la moglie si son detti quelle parole? Non lo sa. Non è meglio che egli torni subito a casa, e stringa la moglie tra le braccia? Non è meglio che egli si faccia dire da quella bocca tutte le parole della sua tenerezza dolce?

La nebbia è quasi giallognola: c'è una luce, per le strade, che pare sporca. Le voci delle persone s'attaccano come la moticcia. I cavalli delle vetture sono tutti magri e sfiniti; alcuni zoppicano. Una donna, che pare sfatta con le rughe entro i suoi cenci, vende i cartoccetti pieni di nocciole per i ragazzi. Una bambina s'è avvoltolata in uno scialle di lana rossa e vende i giornali: le sue mani sono gonfie di geloni. La Via della Pilotta è deserta, con i quattro archi attaccati al giardino alto di Villa Colonna; dove le statue, sotto i cipressi, macchiate di nero, fanno vedere di quanti pezzi sono fatte. Sotto uno degli archi, una mendicante è seduta per terra e mangia. Ma egli va in via Nazionale. Due ragazze entrano, tenendosi a braccetto, dentro un caffè; dove si vedono le lampadine accese. Su gli scaloni[7] del teatro Nazionale, c'è qualche persona ferma.

Poi la via, finita la salita alla Torre delle Milizie, s'apre diritta, fino alle mura rosse delle Terme. Su l'angolo di Via Panisperna, sotto la Villa Aldobrandini, due ciechi suonano.

Il Landi entra a mangiare in una trattoria, dove crede di spender poco. Non ha fame, ma mangia. Quando esce comincia a piovere. Va in Piazza del Quirinale dove ci sono soltanto le sentinelle dentro i loro casotti, e due coppie di carabinieri che stanno rasente al muro della Consulta, per bagnarsi meno che è possibile.

Lo zampillo rettilineo della fontana sembra immobile come i due cavalli; benché, ricadendo, scrosci e sciaguatti:[8] soltanto perché è più bianco si discerne dalla pioggia, che vela tutte le file piatte delle case, di cui si vedono soltanto gli ultimi piani; con le chiese sparse da per tutto. E la cupola di San Pietro pare fatta di nebbia.

Il Landi scende in fretta la scalinata e rientra in casa. La moglie s'è buttata sul letto e non ha mangiato.

Quando la sera si riparlano, pare che ella non abbia sofferto di nulla, e la loro vita ricomincia eguale.

Ma mentre egli seguita ad avere un rammarico melanconico, di quel suo passato che non vive più senza dimenticarlo, ella diventa gaia e gioconda. Ha sofferto tanto quel giorno che è ormai un'altra. Piccola e bruna con le ciglia lunghe, troppo lunghe per lei e per il suo viso magrolino, sorride sempre.

E quando a primavera l'aria si schiara, non c'è raggio di sole in Piazza della Pilotta che non entri anche dentro i suoi occhi. Non ha più bisogno né d'amare né d'essere amata. Ella vive e basta.

Vittorino in vece vorrebbe amarla, ed è geloso della sua giocondità.

Una volta egli compra, in Piazza di Spagna, un fascio di rose e le porta a casa. Ma, guardandole, si domanda perché le ha comprate.

La moglie gliele prende di mano, le mette in un vaso pieno d'acqua; su la tavola dove mangiano. Ella non lo ha ringraziato e né meno gli ha fatto capire che le fanno piacere. Egli ne compra un altro fascio, e questa volta proprio per lei. Ora sono tutti e due tranquilli.

Una domenica vanno a Porta San Giovanni. La basilica regge la fila delle sue statue come fossero enormi fiori chiari.

Nella piazza polverosa tre caroselli[9] girano con gli specchi e le lampadine elettriche, con la gente sopra i cavalli e dentro le barchette, con le pitture fantastiche e mitologiche. Anche la loro musica gira. E l'aria è stata scaldata dal sole.

La Via Appia si allunga con il suo selciato che luccica, specie lontano, dove si vede un pino in vece delle osterie e delle case. Parecchi operai, in maniche di camicia, lavorano con i picconi attorno a un binario. La campagna è piatta e solitaria, quantunque ci sia tanta gente e tanti carretti con le sonagliere. Ma l'erba è così fitta che la campagna pare debba essere verde anche sotto terra. L'aria vi trema sopra come una fiamma senza colore.

E una nuvola enorme, rotta nel mezzo e infilata ai raggi del sole, non si può più muovere.[10]

Enrica e Vittorino si parlano poco, e sembrano distratti. Ma non si lasciano. Passando, guardano le osterie. Egli, allora, pensa che non è più possibile vivere a quel modo. Tocca la moglie con una mano sul braccio; e le dice:

«Fa quasi caldo, oggi».

«È vero: e io sono stanca. Quest'aria di primavera fiacca i nervi.»

«Vuoi che stasera mangiamo insieme a una di queste trattorie? Noi abbiamo da parlare di molte cose.»

Enrica si allontana quasi due passi da lui, e china la testa. E non vede il dispiacere che è nel viso del marito. Ma, dopo un tratto di strada, dice:

«Noi non abbiamo da parlare di niente».

«Io credo che tu sbagli. Ma, se non vuoi, non insisto.»

Ella sorride: i suoi occhi luccicano sbattendo le ciglia; perché il sole, tramontando, l'abbarbaglia.

Le cime degli eucalipti sono luminose, e i raggi della luce vi si impigliano come fossero chiome più larghe. Anche il selciato specchia.[11] I Colli Albani sono di un turchino asciutto e eguale. Ella riprende:

«Noi dobbiamo parlare della nostra vita passata come se fosse di due persone che abbiamo conosciute molto tempo fa».

«Enrica, sbagli!»

«Per me, non sbaglio. Io ti dico come sento.»

«Enrica! Enrica!»

«È molto meglio tacere.»

E sorride un'altra volta. Anche egli, ora, s'accorge che il

suo desiderio è inquieto e non profondo; e non gli basta. Il suo desiderio gli dà soltanto una specie d'irritazione nervosa. Anche nel suo animo non c'è più nulla, ed è inutile costringere la moglie a credere quel che egli vorrebbe. Bisognerebbe, forse, che passassero parecchi anni; ma senza invecchiare. In vece anche lui non ha più nulla da chiedere. È evidente! Allora, quasi si vergogna d'averla voluta ingannare. Egli ha perso tutto![12]

Enrica gli dice:

«Da quella volta non mi sarebbe più possibile credere».

Sente, attorno a sé, da per tutto, la grande primavera; e andrebbe a toccare anche un selce,[13] che deve essere un poco caldo; un selce, che deve essere dolce come l'aria. Ma il suo animo si chiude sempre di più, si rifiuta; è freddo.

Anche la primavera la rasenta come una cosa che non sarà mai sua. E le pare che la giovinezza s'attenui, perda ogni consistenza; come un sogno che si dimentica proprio nel momento che vorremmo ricordarlo tutto e meglio. Il suo cuore ha una trafitta, ch'ella non vorrebbe. E perché Vittorino, dianzi, l'ha chiamata a nome due volte, gli prende una mano e gliela stringe. Ed egli si sente meno solo.

Gli eucalipti si spengono, le campane di San Giovanni suonano; e il giorno sparisce come quel suono. Essi sono tristi e dispersi; si sentono morire. Ma una donna che allatta il suo bambino si affaccia da un uscio; placida e dolce; e allora sentono il raccapriccio di se stessi.[14]

L'OMBRA DELLA GIOVINEZZA[1]

Orazio Civillini aveva fatto tardi in città, preso dal bisogno d'incontrare qualche amico a cui avesse potuto raccontare la vita che ora faceva tutti i giorni, da tre anni, alla sua fattoria. Passava tra la folla un poco pensoso, distratto; lasciandosi spingere da un senso di sogno indefinibile, che gli piaceva tanto. Attraversando la strada, alzò gli occhi e vide che una ragazza accompagnata dalla mamma lo guardava. Anch'egli la guardò e gli parve di sorriderle. Poi, senza spiegarsi perché, rallentò il passo, tornò a dietro; e la seguì. La ragazza, prima di salire in casa, lo guardò un'altra volta. Egli, prima di decidersi ad andarsene, stette più d'un quarto d'ora fermo dinanzi all'uscio dove ella era entrata; e il giorno dopo vi tornò.

Dopo un poco, egli la vide venire. Era sola, vestita in un altro modo; e lo guardò ancora, come se lo avesse conosciuto. Allora, egli se ne innamorò.

Gli piaceva parlarle, perché ella, anche quando egli stava zitto a posta, capiva tutto quel che aveva pensato; ed egli non sapeva come facesse. Si chiamava Marsilia ed era molto più povera di lui. Ma egli non ci voleva pensare. Era piuttosto magra, alta, con un bel collo; e, quando sorrideva, pareva convinta di qualche sentimento pacato e dolce che teneva sempre per sé. Era molto buona, quasi umile, sempre sottomessa e continuava a guardarlo come la prima volta. Sembrava contenta perché egli l'amava; e quando si lasciavano ella invece di parlare gli stringeva la

286

mano in un modo ch'egli avrebbe voluto restare per sempre con lei. Era una sensazione che lo legava a lei sempre di più; e soltanto dandogli la mano pareva ch'ella riescisse ad essere da più di lui. Poi, ella ritirava in fretta la mano e non voleva quasi mai che egli gliela riprendesse per salutarla un'altra volta. Quand'egli si stupiva di questo, ella rideva e se n'andava come per non essere costretta a fare come avrebbe voluto lui. Poi, si voltava, di lontano, seguitando a ridergli.

Qualche volta, egli stava anche una settimana senza tornare in città; e quando andava a ritrovarla, aveva paura ch'ella lo rimproverasse; ma ella gli diceva, come se avesse voluto suggerirgli la risposta:

«Hai avuto molto da fare?».

Egli stava per dirle la verità;[2] ma, pensando che fosse inutile, le prometteva soltanto di vederla ormai tutti i giorni. Allora ella si metteva a ridere; ed egli le chiedeva:

«Mi avevi aspettato?».

Ella gli rispondeva:

«Ti aspetto sempre».

«Ora, che sono con te, non andrei più via.»

«Basta che tu mi voglia bene. Come ci si sta in campagna?»

«Io starei più volentieri in città.»

«Ed io, invece, verrei volentieri con te in campagna.»

«Non ci sei stata mai?»

«Una volta, andavamo in villeggiatura; ma non lontano.»

«Te ne ricordi sempre?»

«Sempre.»

«Ti divertivi?»

«Mi faceva bene.»

«E io invece avrei bisogno di stare in città. Per cambiare, forse.»

«Sceglieremo dove vuoi tu.»

«Ma non sarà possibile: non posso lasciare la fattoria.»

E s'egli si metteva a raccontarle come viveva insieme con il fratello, ella stava attenta come per capire bene e per far piacere a lui; ma da sé non gli chiedeva mai niente e né meno voleva sapere quand'egli l'avrebbe sposata. Pareva che non gliene importasse, rimettendosi del tutto alla volontà di lui.

Ma, una domenica, Orazio trovò il fratello ad aspettarlo un cento metri dalla fattoria. Il fratello era fuori di sé e gli gridò:

«Io non so, perché tu lasci in abbandono i nostri affari! Se non ci fossi io, a quest'ora saremmo due mendicanti. Hai capito che anche tu devi metter la testa a posto? Sei un vigliacco, verso di me».

Orazio gli chiese:

«Che ti prende così all'improvviso?».

«Mi prende la ragione che io ho di farla finita in qualunque modo ti piaccia.»

Orazio seguitò a camminare ed entrò in casa. Ed allora ci fu tra loro una di quelle liti che nascono da una parola ad un'altra,[3] e sembrano senza nessuna causa. Ma Orazio voleva ancora sentire nell'animo la dolcezza di amare; e dopo aver bestemmiato a voce alta, si chiuse in un'altra stanza.

Egli sentiva come un vento impetuoso contro la sua anima. Perché invece di tenere testa al fratello, era quasi scappato per sentire meglio, in silenzio, la sua ira quasi allegra?

Riescì subito di camera, come se avesse commesso una viltà, che poteva essere intesa male, e andò dove lo aveva lasciato. Si sentiva non soltanto forte, ma anche capace di picchiarlo come avrebbe dovuto fare subito. Si fermò a qualche passo da lui; e, prima che si voltasse, gli disse:

«Perché tu pensi che io non ti conosca abbastanza? Nostro padre non ha mai fatto niente, quand'era il tempo, perché non crescessimo l'uno contro l'altro per una diffidenza che ormai è più forte di noi».

Poi tacque, domandandosi se non aveva parlato troppo;[4] ma gli accadeva sempre così, e anche i suoi affari non andavano bene perché era fatto a quel modo: una specie di sognatore, che si lasciava esaltare dai suoi sentimenti, quand'era eccitato. Egli avrebbe voluto non amare il fratello, e non gli riesciva.[5]

Ma il fratello era calmo, e gli rispose:

«Perché sei tornato così in fretta? Se tu credi ch'io voglia consigliarti male, perché allora mi costringi ad ascoltarti? Vuoi comprare il podere del Roggio; e tu compralo. Ma, prima, bisogna fare la divisione del nostro patrimonio. Io lascio a te tutta la responsabilità».

Egli abbassò la testa e disse con dolore:

«Non capisco perché tu voglia dividerti da me!».

L'altro, smise di picchiare con le dita i vetri e di sbirciare giù nel campo, dietro gli olivi, dove erano i contadini a lavorare. Era più alto di lui, ma ricciolo e biondo lo stesso; con la pelle del viso e delle mani sempre rossa.

«Ti dirò tutta la verità.»

C'era nella sua voce un risentimento senza velature, quasi sicuro; e nello stesso tempo si capiva ch'egli forse aveva pensato a molte altre cose, che soltanto in seguito avrebbe detto.

«La verità piace a me quanto a te.»

«Tu vuoi sposare quella signorina povera, che ha almeno sei anni più di te.»

Egli non ebbe il coraggio di ammettere che aveva desiderato di sposarla, e mentì con la speranza di sentirsi sicuro anche dentro di sé.[6]

«Chi te lo ha inventato?»

«Tu fai, dunque, per divertirtici e basta? Non credo. Tu le vuoi bene. Tu conservi anche le sue lettere. Se tu non facessi sul serio, le avresti buttate via subito o me le avresti fatte leggere per riderne con me.»

«E tu, ora, pretendi, perché mi sei fratello, di ridere con me di tutte le ragazze che amo?»

Ma, siccome non poteva mentire troppo, disse:

«E se io la volessi sposare, debbo chiedere il permesso a te?».

«Ce ne sono cento meglio di lei e più ricche di lei, che sarebbero disposte a farsi sposare o da me o da te. Ricordati che nostro padre non avrebbe voluto una povera in casa. E, forse, né meno nostra madre. Ma tu, ai nostri genitori, non ci pensi. Tu vuoi fare l'imbecille. Perché vuoi sposare quella disgraziata? Lasciala stare, e mettiti con qualcuna che tu non debba rivestire,[7] per farle la dote.»

Egli aveva voglia di piangere, tanto si sentiva offeso, e invece rideva. E disse:

«In quanto alla ragazza, anch'io credo che tra qualche settimana la lascerò anche se tu non me lo dici. Ma non capisco la tua diffidenza con me! È vero che anch'io... Ma io scherzo; io sono certo di volerti bene. E ti avrei parlato con un altro tono. Tu mi costringi... Stai a cuccia!».

E dette una cinghiata[8] alla cagna, che tremando, e chiudendo gli occhi senza guaire, si rincantucciò sotto il tavolino.

«E ora perché picchi la cagna?»

Egli sorrise, ma impacciato; e con il desiderio di leticare.[9] Perciò chiese:

«Hai letto quelle lettere?».

Anche l'altro sorrise, ma ironicamente; con quel sorriso che faceva stizzire il fratello e gli faceva perdere la testa. E riprese:

«Ti domando se hai letto quelle lettere».

«Ti pare che io legga le lettere di una donna? Io? Non mi conosci, forse?»

«Ma tra donna e donna ci può essere differenza. Lei non è mica come la nostra serva che invece di essere gelosi, siamo contenti che sia tanto mia quanto tua! Perché non vuoi ammettere che quella signorina non possa capire...»

L'altro era, ormai, di buon'umore; e non si sentiva più di portare al fratello né meno un poco di rispetto. E gli disse:

«Ma tu credi di parlare con me o con il nostro stalliere? Lascia andare coteste sciocchezze! Falla finita! Non te n'accorgi che ti fai più ridicolo di quel che non sei stato? La vorresti portare in campagna, a cogliere i fiori? Già, tu sei stato troppo tempo in collegio; e non sei più della nostra razza. Ma sai quante volte è meglio la nostra serva? Cento volte. Te lo garantisco io. Capirei di più che tu volessi sposare lei. Almeno, si sa chi è. E il podere del Roggio perché lo vuoi comprare? Non capisci che è tutta terra troppo magra per il grano e per i fieni?».

«Ma tu non sai per quanto sono disposti a venderlo!»

«Per quanto?»

«Ventimila lire.»

L'altro si discostò subito dal davanzale e gli dette la mano:

«Se è vero, compriamolo pure».

Il fratello gliela strinse volentieri e disse:

«Dunque, vedi che io non sono tanto stupido?».

«Quando sei intelligente e cerchi d'imitare me, no.»

Essi uscirono insieme; ma giù a pianterreno l'altro entrò in cucina dov'era la serva; e disse al fratello:

«Bada tu che stendano bene le mele e le pere su la paglia!».

Orazio escì fuori volentieri, perché ora era restato solo. Egli non poteva parlare a lungo con il fratello, anche perché era difficile che non dovesse cedere a quel che voleva lui.[10]

Fuori, anche, respirava meglio: in casa l'aria della stanza rinchiusa gli aumentava il malessere. Benché alla fine di settembre, era ancora caldo come fosse estate; e, verso il tramonto, i nuvoloni bianchi e colore del fuoco si schiacciavano l'uno addosso all'altro giù nell'orizzonte; dietro le cime dei cipressi quasi neri. Ma egli si chiedeva se il fratello non avesse ragione a ridere di lui e di quella signorina con i guanti rotti e le sottane rivoltate.[11] Gli piaceva perché era delicata e vestiva, benché male, meglio di lui. Egli si sentiva attratto a lei appunto perché non era una ragazza di campagna, somigliante a qualche figliola di fattore o alla nipote di un curato. Gli piaceva appunto perché aveva il collo esile e i capelli così soffici che avrebbe dovuto far piano a metterci una mano dentro. Che importava se era povera? Era, lo stesso, una signorina istruita; e chi sa come avrebbe fatto piacere anche ai contadini con quella sua aria sempre educata e graziosa! Dinanzi a lei, in casa non avrebbe bestemmiato più nessuno; e, alla fine, avrebbe mangiato con una tovaglia di lino; come quando era andato a qualche trattoria. Ella avrebbe tenuto in casa (che male c'era?) i vasi pieni di fiori; e invece di andare giù nel campo, si sarebbe messa a ricamare. Avrebbe fatto per sé e per lui un bel laccio, a fiori, per la salvietta,[12] e anche il fratello sarebbe stato contento, quando l'avesse conosciuta. Temeva, però, che il fratello non avrebbe avuto voglia di apprezzarla e non avrebbe acconsentito a mandare via quella serva. In vece, era tempo che tutti e due vivessero in un altro modo! Però non poteva fare a meno di ridere, pensando alle parole di Livio. Anch'egli trovava un poco ridicola quella ragazza che capitava nella fattoria, e chi sa che effetto ella ne avrebbe provato! Pensando ch'ella sarebbe stata in grado di disprezzare certe grossolanità sue e del fratello, gli veniva voglia di farle sapere ch'egli non ci si sarebbe prestato e non sarebbe stato zitto. Perché, in fondo, era lei che doveva cambiarsi; e non lui! E, andando dentro lo stanzone dove tre contadini stavano in ginocchio a stendere le mele e le pere, capiva ch'era inutile, e forse sciocco, portare in campagna una ragazza a quel modo. Ma poteva egli lasciarla? Come avrebbe potuto fare a non scriverle più o a non farsi più né meno vedere? Egli capiva che quella parte non era da lui; e, allora, quel senso di debolezza ch'ella gli inspirava, gli metteva il desiderio di mettersi dalla parte di lei, difendendola magari, contro il fratello. Ma c'era il caso ch'ella si fosse perfino vergognata, per esempio, a entrare come faceva lui in quello stanzone; ed egli stesso, del resto, si era vergognato a parlarle delle faccende di campagna. Con lei si era mostrato sempre come il fratello, forse, non se l'immaginava né meno; perché il fratello certe cose, ch'egli poteva confidare a lei, non le avrebbe né meno ascoltate. C'era in lui come un rimpianto della vita in collegio e dei suoi insegnanti; e, benché ora fosse libero e ricco, gli pareva di sacrificare una parte di se stesso. Egli non aveva più dimenticato quel suo compagno di scuola, un nobile, che si faceva fare i compiti da lui; regalandogli i pezzi di cioccolata e le caramelle; che, dopo, egli da sé non aveva né meno più pensato a comprare. Egli sentiva che anche molti altri erano più fini di lui; e pareva che potessero vivere in un modo ch'egli non capiva né meno! Ma un contadino gli disse:

«Signor Orazio, quando le venderà queste frutta?».

No: egli non doveva vergognarsi d'andare a vendere le frutta e né meno i porci e i bovi. Magari avessero potuto fare altrettanto i suoi compagni di collegio, ch'erano poveri! Egli, allora, fu contento di sentire che le tasche dei suoi calzoni erano larghe, da entrarci anche il portafogli; e fu contento anche di guardarsi le punte delle scarpe di cuoio grosso, ma forte e solido. E rispose, vincendo il turbamento che lo infastidiva:

«Bisogna aspettare che capiti un'occasione buona».

Un altro contadino gli chiese:

«Le darebbe per duemila lire?».

Egli rispose:

«Mi sembri pazzo!».

E pensò al fratello, che certamente era sempre in cucina con la serva. Allora, si promise di piantare in asso la signorina e di non pensarci né meno più.

Ma, il giorno dopo, ricominciò ad annoiarsi. Era male,

ma che colpa ci aveva lui? Il fratello, escendo di camera, andò a trovarlo con il colletto in mano; e gli disse:

«Mi s'è rotto il bottone della camicia! Meglio! Con queste giornate afose così, il colletto è un impiccio. Ma tu, vedo, ti vesti per andare in città. A quest'ora? Non sai che bisogna stare in cantina a vedere come pigiano i tini?[13] Quegli sbuccioni[14] hanno paura di farsi male ai piedi. Ma c'entrerò da me.[15] Già il mosto mette forza!».

Orazio gli chiese:

«Non vuoi che io vada in città?».

«Fa' quel che vuoi, se credi!»

«Stamani mi aspettava quella signorina.»

E sorrise; poi seguitò:

«Sono in un bell'impiccio! Se riescissi a convincerla che farebbe meglio a voler bene a un altro!».

«Ma tu dici così per far piacere a me?»

«Voglio andare d'accordo con te; a tutti i costi.»

«A me non importa.»

«Vedi come sei fatto? A me dispiace quando tra noi facciamo discorsi come quelli di ieri sera.»

«E tu non li fare!»

«Mi ritolgo i calzoni che mi son messo, e mi metto quelli eguali ai tuoi.»[16]

Il fratello accese mezzo sigaro, e gli disse:

«Sei contento che le parli io per te?».

«Che le dici?»

«Tu non lo devi sapere. Non te ne deve importare niente. Sei contento che le parli io? Hai paura che me n'innamori?»

«Bisognerebbe che tu le parlassi non come fai con me, ma...»

«Ma... Finisci di parlare. Credi tu che io sia da meno di lei? O hai paura che ti faccia fare cattiva figura? Badiamo se hai il coraggio di dire quel che pensi.»

«Basta che tu non dica che ti ci ho mandato io.»

«Dammi la mano!»

Orazio gliela dette. Allora Livio gli disse:

«Consegnami tutte le sue lettere».

«Gliele vuoi riportare?»

«Le vuoi tenere, per tapparci i fiaschi del vino?»

«Gliele posso rendere io.»

«Tu non le parlerai più. Quando si è fatto un proposito...»

«Ma io non ho fatto nessun proposito!»

«L'ho fatto io per te.»

Orazio aprì il cassetto del suo tavolino, e prese in mano le lettere. Livio avvicinandosi con il viso, disse:

«Che calligrafia ha! Dammele».

E gliele tolse. Se le mise in tasca, ed escì fischiettando.

Poi si fece attaccare il cavallo, e andò in città. Orazio stette a vederlo dalla finestra e non gli disse più niente. Aveva paura che gli venisse da piangere; e chiamò la serva perché stesse a discorrere con lui; per distrarsi. Ma tuttavia, gli pareva di commettere una cosa troppo cattiva, quasi abbominevole; e gli pareva che dopo qualche giorno avrebbe saputo che Marsilia si sarebbe ammalata dal dispiacere. Perché averla ingannata a quel modo?[17] Ella sola aveva dimostrato di saperlo capire; e anche se lo sposava perché era più ricco di lei, non ci vedeva nulla di male. Livio era cattivo e prepotente. Ma provava quasi piacere a subire quella cattiveria, che quasi lo affascinava.[18] In fondo, s'egli da sé non era capace di spicciarsi[19] quella ragazza, si divertiva a sapere che per lui c'era suo fratello. Andò nel tinaio, a veder pigiare i tini; e fu così allegro da mettersi a scherzare. Era una di quelle giornate quando sembra che la luce riesca ad essere quel che sono i campi e tutte le cose; anche il nostro viso e le nostre mani; con una dolcezza profonda e tiepida. Quando tutti i campi e tutte le cose hanno un silenzio, di cui ci si ricorda per lungo tempo.

Livio era impaziente di parlare alla fidanzata di Orazio. Egli provava piacere a sferzare il cavallo perché corresse anche su per le salite; e la sua ira contro di lei cresceva come la schiuma e il sudore del cavallo. Voltò dritto alla stalla, buttò le redini da una parte; e, saltando giù dal legno, gridò allo stalliere:

«Staccalo, dagli la biada. Tra mezz'ora rivado via».

Andando a piedi fin dove ella stava, parlava da sé quasi a voce alta dicendo: «Guarda questo cretino dove mi fa venire a perdere tempo! Ancora, non m'è riescito né meno a fumare! O dove sta questa stupida? In che casa! E che uscio! Se era chiuso, le facevo vedere che con una spallata lo avrei tirato giù da me, senza ch'ella venisse ad aprirmi!». La casa dove stava la signorina Marsilia Brunacci era proprio sul rigonfio sporgente d'una salita a voltata;[20] piccola e bassa, come una zeppa tra due altre case. Nell'atrio lercio, quasi buio, con i mattoni scalzati, tutti uno più basso e uno più alto, non più in piano, c'era l'odore che viene da quei pozzi antichi che una volta facevano dentro i cortili; chiudendoli sopra con una grata di ferro; odore di muffa umida e di erba putrida. Livio, cercando a tentoni, con la punta del piede, il primo scalino, disse forte perché magari lo sentisse qualcuno:

«Par d'entrare in una chiavica».[21]

Gli scalini erano viscidi, quasi attaccaticci; ed egli, per non inciampare, messe le mani, con le braccia aperte, da tutte e due le parti su per i due muri della scala, sentì che la calcina veniva via a pezzi. Ritrasse le mani e se le mise in tasca. Al primo pianerottolo, dove c'era un poco di luce che veniva da una lanterna, che egli non riescì a capire dove fosse, vide un usciolo da cui pareva escisse, da sotto la fessura della soglia, un colaticcio[22] grigio e scuro. Tastando con una mano trovò prima una ragnatela che gliela bagnò e poi una corda annodata. Egli tirò e udì, stando attento, che suonava un campanelluccio chi sa in fondo a quante stanze; forse in giardino. Mentre aspettava che rispondessero, gli venne voglia di scrivere sul muro, con la punta del coltello, qualche parolaccia; ma, come quando dentro le chiese si sentiva prendere da un senso religioso, così lì al buio cominciava a sentire una sofferenza che pareva quella stessa dei muri e dell'usciolo. Egli sentiva che lì dentro non era più libero e a suo agio come fuori e alla fattoria; e quasi ebbe paura di tutte quelle cose da cui era stato sempre lontano; e ora le presentiva a due passi, e più forti di lui. E, pensando al fratello, che certo era stato lì più d'una volta, se ne maravigliò; come se a un tratto un occhio che dentro di lui non si era ancora aperto, ora fosse addirittura abbacinato. Egli voleva andarsene prima che venissero ad aprirgli; ma pareva che fosse tenuto fermo da un passo strascicante, di ciabatte, che non finiva mai di arrivare dietro l'usciolo. Doveva esserci un corridoio molto lungo, forse! Egli non sapeva che fare e come contenersi. Teneva la testa bassa, ascoltando quel passo; e la rialzò di scatto, ma troppo tardi, accorgendosi ch'era stato richiuso un foro nel mezzo dell'uscio dal quale dovevano aver guardato. Egli, allora, stizzito, fece l'atto di spingere l'usciolo con il gomito; ma in quel mentre fu aperto ed egli vide, di contro alla luce di una finestra proprio in fondo a un corridoio stretto e lungo, una signora piuttosto vecchia, vestita di rosso. Aveva gli occhiali, e il suo viso pareva disossato. Era pallida, con un'aria stanca e di malata da tanti anni. Ella guardò a lungo, come se avesse voluto fare con tutto il suo comodo; e i suoi occhi chiari, di quel grigio che fa pensare alle pietre dei fiumi, sembravano attaccati, come fossero la stessa cosa, al vetro degli occhiali. Mentre stava per domandare a Livio chi fosse, cominciò a starnutire; e, allora, egli, ripreso dalla sua impazienza, le disse gridando perché sentisse anche starnutendo:

«Io sono il fratello del signor Orazio Civillini».

La donna, tappandosi con la sinistra la bocca, gli tese la destra; ma egli fece un passo innanzi e si discostò quasi dietro l'uscio. Allora ella, a pena poté parlare, gli disse:

«Si accomodi».

Nella sua voce c'era già quel tono di chi si sente ferito,

un poco cupo, di cosa che fa sentire sempre uno strappo, come un bicchiere quando è stato spaccato; ma nello stesso tempo, un tono di chi è avvezzo a starsene nella sua tristezza senza osare mai niente. Egli sentì in quella voce un rimprovero che lo fece avvedere di quella sua fatuità troppo orgogliosa. Ma fu contento di capire che non avrebbe trovato un contrasto abbastanza forte. Lungo le pareti del corridoio, il cui scialbo[23] era sparso di rigonfiature, tutte polverose dalla parte di sopra, e la polvere, contro luce, si vedeva bene, c'erano attaccati chi sa quali quadri a colori, tutti macchiati di giallo e di rossiccio dall'umidità e dal vecchiume; con le cornici dorate: qualcuna osava per fino luccicare un poco. Egli vi si soffermò con gli occhi; quasi per simpatia. Intanto la signora aveva richiuso l'uscio; e in una stanza di fondo si capiva che c'erano due ragazze che si parlavano in fretta e sottovoce, già inquiete di non sapere ancora chi avesse suonato il campanello. Egli tenne gli occhi da quella parte aspettando che si facesse avanti la fidanzata. Quasi s'era dimenticato della signora che certo era la madre. Ma egli, voltandosi a lei, e cercando ci capire se ascoltavano, le disse:

«Vorrei parlare alla signorina Marsilia. Ma da solo».

La signora non rispose: chinò la testa come avesse atteso prima qualche spiegazione. Egli allora, guardandola, arrossì; ma si sentiva lo stesso la voglia di non far caso di niente e di comportarsi a modo suo, senza lasciarsi impacciare; tutto contento di sentirsi pieno di vita e capace di stare un giorno intero in mezzo al campo senza stancarsi mai.

"Ora faccio vedere a costoro che io son capace, per fare più presto, a saltare giù dalla finestra."

Ma che voleva da lui quella vecchia che pareva una pelle di coniglio rovesciata e seccata al sole? Lo faceva ridere! Che si fosse provata a piangere o a dirgli qualche parola come dicono i poveri quando vogliono levare di rispetto! Se non era una rimbambita,[24] doveva capire ch'egli era buono e che ad essere entrato in casa sua non gli aveva fatto tanto piacere.[25] Ma, rapidamente, pensò che la calligrafia di quelle lettere che aveva in tasca aveva un non so che di somigliante a quella casa e a quel che c'era dentro. Non potevano essere state scritte altro che in quelle stanze, sopra un tavolino da donna, con una zeppa di carta sotto una delle gambe perché non traballasse. Egli, facendosi sempre più animo e mostrando di avere molta fretta, chiese:

«Non c'è in casa la signorina Marsilia?».

Allora, la signora, che si chiamava Pierina, vincendo la vergogna che la faceva quasi sempre tremare, gli rispose:

«Non può dirlo prima a me quel che ha da dire a lei?».

La voce somigliava agli occhi e aveva, ora, lo stesso accento di chi racconta per la centesima volta una storia che lo ha raccapricciato; una voce che vuole evitare, e non ci riesce, di avere quella sensazione che una volta fu straziante fino alla crudeltà. Egli cercò di non badare all'effetto che gli faceva quella voce; ma non riescì a sorridere alla signora, perché gli parve più facile dirle quel che aveva in mente. Allora, le rispose, come un uomo che bada soltanto a calcolare per il meglio delle cose e crede lecito che non ci si debba curare dei nostri sentimenti che ne derivano, anche se impongono uno sforzo di volontà per sopportarli:

«Volevo parlare alla signorina, perché Orazio non verrà più qui da lei. È necessario che la convinca io; giacché sono venuto in casa sua. Altrimenti, sarebbe inutile che io fossi venuto».

La signora gli chiese:

«E perché è venuto?».

Egli intese male, e rispose:

«Gliel'ho detto il perché».

La signora Pierina abbassò un'altra volta la testa quanto da tempo non l'abbassava più. Sembrava che una delle forcelle dei capelli gliel'avessero ficcata nel cervello. Ella si prese le mani insieme; passandosi le unghie sopra i dorsi; dove la pelle sottile faceva distinguere la carne livida dai tendini bianchi e pieghevoli. Poi, si fermò con le unghie quasi per ficcarsele in quelle mani che lei sola sapeva come erano fatte. Egli la guardava, stando ritto anche lui; con una mano a mezza tasca, stringendo il pacco delle lettere che aveva fretta di consegnare; perché non fosse più possibile tornare a dietro. Certamente, là dentro la stanza avevano sentito quel ch'egli aveva detto; ed egli ascoltava con una curiosità che gli richiedeva uno sforzo insolito. Com'era la fidanzata di suo fratello? Gli sarebbe dispiaciuto non vederla bene, perché la conosceva soltanto di sfuggita e non ci aveva fatto mai caso. Perché non veniva nel corridoio? Chi c'era con lei? Forse, anzi senza forse, la sorella minore. Egli, allora, cominciò a dire:

«Non è venuto da sé Orazio, perché...».

Ma la signora Pierina, invece di badare a lui, non riesciva più a tenersi lì ferma; e lasciava capire che voleva andare dov'erano tutte e due le figliole. Egli aspettava quel momento, per svignarsela; e pareva che ce la volesse spingere con gli occhi. Ma ella gli disse:

«Venga con me».

Egli rispose:

«Ora, non è più necessario che io parli anche alla signorina. Ho già detto una volta quel che dovevo dire».

«È vero: non è più necessario. Ma venga lo stesso. Parlerà con mio marito, con Luigi. Deve tornare tra un minuto o due.»

Egli, allora, credette che fosse giunto il momento di restituire le lettere: le tirò di tasca e disse:

«Queste sono della signorina».

La signora cominciava a non essere più eguale a prima: il suo pallore si animava, luccicava come una madreperla. Ella non stava mai ferma; e pareva che le sue braccia e le sue gambe si potessero muovere in tutti i sensi; con un'angoscia involontaria. Ella aveva un tremito che faceva sentire quando le si staccavano e si riattaccavano le labbra e la lingua insieme, con una saliva come la gomma. Anche i suoi capelli arruffati pareva che si potessero muovere da sé, allentandosi e sciogliendosi. Poi, ella chiese:

«Marsilia, che fai?».

Le rispose l'altra figlia, Anita:

«Vieni di qua, se tu puoi venire».

Ella sembrava folle e rispose:

«Subito».

Ma non si mosse da dove era, e faceva di tutto per non guardare il giovane; che ora cercava di prepararsi a qualunque cosa fosse per accadere. Allora Anita si fece su la soglia e chiamò la madre un'altra volta. Il giovane si aspettava ch'ella lo avrebbe guardato; e invece parve ch'ella non avesse nessuna ragione per guardarlo. La signora disse:

«Venga anche lei».

Ma Anita disse, con una dolcezza pacata e stranamente gradevole:

«Entra tu sola».

Poi la giovinetta chiuse l'uscio. Egli, restando lì solo, non poté fare a meno di sporgere il capo dalla finestra; per respirare meglio. Sotto la casa c'era un giardino di pochi metri quadrati. Ed egli si pentì di non essere alla sua fattoria; là in mezzo alle colline che da lì si vedevano limpide e cerule. Una vite a tralcio passava da una buca tra i mattoni di un muro; e, sorretta con il filo di ferro, arrivava con la punta fino alle finestre del secondo piano. Ma l'uva non maturava mai; e restava tra verde e vaia.[26] Egli scosse forte il filo di ferro; perché, per fare un dispetto, avrebbe strappato tutta la vite. Ma che gente era quella? E, poi, non aveva ragione lui di dare dell'imbecille al suo fratello? Egli voleva sapere quel che facevano tutte e tre le donne là chiuse. Piangere, non si sentiva. Egli guardò dal buco della chiave; ma non vide nulla. Gli faceva rabbia anche un gatto che dal muricciolo del giardino non smetteva di guardarlo; con quegli occhi come l'agro di limone; con uno spacco nel mezzo che si allargava e si stringeva. Gli avrebbe tirato una pietra! Egli non sapeva spiegarsi perché l'avessero lasciato lì solo; ma pensava che se era riuscito a far piangere tutte e tre le donne si era comportato da uomo che non capisce le debolezze e gongolava; sicuro, ormai, che con lui non ce l'avrebbero potuta.

Marsilia s'era sentita male; con un attacco di nervi, che l'aveva rovesciata sopra il letto. Ella era gracile e s'ammalava tutte le volte che s'era strapazzata magari per spazzare la casa. La mamma e la sorella l'avevano accomodata sul letto; con due guanciali sotto la testa. Ella, ora, piangeva; le lagrime escivano dai suoi occhi che avevano già inzuppato tre fazzoletti, che la madre aveva preso dal cassettone perché fossero puliti. Ella aveva fatto un grido solo come se avesse tentato di dire qualche parola e non vi fosse riuscita: il grido di una donna che si sente assalire in un modo inaudito e non si può difendere. Ora, piangendo, pareva che non avesse niente da dire; con gli occhi un poco raggrinzati come se non avessero potuto chiudersi o aprirsi più. La sorella pareva che fosse avvezza ad assisterla, quasi rassegnata e calma; tenendosi con i denti il labbro di sotto.

Ella e la madre si guardavano negli occhi; l'una a destra del letto e l'altra a sinistra. Esse, tutte e tre, erano infatti avvezze ad assistersi ed a soffrire anche di ciò che fa piacere agli altri. E non pensavano a incolpare nessuno.

Marsilia non si rendeva conto perché quella mattina le dovesse capitare di sentirsi male, per avere creduto che un giovine si fosse innamorato di lei. Ora egli non la voleva più? Ella non se la pigliava contro di lui. Forse, egli aveva ragione a lasciarla! Ella aveva fatto male a dargli retta![27] La colpa era sua e non di lui. Doveva prima consigliarsi con se stessa e con Dio. Ma, rinunciarvi, ora, il sacrificio era troppo grosso; e piangere non le bastava. Ella capiva che avrebbe seguitato a soffrire, per mesi e mesi; forse, per sempre: senza saperne la ragione e senza ch'ella avesse fatto mai nulla per richiamarlo a se stessa. Ora si pentiva di aver creduto subito a quel bisogno istintivo di amare e di essere amata! Ma ella poteva amare Orazio? Non sentiva da se stessa ch'ella era nata perché non l'amasse nessuno? Ormai aveva quasi venticinque anni. S'era sempre innamorata lei, e gli altri no. Era questa la terza volta. Ma le lacrime che le bruciavano gli occhi, raffittivano[28] tutte a un tratto; e ci voleva un altro fazzoletto, che pigliava un odore un poco amaro e acro. Ella trovò il modo di sorridere, forse perché era quasi fuori di sé, e disse alla mamma:

«Pensate a mandare via il fratello. Che ci fa di là? Non gli dite niente di me. Sto troppo male. Il Signore mi punisce».

La signora Pierina disse ad Anita:

«Va' tu. Io sono vestita troppo male. E, quando egli mi guarda, vorrei entrare sotto terra».

Anita rispose:

«Perché devo andare io? Per me è un sacrificio, perché io non c'entro e chi sa che mi dirà. Ma io non gli lascerò dire niente».

Si ravversò,[29] alla lesta, senza guardarsi allo specchio, i capelli; ed escì dalla stanza. Era più bionda di Marsilia, e aveva gli occhi celesti. Il suo viso era roseo e grazioso. Aveva i fianchi esili e le sottane ancora corte. Richiuse l'uscio; e senza avvicinarsi a Livio, restò lì un poco in disparte, imbronciata; mandando al posto i capelli di su la nuca ch'era vuota. Il giovane la salutò e sorrise. Ma ella lo guardò negli occhi, sempre seria; facendogli capire quanto gli era antipatico. Egli le chiese:

«Perché non è venuta sua sorella invece di lei?».

Ella gli rispose:

«Ha ancora da dirci qualche altra cosa?».

Quella giovinetta lo intimidiva; e, per vendicarsi di essere andato in quella casa, avrebbe voluto farla innamorare per lasciarla come il fratello aveva lasciata la sorella. Egli sentiva che l'antipatia, invece, cresceva sempre di più; e ch'egli doveva andarsene. Ma in quel mentre fu aperto l'uscio, da fuori, ed entrò il signor Luigi. Egli lo salutò, inchinandosi un poco. Il signor Luigi non capì subito chi fosse; si tolse il cappello e guardò la figlia, perché gli dicesse qualche cosa. Era magro, con il viso schiacciato dalle parti; con la testa lunga. Era stato proprietario di un negozio di mercerie; ma aveva dovuto chiudere, dopo aver fallito. Ora, per vivere, faceva il commesso al negozio di un ebreo ricchissimo.

La figlia gli disse:

«Questo signore è il fratello del signor Orazio».

Il signor Luigi si rinfrancò e lo salutò un'altra volta con più disinvoltura. Ma la figlia, accorgendosi ch'egli non aveva ancora capito, seguitò:

«Vieni prima di là, dalla mamma».

Egli allora cercò di passare senza che Livio dovesse scansarsi, dicendogli:

«Torno subito; se permette».

Il giovane aveva voglia di ridere; e guardò, ridendo, la giovinetta, che andò vicino alla finestra guardandolo con la coda degli occhi. Il padre era proprio ridicolo! Egli lo avrebbe messo a far da spauracchio agli uccelli! E si prometteva che, se avesse alzato la voce, gli avrebbe detto qualche parola da convincerlo che non era il caso. Il signor Luigi tornò quasi subito. Cercava di essere dignitoso e tranquillo. Ma era pallido e in preda a un gran dispiacere. Disse:

«Giacché le cose sono andate così, come non credevo, io non ho niente da aggiungere a quel che le ha detto mia moglie! Se né lei né il signor Orazio vogliono tornare in casa mia, io le chiedo scusa ch'ella s'è degnato di venire da sé a dirmelo. La ringrazio di avere riportato le lettere, senza che mia figlia le dovesse richiedere».

Il giovine si stupiva di quei complimenti. Ma il signor

Luigi esprimeva il dispiacere e la delusione a quel modo; e desiderava di restare solo con la famiglia, perché egli si vergognava d'avere le scarpe vecchie e il vestito sparso di patacche a forza di portarlo. Si rimandava in dentro i polsini della camicia, con i gemelli d'oro falso, che invece volevano stare di fuori; e lì in quel corridoio troppo stretto non ci stava volentieri. Livio gli disse:

«Non è stato possibile fare altrimenti. Ma, ormai, ci siamo intesi; ed è bene che non nascano più equivoci».

«Dice giusto! Dice giusto!»

«Io me ne vado subito, perché alla fattoria c'è molto da fare.»

«Ah, mi dispiacerebbe trattenerla qui più di quanto vuole starci lei!»

Anita aprì l'usciolo, ed egli escì. Scese le scale più lesto di come le aveva salite; andò alla stalla, fece riattaccare il cavallo e tornò, senza fermarsi, alla fattoria. Era contento d'essersela sbrigata a quel modo; ed ora si trattava soltanto di assicurarsi che il fratello non si fosse pentito.

Il signor Luigi cercò di non far vedere come era restato male; e cominciò a parlare subito d'altre cose, raccontando com'era riuscito ad avere, senza pagare, un palco al teatro per la rappresentazione della sera dopo. Egli si raccomandava che Marsilia e Anita si vestissero bene; ma, ogni tanto, taceva vedendo che Marsilia seguitava a piangere e le altre due non potevano dargli retta. Egli era nato disgraziato; e così doveva essere!

Livio trovò il fratello nel tinaio. Gli mise una mano su una spalla e gli disse, benché si sentisse una tristezza che non sapeva spiegare:

«Rallegrati con me: la tua fidanzata ha pianto, ma non m'ha detto nulla».

«Ha pianto?»

Il fratello gli chiese:

«Volevi che ridesse?».

«Ma se ha pianto, vuol dire che mi voleva bene! E io mi

sono comportato come non dovevo! Se tu fossi stato contento, credi ch'ella sarebbe stata una ragazza come mi ci voleva.»

Ma il fratello non sopportava di essere rimproverato, e gli disse:

«Le brutte parti tocca sempre a me farle! Quando imparerai a farle da te?».

Orazio, per parecchi anni, non poté mai dimenticare quella che doveva essere la sua moglie. Quando si sentiva triste, si ricordava subito di lei; e molte volte piangeva. Perché, dunque, non l'aveva sposata?[30]

UNA SBORNIA[1]

Ora che ho già quarant'anni, m'è venuto voglia di pigliar moglie. È vero che al matrimonio ci ho pensato parecchie volte, ma non credevo mai di decidermi sul serio. Sono impiegato alle ferrovie, e capostazione da molto tempo. Cominciai la mia carriera in un piccolo paese delle Marche, poi fui mandato in Toscana, poi vicino a Bologna; ed ora sto a Firenze.

Stasera scriverò a quella che fu la mia padrona di casa qui in Toscana, e le domanderò se è disposta a sposarmi. Glielo dico dopo sei anni che sono qua; e mai glielo avevo fatto capire. Già, io stesso non ci pensavo né meno!

È una vedova, pensionata dalla Ferrovia; e credo che io non le sia antipatico. Lei non è bella: è corpulenta, ha i denti troppo radi e guasti,[2] ha il naso che pare gonfio. Ma la sua casa era pulitissima; ed è stata con me molto gentile. Dalla sua finestra di cucina si poteva vedere la mia, perché ambedue rispondevano in[3] un cortile tutto incalcinato e stretto. Qualche gatto c'era sempre a miagolare, guardando in su. Le altre finestre, tutte piccole, avevano davanti una tavola con una fila di testi[4] fioriti, quasi tutti geranî. Noi ci attaccavamo i panni ad asciugare. La signora Costanza, così si chiama quella che vorrei sposare, lavava molto; e assai volte ho perso tempo stando alla finestra a veder dondolare le sue calze e le sue camicie; le calze tutte rosse e le camicie di tela greve, con una trinuccia a punta intorno al collo. Quando ella s'affacciava dalla cucina e mi vedeva, arrossiva.

Ma, ora, forse, capisco perché non ho mai pensato a parlarle d'amore. M'è successo così altre volte: mi sono innamorato dopo parecchio tempo, quando non ero più vicino. Ma, questa volta, ci penso da vero; e mi maraviglio d'essere stato zitto. Quando tornavo a casa, la trovavo, se non era già buio, a leggere; ella leggeva sempre lo stesso libro da anni e anni: i *Tre Moschettieri*.[5] Alcune pagine erano gialle d'unto; ma il libro era stato fasciato con un giornale. Quando mi vedeva, lo posava, e accarezzava il gatto sonnecchiante su le sue ginocchia.

«Buona sera!»

«Ben tornato. È stanco?»

«Non poco.»

«Vuole accendere il lume?»

«Grazie: i fiammiferi ce li ho.»

Mi frucavo[6] in tasca, cavavo un fiammifero di legno e lo sdrusciavo[7] in terra perché il muro era stato ripulito quando ci tornai[8] io. In camera, trovavo la lucernina.[9] Ah, pensavo sempre alla luce elettrica della stazione! Mi cambiavo la giubba, mi lavavo le mani; e andavo in salotto a mangiare. La signora Costanza, puntuale, aveva già apparecchiato; anzi qualche volta m'aspettava a sedere. Il gatto s'era già accovacciato tra le nostre due sedie. E si cominciava. Quando mangiavo alla trattoria per far più presto, pensavo sempre a quel salotto; e la signora Costanza si sentiva così sola che se non fossero state le ciarle[10] sarebbe venuta a vedermi alla stazione prima che finisse il mio orario.

Ma mai c'eravamo detto niente: non credevo né meno di esserle amico. Credo che, almeno in principio, ella provasse una certa diffidenza di me e anche disinganno. Io la vedevo molte volte triste, e mi pareva che invecchiasse; ma non pensavo a farle continuar quel tentativo di sorriso melanconico più della miseria e della malattia. Nel mezzo del salotto c'era un tavolino ovale con un ricamo quadrato, di lana, a frange, verde e rosso; e sopra questo una campana di vetro, con un passerotto imbalsamato; le due tendine erano divenute quasi gialle. Per tornare un passo a dietro, bisogna dica che la signora Costanza s'affezionava specialmente alle bestie; e aveva ancora un piccione così agevole[11] e buono che tutte le mattine saltava sul suo letto beccandole la bocca; un piccione che non la lasciava mai per tutta la casa. Ella lo alzava e lo accarezzava: esso tremava tra le sue mani, e guardava non si sa se lei o la stanza con gli occhi dolcissimi. Aveva anche un gallettino a cui non volevano spuntar le penne; il quale dormiva tra le gambe del gatto; e pigolava sempre quando andavamo a mangiare.

Talvolta, fumavo tutto il mio mezzo sigaro senza alzarmi da sedere, leggendo il giornale. La signora Costanza mi domandava, sparecchiando:

«È vero che una ragazza è stata uccisa con quindici coltellate? È vero che ricomincia la guerra?».

Ma se il piccione le saltava su le spalle, allora si metteva a parlar con lui. Io ne provavo un effetto curioso, ma indefinibile: ed ero così abituato a queste cose che quando non avvenivano avevo sempre brutti presentimenti, quantunque non sia superstizioso.

È una cosa ridicola: sono andato a ritrovare le lettere e le cartoline illustrate che ho ricevuto da lei. Le sue lettere me la ricordano in un modo perfetto, senza leggerle. Di ciascuna ricordo confusamente quel che c'è scritto, ed ora mi suscitano un sentimento che rassomiglia al benessere. Sì: ecco lei, il suo bicchiere di vetro verde, a calice, il fiasco del vino, le bucce di mela; e quel suo masticar lento che ella propose a me come un esempio, perché digerivo male.

Ma ora son certo ch'ella mi ha amato sempre! Ma è evidente! Perché non mi ha mandato mai via? Perché mi disse che non avrebbe preso a retta[12] nessun altro? Ma, no, d'altra parte mi sembra impossibile; non può esser vero. Che ne penseranno al suo paese? Ci saranno sempre i colleghi che lasciai? Ma, no, ormai è troppo tardi; sarebbe inutile che io le scrivessi.

Eppure i cinque anni passati con lei sono indimenticabili; e andrò qualche volta a rivederla. E se fosse morta, e se fosse malata? Quanta polvere, allora, su la campana di vetro, con quel passerotto mezzo sfondato dall'impagliatura, con le zampette sopra uno stecco a forcella, col piedistallo rotondo e nero! E il piccione morirebbe di fame? E il gatto scenderebbe nel cortile? Anche prima, quel salotto mi dava una sensazione di tristezza che durava lungo tempo: aveva qualche cosa di funebre e anche di sinistro, e dalle tende la luce diveniva dolorosa. Io aprivo subito le finestre perché entrasse l'aria; ma il salotto, rimaneva, nondimeno, sempre lo stesso. Non ci sono mai stato senza inquietudine, pur sentendo nelle altre stanze la signora Costanza. Ma qualche volta ne provavo un buon senso di pace; mi veniva voglia di addormentarmici.

Eppure, quando pagavo la mia mesata,[13] andavamo in quel salotto; ed a pagare così puntualmente ci ho sempre provato un orgoglio che è forte come un piacere. Dopo, fischiettavo ed ero allegro.

Ma perché la signora Costanza vi andava a piangere qualche volta? Oh, le pagine dei *Tre Moschettieri* inumidite dalle lacrime! Sembrava che si commovesse anche il viso di d'Artagnan:[14] faceva proprio quell'illusione. Ed io che non le ho mai chiesto perché fosse così piena di dolore! Mi contentavo della spiegazione che tutti me ne avevano data, a gara: non s'era più consolata del suo povero marito.

Quelle lacrime invece mi facevano pensare che anch'io invecchiavo a fretta e che presto sarei morto. Allora provavo su per le braccia lo stesso effetto che fanno le scintille dell'apparecchio telegrafico, quando è temporale. Non c'era che il mio berretto rosso, quantunque untuoso, con tre righe d'oro, i miei attestati di buon servizio: oh, tutte queste cose non si dimenticavano di me! Aprivo il cassettone e guardavo questi fogli, poi prendevo le fotografie del mio fratello e della mia sorella: allora mi pareva ch'essi vivessero tanto, con una intensità che mi faceva invidia, quasi odio; e che a me non fosse stato mai possibile: io non ero che un sopraddipiù accanto a loro. Ma li amavo, li amavo, fino a sentir il mio cuore battere più forte.[15] E mi veniva da piangere. Ma pensando, che, di là, la signora Costanza aveva fatto lo stesso per un morto, pensavo che io non dovessi piangere per non portarmi qualche sventura. Io stesso pensavo di essere la disgrazia della signora Costanza. Ma a sorridere non mi riesciva; e restavo con uno sconforto indeterminato e confuso; e, allora, mi veniva voglia di tornare subito in servizio. Pigliavo il cappello e uscivo. Il paese, Poggibonsi,[16] la sera era molto rumoroso; i caffè si empivano. Il fiumiciattolo che passava sotto il ponte presso la stazione scrosciava tra i sassi. Le ragazze a braccetto mi sfioravano con i gomiti; i ragazzi m'urtavano. Qualcuno, da una bottega, mi chiamava a bere. Io rispondevo sorridendo; e, secondo il caso, togliendomi il cappello e provando un piccolo brivido quando era qualche signore. A metà della strada, vedevo la finestra di cucina dove certo era la signora Costanza; e, allora, tornavo a dietro. Ma pensando a lei, qualche volta burlandomene; perché il suo viso magro e angoloso diventava goffo e si gonfiava. Oh, no, per tornare in servizio sarei stato troppo stanco; mi girava la testa! E come avrei potuto fare se c'era il mio compagno di turno? Avevo lasciato tutto bene all'ordine, non era avvenuto niente; e l'ispettore mi aveva dato la mano, sentendomi ebbro sotto gli sguardi dei miei subalterni ch'io guardavo accigliato, nervosamente, quasi che la pelle intorno agli occhi si fosse contratta da sé.

Allora, passeggiavo per quelle strade più solitarie, dove si sentivano conversare soltanto le donne o strillar qualche ragazzo in fasce.[17] Un organetto a mantice[18] sonava sempre dentro un'osteria, il cui lumicino rosso aspettava gli avventori. Passando dinanzi, si sentivano le bestemmie mescolarsi, quasi fondendosi, con quel suono allegro e stridulo che pareva la risata di un becero.[19] Uscivo un poco fuori dal paese, incontrando i contadini che tornavano con i bovi. Qualche donna a una finestra, qualche uomo silenzioso a fumar su l'uscio di casa. I campi, molto più alti della strada costruita tra due muri laterali, si coprivano d'ombre; i cani abbaiavano, i rumori della gente si attenuavano. Tornavo in dietro. Salivo in casa mia e speravo che la signora Costanza fosse andata a letto; ma invece era là, accanto a quel salotto, a leggere il *Libro dei sogni;*[20] mentre i *Tre Moschettieri* erano chiusi nel mezzo della tavola, con un ferro da calza messo dentro per segnale delle pagine lette.

Io passavo oltre, fingendo che non l'avessi voluta disturbare; ella alzava la testa come per invitarmi a sedere, ma non osava. Io ci provavo un piacere crudele a vederle far quell'atto; e allora, anche se prima avessi avuto voglia di conversare, non mi sarei fermato; più soddisfatto di comportarmi e di trattarla così.[21] Prima di addormentarmi, imaginavo che mi desse noia leggendo; e sì che non bisbigliava né meno! Ma non importa: era un pretesto perché io soffocassi ogni sentimento di amicizia; la quale ormai era innegabile. Tra me e lei era nato qualche cosa, quantunque fosse sempre quella del primo giorno.

Qualche volta mi veniva voglia di schernirla perché teneva tutte quelle bestie in casa; e supponevo che anche a me volesse bene come a loro. Allora, la guardavo con collera.

«Che ha stamani, signor Vincenzo?»

Io capivo di sbagliare, ero più contento e le sorridevo.

Ma, infine, insomma, perché m'è venuta la decisione di sposarla? E che penserà di me? Ora tutto ch'io le dicevo crederà che fosse il principio del mio amore; e ciò mi dispiace. Scommetto che si ricorda benissimo di me, e che crede ch'io voglia burlare.[22] Come faccio a farglielo credere subito? No, non posso incaricare nessuno; e, allora, andrò da me. È meglio che scrivere: scommetto che l'impiegato postale aprirebbe la lettera. Una lettera alla signora Costanza! Ma noi saremo felici; ne son certo. Dio mio, perché non ci ho pensato prima? E il piccione, che ormai sarà vecchio? E il gatto? Tutto qui, in questa casa; in casa mia. Se avremo qualche figlio, ci vorremo bene anche di più. Mi farò il ritratto anche io e lo manderò ai miei fratelli. Oh, quanto l'amerò! Tutto l'amore che non ho mai avuto. Come sarò commosso quando le dirò: «Signora Costanza, vuole essere la mia sposa?». E lei mi risponderà... come mi risponderà? Non me lo so imaginare. Ma saremo tanto contenti tutti e due! Sì, sarò commosso dicendole: «Io non potevo star senza tornare in questa casa!». E lei si metterà a piangere; ci scommetto, si metterà a piangere. La farò piangere io.

Costanza era morta;[23] ma i suoi parenti hanno lasciato intatto quel salotto. Il piccione era zoppo: l'ho visto.

Prima di risalire in treno, i miei compagni mi hanno portato a bevere;[24] e poi che io mi vergognavo di dir perché ero tornato, anzi avevo dato ad intendere ch'ero tornato soltanto per riveder loro, m'hanno fatto prendere, per festeggiarmi, una sbornia immensa, una sbornia che è diventata proverbiale. Non so come ho fatto: è la prima, e il vino m'andava giù a litri.

ALTRE NOVELLE

IL CIUCHINO[1]

Nell'ombra della stalla, su la paglia calda, giaceva ai piedi della madre il ciuchino nato la stessa mattina.

«Va' in là, testona!»[2] gridò il contadino vecchio, che portava una cesta di paglia e di fieno.

Ma la ciuca non lasciava che alcuno s'avvicinasse al figlio. Proteggendolo con la pancia ancor sanguinosa si metteva attraverso la stalla e strozzandosi con la cavezza gli poneva i piedi addosso per essere dalla parte onde l'uomo entrava.

«Ma vai in là. Lo schiacci!»

La ciuca impaurita tremava e le sue pupille splendevano quasi rosse.

«Bisogna legarla più a corto» disse un altro contadino, fermandosi sulla soglia.

«Ma se si vuol buttar giù?» rispose il vecchio.

«Non si butterà. Legatela.»

E s'appoggiò alla porta, incrociando le braccia. Il suo viso, fatto di rughe, aveva due occhi azzurri come due pietre trasparenti. E un sorriso quasi dolce glielo empiva di simpatia.

Il vecchio posò la cesta, e s'avvicinò alla bestia, camminando rasente alla mangiatoia su la paglia rimasta libera nell'angolo.

La ciuca mosse le gambe.

«Bada, se mi chiappi!»[3] Se mi chiappi!» E la sua voce era calda.

«Pigliate un palo, per tenerla distante.»

«Dammelo tu. Che ci fai costì ritto?»

Andrea cercò tra le vanghe e le zappe ammucchiate dietro l'uscio.

«Piglialo fuori tra le legna!» esclamò il vecchio, accennando verso l'aia, dove il sole dell'estate occidua[4] illuminava un campo sbiadito.

«Là, là...» Andrea cercò tra un mucchio di ceppi,[5] e tornò con un palo lunghissimo. Lo puntò alla pancia della bestia e la rimandò un poco verso il suo posto. Il vecchio andò alla cavezza, con le braccia allungate.

«Senza paura» disse Andrea.

«Non di me, ma se dà un calcio al suo figliolo?»

Ed evitò con i piedi il ciuchino che ancora non si reggeva su.

La ciuca respirava fortemente. La carne delle gambe posteriori era come diminuita e la pancia trenfiava[6] un poco.

«Via, buona. Ti lego più a corto» diceva il vecchio, esprimendo con il viso la sua voglia.

Andrea, senza farle male, la spingeva con la punta del palo.

«Basta» disse il vecchio. «Ora l'ho.» Sciolse con l'unghie il nodo, e tirò a fretta la fune per il buco della mangiatoia. La ciuca accostò il muso ad essa, stando ferma. Poi si volse al figlio, ed i suoi occhi ebbero un senso vivo di pietà e di affetto. Il vecchio addolcì la voce:

«Tieni, tieni... Allattalo».

Andrea aveva posato il palo e aveva preso la cesta.

«No: prima guardiamo se gli vuol dare il latte» disse l'altro contadino.

Presero il piccolo ciuco e tentarono di alzarlo. Esso aveva le gambe lunghissime e coperte di pelo alto. Pareva avesse voglia di poppare. Si mosse verso le gambe della mamma, e, inciampando su la paglia che cedeva, cadde sopra un ginocchio.

I contadini ridevano. Lo rialzarono, ma esso non poteva stare in piedi. Cadeva con la pesante testa in avanti. Allora lo avvicinarono alle poppe della mamma.

«Piano, carogna!» disse il vecchio. Però che[7] la ciuca si allontanò bruscamente stringendosi al muro della stalla. Un contadino gli aprì la bocca e lo avvicinò a un capezzolo.

«Bevi.»

La ciuca, sentendosi toccare in tal luogo, si scosse con violenza e picchiò un calcio. Il ciuchino cadde di peso.

«Lo fa morire di fame. È inutile che ci confondiamo.»[8]

La ciuca non avrebbe allattato mai il proprio figlio. Ella non voleva che lo portassero via dalla stalla, ma non gli dava il latte.[9] Ed aveva un raglio singhiozzante quando i contadini glielo toglievano un momento. Tutta la mattina essi s'erano affaticati invano.

«Ora? L'ammazza se non glielo leviamo di sotto!»

«Ferma, o birbante!» E Andrea la bastonò sul dorso.

«No: non la picchiare. Ha partorito dianzi» disse il vecchio.

E la ciuca parve più dolente. Andrea alzò di peso il ciuchino e lo trasse all'aria. Un raggio di luce gli fece chiudere le palpebre.

«Quanto male gli avrà fatto?» chiese il vecchio.

«Che ci dirà il padrone?»

Le contadine si avvicinarono all'uscio. Le loro ombre coprivano il ciuchino. Quella più vecchia esclamò:

«Io ci piangerei di passione».

Ed un'altra:

«Pare impossibile che anche tra le bestie ci siano così cattive.[10] Non c'è da farle niente».

«E come si campa?» domandò il vecchio.

«Compreremo un poco di latte e glielo daremo a bere» disse una delle contadine, che aveva in mano un grembiule e l'ago per rassettarlo.[11]

La ciuca guardava impaurita.

«Dove lo avrà preso?» richiese il vecchio.

«Anche un calcio gli ha dato?» domandò la vecchia.

«Qui, sopra una gamba: m'è parso.»

Le donne alzarono le voci. Bisognava allattare il ciuchino con un cucchiaio o con una tazza, perché esso non morisse di fame.

«Ma lei dovrebbe morire!» esclamò una contadina.

«Quella birbacciona» esclamò un'altra.

«Mi dispiace come fossi la padrona io» disse la vecchia.

«E chi lo trova il latte a quest'ora?» disse il vecchio.

«Acqua e farina di fave. È lo stesso» rispose Andrea. Ed aggiunse:

«Mettiamolo su la paglia».

E riposò il ciuchino. Il quale appoggiò la testa, e rattrappì le gambe su la pancia.

Di quando in quando, la ciuca lo guardava. I contadini la governarono[12] e richiusero l'uscio della stalla. Poi andarono per i campi. Una delle donne, Adele, andò a prendere un piccolo catino di terracotta e l'empì di acqua.

«Ci vorrebbe calda?» chiese la vecchia che aveva la farina di fave.

«È lo stesso» disse la terza contadina che si chiamava Beppa.

«Allora, vieni qua.» E la vecchia, Caterina, mise un pizzico di farina nell'acqua che oscillava.

Beppa posò il grembiule, infilandovi l'ago.

«Io terrò la bocca» disse.

«Che dirà il padrone?» esclamò la vecchia.

«Che dirà?» domandò Adele.

«Gli dispiacerà» mormorò Beppa.

«Quando saprà del calcio... Io ho paura che gridi il mio marito» disse Adele.

«Ma se il tuo non c'era!» rispose Beppa. «Il mio invece che se n'è occupato.»

«E il mio perché non se ne è occupato.»

Ed ebbero un poco d'ira. Caterina aveva disciolto la farina con le dita. Il sacco era là appoggiato all'uscio.

«Andiamo» disse. «E facciamo per bene.»

Com'esse erano per aprire l'uscio della stalla, il cane si allontanò di corsa e abbaiò su la strada. Lo udirono già a cento passi dal podere:

«È il padrone».

«Proprio» disse Adele.

E udirono la sonagliera del suo cavallo, sempre più acutamente. Il cane ritornò nell'aia, con la bocca aperta e affannata.

«Vo ad aprirgli il cancello» disse la vecchia.

Le altre due rimasero con il catino in mano dinanzi alla stalla.

Il padrone entrò col calesse, e andò verso la capanna. Era un uomo robusto e anziano. Alto. Un cappello a cencio, con la tesa sciupata, gli parava il sole.

Il cane mise le zampe su le stanghe.

La vecchia gli disse:

«È nato».

«Ah, finalmente! Vengo subito a vederlo.»

«Ma... la ciuca non gli vuol dare il latte.»

«È possibile?»

«Ci si sono provati gli uomini invano.»

«Ora guardo io. La impastoieremo.»[13]

Ed egli scese dal calesse. Legò il cavallo e andò alla stalla.

«Voi che fate con questa roba in mano?»

«Abbiamo fatto questo bere al ciuchino. Ma ancora non glielo abbiamo dato.»

«Anche aspettavamo lei» disse Adele.

«Me? O da voi non sapete fare? Vi manderei via tutti quanti siete... Ora vi insegno io.»[14]

E aprì la stalla. La ciuca si era avvicinata quanto le era possibile al figlio.

«Chi l'ha legata così a corto?»

«Giovanni» disse la vecchia.

«È stupido anche lui?»

«Ma.... è stata legata così perché tira i calci al ciuchino.»

«L'ha preso?»

«Sì... qui su la gamba.»

Il padrone alzò la piccola bestia. La ciuca si scosse, e sollevò le gambe posteriori. Il padrone prima tentò che essa lo allattasse, aiutato dalle donne. Poi la colpì con un pugno sul muso.[15]

«Datemi lo stringinaso.»[16]

Caterina glielo porse.

Egli attorcigliò il labbro superiore della ciuca e lo strinse con tutte e due le mani.

Le contadine guardavano.

«Ti strappo il muso, io!» gridava.

La ciuca aveva scoperto la mascella, e i suoi denti grossi sembravano fagiuoli.

«Mettete il ciuchino sotto.»

Le donne posero il ciuco alla poppa.

«Tenetele le gambe.»

Ma la bestia si sciolse dai loro pugni avviticchiati[17] e cozzò il figlio.

Il padrone stette fermo e le donne fecero un balzo indietro.

«Non avete forza voi... chiamate gli uomini.»

Adele uscì di corsa e andò verso il campo. Si vide la sua giacchetta sparire tra gli alberi, dietro il pagliaio.

«Pigliate il ciuco e diamogli da bevere così.»

Egli era infuriato. Sembrava che le braccia gli si gonfiassero. Prese la piccola bestia e la portò fuori della stalla. Caterina riprese il catino e lo fece vedere al padrone.

«Che roba è?»

«È acqua e farina di fave.»

«Vi romperei l'ossa. È calorosa, ci vuole il latte. Di capra, di mucca... Non lo sapete?»

Beppa assentiva. Allora drizzò su le gambe il ciuchino che sembrava stordito.

Dopo un poco di tempo vennero tutti e tre gli uomini dai campi.

«Buona sera a lei» dissero quasi insieme.

«Tu vai a lavare per bene la ciuca» disse il padrone. «E voi venite qua. Chi s'è provato a far bevere il ciuchino?»

«Noi» rispose il vecchio.

«Non v'è riuscito?»

«In nessuna maniera» rispose Andrea.

«Portate la ciuca fuori e impastoiamola.»[18]

Andrea andò alla stalla che Enrico aveva aperta. Il quale disse:

«Non vuole lavarla?».

«No, ha detto che la porti fuori.»

«Tanto meglio.»

Giovanni disse:

«Ma le pastoie ci sono? Caterina, sai dove furono messe?».

«Io non le ho vedute mai» rispose la vecchia moglie.

«E allora?»

«Trovatele, ci devono essere» disse il padrone, impaziente.

Le due donne entrarono nella rimessa, ch'era piena di scale, di conche di limone,[19] e di carrette.

Adele intanto era tornata. Ella aveva camminato dietro gli uomini.

La ciuca fu tratta fuori. Essa si volle fermare accanto al figlio.

«Portatela qua, al sole» disse il padrone.

Enrico aveva la fune della cavezza e Andrea picchiò la bestia con la palma di una mano.

«Ci sono, dunque, le pastoie?» gridò il padrone.

Una delle due donne rispose, dalla rimessa, che non le trovava. Ma il padrone non udì. Allora Adele andò sull'entrata e chiese:

«Dice il padrone se l'avete trovate».

«No, no, non si trovano. Forse, non ci sono.»

Adele ripeté le parole a lui. Poi le due donne uscirono, urtando una carretta che cadde.

La ciuca al sole, sull'erba, si riebbe un poco. Le sue orecchie trasparivano rosse alla luce. Ed essa si trovò come noiata[20] in mezzo a tutta quella gente, che la circondava e la guardava.

«Legate la ciuca nel posto del cavallo, e diamo da bevere al ciuchino. Lesti.»

Andrea mosse il cavallo, e lo portò sotto una tettoia, legandolo al timone di un carro. Enrico legò la ciuca. Allora il padrone riprese il ciuchino e lo trasportò presso a lei.

Beppa andò a riprendere il catino con la farina di fave.

«Ci vorrebbe il latte» disse il padrone «ma proverò con questa roba qui.»

Giovanni assicurò che non gli farebbe male, quantunque Andrea sostenesse ch'essa sarebbe troppo calorosa.

«Faccia chiamare il veterinaro» disse Caterina.

«Se ne intende meno di noi. Con quest'acqua» esclamò il padrone.

Due donne aprirono la bocca alla piccola bestia.

«Badate di non scorticargli il palato» raccomandò Giovanni.

«Piano, voi... Adele!» gridò il padrone.

«Faccio piano...»

«Avete le unghie troppo lunghe. Fate piano, vi dico.»

Caterina alzò il catino e lo introdusse tra le labbra già scostate. E il liquido si versò sull'erba e sul collo della bestia.

«Io.» E il padrone prese il recipiente. «Alzategli il collo. Su.»

L'acqua imbiancata dalla farina cadde giù nella bocca, e Giovanni scosse il collo al ciuchino perché andasse per la gola.

«Non gli entra più.»

«Tenetelo così un poco.»

Parve che il ciuchino avesse una grande stanchezza. Gli occhi gli si coprirono, e cadde su le gambe di dietro.

«Lasciatelo andare!»

Allora la bevanda si riversò tutta in terra, imbrattandogli le labbra nerastre.

«Morirà di fame, così» disse uno dei contadini.

«E dove gli ha fatto male con la zampata?»

«Qui... qui...»

Enrico disse:

«Padrone, noi torniamo a zappare. Che cosa facciamo noi?».

«Andate» rispose il padrone.

Due delle donne rientrarono in casa. Rimase Beppa. Anche il padrone non sapeva che cosa provvedere. Disse alla contadina che lasciasse stare il ciuchino lì, e si allontanò con i contadini. Ella si pose seduta lì vicino, sopra un mucchio di tegole, a cucire.

Era l'ora presso il tramonto. Il cielo s'era fatto più cupo e su le colline sembrava abbassato.

La contadina lavorava, guardando di quando in quando le due bestie. Sembrava che ella avesse una grande asprezza. Tutte le pieghe del viso, ch'erano aduste,[21] s'adunavano intorno alla bocca brutta e tonda. I capelli castagni, sudici, erano arruffati su la fronte fatta come la convessità di una mela. E l'ago si cacciava mal volentieri nel grembiule turchiniccio e sbiadito. Le rammendature erano di filo bianco.

Le altre due donne stettero alquanto nelle loro case, per preparare la cena.

La vecchia si affacciò su la soglia della sua e domandò:

«Ha poppato?»

«Come deve fare?» aveva risposto Beppa.

Dal comignolo dell'altra casa usciva un fumo biancastro. E contro il sole più aranciato prendeva colori violetti dove era più denso. Due rondini volarono sotto la tettoia

e il cavallo zampava.[22] Beppa sospirò. Si alzò e toccò il
ciuchino. Lo sentì freddo. Però che esso era ancora più
immobile sull'erba. E la testa riposava sopra una pietra.

La donna disse:

«È colpa tua, vedi?».

E si ripose a cucire.

Adele uscì sul piazzale e domandò:

«Non faremmo meglio a richiamare il padrone?».

«Infatti. Questa bestiola è peggiorata. Non si muove e
non respira più. Ho una gran paura.»

«Vado a chiamarlo.»

Caterina esclamò dall'uscio:

«Intanto cogliete due o tre radici».

«Le radici? Se il padrone vede che non penso al ciuco
mi manda via.»

«Oh! Che cosa dite?» disse Beppa. «Fate un solo viaggio!»

«Andate voi!»

«Io sto qui a badarlo.»

«Allora non si mangeranno le radici.»

«Basterà il pane. Spicciatevi.»

Adele aveva un viso quasi pallido, allungato. E le palpebre, su le pupille azzurre, sembravano due petali di rosa
bianca. Anche Caterina aveva gli occhi di quel colore; ma
si avvicinavano maggiormente al turchino. Ed avevano
una speciale luminosità immobile. La sua bocca era quasi
bella tra l'arida pelle antica. E i denti, che si scoprivano
quand'ella parlava, erano gialli. Ella era molto curva, e le
mani s'erano aggranchite.[23] I capelli erano bianchi. Il
collo secco.

Adele andò nella strada, per cercare il padrone. Nella
strada, la polvere era illuminata dal sole già cadente dietro
l'orizzonte. E l'ombra della donna era presso che verde.

Sopraggiunse un castrino.[24]

Egli era un giovane alto, dai baffi neri, e gli occhi castagni. Aveva un piccolo cappello marrone su i capelli corti.

Guardò dal cancello e poi entrò. Con una bacchettina di legno fresco toccò il ciuchino, che nemmeno aprì gli occhi. Poi si piegò e lo tastò con le mani.

«È già freddo» disse.

Beppa, che lo aveva osservato, raccontò a lui quel che avevano fatto perché la ciuca gli desse il latte.

Il castrino disse:

«È inutile. Sono bestie che non si correggono».

«Inoltre, ha avuto un calcio.»

«Domattina è già morto. Lo capisco. Il padrone dov'è?»

«Deve venire ora» disse Beppa. «Abbiamo mandato a richiamarlo.»

«Ditegli quel che vi ho detto io.» E se ne andò, per la scorciatoia dei campi, verso la città.

Caterina uscì con un pezzo di pane, cui ella mangiava a morsi. E nella midolla rimanevano i segni netti dei denti incisivi.

Passarono, dalla strada, anche due frati, che non si fermarono.

Nell'occidente, il cielo aveva uno splendore glauco.[25]

E la luna, come se fosse diafana, vi s'era soffermata.

Il padrone tornò con il cappello in mano, a cagione del caldo. Il sudore gli bagnava la fronte quasi bianca, che aveva pochi capelli biondi.

Dette un calcio al cane,[26] che gli era salito su le gambe, e chiedendo a Beppa: «Che cosa fa?» entrò nel suo piazzale.

«Anche quello che castrò i bovi ha detto che morirà.»

«Quanto è che è andato via?»

«Mezz'ora, quasi.»

Il padrone non sapeva che fare. Il ciuchino non stava più in piedi. Sembrava intirizzirsi. Anche la ciuca, aveva sofferto, lì legata.

Caterina messe in tasca il pane avanzatole, e disse:

«Proviamo a ridargli questa bevanda?».

«Gli avete fatto male alle gengive, dianzi...»

Le due donne alzarono le spalle. E la vecchia disse:

«Ma che cosa dice?».

Il padrone non seppe rispondere, e tacque. Poi andò al cavallo, lo sciolse e lo menò nel mezzo del piazzale. E gli uomini, intanto, tornavano dal lavoro. Le loro camicie biancheggiavano nell'aria alquanto oscura, e le zappe luccicavano. Tutti e tre si drizzarono alla bestia distesa in terra. La guardarono a lungo ed entrarono taciturni a posare gli arnesi. S'indugiarono sull'uscio della rimessa.

Il padrone li fissò. Ed allora Andrea disse:

«Povera bestia! Dove la mettiamo stanotte?».

«E la madre?»

«Io... la lascerei qui fuori con il ciuchino» disse il padrone, con lentezza.

«Qui fuori?» esclamò Enrico.

«È freddo» disse Giovanni. «Ma faccia quel che vuole.»

«Io la porterei nella sua stalla e la bestiola in un'altra, a morire. Perché muore!» disse Andrea.

«Madonna benedetta!» sospirò Beppa.

«State zitta.»

«Mi dispiace... ci pato...»[27] mormorò la vecchia.

«Che cosa gli volete fare?» riprese l'altra.

«Era destino che il padrone non l'avesse. Così ha voluto Dio.»

E la vecchia pose il viso entro il palmo concavo di una mano. E stette così.

Il padrone era preoccupatissimo. Salì sul calesse e ridiscese, però che[28] era anche incerto.

Poi disse:

«Portate il mangime a lei».

«Qui?» chiese Andrea.

«Con una cesta. Fieno... soltanto.»

«Come vuole.»

E i suoi zoccoli batterono su la scala di legno, che saliva nella capanna. Il sole era sparito. Di faccia era il pagliaio ancora intatto, che aveva sullo stollo[29] una crocetta di le-

328

gno. I tralci delle viti s'ammucchiavano in fondo a una pergola, con un'ombra soave. E la luna era piena di una lucentezza gialla.

Il padrone disse:

«Lasciatelo lì. Copritelo con un incerato.[30] C'è?».

«Andate a prenderlo, Giovanni» disse Enrico.

«Vai tu, che hai le gambe buone. È in casa mia, sopra la cassa della semola.» E il vecchio appoggiò le pugna ai fianchi. Le mani sembravano, nell'oscurità, due cose informi.

La brezza della sera faceva crosciare un gran pino. Andrea ridiscese con la cesta piena di fieno, e la pose dinanzi al muso della ciuca.

Il ciuchino sembrava schiacciarsi. Le sue quattro zampe erano riunite su la pancia.

Enrico portò un ampio incerato giallo. Il padrone lo ripiegò due volte e coprì il morituro.

«Ma la brinata lo ucciderà prima!» esclamò Giovanni.

«No: l'aria aperta gli farà bene» insisté il padrone.

«Stanotte farà freddo» disse Andrea.

Il padrone scosse la testa e salì sul calesse. Il cavallo si avanzò al cancello.

«Lasciatelo lì.»

«Anche la ciuca, ha detto?»

«Anch'essa.» Ed egli mandò il cavallo.

I contadini rimasero intorno alle due bestie. Ciascuno discuteva quel che aveva ordinato il padrone. Ma nessuno, per paura che aveva dell'altro, si arrischiò a disapprovare. Ciascuno temeva che il padrone risapesse quel che avrebbe detto.[31] Le donne si ammucchiarono a parte, e s'avviarono alle case.

«Buona notte, Caterina.»

«Buona notte, Beppa.»

«Buona notte, Adele.»

Gli uomini disparvero a compiere i lavori. Giovanni accese una lanterna e andò nella stalla. Andrea, canticchiando, andò nel campo a cogliersi i rapi[32] per la cena, ed Enrico accomodò gli arnesi nella rimessa.

Dopo due ore, quando il piazzale era silenzioso, la luna illuminò il cadavere del ciuchino, che dava all'incerato pieno di pieghe l'aspetto di una gonfiezza.

E la ciuca masticava.[33]

LA MADRE[1]

Vittorio per la convalescenza del tifo stette in campagna.
Finiva, allora, tredici anni. Suo padre Pietro, guada-
gnando con una trattoria in città, aveva da poco comprato
quel podere.[2] Ma Vittorio non era andato mai oltre un bel
susino, ch'era di fianco all'aia troppo vecchia. Egli guardava i bovi e gli operanti[3] andare nel campo o tornare con
le zappe su le spalle, senza nessuna curiosità. Siena non
era lontana.

Ma gli occhi rimasti ancora indeboliti provavano un vi-
vido barbaglio, s'egli voleva guardare verso la città. Sembrava che la Cattedrale nell'orizzonte appartenesse ad un
altro mondo,[4] e tutte le volte che Vittorio ci pensava, sen-
tivasi come distruggere da lunghe fiamme invisibili. Allora le sue dita tremolavano ancora.

O parevagli[5] che il cielo, come liquefatto dal calore, gli
s'affondasse dentro di sé. Ed allora lo stridio delle rondini
lo infastidiva. E le rondini passavano e ripassavano rasente, come s'egli non ci fosse né meno.

Una mattina gli si avvicinò Fra Benedetto, un cappuccino dalla barba bianca sotto la bocca rasata, e dagli occhi
di una azzurra opacità indefinibile; come se vi fosse un te-
nue sorriso non mai indovinato. La tonaca quasi gialla, e
rattoppata con panno nuovo, gli apparve improvvisamente accanto.

Vittorio toccò le bisacce, sentendovi molti pezzi di
pane.

«Che vuole da me?»

E il cappuccino cercatore non rispose. Ma sorrise socchiudendo la bocca, dove si vedeva la lingua di una chiarità grande. Poi esclamò lentamente, alzando ambedue le braccia:

«È guarito, dunque!».

«Sì» rispose Vittorio, che non si poté volgere troppo a guardarlo.

«Sia lodata la nostra Vergine benedetta. Quando viene al convento per ringraziare?»

Il giovinetto, senza spiegarsene il perché, gridò:

«Sono guarito da me».

«Oh! Oh! Bisogna credere. Lassù c'è Qualcuno. Noi, sue creature, dobbiamo essere riconoscenti del bene che ci fa.»

Vittorio non rispose, sentendosi bruciare la faccia di rabbia. Il cappuccino non si conturbò. I suoi occhi si abbassarono, quasi sfuggirono quelli del convalescente; e poi si allontanò.

Vittorio udì i suoi zoccoli su la ghiaia.

«Se n'è andato?» E del visitante non rimasero se non un certo odore e l'aspetto delle mani screpolate,[6] dall'unghie lunghe. Ma egli non l'odiava. Il caldo faceva cadere i petali del susino, i quali si mescolavano ad alcuni ramicelli secchi in terra.

La madre venne a trovarlo. Ella aveva in mano un giornale e gli occhiali. S'abbassò rapidamente su lui per accomodargli la sciarpa di lana avvolta sopra il colletto, e gli posò una mano su la fronte. Vittorio l'allontanò, perché ogni contatto gli dava un peso insostenibile.

«Come ti senti?»

«Bene.»

«Fa troppo fresco qui?»

«No. Anzi questa lana mi scalda. Me la toglierei.»

«Lasciala stare. T'ho preparato la minestra.»

«Poca; perché non mi piace.»

La signora Anna s'inquietò. Un poco le si arrossarono le palpebre.

«Perché t'inquieti? Mi devo inquietare anch'io?»

«No. Sii buono.»

«Leggimi qualche cosa.»

«Ora no. Leggo per me. Ma sto qui.»

Ella leggeva il romanzo dell'appendice.[7] E Vittorio, ricordando alcune frasi viste di nascosto, ebbe il desiderio di leggerlo tutto. La signora Anna si pose sopra un tronco disteso. Le sue mani un poco piccole e grasse reggevano il giornale che le nascondeva il viso. Ma ella, di quando in quando, dava un'occhiata al figlio.

Ad un tratto egli disse:

«Vattene, mamma. Voglio stare solo».

Ella si alzò e chiese con dolcezza:

«Ti tieni compagnia da te?».

«Non lo so... Guardo la campagna.» Ed arrossì d'un rossore febbrile.

Ella gli accarezzò i capelli sopra le tempie.

«Come ti sono allungati!» E gli baciò un orecchio.

«M'hai assordito!»[8]

E la signora Anna allora si allontanò chiamando la sua serva Emilia.

Vittorio aveva un'idea confusa di quel che provava. Dopo molto tempo ebbe una grande allegrezza di ciò: quasi batté le mani. E allora le fronde del susino parvero curvarsi su lui per carezzarlo e baciarlo. Egli ebbe una scossa violenta di amare tutto. Egli saprebbe i sogni di tutte le cose dolci e buone. Un brivido gli attraversò l'anima. E stette per gridare: "Sono buono io!".[9] Ma un dubbio lo assalse. "Potrò attuare questo mio desiderio così profondo? Sono certo che nessuno verrà a turbarmelo? Sono certo che avrò sempre questo empito d'abbracciare tutte le cose? Non è vero che tutte queste cose dolci sono mie?".

E le immagini de' ricordi correvano rapide, mescolan-

dosi con la realtà che vedeva dinanzi; con una calda e febbrile rapidità.

Vittorio esclamava in silenzio: «Tutto è mio! Anche
queste cose sono mie!».

E tutte queste cose gli travolgevano l'anima e gliela portavano seco, senza mai smettere.

Questi ricordi non lo stancavano mai: gli apparivano
immutabili, sempre con le stesse emozioni, sopra il vuoto
che aveva fatto il tifo.

E le lacrime gli velarono la vista.[10] La campagna perse i
suoi colori, e una vespa lo tolse da tale stato mentale.

«Mamma! Voglio te, mamma. Corri!»

Ma ella non l'udì[11] perché era nella casa.

"E se Dio c'è? Che cosa è quest'ombra che ho su l'a-
nima? Ora non penso più come dianzi."

E parve che il suo spirito si oscurasse: onde egli chiuse
gli occhi. Quando li riaprì, sentì un dolore esteso per tutto
il capo. E la campagna era affaticata di luce. Ogni cosa
aveva il respiro affievolito per l'afa. I fiori bianchi del susino avevano quasi un altro colore sovrapposto. E una pesantezza era diffusa nell'azzurro. Due passere volarono
stanche dall'uno frutto all'altro. E i ramicelli piegati dal
loro corpo fecero due o tre movimenti.[12]

Emilia lo chiamò:

«Vuol mangiare?».

Egli aveva fame, ma non avrebbe voluto mangiare.

«Se vuol mangiare, io vengo a prenderlo per portarlo in
casa.»

Vittorio domandò:

«La mamma dov'è? Chiamala: voglio che venga lei a
sorreggermi».

Frattanto, il Convento dei cappuccini suonò il mezzodì.
Ed egli pensò al campanile della chiesa, dritto come un
dito nell'aria. E le parole di Fra Benedetto gli si ripeterono
nell'orecchio.

"Ora mangia anche egli." Tale idea lo calmò. La signora

Anna giunse. Ella aveva un grembiule bianco da cucina; e le mani infarinate. Vittorio gliele toccò e sorrise:

«Ridi?» domandò ella arrossendo.

«Ma, per reggermi, mi sporcherai!»[13]

«Mi pulisco le dita.» E le sfregò forte con il fondo del grembiule che era di lino grosso.

Passarono tre settimane. Vittorio aveva ripreso i freschi vigori della giovinezza. Non ricordava più della malattia. Sembrava che la sua vita cominciasse da lì, ed essa gli avesse strappati tutti gli anni precedenti.

Soltanto alcuni momenti aveva del tifo una specie di incubo. E sentiva un'altra volta le mani della madre sopra i suoi occhi e sopra la fronte.[14]

Pensava al gran letto bianco, dove si scorgevano i rialzi prodotti dai suoi piedi; al tepore delle lenzuola per la febbre; alla trombetta di una bambina che, nella stanza prossima, faceva il chiasso; oppure al desiderio di ridere. E di tutto ciò sentiva una rivolta grandissima. E ciò egli riprovò anche una mattina affacciandosi alla camera dov'era stato malato, però che[15] aveva fiutato l'odore ributtante dell'acido fenico.[16] E in tale istante avrebbe rotte con un pugno tutte le boccette che ancora contenevano le medicine liquide. Un fiasco svestito, che era pieno di sublimato,[17] suscitò la sua maggiore violenza. E, quasi impaurito, aveva chiesto alla mamma, che spazzava:

«Quando butti via quella roba?».

Ed ella, comprendendo, l'aveva nascosta nella stanzetta del carbone, avvolgendo le bocce con una coperta vecchia.

E nessuno lo turbava quanto colui che gli domandasse della malattia avuta. Allora si arrabbiava di subito,[18] e non rispondeva. Gli veniva anche voglia di sputare. Una mattina udì Fra Benedetto che dalla strada, appoggiando la testa all'inferriata della finestra terrena, domandava alla donna informazioni di lui. Il cappuccino parlava quasi sommessamente, e Vittorio gli gridò:

«Sto bene! Sto bene!».

E Fra Benedetto se ne andò senza domandare oltre.

Intanto l'estate era sopraggiunta piena di veli caldi. A giornate, alcune nuvole grosse venivano dall'occidente e passavano all'orizzonte opposto: ed egli non aveva più voglia di ridere. Tali ore gli cambiavano la coscienza.

La signora Anna era molto affaccendata per la casa e per sorvegliare i contadini. Quando il marito non c'era, ella faceva eseguire gli ordini di lui, stando per tal cagione di rado presso il figlio. Il quale non udiva se non la sua voce nei brevi intervalli che ella si avvicinava alla stanza di lui. Ma quella voce si allontanava tosto o cambiava di luogo. Una volta egli l'udiva nel salotto, un'altra nel piazzale mista alle brevi risposte dei contadini. E Vittorio aveva solo la sua immagine viva e piena della stessa realtà. Un anello d'oro con una pietra nera le appesantiva il mignolo della mano sinistra; un braccialetto le scorreva dalle prominenze ossee del polso verso il braccio, ch'era coperto da maniche corte. Un volto quasi tondo, con la bocca mesta; e gli occhi neri di una vivacità tranquilla. I capelli divisi su la fronte in due ciocche che andavano a ciascun orecchio, erano ancora lucenti e di un nero senza paragone. E il collo corto portava un vezzo di corallo e il filo nero a cui erano attaccati gli occhiali.

E Vittorio provava dal contatto di lei una placidità profonda, quasi materiale.

Una volta egli la trovò con gli occhi rossi di lacrime, in fondo al viale che attraversava quasi per intero il podere. Ed ebbe una paura subita:[19] come se anch'egli avesse dovuto piangere insieme, per un pericolo comune. Allora ella si rasciugò gli occhi e gli volse un poco le spalle, per non farsi scorgere il volto; anzi credendo ch'egli non se ne fosse accorto. Staccava con le dita affaticate i groviglioli[20] delle viti, e guardò una foglia accartocciata e seccata da un baco, a forma di sigaro. Poi la colse. Vittorio seguì la madre.

Quando essi furono in cima al viale, egli le domandò:
«Che hai?».

Ella non rispose. Ma i suoi occhi erano colmi di un sentimento infinito, e di paura.

«Va' a passeggiare. Non sudare però.»

Egli non comprese e se ne andò per la strada che porta al Convento. Già i grilli crepitavano; e due raganelle si udivano dietro la siepe. Egli vide l'ombra approssimarsi ai campi, mentre una piccola nube, come un lembo sperduto, era su l'orizzonte. E da essa uscivano bagliori tenui e frequenti, con insistenza.

Gli sembrò che la sera si adagiasse su le zolle erbose, per ascoltare quel canto multiforme degli insetti sospiranti per tutte le campagne. E non rispose al duplice saluto di contadini che lo conoscevano.

Camminò molto, a capo chino, finché la nuvoletta non dileguò come una vela, pel suo misterioso viaggio. Ed i lampi uscirono più bassi, da dietro i poggi del Chianti.[21]

I periodi di villeggiatura della mamma servivano al babbo per godersi pienamente gli amori dell'altra serva che restava con lui in città, come dispensiera[22] della trattoria.

Forse, un gesto sorpreso o qualche parola mormorata sotto voce avevano rivelato improvvisamente la tresca. La tresca temuta, ma non creduta dall'ingenuità dell'anima. Oh, quella rivelazione brutale che era simile ad una fessura di un luogo sozzo e pauroso![23] Oh, quel momento atroce aperto dalla violenta realtà, come un colpo di scure che scheggia l'anima! Oh, il risentimento caldo che soffoca dentro le lacrime! E tutta la bontà oltraggiata, disconosciuta! E l'odio impotente contro la sgualdrina!

E tutta la sua anima pianse, protetta soltanto dal sentimento della propria castità.

Gli occhi della signora Anna si offuscavano alquanto;

ed ella non avrebbe voluto essere lì tra quei pampani[24] che la sentivano passare, la toccavano, si bagnavano delle sue lacrime.

Tutto il suo corpo si scoteva, poi si agghiacciava all'improvviso rapidamente.

Poi ella sussultò.

Vide il marito in cima allo stradone che attraversava sopra il suo calesse, per tornare in città. E con lui era la femmina giovane e attraente. Ebbe un empito di non lasciarli andare via così, senza che essi sapessero ch'ella non ignorava più! Ebbe un baleno di odio.

Ma udì il cavallo trottare già nella strada. Il crepuscolo era per discendere, adunando di più intorno a lei tutte le cose. Anzi le cose le parvero una esortazione al silenzio.

E seguitò a camminare verso la casa, con il suo passo quieto e lento. Andò fino al cancello, misesi le mani dietro la schiena, allacciando le sue dita non più convulse, e guardò la strada polverosa, non lunga ma piegata ad arco, tra le siepi spinose.

Il suo volto era tornato calmo sopra lo spasimo che non doveva più terminare.

Vittorio, andato a letto, la udì chiacchierare fuori di casa con le contadine; poi alcune foglie sfrusciarono. Egli alzò la testa, e stette così pensando dove fosse andata la mamma. Ed egli allora capì che intorno a lui c'era una vita immensa, dove ancora non era entrato; una vita quasi misteriosa.

Ma la mamma si era seduta in una panca nell'ombra del susino.

Quest'ombra immobile faceva pena. Sembrava un velo sopra la madre dolorosa, una protezione dell'infinito o di Dio. E la madre animava quest'ombra. Sembrava che i raggi della luna fossero più taciti sopra le foglie del frutto, fossero così silenziosi per lei.

E tutte le lontananze, alquanto velate, erano come le corde di un'anima afflitta; e pareva che la luna dovesse scendere sempre più bassa, dovesse dire qualche suo segreto.[25] Oh, la luna così umile che si abbassava alla terra come una sorella!

Che cosa pensò la madre? Lo seppe, forse, il susino, che nello stesso inverno si seccò? E dove sono le sue foglie che facevano intenerire per la loro dolcezza buona? Oh, il ricordo di quelle foglie!

Vittorio non si mosse da quell'attitudine finché non sentì il suo gomito indolenzito. Allora chiamò:

«Mamma! Mamma!».

Nessuno rispondeva.

Egli aspettò ancora; poi si ostinò a chiamare, senza nessuno scopo.[26]

«Mamma!»

«È uscita un poco. La lasci stare; ha bisogno dell'aria fresca» rispose Emilia.

«Ti dico che la voglio io! Falla salire.»

"Perché lo aveva lasciato solo?" E, per un istante, ebbe l'idea che la mamma non lo amasse da vero. E chi lo avrebbe amato?

«Mamma, mamma!»

«Adesso viene!» Ed Emilia andò a chiamarla.

Ella salì le scale faticosamente, s'indugiò all'uscio della camera: sembrava che avesse voluto andare altrove. Egli disse, malvagiamente:

«Perché non vieni subito?».

«Se non hai bisogno di qualche cosa, perché devo venire da te?»

Egli allora pianse di stizza. Pensava: "Perché mi ha risposto così?". E tra le lacrime la candela gli sembrava che danzasse sul comodino, bruciando le bottiglie delle medicine, più rossa.

Ma la madre, senza rispondergli, aveva messo il capo sopra a lui. Allora Vittorio sentì le sue chiome sopra la fronte; e si addormentò. E sognò che un uomo di fiamma lo toccasse in tutte le parti del corpo. Ma, per ogni trafitta di dolore, la madre diceva una parola incomprensibile; e allora aveva nell'anima la voglia di farsi bruciare. E non vedeva più quell'uomo.[27]

Stette in campagna ancora. Ma un mese dopo la madre lo accompagnava alle lezioni di un prete.[28] Vittorio si annoiava dei conoscenti che la fermavano; ed avrebbe voluto essere un'altra volta al podere. E non studiava molto.

E la vita triviale aveva ripreso la madre.[29] Forse, la tresca non era più possibile per la sua presenza. Ma, come una volta ella disse al marito di cambiare la serva, egli le rispose:

«Non la puoi vedere? Tu sei cattiva». E la costrinse a non dire di più.

Se ella lo avesse accusato di qualche cosa, egli avrebbe negato così abilmente che ella sarebbe stata costretta a chiedergli scusa. «Tu sospetti di me? Vuol dire che non mi vuoi bene.»

La risposta sarebbe stata tale. E le prove, d'altra parte, dove erano?

La serva si sarebbe avventata contro di lei, mostrandosi ingiuriata; il marito l'avrebbe anche percossa. Oh, come era triste e insignificante la vita in quella trattoria, tra il va e vieni degli avventori, tra le grida dei camerieri, e le bestemmie del padre che aiutava i cuochi!

Come questo guazzabuglio, insopportabile per Vittorio, gli offuscava l'anima! Non gli era possibile leggere i libri che egli voleva; ma una volta gli fu dato la Beatrice Cenci e una Storia Universale,[30] di cui egli guardava le illustrazioni soltanto.

Come egli, sensuale ed ebbro di sé, senza accorgersene, trasaliva presso ogni donna giovane! Come rimaneva melanconico, senza potersi spiegare quel che provava!

Intanto la pubertà si affermava con i suoi segni: cominciarono a dolergli i capezzoli. Egli, dubitando di una malattia li fece vedere al babbo, che ne rise con i due suoi cuochi.[31] E poi che non comprese, molto contrariato e quasi afflitto, vi pensò dentro di sé lunghi giorni.

Sempre di più provava un imbarazzo a rispondere e a giudicare delle cose. Gli sembrava di essere destinato a restare sempre al disotto degli altri e di tutti. Finché, egli pensava, non fosse venuto a liberarlo di lì qualche persona favolosa e strapotente; una persona misteriosa che egli attendeva. E tutti gli altri non se ne sarebbero né meno accorti. Così egli si sarebbe vendicato ad un tratto.

Si ricordava di una donna che era la moglie di un assalariato del babbo. Vittorio aveva trovato un soffietto da zolfo,[32] che male alzava perché era più lungo di lui. Ella andò per farglielo posare; egli, senza volerla offendere, glielo soffiò sulla faccia. La sentì gridare, e poi vide i suoi occhi pieni di lacrime e di zolfo. Il soffietto gli cadde di mano.

Vennero altre donne e poi la mamma, che lo brontolò,[33] ma egli si difendeva. Allora provò un violento rimorso, ma anche un odio grande verso quella donna, che correva qua e là piena di stizza e con la faccia rossa.

Una volta sola vide il padre che voleva battere una spazzola sul volto della mamma. La quale se ne stava a sedere, e ratteneva le lacrime. Ed ora avrebbe voluto che tutte queste cose non gli fossero avvenute.

Andavano i barrocci dei fruttaioli all'uscio della trattoria. E come gli piaceva di saltare insieme i due scalini per andare intorno al buono odore dei panieri carichi! Mentre pesavano, egli prendeva spesso una susina o una pesca. La mamma lo brontolava, ed egli scappava a mangiarla dentro un cortile.

In quel cortile c'era molto puzzo a motivo di un gran mucchio di spazzatura della trattoria e di una fogna mal tenuta. Ma egli, anzi, si divertiva col manico della granata a rivoltare quel lardume per guardare i grossi vermi bianchi che v'erano nati sotto. Così alzava sempre la pietra di quella fogna, per rivedere un baco lunghissimo.

Ma un'altra sua ghiottoneria consisteva nel prendere di nascosto le mele e le pere, che tenevano in una cestella larga e coperta di un tovagliolo bagnato perché si mantenessero fresche. Doveva ingoiarle in fretta. E si accorgevano sempre quando ne mancava qualcuna. Allora ricominciavano gli interminabili rimproveri:[34]

«Va' a studiare, invece».

Ma egli non poteva aprire alcun libro. Gli era impossibile. Doveva ridere, scherzare o cantare a squarciagola. Ma d'un tratto qualche ricordo lo quietava e lo imbarazzava. Si ricordava della prima volta che aveva avuto paura della folgore.

Durante un temporale estivo, era seduto su le ginocchia di una contadina, sotto una loggia alta; nella quale s'erano ricoverate anche due vecchie, lasciando in fondo alle scale i loro fastelli di gremigna.[35] Pioveva a dirotto; e l'acqua velava la vista della città. Ad un tratto egli scorse una vasta fiamma sopra e poi intorno ad una querce; lo schianto era stato orribile. La contadina che lo teneva si alzò di scatto e si segnò. Una delle vecchie disse:

«L'avevo il presentimento di ciò. Non è difficile che avvenga una disgrazia».

Egli cominciò a piangere senza tregua, tanto che ebbero paura che non gli venisse male. Allora chiamarono la mamma, che lo strinse nelle sue braccia e lo baciò.

Ma le folgori continuavano. Ella dovette serrare tutte le finestre, e poi s'inginocchiò con lui ad una poltrona per dire le litanie.[36] Ma dalle fessure delle imposte egli scorgeva le fiamme dei baleni e non sapeva dove rifugiarsi.

Per molto tempo aveva desiderato di maciullare[37] delle canape, come aveva veduto ad un altro podere. Ne parlava sempre come il suo migliore divertimento. Una volta passò attraverso un campo, e ne vide alcuni fastelli intorno ad una fonte. Ne prese uno e lo trascinò per una lunga salita fino a casa. Provava qualche cosa di delizioso.

Ma mentre, dopo averla sciolta, stava per dare il primo colpo con un palo, sopraggiunse suo padre:

«Da dove l'hai presa?».

«Dal Borgianni.»

«Riportagliela.»

Vittorio cominciò a piangere. Il padre prese la frusta del cavallo e gliele dette quante volle. Ma Vittorio non toccò la canape.[38]

Adesso egli credeva che lo avesse percosso per vanagloriare[39] la sua onestà. E ricordò che gli avevano rimproverata la sua eccessiva brutalità. Vittorio ne rimase dolente e sdegnato perché il padre tentava di far credere agli altri che egli avesse istinti malvagi. Perciò sentì il bisogno di ribellarsi. Ma inconsciamente. Si ricordava d'esser caduto sopra il fascio della canape, sotto le sue frustate, spasimante, ma sentendosi vendicato soltanto perché molte persone lo vedevano piangere in quel modo. Era come un piacere.

Tutta la sera poi pensò che il padre avesse fatta una brutta figura; e ne era soddisfatto.

Quando la mamma entrava nel bagno, chiudendosi dentro la stanza, a Vittorio davano per trastullarsi un piccione di alabastro che egli amava caldamente. S'era affezionato anche a un piccolo romaiolo[40] dal manico schiodato. Quanto lo guardava sopra i mestoli di legno infilati dentro i buchi di uno asciugamano![41] Ma certo è che quasi tutti gli oggetti avevano per lui un fascino strano e sacro. Anche un gran tavolino, uno specchio dalla cornice dorata e la pittura in fondo ad un letto!

Talvolta, non voleva che alcuno lo toccasse o gli si avvicinasse. Avvenivano, allora, quelle bizze repentine e inspiegabili ad altrui.

Ricordava il dispiacere che provava tutte le volte che le due serve, per rifare il letto, sdrusciavano[42] le gonnelle sopra quella pittura; il rispetto per le dorature dello specchio. E per quel romaiolo aveva una tenerezza speciale e profonda.

In quanto al tavolino, bisognava che egli camminasse sovente fra le sue gambe; e ricordava che si sdraiava supino per contemplarlo sotto.

Così, quando il piccione d'alabastro si ruppe, egli ne provò dispiacere per molto tempo; e per un anno, forse, sperò di ritrovarlo tra i pezzi di coccio che buttavano giù per le scale di una cantina.

Ma accadeva, anche, che egli dimenticasse subito i ninnoli sciupati. Aveva un cavallo di legno; e si ricordava che era stato il più gran regalo; ma aveva smesso di chiederlo quando si dovette convincere che le sue labbra eran di legno verniciato, e che la coda era attaccata con la colla. Prima la sua immaginazione gli aveva dato la stessa vitalità di un animale. E si accorse, allora, che esso era una cosa sciocca, un inganno.

Anche aveva pensato che i suoi genitori gli serbassero sopra un armadio tutti i ninnoli che gli venivano a noia. Lo sognava anche. E pianse molto quando costrinse a salire la serva lassù, la quale gli fece vedere che non era stato nulla nascosto. Di una casa ricordava che le serve si divertivano a lanciare una pietra attraverso l'apertura ovale di una bussola, che aveva i vetri rotti.

Ed anche gli piaceva molto una camera con il letto parato[43] e con le cornici dorate. I tappeti e le tende erano sostenute da un paio di borchie molto grosse. Egli voleva lisciare con le sue dita i rilievi del loro disegno.

Soltanto in quella camera stava volentieri.

Una volta lo portarono a Rosia,[44] un paese vicino a Siena, dove c'era la fiera delle bestie. Durante il viaggio non vide niente. Suo padre andò a comprare un cavallo; ed egli rimase con la serva a sedere sotto le ombre di un lecceto. E di quel punto gli era rimasta un'imagine netta. Il fiume era quasi asciutto; onde[45] le sue pietre biancheggiavano al sole. I cavalli passavano a guado da una parte all'altra, insieme con i contadini e i mercatanti. Egli volle toccare alcune di quelle pietre, e sentì che erano calde come pani tolti allora di forno.

E poi dovette stare, un altro tempo lunghissimo, seduto nello stesso luogo; mentre un insetto gli ronzava intorno alla faccia, quasi immobile all'altezza de' suoi occhi. Finché Vittorio non si addormentò di stanchezza e di noia.

In un intervallo, si svegliò e chiese:

«Andiamo via?».

«Il babbo non c'è.»

«Dov'è andato?»

«Compra per te un cavallo.»

«Quello nero o quell'altro?»

«Quello che piace più a te.»

Ed egli ritornava a fissare gli occhi nella luce e nel fiume, dove l'acqua luccicava come un metallo; ed egli era sul punto di piangere.

Suo padre cercò di destarlo facendogli vedere un gran cavallo baio e dicendogli che lo avrebbe portato a casa. Vittorio chiese:

«Da vero?» e fu contento.

Ma il sonno era inesorabile. Già era sera e la luna saliva su dai boschi ampi e pareva che venisse in contro. Il dorso del cavallo era alto quanto lei. C'era una fontana di pietra bianca... E si addormentò.

A casa trovarono la mamma con le convulsioni. Dopo quel giorno, egli si chiese sempre se quella mosca non avesse voluto avvertirlo.

Un suo amico era un barrocciaio molto anziano, il quale chiamavano Tagliavento.[46] Vittorio non capiva i suoi discorsi, ma stava sempre ad ascoltarlo. Aveva una barba folta e nera; portava, sopra i calzoni, due pelli di capra. Vittorio voleva sempre che egli si sciogliesse la sua lunga cintola di stoffa rossa, e che gliela avvolgesse intorno. Talvolta, il barrocciaio, s'arrabbiava e bestemmiava. La serva lo rimproverava.

Parlava a scatti, con la voce alta. Questionava[47] quasi con tutti e sempre.

Uno sguattero, tutte le sere, gli faceva interminabili racconti di streghe o di briganti. Vittorio diceva:

«Non ci sono ora?».

«Le streghe sono lontane troppo da noi; non possiamo andare più a trovarle. Ma i briganti sì.»

Egli pensava: "Metterò un pugnale dentro una fodera di cuoio nuovo, sotto la giubba; poi anderò a trovare Tiburzi.[48] Voglio stare con lui".

E pensava a certi boschi selvaggi, irti di pietre grigie, con le croci di legno su i margini della strada; per ricordare i barrocciai precipitati giù dentro le balze.

E gli sembrava che Tiburzi, un uomo dagli occhi neri e la barba bianca, lo accogliesse volentieri. Gli facesse bere un vino che odorava stranamente di ginepro. Poi lo sottoponesse a molte prove; e finalmente tutti i banditi lo eleggessero per capo.

Che bella vita selvaggia, seduto sopra un sasso! Avrebbe comandato parecchio. I contadini lo avrebbero obbedito sempre. Egli li avrebbe fatti piangere per la sua bontà; avrebbe sposate tutte le loro figliuole. Poi avrebbe arricchito tutti. Gli pareva che dicessero, in una gran voce: "Noi vogliamo lui!".[49]

Una mattina, mentre che egli era in cucina a prendere il caffè, udì urlare la donna.[50] Con due salti fu là. La mamma era caduta bocconi. Sopraggiunse un'altra donna che non lo fece avvicinare. Emilia gli disse:

«Vada a chiamare il babbo!».

«Che cosa ha?»

Non gli risposero.

Vittorio cercò il babbo che era uscito. Lo trovò al mercato. E con lui tornò, quasi correndo, a casa.[51]

Le due donne avevano adagiata la madre sopra un lettuccio, in una camera bassissima. Emilia, per farle aspirare un sale, aveva presa la boccetta di un acido e glielo aveva versato su la bocca. E il segno della bruciatura apparve subito. Il padre si chinò su di lei:

«Anna! Anna! Sono io».

«Sbottonatele il vestito» disse un uomo, un avventore della trattoria accorso per il rumore.

«E un guanciale sotto!» disse un altro.

«È una convulsione?»

«No, no: non le prendono così.»

«Chiamate un medico.»

«Non è niente. Si riavrà.»

«Un medico!»

Qualcuno uscì dalla stanza. Ma quando il medico giunse, la madre era stata portata sul suo letto. Un gran freddo aveva pietrificata la sua faccia. Le braccia erano quasi rigide.

Due uomini salirono sul letto, per farle la respirazione artificiale. Ma gli occhi di lei stettero immobili, tra le palpebre socchiuse: si vedeva ch'ella avrebbe voluto parlare.

Il padre la chiamava, e piangeva aggirandosi per la camera:

«Rispondimi! Dimmi quel che vuoi!».

Le due donne disputavano, quasi a voce alta, per far presto a trovare un asciugamano.

Ma nell'inerte corpo di lei, adagiato sopra il letto, apparve a Vittorio il segno dell'infinito.[52]

IL PADRE[1]

Pietro, senza salutare alcuno, s'era posto a sedere, presso la tavola apparecchiata anche per lui. Egli era sopra un canapé, dietro una ventosa[2] senza vetri e con una tendina. In cima alla tavola era il padre, che già finiva di mangiare, e, presso, erano due girovaghi, moglie e marito, di Venezia.

Quando egli si fu posto a sedere, trasse di tasca un libriccino e lo aprì sopra una parte del tovagliolo. Ma non leggeva: osservava, di sott'occhio, il padre. Il quale fece una smorfia nella bocca.

Il cameriere della trattoria attraversava la stanza, per andare in cucina a portare i piatti dalle sale signorili.[3] La moglie del padrone era matrigna a Pietro,[4] e stava in una poltrona tutta circondata di cuscini di molti colori. Una bambina, che gli era cugina, sedeva sopra uno sgabello e faceva una calza bianca. Il lume della lampada a petrolio le produceva un luccichio d'oro nei suoi capelli biondi. E Pietro le guardava il viso pensoso e grosso, dagli occhi ceruli, il quale era attento alle dita, che si muovevano nell'ombra.

Il padre finse di chiamare il cuoco:

«Porta da mangiare al principe![5] Ha furia!».

Pietro, che entrava[6] sempre con l'anima preparata, ebbe come un piccolissimo sussulto.

Ma la moglie del girovago gli disse:

«Padroncino, ha fatto una camminata?».

Egli la guardò. Ella aveva i capelli neri, quasi lucenti, e il viso grasso e sensuale. Una delle mani piccole sorreggeva la forchetta, ch'ella picchiettava sulla tavola.

E il marito di lei sorrise. Aveva fatto il pagliaccio in uno di que' circhi equestri che muoiono di fame. Onde[7] conservava nel volto certe sfumature insipide di quel mestiere. E Pietro ebbe un senso di tristezza.

Intanto, il cuoco gli aveva portato la minestra in brodo. Pietro notò a lui le mani callose e un poco tremolanti; il collo magro e il volto quasi malato, che aveva gli occhi spenti. Puzzava d'acquaio, e dal grembiule sporco vennero misti odori di pesce e di cipolla.

Pietro mangiò.

I due girovaghi narravano al padrone della trattoria i loro guadagni. Avevano un tiro a segno al passeggio pubblico.[8] Ed erano arrivati da un paese prossimo.

«Che freddo ci fa sotto a quella baracca!» egli esclamò. E la moglie sua rise e disse alla padrona della trattoria:

«Abbiamo fatto un lettino piccolo così; e ci stendiamo sotto una coperta di tela incerata.[9] Lui dorme subito, ma io no, perché mi si freddano i piedi».

«È una vitaccia!» disse il padrone, abbassando la voce e appoggiando il volto ad un pugno massiccio, dove un grosso anello d'oro circondava una delle dita. E poi gettò un'occhiata torbida al figlio.[10]

«Padroncino, e lei non ha mai provato a dormire all'aria aperta?» disse un'altra volta la donna, con un riso quasi dolce. E gli occhi di lei fissarono Pietro, voluttuosi.

Egli evitò quegli occhi e arrossì.

«Portami il cacio» disse alla bambina.

Ella si alzò, aspettando che qualcuno le dicesse di andare a prenderlo. Ed espresse col volto l'abitudine piacevole di non obbedire a lui.

«Dillo a Rosa» le bisbigliò la matrigna.

«Sì.» E la bambina andò nell'altra stanza.

Pietro, con la gola arida e pieno d'inquietudine, domandò alla girovaga:

«Quanto tempo starà a Siena?».

«Quindici giorni, forse!» rispose il marito di lei, con un gesto che faceva capire quelli che egli usava per il suo vecchio mestiere. Perché quando egli sposò quella donna, che era stata una cameriera, comprò la baracca del tiro a segno e la carabina, cambiando vita.

Pietro era seccatissimo.

L'uomo se ne accorse e rivolse il discorso agli altri, mentre la sua moglie l'ascoltava facendo piccole pallottole col pane.

«E il cacio non viene?» domandò Pietro alla matrigna. Ella bussò, stizzita, ai vetri di un'altra ventosa[11] che parava la poltrona e fece un cenno col capo.

Allora apparve Rosa con un piatto, su cui era una fetta di parmigiano. Ella camminava sbadatamente, e i suoi sguardi accesero quelli del padrone.[12]

Ella levò il piatto sporco dal tovagliolo steso e vi pose quello del formaggio. Pietro non la poté guardare. Si volse e sfogliò il suo libriccino.

Ella si fermò a salutare i girovaghi.

La sua faccia era molto repugnante. Aveva la pelle giallastra e le occhiaie piene di lascivia. Le mani erano magrissime.

Pietro si sentiva morire. Egli non piangeva più, perché la sua anima era abituata a tali prove. E ne aveva acquistato come una forza. A momenti si sentiva divenire un uomo acceso a qualunque volontà.

Rosa lo guardò malignamente, con una rabbia non repressa nei muscoli facciali, che le si contraevano.

La matrigna volse la faccia al lume, per infilare l'ago, e non dissimulò la propria contentezza. In quei momenti, gli occhi suoi avevano profondità calde, e la faccia si stirava e imbiancava.

Pietro ebbe un sudore freddo sopra la fronte.

E il padre sorrise.

I girovaghi, che avevano mangiato, si alzarono e pregarono i padroni che, per quella sera, facessero a credito. La girovaga ebbe una mossa quasi graziosa per aggiustarsi lo scialle di lana rossa. Ed uscì dopo il marito, fermandosi a ringraziare.

A Pietro bruciava la testa, ma egli non ebbe la volontà di alzarsi subito.

Rosa era rimasta nella stanza, parlando di cucire un suo grembiule. E il padrone le sorrideva, avendo l'anima senile cullata da quella bocca, che appariva di una malvagità oscena. Onde era palese il dominio della degenerata.[13]

Pietro si volse alla matrigna e disse:

«Io ho soltanto una camicia... Come devo mutarla?».

«Non ti basta una camicia sola?» esclamò il padre, sarcasticamente.

«Come mi può bastare?» disse Pietro, che aveva un languore caldo in tutte le membra.

«Ti basterà» rispose il padre con una voce dura, in cui anche era l'offerta palpitante a Rosa.[14] La quale ebbe come un lampo, che le accese le estremità delle gote. E guardò Pietro.

La matrigna cuciva e chiacchierava con la bambina, ch'era tornata a sedere. Pietro sentì un tremito fievolissimo lungo il dorso. E vide il volto del padre farsi incerto: vi scorse la fiacchezza e la volgarità.

La matrigna sospirò, e la piccola cugina guardò con gli occhi spalancati un poco.

«Dunque io devo avere una camicia sola?» E lo sguardo di Pietro disse tutto.

«Sì: finché vivo io ti terrò per un mascalzone.»

La concubina guizzò dalla stanza.

«Già,» disse Pietro «finché ti confonderai[15] con la tua...»

Il padre si alzò, con uno sguardo adamantìno,[16] e lo percosse sul capo. Pietro sentì un dolore dentro tutta la te-

351

sta, e si sollevò per tenere le mani furibonde, per respingere indietro il gran colpo del padre che lo schiacciava sul canapè. Non vedeva di lui se non il cranio un poco affossato tra due righe di capelli, e, dietro a quello, il lume a petrolio.[17]

Ebbe altri pugni. E udiva gli insulti del padre urlante.

«Mascalzone sei tu!» disse Pietro.

«Io? Io...» gridava l'altro con la bocca aperta come un cerchio, e traboccante di saliva.[18] «Io t'ho fatto ed io ti uccido. Ti voglio uccidere!» E un tremito accompagnava la sua voce.

Pietro non fece più forza, e cadde presso una gamba della tavola martellato dai pugni, con le braccia spasimanti. E quando il cuoco e le donne si frapposero fra lui e il padre, egli non aveva nella sua anima, se non un'angoscia forte.

LA SCUOLA D'ANATOMIA[1]

Erano ormai parecchi mesi che mangiavo alla stessa trattoria. Non mi sarebbe riescito cambiare, perché io sono timidissimo e non mai certo se in tutte le botteghe hanno il piacere o no di servirmi. Qualche volta, mi sono sentito così imbarazzato che ho preso un piatto di più perché il cameriere mi sorridesse; e la padrona, dal suo banco, mi lanciasse un'occhiata che io ritenevo di simpatia e di benevolenza. Molte volte ho scelto le vivande non secondo il mio gusto, ma secondo quello che io immaginavo dovessi avere. E, dopo mangiato, mi va sempre il sangue alla testa e mi sento confuso. Se sto troppo a sedere, ho paura di essere osservato e di passar da ridicolo o da uno che non sa che si fare; e mi sembra d'essere guardato con sorpresa, con un'insistenza che mi mette in agitazione e la fretta di andarmene, purché mi riesca di passare tra un tavolino e un altro, troppo accostati, senza urtare in niente. Se mangio poco, non posso star senza dire al cameriere: «Oggi, mi sento male; ho lo stomaco pieno; oggi bisogna ch'io mangi meno». E fo[2] certe smorfie con la bocca come se mi dispiacesse immensamente, quasi promettendogli di farmi fare un bel conto un'altra volta; agitato, quasi intenerito, e convinto di dover mantenere questa promessa che mi libera l'animo dalla preoccupazione.

Ed io, sovente, ritorno a quell'ora non perché mi senta appetito allo stesso modo, ma perché penso che m'aspettino; e non mi riesce d'andare in un'altra trattoria. Questo è, all'incirca, il mio carattere; ossia è una debolezza della quale vorrei guarire; ma non mi riesce.[3]

Dunque, dicevo che da parecchi mesi andavo alla stessa trattoria. Da prima, al solito, avevo subìto le stesse ostilità o diffidenze; poi, convintomi che potevo seguitare a tornarci, m'ero scelto un tavolincino in un angolo della stanza, non proprio all'uscio e né meno nel mezzo. Da una parte c'era il pilastro dell'arco, e non ero visto dalla fila dei tavolini che ricominciava fino al banco dove tagliavano il formaggio ed empivano di vino le boccette.

C'erano due camerieri; ma mi serviva sempre quello anziano. Per fortuna, sapeva fare in modo che non ero costretto ad ordinare senza aver scelto; ma, dopo i primi giorni, mi permettevo perfino di farlo aspettare finché non avessi deciso. Insomma, sentivo che anch'io ero diventato come tutti gli altri, e non poteva darsi il caso che qualcuno avesse dovuto sorridere del mio impaccio. Le prime volte, dopo aver detto quel che volevo, mi sentivo così rosso che mi doleva perfino la testa, e davo un'occhiata intorno; ma così vergognoso che supplicavo di non essere guardato da nessuno. Guai se il cantiniere,[4] dal suo banco, si metteva fermo a guardarmi, distraendosi! Io pensavo subito d'aver fatto qualche cosa, e mi sentivo stringere il cuore; e mi veniva perfino da piangere.

Ma la padrona gli diceva:

«Finisci d'empire cotesta boccetta!».

Mi sentivo subito meglio, ma sempre offeso; e allora mi voltavo dalla parte dell'uscio. Per il mio cameriere cominciai a provare una specie di riconoscenza; stando attento bene a tutti i toni della sua voce, per conservarmelo sempre così. Qualche volta, m'immaginavo che m'avesse risposto con aria di rimprovero e di collera. Io lo supplicavo di lasciarmi in pace. Ma quegli tornava; e se mi metteva dinanzi il piatto senza dirmi niente, non avevo né meno più il coraggio di richiamarlo. E poi mi faceva l'effetto che si ricordasse di me dopo tutti gli altri! Perché non mi cambiava subito il piatto? Perché non stava attento quando avevo finito il pane? Gli altri li serviva volentieri, e me no. Che cosa gli avevo fatto? Mi credeva esigente? Eppure, quando mettevo la mancia su la tavola, mi tremavano le dita. Ed egli invece fingeva perfino di non vederla; e non la prendeva finché non mi avviavo per uscire. E mi pareva che, andandomene, gli facesse piacere.

La padrona, poi, che non mi parlava mai, anzi evitava perfino di guardarmi e di occuparsi di me, perché faceva così? Eppure, molte volte, mangiando, provavo per lei un'esaltazione di amicizia; e godevo di immaginarla ricca. Mi pareva di dirle: "Io vengo a mangiare qui perché anch'io voglio essere uno de' suoi clienti". E perché in vece, quando entravo, non mi faceva mai uno di quei suoi sorrisi e non avvertiva il cameriere, se era in cucina? Teneva uno stuzzicadenti in bocca, e chi sa, secondo me, quel che pensava. Non era mica[5] brutta! Ma non sapevo spiegarmi come fosse capace di starsene lì a quel banco guardando tutte le pietanze che escivano di cucina! Eppure io non avevo mai fatto nessuna osservazione, avevo sempre pagato volentieri; avevo scelto un posto dove non sarebbero potute entrare due persone insieme. Ed aveva un modo di guardare che pareva un'investigazione tranquilla, ma così naturale che certo non poteva mai sbagliare di niente. A me sarebbe stato impossibile dirle una cosa per un'altra. E mi pareva che tutta la trattoria obbedisse a lei. Da principio, il mio cameriere (so che si chiamava Modesto, e non ho mai saputo di più) riesciva a farmi ordinare quel che voleva. Aveva un modo speciale, o almeno pareva a me, di pronunciare una vivanda qualunque, che io mi affrettavo a dirgli: «Mi porti, mi porti cotesta!». Qualche volta egli continuava a dire tutte le altre, ma io lo fermavo con un cenno della mano, insistendo su quella che già avevo detta. Questo suo modo inconsapevole di imporsi, mi parve una specie di affettuosa intimità tra lui e me. Ad altri camerieri non avrei concesso altrettanto; ma a lui, ormai, non potevo farne a meno. Quando poi non pronunciava il nome di nessuna vivanda con quella modulazione che le dava importanza, io me ne domandavo il perché; ed avevo paura che non volesse essermi più amico. Ma, alla fine, mi stancai di non riescir mai ad ottenere di più da lui. Io che, entrando, avevo voglia di dirgli qualche parola affettuosa, egli allora aggrottava le ciglia come se s'aspettasse invece un'offesa![6]

Credetti perfino che non volesse essere rimproverato dalla padrona; per parlare a me!

Ah, mi sono scordato di dire che io sono un decoratore, e che a quel tempo studiavo all'Accademia in Piazza S. Marco.[7] Molte volte, entravo portando la mia cassetta,[8] e conservavo nel naso quell'odore di vernici che mi ha dato sempre un benessere passeggero come ad un altro un profumo violento. Perfino la cassetta mi pareva piena di sogni come me, e posandola su la sedia non la sbattevo forte per essi. M'aspettavo che Modesto se ne interessasse, ma solo le prime volte mi parve preoccupato ch'io non la mettessi sopra la tovaglia. Ed io, arrossendo, tutto premuroso avevo detto: «Sa, non si sporca niente! Dispiacerebbe anche a me!». Io non avevo molti denari, anzi ne avevo pochi. Mio padre e mia madre mi mandavano quel che potevano; ed io, quando arrivavo alla fine del mese, dovevo sempre farmi aggiungere qualche cosa con un vaglia. Se dicessi che ho amato la mia cassetta con gli stessi brividi che avrei avuto per una donna inebbriante non esagero. Portandola, mi sentivo esaltato. Lo scricchiolìo della maniglia, camminando, mi piaceva; era una di quelle voci che alla fine s'intendono. Quando mi sbatteva su i ginocchi, mi pareva di toccare i ginocchi di un amico. Aprendola, sentivo che mi guardava; e, così aperta, mi teneva compagnia. Molte volte, ho deciso una cosa tenendo gli occhi su di essa. E quando la richiudevo per andarmene, era lo stesso che una voce mi dicesse: "A rivederci!".

Chi ha vissuto molto tempo solitario, o per sua volontà

o per forza, sa bene che si finisce per avere di queste allucinazioni che non si potrebbero separare dalle cose reali. Lavorare e studiare insieme con gli altri mi costava una fatica enorme; mi soffocava e mi impediva di sentirmi forte; tutte le mattine che mi recavo all'Accademia, mi trovavo nella necessità di ricominciare. Non sono mai stato, lì alla scuola,[9] dinanzi ad una modella senza aver voglia di portarmela via. Sarei voluto entrare ad occhi chiusi per non vedere quel che c'era sui cartoni e sui cavalletti degli altri: tutti quei disegni e quei colori mi distraevano e mi impedivano di guardare il modello come avrei voluto: tra me e il modello c'era come uno schermo che me lo velava; non lo percepivo bene e per me solo; e così avveniva che mi preoccupavo anche di quel che facevano gli altri. Ma speravo di andare innanzi lo stesso, e con poco tempo. Del resto la mia stessa sensibilità, se mi giuocava brutti tiri, m'illudeva di poter fare parecchio e sempre meglio. Allora Modesto divenne il mio muto amico; a cui confidavo, con uno sguardo, le mie trepidazioni; ed egli con quei suoi occhi, che non potevano né meno indovinare in parte, mi rassicurava. Aveva due occhi che, in nulla differenti dal comune, erano tristi e dolci nello stesso tempo, ma di una tristezza che dava l'impressione della miseria e del silenzio: di una miseria accettata da lunghi anni e d'un silenzio pieno di onestà e di purezza. C'era anche tutto l'affetto che si serba per la famiglia; e, guardandoli, m'immaginavo, forse esattamente, l'aria della sua famiglia e il tono della voce col quale si dovevano parlare. Ma aveva Modesto la famiglia? Ne ero così convinto che non lo domandai, mai: mi pareva che lo facesse capire.

Finalmente, parve che comprendesse qualcosa di me; e, quando io lo guardavo, sentiva che io ero buono come lui; e, talvolta, si ricordava di sorridermi con tanta amicizia ch'ero proprio soddisfatto e contento. Ciò mi fece bene; e, quando stavo all'Accademia, mi sentivo come accompagnato da lui. La sera, allora, andai al corso di anatomia, e in poco tempo imparai molte cose.

A cena, cominciai a far vedere i miei disegni a Modesto, quando c'era poca gente; ed egli s'interessava special- mente a quelli anatomici, fatti con la matita rossa. Diceva:

«Questo sarebbe il muscolo che noi abbiamo qui?». E si toccava il punto, di cui non sapeva il nome.

«Sì; è il muscolo dell'avambraccio visto dalla parte di sopra.»

«E copiano proprio i cadaveri di noi uomini?»

«Certo! Sono scorticati a posta.»

Egli diveniva un poco pensoso, e non gli riesciva a ri- dere.

M'accorgevo che raccontava in cucina quel che gli avevo fatto vedere; ma pigliava un'aria di scontento triste, che non mi sfuggiva. Una volta mi disse:

«Io non ci credevo! L'ho anche domandato al dottorino che mangia in quella tavola, e m'ha detto che proprio scorticano i malati morti all'ospedale».

Io non gli risposi, perché questa mancanza di fiducia mi fece un effetto profondo. Perché non aveva creduto a me? Gli chiesi, per molti giorni, guardandolo, questa spiega- zione; ma pareva che, saputo ch'era vero dei cadaveri, mi credesse cattivo[10] e che fosse divenuto scettico[11] anche verso di me.

Quando entrava nella sua bottega, posta dietro il gran banco di pizzacagnolo, col marmo tutto pieno di salami e di presciutti, il cui odore mi piaceva tanto, aspettavo sem- pre che tornasse a guardarmi come una volta; ma, come se fossi cresciuto d'importanza, mi trattava meno famigliar- mente. La stanza dei tavolini, specie d'inverno, era illumi- nata a gas anche a mezzogiorno; perché la luce, che pi- gliava dalla lanterna di vetri verdognoli, era debolissima. Soltanto nella prima stanza ci si vedeva bene: al soffitto pareva che tutti i presciutti trasudassero di grasso; le forme di cacio, una sopra all'altra, erano accanto agli enormi orci pieni d'olio; quegli orci che sembrano carnosi. Dal mio cantuccio vedevo affettare il salame, e poi pesarlo.

Infine, mi abituai anche al nuovo cambiamento di Modesto; anzi, n'ebbi quasi piacere perché mi dispensava dal fargli tutte quelle confidenze che m'ero proposte, quasi fossero state necessarie a provargli che gli ero amico davvero. Ma egli, ormai, era divenuto indispensabile per me: la sua presenza poneva fine a tutte le mie distrazioni della giornata, ed ero certo che m'aveva guarito, in parte, della mia timidezza.

Quando, poi, era allegro, provavo invidia verso di quelli ai quali si rivolgeva; e m'accorsi ch'egli aveva parlato di me con tutti e che poneva una cura singolare per servirmi, evitando però che fosse troppo palese; e, forse, intuendo che m'avrebbe imbarazzato. Dopo un anno, anche quando doveva correre da un tavolino all'altro e poi in cucina, sentivo che egli mi preferiva a tutti e che m'era riconoscente di essermi comportato con lui con un rispetto differente agli altri. Un giorno, stetti malato. Quando tornai alla trattoria, mi venne incontro e mi chiese con ansia:

«Perché ieri non venne? È scontento di me?».

«Tutt'altro. Sono stato male.»

Allora vidi che gli dispiacque d'avermi espressa quella supposizione; arrossì e mi disse con grande affetto:

«Bisogna che s'abbia riguardo».

Non ero più, dunque, il cliente; ma una specie di amico sicuro; e forse egli parlava di me a quelli di casa sua. Ero certo che ci volevamo bene, ma anche che per molti anni la nostra relazione si sarebbe sempre limitata al punto di allora. Ed era, forse, necessario parlarsi di altre cose? Mi bastava questa simpatia. Quando gli lasciavo la mancia, provavo qualcosa di soave; ed egli la stringeva tra il pollice e l'indice come avrebbe stretto la mia mano.

Verso l'inverno, mi domandò:

«Va sempre a disegnare i morti?».

«Devo ancora studiare.»

Mi venne voglia di saper perché m'avesse chiesto ciò; ma pensai che gli avesse fatto caso[12] e basta. Tuttavia, allora, anche senza parlarci, egli mi guardava in un modo che mi ricordava sempre quella domanda, ed io provavo come un malessere inquieto; sentivo che tra me e lui c'era come una cosa triste che c'imbarazzava. Io, allora, vedevo quei morti come forse se l'immaginava lui; e provavo una certa pietà. Ma perché, dunque, prima, egli voleva vedere i disegni anatomici? Quando entravo, la sera, pareva che dicesse: "È stato dinanzi ai cadaveri!".

E c'erano, tra me e lui, silenzi indefinibili, che parevano lunghi settimane intere, silenzi che avevano l'aria di cadaveri.

I primi giorni del marzo, andai al mio paese, in Mugello; per alcun tempo; e pensavo che, tornando, avrei dovuto dire molte belle cose a Modesto; che, per colpa della mia timidezza, non avevo né meno salutato.

Entrai, dunque, in bottega contento d'essere tornato; e aspettandomi un'accoglienza allegra da Modesto. Ma egli non c'era. Come rimasi! La trattoria non mi pareva più la stessa. Eppure non domandai alla padrona perché ci fosse un altro cameriere: mi proposi di aspettare due altri giorni perché Modesto poteva aver preso un giorno o due di riposo; e la mia preoccupazione per lui avrebbe per lo meno sorpreso. Intanto, ricominciai a studiare all'Accademia; e, il terzo giorno dopo il mio arrivo, andai anche alla scuola di anatomia.

Era un crepuscolo piuttosto fresco e piovigginoso. Non so perché, ma mi dispiaceva tornare a quel corso; pensavo che, in fondo, Modesto aveva ragione; e provavo uno spavento indefinibile e ribrezzo pensando che, di lì a quattro minuti, mi sarei trovato dinanzi a un braccio o a una gamba. Ma mi volevo vincere. La mia tristezza era grande, e camminavo a disagio; facendomi urtare. L'aria della sera era così livida che tutta la gente mi pareva scontenta. Entrai; e siccome battei la fronte sul secondo uscio, in cima alle scalette, ebbi una specie di terrore.

Ma udii di là chiacchierare e ridere insieme i miei amici

con le allieve. Mi venne la voglia di dire una buffonata; e mi avanzai verso il tavolo, intorno al quale erano tutti. Alcuni mi fecero posto; e allora vidi, non so con quale improvvisa rapidità, la testa di Modesto. Un raccapriccio folle mi fece rimanere a fissarla; incapace di togliere gli occhi dai muscoli del collo, scoperti e teneri; e mi venne da piangere.

Stetti due giorni senza mangiare.[13]

PAROLE DI UN MORTO[1]

Hanno già messo i chiodi sopra la mia cassa. Il mio viso è disfatto: la mia bocca gonfia, le mani a pezzi; e gli anelli d'oro, che m'hanno lasciato alle dita, entrano nelle carne del ventre. Per quanto il mio udito sia ingrossato, ed io ci senta in un modo come se avessi gli orecchi chiusi con la bambagia, odo suonare la musica; come, dianzi, piangere.

Mi dispiace lasciare così la casa, per sempre: so che non ci tornerò più; e oggi dev'essere una bella giornata limpida, tutta odorosa; e la gente allegra. Dinanzi alla mia casa devono ancora passare gli innamorati, fermandosi a guardare le mie rose che Celestina[2] annaffia tutti i giorni.

Che importa se io non ci sono più? Tutto è come prima; e mio figlio è felice con Lorenza.[3]

Avrò tempo di pensare a tutto prima di essere messo sotto terra? Perché ho paura di sentire la mancanza dei miei pensieri, la mancanza della mia anima; e chi sa per quanto tempo non potrei né meno piangere! Sapere che potrei piangere! Ma non mette ormai conto parlare di me, e né meno del male che mi ha fatto morire.

Riconosco bene la strada, per dove mi portano verso il cimitero? Ora mi par che siamo su per quella che sale un poco, e dianzi abbiamo voltato: ora, forse, siamo fermi. Chi sa perché?

Ma di ricordi non riesco ad averne. So di avere vissuto, ma lo so soltanto teoricamente. Piuttosto è come se la febbre della malattia mi durasse ancora; e più forte. Mi ha fatto doventare cieco. Ma ecco che ora riconosco il clarinetto! Il motivo lo fa lui.

Sembra una cosa inventata[4] che io abbia vissuto: una parola soltanto. E non capisco perché io non esista né meno come il suono di quel clarinetto.

I nomi dei miei figli e della mia nuora mi fanno lo stesso effetto di quando io parlavo dei nomi dei continenti lontani; e non so né meno più quel che debbano significare.

Il mio non lo ricordo. Ho soltanto la sensazione di che cos'è un figlio o una nuora. E pure essi devono essere dietro alla mia casa; e, certo, piangono.

Ma dove andiamo così, e io non posso tornare a casa mia?

Ora mi par d'esser preso. Mi portano in chiesa: lo sento, perché salgono le scale. Mi mettono nel mezzo. Odo cantare e pregare. Se riescissi a vedere al meno uno dei lumi! Ma nel mio cervello la luce non è che una tinta gialla, che cola.

Ma non c'è niente che muore con me: sarebbe una consolazione,[5] la sola amicizia che sono in grado di comprendere. Vorrei che i ceri si consumassero tutti. Anche le ghirlande resteranno fresche fino a domani, e sono troppo distanti.

Ecco la voce del prete. Mi riprendono. Bisognerebbe che mi portassero più piano. Fermiamoci, anzi. Devo, prima, capire. Devo, prima, *trovare*. So che devo *trovare*. Finché non avrò *trovato*, la mia morte non sarà perfetta. I morti non si lasciano così.

La mia anima, però, deve essere vicina a Dio. Questi non sono che frammenti dei miei sensi, che conservano ancora l'abitudine, presa con l'anima, della loro attività. Ma non è vero ch'io non mi ricordo di niente. Vedo un ragazzo che cade in avanti, in un campo: le sue gambe grasse e quasi rosse; un giovinotto che s'innamora e sposa;

una giovine leggiadra con i riccioli neri; i miei figli Celestina e Luigi, e la mia nuora.

Quando passava una folata di vento, la rugiada sgocciolava dagli alberi, e portava il canto degli uccelli più lontano. Il mio cuore respirava in fretta. Avevo mattinate in cui pareva che la mia esistenza fosse vasta come tutte le cose insieme attorno a me. Anzi, le cose vivevano con una intensità alacre che non hanno, nella realtà delle mie percezioni che restava ben separata e distinta da quella di se stesse. Ma io ero contento, come quando si sente che si può amare.

Mia moglie era giovine e bella, e tutti i giorni le volevo più bene: m'ero così abituato a lei, che cercavo nei suoi occhi la sensazione della mia esistenza. L'amavo sempre più fanaticamente, al punto che dimenticavo me stesso per lei. Ed io non ne ricevevo, in compenso, che l'assoluta certezza della sua fedeltà.

Molte volte, da mezzo i campi, sono tornato di corsa a casa, soltanto per vederla; perché le mie sensazioni, restato solo, non volevo averle.[6]

Ella m'era piaciuta immensamente; ed ora non vedevo più la sua bellezza; ma volevo che il suo spirito fosse sempre insieme con il mio. Parlandole, la mia voce mi pareva la sua, in certe modulazioni e in certi toni. Le cose che io dicevo mi parevano pensate anche da lei; e non avrei mai creduto che io smettessi di vivere mentr'ella vive ancora e respira. La credevo così mia che io avrei dovuto vivere, soltanto per questa ragione, più di lei. Alla fine anche il suo nome, a forza di pronunciarlo più spontaneamente di qualunque altra parola, dava un senso a tutto quel che pensavo con lei. Aveva pochi capelli, perché gliene cadevano tutti i giorni; ma così neri che m'hanno fatto sempre meravigliare. I suoi occhi, accesi sempre dalla stessa luce lionata,[7] che al sole diveniva più chiara, quasi gialla, mi davano le vertigini; e bastava che io glieli guardassi un poco perché tutto fremente la stringessi al mio petto, baciandole la bocca senza saziarmi mai; perché il fascino della sua bocca restava sempre lo stesso.

Ma ella, baciandomi, pareva che mi obbedisse. Ed era questa sua obbedienza affettuosa, che io chiedevo a lei.

Io non potevo vivere se non dove fosse lei.

Ora questi ricordi, che già sembrano di tanti anni, sono come un sogno che mi segue. E capisco bene la differenza che c'è tra essi e lei; che forse è in una carrozza dietro la mia bara.

Nei giorni di febbre, anche il mio amore si faceva più forte, sentendo che sopravviveva a me. E allora mi volgevo a lui, perché io potessi guarire. La febbre mi dava sensazioni deliziose quantunque interiori; e mi sforzavo di sollevare la testa dai cuscini, per afferrarmi a loro; cercando di sostituirle del tutto alla mia trista e sciocca camera; dov'ero chiuso. Ma io avevo paura, per un grande pudore, che mia moglie se n'accorgesse; e le nascondevo queste impazienze violente; socchiudendo gli occhi quando mi guardava; perché certo nei miei occhi ella doveva vedere qualche cosa, quasi insolita, che non era un effetto della debolezza e della malattia. Ella doveva vedere la mia anima folle, e non capiva!

Ma, quando mi sono accorto che dovevo morire, la mia mente ha preso una lucidità che non aveva mai avuta. Tutta l'intelligenza, con un equilibrio meraviglioso, di cui io stesso potevo constatare l'esattezza, era a mia disposizione. Per quanto non potessi muovere né la testa né le mani, io mi sentivo capace di qualunque calcolo e di giudicare qualunque cosa, non solo mia, ma anche degli altri. Il suono della mia voce, che mi sforzavo in vano di udire, doveva essere certo cambiato. Ma non m'importava, perché sentivo che la giustezza dei miei pensieri sorpassava quel che gli altri si aspettavano da me.

E mi occupai della famiglia e del patrimonio.

Quando il sacerdote venne a comunicarmi, io ero così automaticamente disposto a dire ogni verità, che mi sarei meravigliato che non me l'avessero domandata. Trovai naturale che il sacerdote ponesse l'ostia tra le mie labbra: la cosa più naturale che avessi mai osservata durante tutta la mia esistenza.

Dopo poche ore cominciai a non distinguere più, quantunque i miei occhi non fossero annebbiati. Ma io sentivo che la mia anima acquistava sempre di più la sua presenza, che mi pareva solida. Udivo parlarmi, ma non m'importava più di capire. Alla fine ho perso la coscienza, come quando ci si addormenta. Ed ora mi passano come dinanzi agli occhi queste cose sole.

Ecco le prime palate di terra: le lacrime mi riducono il viso in poltiglia.[8]

UN'ALLUCINAZIONE [1]

Tutta la notte la fontana del cortile; come lo scalpiccio di uno che è sempre per venire; e non si vede mai.[2] E ogni mattina lo destava la stessa serva che chiamava il portiere. Poi sentiva una donna cantare; e poi le finestre aperte.[3]

Era sempre stanco del giorno innanzi, e avrebbe dormito volentieri ancora. Ma non gli era possibile: non solo per tutte le voci e rumori ormai da ogni finestra del cortile, ma perché glielo impediva la sua anima.

Era rimasto in lui tutto un miscuglio di sentimenti e di desiderio; e s'interessava del significato che prendevano gli avvenimenti. C'era sempre come un residuo spirituale che non aveva dato; oppure, al contrario, gli pareva di aver dato troppo,[4] come se avesse attraversato con la sua anima tutte le cose di quella giornata.

La luce del cortile non era mai chiara, e aria ce n'era poca. E poi cominciavano anche i rumori della strada. Allora gli pareva che anche tutto il casamento li ascoltasse; con quelle finestre aperte a posta.

Si alzava dal letto, sbadigliando; non perché avesse intenzione di fare qualche cosa o di escire, ma per vedere se fosse capace di non sentire più quel malessere allo stomaco e quella melanconia nell'anima.

Ma gli era inutile. Già si sentiva annoiato e stanco, con il senso di non aver fatto mai niente.

La sua moglie era ancora a Siena,[5] ed egli le scriveva un giorno sì e uno no, come aveva voluto lei; ma lettere nervose, senza mai avere voglia di raccontarle profondamente, come quando in vece le parlava.

In fondo sentiva che avrebbe volentieri amato qualche altra, quasi sempre l'ultima donna che gli era piaciuta il giorno innanzi. E scrivendo alla moglie sentiva lo stesso questa libertà della sua anima, come se si fosse trattato di una cosa soltanto temporanea.

Soffriva di non partecipare, come avrebbe voluto, alla vita di tutti: sentiva che l'affetto per la moglie era una specie d'ingenuità che lo teneva chiuso come in un collegio fatto a posta per lui.[6] Ma era, nello stesso tempo, una serenità che gli faceva perfino invidia quando l'alito delle giornate gli appannava l'anima, convincendolo di abbandonarsi ad esso; come se i suoi occhi avessero dovuto vedere fino in fondo anche la bruttezza e la cattiveria.

Perché non aveva un'amante? Perché non giuocava? Perché tutti erano pronti a portargli rispetto? Perché gli credevano?[7]

C'era, dunque, qualche cosa che egli non aveva toccato. E bisognava, invece, che anche il suo volto avesse tutti i segni della strada: bisognava che vedesse tutto, specie il male; per avere più nostalgia delle cose di una volta, perché gli piacessero di più; per sentire la propria ingenuità eccitata ed esaltata. Voleva che il suo passato fosse una specie di seminario chiuso; alla cui porta temeva di picchiare. E se avessero aperto, chi avrebbe risposto? Forse, la sua coscienza. E, allora, era meglio buttarla, promettendole di andare e non mantenendo la promessa.

Invece non era molto meglio quella sua tristezza d'ora? Tristezza come l'acqua che rimane quando ci siamo lavati. A lui dispiaceva di buttarla via. Ma era necessario, però, di controllarla ogni giorno. Ogni giorno doveva trovare parole con la sua tristezza; soddisfarla, farle credere che ormai tutta l'esistenza sarebbe stata per lei. Ma non gli esciva. E quando una striscia di sole, a triangolo, era su le finestre più alte, e il cortile si rischiarava tutto, la sua anima sognava di ricominciare a vivere; forse, il giorno stesso. Ma era un'illusione, un'illusione! Gli mancava la forza. Anche la luce del cortile se ne tornava via all'improvviso! Restava il vocio e l'inquietudine.

Ma a forza di stare solo, egli aveva cominciato ad amare una sua allucinazione interiore: una giovine. S'era messo in mente che l'avrebbe incontrata da vero; e tutti i giorni n'era sempre più persuaso. Perché l'allucinazione restava la stessa; anzi si faceva più precisa e più definita, fino a presentarsi da sé senza ch'egli glielo chiedesse.

Ma non si sa perché, una volta gli venne in mente che questa giovine ora fosse morta; e che l'immagine, che egli continuava a vedere, era soltanto il ricordo di una realtà o al meno di una possibilità abolita.

Egli giunse perfino a cogliere certi fiori in un prato, durante una passeggiata, proprio per farne una ghirlandetta a lei: infatti l'appese a un chiodo d'una parete, in camera, sotto una cornice vuota; ch'egli teneva lì dicendo agli altri che si dimenticava sempre di comprare la figura che voleva lui. Nel fondo bianco della cornice, un foglio di carta da lettere, gli appariva l'immagine. Ed erano ormai due anni che faceva così.

C'era in lui qualche cosa invecchiata, ma l'immagine restava sempre uguale; ed egli vi pensava come a uno specchio della sua giovinezza, rimasta soltanto in quella specie di simbolo.[8] Più di una volta gli era parso che le mani di quella sconosciuta lo avessero accarezzato; nei momenti di tristezza, molte volte, gli era parso di essere chiamato da quella voce.

Se la moglie avesse indovinato, egli le avrebbe detto che era soltanto una sorella. Perché il pensare che la moglie avrebbe potuto proibirgli questa consolazione lo affliggeva e lo metteva in una intensa prostrazione.[9]

Ma quella mattina l'immagine non gli era apparsa; ed egli credette che anch'ella lo avesse abbandonato, o che non fosse ormai più possibile rivederla. Eppure la cornice era sempre al suo posto, con quella ghirlandetta ormai vizza e stremenzita![10]

Sospirò, e si fece alla finestra per guardare tutto il rettangolo del cortile: la casa era alta sei piani e per ognuna delle quattro facciate interne c'erano trenta finestre, della stessa grandezza. Qualche geranio, e panni ad asciugare, legati a funicelle, tenute tese con una forca di legno appuntellata dentro a un buco sotto il davanzale. Al quarto piano, una gabbia di canarini.

La fontana, non mai chiusa, dava l'acqua al lavatoio che non si vedeva.

Il quadratino di cielo sembrava il coperchio blu di una scatola.

E la giovine era morta proprio nell'aria di quel cortile! L'odore del cortile era quello di un sepolcro.

Morta, morta, benché nella sua memoria si rinnovasse ogni giorno! Morta come il pulviscolo e l'ombra del cortile; senza dire una parola, e forse sotterrata sotto quei mattoni, con tutta la casa addosso piena di gente viva.[11]

Egli si mise a piangere: prima non aveva pianto.

GLI OROLOGI[1]

Bernardo Lotti teneva nella sua casa un orologio per ogni stanza, anche in camera: soltanto nel salotto quattro. Erano orologi vecchi, a pendolo, quasi tutti eguali meno che di grandezza, con il quadrante di legno e una ghirlanda di rose, a mazzi, dipinta attorno alle ore. Ve n'era uno, nel salotto, che sembrava nato lì dalla parete e poi cresciuto più di tutti gli altri. Erano venti o trent'anni che nessuno lo staccava più. I suoi pendoli di ottone pareva che dovessero pesare qualche quintale. Le sue lancette nere parevano lame di coltelli: facevano il giro come se avessero da tagliare e da uccidere; e aveva un tic-tac come un respiro.[2] Il suo quadrante, prima verniciato di bianco, era di un colore indefinibile e sporco, con la ghirlandetta delle rose mezzo falciate dalla punta di quelle lancette lunghe: i tarli lo avevano forellato come tanti spilli. Quando batteva le ore, si stava ad ascoltare la sua voce; dimenticando di contarle. Era una specie di canto sommesso; e ci si aspettava che avesse pronunciato anche qualche parola. La ruggine dei suoi congegni aveva una dolcezza sentimentale. Gli altri tre orologi si udivano a pena, e pareva che avessero paura di quello.

L'orologio della camera era stato il più elegante: batteva le ore in fretta come se temesse di dar noia. In cucina, c'era il più brutto.

Ce n'era uno anche nella stanza d'ingresso; ma si scorgeva soltanto quando la porta delle scale era aperta. Era sempre stato in mezzo al buio, a quel muro, perché non c'erano finestre. Quando il Lotti andava a caricarlo, pareva che fosse sempre per sfasciarsi: qualcuno che entrasse a chiedere del Lotti, si voltava al fruscìo del suo pendolo.

Erano, dunque, in tutti, sette orologi.

Il nonno del Lotti aveva fatto l'orologiaio e quelli se l'era tenuti in casa per sé. Essi avevano continuato a vivere perché anche il padre del Lotti li aveva tenuti di conto, per ricordo e per devozione; e Bernardo aveva fatto lo stesso. Già, fin da ragazzo, li aveva caricati; e ora ci aveva fatto l'abitudine.

Il Lotti aveva sposato una bella ragazza, della stessa strada; i due figli gli erano morti quando non avevano ancora sei anni. La moglie a quaranta.

Il padre gli aveva lasciato una pizzicheria; ma egli, avendo poca voglia di lavorare, restato vedovo, l'aveva riceduta e ora viveva con una discreta rendita senza occuparsi di niente.

Si alzava sempre di buon'ora; andava a prendere il caffè sempre nella stessa bottega, anzi allo stesso tavolino, servito da un cameriere che lo conosceva fin da giovinetto, con le stesse tazze a doppia filettatura rossa: di quella d'oro non c'era rimasto più segno; con i cucchiaini di metallo ingiallito.

Faceva la sua passeggiata alla Lizza, il giardino di Siena, scegliendo più volentieri il viale delle carrozze; da dove passavano anche i soldati con la banda, i giovinastri e gli scolari che si rincorrevano strappando a manciate le foglie della siepe tagliata così eguale che da lontano pare verniciata.

Egli girava per la Fortezza, attorno attorno alla caserma piatta e bianca, andando dentro tutte le rientrature dei baluardi a spicchio; camminando più lesto quando incontrava due innamorati che come lui volevano farsi vedere.

Di lassù guardava la città, e riconosceva bene le due finestre della sua camera: erano quelle dove i tetti, dalla parte di San Domenico, pare che debbano cadere a precipizio, e le case non smettono più di fare le loro file; e ciascuna vuole essere quella dalla parte di fuori, in modo che se ne veda almeno un pezzo.[3]

Finita la passeggiata, comprava il giornale; sempre il solito. E rientrava in casa a leggerlo con le due finestre di camera spalancate, che davano in una di quelle strade buie dove tre o quattro archi di seguito legano insieme le case.

Quando l'orologio del comune batteva mezzodì, il Lotti andava a mangiare a una trattoria in Piazza del Campo: la *Trattoria della Speranza*, quella con una mostra[4] verde a lettere bianche. Mangiava sempre le stesse cose: quando in vece mangiava una vivanda nuova, era una specie di festa; e beveva mezzo litro di più. Per solito, ne offriva sempre un bicchiere al limonaio che si sedeva su uno sgabello, all'uscio della trattoria, per riposarsi, tenendo il cestino ormai vuoto su le ginocchia, a rovescio, scuotendo con una mano le monete di rame dentro la tasca dei calzoni; con un filo di fieno o di paglia in bocca, rosso nel viso, e con qualche bolla di calore su i pomelli e in punta al naso; con i baffetti che parevano sempre più sottili, come due o tre setole, con gli occhi ardenti e luccicanti, e i capelli lustri di sudore; con un berretto troppo piccolo, messo su un orecchio, in maniche di camicia; la camicia azzurra e le scarpe rotte perché non gli facessero male ai calli; giovine ancora, ma mezzo pazzo: due mesi dell'anno li passava al manicomio.[5] Allora, stando senza bevere[6] liquori, guariva. Egli salutava il Lotti, come se avesse dovuto obbedirgli. Il Lotti gli rispondeva a pena, secondo il suo modo di fare, ma ci aveva piacere; e si sarebbe offeso, fin quasi da non andare più alla trattoria, se il limonaio fosse stato zitto.

«Oggi è bel tempo, signor Lotti!»

E guardava su nel cielo, attorno alla cima della torre germinata[7] dalle case di Siena. Il Lotti rispondeva, sorridendo:

«Davvero!».

E si metteva a sedere, procurando di aver subito la sedia alla mano; per accomodarsela sotto.

Gli tremavano un poco le gambe; e s'era fatto anche più magro. Portava un bastoncino, il colletto alto, ma non ce ne aveva né meno uno che non fosse sfilacciato; e anche i polsini. I suoi abiti erano vecchi: non voleva farsene uno nuovo, perché pensava di dover morire presto[8] e quindi di portarlo troppo poco: non valeva la pena di spendere tanto! Lo diceva sempre, sorridendo, al limonaio; che scuoteva la testa e gli giurava che sarebbe campato più di lui.

Dopo mangiato, anche se era inverno, se ne andava a dormire; quando si destava, prima di rimettersi la giubba, faceva la visita a tutti i suoi orologi.

Con il sigaro acceso in bocca, si metteva a guardarli, uno per volta, anche mezz'ora per ciascuno: era capace di aspettare che la lancetta avesse fatto tutto il mezzo giro, e che l'orologio suonasse un'altra volta. Allora lo lasciava e andava dinanzi ad un altro, stando sempre ritto, benché le stanze fossero piene di sedie.

Gli orologi erano attaccati quasi su al soffitto; ed egli doveva stare con la testa alzata. Ma lui, guardandoli, pensava sempre a tante cose; e si ricordava di tutta la sua vita.

Qualche volta, guardando un orologio, si ricordava di una cosa per la prima volta; e allora quasi sbigottiva perché si sentiva vecchio. Abbassava la testa e camminava un poco da una stanza ad un'altra; non osando più guardare i suoi orologi. Ma la casa era ormai più di loro che di lui: anch'egli lo pensava. Quelli erano i padroni; ed egli pagava la pigione per loro.[9]

Una volta, scostò un poco quello di camera: gli fece effetto a vedere come, sotto, la parete s'era conservata bianca e fresca: sempre lo scialbo[10] del tempo delle nozze! Allora anche i mazzetti delle rose si ricolorirono, ed egli sentì proprio il loro odore: come quello del mazzetto che la sposa gli aveva messo da sé all'occhiello una mattina dei primi loro tempi. La bocca della sua sposa era ancor bella e i capelli neri; e non importava che il viso avesse sofferto, e il neo del mento fosse cresciuto troppo. E se il collo le si gonfiava, la pelle era ancora liscia; e, quando egli le vedeva le spalle, aveva mezza voglia di baciargliele; sebbene, poi, quando la moglie aveva finito di vestirsi, egli non ci pensasse più.

Tutta Siena sapeva che il Lotti aveva quegli orologi: anzi si credeva che ce ne avesse di più; perché quando il nonno gli era morto, la roba della bottega gli fu portata in casa. Ed egli non aveva mai voluto rivenderla.

Benché avesse fatto il pizzicagnolo con il padre, sembrava piuttosto un pensionato: era di modi signorili e distinti; e della sua bottega non parlava mai a nessuno. Quando, anzi, capiva che gli altri ci pensavano, egli arrossiva come un ragazzo; e troncava il discorso. Non perché se ne vergognasse, ma perché si vergognava di avere smesso prima di essere proprio vecchio. Provava, del resto, anche lui, una specie di rincrescimento; e si sentiva troppo solo; più solo che se non avesse avuto mai né moglie né figli. Qualche volta, questa solitudine gli dava da vero una disperazione melanconica;[11] ma egli ne sorrideva, sempre gioviale e rimpettito[12] e senza rimorsi. Gli pareva, giacché era rimasto vedovo così presto, di avere una responsabilità a conservarsi sano. Avrebbe voluto legare la sua esistenza ad una donna, proprio doventare un essere solo con lei, e la morte lo aveva costretto in vece a chiudersi in se stesso. E i figli perché gli erano morti? Si sentiva, dunque, come una forza a parte; più verso Dio che verso gli uomini.

Guardando in un quadretto lo stemma a bande rosse e verdi dell'albero genealogico, gli pareva di tornare giovane e che i suoi antenati vivessero ancora. Quanti antenati nella famiglia Lotti! Una volta, uno era stato gonfaloniere della repubblica senese e un altro podestà in un castello della maremma. Bernardo sentiva un rimpianto orgoglioso, quando ci pensava. Ma era inutile, ormai! Però lo stemma, dove c'era perfino una filettatura d'argento, non poteva fare a meno di guardarlo! Perdinci! Andare sotto il gonfalone che ventava[13] su la faccia, a passo un poco altezzoso! Il gonfaloniere doveva somigliargli, perché Bernardo aveva troppa simpatia e troppa preferenza per lui! Ma, ormai, nessuno ci pensava più; e anch'egli doveva smettere.[14]

La tristezza più grande era quella di non avere né meno un figliolo. Morto lui, la famiglia Lotti spariva. Non si capiva né meno perché una volta fosse venuta al mondo! Ora era in rigoglio altra gente, di cui si sentiva nemico, perché troppo differente a lui. C'erano giovani che avevano altre abitudini; e non capiva mai il caso ch'egli li potesse intendere e divertirsi di quel che divertiva loro! E con la sensazione della propria giovinezza, allora, egli sentiva contro di sé un'ironia tra sentimentale e amara; che gli ricordava, chi sa per quale legame, la passione sconsolata per la moglie e il bisogno di amarla ancora. Con una gioia rimasta sempre viva, ma più sconsolante, dinanzi al contrasto del suo animo. Una gioia che non riesciva più ad accostarsi a lui; ed egli doveva contentarsi di sapere che c'era, come c'erano gli antenati; che, nel suo pensiero, restavano tutti fissi ed intenti a lui, perché non era capace di avere un figliolo. Non gli davano forza bastante, dunque? Eppure sembrava che essi volessero fare di tutto per dare a lui impeto a vivere di più!

Ma la morte prese anche Bernardo prima di dargli il tempo di avvedersene. Egli morì, di polmonite; e si comunicò per l'ultima volta come se in vece fosse andato una domenica mattina in chiesa. Vide il cielo fino all'ultimo suo respiro; e ascoltò lo stesso tutti i suoi orologi; anche quello dell'andito buio.

Si irrigidì con quella espressione di chi si volge a guardare quando ha urtato in qualche cosa che non aveva visto: sempre pronto a far la passeggiata e a pagare il vino al limonaio. Non avendo né meno parenti, due donne, pigionali, lo lavarono e lo vestirono; con la speranza di prendersi, quasi per compenso, i denari che egli doveva avere dentro il canterano e in tasca, benché sapessero che li teneva a libretto postale.

Allora, non essendo più caricati, ad uno per volta gli orologi si fermarono: quello di camera, proprio in faccia al letto, pareva un altro morto.[15] L'ultimo fu il più grosso: un peso del suo pendolo scese fino a toccare il pavimento; ma l'orologio si fermò quando il Lotti era già stato messo al Camposanto: il giorno dopo.

Il padrone di casa, anche per ripulire le stanze, li fece staccare tutti e li dette a quel rivendugliolo[16] che sta nella piazza del mercato, dove vanno il sabato a far le spese i contadini.

Il limonaio non escì più dal manicomio.[17]

LA COGNATA[1]

David Stacchini era nato sfortunato. Suo padre aveva una
bottega di falegname in Via dei Rossi,[2] e non si era mai
avvisto di lui altro che per fargli durare fatica; credendo
che si irrobustisse. Finché la madre era stata viva, era cresciuto in casa, da una stanza a un'altra, accovacciato negli
angoli più oscuri perché nessuno lo brontolasse[3] quando
si divertiva a scrivere con il gesso sui mattoni oppure a di-
segnarci un quadrato che riempiva di linee in tutti i sensi,
per ore ed ore di seguito. Era bianco come un baco, con
gli occhi gonfi e un poco torvi. Sua madre, che ci vedeva
poco, lo pestava,[4] ed egli, invece di piangere, si ficcava
tutta la mano in bocca. Poi, il padre lo aveva messo in
bottega e lo mandava per le case a vendere i corbelli di segatura oppure gli faceva portare su le spalle le tavole più
pesanti. Ma David restava sempre magro, con le braccia e
le gambe torte. Quando cominciò a piallare e ad incollare,
suo padre lo fece lavorare il doppio perché, secondo lui, si
potesse abituare a sopportare qualsiasi disagio.

Mortogli il padre, e restato padrone della bottega, sposò
una donna che, dopo aver fatto un figliolo, s'ammalò alla
spina dorsale e stette a patire quindici anni stesa sul letto.
A poco a poco, allora, Gina era stata presa dalla mania religiosa e aveva ricoperto le pareti della sua camera di immagini sacre, di candele benedette e di reliquie; che si faceva mandare dai conventi e dai santuari. Il canterano era
come un altare dov'ella ammucchiava fiori di cera attorno

378

a un piccolo Gesù; che, sotto una campana di vetro, tendeva le braccia da una culla di bambagia gialla e di carta dorata. Un lumino a olio vi stava acceso dinanzi, notte e giorno. La malata teneva le mani fuori delle coperte; legate con rosarî di tutti i colori, anche quando riesciva a dormire. Durante il giorno, si faceva mettere su le ginocchia una Madonna dentro una cornice pesante; per ottenere la guarigione.

David aveva dovuto prendere in casa la cognata, Bice, che l'assistesse e facesse anche tutte le altre faccende. Ed ella, essendo zitella, aveva accettato quasi volentieri; perché pensava che, morta Gina, David avrebbe sposato lei. Nessuno sarebbe stato capace a farla rimuovere da questa convinzione. Ella ci pensava dalla mattina alla sera; e quando David entrava in casa, trasaliva, si alzava da sedere e lo guardava con gli occhi spalancati. Non gli avrebbe né meno permesso di stare in bottega; gli parlava a lungo; gli parlava di tutto; lo teneva d'occhio; e ogni parola di lui, disattenta e distratta, secondo il suo modo, la faceva infuriare.[5] Ma sapeva contenersi; e si sentiva sicura che non le sarebbe sfuggito mai. Era sempre pronta a farsi trovare tra l'uscio delle scale e la camera della malata; perché, mentre una rabbia violenta la sconvolgeva tutta, ella riesciva a farsi credere calma e tranquilla. David non capiva, ma non poteva mai guardarla a lungo negli occhi:[6] si sentiva come sorprendere. I suoi occhi erano come l'acqua quando bolle. Allora egli si abituò a non guardarla mai; e Bice fremeva come se avesse sentito il bisogno di avventarglisi addosso. Da principio ella lo aveva amato da vero; poi lo voleva sposare per smettere di odiarlo.[7] Ma David non ci pensava né meno e aveva fatto amicizia con un'altra donna, soprannominata Gingilla, che stava di casa di faccia alla bottega; e con l'andare del tempo ci s'era affezionato, quantunque volesse ancora bene alla moglie. Gingilla metteva una sedia fuori dell'uscio; e, seduta a quel modo, faceva la calza, tenendo compagnia a

David che così lavorava lo stesso[8] e la vedeva. Era una donna già anziana, con i capelli riccioli e grigi, piuttosto grassa; con le pianelle[9] e andava sempre senza niente in testa. Mentre Bice, la cognata, era alta quasi due metri, e grossa; ma con il viso smunto e tirato in dietro dagli orecchi. Ella, soltanto pochi mesi prima che Gina morisse, si accorse che David aveva quella simpatia. Fu un tale colpo che si ammalò per una settimana; senza volersi mettere mai in letto, assistendo la sorella come una fanatica che non riescisse più a pensare ad altro. Tutti, vedendola dimagrata e sfigurita,[10] le domandavano che cosa avesse e perché le dispiacesse tanto della sorella, ma ella non dava spiegazioni a nessuno; e pensò che doveva vendicarsi subito. Aveva così bisogno di trovare qualche colpa contro David, ch'ella cominciò a chiedersi perché egli non avesse fatto morire avvelenata la moglie. Sarebbe bastato anche un piccolo indizio, perché ella se ne dovesse approfittare subito. Come sarebbe stato bene per lei che David avesse avvelenato la moglie! Perché egli non aveva commesso niente che potesse far venire un sospetto? Ma, a forza di cercare, ella suppose che David l'avesse avvelenata da vero. E, se era giunta a questa supposizione, perché se ne stava zitta e cheta? Perché non si faceva forza di questa supposizione per dire che David aveva avvelenato la moglie? Dipendeva da lei. Ma supporre non bastava. Bisognava averne la certezza. E venne anche la certezza. Ella era ebbra di odio, e credeva ciecamente a quel che pensava. Ormai, non ragionava più; e si chiamava ingenua a non essersi decisa prima. Ella, allora, scrisse una lettera anonima. E cinque giorni dopo che David aveva accompagnato Gina al cimitero, il procuratore del re lo mandò a chiamare. Egli credette che si trattasse di qualche lavoro per i tribunali. Tuttavia gli aveva fatto pessimo effetto quel foglio di carta stampato; dove, con l'inchiostro, c'era scritto soltanto il suo nome e l'ora che doveva andare; con una firma addirittura illeggibile; le cui lettere sembravano disfatte tra le linee della scrittura.

David era ora su i quarant'anni; e, quando aveva da piallare, teneva gli occhiali. Senza giubba, gli si vedevano gli ossi della schiena, che gli erano andati in fuori. Le braccia erano stente e gialle, con le dita torte e birignoccolute.[11] La bocca, sotto i baffi biondicci, allungata come quella di certi morti. E gli mancava una dozzina di denti.

Si mise il bòmbero[12] nero, si levò dalle tasche dei calzoni i trucioli che gli c'erano entrati; e, raccomandando al figliolo, Leopoldo, che non lasciasse sola la bottega, andò.

L'usciere della procura, un vecchietto giallastro e tutto unto, lo fece sedere su una panca; in fila con l'altra gente che aspettava. C'era piuttosto buio; e tutti, come per non guardarsi, tenevano gli occhi bassi. Quando il campanello elettrico, mezzo guasto e roco, suonava, c'era qualcuno di meno su la panca. Alla fine, toccò anche a David. Egli entrò tenendosi ben dritto, per rispetto. Ma tremava un poco e non riescì a sorridere. Il procuratore, con la barbetta grigia, a pinzo,[13] e gli occhi che non si lasciavano mai guardare, lo fece sedere. Poi prese alcune carte, le mosse con una mano come per rileggerle un'altra volta; e disse:

«Signor Stacchini, noi non abbiamo mai avuto fin qui da impicciarsi[14] di lei. Ella ha avuto sempre la nostra stima...».

David si scosse e impallidì; il procuratore abbassò la testa e si passò una mano sul viso, tirandosi giù la pelle degli occhi. E David vide il rosso delle palpebre.

«Siamo stati indotti, però, contro la nostra volontà e le nostre intenzioni, a chiederle di che male è morta sua moglie!»

E il procuratore si tirò in dietro, quanto poté, su la poltrona; e attese la risposta.

Il primo istinto di David fu di attraventargli[15] la sedia addosso; ma pensò, rapidamente, ch'era una persona rispettabile e che sarebbe stato contento di parlare con lui. La cattiveria, contro la quale voleva scagliarsi, era invisibile e non lì. Quando, dopo un mezzo minuto, riprese coscienza, vide la faccia del procuratore, sempre immobile e eguale, che lo scrutava. Allora, aprì bocca:

«Io non ho fatto niente. La moglie mi è morta di una malattia lunga. Così ha detto il medico, che lo può dire anche a lei; se glielo domanda. Perché non glielo domanda?».

Il procuratore sembrava scontento, e si tirava i peli del pinzo. Fece fare, senza alzarsi, un mezzo giro sulla poltrona; poi ci si mise di fianco.

«Ma lei ha qualche... come posso dire... qualche donna... a cui ha promesso di sposarsi a pena fosse restato vedovo?»

«Sì, gliel'ho detto; ma...»

«Vorrebbe opporsi se noi facessimo fare l'autopsia alla povera defunta?»

«Io?... No.»

«Ha mai tenuto, in casa o in bottega, bottiglie di acidi o di altre sostanze... pericolose?»

«Mai.»

«Se ne ricorda bene?»

«Io non ricordo d'aver tenuto mai bottiglie velenose.»

«Il medico veniva sempre in casa?»

«Gli ultimi mesi non veniva più.»

«E perché?»

«Perché era inutile: lo diceva lui.»

Parve che il procuratore lo volesse rimproverare, ma in vece gli fece un'altra domanda:

«Sapeva la defunta che lei aveva relazione con un'altra donna?».

«Credo di no.»

«E perché non lo sapeva?»

«Non se n'era mai accorta: non si levava mai da letto. Altrimenti, se io avessi supposto che la mia povera moglie fosse venuta a saperlo, non avrei mai avvicinato nessuna altra.»

Il procuratore sorrise, come se egli avesse detto una cosa troppo ingenua. Allora David chiese:

«Ma io posso sapere perché lei mi ha chiamato? Non so né meno quel che pensa di me».

«Sono indagini e basta. Io non penso niente.»

«Ma se lei mi ha fatto chiamare, vuol dire...»

«L'ho fatto chiamare, perché non potevo farne a meno; in seguito a quel che si dice di lei.»

«Dunque, è convinto che di me non si può sospettare? Me lo dica.»

«Non posso dir niente.»

David perdeva la pazienza, e il procuratore aveva un'aria annoiata e come spiacente d'avere dovuto parlare con lui.

Allora il falegname andò verso la porta senza né meno ricordarsi che doveva salutare. Ma se di fuori non avesse aperto l'usciere, egli da sé non sarebbe stato capace.

Nella strada gli parve di doventare sordo. Quando giunse a bottega, giù in Via dei Rossi, un suo amico pizzicagnolo gli chiese se si sentiva male. Egli non rispose e si mise a lavorare. Ma sbagliava a prendere le misure e non aveva forza di stare ritto al banco. Gli cadeva il lapis, prendeva un arnese per un altro; e non si ricordava quel che doveva fare. Anche il figliolo lavorava malvolentieri; e tutti e due, in silenzio, si misero a passeggiare per la bottega, con le mani in tasca. Poi il figliolo gli disse:

«Babbo, che hai?».

«Niente!»

Buttò il grembiale sul banco, s'infilò la giubba; e andò a casa di Gingilla. Ma capì che faceva male e che così darebbero di più la colpa a lui d'aver fatto morire la moglie. Allora rifece le scale e andò nella piazza di S. Francesco, per il bisogno che aveva di respirare meglio. C'erano soltanto alcuni ragazzi che correvano intorno a una grande aiola rotonda. Le nuvolette primaverili sembravano ferme per sempre nel cielo; e, da un muro alto, si vedevano i fiori di un mandorlo; tra le cui rame c'era un cipresso come infilato dentro. Ma egli desiderava di vedere e di parlare a Gingilla; e non sapeva come fare. Non voleva farsi vedere, e in vece c'erano sempre su gli scaloni delle case le donne che stavano lì dalla mattina alla sera. Egli aveva bisogno di confidarsi e non sapeva a chi. Dopo un poco, scorse un tipografo ch'era stato malato e non poteva più lavorare. Il tipografo, benché si conoscessero a pena di vista, si avvicinò a lui e lo salutò. Era tutto calvo e con i baffetti troppo sottili per la sua faccia rotonda. David credeva di essere doventato un altro; e si rimproverò di essersi fatto salutare come fosse stato sempre lo stesso. Si raccomandava a se stesso di tacere; tutto pieno di vergogna. Ma la sua coscienza fu più forte; e David raccontò ch'era stato chiamato dal procuratore e perché. Disse, come per giustificarsi:

«Io non so chi mi odia così: non ho fatto mai del male a nessuno».

Il tipografo non gli seppe dire niente, benché sembrasse tutto assorto a pensare. Poi, rispose:

«Pare perfino impossibile!».

E lasciò David come se non si fossero né meno parlati.

David restò sorpreso; e, guardandolo girellare[16] vicino ai ragazzi, sentì la coscienza anche più sconvolta. Tornò a bottega, e gli venne in mente di domandare al figliolo se avesse sentito dire nulla. Ma stette zitto. Il figliolo lo guardava, ed era molto triste. David decise di non vedere più l'amante, finché al meno non fossero passati parecchi mesi. Il giorno dopo, a malgrado del suo desiderio di tacere, si confidò con più d'uno: con il pizzicagnolo e con il tabaccaio che avevano bottega accanto alla sua. Ma non riesciva a mandare via la sua disperazione sempre più acuta e più forte. Quei due risposero ch'erano pronti a fare da testimoni che non lo credevano capace di una cosa simile. Egli, la sera, chiamò in bottega il pizzicagnolo; e, mettendo una mano su la testa del figliolo, disse:

«Giuro su di lui che non è vero».

Il figlio, non avendo capito di che si trattava, si spaventò e si mise a piangere.

Egli lasciò passare qualche altro giorno, e poi tornò da sé dal procuratore. Ma non lo fecero entrare. Il pizzicagnolo, quando lo vide di ritorno, gli disse:

«David, perché te la prendi così? Noi che ti conosciamo, sappiamo chi sei tu».

«Ma come... è venuto in mente che io?... La mia moglie è stata assistita anche dalla sorella!»

Il pizzicagnolo, lisciandosi i baffi, disse:

«Qualche persona di mezzo c'è di certo».

David rispose:

«Ma Dio dev'essere giusto anche con me. Dio mi farà sapere chi è».

Il pizzicagnolo voleva rispondere; ma entrò gente nella sua bottega, e se ne dovette andare a servirla.

David era doventato taciturno, e di quando in quando smetteva di lavorare. Oppure pigliava la sega e tagliava sempre più lesto, secondo la veemenza dei suoi pensieri, andando fuori del segno.

Una domenica mattina, andò al cimitero; a pregare su la fossa della moglie, perché sperava che, a ricordarsi così di lei, Dio gli facesse scoprire chi lo aveva fatto chiamare dal procuratore del re. Quando fu vicino, vide che una donna, accortasi di lui, si alzava e cercava di andarsene prima che egli giungesse. Il cuore gli si mise a battere, e non poteva far presto come avrebbe voluto per vedere chi era. Perché non restava in ginocchio? Le tagliò la strada e le andò dinanzi; perché quella fingeva, per tenere il viso giù, di cercare qualche tomba.

«Ah, sei Bice!»

«Sì: sono io!»

Gli occhi della donna lo fissarono con una severità intensa e maligna. David sospirò e le chiese:

«Perché te ne volevi andare?».

«Non ti avevo visto.»

Egli, preso da una grande bontà, perché era sfinito dalla sofferenza e dalla stanchezza, le chiese:

«Allora, rivieni insieme con me dove è Gina».

La cognata lo seguì. Tremava tutta ed era pallida. Il falegname la guardò: ella cominciò a piangere, ed egli lo stesso. Tornarono insieme come se si fossero voluti bene.

Il giorno dopo, ella andò a trovarlo in bottega; e stette con lui a parlare di Gina e di altre cose; pensando che ormai conosceva il suo segreto e sentendosi quasi placata; e lo avrebbe sposato lo stesso. Alla fine, dopo quasi una settimana, il falegname osò dire anche a lei del procuratore del re.

Ella sentì per lui un'avversione disagevole, e gli rispose: «È stato uno sbaglio!».

David cercò sul volto della cognata tutta la forza che mancava a lui; ma non vi trovò niente; e, più scoraggiato di prima, riprese:

«E tu non puoi supporre chi mi voglia così male? Perché io mi devo vendicare. Io mi vendicherò in modo che chi ha fatto del male a me non lo farà più a nessuno».

La cognata non rispose. Ella, ora, cominciava a credere che David non pensasse più a Gingilla; ma non si sentiva abbastanza padrona di se stessa per rispondergli senza imbrogliarsi e senza farsi scoprire.

Il falegname parlava volentieri con lei perché si sentiva un poco consolato; benché avesse capito che ormai il procuratore del re non lo avrebbe più fatto chiamare, egli soffriva lo stesso e dentro di sé si consumava. Rappacifichito[17] con la cognata, ma meno di quanto egli credesse, si arrischiò a andare da Gingilla; che, lo stesso, cercava di farsi sposare.

Allora Bice non si fece più vedere in bottega. Ella si domandò se il procuratore non fosse stato d'accordo con lui, perché non si spiegava che non l'avesse già fatto arrestare; e se era possibile uccidere una donna senza che nessuno ci facesse caso. Ella era sicura, come se avesse visto con i suoi occhi, che David e l'amante erano stati d'accordo. Anzi, si pentiva di avergli parlato per più di una settimana; come se anche a lei fosse passato di mente l'avvelenamento.

E pure ci voleva poco a capire ogni cosa! Giacché David non voleva sposare lei, ch'era la sorella della moglie, ma un'altra donna qualunque, era chiaro che Gina l'avevano fatta morire!

Anche lei andava al cimitero; per amore della sorella e per dirle che non dimenticava il proprio impegno! Ma, perché il procuratore non aveva fatto fare l'autopsia come lei gli aveva suggerito? Perché lasciava passare altro tempo? Doveva portargli lei una manciata di quella terra, dove Gina era sotterrata, perché sentisse, anche all'odore, che ci s'era spanto il veleno? Ella era giunta perfino a vederlo il veleno! Era anche su le sue mani, soltanto perché ci s'era appoggiata per inginocchiarsi sopra la fossa![18]

David, intanto,[19] non era più lo stesso. Ora si sentiva capace di vendicarsi in qualsiasi modo. Bestemmiava dalla mattina alla sera, e qualche volta s'immaginava di ficcare una sgorbia[20] nella pancia di chi lo aveva fatto chiamare dal procuratore del re. La notte non dormiva più o si destava, sentendosi stringere il cuore come da una morsa sempre più dentro. Saltava da letto, e non gridava perché non si destasse il figliolo. Ma tremava tutto; e gli sbattevano i denti. Ed ecco che sognava la cognata o gli pareva di vedersela sempre accanto: egli non aveva che da voltarsi un poco. Per ore di seguito, quest'ossessione che non lo lasciava più. Non era capace di pensare ad altro. Qualunque cosa volesse fare, c'era la cognata che glielo impediva. Qualunque cosa pensasse, era subito interrotto dalla cognata. Egli dipendeva da lei, in tutto. Se si toglieva la giubba per lavorare, la cognata non voleva. Egli se la rinfilava, e non aveva quiete lo stesso. Quando mangiava (qualche volta, comprava due soldi di pere o di cacio e andava dentro un'osteria, dove si faceva dare mezzo litro di vino) pareva che la cognata lo guardasse. Egli si disperava e piangeva. Era invecchiato di vent'anni in pochi mesi; e non riesciva più né meno a lavorare. Si buttava sopra una sediaccia che aveva in bottega, e appoggiava la testa alle mani; ma allora la cognata gli s'avvicinava anche di più, gli andava addosso. Egli si alzava di scatto, scacciandola con le braccia. Leopoldo non sapeva che dirgli e faceva finta di non vedere. Per la strada, smetteva di camminare: per tentare che quella se ne andasse avanti; ma anche ella si fermava, lo aspettava. Egli allora andava più lesto, per poterla fuggire. Il suo male aumentava sempre di più; con una tristezza angosciosa e sconsolata. Pensava di continuo alla morte, e non parlava più a nessuno dei suoi amici. Si sentiva sfinito e con un'amarezza terribile.

Bice ricorse anche a certe stregonerie, perché i carabinieri andassero ad arrestarlo.

Mentre ella una volta stava in ginocchio su la fossa della sorella, era così fuori di sé che non s'accorse di David che veniva con una nuova croce più grossa, per cambiare la prima. David, per farle alzare la testa, le toccò una spalla. Ella fece un grido e si alzò; bianca come un cencio.

«Perché gridi?»

Ella stette zitta, ma il suo viso tornò naturale; e nei suoi occhi apparve tutto quel che pensava.

Egli, allora, volle gridarle che non era vero; ma non poteva parlare. Si sforzò di dire almeno una parola; e la bocca gli si torse invano, come la gola. Si morse le mani. La donna, un poco impaurita, finse di non accorgersi di niente, e se ne andò.

David non voleva più pensare a lei; voleva mettersi a pregare su la fossa della moglie, che conosceva la sua innocenza. Voleva raccomandarsi all'anima della moglie, perché la cognata non gli volesse più male. Ma si voltò di scatto dov'era la cognata. Si sentì girare la testa e poi svenire.[21] Allora, si mise a correrle dietro; per arrivarla[22] subito. Durava fatica a smuovere i piedi, e il senso di svenimento cresceva di mano in mano che si avvicinava a lei. Avrebbe voluto fermarsi, e non poteva più. Sapeva ch'egli era per fare una cosa che non dipendeva più dalla sua consueta volontà. Ma seguitava a correre quanto più poteva; come un ebbro; sentendo il peso della propria testa che gli faceva già indolenzire il collo e le spalle.

Il cimitero pareva gli venisse addosso;[23] e David credeva di stare fermo e di non fare più in tempo.

Allora non la fece nemmeno voltare; e l'ammazzò con la croce che aveva in mano.

Non gli fecero il processo, perché morì prima in prigione. E i suoi compagni di cella dicevano che s'era avvelenato mangiando i ragni.

LA MIA AMICIZIA[1]

Mi parve che suonassero il campanello. Mi alzai ed andai ad aprire: non c'era nessuno. Vidi anche che il campanello non era stato mosso. Ma siccome non ammettevo che mi fossi sbagliato, stetti un pezzetto ad ascoltare alle scale.

Da quel giorno odiai la mia casa; e passavo le giornate intere a cercarmene un'altra.

Allora mi venne in mente che avrei potuto andare dal mio amico Guglielmo, che con la moglie stava verso la Via Angelica; dietro i quartieri dei Prati di Castello. Quelle località mi piacevano, tra la campagna e la città.

Quando mi decisi a provare, erano i primi di febbraio; ma una giornata con un cielo anche troppo turchino: mi faceva proprio l'effetto di una tinta che non si è potuta sciogliere bene perché manca lo spazio sufficiente. Le case bianche come il gesso, alte e rettangolari, lasciate lì senza compagnia, avevano ombre verdognole sopra le finestre.

Su l'immenso prato erboso, accanto agli avanzi dell'esposizione per il cinquantenario di Roma,[2] calcinacci sgretolati e cenci ad asciugare. Quasi in mezzo al prato, affatto deserto, un uomo, steso bocconi, dormiva; poi, una fontana di cemento, sfasciata, vicino a certi alberelli patiti e secchi. Monte Mario era un poco nebbioso; e, nei suoi colori, tutti i segni dell'inverno. Verso una strada bianca, un branco di pecore con un filo di luce addosso, che accendeva i loro contorni; e, più in là, alta, la cupola di San

Pietro. Una tromba suonava, stonando, dalle caserme.

Io mi sentivo sempre di più invogliato, giungendo al villino. Credetti che il campanello elettrico suonasse per il contatto dei miei nervi.

Trovai il mio amico Guglielmo a fumare la pipa, steso nella poltrona, con i piedi sopra una sedia; al sole. La moglie era in terrazza; e la sentivo discorrere con non so chi.

«Mio caro» gli dissi «io di casa solo non ci sto più!»

Egli mi guardò con i suoi occhi azzurri, da sopra gli occhiali; sorridendo. Io continuai:

«Vengo a stare con te».

«Questo deve essere uno scherzo imaginato bene.»

Io gli misi una mano su le ginocchia, e gli dissi:

«Trovo giusto che tu mi risponda così; ma ti voglio convincere che ho pensato questa cosa sul serio».

Guglielmo, continuando a guardarmi da sopra gli occhiali, smise di sorridere; e ficcò la pipa dentro un recipiente di coccio. Sembrava sbigottito. Io pensai che non fosse un buon amico, al quale potevo ricorrere in caso di bisogno; e mi sentii molto contrariato, quasi offeso. Perciò, gli dissi con più forza di prima:

«Ora si starà a vedere come ti dovrò giudicare. Rifletti bene a quello che mi rispondi; perché io sono capace di vendicarmi, e di trattarti come tu tratti me».[3]

Egli tirò giù le gambe dalla sedia. Allora io cominciai a supplicarlo. Sentivo di volergli così bene che, se avessi saputo di fargli piacere, mi sarei inginocchiato. Ma Guglielmo non capiva il mio sentimento: non se ne curava né meno. Ero proprio afflitto e disperato; e mi sentivo umiliare sempre più. Non avevo parole per fargli intendere tutto il mio affetto e la mia amicizia. Egli mi pareva il più puro e il migliore degli uomini, e non capivo perché mi rifiutasse quel che gli chiedevo. Che amarezza! Metteva forse in dubbio la mia sincerità? Ci voleva molto a rendersi conto che si portava male verso di me? Ma speravo di non dovermi piegare a questa delusione.

Egli chiamò la moglie. Subito io credetti che la chiamasse per contentarmi: non era possibile che anche da lei avessi soltanto un rifiuto, che mi faceva tanto male.

Ma Gina mi parve perfino finta quando disse:

«Signor Giuseppe, non possiamo da vero!».

Se ella m'avesse detto che, per dare loro una prova[4] della mia amicizia, mi dovevo far tagliare la testa, avrei obbedito volentieri. Anzi, ero dispiacente che da sé non me ne parlassero. Era così naturale! Io, allora, cominciai a supplicare anche lei, ma il suo viso in vece si faceva sempre più risoluto.

Mi rispose lui:

«Caro Beppe, io non so spiegarmi come ti sia venuta questa idea!».

«Se lo vuoi sapere, te lo dirò. Non te lo volevo dire per non annoiarti.»

Egli scambiò un'occhiata con la moglie, e mi disse:

«Non voglio sapere delle tue cose intime...».

«Ma io per te non ho nessun segreto. Non voglio averne, capisci, con te! Perché tu non puoi mettere in dubbio la mia amicizia...»

La signora Gina disse:

«Anche se non ci fossero altre ragioni, mancherebbe una stanza in più per darla a lei».

«Lo so.»

«E dunque? Vedi bene, Beppe, che tu ci chiedi quel che non possiamo fare.»

Allora, doventai furente. Non era quello il modo di comportarsi con me. E io che avevo sempre creduto alla loro amicizia! Cominciavo ad accorgermi che non bisogna mai confidare troppo in nessuno.

«Ascolta» gli dissi. «Se io sono venuto da te, vuol dire che mi aspettavo di essere accolto in un altro modo!»

Guglielmo si alzò dalla poltrona, scosse la cenere che gli era restata tra le pieghe della giubba; e mi disse:

«Piuttosto, son pronto ad aiutarti in tutto quello che hai bisogno».

«Ma io, ora, ho bisogno di questo e non d'altro.»

«Non insistere. Se non ti conoscessi da parecchi anni, crederei che tu fossi pazzo.»

Questa parola mi fece fare il viso rosso, e non seppi più quel che dire. Ma se, prima ch'egli l'avesse detta, io ero disposto ad andarmene, mi sentii di più ostinato a far valere la mia buona ragione. E se, per caso, gli avessi chiesto diecimila lire, perché non avrebbe voluto darmele? Il mio sentimento d'amicizia non ammetteva nessuna differenza tra me e lui.[5] Tanto più che, senza quell'amicizia, io non mi credevo più nulla.[6]

Stavo, appunto, per farglielo capire, quando m'accorsi che la signora Gina aveva sorriso di me a lui, credendo che io non la vedessi. Io lo guardai e gli dissi:

«Non so quel che tu pensi di me. Non lo so».

Egli mi rispose con stizza:

«Né meno io!».

Ebbi la certezza che dissimulava; e, perciò, persi ogni rispetto.

La signora Gina era seccata e faceva capire bene che aspettava ch'io me ne andassi; perché non ne poteva più. Ma io, ormai, come affascinato di me stesso, continuai:

«Lasciami dire tutto quello che voglio!».

Guglielmo riprese rabbiosamente la pipa, e mi rispose:

«Ti ascolto».

Soffriva: lo vedevo bene. La signora Gina mi disse:

«L'ascolto anch'io».

«Da vero?»

«Certamente.»

Allora fui invasato un'altra volta, in un modo violento, dalla mia amicizia e avrei voluto trovare le parole più belle.

«È inutile ch'io mi rifaccia da capo, però!» dissi quasi con angoscia. Presi il mio cappello da dove l'avevano messo, ed escii senza né meno salutare.

Quando giunsi a casa, volevo subito troncare ogni amicizia con Guglielmo. E mi misi a letto con una febbre nervosa; con certi brividi che mi facevano saltare.

Il giorno dopo tornai difilato da Guglielmo; e gli chiesi:

«Hai ripensato a quel che mi bisogna?».

Mi rispose, quasi adirato:

«No».

Io gli diedi un pugno sul viso, e me ne andai.

Speravo di guarire. Volevo guarire. E in vece sono stato più di cinque anni al manicomio. Ora che mi hanno lasciato perché dicono che sono guarito, non ho più voglia di vivere. Sento che forse c'è ancora in me qualche forza di giovanezza; ma io non mi arrischio né meno a lasciare la casa. È come se io fossi stato di legno e ora fossi bruciato; e restasse di me soltanto la possibilità di concepirmi.[7] La gente che conoscevo non ha più nulla a fare con me. Non penso né meno, e comincio a gustare sempre di più la mia idiozia. Perché l'idiozia è una cosa dolce.[8]

Scrivo in un libriccino i sogni che faccio la notte; e cerco di ricordarmeli tutti. Sto lunghe ore a ripassarli, uno alla volta; con una pazienza scrupolosa; abituandomi a questa specie d'esercizio spirituale; all'infuori del quale mi sento insoddisfatto.

Me ne vengono alcuni bellissimi e lunghi.

Non avrei mai creduto che, alla fine, potessi vivere a modo mio, così separato dagli uomini e da tutto il resto; e credo alla mia esistenza quando sogno.[9]

LA CAPANNA[1]

Alberto Dallati, benché ormai non fosse più un ragazzo, non aveva voglia di lavorare. Si alzava tardi e si sedeva al sole, appoggiato al muro; fumando sigarette e tirando sassate al gatto quando attraversava l'aia. La casa era stata fatta su per una salita, in modo che la fila delle cinque persiane era sempre meno alta da terra; e, all'uscio, dalla parte della strada, una pietra murata in piano faceva da scalino.

A quindici anni egli seguitava a dimagrare e ad assottigliarsi; con gli occhi chiari e le ciglia piccole e lucide; la bocca e le dita di bambina; e i capelli come il pelame di un topo nero. Una malattia di petto l'aveva lasciato parecchio gracile; e seduto al sole, divertendosi anche a battere la punta d'un bastone sempre su lo stesso posto, egli pensava cose cattive;[2] e gli ci veniva da sorridere, credendo che qualcuno se ne accorgesse. Quando c'era l'uva, benché solo suo padre fosse anche proprietario del podere, andava a mangiarla nei vigneti degli altri; e le frutta dove le trovava più belle. Gli restava sempre un bisogno vivo di essere allegro, benché in tutto il giorno facesse quel che voleva; gli restava qualche idea stravagante, che non poteva reprimere. E, allora, gli pigliavano certi scatti di gatto;[3] che graffia quand'uno meno se l'aspetta. Dava noia, da dietro le persiane, alle persone che non conosceva, e non veniva il verso[4] di farlo obbedire per nessuna cosa; specie quando, in una fonte vicino a casa, c'erano le rane; per imparare ad ammazzarle mentre saltavano dentro. D'inverno, in vece, si metteva vicino al focolare, e sembrava tutto disposto a quel che voleva la sua famiglia. Ma, a poco a poco, ricominciava a dire:

«Io non posso sopportare le vostre prediche! Se mi lasciate fare, può darsi che vi contenti; e, se no, conto di non conoscervi né meno».

Spartaco, da padre risoluto, ci s'arrabbiava, ma non gli diceva quasi mai niente. In vece, maltrattava la moglie. Allora, Alberto, dopo essere stato a sentire, in disparte, lo biasimava battendosi le mani sul petto:

«Lei non ci ha colpa. Dillo a me quel che vuoi dire».

Ma il padre, guardatolo, faceva una specie di grugnito; e, bestemmiando contro le donne e la famiglia, se ne andava nel campo a fumare la pipa. Alberto diceva:

«È un imbecille, benché io sia suo figlio. E tu perché non gli rispondi male? Perché ti metti a piangere in vece?».

Raffaella, spaventata,[5] allora lo supplicava che fosse buono e si cambiasse.[6] Ella ci aveva quasi perso la salute; e le era venuta sul viso e nella persona un'aria dolorosa. Spartaco, soprannominato Rampino perché piuttosto piccolo e perché camminava come se avesse gli artigli e li attaccasse, guardava, anche parlando, dentro la pipa, e ci ficcava continuamente le dita; e credeva di far del bene alla moglie, abituandola a esser forte. E siccome Alberto dichiarava ch'egli ormai non aveva più bisogno di ascoltare i discorsi di nessuno e che ormai gli s'addiceva il comodo proprio, perché non c'era niente di meglio, ella gli rispondeva:

«Perché non sei buono al meno tu?».[7]

Perché, secondo la sua testa, tutti dovevano essere buoni. E anche parlando dei suoi canarini, che Alberto e Spartaco volevano ammazzare,[8] buttando al letamaio la gabbia, diceva:

«Sono tanto buoni!».

Il marito l'assordava con le sue grida; come quando domava i cavalli, facendoli correre attorno all'aia; mentre Alberto stava nel mezzo a tenere ferma la fune legata al loro collo. E questa era per lui la sola fatica non antipatica.

Dopo, si metteva un fazzoletto perché era sudato; e andava subito a sedersi dove batteva il sole. Si sentiva già uomo fatto, e pensava a tante cose ch'egli desiderava soltanto per sé. E perciò si proponeva di rendersi più indipendente, liberandosi dal padre e dalla madre. Qualche volta diceva ai contadini:

«Io non so che pretendono da me».

Ma egli si sentiva anche solo; e una grande tristezza gli gravava attorno. Il podere e la casa erano poco per lui. Sapeva che in quelle sei stanze ci si era, da bambino, trascinato con le mani e con i piedi; certe pareti erano restate sciupate dalle sue unghie. Egli sentiva troppo a ridosso l'infanzia; e le voci dei genitori non s'erano ancora cambiate ai suoi orecchi.[9]

Ora egli era già a un altro autunno, senza che avesse fatto niente. S'era abbastanza distratto a veder vendemmiare, da un podere a un altro; aiutando un poco tutti, anche in cose di strapazzo. Il sole ci stava poco all'uscio della casa, e già c'erano nell'aria i primi freddi.

Una sera, dopo essere stato tutto il giorno con le mani in tasca nel mezzo della strada, in su e in giù, entrò nella stalla, e si mise a guardare i due cavalli che rodevano l'avena. Prese la frusta e cominciò a picchiarli.[10] I due cavalli si misero a scalciare, cercando di rompere le cavezze. Raffaella, che su da casa aveva sentito tutto quel rumore, scese; e vide di che si trattava. Cercò subito di levargli di mano la frusta; ma Alberto, per ripicco,[11] si mise a dare anche con più forza. Raffaella andò a dirlo al marito; che, infuriato, la schiaffeggiò perché non era stata capace a farlo smettere lei stessa; e andò di corsa nella stalla. Senza che Alberto se ne accorgesse, prese un pezzo di legno; e glielo batté dietro la testa. Il ragazzo cadde disteso, insanguinando un mucchio di paglia, che era dietro l'uscio. Spartaco posò il pezzo di legno e stette zitto a guardare quel sangue; mentre i cavalli respiravano forte e non stavano fermi.[12]

Dopo due giorni di febbre, con il pericolo della commozione cerebrale, Alberto scese nell'aia. Aveva la testa fasciata; ma se ne teneva come quando per la prima comunione aveva portato i guanti. Non parlava al padre; che s'era pentito di avergli fatto male a quel modo. Anzi, cominciò a dire a tutti che si voleva vendicare. Guardando la luce, sentiva che anche la sua giovinezza era più larga; e che la sua casa era quasi niente.

Allora egli, per vendicarsi, cominciò a parlare male del padre con tutti i conoscenti di casa. E siccome seppe che stava per vendere una cavalla, andò dal compratore e gli disse ch'era ombrosa e che aveva il vizio di tirare i calci.

Facendo così, egli si sentiva più eguale alla vita; gli pareva di non essere più il solito buon ragazzo che si lascia ingannare e non se ne avvede.[13] Gli pareva di conoscere tutti gli altri e come doveva contenersi. Non era più l'ingenuo, che aveva rispettato tutto e che non si era permesso mai niente. Aveva trovato la maniera di farsi innanzi da sé, senza attendere che passassero gli anni. Si compiaceva della sua malizia e di non avere più scrupoli. Maligno, anzi, doveva essere da qui in avanti. Maligno! Maligno sempre! Gli pareva di sentire che i suoi occhi raggiassero, e che non ci fossero più ostacoli per lui. Credeva di essere doventato forte, e voleva rifarsi del tempo perduto. E siccome voleva fare a meno del padre ed essere più forte di lui, benché ne avesse anche paura, si dette a lavorare; ma facendo quel che gli piaceva di più. E cominciò a coltivare, a modo suo, un pezzo di terreno. Perché guarisse, e temendo sempre che tutto fosse la conseguenza di quella bastonata, non gli dicevano più niente. Invece non guariva; e tutte le volte che vedeva un bastone, sbiancava allontanandosi lesto lesto. Allora lo fecero visitare da un medico, che non ci capì niente; e rise di Spartaco e di Raffaella. Ma qualche cosa era successo da vero; perché Alberto s'era fatto sempre più irritabile, e non poteva dormire. Avrebbe voluto, prima d'andare a letto, far capire al padre tutte le ragioni che ormai sentiva dentro di sé; ma, quando ci si provava, non gli poteva parlare; e invece avrebbe voluto mettergli un braccio al collo tenendolo stretto a sé.[14] Tuttavia sentiva che qualche cosa di male e di amaro era nel suo destino; e ne era contento. Allora egli faceva su la tavola, con la punta delle dita, certe macchie d'inchiostro che gli parevano cipressi; e gli piacevano perché erano più neri di quelli nei campi. Oppure pensava che una vipera, entrata sotto il letto dalla siepe della strada, gli mordesse un polpastrello della mano o le dita dei piedi, ed egli dovesse morirne in poco meno di una mezz'ora. E perciò, prima d'entrare a letto, guardava in tutti i cantucci. Una volta gli parve di stare capovolto e di cadere giù tra le stelle. Addormentandosi pensava al padre con una intensità acuta, mettendo sempre di più una spalla fuori delle coperte come se avesse potuto avvicinarglisi; sembrandogli di parlare e invece facendo piccoli gridi con la bocca che restava chiusa.

Una mattina, arrivarono tre carri di vino. A ogni barile che portavano giù in cantina egli doveva guardare di quanti litri era e segnarli sopra un pezzo di carta, in colonna, per fare, dopo, la somma. Ma egli non ci riesciva: sbagliava sempre. E non s'accorse quando suo padre, che voleva sapere la somma, gli saltò addosso per picchiarlo. Rialzatosi da terra sbalordito, ebbe voglia di fuggire. Ma a pena egli si moveva, Spartaco con un grido lo faceva stare fermo, ritto al muro della casa. Allora gli venne da piangere. Voleva chiudere gli occhi per non vedere più niente; perché non osava guardarsi né meno attorno. Aveva perfino paura che avrebbe potuto essere un albero e non un uomo; un albero come quello rasente alla casa.[15] Quando, alla fine, Spartaco si scordò di lui, egli poté staccarsi dal muro e nascondersi dentro l'erba. Ma il padre, vistolo, lo minacciò di picchiarlo più forte. Tuttavia la sua voce era dolce: Alberto sentiva nella voce del padre la stessa dolcezza sua. Spartaco gli prese il viso e guardò negli occhi, perché credette che ci fosse entrata la terra. Poi disse:

«Vai a lavarteli alla pompa!».

«Ma non c'è niente.»

«Non importa. Vieni: te li lavo io: ti farà bene.»

Spartaco, allora, fece pompare l'acqua e gli rinfrescò gli occhi. Poi glieli asciugò con il fazzoletto. Ma, ormai, il ragazzo si sentiva triste e scoraggiato; benché non avesse più paura di essere un albero, e gli sembrasse di sentirsi crescere, così, mentre respirava. Gli sembrava, in un momento, di doventare grande; e perciò un poco si riebbe.

Spartaco gli disse:

«Non stare così. Vai a ruzzare».[16]

Bastarono queste parole, perché né meno lui pensasse più a quel che era avvenuto. Ora egli voleva stare sempre con il padre; e, perché non lo mandasse via e sopra a tutto non gli dicesse di lavorare, cercava di aiutarlo e di farsi benvolere. Quando lo vedeva andare nel campo, egli aspettava un poco e poi si alzava da sedere al sole e lo seguiva, tenendosi a una certa distanza; finché non poteva fare a meno d'essergli vicino se udiva che comandava o spiegava qualche cosa ai contadini.

Una volta, non vedendolo riescire subito dalla capanna, gli venne paura che si fosse sentito male là in mezzo alla paglia. Non era più curiosità! Il cuore gli batteva forte forte, quasi tremando. Attraversò l'aia e scostò l'uscio, perché entrasse la luce dentro. Poi restò su la soglia come allibito: suo padre accarezzava la faccia alla donna di servizio, una giovinetta grassa, che non riesciva mai né a pettinarsi né a legarsi i legacci delle scarpe. Gli venne voglia di gridare e di picchiarli tutti e due. Ma tornò a dietro e si rimise a sedere; senza più la forza di alzarsi.

Teneva gli occhi, con la fronte abbassata, all'uscio della capanna; aspettando che suo padre e Concetta uscissero. Dopo un pezzo, chi sa quanto, escì prima Concetta che, rossa rossa, andò in casa; senza né meno guardarlo. Poi venne fuori Spartaco che, accigliato e burbero, andò dritto nella stalla. Alberto aveva paura. Avrebbe voluto rassicurarlo che non aveva pensato niente di male e che gli voleva molto bene; ma non ebbe animo di alzarsi né meno allora. E la sera, a cena, meno che Spartaco era un poco pallido, non si sarebbe capito niente. È vero che i giorni dopo fu di meno parole e non lo voleva più dietro a lui. Glielo faceva capire alzando la voce mentre parlava con gli altri; e Alberto mogio mogio tornava via. Era sempre smilzo e i contadini dicevano che era leggero come il gatto e che anche lui sarebbe stato capace di saltare fino al cornicione delle finestre.

Ma, dopo qualche settimana, la madre gli disse che suo padre aveva stabilito di mandarlo in un collegio a studiare agricoltura; in un collegio molto lontano che egli non aveva né meno sentito nominare. Dopo quattro anni sarebbe stato già capace di amministrare una fattoria. Egli, allora, invece di rispondere male, si sentì tutto disposto ad obbedire.[17] E benché Spartaco avesse diffidato sempre[18] finché non lo vide in treno, il ragazzo era quasi lieto di andarsene. Non sapeva né meno se la madre si fosse accorta di niente.

Quand'era per finire il primo anno in collegio, il direttore gli disse che doveva partire immediatamente perché suo padre stava male e desiderava parlargli. Alberto lo trovò già morto. Anche Concetta s'era tutta abbrunata e Raffaella parlava con lei come se fosse stata un'altra figliola. Egli, mentre sentiva il pianto dentro gli occhi, aveva un gran rancore invece; e pensava come fare per vendicarsi. La giovinetta era sempre la stessa. Egli, invece, s'era fatto un quarto di metro più alto; s'era perfino un po' ingrossato e gli spuntavano sopra la bocca i primi peli vani. Dire ogni cosa alla madre non gli piaceva; sopra a tutto perché ormai si sentiva un uomo e un uomo non doveva fare a quel modo. Doveva pensarci da solo! La giovinetta gli si teneva lontana e sembrava più appenata[19] per lui che per la morte del padrone. Questo contegno gli piaceva; e il rancore si mutava sempre di più in simpatia. Era una simpatia un poco ambigua; ma non poteva trattenerla. E Concetta, sempre più sicura di questo cambiamento, gli parlava con una voce sempre meno dura e più aperta.

Allora, una volta, avendola vista entrare nella capanna, proprio come quel giorno, egli si assicurò che sua madre non era a nessuna finestra; poi si fece all'uscio e lo scostò, ma più risolutamente. La giovinetta, vedendolo entrare, si fece bianca, e stette ferma ad attendere ch'egli dicesse quel che voleva. Era bianca e sudava. Le sue tempie s'inumidivano come se la vena che andava verso l'occhio dovesse doventare senza colore e farsi piena d'acqua. Concetta aveva una bella bocca ed era tanto buona. Che male gli aveva fatto? Egli si sentì come lacerare tutto, con un piacere rapido: in collegio, aveva finito con il desiderarla. Fissandola a lungo, le disse:

«Perché fai la stupidaggine di non dirmi niente, ora?».

Ella si rigirò di scatto, per andarsene. Ma egli la prese tra le braccia e la baciò.

Anche lui, finalmente, l'aveva baciata! Anche lui, quando era stanco e aveva sudato a domare un cavallo, si faceva portare da lei un bicchiere di vino![20]

UNA GOBBA[1]

Ella aveva una cupa amarezza, quando pare, a guardarlo, che anche il cielo sia nero.[2] Avrebbe voluto vivere, in vece, come in un'estasi di serenità. Brutta quasi da suscitare ripugnanza: con una gobba aguzza come una punta di ferro che gli potesse sfondare il vestito, con un cappello che non riesciva mai a portare dritto, Elena Spadi invecchiava e insecchiva dall'una settimana all'altra. Quando camminava pareva vuota tutta dinanzi. Le erano rimasti uno zio e la moglie di lui; che non la poteva vedere perché diceva che le portava disgrazia. Anche lo zio, quantunque non cattivo, provava per lei piuttosto un sentimento di derisione. Ed ella in vece credeva di essere quasi amata e protetta.[3] Gli aveva lo stesso, perciò, una fedeltà piuttosto di figliola trattata male senza nessuna ragione; quantunque non osasse giudicarlo ingiusto. Viveva anche in questa illusione; e s'aspettava, quantunque senza nessun desiderio,[4] ch'egli la pigliasse in casa; perché gli avrebbe fatto volentieri anche da serva, piuttosto che vivere sola a quel modo, in una stanza che non riesciva a sentire sua; benché ci vivesse ormai da tanto tempo. Aveva un canarino, che era brutto come lei; più bianco che giallo, con una zampetta storta e con un becco sempre sporco. Questo canarino era per Elena più che una compagnia; e se lo credeva così affezionato che quando lo guardava era convinta che capisse tutto. Lo avrebbe portato in casa dello zio!

Finiva sempre di mangiare in piedi vicino alla sua gabbia, dandogli le briciole degli ultimi bocconi di pane. Lo salutava prima di andare a letto e prima d'escire di casa; e, quando rientrava, non era contenta finché non aveva sentito la sua voce in quel silenzio così vuoto e melanconico, quasi tragico. Un silenzio che ricominciava sempre tutti i giorni; e non smetteva mai, come il succedersi delle ore.

Non aveva chiesto mai niente a nessuno; e le erano morti i genitori a poca distanza l'uno dall'altro, con una sua rassegnazione che era sembrata indifferenza stupida e cattiva. Ed ella riesciva perfino a sorridere; a sorridere a se stessa; per non piangere e per non aver voglia di morire. Senza accorgersi che gli anni passavano, senza che il fratello di suo padre si recasse mai a trovarla, senza che mai pensasse a lei. Ella gli scriveva per chiedergli il permesso di vederlo, almeno qualche volta. E, allora, lo aspettava all'uscio di casa; sempre con la stessa umiltà; senza chiedergli mai di farla salire.

Lo zio riesciva ad appagarla con qualche parola detta con convenienza stizzosa, qualche volta con troppa fretta; qualche volta perfino senza risponderle; senza né meno darle la mano. Ella tornava a casa camminando più rimpettita, dimenticandosi di essere gobba; ed era una specie di festa. Allora voleva perfino meno bene al suo canarino; che l'aspettava in vano, smuovendo la testa per guardarla. Era contenta di avere uno zio e di avergli parlato: la sua voce gli era doventata uguale a quella del padre, e gli pareva di essere felice, forse bella, forse giovine.[5]

Ma una volta, mentre era con lui su l'uscio di casa, e la moglie di lui la guardava da dietro i vetri con stizza e torcendo la bocca, le venne da piangere. Egli, prima guardò verso la finestra, e poi le chiese con una voce falsa ch'egli trovava naturale di avere in quel caso:

«E ora perché piangi?».

Ella inghiottì le lacrime, e rispose in fretta:

«Non lo so né meno io».

«Non è mica bene che tu pianga! Non ci hai nessuna ragione!»

Ella lo guardò con tutta la sua fiducia nei dolci occhi di strega.

«Torna a casa; e sii allegra in vece.»

Ella si fece capire che avrebbe voluto stare ancora con lui. Ma egli aveva paura della moglie, e non le disse niente; aspettando che lo lasciasse salire in casa. Qualcuno passava; guardandoli, per curiosità.

Un'altra volta ella era stata a fare una passeggiata in campagna e gli aveva colto un fascio di fiori dalle siepi. Egli non aveva saputo se doveva buttarli a mezze scale; ed entrò, quasi nascondendoli; per lasciarli in cucina. Ma la moglie glieli prese, si mise a ridere, e li attraventò dalla finestra; dispiacente che non andassero a cadere su la gobba di Elena. Ci rise anche lui; e gli venne l'idea di non farsi vedere più. Allora cominciò ad odiarla; e quando ricevette una delle solite lettere scritte sopra un pezzetto di carta qualunque, egli fece un'altra strada e tornò a casa mezz'ora dopo. Ella credette che fosse malato e si pentì di non essere salita subito da lui a sentire come stava. Ci andò in vece la mattina dopo, a pena alzata. Le aprì la moglie, che credendo fosse il lattaio aveva una tazza vuota in mano. Rimase così stupita di vedersi dinanzi la nipote con quel suo visuccio agitato dalla preoccupazione. Ma non la salutò. Elena, che non s'accorgeva di niente, le chiese:

«È malato lo zio?».

«Perché vorresti che fosse malato?»[6]

Ella, allora, sorrise pacatamente del suo errore; e voleva spiegarsi. Ma l'altra aggiunse con un tono di rimprovero come se fosse stata cattiva:

«Spero, anzi, che seguiterà a star bene così per parecchio tempo. Dio pensa a noi».

«Allora non ha avuto la mia lettera? Perché ieri sera volevo vederlo.»

«Non so se l'ha avuta; ma se non s'è fatto vedere, vuol

dire che non poteva. C'è bisogno di pensare subito male? Ti pare strano che per una volta tu non l'abbia potuto incontrare?»

Ma già le pareva troppo lungo parlarle così; e avrebbe voluto chiudere l'uscio. Ella guardava con crudeltà negli occhi dolci della gobba: certi occhi che non avevano fondo e parevano sempre più chiari, con una tranquillità che la esasperava; certi occhi che le facevano paura e anche odio perché sconvolgevano la sua vigliaccheria e la sua coscienza; certi occhi di una dolcezza maligna e ambigua.[7]

Elena chiese:

«È in casa?».

«È in casa; ma non so se può vederti.»

«Gli dica che l'aspetto giù all'uscio.»

«Ma perché vuoi aspettarlo? Non sta bene che tu stia lì sola chi sa per quanto tempo. Ti risponderà egli stesso, quando potrai vederlo.»

«Insistevo, per non noiarlo[8] un'altra volta.»

«Ma hai qualche cosa da dirgli?»

«Niente!»

E voleva domandarle anche: "Ha veduto i miei fiori dell'altra settimana?".

Ma si vergognò di tenerla lì; mentre l'altra non aveva più il coraggio di andarsene, e perciò era esasperata sempre di più. Elena evitava che le vedesse le spalle; mentre l'altra non poteva fare a meno di cercare con gli occhi la gobba. Ad ogni movimento della zia, Elena si girava rapidamente, come non avrebbe fatto con nessuna altra persona. La zia aveva in vece, benché non bella e anziana, un petto ampio e largo; e, perché aveva i primi due bottoni aperti, glielo vedeva bene.

«Dunque, non vuole che io veda lo zio?»

«Chi ti dice questo? Se tu vuoi passare, io non te lo impedisco. Sei anche capace di pensare così di me?»[9]

«Me ne vado; ma la prego di salutarlo. Me lo promette?»

«Ma certo! Verremo noi, anzi, a trovarti.»

Elena, tremando dalla gioia, ridiscese le scale; mentre la zia era andata subito a trovare il marito, giurando che un'altra volta le avrebbe fatto tirare una marmitta[10] d'acqua bollente addosso.

Ed Elena attese da vero; quantunque ella stessa non ci credesse. Attese parecchie settimane; e qualche volta, la sera, si sentiva venire la febbre. Doventava nervosa e non riusciva più ad avere quei suoi sorrisi, che nessuno vedeva. Ma si ostinò a far mantenere questa promessa, sempre più sicura che lo zio l'amava;[11] sempre più convinta che doveva credergli a quel modo; con una passione che la faceva singhiozzare. Qualche volta cadeva in ginocchio, con un tonfo secco sull'impiantito, con le ossa che cominciavano subito a dolere come se si fossero spezzate. Cadeva in ginocchio e batteva la testa; poi si stendeva tutta, piangendo, con certi singhiozzi che le squarciavano lo stomaco; mentre il canarino cantava lo stesso, scotendo le ali e facendo tremare tutta la gabbia. Ora si vergognava anche ad escire di casa, e si sentiva sempre male. A giornate non si reggeva né meno in piedi; e pensava alla strada dello zio come se fosse stata lontana chi sa quanto, con un desiderio folle di vivere là, e di non essere gobba. Qualche volta credeva perfino di guarire e di destarsi una mattina doventata un'altra.

Non riusciva, no, a vivere sola; sempre meno, anzi! Si mordeva le labbra pensando in vece a quanti anni erano passati; anni di pianto.

Ella allora s'innamorava di quasi tutti i giovanotti; ma non osava guardarli, per paura che se n'accorgesse qualcuno; benché andasse a passar loro vicino, a rasentarli proprio; ad urtarli come se fosse stato per svista. Ella aveva questo sentimento di amore, che non era per nessuno; e qualche volta il suo viso ne era raggiante. La gente rideva; ma a lei non gliene importava. E il primo che l'avesse voluta, ella si sarebbe data. Credette perfino di es-

sere piacente, forse bella; e cominciò a vestirsi meglio, a
mettersi fronzoli, a profumarsi; con una fretta esaltata. Ma
il suo viso era in vece più scarno. Le ossa del suo volto,
del suo volto di gobba, biancheggiavano attraverso il pallore giallo della pelle: gli occhi luccicavano sotto la fronte
sporgente. Gli anelli le si sfilavano dalle dita; il vestito doveva tenerselo su a forza di spilli perché ci sarebbe entrata
due volte; le scarpe le uscivano dai piedi. Si sentiva che
alla sua voce mancava qualche cosa, forse il fiato.

Alla fine, andò lei dallo zio. Come si sentiva leggera,
d'una leggerezza di morta, salendo quelle scale!

Lo zio aprì lui, per caso, perché erano a tavola; e la
serva era escita per comprare una cosa che mancava per finire il pranzo. Egli, che masticava ancora, con quelle sue
guance goffe di lardo rosso,[12] disse, con una voce che pareva buttasse la nipote giù per le scale:

«Elena!».

Ella non sapeva più sorridere: si vedeva soltanto il suo
gozzo[13] salire e scendere; non sapeva né meno più parlare,
perché in quel momento non se ne ricordava.[14] Alla fine
balbettò:

«Ti ho aspettato tanto con la tua moglie!».

Egli le gridò:

«Aspetta ancora! Non ti aveva detto così?».

E non sapendo più come contenersi, le sbatté l'uscio in
faccia. Poi la fecero chiudere al manicomio.[15]

NOTE A «GIOVANI»

PIGIONALI

1. *Pigionali*: coloro che stanno «a pigione», cioè che abitano in un appartamento preso in affitto. La parola dà il titolo al primo racconto della raccolta *Giovani*, uscito per la prima volta in «L'Illustrazione Italiana», Milano, 6 maggio 1917. La novella, il cui titolo originario (come risulta dal dattiloscritto, secondo le informazioni di Glauco Tozzi) era *Due donne*, è stata scritta molto probabilmente in questo stesso anno. Si tratta di due vicine di casa che stanno sullo stesso pianerottolo «fin quasi da ragazze» ma che non sono riuscite mai a stabilire fra loro un rapporto di amicizia, nello stesso tempo desiderato e temuto. Nonostante l'età ormai anziana, come gli altri protagonisti tozziani di *Giovani*, neppure loro sanno superare la condizione velleitaria che è tipica della giovinezza e dunque la relazione di odio e d'amore che «fin quasi da ragazze» hanno avuto fra loro. E poiché il tema cardinale su cui la raccolta di novelle è costruita e a cui già il titolo allude è quello dell'impossibilità di uscire dalla giovinezza come «malattia», non sembra casuale che ad aprire e chiudere un libro, i cui protagonisti sono, altrimenti, tutti giovani, siano invece personaggi anziani (come, appunto, le due «pigionali») o già maturi di età, come il ferroviere di *Una sbornia*, l'ultimo racconto della serie. La giovinezza per Tozzi non è un'età della vita ma una condizione esistenziale e psicologica dominata dalla regressione.

2. *sbagliava sempre*: non solo perché hanno la porta sullo stesso «pianerottolo buio», ma anche perché, come si legge più avanti, «le loro porte si rassomigliavano».

3. *zitella*: in Tozzi si alternano la grafia con una sola *t*, come in questo caso, e quella con doppia *t*, secondo la pronuncia più in uso in Toscana. Il termine indica una ragazza rimasta senza marito.

4. *novo*: toscanismo, con scomparsa della dittongazione, per "nuovo". È evidente qui un effetto mimetico (non tanto, dunque, espressivo), data l'ambientazione senese del racconto.

5. *né meno*: Tozzi preferisce sempre la spezzatura, al posto del più consueto "nemmeno".

6. *procurava*: cercava.

7. *si chiamarono*: è il primo passato remoto dopo una lunga serie di imperfetti durativi. L'imperfetto predomina nella novellistica tozziana; in questo caso esprime la continuità dell'azione abituale e dunque ben si presta alla descrizione del carattere monotono e ripetitivo della vita delle due protagoniste. I momenti di azione diretta, come questo, sono scarsi e segnati appunto dalla presenza del passato remoto. Si noti inoltre il punto e virgola dove ci si aspetterebbe la semplice virgola. È un espediente cui l'autore ricorre assai spesso (così spesso che sarà inutile evidenziarlo ogni volta con una nota) per isolare singoli particolari o aspetti del racconto, dando loro un insolito risalto.

8. *tanto Gertrude...*: tra le due c'è un bisogno di comunicazione e persino di affetto che resta sempre frustrato e anzi si capovolge in atti di astio reciproco. L'impossibilità di esprimere i propri sentimenti e il modo contraddittorio con cui questi vengono percepiti dal soggetto e poi manifestati all'esterno sono una caratteristica costante dei personaggi di Tozzi. Il soggetto appare sempre attraversato da un'inspiegabile ambivalenza affettiva ed emotiva che si tramuta in una contrastante disponibilità sia all'odio che all'amore nei confronti degli altri e, anzi, per lo più, nei confronti della persona che sente più vicina o che più lo interessa. L'io appare sempre dai contorni labili, incapace di coerenza e di stabilità.

9. *coroncina di vetro*: quella del rosario.

10. *in vece*: cfr. sopra nota n. 5.

11. *e così...*: qui «così» significa "inoltre". L'autore sta enumerando le ragioni per cui Gertrude può ritenersi superiore a Marta e credersi invidiata da lei: oltre al possesso della gatta, ha un campanello che suona meglio e una porta che non stenta a chiudersi come invece accade a quella di Marta.

12. *doventare*: toscanismo per "diventare", di uso costante in Tozzi.

13. *lustra*: lucida.

14. *il loro tempo*...: avendo perduto qualsiasi legame con la vitalità (le «linfe») della loro giovinezza, le due protagoniste vivono solo nello squallore del presente, senza più un rapporto con la loro vita passata.

15. *governare*: dare da mangiare, nutrire. Si dice in Toscana quando si accudisce un animale domestico o anche un bambino.

16. *Ma una notte*...: nella narrativa tozziana l'interesse per la psicologia si traduce in interesse per la dimensione onirica. Frequente, pertanto, è il resoconto di sogni, più frequente, anzi, che in qualsiasi altro scrittore contemporaneo. Questo è assai trasparente, ed esprime il rapporto di rivalità e gelosia fra le due donne. Marta, che si sente inferiore a Gertrude per le ragioni esposte sopra (cfr. nota n. 11), ora che l'altra è ammalata, assapora la propria rivincita. Il sogno manifesta però il timore che questa non possa realizzarsi e anzi la rivale confermi la propria superiorità.

17. *la cattedrale era così candida*...: cfr. *Adele*: «la Cattedrale riluceva di un candore ineffabile» [*Opere*, I Meridiani, Mondadori, Milano, 1987, p. 565]. È un particolare caratteristico del paesaggio cittadino, a Siena, cui sono dedicati, in questa pagina, quasi tre interi capoversi. La critica (in particolare S. Maxia, *Uomini e bestie nella narrativa di Federigo Tozzi*, Liviana, Padova, 1972) ha sottolineato l'aspetto di causalità e di diversione narrativa che viene spesso ad avere il paesaggio in Tozzi: un paesaggio, per dir così, fuori posto. Con l'eccezione di alcuni casi, anche notevoli, per lo più esso non sottolinea una corrispondenza simbolica fra natura e soggetto, non è un paesaggio-stato d'animo. Qui il paesaggio primaverile, pieno di segni di vita, comunica alla donna la gioia di essere viva mentre la vicina sta morendo. Ciò serve, ovviamente, a collegare la descrizione alla vicenda narrata. Ma l'insistenza su tanti particolari (per esempio, più avanti, sul vario movimento delle rondini) assume egualmente un andamento dispersivo, che coglie l'estraneità e la casualità dell'ordine delle cose rispetto a quello del soggetto.

18. *pensando con gioia*...: altra manifestazione dell'ambivalenza psicologica dei personaggi tozziani (cfr. sopra nota n. 8), in cui l'affetto si manifesta spesso sotto forma di rancore, e viceversa, in un complesso rapporto di odio-amore. C'è sempre una forte carica distruttiva e autodistruttiva nelle loro relazioni affettive.

19. *con rabbia*....: di nuovo rabbia e affetto, manifestazioni di odio o di minaccia e di tenerezza. Cfr. nota precedente.

20. *le pareva*: è stato notato (da L. Baldacci, *Le illuminazioni di Tozzi*, in *Tozzi moderno*, Einaudi, Torino 1993. L'alta frequenza di espressioni come «pareva» o «sembrava» in Tozzi: esse ben esprimono l'indefinitezza di stati d'animo oscillanti fra sentimenti diversi od opposti, e la predisposizione ad atteggiamenti onirici o allucinati.

21. *conversazioni...*: si ricordi che, invece, quando Gertrude era viva, le due vicine avevano sempre evitato di parlarsi.

22. *mencio*: floscio (si tratta di un toscanismo).

23. *Voleva entrare...*: la gatta diventa immediata personificazione della padrona morta, emblema del suo ossessionante fantasma. Anche il suo aspetto malandato collabora a far nascere in Marta il senso di colpa, per abolire il quale ella si sbarazzerà della gatta, uccidendola.

24. *Povera bestia!...*: si noti l'uso dell'indiretto libero. Le parole non sono collocate fra virgolette, ma esprimono comunque, in modo quasi diretto, il pensiero della protagonista. Eleonora Cane ha osservato (*Il discorso indiretto libero della narrativa italiana del Novecento*, Silva, Milano, 1969) che esso ha la funzione, in Tozzi, di far affiorare una tensione interiore, un conflitto angoscioso nel personaggio di cui manifesti i sentimenti o i pensieri.

25. *rugliando*: «rugliare» indica il verso sordo che fanno alcuni animali.

26. *visse...*: la conclusione cronachistica è in chiave con l'andamento narrativo della novella, tenuto su una nota dimessa, quasi di nuda registrazione di eventi banali e quotidiani. Una tecnica simile caratterizza anche i *Dubliners* di Joyce. Analoga è la tendenza, poi, a percepire, sotta la superficie di fatti minimi e insignificanti, momenti di tensione, atmosfere rivelatrici, grumi di conflitto. Ma il Joyce dei *Dubliners* è meno risentito perché punta su risonanze e epifanie che rivelano un destino, mentre Tozzi è più aspro, più puntuto e acerbo, e sottolinea sempre un'insignificanza, un'assenza di destino.

UN'OSTERIA

1. *Un'osteria:* anche questa novella, come *Pigionali*, è uscita per la prima volta in «L'Illustrazione Italiana», il 30 settembre 1917, dunque nello stesso anno dell'altra. È datata nel dattiloscritto

«ottobre 1914». Nonostante il carattere autobiografico e la narrazione in prima persona, vera protagonista della novella è una maestrina di un paese di montagna, vittima della persecuzione di una comunità estranea e ostile.

2. *il mio amico Giulio Grandi*: dato il carattere autobiografico del racconto (Tozzi amava fare gite e veri e propri viaggi in bicicletta, ed è stato più volte con questo mezzo in Emilia), si può supporre che Giulio Grandi sia pseudonimo di Domenico Giuliotti (il nome dello pseudonimo riecheggerebbe il cognome effettivo dell'amico), che spesso lo accompagnava in queste scorribande. Si ricordi che, insieme con Giuliotti, Tozzi aveva fondato nel 1913 la rivista «La Torre».

3. *attaccati alle nebbie*: visti da lontano, i monti sembrano sospesi alle foschie che calano dall'alto e già ne coprono le vette. È un paesaggio fortemente soggettivizzato, visto, cioè, attraverso l'ottica dei due ciclisti che affrontano le prime salite degli Appennini per attraversarli e passare dall'Emilia alla Toscana. Più che una descrizione, è una visione, come spesso in Tozzi.

4. *cognacche*: in Tozzi si trova sia la forma francese corretta, *cognac* (nome di un notissimo liquore), sia, come qui, la forma che riecheggia la sua pronuncia toscana.

5. *moccolare*: bestemmiare. È termine toscano, non usato nell'italiano letterario (dove tuttavia è attestata la parola "moccolo", come "bestemmia").

6. *impillaccherati*: insudiciati, o macchiati, di fango.

7. *ero grasso*: motivo autobiografico.

8. *non c'era verso*: non c'era modo, non c'era la possibilità.

9. *far scansare*: di indurre quanti occupavano la strada a farsi di lato per far passare i due ciclisti.

10. *punto*: aggettivo con valore di "nessuno". Usato in Toscana per rafforzare una negazione. Si osservi nondimeno che l'uso di «punto» in tale accezione è stato un elemento «abituale della lingua letteraria fino a una certa epoca», come osserva L. Giannelli, *Toscano, senese, italiano letterario: la ricerca di Tozzi*, in AA.VV., *Per Tozzi*, a cura di C. Fini, Editori Riuniti, Roma, 1985.

11. *attaccato*: sospeso in aria, attaccato al soffitto, come si tengono i salami e i prosciutti.

12. *pezzuola*: largo fazzoletto che le contadine portavano in testa, avvolgendovi i capelli e annodandolo sotto il mento.

13. *lerci*: sudici.

14. *quella donna sempre ferma!*: è la donna che ha parlato prima, con la pezzuola in testa. Vedremo che sta immobile perché è cieca; ma intanto questa sua presenza ha qualcosa di inquietante, che rende quasi minacciosa la scena. Si prepara il clima di aggressività e di estraneità che circonda il personaggio della maestrina.

15. *nessuno rispose...*: la maestrina è la prima figura di vittima che incontriamo in *Giovani*. Numerose altre la seguiranno. Nessuno risponde al suo saluto; è circondata da estraneità, grossolanità, sarcasmo; e lei, come sempre i protagonisti tozziani, non riesce a reagire, e resta imbarazzata, insicura, incerta fra repulsione e desiderio di farsi accettare. In qualche misura, fa parte anche lei della schiera degli *inetti* che popola non solo la narrativa tozziana, ma anche la migliore produzione primonovecentesca (quella pirandelliana e sveviana, ad esempio, da Mattia Pascal a Zeno Cosini).

16. *ci ha qui*: qui il «ci» locativo è usato in una forma lontana dal parlato e assai ricercata (come osservato ancora da L. Giannelli, art. cit.), a conferma di come sia unilaterale un'interpretazione della lingua di Tozzi in chiave esclusivamente localistica e vernacolare.

17. *preoccupata di loro*: dovendo insegnare in un paese sconosciuto e comunque lontano dal proprio (una volta vinto il concorso, le maestre venivano mandate nei posti liberi esistenti al momento e dunque in regioni anche diverse dalla propria di residenza), la maestrina si trova fra stranieri di cui teme il pettegolezzo e qui, per di più, in un luogo pubblico frequentato quasi soltanto da maschi rozzi e maliziosi.

18. *grossolana e furba*: si osservi la consueta ambiguità del soggetto, sempre oscillante nei giudizi, già osservata nelle note della novella precedente. Il personaggio che dice «io», pur provando una spiccata simpatia per la maestrina e chiaramente identificandosi con lei, è subito pronto a rovesciare l'affettuosa attenzione in diffidenza e in sospetto. È la solita ambivalenza di cui abbiamo già parlato a proposito di Marta per *Pigionali*.

19. *ai facchini invece che a me*: l'identificazione del personaggio che dice «io» con la maestrina è dovuta anche al comune trattamento che entrambi subiscono a opera di un ambiente ostile ed estraneo, che si compatta proprio attraverso l'aggressività nei confronti di un capro espiatorio percepito come "diverso".

20. *rassegna didattica*: si tratta di un giornale rivolto alle maestre con lo scopo di aiutarle nella didattica, illustrando e quasi passando in «rassegna» i modi con cui esse possono condurre le loro lezioni.

21. *ricavava*: tirava fuori (dalla bocca).

22. *smaniava*: si agitava.

23. *scialbata*: intonacata.

24. *la vedemmo piangere...*: l'ansia con cui la maestrina è costretta a controllare ogni suo gesto e a darsi un contegno per resistere in un ambiente ostile si scioglie in questo pianto solitario. Sempre le vittime, contro cui si scatena la violenza ipocrita della collettività, sono condannate alla solitudine, alla mancanza di solidarietà. I due amici, che pure vorrebbero aiutare la ragazza, sono di fatto impotenti e finiscono anche loro, non fosse altro per il loro ruolo di maschi, per aggiungersi inconsapevolmente alla schiera degli aguzzini. Qui assumono, pur senza volerlo, la posizione dei *voyeurs*, con quanto di morbosamente sadico ha il gesto di spiare, attraverso le sconnessioni della porta, una fanciulla che si spoglia. Il loro sguardo viola un'intimità. Il tocco finale aggiunge dunque una nota di oggettiva crudeltà.

PITTORI

1. *Pittori*: il titolo originario di questo racconto era *Tre giovani*. Ma venne modificato, al momento del suo inserimento nella raccolta *Giovani*, in *Pittori*, «allo scopo di evitare ogni assonanza tra il titolo del volume e quello della novella, oltre che per eliminare una quasi omonimia con altri racconti della stessa raccolta» (G. Tozzi, in appendice a F. Tozzi, *Novelle*, vol. II, Vallecchi, Firenze 1963). Il racconto fu pubblicato in «Nuova Antologia», 16 agosto 1918. Alcuni spunti in esso contenuti possono fare pensare, per questo e per il successivo *La casa venduta*, a una genesi comune al romanzo *Il podere*, la cui rielaborazione avvenne nel luglio dello stesso anno.

2. *Chiusdino*: località a circa 30 km da Siena, verso Massa Marittima.

3. *si sarebbe spicciato*: avrebbe fatto presto. È espressione tipica del parlato toscano.

4. *murello*: muretto. È termine senese.

5. *era vantato*: era ritenuto, a suo vanto; era esaltato.

6. *ordine da dare*...: la difficoltà ad accettare il padre, a riconoscerne il ruolo e a ereditarne l'autorità è motivo ricorrente in Tozzi.

7. *non c'era bontà*...: era cioè rapidissimo a immaginare quale sua azione potesse essere ritenuta più buona dagli altri, tanto da prevenire il desiderio dei suoi interlocutori. La mancanza di una sicura identità, una sorta di inappartenenza, induce i protagonisti tozziani a proiettarsi negli interlocutori, a desiderare di farsi accettare completamente da loro, quasi per un antico e sempre frustrato bisogno di affetto e di riconoscimento.

8. *una specie di me stesso*...: passo cruciale, e utile a chi voglia entrare nel mondo psicologico dei personaggi tozziani. Per le ragioni dette alla nota precedente, essi vedono nei loro interlocutori un doppio, una sorta di *alter ego*, con cui cercano di identificarsi. I confini del loro io, la distinzione fra io e altro-da sé, sono labilissimi. Perciò sono incapaci di un rapporto oggettuale, adulto, che distanzi da sé l'altro, e tendono a ripetere l'esigenza di un rapporto simbiotico infantile, cioè onnipervasivo e totalizzante; ma questa esigenza non può che andare delusa, provocando un'aggressività distruttiva che non può non essere, sempre, anche autodistruttiva (giacché l'altro è anche sé).

9. *breve vena*: la vena più piccola in cui scorra il sangue (e dunque la vita).

10. *Pareva che si accartocciasse*: sull'uso del verbo «parere» cfr. la nota n. 20 alla novella *Pigionali*. Il paesaggio si fa visionario grazie anche all'intensità espressionistica del verbo.

11. *triangoli*...: il paesaggio cittadino talora assume geometrie che sembrano risentire della contemporanea esperienza della pittura cubista.

12. *Arco di Pantaneto*: nel centro di Siena.

13. *scialbo*: soltanto intonacate.

14. *manicomio*: la topografia cittadina è scrupolosamente esatta. Ancor oggi il manicomio è a Porta Romana, da dove si può vedere il Monte Amiata.

15. *la nostra giovinezza*...: c'è qui, forse, la chiave del titolo della raccolta *Giovani*. La giovinezza è sentita come una malattia da cui non si può guarire e dunque associata a un'idea di morte (cfr., più avanti, la nota n. 35). La malattia è di non po-

ter uscire dall'infanzia, dall'esigenza di rapporti assoluti e simbiotici, coi conseguenti sentimenti distruttivi e autodistruttivi (cfr. sopra nota n.8): insomma essa coincide con una regressione a una condizione primitiva e persino, in termini psicologici, arcaica.

16. *geloni*: lesioni della pelle, che la fanno arrossire e gonfiare, provocate dal freddo.

17. *sdrusciarsi*: strusciarsi, strofinarsi.

18. *malato di petto*: tisico.

19. *Asciano*: paese nella provincia di Siena.

20. *a retta*: sta «a retta» chi vive ospite in una casa (o in un collegio) pagando una cifra pattuita per il cibo e per l'alloggio.

21. *sambuco*: arbusto comune nei boschi, nelle siepi e sui ruderi.

22. *piccia*: coppia. È un toscanismo.

23. *A pena*: appena. Per la spezzatura delle parole, cfr. nota n. 5 a *Pigionali*.

24. *commettiture*: le linee di connessione, formanti degli interstizi, fra le pietre del selciato del cortile.

25. *un armonio*: un armonium, strumento musicale a tastiera.

26. *un tiretto*: in genere il termine indica un «cassetto»; ma qui sembra essere un piano che, disteso in fuori, serve ad allargare il mobile e a trasformarlo in scrivania.

27. *un filo di ferro*...: si noti la fitta frequenza, nei racconti di Tozzi, di particolari gratuiti o casuali che non hanno alcuna relazione con la *fabula* del racconto. Il particolare, il singolo dettaglio, non viene riassorbito in un universale, in una totalità, e tende ad accamparsi isolato, senza giustificazione. È una tecnica espressionistica perché i dettagli, immotivati, vengono ad assumere un aspetto misterioso e vagamente perturbante.

28. *ciborio*: è il tabernacolo posto sull'altare maggiore delle chiese, nel quale si tiene chiusa l'ostia consacrata.

29. *Ecce Agnus Dei*: ecco l'agnello di Dio. Formula del latino ecclesiastico e del linguaggio religioso. Con queste parole Giovanni Battista si rivolse a Gesù durante il battesimo nel Giordano.

30. *è caduto*...: si osservi che irresistibilmente la digressione sull'agnello preso come modello tende a diventare una storia tipi-

camente tozziana con una vittima (l'animale che bela, cade, resta zoppo) e degli aguzzini (qui Don Vincenzo).

31. *acqua ragia*: liquore usato come solvente e dotato di un odore penetrante. Si forma dalla resina o ragia.

32. *simile a lui stesso...*: la malattia degli altri due giovani (Don Vincenzo e il Materozzi) è fisica, quella del protagonista, il Bichi, è spirituale o psicologica. Di nuovo la giovinezza viene avvertita come malattia. Cfr. sopra nota n.15.

33. *dimenticava...*: un altro esempio di ambivalenza e di oscillazione psicologica. Ora il Bichi vorrebbe che i due suoi amici fossero anche amici fra loro e sembra amarli entrambi (poco sopra ha espresso il desiderio di morire anche lui «per continuare ad essere il loro amico»), ora invece contrappone l'uno all'altro, identificandosi alternativamente in uno dei due contro l'altro.

34. *Il Bichi...*: cfr. nota precedente a questa.

35. *gli ricordavano...*: il suono delle campane sembra evocare l'idea della morte e dunque della giovinezza (cfr. sopra nota n. 15 e n. 32). Il passo corrisponde a uno del *Podere*, alla fine del capitolo XVII, quando Remigio, uscendo fuori di casa, vede prima un uccello nero che svolazza sopra la casa, poi un calabrone che cade nell'acqua e un'anatra che lo inghiotte, e allora pensa: "Sono giovane!". (*Opere*, cit., p. 341), con un analogo presagio di morte. L'analogia conferma la vicinanza del racconto al romanzo.

36. *allampanata*: magra in modo eccessivo e grottesco.

37. *rispondeva*: dava su, era in corrispondenza a.

38. *dietro la nevicata*: nascoste dalla neve che cadeva fitta.

39. *sognò...*: siamo tra il sogno e l'allucinazione, in un territorio, cioè, tipicamente tozziano. Sulla frequenza dei sogni in Tozzi, cfr. nota n.16 di *Pigionali*. Qui il sogno si conclude con un altro presagio di morte.

40. *ascoltava*: ascoltava i rumori insoliti degli spalatori (rumori che hanno un suono particolare, come accade dopo una nevicata). La mancanza del complemento oggetto dà al verbo una particolare intensità.

41. *diaccioli*: ghiaccioli. Termine senese.

42. *Erano giunti perfino...*: come alla fine di *Pigionali*, la rivalità ma anche l'ambivalenza continuano pure dopo la morte. Anche Don Vincenzo e il Materozzi sono l'uno il "doppio" dell'altro,

quasi interscambiabili. Da un lato, a mano a mano che si avvicinano alla morte, ostentano indifferenza e distacco reciproco; dall'altro, la loro comunanza di destino e la loro somiglianza e quasi reciproca identificazione sono sottolineate dal fatto che vengono seppelliti l'uno accanto all'altro e dalla cura comune delle tombe da parte dei conoscenti che vanno a portare fiori a uno dei due.

43. *un pochi*: alcuni, pochi. Modo di dire tipico del parlato.

LA CASA VENDUTA

1. *La casa venduta*: con questo racconto Tozzi dà inizio, il 20 giugno 1918, alla propria collaborazione narrativa a «Il Messaggero della Domenica», di cui d'altronde era redattore con Rosso di San Secondo, sotto la direzione di Luigi Pirandello. Siamo assai vicini al periodo in cui l'autore lavora al romanzo *Il podere*, come è confermato dal tema e da non pochi spunti della novella. Si osservi, nel titolo, il concreto al posto dell'astratto: non la «vendita della casa», bensì «la casa venduta»: la casa diventa subito protagonista, acquista un'autonomia dal soggetto, come sempre nei casi di estraneità alla vita o di distonia (a sua volta sintomo di una inconciliabilità del soggetto col mondo).

2. *con un brivido*: c'è una sorta di voluttà masochistica nel comportamento del protagonista. La segreta complicità fra vittima e aguzzini è uno dei temi della novella. Poco sopra il protagonista si è dichiarato «contento» dell'arrivo degli acquirenti che lo lasceranno senza casa e senza soldi.

3. *ridendo...*: comincia il calvario del protagonista, la storia della sua persecuzione da parte degli acquirenti che lo ingannano, lo umiliano, lo deridono. Il personaggio ha molto di Remigio che, nel *Podere*, deve subire la persecuzione della collettività e la perdita della proprietà.

4. *batteva su i muri...*: si noti l'arroganza degli acquirenti, che si comportano già come padroni. Le varie sequenze del racconto si snodano come successive scene di un delirio di persecuzione. I particolari sono isolati l'uno dall'altro, assumendo l'evidenza autonoma delle allucinazioni.

5. *compiacente*: la vittima non si ribella ma desidera solo la benevolenza degli aguzzini ed è disposto a tutto per ottenerla. La compiacenza nei confronti degli offensori è nota costante del racconto.

6. *Nessuno mi rispettava*: è la stessa situazione del *Podere* in cui Remigio non riesce mai a far valere la propria autorità, neppure presso i contadini a lui sottoposti.

7. *per l'ipoteca*: è un dato autobiografico. Tozzi dovette sottoporre a ipoteca, per ottenere un mutuo, la casa di Castagneto avuta in eredità dal padre. Poi, nel 1914, dovette vendere il podere di Pecorile.

8. *Sentii una gran simpatia...*: la complicità della vittima con gli aguzzini viene qui indirettamente spiegata. Il protagonista è preso da un impulso autodistruttivo, da un desiderio masochistico di «restare senza niente» che lo induce a provare «simpatia» nei confronti di chi lo realizza. In questa istanza autodistruttiva, secondo Giacomo Debenedetti (*Il romanzo del Novecento*, Garzanti, Milano 1971), domina il bisogno inconscio di scialacquare l'eredità del padre e dunque così l'autorità.

9. *li avessi messi in mezzo*: li avessi ingannati. Paradossale questo timore. Il delirio allucinatorio in cui vive il protagonista si manifesta in un vero e proprio capovolgimento: in realtà a essere ingannato è proprio lui.

10. *Mi vergognavo...*: imbarazzo, umiliazione e vergogna non sono solo dovuti, come sarebbe normale, alla condizione oggettiva di inferiorità e di miseria in cui si trova il protagonista, ma anche, paradossalmente, al fatto di non poter essere libero di cedere la casa a un prezzo ancora inferiore, cioè di non poter diventare ancora più povero.

11. *senseria*: è il pagamento che si dà ai mediatori in un affare. Ma i due amici del compratore non erano affatto venuti in veste ufficiale di sensali o mediatori, bensì solo per ingannare il protagonista fingendosi anche loro acquirenti per aiutare il vero compratore ad abbassare il prezzo. Nulla, dunque, sarebbe loro dovuto.

12. *perdonato*: parola chiave, nella sua oggettiva assurdità. Da un punto di vista oggettivo, il protagonista non ha nulla da farsi perdonare. Ma, evidentemente, da un punto di vista soggettivo, sì. Il senso di colpa, almeno a livello della coscienza, si manifesta nei confronti dei falsi mediatori, ai quali il protagonista non ha denari da dare. In realtà, egli vive in una condizione permanente di senso di colpa e per questo vuole punirsi desiderando di «restare senza niente». Data l'aggressività contro il padre che si nasconde nell'atto di scialacquarne l'eredità (cfr. sopra nota n. 8), il senso di colpa primario sarà proprio nei suoi confronti.

13. *cazzeruole*: o "cazzaruole" (o anche "cazzerole" o "cazzarole"); oggi si userebbe il termine «casseruole»: tegami in rame per la cucina. Servono a cucinare o a mantenere i cibi.

14. *mica*: avverbio che rafforza la negazione.

15. *Le sarebbe messo poco conto*: le sarebbe servito a poco.

16. *scialbare*: intonacare.

17. *Non volevo fare...*: sopra si dice che il protagonista era disposto a tutto per avere la stima e la cordialità dei suoi aguzzini. Il desiderio di essere accettato dal più forte tende a ripetere il rapporto del bambino nei confronti della figura paterna. Il senso di colpa nei confronti di quest'ultima si proietta ora su figure sostitutive (qui, quelle degli acquirenti). Fra un attimo, il protagonista chiederà di gettare a terra anche la fotografia del padre: e in questa richiesta risuonano sia l'aggressività verso il genitore sia il desiderio di espiazione rendendosi gradito alle sue figure sostitutive. Su questo tema cfr. sopra la nota n.12. Il vittimismo (si veda il desiderio di far sapere che le fotografie sono proprio quelle dei familiari più cari) non è che l'altra faccia del masochismo.

18. *Butti giù...*: cfr. nota precedente a questa.

19 *Prese in mano...*: qualunque gesto degli acquirenti si trasforma in una nuova stazione del calvario del protagonista.

20. *briccica*: briciola (per indicare una porzione minima).

21. *polverino*: polvere di ferro o segatura di legno che si metteva sullo scritto fresco d'inchiostro perché non si cancellasse strofinando o piegando il foglio.

22. *polca*: ballabile. Il nome viene dal ceco *polka* e indica una danza gioiosa, originaria della Boemia.

23. *andai a ripararmi...*: andare a ripararsi sotto le grondaie della casa venduta è gesto amaramente paradossale. La scena si chiude con un senso crescente di angoscia, che in questa novella ha un'intensità quasi kafkiana. Ma si noti anche, volendo spiegare più minutamente il capoverso finale, il solito movimento contrastante della psicologia tozziana. Avendo obbedito al proprio desiderio masochistico, il protagonista avrebbe voluto sentirsi contento (contento «almeno come la mattina», prima della vendita, ma forse, si fa capire, ora anche di più) per averlo soddisfatto; e invece si sente triste. Di nuovo, l'ambivalenza e la contraddizione segnano ogni sentimento del protagonista. L'autodi-

struzione, per quanto desiderata, non può non essere sentita come punizione e dunque determina nuovo dolore e nuova angoscia.

IL CROCIFISSO

1. *Il crocifisso*: racconto pubblicato in «Il Messaggero della Domenica» il 26 gennaio 1919. Al già noto motivo della persecuzione si intreccia qui quello ideologico-religioso della redenzione, evidente sia all'inizio del racconto (in cui risuona l'eco biblica della Genesi) sia alla fine, che sottolinea la coincidenza simbolica fra lo schianto del legno di un crocifisso e il destarsi alla vita e alla coscienza della giovane protagonista (una prostituta che appunto vive al di qua della coscienza, chiusa in una sorta di abbrutimento animalesco e sonnolento che la priva di possibilità comunicative con l'esterno).

2. *sbozzature*: si dice di un lavoro appena avviato o lasciato a metà, di opere cominciate e non finite.

3. *gastigo*: senese per "castigo".

4. *molliccia*: in genere come sostantivo si trova il maschile, non il femminile come qui. Indica una materia molle, umida e viscida.

5. *lutulento*: fangoso. È un termine che fa parte di un repertorio linguistico «alto», in chiave col messaggio del racconto. Non mancheranno altri esempi di tale repertorio.

6. *Ma un fiume...*: questo capoverso conclude il paesaggio apocalittico con cui si è aperto il racconto. È un paesaggio fantastico, che scaturisce da una capacità visionaria che ha qualcosa di assoluto e di solenne. Vi dominano il fango, l'inorganico (macigni e sassi), la devitalizzazione; gli unici colori sono il «turchino lutulento», il rosso e soprattutto il nero: colori di un limbo (c'è uno stato di esitazione o di «mezza vita») vissuto come un profondo inferno. Vale la pena ricordare che la «mezza vita», l'«informe», il restare incompiuto è la malattia della giovinezza di cui si parla in *Pittori*. E una «giovine», a metà strada fra non-vita e vita, fra sonno e veglia, è appunto la protagonista del racconto. Il paesaggio onirico e allucinato della pagina iniziale è dunque come un'immagine della giovinezza o della condizione psicologica della regressione.

422

7. *buttato giù due o tre strade*: era stato sventrato un quartiere, buttando giù gli edifici di due o tre strade.

8. *lucida*: in *Pigionali* l'erba era definita «lustra» (cfr. ivi nota n. 13 p. 410) e quest'ultimo aggettivo comparirà più avanti, anche in questa stessa novella, sempre per definire l'erba.

9. *ciccelli*: gonfiori di carne («ciccia», in toscano).

10. *trogoli*: sono le mangiatoie dei maiali. Qui significa grandi quantità (di sporcizia).

11. *Ed ecco perché...*: esempio di ritrattistica tozziana, con tendenza al grottesco e all'espressionistico. La rappresentazione, volutamente incisiva, con punte di violenza, non è fine a se stessa: la conclusione del capoverso ne mostra il significato spirituale. La descrizione è quella di un Adamo ancora senz'anima, di una creatura rimasta a metà, «informe», non ancora capace di comunicare qualcosa di intimo, di profondo, o di umano.

12. *briaca*: ubriaca.

13. *non si leva mai il sonno*: questa sonnolenza è indizio di una condizione di soglia, al limite, fra non-vita e vita, fra mera materialità e possibile manifestazione di un'«anima».

14. *perché si divertono...*: il comportamento della giovane è identico a quello del protagonista del precedente racconto *La casa venduta*, il quale analogamente aspirava all'intesa coi suoi aguzzini, alla loro cordialità e amicizia. Ritorna il motivo-chiave della vittima, del capro espiatorio, già incontrato, oltre che nel racconto ora citato, anche in *Un'osteria*.

15. *un gaudio*: la gioia dunque consiste, masochisticamente, nell'essere oggetto del trastullo altrui. Il termine «gaudio» appartiene al registro elevato già riscontrato altrove in questa stessa novella (cfr. sopra nota n.5).

16. *fuora*: il termine, più che dialettale (in vernacolo senese si sarebbe detto "fora"), è arcaico. Cfr. sopra note n. 5 e n. 15 e, più avanti, nota n.18.

17. *si sdrusciano*: si strusciano, si strofinano.

18 *gemmeo*: eccezionalmente terso e trasparente. Altro termine fortemente letterario.

19. *Io l'amo, allora, la terra...*: è un momento di smemoratezza. Il soggetto si è dimenticato della ragazza e subito la terra sembra diventata «pura» ed egli può sentire di amarla. Ma è solo una

provvisoria illusione. Il capoverso successivo comincia con un «Ma» avversativo che riconduce al tema del racconto.

20. *schiodargli*: togliergli i chiodi.

21. *Ma, al muro...*: vale la pena citare un passo autobiografico, in cui Tozzi attribuisce la propria fede a un crocifisso disfatto dalla ruggine e dal fumo: «La prima volta che ho creduto è stato dopo aver visto un crocifisso disfatto dalla ruggine e dal fumo. Era quasi informe e tutto nero: il corpo non si riconosceva più dal legno della croce. [...] Andai, tenendolo in mano su la porta; dov'era più luce. La ruggine era una crosta alta un dito: a volerla levare, si sciupava anche il corpo. Non aveva più lineamenti, ma, stringendolo, io sentii che era Cristo». (*Cose*, in *Opere*, cit., p. 635). E, sempre in *Cose*, la condizione di inerzia e di passività del soggetto è collegata all'incubo della lontananza da Cristo, inteso anche come figura concreta di un crocifisso. Finito l'incubo, riaperti gli occhi, il soggetto che scrive appare meravigliato «di vedere il Crocifisso sempre allo stesso posto». Ma il ritorno alla coscienza porta con sé anche la consapevolezza della impotenza d'uscire dalla propria condizione bloccata, consapevolezza resa da un'improvvisa immagine finale che rimanda a quella della novella: «Ed ecco perché il Crocifisso non allentava né meno i suoi piedi inchiodati» (ivi, pp.627-628).

22. *la giovine si desta...*: dal fango e dalla spazzatura in cui giace (vi dorme, non casualmente, «acciambellata», in posizione fetale) la ragazza si sveglia, e sembra, la sua, una nuova nascita. La pioggia precedente è stata come un'abluzione lustrale. Il sacrificio di Cristo si rinnova nello schianto del legno del Crocifisso, e così si ripete il miracolo della resurrezione e della rinascita, del passaggio dal limbo alla vera vita, dalla pura materia all'anima. È uno dei pochi momenti, in *Giovani*, dove traspare l'ideologia religiosa di Tozzi (improntata, come è noto, a un cattolicesimo apocalittico). Il registro espressivo alto si giustifica proprio all'interno di tale messaggio.

MISERIA

1. *Miseria*: racconto pubblicato (col titolo originario *Miseria provinciale*) per la prima volta nel 1918 in «Noi e il mondo», rivista mensile di «La Tribuna», il 1° giugno. Deve essere quasi contemporaneo a *La casa venduta* e a *Pittori*, con i quali ha qualche aspetto in comune. La situazione è la stessa del *Podere*, alla cui genesi anche questo racconto sembra collegarsi.

2. *riscosso...*: con i soldi incassati dalla vendita di un paio di buoi («bovi» è un toscanismo). Ma, sembrerebbe da quanto segue, i buoi venduti non sarebbero stati ancora pagati dal protagonista, che evidentemente li aveva acquistati a credito e si era trovato a venderne a sua volta un paio per far fronte ai debiti. È il tema della «miseria», d'altronde già dichiarato dal titolo.

3. *Suo padre in vece...*: questa contrapposizione ha un sapore autobiografico. D'altronde tutta la situazione del racconto ha molti punti in contatto con la vicenda biografica dell'autore dopo la morte del padre.

4. *correggiati*: strumenti del lavoro agricolo. Sono arnesi formati da un manico lungo e da un bastone più breve, uniti da una striscia (o correggia) di cuoio. Impugnando il manico, si fa roteare nell'aria il bastone mandandolo poi a percuotere i cereali o i legumi distesi sull'aia.

5. *s'impaurì di più*: quanto più fa l'arrogante nei confronti della moglie, tanto più la teme. Il protagonista ha con lei un rapporto di odio-amore fortemente segnato dal senso di colpa. La figura femminile adulta tende a divenire un doppio di quella materna; nei suoi confronti egli oscilla fra desiderio di trasgressione, di rivolta, di fuga e bisogno di essere accettato e amato.

6. *come un colpevole...*: nel fondo, il personaggio attribuisce la miseria alla propria inettitudine, alla propria incapacità di essere forte e adulto, cioè di essere come il padre. Di qui il senso di colpa: la miseria sembra essere il frutto, più che di «sfortuna», di una pulsione masochistica inconscia.

7. *volerle bene...*: il racconto era iniziato con la coscienza, da parte del protagonista, di non amare più la moglie. Ora la situazione è rovesciata. Nel giro di pochi minuti convivono in lui stati d'animo opposti. È questa mobilità contraddittoria che rende instabile e volubile la sua personalità, condannandola alla mancanza di identità e alla conseguente inettitudine. La ragione di questo rapido cambiamento è indirettamente comunicata più avanti: cfr., per questo, nota n. 10.

8. *nuova cambiale*: è il tema di *Tre croci*. Ma, in questo romanzo, per affrontare la miseria, i fratelli protagonisti arrivano a falsificare la firma delle cambiali.

9. *la bucata*: il femminile per il maschile è un senesismo.

10. *insopportabile saperla...*: il senso di colpa diventa insopportabile di fronte a qualunque malessere o fatica della moglie, come

se fosse lui il responsabile del lavoro che lei sta facendo. Inconsciamente, infatti, egli attribuisce a propria colpa il malessere della figura femminile. L'identificazione col padre non è mai positiva (anzi la sua figura è stata rifiutata perché violenta e aggressiva, anche nei confronti della madre) – e ciò impedisce al giovane di diventare davvero adulto assumendone il modello –, bensì sempre negativa e produttrice di senso di colpa: nella realtà della logica simmetrica dell'inconscio, se la donna soffre è perché una figura maschile – e dunque lui stesso – ne è responsabile. D'altra parte, questa situazione psicologica non consente al soggetto di vivere una condizione di maturità ma lo rigetta in una condizione di regressione, nell'infanzia o nella adolescenza (o «giovinezza»), nella situazione di chi si aspetta ogni aiuto dalla donna-madre e non può neppure pensare di essere lui a invertire i ruoli e ad aiutarla (si veda la battuta finale del capoverso).

11. *la matrigna*: altro motivo autobiografico, presente anche nel *Podere*. Dopo la morte del padre, l'autore e la moglie vissero con la matrigna di lui nella casa lasciata in eredità dal genitore.

12. *attraventò*: lo scaraventò, lo scagliò con violenza. Il termine è senese.

13. *le mille lire dei bovi*: quelle riscosse grazie alla vendita di un paio di buoi (cfr. sopra nota n.2).

14. *uccidendo...*: dopo l'amore, l'odio e l'aggressività inconsulta. Il desiderio di distruzione si traduce qui in un vero e proprio delirio di annientamento.

15. *la sua voce...*: è il tema della voce della donna-madre, presente anche nelle poesie di Saba, in una situazione psicologica non molto diversa da questa (anche nella vicenda del poeta triestino c'è un padre rifiutato e vissuto nell'infanzia attraverso i lamenti della madre, e c'è una moglie la cui voce evoca quella materna). La voce sembra arrabbiata («aspra») e ciò basta a gettare nel panico il personaggio, che, sprofondato in una condizione infantile, di nuovo viene travolto da timore e da senso di colpa e avverte il bisogno di «farla tacere» a ogni costo. Il tema della voce tornerà in altri racconti, come *La capanna* e *Una gobba*.

16. *ingollarlo*: ingoiarlo.

17. *pagare puntualmente i bovi*: dunque, aveva venduto – parrebbe – buoi non ancora da lui pagati. Cfr. sopra nota n.2.

18. *fascetta*: busto.

19. *stacciare*: filtrare la farina attraverso uno staccio.

20. *in capanna*: è il luogo della seduzione delle contadine-serve, tanto per il padre, quanto per il figlio. Si veda la novella intitolata appunto *La capanna*.

21. *pieno di benessere*: ecco un nuovo cambiamento, segno di una variabilità di umori di cui abbiamo già parlato (cfr. sopra nota n.7).

UN GIOVANE

1. *Un giovane*: racconto pubblicato per la prima volta in «Il Tempo», il 6 aprile 1918. Appartiene, come più avanti *Una vita*, e non pochi altri, al gruppo di novelle riconducibili alla situazione autobiografica di conflitto col padre. È una linea autobiografica presente anche nei romanzi e soprattutto in *Con gli occhi chiusi* e *Il podere*. Il titolo del racconto e il tema della giovinezza che vi compare contribuiscono a chiarire definitivamente il significato del titolo complessivo della raccolta (cfr., più avanti, nota n. 5).

2. *si rannicchiava*: anche qui, come frequentemente in Tozzi, il paesaggio non si compone in una scontata cornice descrittiva, ma rivela l'ottica soggettiva di chi lo vede. Il verbo, imprevisto, esprime nel suo contenuto semantico un forte scarto dalla norma.

3. *borro*: ruscello che scorre nell'incavo di una valle. Il termine è di uso toscano, e fuori di Toscana ha un sapore letterario.

4. *proda*: ciglione.

5. *odore della morte*: di nuovo la giovinezza è associata all'idea della morte (cfr. i precedenti esempi di *Pittori*, nota n. 15, e *Il crocifisso*, nota n. 6). Non è un caso che il titolo del racconto richiami quello della raccolta. I «giovani» cui allude il libro di novelle del 1920 sono tutti attraversati dalla «malinconia che spaventa» di una giovinezza vissuta come anticamera della morte. Si noti infine che la ragione di tanto dolorosa malinconia non è stata ancora dichiarata: come apprenderemo più avanti, la passeggiata in campagna del giovane è una trasgressione al divieto paterno, il risultato di una disobbedienza: invece di lavorare, il protagonista è scappato in campagna.

6. *fidarsi del proprio animo*: la giovinezza è dunque una condi-

zione di instabilità e di insicurezza che il protagonista vorrebbe (senza riuscirci, come vedremo) superare.

7. *querci*: è il plurale del sostantivo femminile "querce", di uso popolare per "quercia" (il cui plurale, ovviamente, è "querce"). In *Giovani* troviamo sempre «la querce» e «le querci» (si veda, per esempio, il racconto *I butteri di Maccarese* dove compare più volte il femminile plurale «le querci»).

8. *accarezzare l'erba...*: è una situazione frequente nel *Podere* la ricerca di rifugio nella campagna, simbioticamente avvertita come un'*imago* di maternità (v. per es. *Opere*, p. 389: «Andò a una specie di nascondiglio, che s'era trovato su la greppa della Tressa: come dentro un letto di erba; dove con il corpo aveva fatto ormai una buca»). Qui, inoltre, c'è un'identificazione con la natura nella comune condizione di indefinitezza, di indistinzione e di conseguente impossibilità di esprimersi. Era questa anche la condizione della giovane del *Crocifisso*. La natura è sentita come mondo non adulto e dunque familiare.

9. *leticato*: toscanismo per "litigato".

10. *diaccio*: toscanismo per freddo come il "ghiaccio".

11. *intendersi*: è il grande tema, che attraversa buona parte della narrativa tozziana, del conflitto col padre. Esso ha un'origine autobiografica; e in effetti una componente di questo tipo è evidente nel racconto.

12. *mazzuola*: è il martello usato per battere sugli scalpelli.

13. *imbullettare*: inchiodare, mettere i chiodi più piccoli chiamati "bullette".

14. *lui e il padre soltanto*: motivo autobiografico. Dopo la morte della madre, avvenuta nel 1895 (Federigo aveva dodici anni), e prima delle seconde nozze del padre, celebrate cinque anni dopo, padre e figlio restarono gli unici componenti della famiglia, divisi da una forte aggressività reciproca.

15. *estraneo...*: l'estraneità è qui dovuta anche a un moto di ansia e di vera e propria angoscia che taglia via ogni legame vitale col mondo. Il protagonista vive in un vuoto: è così chiuso in sé che il suo spazio percettivo sembra essersi drasticamente ridotto: la percezione dei movimenti stessi della serva che porge il cibo si riducono alla intuizione delle mani e del pezzo di braccia che egli, nella sua rigida immobilità, può appena intravvedere. Tale angoscia sembra nascere qui soprattutto dal senso di colpa, e potrebbe essere vinta solo attraverso una riconciliazione col padre.

Per questo egli desidera che il padre gli parli. D'altra parte la riconciliazione è impossibile e, per certi versi, neppure voluta: vorrebbe dire rinunciare alla trasgressione e alla disobbedienza nei confronti di un padre nell'intimo rifiutato. Di qui l'oscillazione fra desiderio di riconoscimento e di amore da parte del padre e desiderio opposto di essere da lui colpito e punito, fra slancio affettivo verso di lui e aggressività nei suoi confronti, fra senso di colpa ed esigenza trasgressiva.

16. *solo in quei momenti...*: nel commettere una trasgressione c'è in realtà un desiderio inconscio di attirare l'attenzione del genitore su di sé. D'altronde, attraverso la punizione, il trasgressore ritorna nell'ordine e può credere di poter essere finalmente accettato (il masochismo, in fondo, ha anche questa radice inconscia). Il protagonista può amare il padre solo quando questi lo punisce.

17. *fo*: faccio (toscanismo).

18. *si difendeva...*: anche questo episodio è autobiografico (è narrato a Emma, la futura moglie, in una lettera di *Novale*). Federigo ricorse anche al Procuratore del Re accusando il padre di percosse.

19. *canterano*: cassettone.

20. *la dolcezza della mattinata...*: il coltello in mano, pronto a colpire il padre, e la dolcezza della mattinata appartengono allo stesso ordine simbolico: quello della trasgressione. La passeggiata in campagna era il frutto di una disobbedienza: dunque, era anch'essa un segno di aggressività nei confronti della figura paterna. Per questo può apparirgli ora, nel ricordo, tanto piacevole.

21. *volettavano*: facevano brevi voli.

22. *si rivolse*: ritornò nella posizione precedente l'atto del fermarsi a guardare.

23. *soffriva troppo*: ma un istante prima era «allegro e ilare». Di colpo, la trasgressione viene sentita di nuovo come colpa insopportabile. La «gran cattiveria ostile» delle cose non è che una proiezione della cattiveria del soggetto. Il senso di colpa produce di nuovo ansia, angoscia, estraneità al mondo. La vicenda psicologica dei personaggi tozziani è un vortice incessante, e incessantemente mutevole, di sensazioni contrastanti.

UNA RECITA CINEMATOGRAFICA

1. *Una recita cinematografica*: racconto pubblicato sulla rivista «In penombra» nel novembre 1918. Si presta bene a fornire un modello della struttura di un numero significativo di novelle tozziane. Da un lato una vittima (qui il ciabattino), dall'altro un persecutore o un insieme di persecutori (qui la comunità di un caseggiato e soprattutto la signora Pia). In genere nelle novelle di Tozzi si assiste alla complicazione e alla progressiva esasperazione di una relazione che in fondo è quasi sempre a due: di fronte al protagonista, o c'è un unico interlocutore oppure ci sono più interlocutori, ma sempre uniti fra loro in modo da formare un solo gruppo che si contrappone al soggetto: qui incontriamo appunto un uomo e una donna, altrove un padre e un figlio, un giovane e due amici, un marito e la moglie, una pazza e una comunità cittadina e così via. Significativamente questa struttura duale agisce anche in un racconto come *Una recita cinematografica*, in cui pure il protagonista tende a evitare qualsiasi tipo di rapporto con i suoi conoscenti.

2. *stambugio*: stanzino.

3. *lesina*: strumento usato dai calzolai. Si tratta di un grosso ago ricurvo che serve a forare il cuoio e a cucirlo.

4. *birignoccoluto*: pieno di bernoccoli (espressione toscana).

5. *a testa bassa*: è una caratteristica comune a molti personaggi maschili di Tozzi. L'impossibilità di guardare negli occhi o in faccia le donne è costante, e rinvia all'incapacità di assumere nei loro confronti un atteggiamento maschile adulto (incapacità a sua volta dovuta alla mancata introiezione del modello maschile a causa del rifiuto della figura paterna).

6. *come quelle dei granchi*: l'animalizzazione è un tratto costante nella ritrattistica espressionistica di Tozzi.

7. *un'onta*: un atto da vergognarsi.

8. *Maison de beauté*: Casa di bellezza (in francese).

9. *toilette*: mobile da camera, dotato di specchio, di fronte a cui le signore siedono per farsi il trucco.

10. *bevere*: toscanismo per "bere".

11. *gabbarlo*: ingannarlo, prenderlo in giro.

12. *si convince*...: basta poco perché i personaggi tozziani, sempre assetati di affetto, stabiliscano relazioni di odio-amore con

un'altra persona. Qui la donna si è occupata del protagonista solo per umiliarlo e perseguitarlo. Ma, nella mancanza più totale di comunicazione con gli altri, per la vittima anche il rapporto che l'aguzzino stabilisce con lei diventa il segno positivo di un interessamento e instaura in qualche modo una relazione. Il ciabattino teme che la donna sia innamorata di lui perché è lui stesso che prova per lei uno strano e a lui stesso incomprensibile interesse. Lo scambio fra la fantasia e la realtà è d'altronde un altro elemento costante dell'arte, eminentemente visionaria e onirica, di Tozzi.

13. *risolare*: rifare la suola delle scarpe.

14. *vuol morire*: la morte della signora Pia, che pure non aveva esitato a perseguitarlo ma aveva comunque stabilito con lui un rapporto, costituisce uno *choc* per il protagonista, che vede caduta l'unica relazione – non importa se più immaginaria che reale – della sua vita. Di qui il «malessere» e il desiderio di morire.

15. *fingere...*: il suicidio gettandosi nel Tevere è motivo presente anche nel *Fu Mattia Pascal* di Pirandello, il quale inoltre aveva descritto il mondo della finzione cinematografica proprio in quegli anni, nel romanzo *Si gira...* (1915), poi *Quaderni di Serafino Gubbio operatore*.

16. *con l'angoscia...*: anche l'ultimo atto di affermazione e di attività, il suicidio, è diventato finzione e inautenticità, e dunque si rivela impossibile. Così il protagonista è ricacciato nell'abulia e nella passività consuete.

LA MATTA

1. *La matta*: racconto pubblicato sul quotidiano romano «Il Tempo» il 18 dicembre 1917. È la storia sadica della persecuzione che una povera donna deve subire da parte della collettività. Come tema, è lo stesso di *Una gobba*. Ma il motivo della donna-vittima è anche in *Un'osteria* e in *Il crocifisso*. Per la struttura della novella, si veda quanto osservato nella nota n. 1 di *Una recita cinematografica*.

2. *Che t'importa di lei?*: la domanda costringe a riflettere sul rapporto di identificazione con la vittima, scelta a capro espiatorio di una intera comunità, che è a fondamento dell'interesse del soggetto. In tale atteggiamento contano probabilmente motiva-

zioni autobiografiche fra le quali va considerata la vicenda biografica dell'autore non solo in relazione ai suoi rapporti col padre e alle sue personali manie di persecuzione, ma anche in relazione alla madre, che da bambino egli aveva vista più volte percossa dal marito. Le aggressioni subite da una donna hanno in Tozzi un'eco particolarmente dolorosa e angosciante, in cui agisce non solo l'identificazione masochistica con la vittima, ma anche quella sadica con l'aggressore, col conseguente senso di colpa (si veda su questo punto la nota n. 10 alla novella *La miseria*). Si tenga conto, però, che il tema ha una sua storia letteraria (basti pensare, in Palazzeschi, alla poesia *Comare Coletta*, in Pirandello alla protagonista di *L'esclusa* e, più indietro, soprattutto, in Verga, al personaggio di Rosso Malpelo) e che l'artista moderno ha una innegabile propensione, da Baudelaire a oggi, all'identificazione con il "diverso" e con l'emarginato e con la condizione di estraneità o di "esclusione". In epoca più recente si può vedere la ripresa di questo tema in un bel racconto di Bilenchi, *Pomeriggio*.

3. *Via dei Termini, verso la Lizza*: strada e piazza del centro di Siena, dove la novella è ambientata.

4. *due ragazzi...*: l'anacoluto vuole rendere l'immediatezza e il carattere improvviso dell'azione. Comincia la persecuzione, cui partecipa tutta la città, in una specie di rito collettivo che isola e colpisce un capro espiatorio. La violenza sociale, di norma interdetta, può liberarsi e scatenarsi in casi eccezionali nei confronti di personaggi "diversi" che vengono come sacrificati dalla comunità in cambio del rispetto della regola della non-violenza nei confronti dei suoi membri "normali".

5. *gridasse...*: particolari di una ritrattistica espressionistica che evocano rappresentazioni pittoriche coeve, particolarmente nell'espressionismo tedesco.

6. *cànova*: in genere, bottega dove si vendono al minuto alcuni generi alimentari (vino, olio, pane). Qui si tratta di una «rivendita» di vino.

7. *attraventò*: scaraventò contro.

8. *a manciate*: a ciocche.

9. *pensava a Dio*: il perseguitato è in qualche modo in relazione con la divinità, in quanto emblema del sacrificio cristiano. Una simbologia religiosa è evidente nella conclusione del *Podere* (dove perseguitato e ucciso è il protagonista, Remigio) e nel titolo di *Tre croci* (dove a sacrificarsi per i fratelli è Giulio).

10. *sdrusciandole*: strofinandole.

11. *La sua faccia...*: altri particolari di una rappresentazione espressionistica (cfr. sopra nota n.5).

12. *sciancata*: invalida a una gamba, zoppa.

13. *stadera*: bilancia per pesare in uso nei negozi.

14. *gangio*: gancio. La parola è scritta secondo la pronuncia senese.

15. *approfittarsene*: sfruttare la sua condizione di inferiorità per pagare di meno.

16. *non la vedessi molestare*: non la vedessi molestata; ma l'uso del verbo attivo presuppone una più evidente presenza degli aguzzini (il senso reale infatti è: "era difficile che io non vedessi la gente che la molestava").

17. *cavava*: tirava fuori.

18. *gli scaloni*: i grandi scalini.

19. *bicchieri rotti...*: altri particolari dell'ininterrotta persecuzione da parte della collettività che infatti si verifica in luoghi eminentemente sociali: le rivendite di vino, il negozio del fornaio.

20. *smesso affatto di parlare*: già precedentemente si era detto che ella aveva capito «che faceva meglio a non parlare». Ella risponde con il silenzio, o con suoni inarticolati (borbottando) o con gridi, alle parole degli offensori. È come una di quelle creature «a metà» di cui si parla in *Il crocifisso* (e infatti ha diversi aspetti in comune con la giovane protagonista di questa novella). Ora il cancro, che la colpisce non casualmente proprio alla lingua e che la costringe a un totale mutismo, rende più evidente e quasi tangibile questa sua situazione.

UNA FIGLIOLA

1. *Una figliola*: racconto pubblicato su «Il Mondo», 3 agosto 1919, ma risalente quasi certamente all'anno prima. La novella presenta la solita struttura ad opposizione binaria che qui contrappone padre e figlia.

2. *macchinetta a spirito*: utensile da cucina: serve a filtrare il caffè bollendolo su un fornelletto che funziona ad alcol.

3. *cavati*: tolti.

4. *canapè*: divano.

5. *dato retta*: prestato ascolto (si era cioè intrattenuta più volte a colloquio con lui, di fatto accettandolo come pretendente).

6. *si stagionava*: in genere, si dice di cibi che vengono lasciati a invecchiare.

7. *bazza*: mento (è un toscanismo).

8. *I contadini seguitavano a ridere*: come si vede, anche questo racconto tende a divenire il resoconto di una persecuzione. Non è solo il padre a opprimere la figlia: persino i suoi stessi sottoposti si prendono gioco di lei (qualcosa del genere accade anche a Remigio in *Il podere*).

9. *Perché no?*: si osservi l'uso dell'indiretto libero a rendere sentimenti e pensieri della protagonista. Cfr. quanto detto in proposito alla nota n. 24 di *Pigionali*.

10. *pate*: toscanismo per "patisce".

11. *calesse*: vettura a due ruote tirata da un solo cavallo, dal francese *caleche*.

12. *ganza*: amante (in senso dispregiativo).

13. *solino*: colletto inamidato.

14. *testiera*: finimenti per la testa del cavallo.

15. *frucare*: variante toscana di "frugare".

16. *seccatura*: fastidio.

17. *esserne il padrone*: il padre tiranno è sempre, in Tozzi, un padre-padrone, che tutto subordina al proprio potere e all'amministrazione e al controllo del podere. Comandare i sottoposti e togliere ai figli ogni aspirazione all'autonomia sono per lui una cosa sola. Ribellarsi al padre e rifiutarne la figura comporta anche il ripudio, inconscio, di questo ruolo sociale: per questo Remigio, protagonista del *Podere* , non sa comandare ed è condannato al fallimento sociale ed economico.

18. *cicciolosi*: gonfi di carne. È un toscanismo, da "cicciolo" che significa "escrescenza carnosa".

19. *acqua panata*: un bicchiere di acqua con dentro un po' di pane arrostito: si dava agli ammalati quando avevano sete.

20. *abbaco*: o "abaco", antico pallottoliere che aiutava a fare i calcoli. Imparare l'abbaco significa imparare a far di conto.

21. *vagellava*: farneticava.

UN AMICO

1. *Un amico*: racconto pubblicato in «L'Illustrazione Italiana» l'8 giugno 1919. La struttura è la solita, assai frequente (v. anche il racconto precedente a questo), fondata su un'opposizione binaria: qui, fra il soggetto che dice «io» e un amico.

2. *la strada che obbediva!*: la soggettivizzazione del paesaggio qui è spinta sino alla sua umanizzazione. I confini fra umano e non-umano e anche fra naturale e soprannaturale tendono a scomparire. L'*incipit* e l'*explicit* rinviano a modi tipici del racconto fantastico.

3. *un'ombra*: dal paesaggio, che ha qualcosa di sinistro o di innaturale, emerge quasi l'ombra di un fantasma. È quella dell'amico morto cui sarà dedicato, con la tecnica del racconto retrospettivo, il resto del racconto. Ma la fine ritornerà a questa sensazione iniziale, chiudendo la narrazione in un circolo perfetto.

4. *modista*: artigiana che confeziona cappelli per signora.

5. *facevo di tutto...*: il rapporto fra i due amici è vissuto dal soggetto nel solito modo contraddittorio, oscillante fra desiderio di affetto, e anzi di identificazione, e rivalità. Anche in questo caso Gino Scali è un "doppio" del personaggio che dice «io».

6. *Si piccava di essere un canzonatore*: si ostinava a voler apparire ironico e canzonatore, ostentandolo.

7. *disinvoltura sprezzante...*: si osservi che anche lo Scali, in cui pure prevale un atteggiamento di superiorità nei confronti dell'amico, alterna nei suoi confronti sentimenti diversi e opposti. Qui predomina quello consueto del canzonatore sprezzante. Le relazioni, anche fra amici, sono sempre, in Tozzi, sadomasochiste.

8. *pastranuccio*: il pastrano è un soprabito invernale.

9. *leticare*: toscanismo per "litigare".

10. *carta incerata*: carta cerata, impregnata, cioè, di cera bianca.

11. *giubba*: giacchetta.

12. *Che cosa...?*: vuoi sapere come mi piace giudicarti, come ti giudico? L'atteggiamento di superiorità dell'amico si riflette in un atteggiamento giudicante che rende il protagonista sempre insicuro e incerto di fronte a lui.

13. *egli voleva...*: anche in questo suo gesto, il soggetto si sente giudicato. Teme che l'amico, più adulto, non accetti il suo bisogno di affetto e voglia invece da lui un atteggiamento più maturo. Riaffiora qui il tema della giovinezza, che dà il titolo alla raccolta e che Tozzi considera come una specie di malattia: la malattia di chi resta a metà, non giunge a maturità.

14. *dato retta*: perché non gli hai dato ascolto (cioè: non lo hai accettato)?

15. *mi pareva...*: il racconto torna al carattere visionario e al tono fantastico – un po' alla Poe, autore da Tozzi frequentato – dell'inizio.

16. *E una volta...*: il «ripiano» è quello di cui si parla all'inizio. «L'ombra» dell'*incipit* è divenuta qui un vento «freddo».

IL MORTO IN FORNO

1. *Il morto in forno*: racconto pubblicato in «Novella» il 25 luglio 1919. È una storia di degradazione: protagonista è un tipo umano simile alla «matta» nel racconto omonimo. Ma qui è assente il motivo della persecuzione, e la novella è priva della tensione drammatica e del ritmo narrativo di *La matta*, disperdendosi in episodi accessori (la visita della sorella) e cedendo al gusto della curiosità e della «trovata» (la morte in un forno).

2. *governare*: dare da mangiare.

3. *barroccio*: carro di campagna.

4. *senza legare*: senza stringhe.

5. *infrollite*: imputridite.

6. *schiantò...*: tutta la storia dei due animali e in particolare quella del mulo che muore per un carico eccessivo su una salita ricordano un racconto di Verga, *Storia dell'asino di S. Giuseppe* (in *Novelle Rusticane*).

7. *Pecorile*: nome di una località nel senese in cui il padre di Tozzi possedeva un podere, venduto poi dal figlio nel 1914.

8. *levato*: tolto. Ti avrebbero proibito, cioè, di continuare a celebrare la messa.

9. *svinature*: la svinatura è l'operazione con cui si toglie il vino dai tini, dopo la fermentazione del mosto, per metterlo nelle botti.

10. *bigonzi*: termine tecnico senese (proprio del linguaggio agricolo) per "bigonci". Sono recipienti di legno più grandi della bigoncia e fatti in modo da essere trasportati a spalla, con una pertica, da due persone.

11. *ciocche*: grappoli.

12. *si schiccolavano*: i chicchi dell'uva si staccavano dai grappoli e si perdevano per terra.

13. *fiocini*: gusci dell'uva.

14. *raspo*: grappolo dell'uva senza più i chicchi.

15. *il confine della maremma e delle crete senesi*: a sud di Siena, verso Roma e Grosseto, nella zona della Maremma. Le crete, tipiche della campagna senese verso sud, formano un territorio argilloso, scarso di vegetazione, che conferisce al paesaggio una caratteristica tonalità di colore metallico, fra il giallo e il verdastro.

16. *Coroncina*: località alla periferia di Siena.

17. *cecio*: termine popolare toscano per "cece". Qui indica un'escrescenza carnosa.

18. *un cane guasto*: un cane arrabbiato, affetto da idrofobia. Secondo il Petrocchi *(Novo Dizionario Universale della Lingua Italiana*, Treves, Milano, 1894) sarebbe espressione d'area pistoiese, comune fra i contadini. In realtà l'espressione è anche documentata da U. Cagliaritano, *Vocabolario senese*, Barbera, Firenze, 1975.

19. *arpione*: ferro fissato nel muro, per farvi girare porte o finestre.

20. *Aveva un poco impallidito*: sarebbe stato più corretto l'uso dell'ausiliare "essere". Ma in Toscana si confondono spesso, nel parlato, i due ausiliari.

21. *briaco:* ubriaco.

22. *a briscola e a scopa*: giochi di carte.

VITA

1. *Vita*: racconto pubblicato in «Il Tempo» il 22 giugno 1919. Qui la consueta struttura binaria vede da una parte il padre e dall'altra, insieme, madre e figlio, entrambi vittime dell'aggressività dell'uomo. Il racconto ha certamente un fondamento autobiografico e si collega soprattutto, per situazione narrativa, a *Un giovane*, in questa stessa raccolta (ma in *Vita* compare anche la figura della madre, assente nell'altra novella). Evidenti vicinanze tematiche vanno riscontrate ánche con novelle estranee alla serie di *Giovani*, come *La capanna* e *Il padre*. Quanto al titolo, *Vita*, sembra nascere da una battuta della madre che a un certo punto esclama, rivolta al marito: «È possibile che tutta la vita io la passi così?». Ma la parola, assunta a titolo e isolata nel suo significato assoluto (senza neppure articoli che la definiscano), acquista il senso di un destino. Nella scena di quotidiana violenza che sconvolge la famiglia del padre-padrone l'autore legge il destino della propria vita e della vita in generale, quasi per una condanna a una ripetizione senza fine della stessa situazione.

2. *scappò di corsa dal podere*: la situazione è la stessa dell'*incipit* di *Un giovane*: la fuga dal podere, cioè dal territorio del padre-padrone.

3. *bosso*: pianta sempreverde.

4. *piegata*: svolta della strada.

5. *un sasso...*: lo stato di eccitazione e di aggressività induce Jacopo a colpire una figura di autorità, per alcuni versi assimilabile a quella paterna. Ma è anche vero che il protagonista sembra completamente immerso in un mondo di violenza in cui le uniche relazioni possibili sono di tipo sadomasochistico e impulsi affettivi e distruttivi si confondono.

6. *ciocche*: grappoli.

7. *cavicchia*: grosso cavicchio, piolo rotondo di legno conficcato al muro per appendervi oggetti.

8. *attraventava*: scagliava contro.

9. *credeva di fare sempre del male*: l'aggressività del padre nei suoi confronti lo fa sentire perennemente colpevole.

10. *Gli pareva...*: l'ottica di Jacopo è ancora quella dell'infanzia, e d'altronde l'atteggiamento del padre e il modo con cui tale atteggiamento è vissuto dalla madre, anche lei vittima, non contri-

buiscono certo a farlo diventare più maturo. Il rifiuto del padre diventa in Jacopo solidarietà con la madre ma anche rifiuto del modello maschile adulto per timore di somigliargli e di farla soffrire. Fa parte dell'ottica infantile l'immaginazione dei genitori come esseri onnipotenti e, nel caso specifico, del padre come di una sorta di dio in terra.

11. *Già pentito...*: la ribellione al padre si realizza attraverso la fuga e la trasgressione (qui la sassata al cappuccino), ma quest'ultima determina nuovo senso di colpa e pentimento. È una spirale senza via di uscita su cui abbiamo già richiamato l'attenzione altre volte (si vedano le note a *Un giovane*, soprattutto la n. 15).

12. *frustava le gambe...*: Jacopo, che d'altronde come sappiamo «nel viso assomigliava tutto al padre», ne ripete i gesti, identificandosi per un attimo con lui e invertendo i ruoli reali. Attraverso uno sdoppiamento, proietta una parte di sé nel padre e un'altra nelle anatre da lui frustate. Così egli può far vivere quella parte di sé che somiglia al genitore e che può realizzarsi solo in modo discontinuo e distorto (attraverso la sassata al cappuccino o le frustate alle anatre); nello stesso tempo, mimando il padre, cerca da un lato di formalizzarne i gesti, di esorcizzarli, di disinnescarne così la carica distruttiva, dall'altro di assumere un atteggiamento di controllo e di dominio sulla parte di sé che si identifica nelle oche, la parte più debole e più disposta al ruolo di vittima.

13. *picchiò lei...*: la scena nasce certamente da una esperienza autobiografica e ritorna in modi diversi in altre novelle.

14. *pretto*: schietto.

15. *imporrire*: toscanismo per "imporrare", qui nel significato di "imputridire", "marcire".

16. *Ha ragione la mamma!*: la ribellione al padre può essere legittimata qui dalla difesa della madre: per questo Jacopo trova ora il coraggio di parlare.

17. *tutta la vita...*: è il passo che dà il titolo al racconto (cfr. sopra nota n. 1).

18. *costringendoli...*: il padre vuole un'obbedienza cieca, non legittimata da altro che dalla propria autorità. Per questo può comandare alla moglie prima di mettere l'acqua nel vino e poi di fargli bere solo il vino schietto; e ora può costringere madre e figlio a ubriacarsi. L'amore («se gli volevano bene») è evocato solo

per rovesciarsi nel suo contrario, come strumento di ricatto per umiliare e abbassare, anche moralmente, i familiari, costretti anche loro a fare ciò che essi rimproverano al padre: bere, ubriacarsi. Il carattere contraddittorio e arbitrario degli ordini ha l'unico scopo di pretendere un'obbedienza tanto assoluta quanto insensata. Ma proprio il carattere simbolico e tirannico dell'obbedienza che egli richiede la rende poi tanto più umiliante: essa sembra avere lo scopo di annientare la personalità delle vittime piuttosto che di ottenere da loro determinati comportamenti specifici. Di qui le conseguenze distruttive per la formazione psicologica del figlio, che resta come bloccata, impossibilitata a uscire dalla «giovinezza» o, meglio, da uno stato di permanente regressione.

CREATURE VILI

1. *Creature vili*: racconto pubblicato il 1° dicembre 1918 in «Il Messaggero della Domenica». Apparentemente, la struttura duale vi manca. Il soggetto che dice «io» si identifica infatti, senza apparente contraddizione, con cinque prostitute, con le quali ha una conversazione nel salotto di un postribolo. In realtà il secondo termine dell'opposizione è evocato dalle loro parole e poi dai pensieri stessi del protagonista: è il padre e il mondo della famiglia. Alla fine la comparsa di un signore anziano materializza questa immagine paterna, provocando nel soggetto gelosia e rivalità. Nonostante la evidente sottolineatura del momento ideologico-religioso (reso esplicito anche dalla citazione in esergo tratta dal *De imitatione Christi*), il tema portante del racconto è quello ora indicato, coi suoi riflessi psicologici, e non il motivo, pur presente, e riscontrabile in tutta una linea della tradizione letteraria (un nome per tutti: Maupassant), della umanità e della dignità della prostituta e della sua disponibilità alla «purificazione». Quest'ultimo aspetto, semmai, ha una sua specifica rilevanza in quanto collegato al comune senso di colpa del soggetto e delle prostitute, senso di colpa che rende appunto possibile l'identificazione con loro da parte dell'«io».

2. *Non est creatura...*: «Non c'è creatura tanto piccola e vile che non rappresenti la bontà di Dio». Dalla citazione deriva il titolo della novella. Il *De imitatione Christi* (opera medievale di ascetica, destinata ai monaci, anonima ma forse dovuta al tedesco Tommaso da Kempis, morto nel 1471) era stato letto da Tozzi nel quadro dei suoi interessi per gli autori mistici medievali (come Santa Caterina o San Bernardino da Siena), da cui erano

nate le due antologie, da lui curate, *Antologia d'antichi scrittori senesi (dalle origini fino a Santa Caterina)*, del 1913, e *Le cose più belle di Santa Caterina da Siena*, 1918.

3. *sofà*: è il divano, qui di una casa di tolleranza, come si capirà procedendo nella lettura.

4. *a zazzera*: tipo di pettinatura, in genere maschile: consiste nel portare i capelli piuttosto lunghi lasciati crescere dietro e ricadenti sotto la nuca e sul collo.

5. *volevo...*: il personaggio vuole avere un comportamento da persona esperta di queste situazioni. Ma proprio tale volontà rivela il suo reale imbarazzo. Al solito, il soggetto cerca di mostrarsi come vorrebbe essere e non è, diviso fra desideri e realtà, perennemente incerto, insicuro, e privo di una precisa identità.

6. *Come fa freddo...*: si noti che la battuta della ragazza, nonostante la sua banalità e per quanto rientri naturalmente nella casualità della conversazione, assuma di fatto, venendo a cadere dopo l'evocazione della famiglia da parte di Fanny, un forte carattere simbolico. È il «freddo» derivante dalla coscienza della propria colpa che penetra ora nel gruppo delle ragazze e nel loro interlocutore.

7. *vergognarmi*: la vergogna sembra dovuta all'indiscrezione e al pudore, di fronte alla confessione delle ragazze e al suo carattere intimo. Però è anche spia del malessere che i loro argomenti provocano nel soggetto.

8. *pigliare a gabbo*: canzonare, prendere in giro.

9. *casa di correzione*: casa di rieducazione per minorenni, dove vengono chiusi i ragazzi che hanno commesso reati.

10. *canzonettista*: cantante di canzonette.

11. *senza volere...*: l'associazione inconscia («senza volere») è col senso di colpa delle ragazze, che hanno trasgredito l'ordine della famiglia. Di qui il ricordo dei genitori anche nel personaggio maschile. La vita psicologica dei personaggi tozziani sembra bloccata per sempre a una situazione infantile.

12. *a quale*: più corretto sarebbe "in quale".

13. *lo stesso rimorso*: ecco la parola-chiave. Il senso di colpa nei confronti dei genitori lo unisce alle ragazze.

14. *purificare*: il termine religioso fa parte del *coté* ideologico-religioso del racconto, del suo esplicito messaggio: anche le prosti-

tute possono fornire un insegnamento morale, non c'è creatura terrena che non riveli la bontà e la misericordia di Dio.

15. *Forse, se ci fosse stata...*: ecco squadernati i soliti dubbi e le consuete incertezze. La preferenza per Fanny (la quale – si ricordi – è stata la prima a introdurre l'argomento della famiglia e della vita passata) provoca nel protagonista un immediato senso di colpa nei confronti delle compagne. Inoltre, il fatto che Sara non gli abbia prestato la stessa attenzione delle altre basta a fargli perdere ogni sicurezza e a fargli porre in discussione il proprio ruolo nella conversazione. Il soggetto è affetto, come già abbiamo avuto modo di notare, da una sorta di costitutiva inappartenenza.

16. *un signore anziano...*: il fantasma del padre, evocato dal «rimorso» e dai ricordi d'infanzia, si materializza in questa figura, che provoca nel soggetto una immediata reazione di gelosia e di rivalità. Indubbiamente, la sua apparizione interrompe l'atmosfera di raccolta intimità, propizia alla confessione e ai ricordi, che si era creata nel gruppo. Ma il «risentimento» nei suoi confronti ha ovviamente anche quelle ragioni più profonde.

UN'AMANTE

1. Racconto pubblicato su «Cronache d'attualità» il 5 maggio 1919. Di nuovo, l'opposizione, nutrita d'odio e d'amore insieme, fra due personaggi, questa volta due amanti.

2. *organo di Barberia*: organetto; strumento musicale portatile e meccanico, dotato di una piccola tastiera azionata da un cilindro ruotante. La Barberia è l'Africa del Nord. La musica dell'organo di Barberia è un vero e proprio *topos* nella poesia crepuscolare all'inizio del secolo.

3. *pentissi...*: ha appena parlato di gioia e subito dopo ecco, invece, il senso di colpa e il pentimento. Al solito, qualunque sensazione piacevole è subito seguita dalla contraria, e viceversa. In realtà, nella psicologia disturbata dei personaggi tozziani, la gioia è interdetta e deve essere subito contraddetta dal senso di colpa, che nasce proprio dall'essersi sentiti felici per un attimo.

4. *lionati*: fulvi (del colore del manto dei leoni).

5. *non poteva pagare...*: dunque la donna, che un tempo era stata proprietaria di un appartamento di cui era stato inquilino il personaggio che dice «io», è divenuta povera, ha ceduto l'apparta-

mento e ora è costretta a pagarè l'affitto della casa dove abita, non sempre riuscendoci.

6. *faccenda*: lavoro domestico.

7. *strappicchiate*: rotte in più punti, malridotte, anche se non del tutto rovinate.

8. *il bisogno di farmi perdonare*: si noti che, all'inizio del racconto, il bisogno di farsi perdonare è avvertito nei confronti della moglie tradita. Dunque, il personaggio prova senso di colpa, alternativamente, per l'una o per l'altra donna, a seconda di quella che gli sembra, al momento, più trascurata. E poiché dal senso di colpa nascono, nel contempo, desiderio di farsi perdonare e tenerezza verso la persona che lo suscita, ma anche aggressività e odio verso di lei (in quanto responsabile della sofferenza e dello stesso rimorso), si spiega l'ambivalenza dei sentimenti del personaggio tozziano, di continuo oscillanti fra bisogno di affetto e astio rabbioso.

9. *una bocca...*: la bocca di una persona anziana, che ha fatto ogni tipo di esperienze. È un pensiero irriverente nei confronti del morticino. Ma d'altronde il protagonista è preso esclusivamente dalla delusione per la mancata soddisfazione dell'impulso erotico: del morto non gliene «importava niente», si legge sopra.

10. *mi guardò con odio*: le relazioni a due (non solo fra amanti o fra marito e moglie, ma anche, come sappiamo, fra padre e figlio e, come vedremo più avanti, in un altro racconto, *Mia madre*, fra madre e figlio) sono sempre, in Tozzi, di tipo sadomasochistico. Senza dubbio ha ragione Moravia a vedere nella «cattiveria» il meccanismo comportamentale dei personaggi tozziani (cfr. A. Moravia, *Invito alla lettura*, in F. Tozzi, *Novelle*, Vallecchi, Firenze, 1976).

11. *ma l'organetto...*: la conclusione ritorna all'inizio, con movimento non infrequente nei racconti di Tozzi, ma qui un po' meccanico e meno giustificato.

MIA MADRE

1. *Mia madre*: racconto uscito in «Il Messaggero della Domenica» l'11 maggio 1919. Ancora una storia di persecuzione; ma questa volta (a differenza di *La matta*, *La casa venduta*, *Una figliola*) il perseguitato si caratterizza per la propria cattiveria e aspira a divenire anche lui un persecutore. È appunto la cattive-

ria il tema unificante fra questo, il racconto precedente (*Un'amante*) e il seguente (*I nemici*).

2. *al Seminario*: motivo autobiografico. L'autore aveva frequentato come esterno il Seminario per intraprendere gli studi ginnasiali; ma era stato sospeso dalla scuola per cattiva condotta (era, insomma, un ragazzo «cattivo»).

3. *cannello*: asticciola della penna.

4. *perversione*: il protagonista si sente un pervertito perché ha paura di un simbolo religioso, il crocifisso.

5. *li odiavo...*: il protagonista non conosce ancora i compagni di scuola e già li odia. La cattiveria appare il suo tratto distintivo rispetto ad altre figure di perseguitati incontrate nei racconti tozziani; e lo accomuna ai suoi persecutori.

6. *mi dovetti reggere...*: osserva giustamente Moravia (art. cit.) che in Tozzi c'è una particolare attenzione per la zona fisiologica e corporale: i suoi personaggi «fanno continuamente delle cose col corpo: rabbrividiscono, svengono, vomitano, tremano, piangono, sudano, appetiscono». Come si vede dall'elenco di verbi, il corpo è sì al centro della rappresentazione, ma non è descritto mentre s'impegna dinamicamente in un'azione, bensì è quasi il registro immediato dei movimenti psicologici. Tozzi era d'altronde appassionato di psico-fisiologia e seguiva le indicazioni del gruppo di psicologi della «Revue Philosophique» di Th. Ribot che correlavano lo studio dell'organismo fisico a quello dell'attività psichica e mentale.

7. *zitella insecchita*: una ragazza invecchiata senza sposarsi e rinsecchita, avvizzita.

8. *arrotato*: affilato, ben temperato dalla ruota dell'arrotino.

9. *aveva levato gli occhi...*: il ritratto del Mutti, il persecutore principale del protagonista, è caratterizzato da una doppia cattiveria: è crudele nei confronti degli animali ed è sessualmente un vizioso. L'elemento sessuale è tuttavia presente anche nella violenza contro i gatti: togliere gli occhi è una figura della castrazione. Si tratta di elementi distintivi che, in *Con gli occhi chiusi*, sono attribuiti al padre del protagonista (che fa castrare, ad esempio, senza ragione, tutti gli animali del podere). Nella persecuzione da parte del Mutti il personaggio tozziano ritrova la stessa persecuzione subita a opera del padre.

10. *costringermi...*: in un modo o nell'altro, con la violenza o col ricatto della debolezza, il personaggio è sempre costretto a fare

quello che gli altri vogliono che lui faccia. Questa instabilità emotiva, che altre volte abbiamo chiamato inappartenenza, lo rende alla mercé dei suoi interlocutori.

11. *Scucchia!*: toscanismo per "mento pronunciato, aguzzo o grosso". Il termine popolare qui non è solo mimetico ma ha una forte carica espressiva (cfr. L. Giannelli, art. cit.).

12. *arrivavo*: raggiungevo. L'uso transitivo del verbo "arrivare" fa parte del linguaggio popolare in Toscana.

13. *rimettere a dopo*: rinviare.

14. *scompigliato*: turbato.

15. *devi buscarne...*: la logica del persecutore è sempre assurdamente tirannica. Non ha bisogno di motivazioni. Il persecutore non vuole imporre dei contenuti, ma il carattere simbolico del proprio potere, in quanto tale. Si veda il racconto *Vita* e soprattutto, ivi, la nota 18. L'analogia fra il Mutti e la figura del padre (su cui cfr. sopra nota n.9) ne esce confermata.

16. *i figli dei ladri...*: ovviamente, l'aver immaginato il padre come un ladro non è senza ragioni psicologiche (è quasi una sorta di vendetta postuma). Ma qui l'essere figlio di ladro diventa, per il ragazzo protagonista, una condizione eterna, una condanna senza appello. Il figlio dovrà portare sempre su di sé la colpa del padre. Ed è quest'ultimo il risvolto psicologico più interessante, perché mette in luce quel rapporto di somiglianza e di continuità col padre, anzi con la cattiveria del padre (coi conseguenti sensi di colpa), che appare anche in altri racconti. Nonostante ogni suo sforzo, il personaggio non potrà mai rifiutare del tutto la figura paterna perché la porta dentro di sé, come una maledizione. Non per nulla qui il Mutti e il protagonista hanno in comune la propensione all'odio e alla crudeltà.

17. *contro di lui...*: si ha una conferma di quanto osservato alla nota precedente: il ragazzo è «contro» il padre e tuttavia non può non volergli bene, in un inestricabile rapporto di odio-amore, di opposizione e di identificazione.

18. *non sarebbe stata capace...*: la debolezza della madre, che non sa difendere il figlio dall'aggressività del Mutti (e in realtà, nell'esperienza autobiografica dell'autore, e nella logica simmetrica dell'inconscio, da quella del padre), servirà, nella dinamica del racconto, come giustificazione alla crudeltà del protagonista nei suoi confronti.

19. *gli rivolli subito bene*: altro esempio di instabilità e di ambivalenza da parte del protagonista.

20. *tutto contento...*: la somiglianza e il rapporto di continuità fra il Mutti e il protagonista (ma anche fra il padre e il figlio) sta in questo aspetto sadico. Ma la crudeltà della menzogna viene subito punita: la madre morirà «a motivo dei dispiaceri», anche di quelli inflittile dal figlio. Come si può facilmente capire, il senso di colpa punirà la cattiveria, finché questa tornerà a manifestarsi, e così all'infinito, in un circolo, o coazione a ripetere, inesorabile. L'angoscia che grava nei racconti di Tozzi – come in quelli di Kafka – nasce dalla percezione di essere dentro questa trappola che ha la gravità cupa di un destino, la sua continuità ossessiva e invincibile.

I NEMICI

1. *I nemici*: racconto pubblicato su «Il Messaggero della Domenica» il 6 luglio 1919. Coi due racconti precedenti, fa parte di una serie dominata dal tema della cattiveria. Ma qui compare con particolare rilievo anche quello del "doppio": l'amico-nemico che gioca un brutto tiro al protagonista non è che il suo "doppio".

2. *avevo un nemico...*: un istante prima il protagonista ha detto che i nemici si odiano e ora dice invece di amare il suo nemico come un fratello. Questa oscillazione percorre tutto il racconto, anche se il protagonista dichiarerà in più luoghi la propria bontà. In effetti, siamo in presenza, di nuovo, del motivo del "doppio". Il nemico, Rutilio Papagli, è un cattivo nella realtà, mentre il protagonista è cattivo solo, di tanto in tanto, nell'immaginazione e nei sentimenti, mentre nella pratica si comporta come un buono unicamente perché è un inetto e un debole. I due amici-nemici rappresentano in realtà un'ambivalenza dell'io, che qui si sdoppia in due personaggi, in effetti complementari e l'uno all'altro speculari.

3. *fui proprio io...*: l'incapacità di tener fermo qualsiasi proposito e la continua mobilità degli stati d'animo, dei sentimenti, delle intenzioni è caratteristica costante e più volte osservata dei personaggi tozziani.

4. *m'ero guardato, anzi, dal fargli del male...*: si osservi che, dopo la dichiarazione di bontà e di affetto nei confronti del Papagli, compare un desiderio improvviso e inconsulto di violenza proprio nei suoi confronti: «gli avrei rotto la testa con il mio om-

brello». D'altronde, dichiarazioni di amore così frequentemente ripetute (si ricordi che all'inizio troviamo scritto che il protagonista amava il suo nemico come un fratello) non possono che suscitare sospetto.

5. *con una macchia rossa giù per il collo*: quasi tutti i personaggi di Tozzi hanno qualche tratto distintivo ributtante o comunque negativo (dei «ciccioli» sul viso, un «cecio» o un ciuffetto di peli sotto il mento, una «macchia rossa» sul collo ecc.). Ciò fa parte di una tecnica ritrattistica tendente al grottesco e all'espressionismo, comune anche a Pirandello. Ma è anche un modo, da parte del narratore, per esprimere le proprie pulsioni aggressive e distruttive. L'elemento sadico, nella ritrattistica tozziana, è permanente e contribuisce in modo decisivo alla forza e all'efficacia rappresentative.

6. *a sentirmi anch'io contro di lui...*: altro che bontà, dunque! Anzi, nell'odio si realizza un compattamento momentaneo della personalità che può dare piacere rassicurando il soggetto circa la propria identità.

7. *avrei acconsentito subito...*: la condiscendenza verso il nemico o il persecutore è un altro elemento costante della psicologia dei personaggi tozziani: si ricordi *La casa venduta*. Ma non può che indurre al fallimento. La pretesa «bontà» è solo una manifestazione di inettitudine e di debolezza, nella quale si palesa, nondimeno, un'inclinazione inconscia alla sconfitta (anche così, infatti, il soggetto rifiuta la figura del padre, che è invece una figura di dominio e di forza). La vocazione alla sconfitta è il tema, come è noto, del romanzo *Il podere*.

8. *mi ritenevo*: mi trattenevo.

9. *picchiandolo...*: ecco di nuovo una fantasia di aggressione; ma è, al solito, un proposito cui non seguiranno i fatti.

10. *lo aiutai...*: la situazione di condiscendenza nei confronti del persecutore è la solita del già richiamato racconto *La casa venduta*.

11. *non mi confidai...*: paradossalmente, l'unico confidente è proprio «il nemico»! Si noti la mancanza di ironia della frase in una situazione che pure presenta qualche aspetto di oggettivo umorismo (il perseguitato che aiuta il suo aguzzino a mettersi la giubba e lo trasforma addirittura nel suo confidente più intimo). Tozzi ignora completamente la dimensione dell'ironia, della comicità, dell'umorismo. E in realtà qui non c'è nulla di comico o umoristico: il «nemico» non è che il "doppio" del soggetto, para-

dossalmente è dunque il suo miglior confidente. La condizione psicologica è data sempre nella sua immediatezza unidimensionale, offerta in presa diretta, dall'interno di un approccio frontale, assoluto, atemporale, che toglie ogni altra prospettiva e tappa l'orizzonte narrativo da ogni lato, togliendogli aria e spessore e dandogli la cadenza di un incubo. Mancano in Tozzi la temporalità dell'umorismo, il gioco su piani diversi, la distanziazione poliprospettica ed estraniata: la sua angoscia ossessiva è dominata dalla fissità, martella con allucinata cadenza su un unico piano, esige un eterno presente.

I BUTTERI DI MACCARESE

1. *I butteri di Maccarese*: racconto pubblicato sull'«Orma», agosto-settembre 1919, n. 8-9. Il paesaggio è quello descritto nel racconto autobiografico *Campagna romana*, che apre la raccolta postuma, curata da E. Palagi e G. A. Borgese, *Amore*. Vi si racconta delle gite al mare di Maccarese con Orio Vergani, Ercole Drei, Michele Abranich, e vi si dice che una volta vi partecipò anche Stefano Pirandello, figlio del grande drammaturgo. D'altronde, è questo il periodo in cui Tozzi lavora al «Messaggero della Domenica» con Orio Vergani e Rosso di San Secondo, sotto la direzione di Luigi Pirandello. A Maccarese il gruppo andava in treno, trattandosi di una località fra Civitavecchia e Roma da cui passa la ferrovia. (Per il termine «butteri» v. più avanti nota n. 14).

2. *ginepri*: arbusto della specie dei cipressi.

3. *strisciate*: estensioni di terreno in lunghezza piuttosto che in larghezza. Ma il termine fa pensare a una tecnica pittorica, a una striscia di colore (nel caso in questione, più scuro rispetto a quelli intorno, come si capisce dal contesto). Tozzi da ragazzo aveva pensato, per un breve periodo, di fare il pittore e aveva studiato all'Istituto di Belle Arti.

4. *delle querci*: cfr. nota n. 7 del racconto *Un giovane*.

5. *Arrone*: si legge in *Campagna romana* che questo corso d'acqua «viene dal lago di Bracciano» e che alla sua foce sorgeva un tempo la città di Fregenae (*Opere*, cit., pp. 940-941).

6. *caliginosa*: per la foschia dell'afa. Nel racconto citato si dice che «L'aria era grossa da tagliarsi col coltello» (ivi, p. 940).

7. *il fiammeggio del calore*: nel racconto citato si legge che «l'aria

e le fiamme del calore brulicavano insieme» (*ibidem*). È il riverbero del sole unito alla foschia dell'afa.

8. *opalina*: color giallo-azzurro o grigio-perla (colori dell'opale). È un termine letterario, molto frequente in D'Annunzio.

9. *banda*: parte.

10. *più alto*: più a monte.

11. *i «caporali»*: nella nuova edizione del Rigutini-Fanfani «novamente compilata da G. Rigutini» alla fine dell'Ottocento, si spiega che «caporali» sono detti coloro che soprintendono a una squadra di lavoranti (per esempio, in una fabbrica o nel lavoro di costruzione delle strade) lavorando essi pure. Si tratta dunque di lavoratori che hanno un incarico particolare per il quale sono in diretto contatto coi datori di lavoro, svolgendo di fatto un'opera di mediazione fra padroni e mano d'opera.

12. *e una rosa...*: si veda come l'autore ponga il suo tratto distintivo, fortemente visionario, anche su questo paesaggio altrimenti convenzionale: una rosa rampicante può apparirgli come una ghirlanda mortuaria.

13. *tumultuare...*: nel «castello barocco» (*Campagna romana*, in *Opere*, cit. , p. 941) di San Giorgio (nei pressi, cioè, di Porto San Giorgio) stavano gli amministratori dei principi Rospigliosi, i padroni per cui lavorano a giornata i braccianti agricoli in rivolta. Siamo, è bene non dimenticarlo, nel 1919, in pieno «biennio rosso» (a Porto San Giorgio – ci informa l'autore in *Campagna romana* – c'erano ancora campi di concentramento di prigionieri tedeschi e austriaci della guerra conclusasi nel novembre del 1918). Ma, come vedremo, all'autore non interessano tanto i motivi sociali della rivolta, quanto l'atmosfera di tensione che in essa si crea, sino al suo fallimento finale: in cui Tozzi doveva vedere soprattutto un altro esempio di qualcosa che non si realizza e resta a metà (secondo la visione apocalittica che apre la novella *Il crocifisso*).

14. *butteri*: guardiani a cavallo di mandre di buoi, bufali e cavalli, in Maremma.

15. *ganza*: un'amante.

16. *che*: qui ha valore causale.

17. *rincalcagnata*: schiacciata.

18. *ma non c'era anche qualche altra passione...*: a Corrado, irresistibilmente, l'autore è portato ad attribuire i soliti aspetti dei

suoi personaggi. Per quanto si tratti di un uomo tutt'altro che inetto e anzi pratico e deciso, conosce lui pure turbamenti e contraddizioni inspiegabili: il «ma» avversativo introduce un dubbio, un'oscillazione di sentimenti (v. subito dopo: «Ma non trovava mai quel che doveva amare»).

19. *avventò*: spinse avanti con forza spronandolo.

20. *le picchiava...*: è una conferma di quanto osservato sopra alla nota n. 18. Anche Corrado, come gli altri personaggi di Tozzi, sembra obbedire a impulsi sadomasochisti: le bufale gli piacciono di più e allora le picchia più degli altri animali (e probabilmente ciò che gli piace è che, picchiandole, per il dolore i loro occhi diventano «dolci»). Probabilmente ha ragione Moravia quando scrive (art. cit.) che Tozzi si identifica soprattutto con la cattiveria dei suoi personaggi.

21. *tirarla via*: strapparla, sradicarla.

22. *gastigarlo*: l'uso toscano (ma anche ottocentesco) è per la grafia con la *g* invece che con la *c*. Si osservi che, anche nei confronti del cavallo, agiscono gli stessi impulsi osservati sopra alla nota n. 20.

23. *le mucchie*: termine senese: sono la cataste di covoni di grano pronti per la trebbiatura.

24. *fecero a pezzi...*: si noti come l'attenzione del narratore si concentri sui particolari di cattiveria.

25. *si zittavano*: termine senese per "si zittivano".

26. *le guide*: le redini.

27. *a pari*: appaiati, di fianco l'uno all'altro.

28. *quasi cattivo*: è la già osservata insistenza sul tema della cattiveria, insistenza che qui potrebbe apparire gratuita se non fosse in realtà il segno di un'ossessione. Cfr. sopra note n. 20, 22, 24.

29. *piangesse*: è questo un personaggio secondario, eppure è caratterizzato dalla solita instabilità emotiva dei personaggi tozziani: un istante prima era sicuro di sé e deciso (sino ad andare col cavallo addosso al compagno più giovane per farsi obbedire), ora sta per piangere, fra poco si comporterà di nuovo in modo caraggioso. Si osservi, comunque, che forse non è casuale questa identificazione del narratore coi butteri piuttosto che coi braccianti. Nella loro vita più selvaggia e libera, nel loro individualismo, Tozzi doveva riconoscere e idealizzare alcuni tratti di quel

sovversivismo piccolo-borghese che era proprio degli intellettuali della sua generazione. Né forse è un caso che qui Tozzi ne sottolinei una certa loro indipendenza rispetto alle parti in lotta e l'iniziale neutralità nello scontro di classe in corso e che poi li faccia intervenire a difesa dei covoni di grano quasi più per un orgoglio di categoria («si sarebbero vergognati a farsi rivedere dentro Maccarese», se i braccianti avessero raggiunto l'obbiettivo di incendiare le mucchie del grano) che per precise ragioni sociali. La piccola borghesia è in effetti una classe intermedia e oscillante, anche se poi, nei momenti decisivi, finisce spesso per appoggiare, come accade qui, e come accadde dopo il «biennio rosso», la grande borghesia e il padronato.

30. *gonfiava una pecora*: in realtà gonfiava la pelle di una pecora.

31. *alla stracca*: fiaccamente, di mala voglia.

32. *stanga*: sbarra di legno.

33. *avvallato...*: abbassato, sprofondato da una parte, ma con un rialzo al centro.

34. *di traverso*: in modo da impedire l'ingresso al ponte, occupandone col cavallo l'entrata.

35. *di fianco*: al lato dell'entrata del ponte.

36. *Maccarese*: gli amministratori dei principi Rospigliosi che stanno a Maccarese.

37. *Ci volete dare...*: questo è l'unico riferimento preciso alle cause della rivolta bracciantile. All'inizio si era detto solamente che i lavoratori erano scontenti delle paghe pattuite dai «caporali».

38. *non riconoscendosi...*: il narratore è particolarmente attento alle dinamiche della psicologia della folla, come si vede dalla sottolineatura di particolari come questo, o come quello immediatamente seguente («il grido di uno faceva gridare di più quelli che gli si trovavano attorno»).

39. *Se vi hanno imbrogliato...*: come sappiamo dalla pagina iniziale, le paghe erano state stabilite dai «caporali», i braccianti ne erano scontenti e volevano «far valere le loro ragioni». Ma il narratore non sembra particolarmente interessato a tali ragioni tanto è vero che niente dice su di esse.

40. *frastono*: termine letterario per "frastuono".

41. *obbedirono*: dunque la rivolta resta irrealizzata, non rag-

giunge il suo obiettivo. E questa sembra la vera ragione dell'interesse che suscita nel narratore.

42. *stesa*: distesa o , come abbiamo visto, «strisciata».

43. *ammiccando con gli occhi Corrado*: qui "ammiccare" vale "indicare". In genere, però, "ammiccare" è intransitivo e vale «fare cenno», "accennare".

MARITO E MOGLIE

1. *Marito e moglie*: racconto pubblicato per la prima volta in «Il giornale dell'Isola letterario» (Catania) il 15 settembre 1919, poi rivisto dall'autore per l'edizione in volume di *Giovani*. Il tema è una crisi coniugale, non senza, forse, echi autobiografici (in relazione alla crisi di Federigo con la moglie Emma, scoppiata nell'autunno 1915 e mai del tutto risolta).

2. *gemono*: trasudano.

3. *regina Elena*: è la figlia di Nicola I, principe (e poi re) di Montenegro, che andò sposa nel 1896 all'allora principe di Napoli Vittorio Emanuele; divenne regina d'Italia nel 1900 e lo restò sino all'esilio del marito, Vittorio Emanuele III, nel 1946.

4. *non gli è più possibile...*: si noti l'assenza di qualsiasi spiegazione. A un tratto accade, misteriosamente, l'irreparabile. Nel suo saggio su *Con gli occhi chiusi* del 1963, Giacomo Debenedetti ha osservato che, a differenza dei naturalisti che narrano perché spiegano, Tozzi «narra in quanto non può spiegare». La rottura con la moglie si consuma d'un tratto, come un evento improvviso e inatteso (anche se, si dice poco più avanti, preparato da quanto era «passato nel loro animo» e di cui non si erano, prima, neppure accorti). In realtà, in essa il personaggio sembra rivivere uno *choc* originario, accaduto una volta nella sua esistenza e che lo ha reso, per sempre, estraneo alla vita, come ora alla moglie.

5. *rincincignata*: spiegazzata.

6. *moticcia*: fanghiglia. Il termine ha un limitato uso popolare nel senese e sembra coniato per assonanza o analogia con "motiglia" o "moticchio", invece largamente attestati.

7. *scaloni*: scalini alti e massicci.

8. *sciaguatti*: sciabordi.

9. *caroselli*: si tratta di giostre, che girano a suon di organetto facendo ruotare animali di legno (qui, cavalli) o altri mezzi da trasporto (qui, barche), su cui salgono le persone. Sono adornate da figure fantastiche e mitologiche, da specchi e luci.

10. *infilata*...: l'immagine esibisce un notevole scarto dalla norma perché inverte il modo consueto di vedere e di descrivere la scena: in genere si rappresenta il movimento dei raggi del sole che attraversano una nube. Qui invece tutto è bloccato in un'eterna immobilità e la passività diventa il vero soggetto della scena: la nube è «infilata ai raggi del sole, non si può più muovere».

11. *specchia*: poco sopra aveva detto che il «selciato luccica».

12. *ha perso tutto*: l'irreparabile è dietro le spalle, è avvenuto una volta per sempre. Perdendo la possibilità dell'amore, si è perso tutto. Cfr. sopra nota n. 4.

13. *un selce*: una pietra. Ma si noti che il sostantivo è femminile e il maschile è usato solo nel linguaggio poetico. Il termine al maschile qui adoperato ha, dunque, un forte sapore letterario.

14. *il raccapriccio*...: sentono vergogna e orrore per la loro vita senza amore. L'idea dell'amore è stata evocata dall'immagine della donna che allatta il bambino e che viene ad assumere un forte valore simbolico.

L'OMBRA DELLA GIOVINEZZA

1. *L'ombra della giovinezza*: racconto uscito in «Nuova Antologia», 16 luglio-16 settembre 1919. Il titolo rinvia al motivo della giovinezza e dunque al titolo stesso della raccolta. L'«ombra» cui si allude sembra rappresentata dal rimorso e dai pensieri del protagonista, quali sono espressi dall'ultimo capoverso della novella. Anche qui c'è la giovinezza come malattia (cfr. *Pittori*), come incapacità cioè, da parte del personaggio tozziano, di essere adulto, di raggiungere un più maturo equilibrio psicologico.

2. *per dirle la verità*: la verità è quella a cui, come si legge sopra, egli «non voleva pensare», per non dover decidere: la ragazza è molto più povera di lui e il fratello maggiore si opporrebbe al matrimonio. Di qui i dubbi e le frequenti assenze.

3. *da una parola ad un'altra*: quando una parola tira dietro di sé un'altra e così, senza quasi accorgersene, si arriva a una lite. Il tema della lite tra fratelli, entrambi proprietari di terreno agri-

colo, è presente anche in altri racconti, per esempio, con particolare crudezza, in *La sementa*.

4. *domandandosi*...: è la solita irrisolutezza dei personaggi tozziani, che li condanna all'inettitudine e alla sconfitta. Il rapporto di Orazio col fratello presenta i tratti sia di quello col padre-padrone, sia di quello con la figura del "doppio", amico e nemico a un tempo. La condizione sostanziale di inferiorità non impedisce una rivalità che resta sempre però a livello velleitario.

5. *avrebbe voluto*...: l'identificazione col fratello (con la cattiveria del fratello, con la sua forza e la sua capacità di decisione) impedisce all'aggressività di manifestarsi, la blocca in un irrisolto rapporto di odio-amore, sostanzialmente subalterno.

6. *mentì*...: Orazio mente in realtà per essere come il fratello, sicuro e deciso come lui. Come succede sempre col proprio "doppio", ha proiettato nella sua figura una parte decisiva di sé che in sé non riesce a realizzare perché anzi rifiuta: il modello paterno, in questo caso. Per cui il fratello è, nel contempo, il "doppio", come è ovvio nei confronti, appunto, di un fratello, ma anche il padre.

7. *rivestire*: uso figurato del verbo frequente nell'uso toscano: indica l'atto di spendere soldi per mantenere (s'intende: pagandole persino il vestiario) una persona che non ha nulla. Poiché Marsilia non ha la dote, dovrebbe provvedere a tutto Orazio.

8. *cinghiata*: una frustata con la cintola. Si noti la inutile cattiveria, con cui il personaggio nasconde la sua indecisione e la sua inferiorità: con questo suo gesto, apparentemente di forza, in realtà egli esprime una pulsione frustrata di aggressività nei confronti del fratello e il desiderio velleitario di essere come lui.

9. *leticare*: è il solito toscanismo per "litigare".

10. *era difficile*...: è la consueta condiscendenza nei confronti del persecutore (si veda, per esempio, *La casa venduta*), qui però complicata e rafforzata dal processo di identificazione nella figura del "doppio".

11. *con i guanti rotti*...: l'identificazione col fratello induce ora Orazio a vedere la ragazza con gli occhi di lui. La scissione dell'io è tale che la personalità e l'identità del personaggio risultano del tutto inconsistenti; di qui una sorta di insicurezza organica che lo induce, in questa pagina, a oscillazioni continue di sentimenti a seconda che prevalga una parte o l'altra dell'io.

12. *un bel laccio*...: è il fermaglio rotondo in cui si inserisce il to-

vagliolo, alla fine del pranzo. Si osservi come, nell'immaginario di Orazio, la donna assuma irresistibilmente una figura materna. Nei suoi sogni a occhi aperti non c'è passionalità, ma esclusivamente rispetto e tenerezza per una donna che sembra svolgere solo funzioni parentali e che ha un'aura di sacralità («Dinanzi a lei, in casa non avrebbe bestemmiato più nessuno»). È la donna-anima, quale emerge, con forza, anche dalle lettere dell'autore alla fidanzata comprese in *Novale* (a documento del rilievo autobiografico di questo motivo).

13. *pigiano i tini*: metonimia (sineddoche) tipica del parlato toscano: in realtà si pigia con i piedi l'uva nei tini, per fare il mosto.

14. *sbuccioni*: scansafatiche.

15. *c'entrerò da me*: dentro i tini, a fare il mosto.

16. *mi metto quelli eguali ai tuoi*: non c'è solo compiacenza verso il più forte, ma anche identificazione spinta sino ad assumere lo stesso vestiario.

17. *si sarebbe ammalata*...: giacché Marsilia viene vissuta come una figura materna, è naturale che compaia ora in Orazio il senso di colpa. Accettando la posizione del fratello e identificandosi con lui, egli ha di fatto assunto come proprio il modello paterno (che, nel caso dei personaggi tozziani, implica anche prepotenza e aggressività nei confronti della donna) ma questo, in realtà, non è stato mai da lui completamente introiettato e anzi è sempre in buona misura rifiutato. Di qui le fantasie autopunitive, che nascono dal rimorso e nello stesso tempo sono destinate masochisticamente ad accrescerlo.

18. *piacere*...: si rappresenta qui, con chiara e concisa efficacia, il meccanismo masochistico. Il piacere è quello della vittima. Quest'ultima è indissolubilmente legata a un rapporto di complicità col persecutore, affascinata da lui, dalla sua stessa cattiveria, in un processo di identificazione in cui si manifesta anche la carica sadica della sua personalità.

19. *spiccicarsi*: staccare, allontanare da sé.

20. *a voltata*: la strada sale con un tornante, o «voltata», che è il punto in cui il percorso cambia direzione.

21. *chiavica*: fogna.

22. *colaticcio*: è un liquido sporco che cola a stento, restando così a lungo nel luogo in cui scorre.

23. *scialbo*: intonaco.

24. *rimbambita*: priva di senno, rimbecillita.

25. *era buono*...: anche il fratello maggiore, per quanto più forte e sicuro del minore, ha alcuni suoi stessi tratti caratteristici: qui, quello di voler apparire, anzitutto a se stesso, quello che non è. A volte, sembra esserci, fra i due fratelli, come uno scambio delle parti.

26. *vaia*: nera (l'uva restata a metà, non matura mai del tutto).

27. *dargli retta*: dargli ascolto, accettando la sua corte.

28. *raffittivano*: si infittivano.

29. *si ravversò*: termine senese: si mise in ordine.

30. *Orazio*...: è questa «l'ombra della giovinezza» di Orazio: il rimpianto, in cui si mescolano rimorso verso la donna e verso se stesso. Non essersi opposto al fratello, non averla sposata ha voluto dire rimanere «a metà» nella condizione di limbo di un'eterna adolescenza. Questa, appunto, è l'«ombra» o la «malattia» della giovinezza: non poter guarire, non riuscire a diventare adulto e maturo.

UNA SBORNIA

1. *Una sbornia*: racconto apparso in «Grande Illustrazione», 15, marzo-aprile 1915. In *Giovani* è uno dei racconti più antichi e comunque precedente a quasi tutti gli altri della raccolta (solo *Un'osteria* è di un anno prima). La scelta di chiudere il libro con questa novella, che per alcuni versi si può collegare alla precedente *L'ombra della giovinezza*, non sembra dunque casuale (d'altronde le novelle non sono disposte dall'autore secondo l'ordine temporale della loro composizione), ma dovuta a motivi tematici. Anche qui, come in *L'ombra della giovinezza*, il fallimento di un progetto matrimoniale, questa volta perché troppo tardivo. Il rapporto di contiguità fra i due racconti e la collocazione strategica data a *Una sbornia* (cui corrisponde quella di apertura conferita a *Pigionali*: cfr. la nota n. 1 a quest'ultimo racconto) hanno dunque a che fare col tema del fallimento e del carattere velleitario dei personaggi tozziani: dunque, col motivo della giovinezza che dà il titolo al volume. Si veda, su ciò, più avanti, la nota n. 23.

2. *guasti*: ammalati, cariati.

3. *rispondevano in*: davano su.

4. *testi*: termine toscano: vasi da fiori in terracotta.

5. *i Tre Moschettieri*: romanzo d'avventure (pubblicato nel 1844) dello scrittore francese Alessandro Dumas (1802-1870).

6. *frucavo*: frugavo.

7. *sdrusciavo*: strofinavo.

8. *ci tornai*: espressione popolare toscana: ci andai ad abitare.

9. *lucernina*: con luce a petrolio.

10. *ciarle:* chiacchiere malevole, pettegolezzi.

11. *agevole*: domestico.

12. *a retta*: dimora «a retta» una persona che abita in una casa altrui pagando una cifra precedentemente pattuita per l'alloggio e per il cibo.

13. *mesata*: il costo della retta mensile.

14. *anche il viso di d'Artagnan*: il viso di d'Artagnan, protagonista dei *Tre moschettieri* (v. nota n. 5), doveva essere raffigurato sulla copertina del volume.

15. *un sopraddipiù...*: da un lato, il protagonista si sente inutile e superfluo («un sopraddipiù») rispetto al fratello e alla sorella e prova nei loro confronti invidia e odio; dall'altro dichiara di amarli in modo da sentire il cuore che gli batte più forte (è la consueta traduzione dei movimenti psichici in movimenti fisiologici, costante nella narrativa tozziana). L'ambivalenza dei sentimenti nei confronti di componenti della stessa famiglia e di amici è un tratto comune di tutti i personaggi tozziani, già più volte notato.

16. *Poggibonsi*: cittadina fra Firenze e Siena.

17. *ragazzo in fasce*: neonato.

18. *mantice*: strumento che serve a produrre l'aria occorrente per il suono dell'organo (o anche dell'armonium o della fisarmonica).

19. *becero*: un uomo plebeo, rozzo, volgare. Il termine, piuttosto che appartenere al repertorio senese (come scrive L. Giannelli, art. cit.), è genericamente toscano.

20. *Libro dei sogni*: nella cultura popolare esistevano vari libri che interpretavano i sogni collegandoli con gli avvenimenti della vita o traendone presagi, numeri da giocare al lotto ecc.

21. *un piacere crudele...*: è il risvolto sadico del comportamento del protagonista. In Tozzi non si dà mai amore scompagnato dall'odio.

22. *burlare*: scherzare.

23. *Costanza...*: dopo un lungo capoverso all'indiretto libero, che esprime in prima persona le speranze del protagonista, e un bianco tipografico (raro, nei racconti di Tozzi), la nuda notizia oggettiva, in terza persona, della morte di Costanza serve a dar brusco risalto alla contraddizione fra aspettative e realtà. Il fallimento è il tema costante di queste novelle: è impossibile uscire dal velleitarismo della «giovinezza». Non è un caso che la raccolta si chiuda con questo racconto che inizia «Ora che ho quarant'anni, m'è venuta voglia di pigliar moglie». In un certo senso la novella è la continuazione della precedente *L'ombra della giovinezza*. Si potrebbe dire che Orazio è divenuto il ferroviere di *Una sbornia*, sono passati gli anni, non è più ventenne come quando era innamorato di Marsilia. Ma il destino, che gli aveva impedito di sposarsi, si ripete. Dalla giovinezza e dalla sua malattia non si può, dunque, uscire: neppure a quarant'anni. La scelta di chiudere il libro con questo racconto sembra dunque calcolata.

24. *bevere*: variante senese per "bere".

NOTE A «ALTRE NOVELLE»

IL CIUCHINO

1. *Il ciuchino*: è uno dei primi racconti risalendo, molto probabilmente, al 1908. Come sempre nei suoi primi scritti, Tozzi alterna vocaboli ed espressioni molto letterari e persino aulici a vocaboli ed espressioni del linguaggio popolare toscano. La novella racconta una vicenda di quotidiana e oggettiva crudeltà: alla cattiveria della natura e, si direbbe, delle cose stesse si aggiunge quella degli uomini che invano si affannano per costringere una ciuca ad allattare il ciuchino da lei partorito. Fra i personaggi spicca il padrone, in cui la ostentata aggressività non è che copertura di un carattere in realtà velleitario e incerto: caratteristiche comuni, d'altronde, a tutti i protagonisti delle novelle tozziane.

2. *testona*: in genere si usa l'aggettivo "testone" per definire persone insieme caparbie e stupide.

3. *se mi chiappi*: toscanismo: se mi prendi, se mi colpisci.

4. *occidua*: tramontante. È un termine di uso letterario e classicheggiante, frequente nella poesia di Carducci e di D'Annunzio.

5. *ceppi*: pezzi di tronco d'albero.

6. *trenfiava*: ansimava ("trenfiare" o "strenfiare" è termine senese).

7. *Però che*: cosicché. È una congiunzione letteraria e antiquata, presente solo nelle prime prove di Tozzi.

8. *ci confondiamo*: ci diamo da fare, perdendoci tempo.

9. *Ella...*: sembra quasi che la ciuca abbia gli stessi sentimenti di ambivalenza di tutti i personaggi tozziani, essendo divisa fra amore per il figlio e desiderio di proteggerlo, da un lato, e rifiuto

di nutrirlo dall'altro. È un esempio di maternità contraddittoria che deve aver colpito la fantasia dell'autore suscitando nel suo inconscio echi profondi per ovvie corrispondenze autobiografiche.

10. *cattive*: è un termine-chiave in Tozzi.

11. *rassettarlo*: ricucirlo, per accomodarlo.

12. *la governarono*: le dettero da mangiare, la nutrirono.

13. *la impastoieremo*: la legheremo mettendole intorno al corpo le "pastoie", funi che venivano serrate intorno alle zampe anteriori dei cavalli.

14. *vi insegno io*: il padrone ostenta sicurezza. In realtà ne sa meno dei contadini: il piglio di superiorità che assume serve solo a camuffare l'impaccio e l'incertezza.

15. *la colpì...*: si noti la gratuità della violenza. La sequenza successiva, in cui il padrone usa lo «stringinaso», è una scena di gratuita tortura.

16. *stringinaso*: è il torcinaso per cavalli, mezzo di contenimento costituito da un bastone forato all'estremità, dove passa una cinghia che viene applicata al labbro superiore dell'animale.

17. *avviticchiati*: congiunti insieme.

18. *Portate...*: il padrone impartisce ordini contraddittori: ha appena comandato di lavare la ciuca e ora ordina invece di portarla fuori.

19. *conche di limone*: grandi vasi in cui crescono piante di limone.

20. *noiata*: infastidita (toscanismo).

21. *aduste*: altro termine fortemente letterario: bruciate dal sole.

22. *zampava*: batteva con le zampe per terra.

23. *aggranchite*: rattrappite.

24. *un castrino*: l'uomo che per lavoro castra gli animali.

25. *glauco*: azzurro: «scelta lessicale di sapore prezioso», commenta L. Giannelli (art. cit. , p. 277). Cfr. note ai numeri 1, 4, 7, 21.

26. *dette un calcio...*: è un gesto di violenza gratuita, attraverso il quale si ostentano forza e virilità, coerentemente con tutto il comportamento del protagonista (cfr. sopra note n. 15 e 18).

27. *pato*: patisco (forma toscana).

28. *però che*: qui questa congiunzione (per cui cfr. sopra nota n. 7) ha il significato usuale di "giacché".

29. *stollo*: la parte superiore, emergente in alto, dell'asta di legno intorno a cui è formato il pagliaio.

30. *incerato*: tela impermeabile.

31. *nessuno...*: si noti la diffidenza reciproca. Il mondo di Tozzi è privo di cordialità e di confidenza. L'ordine del padrone è assurdo e crudele, impartito più per impulso e ripicca che per ragioni obbiettive, e i due contadini lo sanno bene. Ma entrambi tacciono dapprima, in presenza del padrone, per non contrariarlo, poi, lontani da lui, per paura ciascuno della delazione dell'altro.

32. *rapi*: invece di "rape", è il plurale di "rapo" (il maschile per il femminile nell'uso del termine è un tecnicismo senese, qui impiegato per ragioni di mimetismo).

33. *il cadavere...*: la conclusione del racconto sottolinea la fredda estraneità della natura (qui, non solo della luna ma, significativamente, anche della ciuca), aggiungendo un tocco di impassibile crudeltà.

LA MADRE

1. *La madre*: racconto scritto intorno al 1910, e pubblicato solo molti anni dopo la morte dell'autore, nel 1960 (in *Nuovi racconti*, Vallecchi, Firenze). Presenta una forte componente autobiografica (la malattia di tifo del ragazzo protagonista, la situazione familiare, la figura del padre, la morte della madre). La scena della morte della madre tornerà in *Con gli occhi chiusi*, mentre in *Bestie* e nel racconto *Un ragazzo* saranno raccontati episodi qui per la prima volta rappresentati (come quelli del temporale e della canapa). Sul piano letterario, il racconto esibisce le caratteristiche peculiari di questa stagione iniziale: il linguaggio mostra ancora tracce di una letterarietà convenzionale mentre a momenti di forte tensione espressiva ne seguono altri che rivelano una ricerca irrisolta e quasi impacciata.

2. *una trattoria...*: motivi autobiografici. Il padre dell'autore possedeva una trattoria nel centro di Siena e con i profitti che ne aveva ricavato aveva acquistato il podere di Castagneto.

3. *operanti*: braccianti a giornata.

4. *la Cattedrale...*: in effetti la cattedrale di Siena spicca sulla città ed è possibile scorgerla da tutta la campagna circostante.

5. *parevagli*: l'uso dell'enclisi, per quanto antiquato, è costante in Tozzi, anche se più evidente nella sua prima produzione.

6. *l'aspetto...*: a restare, ovviamente, è la visione delle mani: isolare il particolare dal resto e concentrarvi tutta l'attenzione è tratto costante dell'arte di Tozzi, eminentemente visionaria ed espressionista.

7. *il romanzo dell'appendice*: si tratta di un romanzo popolare pubblicato in appendice da qualche giornale.

8. *M'hai assordito*: si osservi la ritrosia del ragazzo che da un lato desidera i gesti di affetto della madre e dall'altro li respinge con atti o con parole scostanti. È la solita ambivalenza dei personaggi tozziani a cui non si sottrae neppure la madre, che sembra lesinare al figlio le sue manifestazioni di tenerezza (si rifiuta, per esempio, di leggere a voce alta per lui). D'altronde, come ha osservato E. Gioanola (*Gli occhi chiusi di Federigo Tozzi*, in *Psicanalisi, ermeneutica e letteratura*, Mursia, Milano, 1991), la madre non rappresenta un'alternativa rispetto al padre, dal momento che essa è essenzialmente donna-del-padre, in tutto dipendente da lui. Anzi, proprio l'ambivalenza dei segni che manda al figlio (affetto e incapacità di manifestarlo, amore e paura o forse segreta ostilità) determina una sorta di «doppio vincolo» che ne rende indecifrabili i messaggi, condannando comunque all'errore il figlio (che sbaglia sia che risponda al loro significato palese, sia che risponda al loro, opposto, significato occulto): si veda a questo proposito, più avanti, il racconto *La capanna* (particolarmente la nota n. 6).

9. *«Sono buono io!»*: la condizione prevalente di estraneità o distonia è vissuta dal protagonista come riprova della propria cattiveria; viceversa, il sentimento di sintonia con la natura è avvertito come un segno di bontà. La dialettica bontà/cattiveria è motivo ricorrente nella narrativa di Tozzi, e sembra di natura arcaica. La bontà è il risultato di una regressione alla condizione simbiotica, sino all'innanzi-nascita, e coincide con la felicità; la cattiveria sembra corrispondere alla fine di quella condizione e appartenere perciò all'età adulta.

10. *le lacrime...*: un istante prima aveva provato «una grande allegrezza». Abbiamo già incontrato molte volte questa volubilità di umori e questa incostanza emotiva dei personaggi tozziani.

11. *non l'udì*: il particolare acquista un rilievo simbolico. Tra figlio e madre s'insinua la distanza di un vuoto: anche fra loro non c'è una intesa profonda, una confidente cordialità.

12. *E la campagna...*: la descrizione della campagna procede per accumulazione paratattica, con quella tecnica per aggregazione successiva di particolari di cui parla S. Maxia *(Uomini e bestie nella narrativa di Federigo Tozzi*, Liviana, Padova, 1972).

13. *mi sporcherai*: il figlio cerca sempre di ferire in qualche modo la madre (cfr. sopra nota n. 8).

14. *le mani della madre...*: le mani della madre e poi di ogni altra donna hanno un forte valore simbolico nell'opera di Tozzi. Non è certo un caso che spesso il protagonista maschile non riesca a sostenere lo sguardo di una donna e neppure a guardarla in viso e allora cerchi sollievo concentrando la sua attenzione sulle mani, che, riconducendo l'immagine femminile alla cura parentale, esorcizzano la minaccia della sua sessualità (cfr., per questo aspetto, R. Luperini, *«Novale»: gli occhi, le mani, il romanzo*, in AA. VV., *Per Tozzi*, cit.).

15. *però che*: perché (l'uso di questa congiunzione, già incontrata in *Il ciuchino*, è limitato alle prove di esordio).

16. *acido fenico*: o fenolo, viene usato, in soluzione, come disinfettante.

17. *sublimato*: è il bicloruro di mercurio al massimo grado di ossidazione, usato in medicina.

18. *di subito*: di colpo.

19. *subita*: improvvisa. Questo termine (come la precedente espressione avverbiale «di subito» – v. nota 18 –) ha un forte sapore letterario.

20. *i groviglioli*: i grovigli dei tralci.

21. *poggi del Chianti*: le colline del Chianti occupano la zona a nord-est della provincia di Siena.

22. *dispensiera*: donna incaricata di curare la dispensa.

23. *simile ad una fessura...*: si noti il carattere improprio della similitudine, che in realtà viene ad assumere la funzione di una metafora inusuale e ardita e risulta perciò tanto più efficace. Anche l'episodio degli amori del padre con la serva è autobiografico.

24. *pampani*: foglie delle viti ("pampani" per "pampini" è termine senese).

25. *pareva che la luna...*: è evidente, nelle immagini e nel linguaggio (particolarmente negli aggettivi), l'influenza di D'Annunzio, con echi dal *Poema paradisiaco* e dall'*Alcione* (soprattutto da *La sera fiesolana*).

26. *senza nessuno scopo*: senza nessuno scopo cosciente, ma con uno scopo inconscio: quello di sottoporre a prova l'amore materno, di cui il soggetto di continuo dubita (e, per certi versi, non può non dubitare: cfr. sopra nota n. 8). Una situazione non diversa (anche se l'interlocutore è in questo caso un amico, non la madre) si ha anche nel racconto *La mia amicizia*, riportato più avanti.

27. *E sognò...*: il ricorso al sogno è frequente in Tozzi: non casualmente, dato il carattere onirico e visionario della sua arte. Qui la simbologia del sogno è assai trasparente e riconduce alla situazione familiare: da un lato una figura maschile (il padre) che provoca col fuoco (simbolo di passione incontenibile, di violenza e di devastazione) trafitte di dolore al giovane protagonista, dall'altro una madre che consola con parole incomprensibili (cfr., di nuovo, la nota n. 8) e che quindi risulta impari rispetto al compito di dare affetto e protezione al figlio, il quale viene perciò travolto da un desiderio di autodistruzione. Più generico, anche se coerente con la tesi di fondo della sua interpretazione della sofferenza psicologica di Tozzi in chiave pre-edipica, il commento di Gioanola (art. cit.) per cui è fondamentale la presenza nel sogno dell'altro, il nemico, il persecutore: «non i fantasmi edipici ma quelli più arcaici dell'invidia e della gelosia (in senso kleiniano) evocano la presenza del nemico, del persecutore».

28. *alle lezioni di un prete*: altro particolare autobiografico. Nel 1895 l'autore, espulso dalla scuola, fu mandato, per interessamento della madre, a seguire le lezioni private di un sacerdote.

29. *la vita triviale...*: la coscienza della volgarità della vita del marito aveva ripreso la madre.

30. *la Beatrice Cenci...*: si sa che da ragazzo Tozzi aveva letto una *Beatrice Cenci* illustrata, probabilmente il romanzo di Francesco Domenico Guerrazzi uscito nel 1854 (ma la storia della nobile romana Beatrice Cenci, condannata a morte dal governo pontificio e decapitata a ventidue anni nel 1599 per avere ucciso il padre, violento e dissoluto, e considerata dal popolo vittima

innocente degli orrori della famiglia e della decisione del ponte-
fice Clemente VIII, è stata oggetto di una letteratura vastissima
che comprende anche Stendhal e Dumas padre). Quanto alla
Storia Universale, ne esistevano diverse a diffusione anche popolare.

31. *ne rise...*: si notino l'assenza di delicatezza e la volgarità del-
l'uomo, di cui poco sopra si erano menzionate le grida e le bestemmie.

32. *soffietto da zolfo*: piccolo mantice che serviva per dare il sol-
fato di rame alle viti come antiparassitario.

33. *lo brontolò*: lo rimproverò (toscanismo).

34. *prendere di nascosto...*: la tendenza alla trasgressione, con le
punizioni e i rimproveri che comporta, fa parte del quadro masochistico di questa psicologia adolescenziale e del suo complesso rapporto coi genitori (desiderio di attrarne l'attenzione attraverso gesti di sfida e reale dipendenza e subordinazione).

35. *gremigna*: desueto per "gramigna", un tipo di erba.

36. *litanie*: invocazioni liturgiche pronunciate in coro.

37. *maciullare*: gramolare, cioè separare le fibre legnose da
quelle utilizzabili per la filatura battendo la pianta della canapa.

38. *non toccò la canape*: non la riportò dal suo legittimo proprietario.

39. *vanagloriare*: ostentare, gloriandosene.

40. *romaiolo*: alla fine dell'Ottocento e all'inizio del nuovo secolo "romaiolo" e "ramaiolo" erano forme egualmente usate
dello stesso termine. Sono entrambe attestate in Tozzi.

41. *i mestoli di legno...*: a quanto pare, i manici dei mestoli erano
appesi, con la loro parte superiore ricurva, ai buchi di un cano-
vaccio usato per asciugare le stoviglie dopo averle lavate.

42. *sdrusciavano*: sfioravano.

43. *letto parato*: è un letto «che ha sopra e d'intorno tende e or-
namenti» (Petrocchi).

44. *Rosia*: paese a sud-ovest di Siena, verso Roccastrada e Massa
Marittima.

45. *onde*: per cui. È un termine letterario e antiquato che scom-
parirà nei racconti successivi.

46. *il quale*...: l'espressione è citata da L. Giannelli (art. cit.) come esempio di «rimando arcaizzante operato mediante l'adozione di forme pronominali desuete o comunque non correnti».

47. *Questionava*: litigava.

48. *Tiburzi*: è il più famoso rappresentante del brigantaggio maremmano nella seconda metà dell'Ottocento. Circolava la leggenda che si facesse ben volere dai contadini proteggendoli dalle angherie della classe dominante, anche se studi recenti hanno mostrato che in realtà godeva della protezione delle famiglie più ricche che si servivano di lui per mantenere l'ordine sociale nelle campagne.

49. *Che bella vita*...: dopo un episodio di onirismo (vedi sopra nota n. 26), ecco un sogno a occhi aperti. In esso la contraddizione fra desiderio di trasgressione e desiderio di essere amato e accettato come un ragazzo buono viene risolta cosicché bontà e cattiveria finalmente possono diventare una cosa sola: da un lato, diventando il capo dei briganti, Vittorio potrebbe realizzare il desiderio di essere potente e cattivo come il padre, di disobbedire alle leggi, di comandare e di imporsi; dall'altro, potrebbe fare del bene agli altri sino a farli «piangere per la sua bontà» e così corrispondere alla richiesta, rivoltagli dai genitori e soprattutto dalla madre, di essere un ragazzo buono.

50. *la donna*: la serva.

51. *quasi correndo*...: l'episodio è narrato anche in *Con gli occhi chiusi*, ma in questo romanzo è uno sguattero ad andare a cercare il padrone. Poi «tornarono ambedue quasi correndo» (*Opere*, cit., p. 61). Osserva G. Tellini (*La tela di fumo. Saggio su Tozzi novelliere*, Nistri-Lischi, Pisa, 1972) che, mentre in *Con gli occhi chiusi* la scena della morte si svolge «attraverso la mutazione continua del piano prospettico, volta per volta registrato con rapide variazioni dell'angolo visuale ora dell'uno ora dell'altro personaggio», nella novella «la prospettiva dell'episodio è colta dall'angolo visuale del figlio (...), e il racconto coincide appunto con la presa di coscienza, estranea e quasi esterrefatta, del giovane».

52. *il segno dell'infinito*: si noti la convenzionalità letteraria della conclusione che contrasta col ritmo brusco e concitato, fortemente espressivo, delle pagine precedenti. Si sente che la ricerca di Tozzi è ancora agli inizi.

IL PADRE

1. *Il padre*: racconto probabilmente scritto fra il 1908 e il 1911 e sicuramente prima del 1914 (come attestato da una annotazione di Emma sull'autografo). Che appartenga al periodo degli esordi è provato dall'uso di un linguaggio ancora letterario e talora arcaizzante, più tardi perlopiù abbandonato. Come il precedente *La madre* è ricco di riferimenti autobiografici. *La madre* e *Il padre* sono una sorta di incunabolo dell'arte tozziana, un crogiuolo di motivi esistenziali da cui nasceranno alcuni dei romanzi (*Con gli occhi chiusi* e *Il podere*) e dei racconti (*Un giovane, Vita, La capanna,* per esempio) più significativi di Tozzi.

2. *ventosa*: "ventosa" o "bossola" sono termini senesi equivalenti: indicano una «porta o controporta con rivestitura di panno imbottito e con vetro ovale», secondo il *Vocabolario senese* di U. Cagliaritano (ma qui il vetro è assente, mentre comparirà in un'altra «ventosa» di cui si parlerà più avanti, vedi nota n. 11).

3. *sale signorili*: quelle dei padroni di casa.

4. *matrigna a Pietro*: l'uso della preposizione "a" invece di "di" fa parte del parlato toscano. Si tratta di un dato autobiografico. Quando l'autore aveva diciassette anni, il padre passò a seconde nozze (la prima moglie era morta cinque anni prima: cfr. il precedente racconto *La madre*).

5. *al principe*: l'ironia è rivolta contro il figlio che a tavola si è posto a leggere per mascherare l'imbarazzo e l'ansia che la sola presenza del padre suscita in lui.

6. *entrava*: nella stanza da pranzo.

7. *Onde*: perciò (congiunzione arcaica presente solo nei racconti giovanili).

8. *al passeggio pubblico*: nel corso principale, in cui la gente va a passeggiare nel tardo pomeriggio o sul far della sera.

9. *incerata*: impermeabilizzata.

10. *pugno massiccio...*: il pugno, il grosso anello d'oro, l'occhiata torbida al figlio sono segni di un potere violento e grossolano. Il padre non è rappresentato e descritto a tutto tondo, ma colto in alcuni particolari isolati dal resto e per questo resi più minacciosi. Questa tecnica espressionista tornerà anche nella parte conclusiva del racconto.

11. *un'altra ventosa*: cfr. sopra nota n. 2.

12. *i suoi sguardi accesero...*: altro particolare autobiografico, che torna anche in *Il podere*. Il padre dell'autore, una volta sposatosi in seconde nozze, ebbe per amante, sino alla morte, una sua dipendente.

13. *il dominio della degenerata*: l'intervento moralistico dell'autore non è frequente nelle novelle. Qui rivela anche troppo scopertamente la matrice autobiografica del racconto.

14. *con una voce dura...*: l'arroganza nei confronti del figlio è come una prova di forza e di virilità offerta in modo ostentato all'amante.

15. *ti confonderai*: perderai tempo.

16. *adamantìno*: duro e tagliente come un diamante. L'aggettivo ha un forte sapore letterario (è spesso presente, per esempio, in Carducci).

17. *Non vedeva di lui...*: si noti la visione scorciata della scena rappresentata dal punto di vista della vittima. Anche qui viene isolato espressionisticamente un particolare (il cranio del padre, dietro al quale appare il lume a petrolio).

18. *con la bocca aperta...*: altri particolari isolanti con violenza singoli dettagli. La tecnica della "zumata" (con cui si pone in primo piano un particolare isolato dal contesto), prima di passare all'arte cinematografica, era stata largamente usata nella narrativa espressionistica. Cfr. sopra note n. 10 e n. 17.

LA SCUOLA D'ANATOMIA

1. *La scuola di anatomia*: racconto scritto il 6 giugno 1914, come risulta da una nota d'autore sul dattiloscritto, e pubblicato per la prima volta sulla rivista di Milano «Il primato artistico italiano», 2 novembre 1919. Per alcuni aspetti, e particolarmente per il finale, la novella si avvicina al genere fantastico (d'altronde Tozzi è stato un lettore di Poe).

2. *fo*: toscanismo per "faccio".

3. *è una debolezza...*: in questa prima pagina incontriamo i consueti tratti caratterizzanti dei protagonisti tozziani: l'inettitudine, l'incertezza, il desiderio di essere riconosciuti, la condiscendenza verso gli altri.

4. *il cantiniere*: l'addetto alla cantina.

5. *mica*: avverbio rafforzativo della negazione implicante l'esclusione dell'ipotesi contraria.

6. *Io che, entrando...*: si noti l'anacoluto.

7. *all'Accademia in Piazza S. Marco*: a Firenze.

8. *la mia cassetta*: la cassetta dei colori.

9. *alla scuola*: motivo autobiografico: in effetti Tozzi, da ragazzo, aveva frequentato un Istituto di Belle Arti.

10. *mi credesse cattivo*: si ricordi che poco sopra il sentimento di amicizia e di cordialità che il protagonista avverte nei confronti del cameriere si accompagnava alla sensazione di essere «buono come lui». Ora che crede di vedere in lui una «mancanza di fiducia», pensa di essere considerato cattivo. Di nuovo, come in *La madre* (cfr. nota n. 9), la sintonia è associata alla bontà, la distonia alla cattiveria.

11. *scettico*: diffidente.

12. *gli avesse fatto caso*: avesse attirato la sua attenzione.

13. *Un raccapriccio folle...*: è l'orrore, che introduce a una tematica propria del racconto fantastico alla Poe. L'interesse di Modesto per le lezioni di anatomia e la sua stessa rispettosa amicizia per il protagonista che le frequenta vengono così a essere paradossalmente spiegati, come segnali rivelanti una sorta di misterioso presentimento.

PAROLE DI UN MORTO

1. *Parole di un morto*: novella scritta nell'estate 1916 e pubblicata postuma in «Cronache d'attualità», gennaio 1921. Come la precedente *La scuola di anatomia*, e àncor più di questa, rientra nel genere fantastico. Il punto di vista narrativo è quello di un morto che parla da dentro la bara.

2. *Celestina*: è il nome di uno dei due figli.

3. *Lorenza*: è la nuora (moglie del figlio Luigi).

4. *inventata*: l'aver vissuto è cosa così remota che sembra il frutto di un'invenzione.

5. *non c'è niente...*: il punto di vista adottato è anche il risultato di un processo di identificazione in cui si manifesta una carica autodistruttiva e masochista presente in molti altri racconti; e

questa si accompagna sempre al suo impulso speculare, quello sadico e distruttivo.

6. *le mie sensazioni*...: la sintonia col mondo e con un'altra persona è sempre vissuta da Tozzi in modo totalizzante e simbiotico. Cfr. *La madre*, nota n. 9.

7. *lionata*: fulva.

8. *Ecco*...: il particolare orroroso rientra nelle caratteristiche del genere fantastico.

UN'ALLUCINAZIONE

1. *Un'allucinazione*: racconto scritto probabilmente intorno al 1916-17. Restato inedito, fu pubblicato per la prima volta solo nel 1938 su «Campo di Marte», 4, 15 settembre 1938, col titolo *L'immagine*. Il titolo originario, qui ripristinato, indica un tema e un modo rappresentativo addirittura topici in Tozzi. Il racconto può essere letto come un'allegoria narrativa di un processo psicologico: quello che porta alla rimozione dell'allucinazione, cioè qui dell'«anima», del mondo pulsionale e fantastico, e alla vittoria della civiltà e della repressione sociale, con la conseguente grave forma di depressione ansiosa (o «intensa prostrazione»).

2. *Tutta la notte*...: il racconto inizia con una frase nominale, cui segue una similitudine che invece di chiarire introduce un'atmosfera misteriosa di attesa preludente alla comparsa dell'allucinazione.

3. *E ogni*...: altro esempio dello stile paratattico largamente predominante nella narrativa tozziana, qui fondato sull'allineamento di una serie di sensazioni acustiche congiunte dapprima da una «e», quindi da «poi», infine da «e poi».

4. *troppo*: troppo significato.

5. *La sua moglie*...: motivo autobiografico. Probabilmente ci si riferisce alla separazione fra Federigo e la moglie nella prima metà del 1916.

6. *Soffriva*...: si delinea qui la situazione psicologica della novella: il legame con la moglie è sentito come un dovere e, insieme, vissuto come un recinto di ingenuità, di purezza e di bontà, che protegge e allontana dalla vita vera, aperta, adulta, e dunque cattiva. Si conferma qui che la dialettica bontà/cattive-

ria è equivalente a quella infanzia (o, tozzianamente, «giovinezza»)/età adulta. Obbedendo alla moglie (fra l'altro, le scrive un giorno sì e uno no, «come aveva voluto lei»), si sente sereno confermandosi nel ruolo di ragazzo buono; ma intanto la tentazione della vita assume le forme della trasgressione e della cattiveria.

7. *Perché non aveva...*: le quattro domande prospettano un'alternativa: il primo gruppo di due esprime la tentazione della "cattiveria" (che significativamente si realizzerebbe nel tradire la moglie o nella trasgressione del gioco), il secondo gruppo (comprendente la terza e la quarta domanda) l'opportunità di continuare a meritarsi il rispetto e la credibilità degli altri respingendo quella tentazione.

8. *a uno specchio della sua giovinezza...*: l'allucinazione della giovane si contrappone al mondo della moglie-madre, al mondo del dovere e della rispettabilità (vedi sopra nota n. 7). La giovine è il «simbolo» della giovinezza come forza, passione, fantasia, capacità di vivere le pulsioni: è la «donna-anima» nel senso junghiano (cfr. O. Cecchi, *I racconti*, in AA. VV. , *Per Tozzi*, cit.) che si oppone alla donna-dovere, alla donna-legge.

9. *Se la moglie avesse indovinato...*: l'opposizione moglie-giovine è qui esplicita. La figura della moglie è quella di un divieto («avrebbe potuto proibirgli»). Per alleviare il senso di colpa che comporta la trasgressione al suo ordine, il protagonista cerca di ridimensionare il ruolo della giovine, riconducendolo a quello di sorella, vale a dire a quello di una complice infantile (ed egualmente soggetta al potere della madre), e non riconoscendole quello effettivo (almeno a livello fantasmatico) di rivale. La «prostrazione», cioè la depressione, nasce sia dal senso di colpa, sia dalla sensazione dell'impossibilità di sfuggire al potere repressivo della donna-madre.

10. *stremenzita*: desueto per "striminzita" (stentata).

11. *sotterrata...*: l'uccisione della donna-anima, come si sa, è un passaggio obbligato di ogni nevrosi depressiva: segna la fine delle libere pulsioni e il dominio assoluto della legge repressiva, del dovere, delle norme della coazione sociale (laddove, in un equilibrio più maturo, il principio di realtà dovrebbe poter convivere col principio di piacere e dunque col mondo pulsionale). In fondo la novella allegorizza in forma narrativa un processo psicologico. La forza e l'intensità del risultato artistico stanno nell'evocazione di una serie di simboli e di miti: il sotterramento della giovine evoca il sotterramento e lo sprofondamento del-

l'«anima» nella profondità dell'inconscio, mentre il casamento di periferia, con la sua «gente viva» e con la sua vita sociale, che funge quasi da coperchio sepolcrale, sembra un'immagine della civiltà e del suo freudiano «disagio».

GLI OROLOGI

1. *Gli orologi*: racconto pubblicato per la prima volta su «Novella», 8 settembre 1919. Si differenzia dalla maggior parte degli altri racconti per l'assenza di azione e di una vera e propria vicenda (è vero che la trama ha sempre scarsa importanza per l'autore, ma qui è del tutto assente). Manca anche il tema della violenza e della crudeltà, col conseguente espressionismo stilistico e linguistico. Alla minore violenza espressiva corrisponde una problematica meno convulsa, più intima ed esistenziale. Niente fatti, ma una stratificazione successiva di sensazioni. L'intensità è raggiunta puntando sull'accumulo, linguistico e tematico, di motivi dimessi, grigi, atonali e sul loro valore simbolico. Quell'accumulo, infatti, coincide con quello del tempo scandito dagli orologi, con una sovrapposizione perfetta, nel ritmo musicale di un "pianissimo", fra tempo del racconto e tempo della storia e con una corrispondenza fra la vita ripetitiva del protagonista e quella battuta dai pendoli, sino alla finale, contemporanea interruzione della vita dell'uomo e di quella dei suoi strumenti che cessano, alla sua morte, di segnare le ore. Vero protagonista è il tempo, che porta con sé la dissoluzione e la morte. Né manca, per quanto molto sfumata e appena percettibile, un'eco da racconto fantastico, cui d'altronde il tema degli orologi tradizionalmente si collega.

2. *come se avessero...*: si noti l'antropomorfizzazione degli orologi, cui corrisponde, inversamente, il ritmo abitudinario, preciso e ripetitivo – da orologio, appunto – della vita del protagonista, con un interscambio simbolico fra l'uomo e i suoi oggetti che risulta estremamente significativo ai fini artistici del racconto. Agli orologi vengono attribuiti sentimenti e intenzioni umani: più avanti si dice, a proposito degli altri tre orologi del salotto, che «pareva che avessero paura di quello».

3. *e ciascuna vuole...*: anche qui gli oggetti vengono animati e le case quasi antropomorfizzate: il paesaggio di Siena acquista un dinamismo che può far pensare alla coeva pittura cubista.

4. *una mostra*: una insegna.

5. *al limonaio che...*: un accumulo di particolari giustapposti paratatticamente (d'altronde la scrittura di Tozzi ignora la ipotassi) e separati, attraverso il consueto anomalo uso del punto e virgola, in serie suddivise in membri di eguale lunghezza, disegna la figura di questo personaggio che sembra misteriosamente legato al destino del protagonista. D'altronde il narratore appare sempre irresistibilmente attratto da storpi, gobbi, matti, ubriachi: il suo è un universo stravolto, ossessivamente popolato da mostri.

6. *bevere*: toscanismo per "bere".

7. *torre germinata*: la torre del Mangia che sembra rampollare dalle case di Siena, nascere dai tetti della città.

8. *pensava di dover morire presto*: ecco introdotto, insieme, il motivo della morte e del tempo. Gli orologi, in questo racconto, scandiscono il tempo che resta da vivere, dunque annunciano la morte.

9. *si ricordava...*: il protagonista, davanti agli orologi, misura il passato e il futuro; per questo avverte la vecchiaia e l'incombere della morte, e ha paura degli orologi («non osando più guardare i suoi orologi»). Gli orologi sono padroni della sua vita, perché il tempo e la morte dominano ormai la sua esistenza (cfr. sopra nota n. 8). L'ambivalenza che in genere i personaggi tozziani hanno nei confronti dei loro simili qui il protagonista mostra nei confronti dei suoi orologi, che ama ossessivamente e nello stesso tempo odia, avvertendone il potere tirannico.

10. *lo scialbo*: l'intonaco.

11. *disperazione melanconica*: è questa, in effetti, la cifra tematica del racconto. La disperazione non vi assume i tratti esasperati o drammatici presenti nelle altre novelle, ma una tonalità triste e malinconica, quella che nasce dalla percezione dello scorrere del tempo e dal senso della caducità.

12. *rimpettito*: pettoruto, diritto.

13. *ventava*: sventolava.

14. *smettere*: smettere di pensarci.

15. *pareva un altro morto*: qui la corrispondenza fra l'uomo e gli orologi è esplicita.

16. *quel rivendugliolo*: il pronome ostensivo è proprio del parlato, cui rinvia anche il sostantivo che indica il rivenditore al minuto di oggetti usati.

17. *Il limonaio*...: uno stesso misterioso destino unisce dunque gli orologi che finiscono nel negozio del «rivendugliolo», il limonaio che non esce più dal manicomio e il protagonista portato al camposanto. Il disfacimento e la morte, prima sottesi e come impliciti in ogni piega del racconto, emergono ora in primo piano e tappano tutto l'orizzonte.

LA COGNATA

1. *La cognata*: racconto pubblicato per la prima volta su «Ardita», 9, 15 novembre 1919. È la storia di due ossessioni incrociate, quelle di David e della cognata Bice, spinte sino a un delirio di persecuzione reciproca che non lascia scampo e che può concludersi solo con l'annientamento di entrambi. Il tema della persecuzione – che, nelle rispettive visioni soggettive, trasforma sia l'offensore che la vittima in mostri – sembra traduzione narrativa di un mondo fantasmatico arcaico, dove la salvezza dell'io è possibile solo attraverso la distruzione dell'altro, in un'alternativa senza vie d'uscita fra uccidere o essere uccisi.

2. *in Via dei Rossi*: nel centro di Siena; qui il padre dell'autore gestiva la trattoria di sua proprietà.

3. *brontolasse*: rimproverasse.

4. *lo pestava*: gli andava sopra coi piedi, calpestandogli (come si deduce dal contesto) soprattutto le mani. "Pestare" per calpestare è di uso frequente in Toscana.

5. *la faceva infuriare*: l'amore si converte sempre, immediatamente, in odio, in un'alternanza e compresenza, costanti nei personaggi tozziani, che sembrano rinviare a una condizione arcaica, pre-edipica addirittura (secondo la interpretazione di E. Gioanola nel suo saggio tozziano compreso in *Psicanalisi, ermeneutica e letteratura*, cit.).

6. *non poteva mai guardarla*...: su questo motivo (l'impossibilità di guardare negli occhi) abbiamo già avuto modo di richiamare l'attenzione nel commento a un'altra novella, *La madre*, nota n. 14.

7. *avventarglisi addosso*...: ancora amore e odio, strettamente congiunti: cfr. sopra nota n. 5.

8. *lo stesso*: pure lui, egualmente.

9. *pianelle*: calzature da casa, che coprono solo la parte anteriore del piede sino al collo, lasciando scoperto il calcagno.

10. *sfigurita*: con i lineamenenti mutati, sfigurata.

11. *birignoccolute*: toscanismo: piene di bernoccoli.

12. *bòmbero*: cappello a bombetta (termine senese).

13. *a pinzo*: a punta.

14. *impicciarsi*: occuparsi.

15. *attraventargli*: scaraventargli contro (termine senese).

16. *girellare*: andare di qua e di là, oziando.

17. *Rappacifichito*: rappacificato.

18. *Anche lei andava al cimitero...*: il capoverso è tutto un susseguirsi di interrogative e di esclamative che esprimono, con estrema immediatezza, attraverso l'indiretto libero, i pensieri ossessivi di Bice. L'indiretto libero viene usato da Tozzi proprio per rendere, in un modo quanto mai immediato, dall'interno, le sensazioni dei suoi personaggi.

19. *David, intanto...*: tutto questo capoverso è speculare al precedente, commentato alla nota n. 18: esprime l'ossessione di David, mentre quello i pensieri di Bice. Qui però senza ricorso all'indiretto libero: è il narratore oggettivo che osserva e commenta. La giustapposizione dei due capoversi speculari rende bene l'intreccio di ossessioni su cui è costruito il racconto.

20. *sgorbia*: scalpello per intagliare (è uno strumento di lavoro dei falegnami).

21. *svenire*: nel racconto *La vendetta* si legge: «sono stato sul punto di commettere il delitto, quasi provando il principio di uno svenimento, che mi avrebbe dato giusto il tempo di agire» (F. Tozzi, *Le novelle*, vol. II, Vallecchi, Firenze, 1963, p. 783). La consueta attenzione ai moti fisiologici, in cui immediatamente si traducono quelli psichici, coglie il momento in cui la pulsione di uccidere (per cui cfr. sopra nota n. 1) può realizzarsi attraverso la caduta della coscienza e della conseguente censura morale.

22. *arrivarla*: raggiungerla. L'uso transitivo del verbo è un toscanismo.

23. *pareva gli venisse addosso*: si noti che la scena non è vista dall'esterno, ma dall'interno, assumendo i tratti allucinati di un incubo. L'espressionismo di Tozzi sembra un'immediata resa stili-

stica di una condizione psicologica che non conosce le mediazioni di un io adulto e maturo, ma solo la reattività elementare e arcaica della regressione a una situazione primitiva.

LA MIA AMICIZIA

1. *La mia amicizia*: racconto pubblicato per la prima volta in «Noi e il mondo», 3, 1° marzo 1919 e una seconda volta in *Il Raccontanovelle*, Vitagliano, Milano, 1920, con varianti che molto probabilmente (ma non sicuramente) sono d'autore (alcune sono riportate da Glauco Tozzi nella ed. cit. delle *Novelle*, vol. II, p. 1019). Seguendo le indicazioni di Glauco, si riporta qui comunque l'edizione del 1920. Nella novella si racconta, in prima persona, la storia di una psicosi, di come può nascere e di come può concludersi. La genesi della pazzia è ricondotta a una situazione che può ricordare quella di Vittorio nei confronti della madre (nel racconto *La madre*) e che ora si ripete nei confronti di un amico: come Vittorio sottoponeva di continuo la madre a prove di amore e il suo bisogno di affetto restava ogni volta deluso, così ora il protagonista sottopone Guglielmo a una sorta di ricatto: se sei mio amico e mi vuoi bene, devi farmi vivere a casa tua. Appare abbastanza chiara la natura arcaica di siffatto comportamento, in cui emerge significativamente un bisogno di relazioni simbiotiche e totalizzanti e sparisce il confine fra io e altro-da-sé (fra l'altro la casa è una proiezione dell'io e, a questo livello, è persino naturale che il soggetto senta come propria la dimora di un amico, vissuto – già si è visto in altri racconti – come un "doppio" di sé). Il ritorno dell'arcaico è riscontrabile anche nella soluzione finale: la separazione dagli altri, la chiusura in una «dolce idiozia», che ha reciso ogni legame col mondo esterno, e il rifugio in un universo autistico fatto di sogni fissano la regressione a una fase del tutto primitiva.

2. *esposizione per il cinquantenario di Roma*: forse si tratta dei preparativi per la celebrazione del cinquantenario di Roma capitale, avvenuta nel 1920.

3. *Ora si starà a vedere...*: è evidente l'intenzione di sottoporre l'amico a una sorta di prova d'amore. E, al solito, l'amore che il soggetto dice di provare per Guglielmo può rapidamente rovesciarsi nel suo contrario, nel rancore e nella vendetta.

4. *una prova*: cfr. sopra nota n. 3.

5. *nessuna differenza fra me e lui*: è l'atteggiamento simbiotico e

arcaico in cui non si dà distinzione fra io e non-io (cfr. sopra nota n. 1).

6. *io non mi credevo più nulla*: proprio perché il protagonista è rimasto in una condizione primitiva, senza giungere a un' identità individuale, e perciò non sono chiari i confini del suo io, la prova di amicizia a cui viene sottoposto Guglielmo è da lui vissuta come decisiva per la sua stessa sopravvivenza. Guglielmo, infatti, fa parte del suo stesso io.

7. *la possibilità di concepirmi*: il fallimento della prova ha determinato l'annientamento dell'io come soggetto vivente, e cioè attivamente e pragmaticamente impegnato nel mondo. Al protagonista non resta che stare chiuso in casa come lo era stato, prima della nascita, nel grembo materno, senza avventurarsi in un mondo esterno (il mondo di Guglielmo) sentito come realtà ostile e addirittura pericolosa per la stessa sopravvivenza fisica del soggetto. Solo così egli può salvare almeno la possibilità di concepire se stesso, di percepirsi, cioè, almeno come mera esistenza.

8. *l'idiozia è una cosa dolce*: l'idiozia è vissuta come difesa e rifugio, come interruzione di ogni comunicazione con l'esterno, e dunque come salvezza raggiunta attraverso la regressione alla dolcezza del mondo prenatale.

9. *credo alla mia esistenza...*: la conclusione della novella, che è anzitutto storia di una psicosi, è, dal punto di vista psichico, persino rigorosa: dopo il fallimento traumatico del rapporto con la realtà e l'annientamento dell'io che ne è derivato, la stessa possibilità del soggetto di percepirsi si può realizzare solo in un mondo fantasmatico e arcaico che precede quello reale e addirittura ne prescinde.

LA CAPANNA

1. *La capanna*: racconto pubblicato in «Il mondo», 52, 28 dicembre 1919. Come *Vita* e *Il padre*, ai quali tematicamente si collega, ha una chiara matrice autobiografica. La violenza e la grossolanità del padre-padrone, il rapporto di subordinazione-rivalità, odio-amore, differenziazione-identificazione del figlio nei confronti del padre, l'evanescenza della figura materna incapace di contrapporsi al genitore e di rappresentare un'alternativa affettiva per il figlio (per cui cfr. anche *La madre*), non sono temi nuovi, e si ritrovano non solo in queste novelle ma anche nel ro-

manzo *Con gli occhi chiusi*. Nuovo è l'accento posto qui sullo sforzo di identificazione nella figura paterna, che giunge alla ripetizione di gesti e di comportamenti, sino a sostituirla nell'amore per la stessa donna, nello stesso luogo (la capanna che dà il titolo al racconto) e di nascosto rispetto alla stessa persona (Raffaella, moglie di Spartaco e madre di Alberto). Se quella del padre è una figura castrante (come bene ha mostrato G. Debenedetti, a proposito di *Con gli occhi chiusi*), la sfida del figlio consiste nell'eluderne il divieto. Ma è una sfida solo apparentemente vittoriosa: vera vittoria sarebbe infatti realizzarsi in piena autonomia dal modello paterno. In realtà Alberto, disobbedendo a Spartaco, ancora una volta gli obbedisce, uniformandosi al suo comportamento.

2. *A quindici anni...*: il ritratto di Alberto delinea una figura che è l'opposto di quella del padre: quanto questi è forte, virile, aggressivo (il suo soprannone è Rampino, «perché camminava come se avesse gli artigli», si legge più avanti), tanto egli è delicato e quasi femmineo (ha «la bocca e le dita di bambina»). Tuttavia egli pensa «cose cattive», già tende, cioè, a imitare il padre.

3. *scatti di gatto*: l'animalizzazione è un dato costante della ritrattistica tozziana. Poco prima, di Alberto si era detto che aveva «il pelame di un topo». In questo suo essere, insieme, gatto e topo è già il destino del personaggio, condannato alla contraddizione e all'ambivalenza di un ruolo ambiguo, di vittima e, nel contempo, di persecutore, soggetto alla violenza del padre e suo imitatore.

4. *non veniva il verso*: non c'era verso, non c'era modo.

5. *spaventata*: come in altri racconti (vedi, per esempio, *Vita*) il figlio prende le parti della madre, ma non per questo la donna acquista un'autonomia dal marito e si presenta come un'alternativa affettiva. Anzi, ella appare del tutto subordinata all'uomo e dipendente da lui. Di fronte alla reazione del ragazzo, Raffaella appare solo «spaventata», collaborando così a rafforzare il potere dell'immagine paterna.

6. *che fosse buono e si cambiasse*: che cambiasse modo di fare, diventando buono. Dunque il figlio, ribellandosi al padre e prendendo le parti della madre, compie un'infrazione grave che è segno di cattiveria. Comunque Alberto si comporti, sbaglia: se si comporta come il padre, è cattivo; ma lo è anche se gli disobbedisce. La situazione è quella del "doppio legame" su cui ha richiamato l'attenzione E. Gioanola (art. cit.), e di fatto condanna il figlio alla passività e all'inerzia.

7. *al meno tu*: questa aggiunta («al meno tu») stabilisce un implicito confronto fra figlio e padre, sottintendendo la cattiveria del secondo e un invito al primo perché sia buono e dunque non somigli al genitore. Tuttavia non somigliare al padre di fatto comporta un atto di disobbedienza o di critica nei suoi confronti e dunque, anche in questo caso, di cattiveria: la situazione di Alberto è perciò senza via d'uscita. Si aggiunga inoltre che la frase della madre può avere solo il risultato di scongiurare l'identificazione nel modello paterno e di bloccare la crescita del ragazzo (cui, attraverso l'introiezione del senso di colpa, ella vieta, sostanzialmente, di diventare adulto, duplicando, per così dire, l'effetto castrante del marito).

8. *Alberto e Spartaco...*: padre e figlio dunque sono uniti nella comune "cattiveria". In un certo senso questa è già un'anticipazione della identificazione conclusiva.

9. *le voci dei genitori...*: in realtà, dunque, la liberazione dal padre e dalla madre, che poco prima sembrava ad Alberto cosa già fatta, non è avvenuta. Alberto continua a sentire le voci dei genitori con la stessa paura e con la stessa angosciosa ambivalenza con cui, a partire da quando era bambino, le ha sempre udite. Il tema della voce dei genitori, dell'eco inconscia che essa ha nell'animo del protagonista, è ricorrente e già altre volte registrato in questo commento (e si veda anche, più avanti, *Una gobba*, nota n. 5).

10. *Prese la frusta...*: il figlio imita il padre, cercando di ripeterne la violenza e di assumerne gli atteggiamenti virili (la frusta è anche un simbolo sadico-fallico).

11. *per ripicco*: per puntiglio. "Ripicco" è meno comune di «ripicca».

12. *Senza che Alberto...*: il primo tentativo di Alberto di identificarsi col padre è dunque paradossalmente frustrato, e punito, dal padre stesso, che riserva solo a se stesso il potere di comandare e di essere "cattivo". Questo aspetto paradossale della situazione è un altro elemento di ambiguità che, rendendo per così dire "indecidibili" i messaggi del genitore, non può che "bloccare" il comportamento del figlio, condannandolo all'inerzia e alla passività.

13. *non essere più il solito buon ragazzo...*: dunque diventare grande e diventare cattivo sono fatti equivalenti. L'introiezione del modello paterno si è in parte realizzata. Ma, appunto, solo in parte e in senso esclusivamente negativo e autodistruttivo: essa

contraddice infatti col divieto sia del padre-padrone (che vuole essere l'unico a disporre del potere del maschio adulto), sia della madre-vittima (che vi vede solo il segno esecrabile della cattiveria), e non può perciò che suscitare devastanti sensi di colpa.

14. *avrebbe voluto...*: l'ambivalenza nei confronti del padre produce un'alternanza di odio e di amore; ma quest'ultimo qui è suscitato anche dal senso di colpa che la sfida al padre comporta («voleva fare a meno del padre ed essere più forte di lui») e dal conseguente desiderio di farsi perdonare l'aggressività che essa provoca.

15. *un albero*: l'identificazione con gli oggetti è ricorrente in Tozzi. Baldacci (art. cit.) vi vede un processo di regressione («Chi ha bisogno di affetto e scopre di non essere amato si chiude nell'afasia, regredisce allo stadio infantile. È in questo senso che si chiarisce il ritorno alla bestia, al bambino o alla cosa»); Gioanola (il quale, nell'art. cit., cita proprio il passo in questione di questa novella) la «perdita dei confini dell'io» (che si accompagna al «gesto consueto del chiudere gli occhi»).

16. *ruzzare*: giocare. Il termine è usato in Toscana e sempre riferito esclusivamente a bambini. Il padre, insomma, tratta come un bambino Alberto, senza nemmeno prendere in considerazione la sua sfida, anzi senza neppure accorgersene. Ciò provoca un immediato senso di sollievo nel figlio, deresponsabilizzandolo e così liberandolo dal senso di colpa. Per questo subito dopo si legge: «Bastarono queste parole, perché né meno lui pensasse più a quel che era avvenuto».

17. *si sentì...*: agisce in Alberto il senso di colpa per aver visto il padre, per averlo giudicato negativamente e per avere avuto voglia di picchiare lui e la sua amante. Di nuovo, dunque, deve tornare bambino (bambino "buono") e farsi perdonare. Per questo è così disposto all'obbedienza.

18. *avesse diffidato sempre*: avesse diffidato di lui, temendo che denunciasse l'accaduto.

19. *appenata*: in pena (si tratta di un aggettivo del lessico senese).

20. *Anche lui...*: baciare una donna, domare un cavallo, farsi portare un bicchiere di vino sono tutti gesti virili e adulti. Apparentemente la sfida col padre è stata vinta: in realtà Alberto «non concepisce l'eros se non come furto dell'oggetto sessuale paterno» (E. Gioanola, art. cit.), confermando così la propria subordinazione al padre.

480

UNA GOBBA

1. *Una gobba*: racconto rimasto autografo e pubblicato per la prima volta solo nell'edizione completa delle *Opere* a cura di Glauco Tozzi, nel volume secondo delle *Novelle*, cit. La data di composizione è ignota. La novella non presenta comunque i tratti linguistici caratteristici delle prime novelle e sembra appartenere al momento della piena maturità artistica dell'autore. Per tematica si colloca fra *La matta* e *La mia amicizia*: come la prima racconta una storia di persecuzione di cui la protagonista è vittima, come la seconda una vicenda di follia. Da un lato Elena Spadi è, anche per la sua deformazione fisica, una creatura "diversa", esclusa dalla società e dalla comunicazione con gli altri (gli stessi rapporti con lo zio, oggetto del suo spasmodico bisogno di affetto, avvengono perlopiù per lettera, per quanto i due abitino nella stessa città) e può essere assunta quindi come capro espiatorio anche nel ristretto ambito familiare che le è rimasto; dall'altro, la sua diversità è anche un modo di sentirsi, è coerente cioè con una regressione a un momento arcaico popolato di incubi e di mostri, in cui il primo elemento di allucinata mostruosità è l'immagine fantasmatica di se stessi. Da entrambi questi punti di vista, il racconto presenta sorprendenti analogie con l'immaginario kafkiano (basti pensare al notissimo *La metamorfosi*).

2. *quando pare...*: costruzione ellittica, assai ardita: si potrebbe svolgere così: ella aveva una cupa amarezza, la stessa che si prova quando, a guardarlo, anche il cielo appare nero.

3. *provava per lei...*: manca in Elena, del tutto, il senso della realtà, i confini del suo io sono così labili che ella scambia il frutto della propria immaginazione con un dato di fatto. Lo zio non è per lei una figura reale, ma solo una proiezione dell'io e del suo bisogno di relazioni di natura simbiotica. La sua richiesta primaria, e dunque spasmodica, d'amore viene sempre respinta, ma per lei, ogni volta, la delusione è una sorpresa inattesa e improvvisa: dunque, tanto più crudele. In un mondo dominato dall'egoismo e dalla cattiveria ella non può che essere una vittima indifesa e inconsapevole (e infatti appare sempre incapace di rendersi conto della crudeltà dello zio e dunque di aggressività nei suoi confronti).

4. *senza nessun desiderio*: la mancanza di desiderio, l'inerzia, l'apatia, la depressione angosciosa sono il risultato di una psicosi individuale (come in *La mia amicizia*) e insieme di una persecuzione sociale (come in *La matta*). Più avanti si dice che ella era

chiusa in una rassegnazione che sembrava «indifferenza stupida e cattiva»: dove quest'ultimo aggettivo è il segno di un capovolgimento o di una stortura oggettivi che si presentano però come mostruosità soggettiva: in realtà a essere cattiva è la comunità, a partire da quella familiare più prossima, che riesce tuttavia a far sentire cattiva la sua vittima.

5. *la sua voce*...: di nuovo l'esperienza primaria della voce dei genitori e la sua eco nell'inconscio dei protagonisti tozziani: cfr., per esempio, *La capanna*, nota n. 9 e, ancor prima, *La miseria*, nota n. 15.

6. *vorresti che fosse malato?*: si noti come funziona – ed è meccanismo non solo psicologico ma sociale – l'introiezione del senso di colpa. La vittima viene fatta passare per malvagia e convinta della propria cattiveria dal suo stesso persecutore. Infatti la protagonista ammette subito, dentro di sé, il proprio «errore».

7. *Ma già le pareva*...: in questo capoverso il narratore abbandona il punto di vista narrativo sprofondato nella coscienza dei personaggi sin qui adottato e racconta in terza persona, interpretando e commentando direttamente l'episodio poco prima rappresentato. E tuttavia, significativamente, la voce narrante non assume una precisa marca distintiva né si caratterizza per una superiorità di giudizio o una capacità di distanziazione critica dagli avvenimenti, ma anzi sembra caratterizzata dalla stessa ambivalenza in cui vivono i personaggi. Quasi insensibilmente il punto di vista oggettivo e critico sulla donna (si denunciano la sua «crudeltà» e persino la sua «vigliaccheria») si smarrisce contaminandosi di incertezza e assumendo le stesse ambiguità che abitano la coscienza dei protagonisti del racconto: alla fine gli «occhi dolci della gobba», inizialmente contrapposti alla volgarità violenta della zia, diventano «occhi di una dolcezza maligna e ambigua». Questa incapacità della voce narrante di distanziarsi dai personaggi è il segno più evidente della siderale distanza di Tozzi dal naturalismo.

8. *noiarlo*: infastidirlo (toscanismo).

9. *Sei anche capace*...: è il solito procedimento colpevolizzante che rovescia i rapporti reali e fa sentire la vittima dalla parte del torto (vedi sopra nota n. 6).

10. *una marmitta*: una pentola.

11. *si ostinò*...: il comportamento di Elena ha qualcosa di simile a quello del protagonista di *La mia amicizia*. Anche lei, in fondo, sottopone a continue prove di amore la persona che è og-

getto della propria affettività, sempre dandone per scontato l'esito positivo. Quanto ciò abbia a che fare con una dinamica regressiva è confermato dalla presenza del tema anche in *La madre*, dove protagonista è un bambino.

12. *guance goffe di lardo rosso*: qui la ritrattistica assume i tratti di una pittura espressionista. Più che il giudizio etico del narratore essa esprime la sua reattività immediata, il suo universo fantasmatico.

13. *gozzo*: accrescimento anormale della tiroide che appare sul collo, all'altezza della gola.

14. *Ella non sapeva...*: al solito, i moti psicologici si traducono immediatamente in moti fisiologici: il gozzo che sale e scende e l'afasia. Quest'ultima, poi, non è che conseguenza dell'ultimo stadio della regressione.

15. *la fecero chiudere...*: la conclusione ricorda quella di *La mia amicizia* e la sorte del limonaio alla fine di *Gli orologi*. Il manicomio per un lato, sul piano oggettivo, esprime tangibilmente l'esclusione dalla società e si offre come logica e quasi naturale conclusione del processo di persecuzione nei confronti del "diverso"; per un altro lato, sul piano soggettivo, è l'esito estremo della chiusura al mondo da parte dello psicotico. La eccezionale intensità del risultato artistico di questa novella sta proprio nella confluenza di questi aspetti diversi. Come nel suo maggior romanzo, *Il podere*, così in *Una gobba* l'arte di Tozzi riesce a essere, nel contempo, visionaria e realistica.

SOMMARIO

Finito di stampare nel mese di febbraio 1994
presso lo stabilimento Allestimenti Grafici Sud
Via Cancelliera 46, Ariccia RM

Printed in Italy

BUR
Periodico settimanale: 16 marzo 1994
Direttore responsabile: Evaldo Violo
Registr. Trib. di Milano n. 68 del 1°-3-74
Spedizione abbonamento postale TR edit.
Aut. n. 51804 del 30-7-46 della Direzione PP.TT. di Milano

LA BUR LIBRERIA
Ultimi volumi pubblicati

L. 15.000